KB107793

인간교실

인간교실

초판 1쇄 발행 | 2008년 09월 20일
초판 3쇄 발행 | 2010년 10월 05일
지은이 | 손창섭
펴낸이 | 이승은
펴낸곳 | 예옥
등록 | 제 2005-64호(등록일 2005년 12월 20일)
주소 | 서울시 마포구 동교동 200-16 101호
전화 | 02.325.4805
팩스 | 02.325.4806

ISBN 978-89-93241-04-4 (03810)

이 책은 한국문화예술위원회가 선정한 우수문학도서로 기획재정부복권위원회의 복권기금을 지원받아 무료로 제공합니다.

인간교실

손창섭 장편소설

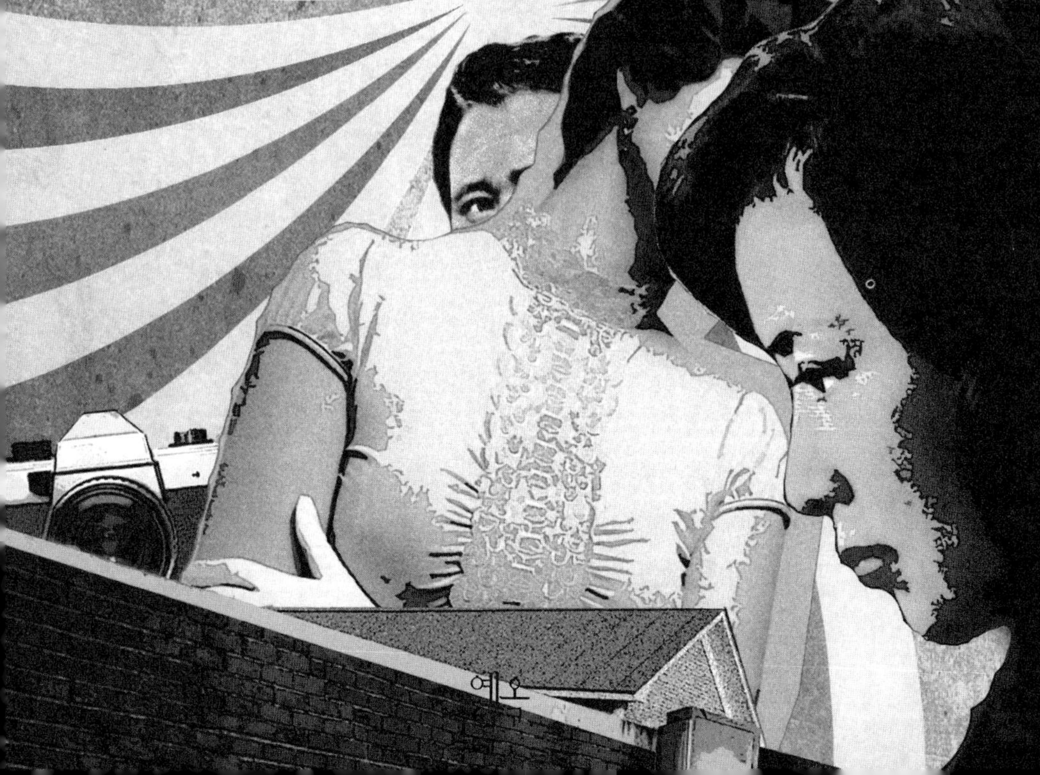

치정파문 癡情波紋

1

주인갑 씨가 자기 집 옆방을 세놓기 시작한 것은 6 · 10 화폐개혁 이후부터의 일이다. 자유당 시절에 친구와 동업으로 시작했던 비닐 중심의 무역업이 들어가 맞아서 돈이 좀 돌 때, 손수 설계도 하고 꽤 공들여 지은 집이다.

한강이 눈 아래 굽어보이고 여름이면 아카시아 숲이 우거지는 속에 아늑히 자리 잡고 있다. 70평 남짓한 대지에 빨간 벽돌로 벽을 두껍게 쌓아올리고 특수한 청록색 기와를 얹은 건평 25평짜리의 제법 아담한 문화주택인 것이다.

물론 설계 당시에는 세를 들일 생각이란 꿈에도 없었지만, 워낙 단출한 식구라 한 사람이 한 방씩을 써도 방이 둘이나 남아돌아가고 있었다. 그런데다가 주인갑 씨는, 자유당 말기에 비닐 생산업에 허턱 손을 댔다가 실패하고 4 · 19 이후에는 엉뚱하게도 혁신적인 어느 정당에 가담했다가 5 · 16 때 서리를 맞은 이래, 한결같이 자숙해 오면서 실직 상태에 있고 보니 군색한 편이기도 했다.

더군다나 인가와 뚝 떨어진 장소여서 적적하기도 하기 때문에 뒤쪽에 붙은 조용한 방을 남에게 빌려주기로 한 것이다.

일단 복덕방에 내놓기 시작하니, 와보는 사람마다 첫눈에 환경이나 방이 마음에 들어서 놓치지 않으려고 졸라댔지만, 북적북적 시끄러운 것도 질색이기에 식구가 적고 인품도 좋은 사람을 골라 두느라고 도리어 이쪽에서 애를 먹을 지경이었다.

그러나 세를 들이는 것도 배필을 정하는 것과 비슷해서 지나치게 고르다 보면 도리어 잘못 걸리기가 쉬운 모양인지, 불과 1년 미만에 세 차례나 갈아들여야 할 만큼 들어오는 사람마다 모두들 복잡한 인생 내막과 사정을 지니고 있는 데는 적이 놀랐다.

더구나 바로 요전번에 들었던 젊은 남녀는 알고 보니 정식 부부가 아니라 이종남매 간에 맺어진 비정상적인 인연이어서 어른들의 반대를 무릅쓰고 숨어살던 처지였는데, 이사 온 지 한 달도 채 되기 전에 음독소동을 일으켜 하마터면 주인갑 씨는 애매한 송장을 치러야 할 뻔했던 것이다.

그래서 이번에는 더욱 신중을 기해 말썽 없을 사람을 고르느라고 여러 사람을 물리친 뒤에, 마침 온순해 보이는 중년부인이 중학교 교복을 입은 14, 5세짜리 딸을 앞세우고 방을 보러 왔기에,

"식구가 몇 분이십니까?"

물었더니 부인은 몹시 수줍은 태도로 머뭇거리다가

"둘이에요."

작은 소리로 대답하고, 다시 한 번 방 안을 휘둘러보는 것이었다.

"그럼, 이 따님하고 단 두 분뿐이신가요?"

"네."

부인은 낯까지 붉히며 외면하고 간신히 대답했다.

그래서 주인갑 씨는 성큼 계약을 맺어 보내고, 이번에야말로 식구도 단출한데다가 아직 젊은 매력이 채 가시지 않은 얌전한 부인을 들이게 되었음을

못내 흡족해 하였고 저녁때 돌아온 아내에게까지 자랑을 했으나, 결과는 아주 뜻밖이었다.

우선 부인은 당장 그날 밤으로, 그것도 10시 가까이나 되어서 부랴부랴 이사를 온 것부터가 수상쩍었는데, 차차 의심이 가는 일이 한두 가지가 아니었다.

2

"이렇게 밤늦게 죄송해요."

대문을 열어주는 주인갑 씨에게 이런 말로 인사 겸 사과를 하고 커다란 보따리를 끌고 들어오는 부인의 뒤를, 양손에 짐 꾸러미를 든 딸 외에 웬 남자도 양쪽 손에 큼직한 짐짝을 들고 따라 들어온 것이다. 처음에는 얼핏 부인의 남편인가 생각했지만, 방에서 흘러나오는 불빛에 반사된 남자의 모습은 여자보다 10년 가까이나 어려 보이는 애송이였다.

주인갑 씨는 짐을 날라주러 온 부인의 친동생이거나 시동생이거니 여겼다.

그들 일행은 곧 방에 들어가 짐을 풀고 정리하기에 부산했고, 주인갑 씨는 식모처녀를 시켜 그 방 아궁이에 불을 넣어주게 했다.

한동안 짐을 치우고 방을 쓸고 걸레질을 하느라고 분주했던 옆방도 이윽고 조용해졌지만, 짐을 날라주러 따라온 청년은 밤이 깊어서 그런지 돌아가는 기척이 없더니 종내 그 방에서 같이들 자는 모양이었다.

이튿날 아침 세수하러 나갔다가 옆방 여인과 인사를 나누고 들어온 주인갑 씨의 부인 남혜경 여사는 묘한 표정으로 남편에게 이런 말을 했다.

"옆방에 새로 든 여자, 무슨 복잡한 사정이 있는 거 아녜요?"

"왜?"

"이상한 말을 해요."

"무슨 말을?"

"혹시 누가 찾아와서 이러이러한 여자가 이사를 온 일이 없느냐고 물어도, 절대로 모른다고 감춰달라는 거예요."

"흐음!"

"혹시 무슨 일을 저지르고 도망해 온 게 아닐까요?"

"글쎄."

"야밤중에 허둥지둥 이사를 오는 게 아무래도 수상쩍다고 생각했어요."

하긴 그러고 보니 짐도 별로 없었다. 겨우 세 사람이 들고 온 너덧 개의 보따리뿐이었다.

수상하게 여기려고 들면 한이 없는 일이었다. 그러나 주인갑 씨는 구태여 나쁘게 해석하려 하지 않았다. 동양적인 온순한 아름다움의 여운을 풍기고 있는 그 부인이 결코 인도에 어긋난 비행을 저지르고 야간도주해 왔으리라고는 여겨지지 않았고 또 그렇게 여기고 싶지도 않았기 때문이다. 사람에게는 반드시 비행이 아니고도 남에게 알리고 싶지 않은 단순치 않은 사정이 일마든지 있을 수 있는 것이다. 옆방에 새로 이사 온 부인에게도, 세상이 귀찮고 시끄러워 아무와도 접촉하지 않고 조용히 지내고 싶은 어떤 사정이 있는지 모른다.

어제 방을 보러 왔을 때의 부인의 표정에는 어딘지 모르게 피로와 수심과 초조의 빛이 미묘한 음영으로 엇갈려 있음을 느낄 수가 있었다. 딸 하나만 데리고 삭막하게 살아가는 고독한 여자. 서른이 두서넛 넘었을까 말까 한, 여자다운 매력이 한창 무르익은 풍만한 육체의 독신 여자. 그러한 여자에게는 세상이 그리고 뭇 사내가 사뭇 귀찮기만 할 것이니 얼마든지 성가신 일이 있을 수 있을 것이다. 그러니 무턱대고 악의에 찬 호기심을 쏟기 전에, 동정과 위로와 이해의 따뜻한 눈길과 심정으로 대해 주는 것이 옳은 일이라고 주인갑 씨는 생각하는 것이었다. 그러나 차차 두고보니 이러한 씨의 호의가 무색할 만큼 사정은 아주 딴판이었다.

3

중낮께 되어서 옆방 부인은 몸단장을 하고 청년과 함께 딸을 데리고 집을 나갔다. 소녀는 한 손에 트렁크를 들고 시큰둥한 표정으로 대문을 나서는 것이었다. 마침 수도 앞에서 빨래를 헹구고 있던 보순이가 쪼르르 나가서 몇 마디 말을 걸어 보내고는, 대문 빗장을 찌른 다음 언덕길을 내려가는 일행의 뒷모습을 대문 창살 사이로 한참이나 넘겨다보고 서 있었다.

외딸 광숙은 학교에 가고 아내는 미장원에 출근한 뒤라 아무도 없는 방에 혼자 앉아서 조간신문을 뒤적거리고 있던 주인갑 씨는, 그러한 광경을 물끄러미 내다보고 있다가 막 수돗가에 돌아와 앉으려는 보순을 향해,

"얘, 보순아. 옆방 사람들 어디 먼 데 다녀온다더냐? 옷이랑 차려입고 트렁큰 왜 들고 나간대?"

관심을 갖고 물었다.

"용산역까지 좀 나갔다 오신대요."

"용산역엔 왜?"

"딸아이를요 외갓집에 보내는데요, 차를 태워주고 오신대요."

"외갓집이 어딘데?"

"먼 시골이래요."

"그럼, 학굔 어떡하고?"

"모르겠어요. ……아마 학교 그만둔가 봐요. 아주 보낸다니까요."

"아주 보내? 그럼 아주머니 혼자 사신대?"

"모르겠어요."

물론 보순으로서도 그런 내막까지는 알 리가 없을 것이다. 하지만 여자가 정말 딸을 시골에 보내놓고 옆방에서 혼자 살게 된다면 주인갑 씨로서는 거기서 더 좋은 일은 없을 것 같았다. 결코 불순한 동기나 야비한 기대에서가 아니라 아름다운 꽃을 보면 누구나 즐겁듯이 여자를, 특히 호감이 가는 독신 여자를 가까이에 두고 친히 사귀어 지낼 수 있을 때 남자로서는 얼마든지 즐거울 수 있으리라는 자연스러운 심리에서다.

다만 궁금한 것은 정체를 알 수 없는 그 청년의 존재여서, 요즘 와서 부쩍 면적이 넓어진 실팍한 둔부를 이쪽에 돌려대고 수돗가에 쪼그리고 앉아 빨래에 여념이 없는 보순에게, 주인갑 씨는 한 가지 더 물어보지 않을 수 없었다.

"그런데 대체 그 청년은 누구래?"

"잘 모르겠어요."

하기는 얌전해 보이는 여자의 인품이라든지, 철없이 한들거릴 시절을 시나 삼십을 훨씬 넘어섰을 듬직한 나이라든지, 한편 남자 쪽이 10년 가까이나 어려 보이는 두 사람의 연령 차이로 미루어보더라도, 거의 오해를 품을 여지는 없는 것으로서 동기간이 아니면 친척임에 틀림없으리라고 여겨지는 것이었다.

이러한 주인갑 씨의 선의의 추측을 뒷받침하듯 옆방 부인은 이른 저녁 무렵에 일단 혼자서 돌아왔다. 시장에 들러 오는 모양이라 물통이며 비, 쓰레받기, 찬거리 등을 사들고 지게꾼에게는 쌀도 한 가마 푼수나 사서 지워가지고 돌아온 것이다.

씨는 우선 여자가 혼자 돌아온 것이 대견하였고, 따라서 묘한 안도감을 느꼈다. 그러나 어두워서다. 대문 밖에서 조심스런 인기척이 있었고 보순이가 설거지를 하다 말고 달려가 대문을 열어주고 돌아오는 눈치기에

"누구냐?"

주인갑 씨는 마땅찮게 물었다.

"옆방 남자예요."

"옆방 남자? 엊저녁에 자고 간 그 청년 말이냐?"

"네."

"흐음!"

주인갑 씨는 아내와 얼굴을 마주 보았다. 아무래도 수상한 감이 들었던 것이다. 씨의 부인도 역시 그렇게 느낀 모양이어서

"그 남자, 누구래요?"

캐묻듯이 했다.

"글쎄…… 친동생인가, 아니면 시동생인가."

어름어름 넘겨버리려는 남편의 이 말에 혜경 여사는 의미 있게 빙그레 웃어 보이며

"제발, 그랬음 참 다행이겠군요."

하는 품이 그런 점에는 남자보다 월등히 예민한 직감력을 갖고 있는 여자라 그런지 아예 신용이 가지 않는 눈치였다. 하기는 밤이 이슥하도록 그 청년은 돌아가질 않고 내처 잠잠하기만 하더니, 이윽고 그 방엔 불이 꺼지고 말았다.

주인갑 씨는 도대체 그들 남녀의 관계를 어떻게 해석해야 좋을지 모르면서도, 비상한 호기심과 함께 마치 씨 자신이 배신을 당한 것 같은 일말의 실망조차 느끼는 것이었다.

다음 날 아침 느지막할 때까지 옆방의 남녀는 일어나는 기척이 없었다. 주인갑 씨의 부인은 옷을 갈아입고 집을 나가며

"기껏 골라서 들인 게 저 꼴예요?"

조소하듯 했다.

"확실한 걸 모르고 남을 오해해선 못써요. 아무튼 좀 더 두고봅시다."

"흥, 퍽도 관대하시군요. 그럼 어디 두고보실까요."

혜경 여사는 코웃음을 쳐 보이고 나가버렸다. 주인갑 씨는 당신이 어느 모로나 남을 비웃을 자격이 있느냐고 한마디 해주고 싶기도 했지만 참았다.

종내 옆방 남녀가 일어나는 것을 보지 못한 채 주인갑 씨도 용무가 있어서 외출했다가 저녁때가 거의 돼서야 집에 돌아와보니, 옆방은 그저 조용하기만 했다.

한 번 덴 일이 있는 씨라 혹시 정사(情死)라도 한 것이 아닌가 하는 의혹이 들어 은근히 겁이 나기도 해서, 미처 옷을 갈아입을 사이도 없이 보순일 불러 자세히 불어보았다.

"옆방 사람들 여태 그저 안 일어났냐?"

"점심때쯤 한 번 일어났어요."

"둘이 다?"

"네."

"그럼, 지금 방에들 있니? 나갔니?"

"계셔요."

'그런데 왜 저렇게 조용해.'

그 말은 입 밖에까지 내지 않고 속으로 중얼거리고 주인갑 씨는 낯을 찡그

렸다. 이쯤 되면 그 청년이 부인의 동기나 친척이 아님은 거의 분명한 일이었다. 보순의 설명에 의하면, 그들은 점심때 가까이 되어서야 일어나서 조반 겸 점심을 끓여먹더니 함께 목간을 다녀와서 도로 방에 들어간 채 죽은 듯 잠잠하다는 것이다.

주인갑 씨는 옷을 갈아입고 마루방에 나와 앉아 담배를 붙여 물었다. 저 아래 잔잔히 흐르는 한강과 인도교와 노량진 길을 무심히 내려다보니 여느 때 없이 담배 맛이 쓰기만 하다.

그때 마침 옆방 문 여닫는 소리가 나더니 이쪽으로 낯선 발소리가 다가온 것이다.

5

청년이었다. 진회색 싱글에 넥타이를 단정하게 매고 몹시 거북살스러운 태도로 다가와서,

"저, 인사가 늦어서 죄송합니다."

낯을 바로 들지 못하고 작은 소리로 말했다.

"청년은 누구요, 대체?"

주인갑 씨는 부지중 심술궂게 묻고 못마땅한 눈초리로 노려보듯 했다. 청년은 더욱 면구스러운 듯 손을 마구 비비며 머뭇거리다가,

"인사드리겠습니다. 전……."

기가 죽어서 입속말로 간신히 중얼거리는 것을 보니, 주인갑 씨는 다소 심하게 군 것 같아서

"아무튼 이리 좀 올라오시오."

일어서서 반쯤 열려 있던 유리 미닫이를 활짝 열어젖혔다.

청년은 툇돌 위에 구두를 똑바로 벗어놓고 조심조심 올라와 주인이 권하는 자리에 일본인 모양 무릎을 가지런히 모으고 앉았다.

"인사가 늦었습니다. 김두형이라고 합니다."

청년은 두 손을 방바닥에 짚고 머리를 숙였다.

"아, 그래요. 난 주인갑이오."

김 청년은 무릎 위에 양쪽 손을 가지런히 얹고 고개를 푹 수그린 채 말이 없다. 마치 부모나 스승 앞에서 꾸중을 듣고 있는 듯한 자세다.

덮어놓고 불량기 있는 건방진 청년이려니 여겼던 주인갑 씨에겐 김두형이란 젊은이의 그러한 태도가 의외였다. 얼굴 모습도 비교적 윤곽이 바르고, 특히 앳된 소년의 티가 채 가시지 않은 어글어글한 그 눈에는 순진한 빛이 맑게 담겨져 있었다.

이렇듯 신선한 풋기의 청년과 중년기에 막 들어선 한창 윤기 오른 풍요한 육체의 여인과를 결부시켜 그 사이에 벌어질 수 있는 온갖 정경을 상상해 볼 때 주인갑 씨는 경멸이라든지 타기라든지 혹은 질투라든지 하는 감정 이상으로 무어라 형언할 수 없는 경탄에 당황하는 것이었다.

더구나 청년은 첫눈에 무척 건장해 보일 뿐 아니라 그 손과 발은 물론이거니와 귀, 코, 입 할 것 없이 어느 부분이든 중요한 도구란 모두가 탐스러울 만큼 훌륭하고 큼직큼직한 데 놀랐으며, 따라서 씨는 묘한 압도감과 함께 일종의 황홀한 느낌조차 맛보는 것이었다.

"자, 편히 앉아요."

주인이 비로소 약간의 호의를 보여주었지만 김 청년은 굳어진 자세를 좀처럼 헝클으려 하지 않았다.

주인갑 씨는 우선 청년의 고향, 나이, 직업 등을 물어보았다. 고향은 경기도 평택, 나이는 스물다섯, 농업 고등학교를 간신히 마친 후 군대에 다녀온 이래 우연히도 세탁소 직공으로 전전하다가 요즘은 실직 중이라는 대답이었다.

"고향에 부모님은 다 구존하시오?"

청년은 잠시 망설이는 듯하다가

"네."

간단히 그러고 도로 무겁게 입을 다물어버렸다.

"그런데 옆방 아주머니와는 어떻게 되는 사이요?"

청년에게는 잔인할지 모르는 이 질문에 대해서 그는 성큼 대답을 하지 못하고 더욱 깊숙이 고개를 떨어뜨릴 뿐이었다.

"친척간입니까?"

주인갑 씨가 거푸 묻는 말에야 김 청년은 마지못해 기어드는 목소리로 간신히 대답했다.

6

"아닙니다."

"그럼, 동향인인가요?"

"군(郡)만 같습니다."

"그래요."

주인갑 씨는 알았다는 듯이 고개를 끄덕거리고 창밖을 내다보며 한동안 담배만 피우고 앉아 있었다.

그러자 내처 동일한 자세로 꼼짝않고 있던 김 청년은 이윽고 무슨 결심을 한 듯이 낯을 들어 주인을 잠깐 건너다보고 나서, 도로 고개를 수그리더니,

"주인 아저씨께 의논드리고 싶은 일이 있는데 들어주시겠습니까?"

음성을 가다듬고 물었다.

"무슨 일이오? 말해 보시오, 어디."

"당분간 옆방에 제가 같이 와 있어도 괜찮으시겠습니까?"

"말하자면, 옆방 아주머니와 동거를 하겠다는 그런 말이오?"

"네."

"동기간이나 친척도 아닌 남녀가 한방에서 같이 살 수가 있겠소?"

"말 못할 사정이 좀 있습니다."

"그야 남의 사정에 내가 간섭할 일은 아니지만 그렇게 되면 애초의 약속과는 얘기가 좀 달라지는 게 아뇨. 아주머니 말씀은 딸하고 단 두 식구뿐이라고 했는데."

"그래서 그 애는 시골에 내려 보내고 이렇게 양해를 구하는 겁니다."

"그러니까, 식구 수는 결국 마찬가지가 아니냐 그런 말이군요."

"……."

"하기야 두 식구를 초과하지 않는 이상 나로서 뭐라고 말할 순 없소. 가족 구성의 내용에까지 조건을 달았던 건 아니니까요."

여자에게나 청년에게나 주인갑 씨로서는 괘씸한 감이 들지 않는 것은 아니었지만 그렇다고 안 된다고 딱 잡아떼는 것도 지나친 일 같아서, 이런 정도로 어름어름해 버렸더니, 청년은

"고맙습니다."

머리를 꾸벅 숙여 보였다.

주인갑 씨는 그들 남녀의 소행이 괘씸하고 못마땅하면서도 한편으로는 더욱 흥미가 동하기도 하여

"그런데 옆방 아주머니는 남편이 안 계신가요?"

넌지시 물어보았다.

"계시긴 계시지만, 결국 안 계신 거나 마찬가집니다."

청년은 이런 애매한 대답을 했다.

"그게 무슨 말이오? 계시면 계시고 안 계시면 안 계신 거지."

"형식상으로는 남편이 있지만, 실제로는 없는 거나 마찬가지란 말씀입니다. 차라리 아주 없는 거만 못합니다."

이제까지의 수줍어만 보이던 태도와는 달리 청년은 갑자기 열띤 표정과 어투로 변하였다. 주인갑 씨는 적이 놀라서 청년의 얼굴을 다시 보았다.

"도무지 무슨 뜻인지 난 이해가 잘 안 가는군요."

"물론 그러실 겁니다. 언제든 한번 자세한 사정 말씀을 드리고, 여러 가지로 지도를 받겠습니다."

그런 말을 남기고 청년이 돌아간 뒤 주인갑 씨는 창가에 다가앉아 다시 담배를 붙여 물고, 엉뚱한 남녀가 굴러들어왔다고 개탄하였다. 따라서 가뜩이나 원만한 조화를 잃고 어색한 부부관계에 있으면서 아이처럼 주위의 영향에 민감한 아내가 옆방 남녀의 불미스러운 도피생활에서 어떤 자극과 반응을 보일까가 적이 궁금하고 불안하기도 하였다.

7

주인갑 씨와 두 번째 부인인 남혜경 여사와의 사이는 표면상으로는 두드러지게 심한 불화나 충돌을 나타내는 일은 거의 없었다. 서로 언성을 높여 싸우는 일도 별로 없었고, 잔뜩 비뚤어져 가지고 식식거린다거나 며칠 동안 말을 안 한다거나 하는 일이란 좀처럼 없었다. 그러면서도 두 사람의 사이는 부부다운 따뜻한 정이 모래에 물이 스미듯 서로의 마음과 피부 속에 속속들이 스며들지를 못하고, 간신히 겉으로만 적시고 흐르며 그나마 점점 식어가기만 하는 것이었다.

한마디로 말해서 그들 내외는 성격과 취미가 맞지 않았다. 주인갑 씨는 만사에 있어서 평범하고 고요한 것을 좋아했는데, 그 부인은 반대로 화려하고 자극적인 변화에만 끌렸다. 말하자면 주인갑 씨는 어디까지나 리얼리스트였고, 혜경 여사는 철저한 로맨티시스트라고 할 수 있는 것이다.

이를테면 이 집을 지을 때만 해도, 주인갑 씨는 블록으로 쌓아올리거나 아니면 '오까베' 를 쳐서 보통 양회벽으로 하고 지붕에는 검은 기와를 얹으려고 했지만, 부인은 그런 평범한 외양은 싫다고 반대했다.

"의, 식, 주 모든 것이 너무 실용주의로만 흘러선 따분해 못써요. 먼저 미적 가치, 즉 볼품이 앞서야 해요."

그러고는 한강 인도교 부근이나 노량진 쪽에서도 단박 눈에 확 띄도록 새뜻하고 이채로운 외풍을 갖추어야 한다면서 굳이 선혈색 빨간 벽돌 벽에 일부러 특수한 청록색 기와를 주문해다가 지붕을 넣었던 것이다. 그러고는 현관 양쪽에 하얀 돌기둥을 세우고, 멋진 베란다를 만들고, 문틀에는 돌아가며 눈이 부시도록 하얀 페인트를 칠하고, 창문마다 화려한 색깔과 무늬의 커튼을 드리우게 했던 것이다.

한편 옷 같은 것을 장만해도 (부인은 돈만 생기면 옷을 만드는 것이 취미였다) 한복이든 양장이든 간에 나이에 비해 짙은 색깔과 야단스런 무늬를 택했고, 그것을 가장 모던한 디자인에 따라서 지어 입는 것이었다.

또한 혜경 여사는 식생활에 있어서도 먹고 싶은 것이면 가격의 고하를 막론하고 무엇이든 상품(上品)으로 듬뿍 들여다가, 수십 권의 각종 요리책에 의해서 언제나 변화 있고 다채로운 식단을 꾸미기를 즐기는 것이었다.

처음 혜경 여사와의 사이에 혼담이 벌어졌을 때, 주인갑 씨는 몇 번 만나보고 이내 성격이나 취미의 차이를 발견하고 다소 주저했던 것이다. 그러나 두 사람의 성격과 취미가 너무 같아도 도리어 부부생활이 단조로워져서 권태와 염증이 오기 쉬우니 어느 정도는 서로 다른 것이 좋다는 주위 사람들의 권고도 그럴 듯싶어서 약간 불안을 느끼면서도 양쪽이 다 나이도 듬직한 재혼인 만큼 웬만한 견해 차이나 대립은 이해와 노력으로 조절해 나갈 수 있으리라는 자신에서 결혼할 결심이 섰던 것이다.

그렇지만 막상 부부가 되고 보니 완전한 융합이란 어림도 없는 일, 도리어 두 사람이 얼마나 대차적인 기질과 생리로 굳어져 있으며, 그것이 얼마나 부부생활의 기초를 깨뜨려버리기 쉬운 요소인가를 깊이 깨달을 수 있었을 뿐이었다. 특히 애정표시라든가, 성생활이라든가, 이성교제 등에 대해서는 더욱 그러한 곤란이 두드러지게 나타났다. 가령 침실에서의 여러 가지 경우만 해도 그렇다.

8

"그만 주무시죠."

수줍은 미소로 남편을 쳐다보고는 살며시 일어나 창문의 커튼을 드리운 후 우선 남편부터 잠옷으로 갈아 입혀주고, 아내 자신도 살그머니 돌아앉아 잠옷으로 바꿔 입은 다음, 남편이 먼저 자리에 누웠을 때는 그림자 모양 가만히 이불귀를 들추고 기어들고, 남편이 아직도 자리 위에 다리를 뻗고 앉아서 담배라도 피우고 있다든지 하면 살짝 기대앉아서 아무것도 아닌 얘기를 소중한 비밀처럼 다정하게 소곤거리는 등 전부인 같이 은은히 규방의 무드를 자아내는 정감 있는 솜씨가 지금의 혜경 여사에게서는 거의 없었다.

"아, 아, 졸려."

입을 하마처럼 쩍쩍 벌려 하품을 하고는 겉옷 속옷 할 것 없이 서슴지 않고 활활 벗어던진 다음, 전라의 흉한 꼴로 버티고 선 채 힘껏 기지개라도 켜고 나서 제멋대로 이불 속으로 뛰어들어 금세 쿨쿨 잠이 들어버린다든지, 그렇지 않으면 옷을 홀랑 벗어부치기가 무섭게,

"뭘 해요, 얼른 벗지 않으시고."

짜증을 내다시피 덤벼들어 남편마저 벌거숭이를 만들어놓고 씨름이라도 하듯 킥킥거리며 매달려 광적인 장난을 걸어오지 않으면, 격정적인 포옹과 키스를 숨이 막힐 정도로 미친 듯이 퍼붓다가 야수가 먹이를 제 굴로 물어들이듯 이불 속으로 남편을 끌고 들어가는 것이었다.

지금 아내의 이렇듯 노골적이요 격정적인 침방놀이에 주인갑 씨는 완전히 구미를 잃고 설레설레 머리를 내저을 지경인 것이다. 그렇다고 도학자적인 고루한 견지에서 아내의 그러한 태도를 무작정 비난하려는 것은 아니다.

부부끼리라면 그런 격렬한 나체운동도 있을 수 있을 것이요 세상에는 도리어 그래야 만족하는 사내도 있는 모양이지만, 보슬비처럼 촉촉이 스며드는 애정으로 미풍같이 간지럽고 은은한 정서에 잠기게 해주던 전부인의 규방 풍속에 젖어온 탓인지, 아니면 본시 타고난 체질과 성격 탓인지, 주인갑 씨는 현 부인의 광태(狂態)적 애정표현에는 도저히 따라갈 수 없는 것이었다.

씨는 본시 이성 간의 애정행위에 있어서 너무 노골적인 또는 공개적인 표현을 좋아하지 않았다. 역시 그런 '짓'이란 수줍음을 머금고 은밀한 가운데 교류되고 타올라야만 자연스러운 흥분과 도취에 잠길 수 있는 것이었다.

그러기에 씨는 나체화나 나체 사진이나 실물이나 간에 일사(一絲)를 몸에 감지 않은 여자의 완전한 벌거숭이 꼴을 정면으로 대하면 매력을 잃고 낯을 찡그렸다. 차라리 가릴 데를 살짝 가리거나 전라라 할지라도 저쪽을 향하고 돌아서거나 앉거나 한 뒷모습 같은 데서라야 도리어 숨이 막힐 듯한 여신(女身)의 아름다움에 취할 수 있는 것이었다. 비록 아내라 하더라도 수줍음 없

이 남편 앞에서 마구 벌거벗거나 더구나 그런 꼴로 흥분해서 와락 덤벼드는 데는 주인갑 씨는 딱 질색이었다. 그럴수록 아내에 대해서 점점 더 흥미와 매력을 잃어갈 뿐이었다.

그러나 혜경 여사는 이러한 남편에 개의치 않고 어디서 보고 듣는 대로 여러 가지 새로운 자극과 영향을 받아가지고는 남편을 상대로 기발한 실연을 일삼는 것이었다. 그러한 여사가 옆방 남녀의 어이없는 치정관계에서 아무런 영향도 받지 않을 리는 없는 것이다.

9

주인갑 씨의 옆방을 은신처로 삼고 들어 있는 중년부인과 청년은 아침저녁으로 여자가 잠깐씩 부엌에 나와 식사를 끓여 들여갈 뿐 그 밖에는 별로 밖에 얼굴을 나타내는 일이 없이 밤이나 낮이나 문을 걸어 잠그고 방 안에만 처박혀 있었다.

여자 자신은 대문 밖 출입은 더욱 꺼리는 듯 찬거리 같은 것도 대개 보순이가 시장에 갈 때마다 부탁해서 사오는 것이었는데, 보순이 또한 보순이대로 친절심에서라기보다 더한 호기심에서 옆방의 비밀을 살그머니 엿보려는 재미에, 찬 구럭을 들고 나서는 길이면 으레 옆방 앞에 다가가서,

"아주머니, 저 시장 가는데 뭐 부탁하실 거 없어요?"

묻는 것이 거의 일과처럼 되어 있었다. 그때마다 여자는

"가만있어요, 처녀."

우선 보순을 기다리게 하고 나서, 잠시 부스럭거리다가 문고리를 벗기는 소리와 함께 방싯 문이 열리며 미소 머금은 여자의 얼굴이 나타나,

"번번이 미안해, 처녀."

그러고는 무엇 무엇을 사다 달라고 돈을 내미는 것이었는데, 그럴 때의 여자는 함박꽃같이 탐스러운 얼굴로 보였지만 머리는 헝클어진 것을 대강 급히 쓸어 올린 게 역력했고, 옷매무새도 아무렇게나 겉옷을 바삐 주워 걸친 꼴이라 문틈으로 살짝 들여다보인 방 안에 이불이 펴져 있는 것으로 미루어 여적 남자와 함께 누워 있었던 것이 틀림없었다.

이러한 이야기를 보순에게서 전해 들은 아내에게 다시 전해 들은 주인갑 씨는 추잡한 느낌에서 부지중 낯을 찡그렸고, 아내 역시 처음에는 그러한 탈선행위의 남녀를 골라 둔 남편을 탓했을 뿐 아니라 입을 비죽거리며 그들 남녀를 특히 '낫살이나 지긋한 여자'가 저렇게 비린내 나는 애송이에게 정신없이 홀딱 녹아버릴 수가 있겠느냐고 사뭇 조소와 개탄을 금하지 않았지만, 타고난 기질은 어쩔 수 없는 모양인지 하루 이틀 지나는 사이에 혜경 여사는 그들에 대한 비판보다도 흥미가 더욱 앞서는 모양이더니, 눈에 띄게 현저히 그 태도가 변해 가기 시작하는 것이었다.

한번은 저녁상을 물리고 나서, 도대체 어떻게들 노는지 그 꼴을 좀 보고 와야겠다면서 혜경 여사는 얼굴을 고치고 머리도 손질을 하고 슬그머니 옆방에 놀러 간 것을 시초로 해서, 날이 갈수록 그 도수가 잦아지고 놀다 오는 시간이 점점 길어지더니, 나중엔 저녁술을 놓기가 무섭게 공들여 화장을 하고 옷까지 외출복으로 갈아입고는 으레 옆방에 가 놀다가 야심해서 주인갑 씨가 잠이 든 뒤에야 돌아오는 일이 보통으로 된 것이다.

그러는 동안에 혜경 여사는 옆방 남녀의 사정내막을 샅샅이 캐내다가 남편에게 전하였고, 주인갑 씨 역시 그런 이야기에는 흥미가 쏠리지 않는 것도 아니었다.

"……그러니까, 남편 몰래 도망 나온 거예요. 으레 그런 줄 알았어요."

"흐음! 역시……. 그러니 세상이란 알 수 없어, 겉보기엔 그렇게 얌전해 보이는 여잔데."

"얌전한 개가 부뚜막에 먼저 올라간다우. 하지만 옆방 아주머니의 경운 조금도 여자 쪽이 잘못이 아네요."

"아니, 그래 젊은 놈과 바람이 나가지고 도망을 나왔는데 잘못이 아냐?"

그러나 아내는 도리어 어이없는 반문을 해온 것이다.

"그렇다고 제대로 남편 구실도 못하는 사낼 뭐라고 믿고 살아요."

혜경 여사는 남편의 얼굴을 똑바로 쳐다보며 그 유들유들한 느낌의 독특한 미소까지 지어 보였다.

"남편 구실을 못하다니, 그럼 전혀 생활능력이 없단 말인가?"

"생활능력만 없으면 그래도 좋게요. 사내가 갖춰야 할 능력을 하나도 제대로 갖추지 못했으니 탈이죠."

주인갑 씨는 아내가 하는 말의 뜻을 비로소 완전히 알아차렸지만 거기에는 확고한 이의가 있었다.

"그건 이유에 닿지 않는 얘기야. 비록 남편이 경제적으로나 애정적으로나 육체적으로나 충분히 만족을 주지 못한다고 해서 대뜸 젊은 놈과 바람이 나가지고 도망쳐버린다면 그게 용납될 수 있는 일이겠소? 그렇다면 세상에 부부생활을 제대로 지속할 사람이 몇이나 되겠소. 다소의 불만도 없는 완전한 인간관계, 완전무결한 부부관계를 바라는 쪽이 도리어 무리라고 난 생각해요. 인간이란 각기 성장과정이나 개성이나 생리가 다르니까, 완전한 만족이란 거의 있을 수 없어요. 어느 정도의 불만은 서로의 애정과 이해와 노력으로 극복해 나가는 데 부부생활의 아름다운 묘미와 건전한 발전이 있다고 난 생각해요."

다소 설교조의 이런 얘기를 개진하는 동안, 주인갑 씨는 언젠가 혜경 여사가 전남편과 나란히 걸어가고 있는 모양을 본 기억이 암시적으로 머리에 떠올랐고, 혜경 여사는 그 미묘한 웃음을 히죽 웃으면서 듣고 있었다.

"어느 정도의 불만은 서로의 이해와 노력으로 극복해 나가야 한다고 하시지만 결국 그 정도의 차라는 게 문제가 아니겠어요, 안 그래요?"

"그야 물론 불만이 심한 부부와 덜한 부부와 정도의 차는 있을 테지. 그렇지만 특수한 예를 제외하고는 부부 사이의 불만 불평이란 피차의 노력으로 극복해 나갈 수 있는 정도가 아닐까."

주인갑 씨는 이 말을 자기 자신과 아내에게 똑같이 호소하듯 절실히 들려주고 싶은 심정이었다.

"그럼 이런 경우는 어떻게 되죠? 여자가 결혼을 했다. 그런데 남자 쪽이 육체적인 무능자다. 그래서 무능자라거니 아니라거니 서로 옥신각신하다가 마침내는 소송 문제까지 일으킨 일을 신문에서 여러 번 본 기억이 있는데, 그런 경우 말예요."

"분명히 어느 한 쪽이 완전한 무능자라면, 그야 애당초 상식적인 결혼이란 성립될 수 없으니까 어쩔 수 없는 일 아뇨. 하지만 그때 신문에 났던 사건도 결국 남자의 육체적 능력을 테스트해 본 결과 완전한 무능자가 아니란 판결이 내려져서 여자 쪽이 배상을 물게 되었던 것으로 기억하는데, 결국 그런 문제란 대개 그런 게 아니겠소. 결혼생활에 대해 과장적으로 지나치게 아름답고 매력적인 상상과 이상을 품고 있다가, 막상 실제 당해 보니 예상하고 기대했던 바와는 다르다. 그래서 이건 무능자다, 불행하다, 이런 속단이 나오게 되는 게 아닐까."

"그러면 말예요, 옆방 아주머니의 남편이 경제적으로도 육체적으로도 완전 무능자라면 어때요. 그래도 당신은 여자 쪽이 나쁘다고 하시겠어요?"

혜경 여사는 상대방을 조롱하는 듯한 웃음을 히죽히죽 웃으며, 당신의 본심을 어디 좀 따져보자는 투로 능글맞게 자꾸만 반박해 오는 것이었다.

11

"그래도 나빠요. 적어도 자식까지 낳고 십사오 년 이상이나 같이 살아왔다면, 처음엔 정상적인 부부였을 게 아뇨. 그러다가 남자가 불의의 사고로든 신병관계로든 실직을 했으면 일시 여자가 대신 생활을 꾸려나갈 각오를 해야 할 게고, 또 성생활 문제만 하더라도 남자란 연령에서 오는 체력의 쇠퇴라든지 어떤 정신적 타격이나 장애에서 오는 일시적인 불능 상태가 얼마든지 있는 일인데, 그걸 못 참아서 바람을 피운다면 응당 비난과 타기를 면치 못할 음녀가 아뇨."

"일시적인 실직이나 일시적인 불능이 아니라고 하면요?"

"아, 그럼 어떻게 애를 낳고 여태 살아왔느냐 말이오!"

"그러니까 옆방 아주머니로선 모르는 새에 혹은 자포자기에서 저런 일을 저지를 수밖에 없었을 거예요. 결혼한 지 꼭 십오 년이 되는데, 제대로 부부답게 살아본 건 결혼 직후 불과 일 년이 될까 말까래요. 그래도 여자는 십여 년 동안을 묵묵히 혼자 벌어서 살림을 해오면서 금욕생활을 지켜왔다지 않아요. 그래도 남편이 종내 정신적으로나 육체적으로나 남편다운 자세로 돌아와주질 않아서 어쩌다 그만 이런 결과가 됐다지 않아요. 그래도 당신은 여자만 나쁘다면서 남자 쪽을 두둔하시겠어요?"

혜경 여사는 여전히 능글맞게 웃으며, 그래도 할 말이 있느냐는 듯이 남편을 쳐다보았다.

"사정이 그랬다면 정식적으로 이혼 문제를 내세워서 정당한 방법으로 해결을 지었으면 될 게 아뇨. 그렇듯 십여 년 동안이나 아내의 위치를 희생적으로 지켜오다가 왜 하필이면 마지막 판에 놀아났느냐 말이오, 놀아나길."

"제삼자인 당신이 그렇게 생각할 제야 본인인들 왜 정당한 방법으로 해결지으려 안 했겠어요. 이럴 바엔 차라리 헤어지고 말자고 기회 있을 때마다 이혼을 졸라보았지만 영 응해 주질 않았다니 어떡해요."

"도대체 어떻게 된 부부였는데 그래? 남자도 우습지 않소."

혜경 여사의 설명에 의하면 황진옥이란 옆방 여자는 지금 서른셋, 남편은 마흔다섯으로 12년이나 층이 지는데, 황 여인은 해방 직후 가족들과 함께 만주에서 귀환한 이래 고향인 평택 지방을 이리저리 밀려다니면서 자릴 못 잡고 있던 차에, 마침 소개하는 사람이 있어서 수원에 있는 어느 자그마한 여관에 식모로 들어갔었다는 것이다. 그 여관은 초로의 과부댁이 30이나 된 아들 하나를 데리고 경영하고 있었는데 황 여인이 식모로 들어가서 한 달도 채 되기 전에 그 집 아들에게 몸을 뺏기고 말았다 한다.

바로 그 남자가 지금의 남편으로서 황 여인은 처음부터 싫었지만 양쪽 어른들과 본인이 달래고 권하고 조르는 통에 이왕 몸을 버린 바에야 더 고집을 부려 뭣하랴 싶어 정식으로 결혼을 했으나 나중에 알고 보니 첫 번 부인이 친정으로 달아나버린 과거가 있어서 재혼일 뿐 아니라 밤낮 술집, 색시집, 노름판으로만 쫓아다니며 세월을 보내는 천하의 난봉꾼이었다는 것이다.

"옆방 여자가 얼마나 아내로서의 재미를 모르고 억울하게 살아왔는가는 그 뒤부터의 얘기예요."

혜경 여사는 역시 유들유들한 미소를 자주 웃어 보이면서 재미를 모르고 지내왔다는 옆방 여자의 얘길 계속하는 것이었다.

12

그래도 정식 결혼 후 한 반년 간은 남편도 다소 마음을 바로잡아 살림에 취미를 붙이려는 듯이 보였으나, 제 버릇 개 못 준다고 차츰차츰 진의 악우들과 도로 어울려 다니는 눈치더니, 1년도 못 가서 주색잡기에 완전히 탐닉하여 집안과 아내는 거의 돌보지 않게 되어버리고 말았다.

그러는 동안에 아들에 대한 심화가 원인이 되어 시름시름 앓던 시어머니가 세상을 떠나버리자, 남편은 이제야 맘대로 할 수 있다는 듯이 대뜸 여관을 팔아가지고 한동안 혹해 다니던 바인가 카바레인가의 계집과 함께 서울에 올라와 술집을 차리고 얼굴이 반반한 작부만 대여섯씩이나 골라 두고는, 이건 장사를 하자는 건지 자기 스스로 계집들을 끼고 부어라 마셔라 진탕으로 놀아보자는 건지 모를 정도로 흥청거리더니, 종시 2년을 채 못 넘기고 거덜이 나버렸던 것이다.

그 지경이니 도리어 황 여인 자신이 소실 모양 갓난것을 데리고 가게와는 뚝 떨어진 서울의 변두리에서 초조히 셋방살이를 하며, 남편이 회심해 돌아오기를 권해도 보고 애원도 해보면서 기다리고 있던 끝에 마침내 눈이 허얘져 돌아오긴 돌아왔지만, 그때는 이미 빈털터리였을 뿐 아니라 오랫동안의 황음무도(荒淫無道)한 생활로 심신이 피로하고 쇠약해진데다가 여러 가지 만성병까지 얻어걸려서 정신적으로나 육체적으로나 거의 폐인이 되어 있었던 것이다.

이런 꼴이어서 어름어름하다간 굶어죽을 판이라, 황 여인은 마침 세탁소 안방에 전세를 들어 있으면서 세탁업의 내용을 친히 보고 들어온 것을 기화로, 전셋돈을 찾아내고 한편 그때는 평택 지방에서 자작농으로 자리를 잡았던 친정에 부탁해서 빚을 얻어다가 서대문 근방에 자그마한 가게를 얻어가지고 기술자를 한 사람 두고는 세탁소를 개업했던 것이다.

얼마 안 가서 황 여인 자신이 손수 기술을 배워가지고 기술자는 내보내고 친정에서 소개해 보낸 얌전한 식모처녀를 데리고 독력으로 악착같이 경영에 전력한 나머지 3년쯤 뒤에는 빚도 깨끗이 청산하고 훨씬 나은 장소로 점포를 옮긴 다음, 이번엔 기술자를 둘이나 두고 황 여인 자신은 총지휘와 감독만 할 정도로 번듯이 자리를 잡을 수 있었던 것이다.

그 동안 황 여인은 완전히 중독이 되어 술 없이는 하루도 살 수 없는 남편을 위해 꾸준히 술시중을 들어오면서 병의 치료에도 힘쓰고, 심신의 건강을 위해 낚시질이랑 권해 보내는 등 세심한 진력 끝에 남편을 간신히 정상적인 상태로 돌아오게 했던 것이나, 점포 확장 후 생활의 안정도 되고 자기(남편)의 건강도 난봉을 피울 만하게 되니까 어느새 남편은 다시 주색가(酒色街)로만 나돌기 시작하더니 유흥비의 염출을 위해서는 집 안의 돈을 훔쳐내기도 하고 아내를 두들겨 패고 강탈하기도 하여 평화로운 날이 없었을 뿐 아니라 심지어 황 여인이 친동생처럼 여기는 식모처녀를 건드려 악성 화류병을 옮겨주는 등 그 무절제와 횡포는 말이 아니었다.

이러고 보니 자연 황 여인도 영업에만 전심할 수 없고 수입은 거의 남편의 유흥비로 뺏기다 보니 2, 3년 동안에 다시 몰락하여 구석진 바포 쪽으로 나가 싼 가게를 잡고 제대군인인 기술자 한 명을 두고 겨우 생계나 유지하였는데, 그 기술자가 바로 지금 옆방 여자를 따라와 같이 숨어 지내는 그 김 청년이라는 것이다.

13

"남편이 난봉을 피울 정도면 아주 무능자도 아니었군그래."

주인갑 씨가 웃으며 참견을 하니까,

"그런 게 아니래요. 도리어 생리작용이 무능해졌기 때문에, 그 능력을 회복해 보려고 초조한 나머지 더 심한 난봉을 피우는 거래요. 그러니까 정상적인 난봉이 아니라 말하자면 투신자살하는 식으로 자포자기에서 오는 정신적이요 광적인 난봉이겠죠."

혜경 여사도 쿡쿡거리며 웃고 나서 다시 말을 이었다.

"남편은 그 꼴이니 영 희망을 걸 순 없죠, 그렇다고 이혼도 해주지 않죠, 한창 나이에 제대로 규방의 재미도 모르고 늙어가니 억울하긴 하죠. 그러던 차에 저런 우람하고 믿음직한 청년과 한집에서 지내게 되니, 신이 아니고야 어디 무사할 수가 있겠어요. 자연 청년은 여자의 처지를 동정하다가 누나처럼 따르게 되었고, 여자는 여자대로 지금까지 누구 하나 자기의 억울하고 서러운 사정을 알아주고 동정하고 힘이 되어주는 사람이란 없어 무척 외롭기만 하던 차라, 모르는 새에 청년에게 호감과 신뢰가 가서 무슨 사정이나 터놓고 의논하게끔 되었대요. 그러니 두 사람의 경우는 불과 기름이지 뭐예요. 그만 깜빡하는 순간에 확 붙어버리고 만 거죠. 그래놓고, 정신이 들어 후회하고 고민한들 무슨 소용이 있겠어요. 도리어 오래 주려온 욕망이 거센 불길처럼 더욱 세차게 휘몰아칠 뿐이 아니겠어요. 그쯤 되면 이미 잘잘못이 문제가 아닐 거예요. 녹슨 도덕이나 법률의 철조망이 무슨 맥을 춰요."

혜경 여사는 여느 때 없이 그 눈을 황홀한 불길처럼 요염하게 번득거리며 여기까지 얘기하고 나서, 야릇한 한숨을 후 하고 길게 내뿜더니,

"그런 병신 같은 남편에게 탄로 나기 전에 미리 도망쳐 나오길 잘했죠. 암 잘하고 말고요. 저 같아도 으레 그러겠어요."

마치 독백을 뇌듯 중얼거리고, 혜경 여사는 타오르는 듯한 빛이 가시지 않은 눈으로 창 너머 저쪽 하늘을 아득히 바라보며 움직일 줄을 모르는 것이었다. 그것은 어쩌다가 침실의 애무행위 때나 간혹 발견할 수 있었던 황홀한 도

취와 동경의 표정이었기 때문에, 주인갑 씨는 부지중 전신에 소름이 오싹 끼치며 막연한 어떤 불안감에서 묵묵히 아내의 그런 모습을 훔쳐보고 있었다.

그 뒤 아내는 더욱 열심히 옆방에 드나들 뿐 아니라 심지어는 아침엔 출근을 늦추고, 저녁엔 퇴근을 앞당겨서까지 그들 남녀와 함께 보내는 시간을 길게 가지는 것이었다.

"아, 뭣 하러 남의 방엔 줄곧 가서 사는 거요. 그 사람들이 싫어할 거 아뇨. 가뜩이나 숨어 사는 사람들인데."

주인갑 씨가 보다 못해 탓했더니

"도리어 좋아하는걸요. 자기들을 경멸하고 비웃을 줄 알았는데, 이렇듯 진심으로 동정하고 격려해 주니 정말 고맙고 힘이 된대요."

태연히 말하고, 혜경 여사는 그 유들유들한 미소를 히죽 웃어 보이는 것이었다.

"격려라니? 아 탈선한 남녀에게 뭐라고 격려를 해, 잘했다고 박수라도 보낸다는 거요?"

"그럼 둘이 자살할 궁리만 하고 있는데 내버려둬요. 아, 죽긴 왜 죽어요, 만판 재미들을 봐야지."

주인갑 씨가 어리둥절해서 미처 대꾸를 못하니까, 혜경 여사는 퍼붓듯이 더욱 엉뚱한 말을 이었다.

14

"참말, 저 말예요. 옆방 여자가 살고 있던 집 근처에 찾아가서 슬그머니 알아보았는데요, 그 남편인가 하는 남자 말예요, 경찰에 수색원을 내놓고 연놈을 찾아내기만 하면 한칼에 찔러 죽인다고 벼르면서 비수를 품고 혈안이 되어 찾아다닌대요. 그러니까 혹시 누가 와서 묻더라도 아예 그런 사람 없다고 딱 잡아떼셔야 해요. 잘못하면 우리까지 피핼 받을지 모르니까요."

슬그머니 겁도 나고 아내의 태도가 괴이하기도 해서, 주인갑 씨는 몹시 못마땅한 말투로

"도대체 당신은 왜 남의 일에 참견해 가지고, 정볼 수집하러 쫓아다니며 야단이오."

나무랐더니,

"저쪽 사내의 동탤 몰라 두 사람이 무척 궁금해 하는걸요. 그래서 제가 가서 알아보고 온 거예요."

뭐가 나쁘냐는 듯이 말하고 혜경 여사는 히죽 웃었다.

"그들이 궁금해하든 말든 간섭하지 말아요. 괜히 휩쓸려들어 가지고 당신 말대로 우리까지 피해를 받으면 어쩔라구 그래요."

"이제 와서 모르는 체하게 됐어요? 그러다가 덜컥 정사라도 해버리면 어떡해요. 여자는 몰래 약봉지를 숨겨 갖고 있어요."

아닌 게 아니라 그렇기도 하다. 그들이 과연 자살이라도 하는 날이면 경찰에 안 알릴 수 없고, 으레 신문에서 떠들어대게 되고, 남편이 덤벼들 것이고, 구경꾼들이 모여들 판이니 모르는 체할 수만도 없는 일이다. 한편으로는 저만큼 온순한 태도와 풍만한 육체의 매력을 간직하고 있는 여자를 자살하게 내버려둔다는 것도 아까운 일이다.

사실 자살의 가능성은 충분히 있었다. 혜경 여사가 전하는 말에 의하면 황여인의 주장은 언제까지나 이렇게 숨어 배길 수 있는 일도 아니요, 만일 발각이 되어 남편의 손에 비참한 개죽음을 당하거나 세상 사람의 조소와 타기를 받아가며 법정에 끌려나가야 하는 치욕을 당하느니보다는 차라리 깨끗이 삶을 청산함으로써 하늘에 사죄하고 가슴에 맺힌 한을 풀어보자는 것이

었는데, 김 청년의 태도는 이와는 반대로 이왕 이렇게 된 바에는 덮어놓고 후회와 고민에 잠겨 죽을 생각만을 앞세울 게 아니라 깊은 참회 속에서 최선의 해결을 위한 연구와 노력을 기울여보는 것이 옳지 않느냐고, 여자를 달래고 타이르느라 애쓰고 있다는 것이다.

그러나 황 여인은 '당신은 남자요, 전도가 창창한 젊은 나이니 그럴 수도 있지만 내게야 터럭만큼인들 무슨 희망이 있느냐, 비록 목숨을 부지할 수 있다 하더라도 젊은 남자와의 불륜의 정사에 빠져 제 남편과 자식을 버린 화냥년이라는 손가락질을 받으며 이떻게 낯을 들고 살아가겠느냐, 그리고 당신은 어차피 내게서 언젠가는 떠나갈 사람, 떠나가야 할 사람, 가뜩이나 치욕의 낙인이 찍힌 내가 앞으로 누구를 믿고 무엇을 바라고 무슨 재미와 기력으로 세상을 살아갈 수 있겠느냐. 만약 당신이 나와 함께 죽기를 원치 않는다면 굳이 그러기를 바라지 않을 테니 이 이상 당신에게 피해가 가지 않도록 나 혼자 조용히 안심하고 죽을 수 있게 내 곁을 떠나달라' 고 조르고 있다는 것이다.

그래서 여자를 잠시도 혼자 두고 나갈 수 없는 청년은, 마침내 어느 날 주인갑 씨에게 이런 기괴한 요청을 해오게 된 것이다.

15

김두형 청년은 지난번처럼 구두를 가지런히 벗어놓고 방에 들어와서 무릎을 모으고 그 위에 솥뚜껑 같은 커다란 손을 얹은 다음 고개를 푹 숙이더니,

"주인 아주머니를 통해서 저희 사정 얘기를 대강 알고 계실 줄 압니다. 부끄럽습니다."

이마가 거의 무릎 끝에 닿도록 고개를 한 번 더 깊이 숙여 보이기에 주인갑 씨는 잠자코 있을 수도 없어서,

"거참, 퍽 유감스러운 사정이더군요."

은근히 나무라듯, 그리면서도 한편으로는 동정하듯 말하고 청년의 다음 이야기를 기다렸다.

"저희를 사람같이 안 보실 줄 알지만 그래도 한번 의논을 해보는 것이 좋을 줄 알고 염치없이 부탁 말씀을 드리려는 것입니다."

"천만에, 사람같이 안 보진 않아요. 도리어 사람이기 때문에 그런 실수도 저지를 수 있는 것이고, 또 인간이란 누구에게도 그런 실수를 저지를 요소와 가능성이 있는 거니까. 안 그렇소? 어서 얘기나 해봐요, 무슨 부탁이오?"

"고맙습니다. ……다름이 아니고요, 제가 부지런히 밖에 나가 다니면서 정세도 살펴보고 적극적으로 앞으로의 대책도 세워봐야겠는데 저 아주머니가 죽을 궁리만 하고 계시니 잠시도 곁을 떠날 수가 없어요."

"그래서요?"

"그래서 말씀입니다. 죄송한 얘깁니다만 제가 없는 동안은 아저씨께서 저 아주머니를 좀 감시해 주셨으면 안심하고 나가 다닐 수가 있겠기에……. 정말 염치없는 부탁입니다만."

아닌 게 아니라 뻔뻔한 얘기임엔 틀림없다. 저렇게 순직해 보이면서도 요즘 젊은이란 유부녀를 꾀어낼 무모한 담력과 이런 염치없는 부탁을 하리만큼 비위가 좋은지도 모르겠다.

그러면서도 한편 생각하면 어쨌든 딱하긴 딱한 일이다. 두 사람이 밤낮 저 모양으로 방구석에만 붙어 지내니 주인갑 씨 자신 야릇한 자극에 신경이 쓰일 뿐 아니라, 혜경 여사는 말할 것도 없고 보순이년까지 얄궂은 호기심에 잔뜩 부풀어가지고 괜히 속이 달뜨는 모양인데다가, 실제 문제로는 돈을 얼마나 가지고 있는지 모르지만 저렇게 처박혀 까먹고만 있다가 소지금이 떨

어지게 되면 그야말로 이번엔 자살 소동에 못지않은 굵는 소동이 벌어질 터이니 주인갑 씨로서도 피안 화재인 양 태평하게 구경만 하고 있을 처지는 안 되게 된 것이다. 또한 여자를 감시해 달라고 하지만 한방에서 여자를 지키고 있어 달란 말인지 어떻게 하라는 것인지 그 한계를 알 수 없어서 주인갑 씨는,

"감시라고 하면 날더러 방문 앞에 입초라도 서라는 거요, 어떡하라는 거요?"

넌지시 묻고 청년의 대답에 비상한 관심을 모았더니,

"그런 게 아닙니다. 아저씨께서 저희 방으로 가시든지 그렇잖으면 이리로 오라고 하든지, 아무튼 같이 앉아서 얘기 상대라도 해주셨으면 안심하고 나갔다 올 수 있겠습니다."

하는 것이어서 주인갑 씨는 나중 일이야 어찌 되든 간에 몇 시간이든 혹은 반나절이나 하루 종일이라도 옆방 여자와 마주 앉아 무슨 얘기든 나누면서 함께 지낼 수 있다는 것을 생각하니 나이 보람도 없이 가슴이 다 설렐 정도였으나, 겉으로는 태연한 체하고 이런 말을 물어보았다.

16

"그렇지만 본인이 어디 딴 남자와 한방에 있기를 원하겠소. 한편으로는 나도 늘 집에만 붙어 있을 순 없고."

"그 점은 조금도 괘념하실 바가 못 됩니다. 한 여자를 죽이느냐 살리느냐 하는 판국에 본인이 원하고 안 하고가 어디 있습니까. 본인은 지금 심한 절망감에 빠져 있는 환잡니다. 환자를 살려내기 위해서는 본인의 의사 여부에 불구하고 치료를 강행해야 하지 않겠습니까. 그리고 아저씨께서 외출하실

때는 식모 아가씨에게 잘 부탁해 놓으셔도 되고, 밤에는 주인 아주머니께서 말동무를 해주신다든가, 아무튼 세 분이 협력해서 감시해 주시면 제가 맘놓고 나가 다니면서 무슨 대책을 세울 수가 있겠습니다."

"한데 그 대책이란 어떤 거요? 우리로서도 한 달이든 두 달이든 무한정 감시원 노릇을 할 순 없으니까."

"그러합니다. 저 아주머니는 여기 숨어 지내다가 소지금이 떨어지게 되면 깨끗이 같이 죽어버리고 말자는 것입니다. 그렇지만 전 그게 아닙니다. 인천이라든가 안성이나 여주 같은, 서울서 뚝 떨어진 지방에 조그만 가게를 얻어 가지고 우선 세탁소라도 내서 함께 새출발을 해보자는 것입니다. 그러기 위해서는 소지금이 조금이라도 줄기 전에 부지런히 나가 다니며 알아봐야 하지 않겠습니까. 아저씨께서 제 청을 들어서 협력해 주신다면 한 달 안팎에 딴 데 자리를 잡고 옮길 수가 있겠습니다. 하긴 본인의 자포자기적인 절망감이 사라지기만 하면 그 전이라도 감시가 필요 없어질 것입니다. 아무튼 아저씨께서 잘 좀 타일러서 힘껏 살아보려는 의욕과 희망을 갖도록 용기를 내게 해주시기 바랍니다."

세련되지 못한 말솜씨로 떠듬떠듬 이런 말을 하는 김 청년의 표정에는 진지하고 적극적인 태도가 엿보여 주인갑 씨는 연방 고개를 끄덕거리고 있다가, 이 진기한 요청을 별로 쑥스러운 잡념 없이 수락할 수 있었던 것이다.

다음 날 아침, 청년은 우선 인천을 한 바퀴 돌아보고 오겠다면서

"그럼, 저 아주머닐 잘 좀 부탁합니다."

주인갑 씨에게 머리를 숙여 당부하고 나서 뜰에까지 따라온 황 여인더러는,

"아주머니 혼자 있으면 도무지 안심이 안 돼요. 자살 열병 환자니까."

그러고 청년은 일부러 큰 소리로 웃어 보인 다음,

"그러니까 엊저녁에 말한 것처럼 주인 아저씨께 무슨 좋은 말씀이라도 들

으면서 쓸데없는 생각일랑 잊도록 하세요."

달래듯 이런 말을 일러놓고, 마침 출근하려고 방을 나오는 혜경 여사와 나란히 대문을 나선 것이다.

청년이 나간 뒤 황 여인은 부엌과 수도 사이를 빈번히 내왕하면서 설거지를 끝내고, 걸레를 여러 번 헹궈 짜서 방바닥이랑 방 앞의 쪽마룻장을 훔치느라고 몸을 움직이는 동안도 주인갑 씨를 의식하고 약간 굳어진 태도가 분명했고, 또한 주인갑 씨는 씨대로 뜰 한쪽 구석의 한 평 남짓한 화단 앞을 괜히 서성거리면서 자연스럽게 말을 걸 기회를 노리노라니, 모르는 새에 저절로 가벼운 긴장과 흥분조차 느끼게 되어 이건 마치 순박한 젊은이가 연애의 첫걸음을 내어 디디려는 꼴 같아서 스스로 고소를 금치 못하는 것이었다.

17

"이거 어쩌다가 아주 엉뚱한 역을 떠맡게 되었습니다. 오늘부터 전 아주머니의 경호 책임자가 되었으니까요. 부디 무사히 임무 수행을 할 수 있도록 잘 좀 부탁합니다."

이런 경우, 주인갑 씨만 해도 역시 어지러운 세상에서 마흔 가까이나 나이를 쌓아온 만큼 무리 없이 농담조로 슬며시 임무 수행에 착수할 결의를 전달할 수가 있었다.

황 여인은 청년의 흰 고무신을 수돗가로 들고 나오면서 주인갑 씨의 이런 말을 듣고는 낯을 붉히며 조용히 웃더니 수도 앞에 쪼그리고 앉아 비누를 풀어가지고 고무신을 닦기 시작했다.

주인갑 씨는 그 옆을 지나 자기네 마루방 앞으로 다가서면서,

"혼자 계시자면 갑갑하고 괜한 잡념만 생기기 쉬우니 일이 끝나시거든 저희 방으로 오십시오. 이 마루방에 앉아 있으면 한눈에 한강과 노량진 쪽이 빤히 내려다보여서 심심한 줄을 모릅니다."

여인에게 권해 놓고 방에 올라서며 마침 실내 소제를 마치고 부엌으로 나가는 보순을 향해,

"얘 보순아, 여기 옆방 아주머니 올라와 앉으시게 방석 하나 내놔라."

일부러 외치듯이 큰 소리로 분부하기를 잊지 않았다.

주인갑 씨는 창가에 다가앉아 담배를 피워 물고 한강 인도교 주변의 전망을 즐기면서 한편으로는 황 여인의 동정에 비상한 관심을 모으고 있었는데, 여자는 오늘따라 방과 부엌과 수도 사이를 수없이 들락거리며 자기 고무신도 닦고 재떨이 같은 것도 꼼꼼히 물에 씻어 들여가고, 양말이랑 수건이랑도 빨아서 줄에 너는 등 오랜 시간을 쉴 사이 없이 밖에서만 움직이고 돌아가는 것이었다.

한강대교를 꼬리를 물고 왕래하는 수많은 차량들을 바라보다가도 씨는 자주 수도 앞에 앉아서 손을 움직이고 있는 황 여인의 뒷모습과 마침 나란히 같이 나와 앉아서 씻음질을 하고 있는 보순의 옆모습에 시선이 끌렸고, 그런 때면 으레 펑퍼짐한 황 여인의 둔부와 요즘 와서 부쩍 실팍해지기 시작한 보순의 둔부를 비교해 보다가 당황히 외면을 하고 나서, 여자의 가장 발달된 매력은 뭐니 뭐니 해도 둔부에 있으리라는 등 여자의 성숙도란 가슴의 부피보다도 오히려 둔부의 면적으로 재는 게 정확하리라는 등 실없는 생각을 은밀히 즐겨보기도 하는 것이었다.

일을 다 끝내고 난 황 여인은 자기 방으로 들어가버린 채 뜰에도 나오지 않고 잠시 아무 소식이 없기에, 주인갑 씨는 여러 가지로 궁금한 나머지,

"얘 보순아, 옆방 아주머니 어서 이리 놀러 오시라고 해라."

옆방에서도 들리도록 큰 소리로 외치니까 이내,

"네."

대답하고, 보순이가 쪼르르 달려가서 말을 전하는 모양이더니 곧 되돌아와,

"오신대요."

보고하고는 배시시 웃으며 음성을 낮추어,

"지금 얼굴 고치고 계셔요."

한 손으로 자기의 얼굴을 문질러 보였다.

"그래."

주인갑 씨는 저도 모르게 좀 퉁명스레 대답하고 잠시 더 기다려보았지만 황 여인은 뜰에만 몇 번이나 드나들 뿐 차마 이쪽으로 발길을 향하지 못하는 눈치기에, 씨는 다시 보순을 불러 데려오도록 분부한 것이다.

18

마지못해 보순을 따라 신방에 드는 신부 모양 살며시 방에 들어선 황 여인은, 주인이 권하는 대로 방석을 끌어당겨 그 위에 한쪽 무릎을 세우고 소리도 없이 조용히 앉았다.

언어 동작이 모두가 잔잔하고 조용한 인상의 여자라, 다소곳이 아미를 숙이고 수줍은 듯 앉아 있는 그 모습 또한 마치 미인을 그린 한 폭의 동양화와도 같이 주인갑 씨의 가슴속에 묘하게 스며드는 감동을 주었다.

씨는 보순을 시켜 귀한 손님을 대접할 때만 쓰는 중국 엽차를 내놓게 하고 여자에게도 권하고 자기도 한 모금 마신 다음,

"어떻습니까? 여기 와서 지내보시니 환경이 맘에 드십니까?"

우선 아무것도 아닌 그런 말로 어색한 분위기를 풀어보려 애썼다.

"네, 참 좋아요."

여자는 새삼스레 창밖을 내다보며 간단히 대답했다.

"이제 얼마 안 있으면 주위에 둘러선 아카시아 나무에 온통 꽃이 핍니다. 그땐 꽃향기가 진동하고 벌떼가 왕왕거려서 숫제 꽃 속에 들어앉은 것 같아집니다."

"얼마나 좋을까요."

이런 식으로 시작된 대화는 두 사람이 다 찻잔을 비우고 주인갑 씨 쪽에서는 다시 담배를 몇 대나 갈아 피우는 동안 두 사람 사이의 공기를 훨씬 누그럽고 자연스럽게 풀어주어서, 제법 이런저런 이야기가—물론 황 여인의 아픈 자국은 건드리지 않도록 피해 가면서— 그치지 않고 적당히 이어져 나간 것이다.

물론 대개는 주인갑 씨 쪽에서 화제를 끄집어내 가지고 주로 지껄였고 여자 쪽에서는 간단히 대답을 하거나 더러 질문을 하는 정도였지만, 그런대로 어떤 대목에서는 감동적으로 고요히 고개를 주억거린다든지 주인갑 씨의 얼굴을 마주 보며 무어라 형언할 수 없이 은은하고 포근한 느낌의 미소를 머금어 보일 정도가 된 것이다.

더구나 점심때가 되자 자기 방으로 돌아가려는 황 여인에게,

"그러면 제가 경호임무를 철저히 완수하지 못하게 되지 않겠습니까."

이런 농담을 하고 주인갑 씨와 보순이가 번갈아가며 만류해서 결국 셋이 두리반에 둘러앉아 같이 식사를 나누게 되었는데, 보순이가 부엌에서 사잇문으로 들여놓는 음식 그릇들을 황 여인이 자진해서 하나하나 받아 식탁에 옮겨놓는 솜씨라든지, 묻지 않고도 여자다운 민감성으로 주인갑 씨의 그릇과 수저를 착착 가려놓는 점이라든지, 식사 중에도 주인갑 씨의 수저가 어느 반찬 그릇으로 더 많이 가는가를 본능적으로 간파하고 그 반찬 그릇을 씨 앞으로 살그머니 옮겨놓는 등, 황 여인의 이러한 섬세한 면에 접했을 때 주인

갑 씨는 죽은 전처를 생각하고 가슴이 찌르르하도록 묘한 감동을 느꼈다. 모든 점이 지금의 아내와는 너무나 대차적이요, 죽은 아내와는 너무나 유사했기 때문이다.

이처럼 마음씨 고운 여자가 남편을 버리고 동생과 같은 청년과 도망을 나와 있다는 사실이 주인갑 씨에겐 믿어지지 않는 반면에 오죽했으면 그런 탈선을 했으랴, 혹은 청년이 유혹한 탓인지도 모른다 싶어 동정을 금할 수 없었고, 일방 이런 여자이기 때문에 자신의 과오에 대한 자책과 회오와 장래에 대한 불안과 절망에서 자살하지 않을 수 없는 심정이리라 생각하니, 씨는 어떻게 해서든 황 여인에게 새로운 희망과 자신을 안겨주고 싶은 것이었다.

19

이러한 주인갑 씨의 호의를 황 여인도 이내 직감할 수 있었던 탓인지 그 후로는 김 청년이 외출하고 난 뒤,

"자, 어서 이리 건너오세요."

주인갑 씨가 권하면 여자는 별로 주저하는 일 없이 순순히 따라 들어왔을 뿐 아니라, 더러는 주인갑 씨를 자기 방에 맞아들여 방문을 활짝 열어젖힌 다음 손수 만든 식혜라든지 생강차 같은 것을 대접하면서 반나절 혹은 진종일을 마주 앉아 지내면서도 귀찮아한다거나 지리해하는 기색은 조금도 보이지 않았다.

두 사람이 한 방에 마주 앉아 지내는 날이 거듭되는 동안 주인갑 씨는 차차 감시인으로서의 책임감에서이기보다도 전처를 여읜 이래 처음으로 맛보는 어떤 흐뭇한 즐거움에 이끌려, 아내가 출근하고 김 청년이 외출하기가 바뻐게 자기 방으로 황 여인을 불러들이든지, 아니면 자기 쪽에서 황 여인의 방으로 건너가든지, 혹은 화단 앞뜰에 야전용 침대를 펴놓고 나란히 걸터앉아 늦봄의 햇볕을 함빡 쬐며 눈 아래 벌어진 전망을 즐긴다든지, 아무튼 잠시도 황 여인 곁을 떠날 수 없는 습관이 박혀버리고 만 것이다.

그런 경우 두 사람은 적당한 화제가 있으면 그 화제 자체를 아껴가며 조금씩 맛보듯이 차근차근 지껄였고, 적당한 화제가 발견되지 않을 때는 입을 다물고 묵묵히 마주 앉거나 나란히 앉은 채 옥외 풍경에 시선을 붓다가는 이따금 서로 얼굴을 마주 쳐다보곤 하는 것만으로도, 여자다운 여자의 따뜻한 호흡과 체취와 마음씨가 자신에게 흠씬 배어드는 것만 같아서 주인갑 씨는 그저 얼마든지 즐겁기만 했다.

성경에는 마음으로 간음해도 죄라고 했으나 씨는 육체적인 간음 외에는 죄라고 여기지 않았기 때문에 이러한 즐거움을 별로 도덕적인 가책이나 수치로는 생각지 않았지만, 그래도 현실 문제로서 황 여인이 독신이 아니라 내막 실정이나 그 주제야 어떻든 엄연히 남편이란 자가 있어 혈안이 되어 찾아다니는 중이라 하고, 게다가 눈앞에 김이란 청년이 붙어 있음을 생각할 때 마음이 개운치는 않았다.

그러고 보면 생각하기에 따라서는 납득이 안 가는 일이 한두 가지가 아니었는데, 우선 김 청년이 육체적으로는 이미 남이 아닌 여자를 주인갑 씨에게 태연히 밀어 맡기고 며칠째 분주히 나가 돌아다니는 것이라든지, 혜경 여사가 그런 사실을 환히 알고 있으면서도 일언반구의 참견이 없이 모르는 체하고 지내는 일이라든지, 그런 식으로 따지고 들면 혜경 여사와 김 청년이 대개 같은 시간에 집을 나갔다가 저녁에 돌아올 때도 비슷한 시간에 돌아온다는 사실 또한 의심을 하자면 얼마든지 의심이 가는 일이었다.

그래서 주인갑 씨가 빙그레 웃으며,

"절 이렇게 아주머니와 가까이 지내게 해놓고 안심하고 매일같이 나다니는 걸 보니, 청년은 남을 전혀 의심할 줄 모르는 사람인가 보군요."

황 여인을 슬쩍 떠보았더니,

"그야 선생님을 그만큼 믿으니까 그렇겠죠. 하긴 그 사람 역시 주인 아주머니와 같이 다니기도 하구요."

좀 이상한 대답이었다.

"같이 다니다니요? 어디를요?"

황 여인은 도리어 의외라는 표정으로 주인갑 씨를 돌아보며,

"모르세요?"

묻기에, 씨는 더욱 어리둥절해서,

"무슨 얘기시죠?"

반문할 수밖에 없었다.

20

"아주머니께서 세탁소를 낼 만한 가게를 손수 잡아주신다고 해서 따라다니는 모양이던데요."

"가겔 잡아준다고요? 그럼 두 사람이 만날 같이 쏘다니는 모양인가요?"

"그런가 봐요. 아주머니께선 동창생들이랑을 통해서 여기저기 알아보실 데가 많은가 봐요."

"흐음!"

하기는 혜경 여사는 여고와 대학(1학년만 다니고 말았지만) 시절, 더구나 미용학교 시절의 동창생들이 서울 시내는 물론 각처에 퍼져 자리 잡고 있을 뿐 아니라 워낙 비위가 좋아서 사람을 잘 사귀기 때문에 그 밖에도 남편 이

상으로 제법 안면이 넓은 편이었다.

주인갑 씨는 반드시 사람을 가려서 사귀었고, 게다가 비위에 맞지 않는 사람과는 오래 교제를 계속하지 못하는 성미였으므로 사업 계통에서 굴어오면서도 신용이 있는 대신 인적 기반은 약한 편이라 결국 그것이 실패를 가져오게 된 일인(一因)이기도 했지만, 반대로 그 부인 혜경 여사는 싫건 좋건 누구와도 잘 사귀었고 또 속으로는 아무리 아니꼽고 보기 싫은 사람일지라도 표면상은 태연히 교제를 계속해 나갈 수 있을 만큼 폭이 넓다고 할까, 유들유들하고 뱃심이 세다고 할까, 아무튼 그런 묘한 일면이 있었다.

그 단적인 예로는, 주인갑 씨와 정식으로 부부가 된 지 오랜 지금에도 혜경 여사는 이혼한 전남편, 특히 어린애를 못 낳는다고 내쫓다시피 한 전남편이며 시집 사람들과 아직도 완전히는 접촉을 끊지 않고 있는 눈치였다.

주인갑 씨가 불쾌해서 그 점을 나무라면 혜경 여사는 변명도 사과도 하는 일 없이 유들유들하고 능글맞아 보이는 웃음을 히죽 웃어 보일 뿐이었는데, 여사는 아무리 누가 면대해 놓고 면박을 주거나 비난을 해도 좀처럼 화를 내는 일이 없이 상대방을 조소하듯 묵살하듯 그리고 연민시하듯 그저 그 독특한 웃음을 히죽 웃어버리는 것이 보통이었다.

이러한 혜경 여사는 더욱이 남녀 문제에는 백지에 먹물이 튀듯 자극과 영향을 잘 받을 뿐더러 나이와 다소의 교양 탓에 쉬 탈선은 않더라도 그 방면엔 일종의 탐험가적 소질이 농후해서 그렇지 않아도 여러 가지로 신경이 쓰여오던 주인갑 씨라, 황 여인에게서 의외의 말을 듣고 나니 부쩍 궁금증이 커질 수밖에 없었다.

"그래 가게는 마땅한 데가 있대요?"

"모르겠어요, 아직. 여러 군델 다 가보고 나서 정한다니까요."

"도대체 어디 어딜 가본대요? 인천하고, 어디요?"

"지금까지 이천, 김포, 안성, 안양, 이렇게 다녀오셨는가 봐요."

"그럼 아직 더 돌아다닌대요?"

"아마 의정부, 인천, 광주까지 돌아보실 모양예요. 오늘은 여주에들 가셨으니까요."

"아, 차라리 남한 일줄 하라죠. 그래 조그만 세탁소 자릴 하나 고르는데 그렇게 둘이서 붙어 다니며 관광 코스를 죄다 뒤져야 한대요?"

주인갑 씨가 부지중 황 여인에게 투정을 부리듯이 했더니,

"선생님, 의심하고 계세요?"

여자가 조심스레 묻기에,

"저보다 아주머닌 어떻게 생각하십니까? 두 사람의 목적이 가겔 보러 다니는 데만 있다고 믿고 계십니까?"

물으니까, 황 여인은 잠시 고개를 숙이고 있다가 재차 이런 반문을 해온 것이다.

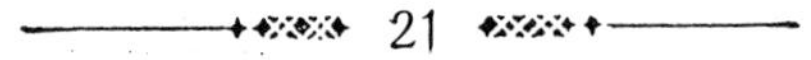

21

"선생님은 아주머닐 못 믿으세요?"

"믿고 못 믿고보다도 먼저 성격과 취미의 차이, 달리 말하면 근본적인 인생 태도의 차이에서 오는 제멋대로의 그 엉뚱한 행동이 저로선 늘 불쾌하고 불안합니다. 그렇다고 당장 무슨 탈선을 했다든지 하리라고 여기는 것은 물론 아니지만요."

사실이 그렇다. 혜경 여사의 속셈은 뻔한 일이다. 남편보다는 거의 한 둘레 반이나, 자기보다는 한 둘레 가까이나 젊은 청년. 손, 발, 귀, 코 할 것 없이 우람스럽게 생긴 건장한 청년, 게다가 연상의 여자와 애정 도피를 단행할 만

한 정열과 용기를 간직하고 있는 청년, 그러면서도 불량배 같지는 않고 어딘가 순직해 보이는 김 청년과 단둘이 봄바람을 타고 각처로 여행을 다니며 기분을 좀 내보자는 것일 게다. 물론 여사로서도 그 이상의 무엇을 노리는 것은 아닐 것이요, 주인갑 씨로서는 거기까지는 생각하고 싶지도 않고 알 수도 없는 일이다.

아무튼 혜경 여사에게는 이성교제에 있어서 평탄한 대로를 걷기보다는 마치 낭떠러지의 벼랑길이나 외나무다리를 건너듯 하는 위태로운 면이 다분히 있었다. 그래야만 만족할 수 있는 모양이었다.

하기는 인간에게는 누구에게나 그런 일면이 다소나마 있을지 모른다고 주인갑 씨는 생각했다. 누구보다도 명예를 중히 여기는 지명인사(知名人士)라든지 나이 지긋한 중년이나 초로의 남녀들마저 가끔 이성관계에 엉뚱한 실수를 저지르는 것은 그래서일 것이다. 현재의 주인갑 씨 자신도 황 여인을 감시한다는 명목 하에 실은 은근히 접근을 꾀하며 그 즐거움을 만끽하고 있는 것도 그와 비슷한 심리작용일 것이요, 한편 황 여인 역시 청년과 도망 나온 사건은 말할 것도 없거니와 주인갑 씨에게 이러한 감시를 받고 있는 것에도 의식하든 못하든 일종의 즐거움을 느끼고 있는 것이 아닐까.

그래서 주인갑 씨는 넌지시 이런 질문을 던져보았다.

"날마다 제가 이렇게 지키고 있어서 사뭇 귀찮으시죠?"

"그 대신 안심이 돼요."

"어째서요?"

"누가 같이 있어주지 않으면 잡념과 고민만 더해져서 저 자신 어떤 발작적인 실술 할지도 모르겠어요. 그리고 또 한 가지는 제 애아버지가 언제 미친 사람처럼 달려들지도 몰라요."

"설마 여기까지야 뒤져내겠어요."

"누가 알아요. 어젯밤 꿈에 피 묻은 칼을 휘두르며……. 용서하세요. 이런 끔찍한 말씀을 드려서……."

"지나친 고민과 정신적 피로에서 그런 꿈을 꾸시게 됐나 봅니다. 너무 맘을 약하게 가지지 마세요."

"전 붙잡혀서 찔려 죽어도, 맞아 죽어도 할 수 없는 일예요. 하지만 앞날이 창창한 젊은 사람에게 무슨 일이라도 있으면……. 그게 두려워요."

여자의 이러한 걱정은 의외에도 일찍 다음 날로 현실로 나타나고야 말았다.

그날 주인갑 씨는 마침 남성산업 관계의 용건이 있어서 황 여인에 대한 감시를 보순에게 부탁하고 외출했다가 저녁 무렵에야 돌아와서, 여느 때 없이 반쯤 열려져 있는 대문을 꺼림칙하게 여기며 들어서다 말고 씨는 그만 흠칫 놀라 걸음을 멈춘 것이다.

22

주독 탓인지 코끝이 벌겋고 오른쪽 눈 밑에 흉한 흉터가 있는, 작달막한 키에 몸이 짝 바라진 쉰이 다 돼 보이는 웬 남자가 황 여사의 방문을 활짝 열어젖히고 그 문턱에 신발을 신은 채 걸터앉아서 대문을 들어서는 주인갑 씨를 충혈된 거친 눈으로 노려보는 것이었다.

한편 얼굴이 파랗게 질린 보순이 역시 겁을 집어먹은 광숙을 두 팔로 가슴에 안듯이 하고 부엌문에 등을 기대고 서서 석상처럼 굳어져 있었다.

직감적으로 황 여인의 남편이구나 하는 생각에 주인갑 씨는 가슴이 섬뜩했으나 그런 기색은 보이지 않고 남자 쪽으로 다가서며,

"누구시오?"

힐난조로 물었다. 그러자 남자도 성큼 몸을 일으켜 뜰로 내려서며

"이 집 주인이시오?"

맞받아 묻는 것이었다.

"그렇소. 대체 누구십니까?"

"난 이 방 계집의 남편이오."

남자는 사나운 눈초리로 주인갑 씨의 전신을 한번 쓱 훑어보았다.

"아, 그러세요. 한데 도대체 어떻게 된 영문입니까?"

하면서 주인갑 씨는 방 앞으로 다가가 실내를 들여다보았지만 황 여인은 거기에 없었다. 더럭 겁이 나서,

"그럼 부인은?"

주인갑 씨가 묻는 말에,

"놓쳐버렸습니다. 이년을 그저……. 에잇!"

남자는 분한 듯이 이를 갈았다.

주인갑 씨는 우선 안심이 되어서,

"아무튼 제 방에 좀 들어가 앉으시죠."

남자를 데리고 마루방으로 올라갔다.

마주 앉자마자 주인갑 씨 쪽에서 먼저 인사를 청했더니,

"전 서병칠이라고 합니다."

마지못해 통성명을 하는 서씨에게서는 주기가 풍겼고 흥분이 가시지 않은 눈은 주인갑 씨마저 의심하는 듯 여전히 날카롭게 번득거렸다.

주인갑 씨는 서씨의 흥분을 다소라도 가라앉히려고 담배를 권하고 자기도 한 대 피워 문 다음,

"도대체 어떻게 된 영문입니까?"

아무것도 모르는 체하고 물었다.

"그년이 글쎄 직공 놈하고 붙어가지고 내가 며칠 집을 비운 틈에 가게까

지 팔아치우고 그 돈을 갖고 도망 나오지 않았습니까. 세상에 그래 이런 변이 있습니까. 근 이십 년이나 데리고 살아온 여편네가 말입니다."

"가게를 판 돈을 갖고요? 얼마나 되게요, 그 돈이?"

그것은 주인갑 씨로서 처음 듣는 얘기라 적이 놀라웠다.

" 십육만 원은 될 겁니다. 가게를 십팔만 원에 팔아넘겼다니까요."

"그럼 이만 원의 차액이 나는데 그 돈은 어떡하고요?"

"아, 글쎄 그 염병할 년 좀 보세요. 그 돈으로 가게 옆에다 콧구멍만 한 방을 히나 얻어놓고 거기에 내 이부자리랑 냄비랑 식기 몇 개만 옮겨놓고는 이런 뻔뻔한 편질 떡 써놓고 도주해 버리지 않았겠어요. 내 참 육실할 년 같으니라고!"

씹어뱉듯 하고 서병칠은 양복저고리 안주머니에서 두툼한 흰 봉투를 한 장 꺼내더니 그것을 주인갑 씨 손에 넘겨주려다 말고 웬일인지 갑자기 주춤하면서 의심을 품은 눈으로 뚫어지게 주인을 한참이나 노려보는 것이었다.

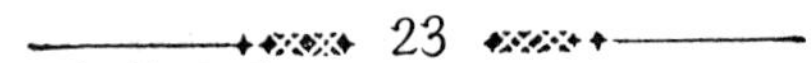

23

"괜찮으시거든 보이세요. 비밀은 지킬 테니까요."

"이건 그년의 증거품입니다. 없애면 안 돼요."

그러고 서병칠이 내미는 봉투를 받아 알맹이를 꺼내보았더니 달필은 아니지만 차분한 그 성품을 알아볼 수 있을 만큼 단정한 글씨로 또박또박 아래와 같은 내용이 적혀 있었다.

마침내 이렇듯 무모한 결말을 가져오고야 말게 된 것은 당신을 위해서나 저 자신을 위해서나 그리고 순희를 위해서나 정말 가슴 아픈 일이 아닐 수 없습니다.

싫든 좋든 간에 그래도 20년 가까이나 이어온 부부의 인연을 저로서도 이처럼 떳떳치 못한 방법으로 끊어버리고 싶지는 않았습니다만 당신이 추호도 반성하는 빛이 보이지 않을 뿐 아니라 날이 갈수록 만행과 추태가 자심해가며 남편으로서의 구실을 다하지 못하니 딴 도리가 없습니다.

그 동안 저는 인간으로서 아내로서의 모든 희망과 욕망을 누르고 온갖 고통과 굴욕을 참을 대로 참아왔으나 이 이상 보람 없는 고절을 지켜나갈 자신과 기력을 마침내 잃고 말았습니다. 한편 맹목적인 열녀가 될 수 없는 자신의 결함은 인정하오니 그 점 너그러이 용서하시고 깨끗이 저를 단념해 주시옵소서.

여기 오로지 저 혼자의 눈물과 피땀의 결과로 마련되었던 가게이기에 무단히 18만 원에 처분해서 한때는 제가 다 가지고 갈까고 생각했사오나 인정상 차마 그럴 수가 없사와, 3분지 1인 6만 원을 당신의 몫으로 떼어드리기로 했습니다만 우선 7000원 선금에 700원씩 매달 까가는 이 방을 얻어놓고 1만 3000원만 현찰로 두고 갑니다.

당신 몫의 잔액 4만 원은 당신이 정식으로 이혼수속을 밟아주셔야 지불해 드리겠사온데 그 구체적인 방법으로는 수속이 완료되는 대로 언제든 경향신문에 조그맣게 광고를 내주시면 그 사실을 확인하고 나서 즉시 우송해 드리겠습니다.

그리고 유감스럽게도 이상의 제 마지막 청을 당신이 만일 끝까지 거부하신다면 저는 차라리 소지금 전액을 탕진한 뒤에 아예 자살해 버리고 말 각오이옵니다. 이것은 단순한 협박이 아니라 오래 전부터의 저의 결심이오니 그리 믿어주시기 바랍니다.

그러면 제가 소지금을 완전히 탕진해 버리기 전에 조속히 이혼수속을 끝내시고 4만 원을 찾아가시는 동시에, 당신은 당신대로 저는 저대로 각기 새 길을 더듬어 나갈 수 있는 한 줄기의 희망을 남겨주시옵소서. 눈물로써 마지막으로 간곡히 드리는 부탁이옵니다.

이 밖에 여백에다가 '추백' 이라 적고 그 밑에 잔글씨로,

"만일 조속한 시일 내에 이혼수속을 완료하고 나서 점잖게 상의해 오신다면 재산분배 문제는 얼마든지 재고할 용의가 있습니다."

이런 내용까지 덧붙여 있었다.

주인갑 씨가 편지를 다 읽고 나자 그 동안 오라질 년이니 찢어죽일 년이니 하고 혼자 투덜거리고 있던 서병칠은 편지 내용의 몇몇 구절을 지적하며 황여인의 성적 본능의 과잉을 사뭇 노골적인 말투로 공격하기 시작하는 것이었다.

24

"자, 여길 좀 보시오. 모든 희망과 욕망을 누르고 온갖 고통과 굴욕을 참을 대로 참았다고 하는데 이 욕망이나 고통이란 말이 무슨 뜻인지 아시겠습니까? 그리고 열녀가 될 수 없는 자기의 결함을 인정한다든가, 날더러 남편으로서의 구실을 다하지 못했다든가 하는 말이 어떤 불만에서 나온 말인지 아시겠느냐 말입니다."

여기서 서병칠이 갑자기 말을 끊고 어디 솔직히 대답해 보란 듯이 쏘아보는 바람에 주인갑 씨는 잠자코 있을 수도 없고 그렇다고 섣불리 입을 놀릴 수도 없어서,

"글쎄요……."

어름어름해 버리니까, 서병칠은 마치 주인갑 씨에게 대들기라도 하듯 더욱 거친 투로 말을 이었다.

"글쎄요가 아닙니다. 이건 뭐 생각해 볼 여지도 없어요. 밤낮 제 년만 끼고 눠서 그래주지 않는단 수작입니다. 아 그래 사람이 허구한 날 밥 먹듯 그 짓만 하고 있을 수 있습니까. 내 세상에 그렇게 ×년은 첨 봤습니다. 그러니 젊었을 땐 아무리 정력이 출중했던 난들, 인젠 나이가 나인데 당해 낼 수가 있겠습니까. 아 그랬더니 글쎄 이 찢어죽일 년이 나잇값도 못하고 데리고 있던 젊은 직공 놈과 덜컥 붙어버렸단 말씀예요. 게다가 엄연히 내 재산인 가겔 몰래 팔아가지고 뺑소닐 쳤으니 그래 이년을 그냥 둘 수 있습니까. 그리곤 뭐 이혼수속을 해내라고요. 온 어림없는 수작 좀 말래요. 아 그 염병할 년이 맘놓고 ×방× 하라고 이혼을 해줘요. 내 기어이 잡아서 연놈에게 한꺼번에 주릿댈 안기고야 말 테니 두고보세요."

서병칠은 이를 북북 갈며 고함을 지르듯 지껄여대더니 또 잠시 주인갑 씨를 노려보다가,

"괜히 그 연놈을 끼고돌든지 내 일에 방핼 놀면 댁에도 재미없습니다. 여태까지만 해도 첫눈에 바람난 연놈이 뻔한 걸 경찰에 고발도 않고 숨겨둔 건 댁의 잘못이니까요."

이런 협박조의 말에 주인갑 씨는 은근히 켕기지 않는 바도 아니었지만 한쪽으로는 슬그머니 화도 치밀어,

"당신 거 무슨 말을 그렇게 하우. 끼고돌든지 방핼 놀면 재미가 없다니, 그래 내게 무슨 그런 눈치라도 뵌단 말이오? 그리고 또 그 여잘 내가 숨겨뒀다고? 어디서 그런 터무니없는 시빌 걸어오는 거요?"

내쏘고 마주 흘겨보았더니,

"아 그럼 부부가 아닌 연놈이 놀아난 걸 뻔히 알고도 왜 경찰에 고발을 안 했느냐 말이오? 그게 숨겨준 거지 뭐야."

서병칠은 조금도 숙어지지 않고 여전히 대들었다.

"남이 부부건 아니건 놀아나건 말건 내가 뭐라고 경찰에까지 쫓아다니며 알려야 한단 말이오."

"그럼 그년을 빼돌린 데 대한 책임은 질 테요?"

"빼돌려?"

"당신 딸인가 식몬가 아까 그 계집애가 그년을 감쪽같이 뒷문으로 도망시켜 버렸단 말이오."

"그야 사태가 험악해 보이니까 겁결에 그럴 수도 있었을 게 아뇨."

이때 마침 대문소리가 났고 서병칠이 긴장한 낯으로 밖을 내다보더니 대뜸 자리를 박차고 뛰어 일어서는 길로 비호같이 대문을 향해 달려 나간 것이다.

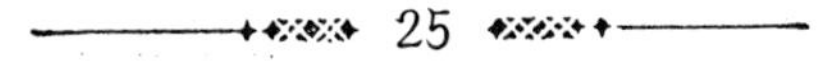

25

혜경 여사와 김 청년이 함께 돌아온 것이었다.

"이놈 잘 만났다!"

외치며 맨발로 달려가는 서병칠을 본 김 청년은 번개같이 홱 몸을 돌이켜 대문 밖으로 달아나버렸고 사태의 진상을 민감히 눈치를 챈 혜경 여사는 재빨리 대문을 닫고 그 앞을 막아선 것이다.

"비, 비키지 못해."

서병칠이 눈을 흘기며 고함을 질러도 혜경 여사는 일부러 얼떨떨한 표정을 짓고,

"왜 이러세요? 도대체 당신은 누구예요?"

묻는 바람에 남자는 울화통이 터지는 듯,

"이거 정말 이러기야."

덤벼들어 여사를 힘껏 한쪽으로 밀어붙인 다음 대문을 왈칵 열어젖히고 밖으로 뛰어나갔으나 청년은 이미 언덕길을 완전히 달려 내려가서 노량진 거리 모퉁이로 자취를 감추어버리는 순간이었다.

서병칠은 그래도 언덕길을 반쯤 쫓아 내려가보다가 할 수 없는지 단념하고 투덜거리며 되돌아온 것이다.

그는 맨발로 뜰 한가운데 버티고 선 채,

"왜 훼방을 노는 거야? 나와 한번 겨뤄볼 작정이야?"

살기를 띠고 번득거리는 눈으로 혜경 여사와 주인갑 씨를 번갈아보며 대드는 것이었다.

"듣고 보니 댁은 옆방 여자의 남편이라고요? 그러면 그렇다고 얘길 해야 할 거 아녜요. 어디서 듣도 보도 못한 남자가 눈을 곤두세워 가지고 청년에게 달려들려고 하니 저로서야 일단 말려놓고 봐야 할 일 아녜요."

혜경 여사가 조금도 겁내는 기색이 없이 침착하게 말하고 히죽 웃으니까,

"나를 소개하고 어쩌고 할 새가 있었어요? 그럴 시간적 여유가 있었느냐 말이오. 어쨌든 책임지란 말이야. 연놈을 눈앞에 보고도 놓쳐버린 건 당신들 탓이니 어떡할 테야? 책임지고 연놈을 잡아줄 테야?"

사내는 더욱 기세를 돋우며 덤비는 것이었다.

"좀 조용히 해요. 그 사람들을 잡고 못 잡는 건 당신 사정이고, 우리가 책임질 일은 아뇨. 그것보다도 왜 남의 집에 함부로 뛰어들어와 시끄럽게 떠들어대는 거요."

주인갑 씨가 나무랐더니,

"범인을 잡으러 왔소. 간통 횡령의 진범을 잡으러 왔단 말이오. 그래도 당신이 큰소리 칠 수 있소. 그런 파렴치한 범인을 당신들이 숨겨주고 도주를

방조했으니 두고봐요. 내 당장 가서 경찰관을 불러올 테니 어디 큰소리만 치고 배길 수 있나 두고보란 말요."

남자는 한바탕 으르대고 나서 그제야 발바닥을 툭툭 털고 구두를 주워 신은 다음 우쭐해 가지고 돌아서 나가는 것이었다.

정말 경찰관을 데려온다면 일이 더욱 시끄러워질 것이 뻔하기 때문에 주인갑 씨는 은근히 불안해서 부인을 돌아보았으나 혜경 여사는 태연히 웃으며,

"그 사이에 본인들이 돌아와서 짐을 몽땅 챙겨가지고 달아나버려도 우린 몰라요."

대문을 나서는 서병칠을 향해 이런 말을 내던졌을 뿐이었다.

26

혜경 여사의 그러한 경고에도 불구하고 서병칠은 얼마 후에 과연 정복경찰관을 한 명 앞세우고 서슬이 시퍼래서 돌아와서는,

"방금 말씀을 드린 바와 같이 이 사람들은 연놈이 간통 횡령의 범인임을 알고도 숨겨두었을 뿐 아니라 그들을 두둔하고 심지어는 도피를 방조했습니다."

주인갑 씨 내외와 경찰관을 번갈아 보며 의기양양해서 떠들어댔다.

이쯤 되고 보니 주인갑 씨도 더 강한 반감이 치솟는 일방 배짱 같은 것이 생겨서,

"여보 당신 말조심해. 자기 여편네 하나 제대로 건사 못해서 젊은 놈에게 가로채여 가지고 이건 누구에게 함부로 생트집이야, 트집이."

마주 흘겨보며 냅다 소릴 질렀고 혜경 여사는 여사대로 히죽히죽 웃으며,

"아주머니 애길 들으면 되레 댁이 나쁘던데요. 난봉을 피우다 못해 뭐 식모까지 건드렸다면서요. 그래 댁의 버릇을 고쳐주기 위한 연극이랍디다."

천연덕스레 모욕적인 공격을 넌지시 가하게 되자 서병칠이 펄펄 뛰면서 덤벼들려 하는 바람에 도리어 경찰관이 어리둥절해서 큰 소리로 그를 제지시키는 사태에 이르렀다.

마침내 주인갑 씨 내외는 경찰관의 간단한 신문을 받기는 했지만—우리도 그들을 수상쩍게는 생각했으나 정확한 내막 사정도 모르고 남의 가정 분쟁과 남녀 문제에 섣불리 개입할 필요가 없다고 생각하고 방관한 것뿐이요, 여자의 도주 경위는 저 사람이 처음부터 저렇게 사납게 덤벼드니까 겁에 질린 식모애가 미처 대문을 열어주지 못하고 머뭇거리는 사이에 뒷문으로 도망친 것이요, 청년의 경운 역시 우리 집사람이 귀로에서 만나 같이 대문을 들어서는 순간 난데없이 저 사람이 당장 때려잡을 듯이 덤벼드니까 무슨 불상사라도 생길까 봐 앞을 막아서서 만류한 것뿐이라고—변명조로 차근차근 주인갑 씨가 대답했더니 경찰관은 연신 고개를 끄덕거리며 듣고 나서,

"아무튼 본인들이 다시 나타나면 일단 파출소에 연락해 주십쇼."

그런 말을 남기고 이내 돌아가버린 것이다.

이렇게 되고 보니 그만 머쓱해진 서병칠은 이번엔 다소 누그러진 태도로,

"그러면 난 이 방에서 연놈을 지키고 있을 테요."

그러고 황 여인의 방에 들어가려는 것을,

"안 돼요."

주인갑 씨가 딱 잘라 말하고 앞을 막아서니까,

"어째서 안 돼요? 내 마누라 방에 들어가는데 안 될 게 뭐요."

서는 몹시 비위가 상하는 듯 낯색이 달라지며 항의를 했다.

"이 방을 우린 당신에게 빌려준 일은 없소. 황진옥이란 여자와 계약한 것이니까 계약자의 승낙 없이는 어떤 사람도 들일 수 없소."

"아, 내가 엄연히 그년의 남편인데도 안 된단 말이오?"

"계약인의 인정 없이는 우리는 당신을 계약인의 실질적인 남편으로 인정할 수 없소."

이 말에는 더 참을 수 없다는 듯이 서병칠은 대뜸 눈썹을 곤두세워 가지고,

"뭐 어째 이 자식아."

웃통을 벗어 팽개치며 폭력 행사로 나올 기세를 보였다.

27

주인갑 씨는 폭력에는 자신이 없었기 때문에 찔끔해서 뒤로 물러서며,

"그래 당신이 날 칠 테야? 치고 배길 수 있음 쳐봐. 당신 같은 깡패는 전화 한 통이면 알아볼 테니……."

입으로는 지지 않고 대항했다.

그러자 서병칠은 얼굴 전체가 뒤틀리듯 일그러지며,

"이게 정말 어떻게 뒈지고 싶어 지랄이야."

폭언과 동시에 와락 덤벼들어 주씨의 멱살을 힘껏 추켜잡고 그대로 질질 밀고 가서 벽에다 대고 꼼짝도 못하게 꽉 눌러버렸다.

주인갑 씨는 전신을 비틀며 몸부림을 쳐봤으나 숨이 컥컥 막혀 얼굴이 적청색으로 변해 가지고,

"이놈을…… 당장…… 순경을 불러와요, 순경을……."

기를 쓰고 간신히 그런 말을 외칠 수 있었을 뿐이었다.

그 통에 광숙이와 보순은 맞붙들고 울어댔고 혜경 여사는 덤벼들어 뜯어 말리느라고 한동안 일대 소란이 계속된 것이다.

'만일 앞으로도 연놈을 싸고돌거나 체포에 방핼 놀았다간 제명에 죽지 못할 줄 알라' 고 역시 위협적인 폭언을 남기고 서병칠이 대문을 나간 뒤, 제 놈이 이젠 할 수 없이 돌아갔을 거라고 안심을 했더니 마침 심부름을 나갔다 돌아온 보순이 겁에 질린 눈으로,

"아까 그 남자 대문 밖 나무그늘에 숨어 있어요."

작은 소리로 일러바치는 말을 듣고 나니 그 지독한 성미에 부지중 소름이 끼쳐 주인갑 씨는 도로 불안한 생각이 되살아 올랐다. 저러다가 밤이 깊어지기를 기다려 그자가 무슨 짓을 하러 덤빌지도 모르거니와 한편으로는 혹시 황 여인이나 김 청년이 피차의 소식이 궁금한 나머지 야음을 타서 동정을 살피러 살그머니 돌아오기라도 하다가 남자에게 걸려드는 날이면 그야말로 어떤 처참한 장면이 벌어질지도 모르기 때문이었다.

그러나 다행히도 그날 밤은 무사히 넘겼고 이튿날 아침 황 여인과 김 청년은 따로따로 혜경 여사의 미장원을 찾아와 거기서 서로 만나게 되었는데, 다행히 황 여인은 예금통장을 몸에 지니고 있었으므로 혜경 여사가 손수 필요한 금액을 찾아내다가 미장원 근처에 임시로 조그만 방을 얻고 우선 두 사람을 들게 해주었다는 것이다.

"그런데 자꾸만 경찰에 자수해 버리겠다고들 고집이니 어떡하면 좋아요?"

"자수?"

"이대로 도망을 다니며 언제까지나 숨어선 못 배기겠는 모양예요."

"그러니까 본남편과 이혼할 수 있는 방법을 연구해 봐야지."

"그자가 어디 만만히 이혼해 줄 것 같아요?"

"그게 문제야. 저걸 어떡하면 무사히 해결할 수 있을까?"

"그것도 그거지만 두 사람 자신의 문제가 더 난처한 것 같아요."

"두 사람 자신의 문제라니?"

"아주 복잡해요. 피차 부부는 될 수 없다면서 갈라서야 할 책임의 한계, 정

신적 애정과 육체적 애정의 불균형, 말하자면 이런 거 말예요."

"무슨 소리요? 구체적으론."

"차차 아시게 될 거예요. 우리 사이도 결국 오십보백보니까요."

주인갑 씨가 찔끔할 만큼 혜경 여사는 침실에서처럼 황홀한 동경에 타오르는 듯한 눈으로 히죽이 웃었다.

3인 가족

1

황 여인과 김 청년의 복잡한 사정 내막을 언급해 오다가 "우리도 결국 오십보백보니까요" 한, 혜경 여사의 말이 무엇을 뜻하는 말인지를 이내 알아차릴 수 있을 만큼 주인갑 씨 자신 여사와의 부부생활에 있어서 죽은 전처 때에는 거의 경험할 수 없었던 애정 표시의 불균형으로 고민해 오고 있었던 것이 사실이다.

이를테면 아침 같은 때 부부 중 어느 한쪽이 외출하게 되는 경우 혜경 여사는 으레 서양영화에서 보듯이 와락 껴안고 키스를 하였고 남편에게도 그래주기를 요구했지만 주인갑 씨는 도무지 쑥스러워서 마지못해 형식적으로 응하거나 그렇지 않으면 괜히 딴전을 피우면서 슬쩍 고개를 비틀거나 아주 돌아서버리는 일이 보통이었다. 혜경 여사는 그것도 그저 입술을 볼이나 목이나 그런 데 살짝 댔다가 떼는 정도가 아니라 이건 반드시 남편의 입술 위에다가 자기의 입술을 아프도록 꽉 누르고 한참이나 물어 빨듯 할 뿐 아니라 입술을 떼고도 활활 타오르는 듯한 눈으로 빠끔히 쳐다보며,

"빠이빠이."

고개까지 간들간들 흔들어 보이는 데는 그만 주인갑 씨는 견딜 수 없어서 반쯤 울상이 되다시피 해가지고 도망치듯 총총히 집을 나와버리는 것이었다.

물론 외출했다가 귀가했을 때도 마찬가지였는데, 이것도 간혹 가다 한 달에 한두 번이라든지 어쩌다 유쾌한 일이라도 있다든지 혹은 며칠 걸리는 여행이라도 떠난다든지 그런 여행에서 돌아왔을 때라면 모르지만 얼굴에 잔주름이 퍼진 중년의 부부가 마치 신혼 초의 젊은 부부처럼 거의 날마다 번거롭게 그런 키스를 해야 한다는 것은 우신 옳다 그르다 비판하기 전에 동양인인 주인갑 씨의 생리로는 도무지 그것을 받아들일 수가 없었던 것이다.

또한 혜경 여사는 키스의 기교에도 놀랄 만큼 통달해서 이건 온통 입술이나 혓바닥이 살아 있는 별개의 생명체처럼 무슨 희한한 요술이라도 부리듯 변화무쌍하게 희한한 재주를 노는 것이었지만 그럴수록 주인갑 씨에게는 상스럽게만 느껴질 뿐 별로 키스의 진미라든지 쾌감을 즐길 수는 없었다.

그래서 씨는 솔직히 아내에게 그런 얘기를 고백하고 키스의 근신을 요청했더니 혜경 여사는 조소하듯,

"그럼 당신 순치(脣痴)예요?"

히죽이 웃었다.

"순치라니?"

"입술의 불감증."

아닌 게 아니라 음치(音痴)가 있듯이 순치란 말이 있을 수 있다면 주인갑 씨야말로 꼭 거기에 해당한다고 할 수밖에 없을 정도로 젊은 시절부터 그는 거의 키스의 쾌감이라는 것을 모르고 지내왔다. 그러기에 죽은 전처와는 약혼 시절에 두어 번 그런 일이 있었을 뿐 결혼 후에는 단 한 번도 그런 기억이 없을 정도다.

이러한 씨가 중년에 재혼한 혜경 여사와는 거의 날마다 그래야 하니 고역

이 아닐 수 없어 자연 기피하게 되자, 그 짓을 마치 부부생활의 필수요건이나 불가결의 수단처럼 믿고 있는 혜경 여사로서는 불만이 이만저만 아니어서, 생각하면 우습고 어이없는 일이지만 그들 내외 사이에는 이런 키스 행위의 조절만도 여간 신경이 쓰이고 피로한 난문제가 아니었는데, 그러나 이 정도는 일례에 불과하고 이보다 더한 일이 얼마든지 있었다.

2

아침마다 주인갑 씨가 면도질을 할 때면,

"뭐 홀아비처럼 궁상맞게 그러셔요."

혜경 여사가 달려들어 면도칼을 뺏다시피 해가지고는 바싹 붙어 앉아서 노상 익숙한 솜씨로 수염뿐 아니라 얼굴 전체를 박박 밀어주고 나서 고개를 젖히게 한 다음 자기의 조그만 미용용 가위로 코털까지 깨끗이 다스리고 더러는 제 무릎을 툭툭 두드리며,

"여기 누우세요."

반강제로 남편의 머리를 자기 무릎 위에 올려놓고 귓속 소제까지 해준다든지 하는 일에 여사는 비상한 흥미와 즐거움을 느끼는 것이었다.

뿐만 아니라 혜경 여사는 남편의 손톱과 발톱도 반드시 자기 손으로 깎고 다듬어주기를 고집하였는데, 그런 것이 모두 쑥스럽고 성가시기만 해서 주인갑 씨 자신이 아내 몰래 미리 깎아버리기라도 하는 날이면,

"몰래 깎으셨군요?"

용하게도 알아차리고 보통일에는 별로 짜증이나 화를 내는 일이 없는 여사가,

"좋아요, 제가 손톱이나 발톱에 손을 대는 것조차 그렇게 역겨우셔요?"

타박을 하는 것이었다.

그런 때면 주인갑 씨도 별러오던 김에,

"내가 뭐 어린애요. 손톱이나 발톱은 어련히 내가 깎을 텐데 그런 것까지 왜 당신이 참견이오?"

반박을 해주었다.

"제가 즐거워서 그래요. 나빠요?"

"참 이상한 일을 다 즐기는구려."

"아내가 애정을 갖고 남편의 일을, 남편의 몸을 보살펴드리는 게 뭐가 이상해요? 당신은 아내의 미묘한 애정이나 즐거움을 너무 이해할 줄 모르셔요."

"아내로서의 애정이나 즐거움을 왜 하필이면 억지로 남편의 면도를 해주고, 콧구멍이나 귓구멍을 소제해 주고, 손톱이나 발톱을 깎아주는 일에서 찾으려 하느냐 말요?"

"도리어 부부간의 어떤 사소한 일에서라도 애정과 즐거움을 찾아내려고 애쓰는 저보다도 그러한 애정과 즐거움을 거부하려는 당신의 태도가 더 이상하지 않아요?"

"그런 어린애 장난 같은 짓 말고도 얼마든지 부부간의 애정이나 즐거움을 느낄 수 있는 일이 있지 않겠소. 내 말은 부부의 애정이 어째서 콧구멍이나 귓구멍 속에만 들어 있고 손톱이나 발톱 짬에만 끼여 있느냐 그런 말요."

"도대체 당신이 언제 무엇으로 부부끼리만의 진한 애정과 즐거움을 맛보게 해주신 일이 있어요? 어쩌다 포옹을 해도 안 된다, 침실에서 옷을 벗어도 질색, 키스를 해도 싫다, 동부인하고 영화구경이나 유원지 같은 델 놀러 가재도 딴 핑계, 유행하는 속옷만 사 입어도 시큰둥, 목간 물엘 같이 좀 들어가도 남남끼리처럼 외면, 그러니 결국 당신의 콧구멍이나 발톱 짬이라도 아니고서야 저 같은 게 어디 애정의 조각인들 찾아볼 수 있어요?"

"그건 당신의 애정 표시의 태도가 좀 지나쳐서 나완 맞지 않으니까 그랬던 거 아뇨?"

"그럴 바엔 아예 돌부처라도 안고 사시구려. ……다 알고 있어요. 당신은 돌아가신 전부인만 생각하고 계신 거예요. 그러니까 저와의 사이에는 부부다운 애정이나 즐거움을 전혀 느끼지 못하시는 거예요."

3

물론 혜경 여사의 말도 하나하나 새겨보면 결코 무리가 아니었기 때문에 주인갑 씨는 부지중 후 하고 한숨을 내뿜고 나서,

"옳소, 당신 말에도 충분히 일리가 있소. 결국 누가 옳다 그르다가 아니라 두 사람의 성격과 생리의 차이요. 그러니 피차 완전한 균형과 조화를 위해 노력하는 길밖에 없겠소."

말하고, 걷잡을 수 없는 어떤 고독감을 씹어 삼키는 것이었다.

주인갑 씨가 죽은 전부인을 자주 생각하는 것은 사실이지만 그렇다고 고인이 혜경 여사보다 모든 면에 있어서 우월했다든지 더 예뻤다든지 유별히 매력적이었다든지 해서가 아니라, 말하자면 혜경 여사와는 정반대로 그리고 황 여인을 배로 한 것만큼 어떤 경우 어떤 언동에 있어서나 그림자처럼 고요하고 잔잔한 가운데 언제까지나 소녀와 같은 수줍음을 잃지 않고 있었으므로, 그러한 점이 씨의 비위에 꼭 맞았을 뿐 아니라 씨의 성격과 생리마저 그러한 방향으로 심화하고 굳어버렸던 탓인지도 모른다.

그러한 주인갑 씨도 처음 얼마 동안은 혜경 여사에게서 싱싱하고 신선한 느낌을 맛볼 수가 있었으나 그 신선미가 사라지면서부터는 쉽사리 융합되기 어려운 본질적인 간격과 거리감에 당황해질 수밖에 없었던 것이다.

아침저녁 식사 때면 전부인은 남편의 상을 특별히 따로 차려드리고 싶어 해서 그건 안 된다고 말리고 두리반에 식모까지 온 가족이 함께 둘러앉아 먹는 습관을 길러주었지만, 같은 상에서도 역시 부인은 남편의 식성을 위주로 특별히 따로 만든 음식을 남편 앞으로만 몰아놓았고 자기와 식모는 아무거나 하고나 되는 대로 먹어치웠을 뿐 아니라 그럴 필요가 없음에도 불구하고 남편의 식사 태도에 신경을 쓰며 일일이 시중을 드느라고 서 자신은 변변히 먹지도 못하는 것이 보통이었다.

그래서 주인갑 씨가 가끔

"아, 당신도 좀 같이 먹어요. 이건 나 혼자만 위해서 차린 상이오?"

짜증을 내다시피 하면

"걱정 말고 어서 드세요."

조용히 말하고 부부애라기보다 모성애에 가까운 애정이 차 넘치는 눈으로 남편을 마주 보며 만족하게 생긋이 웃어 보이는 그 태도에는,

'당신만 맛있게 잘 자셔주면 전 먹어도 굶어도 기뻐요.'

속으로 그렇게 말하고 있는 듯싶었다.

간혹 어쩌다가 둘이 외출했던 김에 음식점 같은 데서 같이 식사를 하게 되는 경우에도 전부인은 으레 자기 그릇에서 먹음직한 것은 모조리 골라내서 남편 그릇에 옮겨주고야 수저를 대는 정도였다.

이러한 전부인과는 딴판으로 혜경 여사는 도대체 남편의 식성 같은 것을 고려하는 일이란 거의 없이 각종 요리책을 참고로 가장 과학적이요 이상적이라는 일주일 간의 식단표를 미리 짜놓고, 자기가 손수 사오고 만들어야 할 것에만 손을 대고 나머지는 전부 식모에게 일임해 버리는 것은 물론, 식사 때도 무슨 음식이든 가족 수대로 공평하게 몫을 지어 맡기면 그만이었고, 남

편이나 딴 식구야 먹거나 말거나 좋아하거나 싫어하거나 저는 저대로 혼자만 먹어치우는 것이었다.

너무 가장(家長) 중심의 식생활보다 그런 점은 도리어 좋은 일이라고 생각하는 주인갑 씨였지만 가령 이런 경우는 역시 좀 난처했다.

4

둘이 함께 외출이라도 할 적이면 혜경 여사는 전부인처럼 아무도 없는 딴 방에서 살그머니 옷을 갈아입고 나타나는 것이 아니라 남편 앞에서 마구 속옷까지 활활 벗어 팽개치고는, 그 희멀건 사지를 함부로 꿈틀거리며 이것저것 주워 끼워보고는 도로 벗고 입어보고는 도로 벗고 하다가, 남편 앞에 엉덩이를 들이대고 속옷을 위로 좀 치켜달라거니 밑으로 당겨달라거니 목걸이를 채워달라거니 양말 뒷줄이 곧바로 되었는지 보고 비뚤어졌으면 바로잡아 달라거니 정신없이 법석을 피울 뿐 아니라, 짙은 화장에 차려입은 꼴이란 마치 패션쇼에라도 나가는 것 같은 야단스런 성장이어서 가뜩이나 함께 나서기가 주저될 정도였는데, 이건 밖에 나서기만 하면 바싹 달라붙어 으레 남편의 팔을 척 끼고 걸으려고만 드는 통에 주인갑 씨는 창피해서 쩔쩔매는 것이었다.

"아, 남들이 보고 웃잖우."

참다 못해 나무라듯이 하고 씨가 팔을 빼려고 하면 혜경 여사는 남편의 팔을 더욱 힘주어 꽉 끼면서,

"부부끼린데 어때요, 웃으면. 괜히들 샘이 나서 그러는 거예요."

도리어 자랑스러운 듯한 표정이었다.

하긴 남녀가 팔을 끼고 거니는 것쯤 조금도 흉이 될 것 없는 요즘 세상이긴 하지만 그렇다고 젊은 애인이나 내외끼리라면 모르지만 얼굴에 잔주름이 잡힌 중년 부부가, 더구나 유난히 눈부시게 차려입은 아내의 팔을 끼고 태연히 거리를 걸을 만큼 주인갑 씨는 비위가 좋지는 못하였다.

그러나 이런 일은 되도록 동부인하고 외출할 기회만 피하면 난을 면할 수 있는 일이었으나, 쉽사리 동감할 수도 피할 수도 조화할 수도 없는 난감한 문제가 주인갑 씨 내외 사이에는 한두 가지가 아니었다.

그 중에서도 가장 중요한 문제 두 가지만을 든다면 일체의 애정 행위의 불일치와 한쪽 다리를 저는 전실 딸 광숙에 대한 취급 태도의 차이였는데, 처음에는 이 두 가지 문제를 다 주인갑 씨는 그리 중대시하지 않고 앞으로의 긴 세월을 같이 살아가면서 서로의 좋은 점 나쁜 점을 이해하고 솔직히 나쁜 점은 고치고 좋은 점은 키워가노라면 그 동안에 정도 날로 깊어질 것이고 하니 그까짓 문제쯤이야 쉬 해소되려니 여겨 대수롭지 않게 생각해 왔던 것이나, 의외에도 그것들은 결코 간단한 일이 아니라 갈수록 더 복잡하고 심각하게 얽히고 맺혀만 가는 데는, 부부관계라는 것에 대해서 불구의 어린 딸과 계모와 그 중간에 선 남편의 가족관계에 대해서 씨는 차차 골치를 앓게 되었던 것이다.

침실에 있어서의 난잡하고 과격한 애무 방법이라든지 때와 장소를 가리지 않고 키스와 포옹 혹은 면도질에서부터 콧구멍과 귓구멍의 소제, 손톱과 발톱을 다듬어주는 등의 괴상한 짓에서까지 야릇한 애정을 즐기려는 혜경 여사의 태도에 주인갑 씨가 따라갈 수 없었다는 얘기는 앞서 적은 대로지만, 황 여인과 김 청년을 사귄 뒤로는 여사의 그러한 취미가 부쩍 더 노골화하고 대담하게 고조되었으므로 주씨는 일층 더 당황하지 않을 수 없게 된 것이다.

지금까지도 한 주일에 두 번씩 토요일과 화요일 밤에 목간 물을 데웠고 그때마다 주인갑 씨가 입탕을 하면 혜경 여사도 벗고 따라 들어오는 일은 자주 있었지만 요즘처럼 이렇게 어이없게 나오는 일은 결코 없었던 것이다.

5

그전 모양 입욕용의 커다란 타월로 가릴 데를 다 가리고 들어와서 같이 탕에 잠겼다가 고작해야 서로 등을 밀어주는 정도에 그치는 것이 아니라,

"어때요, 안 뜨거워요?"

하며 들어설 때부터 혜경 여사는 전신을 아주 드러내놓은 채였는데 탕에 잠겼다 나와서도 남편의 등만 밀어주는 것이 아니고,

"돌아앉으세요, 이리 좀."

강제로 돌려 앉히려기에

"됐어, 그만둬."

주인갑 씨는 겸연쩍어서 소리를 지르고 아내의 손을 뿌리쳤다.

그러나 혜경 여사는 놀라울 만큼 끈덕지게 짜증을 내다시피 하는 남편 곁에 억지로 붙어 앉아서 타월에 비누를 흠씬 풀어가지고 그것으로 남편의 전신을 구석구석 빼놓지 않고 문대주려 드는 것이어서 주인갑 씨는 연신 몸을 도사려 아내의 손을 피하면서도 어이없는 이 새로운 공세에 아연하지 않을 수 없었다.

혜경 여사는 남편의 몸만을 씻어주는 과잉 친절에 그치는 것이 아니라,

"자, 교대예요."

그러고 이번엔 남편 턱밑에 자기 등을 들이댔고 남편이 마지못해 그 등을 대강 슬슬 밀어주고 물러서려니까 여사는 정면으로 바싹 돌아앉아 전신을 내맡기며 자기가 남편에게 서비스했듯이 남편더러도 자기의 전신을 샅샅이

씻어달라는 주문이었다.

"미쳤어."

주인갑 씨는 발길로 아내를 밀어치우고 되는 대로 물을 퍼서 자기 몸에 두서너 번 끼얹고는 급히 목욕실을 나와버렸는데 옷을 갈아입고 아무리 기다려도 혜경 여사는 나오지 않을 뿐 아니라 욕실에서는 아무런 기척도 들리지 않았기 때문에 주씨는 궁금해서,

"아, 애들 들어가게 얼른 나와요."

욕실 문을 열고 안을 들여다보았더니 여사는 아까 그 자리에 쓰러지듯 다리를 뻗고 비스듬히 앉은 채 모욕감에 일그러진 얼굴에는 분명히 운 흔적이 보여서 씨는 당황하여,

"내가 좀 지나쳤나 보오. 하여간 어서 나와요."

달래듯 불러낸 것이다.

혜경 여사는 대강 몸을 문대고 나오더니 대신 광숙과 보순을 욕실에 들여보낸 다음 반나체로 옷장에 붙은 체경 앞에 앉아 밤 화장을 하면서,

"창녀처럼 음탕한 여자가 돼서 미안하군요. 당신에게."

비꼬듯 말하고 거울 속에 비친 남편의 얼굴에 말끄러미 시선을 붓는 것이었다.

주인갑 씨도 마침 터놓고 애기해 보고 싶었지만 어떻게 말을 꺼낼까 망설이던 차라,

"난 당신을 결코 음탕한 여자라고 보진 않아요. 나 자신 반드시 당신보다 깨끗한 사람은 아니니까."

솔직한 말을 했다.

"그럼 어째서 번번이 제게 모욕을 주세요?"

"난 당신에게 모욕을 주었다고도 생각지 않소. 단지 당신의 요구에 불응한 것뿐이지."

"상스럽고 추잡해서요?"

"아니, 엔조이의 태도와 방법이 다르기 때문야."

"그렇다면 당신의 그런 태도와 방법은 너무 소극적이고 위선적이 아네요. 남들은 안 그렇던데……."

"남들은 안 그래? 어떻게 알아, 남의 내막을."

여사는 빙그레 웃고 자신 있게 대답했다.

6

"알 수 있었으니까 알죠."

"알 수 있다니? 남의 비밀을?"

혜경 여사는 화장하던 손을 멈추고 동경에 찬 황홀한 시선으로 체경 속의 어느 한 곳을 바라보며,

"저의 전남편도 그리고 황 여인의 남편도 김 청년도 모두들 당신 같진 않대요. 얼마나 슬슬 녹아내리듯 여자를 멋지게 다룰 줄 안다고요. 당신의 애정생활엔 너무나 윤기가 없어요. 기름이 번지르르 흐르는 뜨거운 쌀밥과 고슬고슬 식어빠진 보리밥과의 차이예요."

이런 유치한 말에 주인갑 씨는 그저 못마땅하기만 한 눈치다.

"당신이 전남편의 일이야 잘 알고 있을 테지만 황 여사의 남편이나 김 청년이 여잘 어떻게 다루는지 그것까지 알고 있다는 건 우습지 않소."

"뭐가 우스워요. 얘길 들었으니까 알고 있는 거 아네요."

"누가 그따위 얘길 해?"

"황 여인이 그럽디다. 제가 뭐 미스터 김이나 서 뭐라는 그 덜된 남자와 무슨 일이라도 있었을까 봐 그러세요."

"그런 건 아니지만…… 그렇게 얌전한 황 여사가 아무려면 당신에게 그런 비밀얘기까지 할라고."

"어이구 단단히 잘보셨구려. 얌전이란 게 뭐요, 도대체."

혜경 여사는 놀리듯이 히죽 웃어 보이고 이내 말을 이었다.

"그 여자가 왜 저렇게 젊은 남자와 놀아나게 됐는지 진짜 내막을 알기나 하세요? 적어도 그 점만은 서 뭔가 하는 그 남편이란 자의 말이 생판 거짓말은 아닌 걸 아셔야 해요."

"역시 그런 여잔가?"

"그럼 뭐, 그 여잘 선녀나 천산 줄 아셨어요?"

"그렇진 않지만 남편을 배반하게 된 가장 중요한 동기가 육체적인 불만에 있었으리라곤 생각지 않았는데……. 그것도 일인이긴 하겠지만."

"물론 그것만이 이유의 전부는 아니겠죠. 하지만 그것이 가장 근본적인 동기임엔 틀림없어요. ……본시 그 남편이라는 자가 난봉꾼이라 여자를 다루는 덴 기막힌 기교가였대요. 자기 입으로도 나와 하룻밤만 같이 지낸 여자치고 무조건 녹아떨어지지 않는 계집은 없다고 늘 큰소릴 쳐왔다니까요. 그런 남편에게서 훈련을 받아온 황 여인이니까 어떻게 되겠어요. 한 달에 두세 번 정도라도 남편이 돌아와서 침방을 같이하게 되는 동안은 황 여인도 자신이 실술 하거나 남편을 배반하게 될 줄은 꿈에도 몰랐대요. 그러다가 한 달에 한 번 정도도, 몇 달에 한 번 정도도, 나중에는 거의 완전히 남편 구실을 못하게 되니까, 저도 모르는 새에 차츰 우울하고 짜증이 나고 몸이 찌뿌듯이 무겁기만 한 게 괜히 맘이 자꾸만 이상해지기 시작하더래지 뭐예요."

주인갑 씨는 대꾸도 않고 입을 다물고 말았다.

남편 앞에서 태연히, 태연히라기보다 비상한 흥미를 갖고 그런 말을 지껄여대는 아내의 태도에 씨는 더욱 정나미가 떨어지기도 했고 한편 황 여인에 대한 묘한 실망에 입맛이 썼기 때문이다.

이윽고 목욕을 끝내고 애들도 자기 방에 돌아가버린 뒤 화장을 마친 혜경 여사는 아직 포장지도 끄르지 않은 조그만 뭉텅이를 옷장 속에서 꺼내놓고,

"이거 갈아입혀 주세요."

열띤 눈웃음을 던지며 남편에게 지그시 몸을 기대온 것이다.

7

무엇인가 싶어 주인갑 씨가 집어서 포장지를 풀어보니 두 장의 분홍색 삼각팬티다.

"뭐야 이건, 지저분하게."

씨가 어이없어 한쪽으로 밀어놓았더니 혜경 여사는 얼른 한 장을 집어 펴 보이며,

"여자가 이런 것을 입고 있음 남자들이 무척 좋아한다면서요. 그래요, 정말?"

여사는 슈미즈 바람의 전신으로 남편을 떠밀듯이 물었다.

"누가 그따위 소릴 해?"

겉으론 그러면서도 주인갑 씨 자신 솔직히 내심으로는 당황하지 않을 수 없었다.

"다들 그래요."

"다들 누가?"

"기혼 여잔 다들 그런다니까요. 미장원의 방 여사도, 한 선생 부인도, 그리고 황 여인도. 참 미스터 김도 시인하던데요."

"온 못하는 소리들이 없어."

"뭘요, 그렇죠? 당신도? ……자 입혀줘요, 네?"

어리광을 부리듯 매달리는 아내를 주인갑 씨는 탁 밀어붙이고 나서

"이거 봐요. 당신은 커다란 착각을 하고 있어. 내가 즉 당신의 남편이 어떤 사람인질 모르고 있단 말이야."

타이르듯 했다.

"왜 몰라요, 남자죠 뭐. 좀 둔감한."

"맞았어. 둔감하다고 표현해도 좋아. 솔직히 말해서 난 당신이 원하듯 그런 노골적이요 공개적인 애정행위에는 매력도 즐거움도 느끼지 못해요. 외국의 어느 휴머니스트가 '물 안 주면 죽는 풀 있고, 물을 주면 죽는 풀 있다. 세상은 가지각색이다' 그런 말을 했는데 정말 그래요. 보통은 물을 안 주면 풀이란 죽게 마련이지만 그 가운덴 물을 주면 도리어 죽는 풀이 있는 모양이지. 말하자면 애정행위에 있어서 난 물을 주면 죽는 풀인지도 몰라. 이를테면 여자가 육체적으로나 애정적으로나 너무 드러내놓고 덤비면 난 도리어 입맛이 싹 가시고 말아요. 역시 아무리 부부간일지라도 남녀 사이의 애정행위란 어디까지나 수줍은 가운데 은밀히 교류돼야만 만족한 즐거움에 취할 수 있단 말이오."

"어마, 그런 교과서식의 딱딱한 애정행위가 뭐가 즐거워요. 싱겁기만 하지."

"그 점이 당신과 나완 다르단 말요. 이런 자극적인 팬티만 해도 그래요. 당신이 입고 있는 걸 숨어서 몰래 잠옷이라도 갈아입는다든지 하는 순간에 살짝 엿보게 돼야 묘한 자극과 매력을 느끼게 되는 거요. 이렇게 내흔들며 노골적으로 갈아입혀 달라고 떼를 쓰듯 하면 도리어 딱 질색이란 말이야. 아까 욕실에서만 해도 그래요. 완전히 벌거벗은 몸뚱이를 통째로 내맡기게 되면 아무리 부부끼리지만 거 어디 거북살스럽고 점직해 견딜 수 있소."

"건 당신이 완전한 부부생활에 대한 훈련이 덜 돼서 그래요. 남들은 부부생활을 보다 더 즐겁게 하기 위해 얼마나 열심히들 연굴 하고 노력한다고요. 제가 갖고 있는 부부생활에 관한 책이나 잡지 같은 걸 당신도 좀 읽으세요. 그리고 앞으론 제가 리드하는 대로 무조건 따라와 보세요. 그러면 반드시 부부생활의 진미를 깨닫게 되실 거예요."

8

그 뒤로 혜경 여사는 자기가 소장하고 있는 부부생활 전반에 걸쳐서 필요 이상 상세히 서술한 한국판, 외국판 등 7, 8종류에 달하는 저서와 국내와 국외, 특히 일본의 부인잡지 등에 게재되어 있는 수십 종의 기사를 남편에게 떠맡기고 그것을 마치 중대한 인생 교과서나처럼 읽을 것을 거의 강요하다시피 하였다.

물론 전에도 여사는 남편에게 읽히고 싶은 이런 종류의 책이나 잡지를 슬그머니 남편의 책상 위에 놓아두는 일이 있어서, 그때마다 주인갑 씨도 심심한 시간이면 목차를 훑어보고 재미있음직한 대목을 떠들어보기도 하고 벌컥벌컥 책장을 넘기면서 드문드문 삽입되어 있는 해괴한 그림이나 도표 등을 흥미 있게 들여다보기는 하였지만 소위 저명한 국내외의 박사님들이 쓴 이러한 책과 기사가 일종의 '러브신 북' 으로서 책을 팔아먹는 데는 효과적일지 모르되 실지로 부부생활에 필요하거나 적용될 내용이라고는 씨에게는 믿어지지 않았던 것이다.

그렇다고 주인갑 씨 자신 결코 여자를 싫어하는 축은 아니라 도학자연하는 샌님이나 진실한 체하는 종교인처럼 품행이 단정하지도 못했고 반드시 또 그럴 필요가 있다고 여기는 것도 아니었지만, 그러면서도 이성 교유에는 스스로의 한계라는 것이 있어서 당사자 자신들은 물론 양쪽 가정의 평화를 파괴하고 비극을 가져오지 않는 범위 내에서 적당히 즐기고 기분을 내는 데 그쳐야 하는 것이라고 믿었고, 씨 자신 그러한 한계를 넘어서서까지 놀아보거나 놀아보고 싶다고 생각한 적은 없는 만큼, 아내에게도 도리어 가정의 파괴를 초래하지 않을 한계에서 자유분방한 생활을 묵인할망정 위에 적은 종류의 책과 기사의 내용이나 그런 유의 남의 얘기를 맹신하고 그것을 일일이 부부생활에 적용하고 실천해 보려고 드는 아내의 태도에는 주인갑 씨로서는 딱 질색이었다.

그렇긴 하나 혜경 여사가 실지 부부의 애정생활에 만족하지 못하고 있다는 사실은 인정하지 않을 수 없었고 그것이 여사 쪽의 과잉한 욕구에 기인한 것인지 주인갑 씨의 소극적인 태도에 기인하는 것인지는 몰라도 여사가 좀 더 만족스럽고 즐거운 애정생활을 가져보려고 애쓰고 있는 것은 이해할 수 있는 동시에 결코 비난할 일만도 아니어서, 주인갑 씨는 아내가 읽으라고 내준 책과 잡지기사들을 10여 일에 걸쳐서 대강대강 뒤져보았더니 지금까지 여사가 남편에게 적극적으로 취해 온 애정행위의 거개가 이런 책과 기사 내용에서 배운 것이라는 점을 알 수가 있었다.

부부가 함께 목간에 들어가서 서로의 알몸을 거리낌 없이 구석구석까지 주무르고 씻어주라는 것이라든지, 때로는 폭풍 같은 열광적인 포옹과 키스를 퍼부어주기도 하고, 혹은 상대방의 아무렇지도 않은 육체의 어느 부분을 애무해 보라든지, 또는 하늘하늘 비치는 슈미즈 밑에다 바싹 끼는 분홍색 팬티를 입고 남편 앞에 나타나보라든지 하는 것이 모두 정력이 약하거나 본시 소극적인 남편에게, 특히 권태기에 있는 중년 부부 사이에 자극을 주기 위한 하나의 방법으로 그 방면의 소위 전문가라는 학자들이 그럴듯하게 내세워 본 기사의 내용이었던 것이다.

"어때요, 많이 배우셨어요?"

어느 날 저녁 남편이 돌려주는 책들을 챙기며 여사는 기대에 찬 눈으로 물었다.

"도리어 구밀 잃었어."

주인갑 씨는 한숨을 내쉬고 소원한 표정으로 아내를 바라보았더니,

"할 수 없군요, 당신은."

머쓱해지며 혜경 여사는 경멸하듯 히죽 웃었다.

"부부의 애정생활을 보다 더 즐겁고 윤택하게 하자는 데까진 이해할 수 있어요. 그건 나도 동감이야. 하지만 광태에 가까운 짓을 해야만 즐거워지는 그 생릴 난 모르겠어. 그쯤 되면 건 도리어 애정생활에 대한 모독 아냐? 도대체 그런 꼴사나운 짓을 낫살이나 먹은 것들이 멋쩍고 쑥스럽고 창피해서 어떻게 한단 말이야."

주인갑 씨는 그런 면에서는 아주 결벽한 편이었다.

씨는 경기가 좋았던 시절에 연회석상에서 기생을 대할 때나 혹은 지방출장이라도 가서 객사의 적요함을 덜기 위해 어쩌다가 술김에 여자와 밤을 같이하는 경우에도 여자들이 놀랄 만큼 깨끗했다. 도리어 여자 쪽에서 지저분하게 나오는 경우에는 주흥이나 춘기가 일시에 깨져버리고 마는 것이다.

여름철만 되면 한강에는 무수히 놀잇배가 뜨고 그 속에서는 놈팡이들이 작부를 끼고 술을 마시면서 젓가락으로 식탁을 두드리고 손바닥으로는 뱃전을 치며 고성방가로 밤을 지새다시피 하는데 도대체 저게 무슨 재밀까를 주인갑 씨는 도저히 이해가 가지 않을 뿐더러 일종의 미친 짓으로밖에는 보이지 않는 것이었다.

본시 타고난 천성이 이러한 씨라 비록 부부사이라곤 하더라도, 그리고 아무리 의식적으로 노력한다고는 하지만 씨가 보기에는 화류계 여자 이상으로 지저분해만 보이는 혜경 여사의 과잉한 애정행위를 감당해 낼 수는 없는 것이다. 그러나 이런 문제는 피차 불만스러운 대로 인내와 양보와 노력으로 밀고 나가노라면 점점 나이 들어 모르는 새에 자연히 해결이 날 수도 있겠지만 불구의 딸 광숙에 대한 부부의 대립적인 태도는 반대로 갈수록 더욱 심각해지기 쉬운 일이었다.

소아마비를 앓고부터 왼쪽 다리를 잘 못쓰게 된 광숙은 장기간 최선을 다한 치료 끝에 간신히 보행을 할 수 있을 정도로 낫기는 나았으나 종내 그쪽 다리를 잘록잘록 절게 되고야 만 것이다.

그래서 한때는 광숙을 위해 재혼을 말까도 생각한 적이 있는 주인갑 씨였지만 죽은 아내의 마지막 말대로 인정 있는 여자만 맞아들인다면 자기가 낳은 자식이 아닐지라도 불구이기 때문에 도리어 더 측은히 여겨 아껴줄 수도 있을 것이요, 씨 자신 당시 34, 5세의 젊은 나이로 독신을 지켜나갈 자신도 없는 바에는 차라리 광숙이 다섯 살을 넘어서기 전에 재혼을 해서 친어머닌 줄 알고 따르도록 하는 것이 좋지 않을까 싶어 몇몇 여자를 만나보던 중 성격과 취미의 차이는 느껴지면서도 그 중 무난해 보여서 혜경 여사와 결혼하게 되었던 것이다. 그 결과 혜경 여사는 결코 나쁜 계모는 아니었고 철없는 광숙이 또한 한 달도 채 되기 전에 새엄마를 완전히 친엄마로 믿고 따를 만큼 정을 주어서 다행이었다.

그러나 달과 해를 거듭하는 동안 광숙을 대하는 아내의 태도에 단순한 냉대나 구박은 아니지만 주씨는 어떤 섭섭한 점을 느껴오고 있었는데, 마침 어느 날 뜻하지 않았던 사건이 터지고야 만 것이다.

10

그날따라 주인갑 씨는 간간 바쁠 때면 거들어주고 생활원조를 받고 있는 친구의 사업체인 '남성산업' 의 업무관계로 밖에서 식사를 끝내고 어두워서야 집에 돌아와보니 방 안에서는 여느 때 없이 식구들의 노랫소리와 웃음소리, 박수소리가 떠들썩하게 흘러나오고 있었다.

주인갑 씨가 대문을 두드리는 소리에 실내에서는 노래와 웃음소리가 뚝 그치면서 이내 보순이 뛰어나와 대문을 열었고 방문을 여잡고 맞아주는 아내와 광숙의 얼굴에는 사뭇 흥겨운 빛이 엿보여 웬일인가 싶었는데 씨가 윗방에 올라가 옷을 갈아입고 있노라니까,

"아버지 얼른 내려와서 구경 좀 하세요. 우리 광숙이가 어떻게나 춤을 잘 추는지 몰라요. 한두 번만 가르쳐주면 척척 받아서 해요."

아내가 그런 재촉을 해서 옷걸이에 양복을 챙겨 걸던 손을 멈추고 주인갑 씨는 가슴이 뜽 울리며 얼굴이 굳어져 버렸다.

'다리를 저는 아이에게 춤을 추이다니. 그리고 그 애처로운 광경을 바라보며 웃고 좋아하다니.'

그런 생각이 들었기 때문이지만 그렇다고 실지의 장면을 보지도 않고 지레 불쾌해하거나 화를 내는 것도 결국 병신자식을 둔 아버지의 비틀린 마음 탓인지도 몰라서 주인갑 씨는 떠름하고 불안한 얼굴로 잠자코 아랫방에 내려가 앉았던 것이다. 그러자,

"자, 아빠 앞에서 한번 춰볼까. 어디 우리 광숙이 참 잘도 추지. 자, 하나 둘 셋, 산토끼 토끼야 어디로 가느냐……."

혜경 여사가 박수를 치며 노래를 시작하니까 철없는 광숙은 칭찬해 주는 것만이 좋아서 수줍은 미소를 지으며 방 한가운데 나와 서더니 꾸뻑 절을 하고 나서 왼쪽 다리를 연방 절룩거리며 손짓 발짓 고갯짓을 하면서 노래에 맞

추어 춤을 추는 것이었다.

그것은 아무리 어버이의 사랑의 눈으로 보아도 부자연스럽고 우스꽝스런 꼴임에 틀림없었다.

잔인한 광경이었다.

차마 정시할 수 없어 외면을 하는 주인갑 씨의 시선에 한구석에 앉아 웃음을 담뿍 머금고 신이 나게 노래를 부르며 박수를 하고 있는 아내와 깔깔대고 있는 보순의 모양이 비치자 씨의 가슴속에는 충격적인 분노가 폭발했다.

11

"이 우라질 년들앗!"

야비한 고함소리와 함께 주인갑 씨는 손에 쥐고 있던 라이터와, 앞에 놓여 있던 재떨이를 아내와 보순의 면상을 향해 힘껏 집어던진 것이다.

재떨이는 마침 빗나가서 벽을 쳤고 라이터만이 혜경 여사의 어깨를 때렸는데, 여사는 놀라움과 슬픔과 원망이 엇갈린 복잡한 시선으로 남편을 바라보았고, 광숙이와 보순은 얼굴이 파랗게 질려 떨고 있었다.

"너희들은 건너가 자."

주인갑 씨가 꽥 소리를 지르는 바람에, 보순이 황급히 광숙을 부축해 가지고 자기들 방으로 돌아가버린 뒤,

"당신은 오해하고 계셔요."

말하고 혜경 여사는 억지로 미소를 지어 보였다.

"오해? 그럼 그런 우스꽝스런 꼴을 시켜놓고 좋아서 구경하고 있었던 당신이 잘했다는 거야."

"전 그저 대견하기만 했어요. 광숙이가 성한 애들처럼 춤을 출 수 있다는 그것만이……."

"겨우 흉내는 낼 수 있을지 몰라도 성한 애처럼 제대로 춤을 출 수가 있겠어?다리를 저는 애가."

"그렇지만 가족들 앞에서나마 남의 집 애들처럼 거리낌 없이 놀게 해주고 싶었어요. 집안에서까지 그 앨 보통 애와는 달리 차별해서 대할 건 없잖아요?"

혜경 여사가 결코 잔인한 구경거리로 삼은 것이 아니라 도리어 어린 마음에 그늘을 주지 않기 위해서 집안 식구들끼리나마 광숙을 성한 애와 꼭 마찬가지로 함께 데리고 놀아주려는 안타까운 심정에서였음을 깨달을 수 있었으므로,

"정말 홍분 끝에 내가 오핼 했나보오."

주인갑 씨는 사과의 뜻을 밝히고,

"그렇지만 다리를 절름거리며 돌아가는 그 꼴을 난 차마 볼 수가 없었소. 역시 그런 건 삼가는 게 좋을 것 같아."

초연한 태도로 덧붙였다.

지금까지 혜경 여사나 보순이나 결코 광숙을 불구아라고 해서 업신여긴다거나 냉대를 하는 일은 거의 없었지만, 다만 한 가지 외출할 때에 한해서 여사는 광숙을 데리고 나가는 일이라곤 전혀 없었으므로,

'옳지, 다리를 저는 애를 데리고 다니기가 창피하니까 그러는구나.'

짐작하고 주인갑 씨는 속으로 섭섭하게 생각은 하였으나 씨 자신 잘록잘록하는 광숙을 앞세우거나 손목을 잡고 밖에 나갈 때면 오가는 사람들의 시선이 아프게 느껴져서 맘이 어두워지고 불쾌한 것은 사실이었기 때문에 충분히 그럴 수 있으리라고 아내의 심정을 이해해 왔던 것이다.

광숙의 춤 사건이 있은 이래, 혜경 여사나 보순이나 광숙을 대하고 다루는 태도에는 몹시 신경을 쓰고 지나치게 조심하는 나머지, 무슨 얘기 끝에 '병

신' 이니 '불구' 니 심지어는 '다리' 가 어쩌니 하는 말만 누구의 입에서 나와도 대뜸 입들을 싹 다물고 긴장할 정도여서, 그러한 가족들의 태도가 도리어 더 모욕적인 느낌으로 신경에 걸리는 것이었다.

그러던 중 작년 봄에 광숙은 국민학교 1학년에 들어가게 되었는데, 그때 누가 광숙을 학교에 데리고 가느냐 하는 문제로 가족들 사이에는 말할 수 없이 미묘하고 거북한 공기가 떠돌았던 것이다.

12

엄마가 없다든지 엄마에게 부득이한 사정이 있는 외에는 국민학교에 처음 들어가는 어린것을 대개는 엄마가 데리고 가는 것이 보통일 것이요, 그 외에는 누나라든지 고모나 할머니가 데리고 가는 경우도 있긴 하겠지만 아버지가 데리고 가는 경우는 극히 드물 것이며, 한편 국민학교 1학년 담임선생님이란 으레 여자일 것이 뻔하니 역시 아빠보다는 엄마가 같이 가는 것이 여러 가지로 편리할 뿐더러, 딴 아이는 모두들 엄마나 누나하고 왔는데 자기만 아빠를 따라왔다면 어린것의 마음에 어떤 어색한 기분을 느끼게 해줄지도 모른다는 생각도 있었거니와, 솔직히 말하면 다리가 성치 않은 병신 딸을 데리고 가서 그 많은 사람 앞에서 겪어야 할 우울한 입장이 더 괴로웠던 까닭에, 주인갑 씨는 될 수 있는 대로 광숙일 학교에 데리고 가는 일은 혜경 여사에게 맡기고 싶었으나 섣불리 그런 말을 내기도 안 되었기에, 학교에 가게 된 것을 좋아하면서도 애들에게 놀림을 받지 않을까 지레 걱정이 되어 시무룩해지기도 하는 가엾은 광숙을 바라보며, 씨는 마음이 무거워만 지는 것이었다.

"광숙이 입학식 날에 입을 옷은 준비됐소?"

예비소집과 입학일이 임박한 어느 날 저녁식사 때, 주인갑 씨는 마침내 넌지시 이런 식으로 화제를 꺼내보았다.

"네. 접때 사온 거 보시지 않았어요."

"옳아, 참."

한동안 말들이 없이 수저를 놀리다가 씨는 광숙일 돌아보며,

"새 옷 입고 엄마따라 학교에 가는 날은 광숙이 참 좋겠네. 학교 가선 선생님 말씀 잘 들어야 해요."

아내의 반응을 보기 위해서 슬쩍 이런 말을 꺼내보았다.

혜경 여사는 태연히 웃고,

"광숙인 아마 아빠가 데리고 가야 더 좋아할걸요."

남편의 속을 빤도름하게 들여다본 듯이 응수해 오기에,

"딴 애들은 모두 엄마하고 갈 텐데 내가 어떻게 따라가. 광숙이가 점직해 하라고."

주씨는 슬그머니 반박을 했더니,

"그래, 광숙이 어떡할래. 아빠하고 갈래 엄마하고 갈래?"

엉뚱하게 여사는 직접 광숙에게 물었다.

그러나 광숙은 도리어 병적일 만큼 영리한 눈으로 부모의 얼굴을 번갈아 쳐다보고 나서,

"나, 보순이 언니하구 갈 테야."

너무나 의외의 대답을 하고 풀이 죽어 고개를 숙이는 바람에 순간 주인갑 씨도 혜경 여사도 가슴이 뭉클해지며 일시에 얼굴이 굳어져버리고 말았다.

본시 영민한 탓인지 불구이기 때문에 생긴 신경과민 탓인지 그 두 가지가 다 합쳐져서 그런지는 몰라도 광숙은 유난히 눈치 빠른 아이기는 했지만, 이런 정도의 어른의 대화에서 대뜸 속심을 알아차리리라고는 여겨지지 않았

던 터라 그 말에 부부는 그만 '아차' 하고 깊은 자책과 후회로 말문이 막혔던 것이다.

그 뒤 다시는 그 문제에 대해서 아무도 입 밖에 내지 않았으나 주인갑 씨는 가엾은 딸에 대해 미안한 생각이 들어 내가 데리고 가리라 마음먹고 있었더니 부인도 그랬던 모양이라,

"그럼 다녀오겠어요."

하고, 앞질러 광숙의 손을 끌고 학교에 간 것까지는 좋았으나 돌아왔을 때의 표정은 말이 아니었다.

13

그렇지 않아도 교직원들이, 딴 아이들이, 그리고 신입아동을 따라온 자모들이 다리를 저는 광숙을 어떤 눈으로 어떤 표정으로 어떻게들 대해 줄 것인가, 또한 그러한 뭇사람의 잔인한 시선과 차별대우 속에서 어린 광숙의 조그만 가슴은 굴욕을 참기 위해 얼마나 슬프고 긴장해야 하며, 불구의 자식을 데리고 간 보호자의 입장은 얼마나 불쾌하고 괴로울까. 이러한 생각을 우울하게 되씹으며 모녀가 돌아오는 것을 기다리고 있던 주인갑 씨는 풀이 죽은 광숙이와 비분한 표정의 혜경 여사가 대문 안에 들어섰을 때 씨 자신마저 딱딱하게 표정이 굳어지는 것을 스스로 느꼈다.

그래도 씨는 태연하게 보이려고 애쓰며,

"빨리들 다녀오는구려."

일부러 위로의 말을 걸어주고는 다소 망설이다가,

"어떻더니, 광숙아. 너만한 애들 굉장히 많이 왔지? 선생님도 많지?"

상냥한 말씨로 물어보았지만 광숙은 눈치를 살피듯 아버지와 어머니의 낯빛을 잠깐 번갈아 쳐다보았을 뿐 무슨 잘못이라도 저지른 애처럼 고개를 푹 숙이고 한쪽 다리를 잘름거리며 안방으로 잠자코 들어가버렸고 혜경 여사도 어색하게 웃어 보이고는 곧 애를 따라 들어가 옷을 갈아입혀 준 다음,

"저 얼른 가게에 나가봐야겠어요. 나중에 돌아와서 말씀드릴게요."

그러고는 점심도 먹지 않고 총총히 집을 나가버린 것이다.

'무슨 일이 있었구나.'

그것이 반드시 이쪽에서 은근히 겁내 온 굴욕적인 일이었으리라고 짐작이 가자, 학교 측에서 혹시 병신애라고 받아들일 것을 거절하지나 않았을까 하여 주인갑 씨도 자연 입맛이 떨어져 애들끼리만 점심을 먹으라고 이르고는 자기 방에 벌렁 누워서 우울하고 불안한 심정을 가라앉히려니까, 아랫방에서 점심을 먹으며 보순이 이것저것 학교에 갔던 얘기를 광숙에게 물어보는 소리가 들렸다.

"학교 가서 뭘 했니?"

"이름 부르고, 이름대로 선생님 앞에 나란히 줄지어 섰어."

"광숙이네 선생님 여자 선생님이야?"

"응."

"선생님 좋은 사람이야?"

"……."

광숙의 대답 소리는 들리지 않았다.

"광숙이네 선생님 안 좋아?"

"맨 처음 선생님은 나빠."

"그럼 선생님이 한 번 바뀌었어?"

"아냐, 내가 딴 줄로 갔어. 첨엔 키 큰 선생님 줄에 섰다가, 두 번짼 안경 낀 선생님 줄에 섰다가, 마지막엔 키가 작은 선생님 줄로 갔어."

"그럼 세 번째 선생님은 좋아?"

"……"

광숙의 대답은 또 들리지 않았다.

"그리고 또 뭘 했니? 그냥 돌아왔어?"

"선생님 말씀 듣고 교실에 들어가서 자리도 정하고 그랬어."

"둘씩 앉지? 한 책상에."

"응."

"광숙이 짝은 어떤 애야? 여자야?"

"남자 애야."

"좋은 애야?"

"나빠, 나쁜 애야."

볼 부은 소리로 사뭇 증오에 차서 외치듯 하는 광숙의 대답을 들었을 때 주인갑 씨는 부지중 길게 한숨을 내쉬었다.

14

그날 저녁 광숙이와 보순이 자기 방에 자러 간 뒤에 주인갑 씨는 낮에 학교에서 있었던 일을 좀 더 자세히 아내에게서 들을 수가 있었다.

"……처음부터 불쾌했어요. 딴 애들이 광숙이 걷는 모양을 흉내를 내고 따라온 어른들이나 선생님들까지도 무슨 괴물이라도 구경하듯이 이상한 눈으로 광숙이만 지켜보잖아요."

"거야 할 수 있소, 병신인걸."

"그렇지만 애들이 흉내를 내고 놀려대면 어른이 꾸중을 해서 말려야 할 게 아네요. 도리어 같이들 따라 웃으며 구경을 하고 있으니 그런 모욕이 어디 있어요."

"야속하고 원망스럽긴 하지만 할 수 없다니까. 이쪽이 원통하게 불구가 돼서 모욕을 당하는 걸 어떡하겠소."

"그보다도 반을 편성할 땐 정말 참을 수가 없었어요……."

광숙은 처음엔 사슴반이었는데 그 반 담임선생이 광숙일 따로 불러내서 보행도 시켜보고 뜀박질도 시켜보고는 낯을 찡그리더니 그 옆의 토끼반 아이하고 슬쩍 바꿔쳤다는 것이다. 그러니까 이번엔 토끼반 담임선생이 화를 내가지고 광숙이를 끌어내서 사슴반으로 쫓아버리고 자기 반 아이를 도로 찾아간 것이다.

그러자 이에 항의하는 사슴반 담임의 말은 애초에 반을 가를 때 순서대로만 했으면 광숙이는 당연히 토끼반에 끼였을 것을 토끼반 담임이 약삭빠르게 광숙이와 뒤의 아이와의 순서를 살짝 바꿔놓았기 때문에 광숙이가 부당하게 사슴반에 들게 된 것이니까 자기는 절대로 광숙이를 받아들일 수 없다면서 사슴반 담임은 다시 광숙이를 토끼반으로 밀어 보냈고, 토끼반 담임도 지지 않고 또다시 광숙이를 밀어낸 것이다.

이리해서 사슴반과 토끼반의 두 담임은 서로들 광숙이를 자기 반에 넣지 않으려고 밀어내면서 옥신각신하게 되자 자모들은 재미난다는 듯이 죽 둘러서서 구경을 했고 가엾은 광숙은 마침내 훌쩍훌쩍 울기 시작했다는 것이다.

"그러니 화가 치밀어서 보고만 있을 수 있어야죠."

"그래서?"

"댓바람에 직원실로 쫓아 들어가 교감선생을 만나가지고 따졌죠. 사람을 더구나 철없는 어린것을 몸이 성치 않다고 이렇게 모욕할 수 있느냐고요."

"그랬더니 뭐래 교감은?"

"뭐라겠어요. 미안하다고 사괄 하더군요. 하지만 그래놓고선 구구한 변명을 하는 거예요. 반 가운데 불구아가 끼게 되면 여러 가지로 수업상 지장이 많다는 거예요. 따라서 전체의 성한 애들에게 주는 영향이나 불구아 자신에게 주는 영향도 나쁘고요. 그래서 선생님들이 자연 불구아를 환영하지 않는다는 거예요."

"그럴 테지!"

"그러면 결국 불구아니까 받을 수 없다는 말이냐고 다시 따졌어요. 그랬더니 그런 건 아니고 그런 실정을 이해하고 노염을 풀어달라면서 밖으로 나와 두 담임선생을 나무라더군요. 그래도 담임들은 뾰로통한 채 잘 양보 않으려고 해요. 그러자 제비반 선생님이 자기 반에 넣어주시겠다고 자진해서 맡아주셨어요."

"그 선생님 참말 고맙군."

주인갑 씨는 진심으로 고마워했는데,

"그렇지만 교실에 들어가 자릴 정할 때 또 말썽이었지 뭐예요."

혜경 여사는 생각만 해도 비분한 듯 더욱 어두운 표정을 지은 것이다.

15

"무슨 일이야? 또."

"광숙이와 한 책상에 앉게 된 사내애가 광숙을 밀어내면서 절름발이하고 같이 앉는 건 싫다는 거예요."

"음!"

주인갑 씨는 부지중 신음소리를 토하고야 말았다.

"그런데 그 사내애보다도, 그 애의 어미가 더 얄미워 죽을 뻔했어요."

"……?"

"글쎄, 애의 편을 들고 나서서 선생님에게 막 항의를 하잖아요. 딴 반 선생님들이 다 싫어하는 불구아를 무슨 까닭에 자진해서 맡아가지고 하필이면 왜 자기네 애와 짝을 지어 앉히느냐는 거예요."

주인갑 씨는 마치 기진맥진한 사람처럼, 기대고 앉아 있던 벽에 머리를 젖혀서 갖다대고 천장을 향해 한숨만 내쉬었다.

"그러니까 선생님이 딱한 표정으로 고개를 까딱까딱하면서 그 애 어머니를 바라보셨어요. 그러고는 교단 위에 올라가 서시더니, 가볍게 두어 번 교탁을 탁탁 치고 이런 말씀을 하신 거예요……."

"오늘부터 제가 맡아서 가르치게 된 우리 제비반 여러 어린이들과, 이 귀여운 어린이들을 데리고 오신 자모님 여러분께 말씀드려 두고 싶은 것이 있습니다. 우리는 몸이 성치 않은 주광숙 어린이와 이런 가엾은 어린이를 두신 어버이의 마음을 충분히 생각해 드렸으면 좋겠어요. 이 불행한 어린이와 그 부모님들의 마음이 얼마나 슬프고 괴롭겠습니까. 이런 어린이와 부모님을 우리는 더 아껴주고 위로해 드리지는 못할망정 괴로움과 슬픔을 더 북돋아 드려서야 되겠어요."

이런 말이 키가 자그마하고 젊은 선생님 입에서 마치 소곤소곤 속삭이듯 흘러나오자 실내는 물을 끼얹은 듯 조용해졌고, 항의를 제기한 여자는 얼굴이 빨개가지고 무어라고 다시 반박을 할 듯 할 듯 볼이 부어올랐으나, 그 여자를 바라보면서 담임선생님은 이렇게 말을 이었다.

"물론 귀여운 아드님이 학교에 오는 첫날부터 그 숱한 건강한 어린이들 가운데서 유독 몸이 불편한 어린이와 짝을 지어 앉게 된 것이 좀 섭섭하실 줄은 압니다. 그렇지만 입장을 한번 바꿔 생각해 보시고, 도리어 이런 애처로운 어린이와 나란히 앉아서 위로해 주고 보호해 줄 수 있게 된 것을 자랑으로 생각해 주시면 고맙겠어요. 앞으로 자리를 바꾸게 될 때마다 주양이 어느 어린이와 짝을 지어 앉게 될지 모르겠습니다만, 그때는 부디 입장을 바꿔 생각하시고 양해해 주시기를 바라서 좀 건방진 말 같지만 여러 자모님께 이렇게 미리 부탁 말씀을 드려두는 거예요."

"……그러고 나서 선생님은 교단을 내려오시더니, 임시로 광숙이를 딴 애와 바꿔 앉게 하신 거예요."

이렇게 해서 간신히 자리를 정하고 돌아온 것인데, 돌아오는 길에서도 애들이 짓궂게 자꾸만 흉내를 내고 놀려대서 광숙이 도무지 기를 펴지 못했다는 것이다.

그러니 자연 학교에 가기 싫어하는 광숙을 잘 달래고 타일러서 억지로 등교를 시켰고, 그것도 한 달 동안은 보순이가 날마다 데려다주고 데려오고 하였지만 그 뒤로도 여러 가지 가슴 아픈 일이 많았다.

16

학교에 가고 오는 길에서는 물론 교정이나 교실 안에서도 애들에게 놀림과 수모를 당하는 일은 항다반사여서 광숙은 쉽사리 학교에 정을 붙이지 못하는 눈치였고, 대개 집에서만 쓸쓸히 혼자 놀기를 좋아하며 외출마저 꺼리게 되었으나, 그렇다고 학교를 그만두게 할 수도 없는 일이었다.

도리어 성한 애와는 달리 남보다 더 뛰어난 학력과 실력을 길러주어, 장래는 어떤 전공 분야에 상당한 성공을 거둠으로써 불행한 운명을 극복해 나갈 자신과 능력을 보장해 주고 싶은 것이 주인갑 씨의 뜻이었다.

물론 집에서 가정교사를 두어 학교과정을 마치게 해줄 수도 있기는 하지만, 그렇다고 언제까지나 사회를 등지고 고립된 생활을 할 수도 없는 이상,

차라리 어려서부터 남과 같이 많은 사람 속에 어울려 지내며 여러 사람에게 조롱과 멸시와 수모도 받고, 반면 더러는 친절한 동정과 위로도 받고 하는 가운데 불구자로서의 자신의 위치와 운명을 더욱 절실히 자각하는 일방, 모든 억울함과 괴로움과 슬픔을 참아나갈 수 있는 의지와 투지를 지니게 되지 않을까 여겨져, 또는 그러기를 바라서, 주인갑 씨는 애처로운 마음에 그야말로 눈물을 삼켜가며 광숙을 달래기도 하고 꾸중도 하여 그런대로 꾸준히 학교에 보내고 있는 것이었다.

그러나 딴 아이들이 다리 저는 흉내를 내며 "절름발이, 절름발이!" 하고 놀려댈 적마다 역시 그런 모멸을 묵살하고 이겨내기란 무리였던지 예쁘장하고 깨끗한 어린 광숙의 얼굴에는 날이 갈수록 어두운 그림자가 점점 더 짙어만 갔고, 한편 신경이 병적으로 예민해져서 눈치만 빨라지는 것이었다.

하루는 시간이 되어도 광숙이 학교 갈 생각을 하지 않기에,

"광숙이 학교 안 가니?"

아버지가 물었더니,

"오늘은 안 가두 된대."

영문 모를 소리를 하고 기운 없이 자리를 피하려 하기에, 학교에서 견딜 수 없는 모욕적인 일이라도 있었는지 걱정이 되어 주인갑 씨는 더 자세히 물어보았다.

"그럼, 너만 안 가니?"

"……."

광숙은 말없이 고개만 끄떡해 보였다.

"왜? 왜 그래?"

"……."

"학교에서 누가 널 못살게 굴던?"

"……."

그래도 광숙은 대답을 않고 모로 고개만 저어 보였다.

주인갑 씨는 속이 탈 만큼 궁금하고 답답했지만 부모에게도 밝히고 싶지 않은 치욕적인 억울한 비밀이 있나 보다 싶었고, 그렇다면 실의에 잠겨 있는 애에게 귀찮게 꼬치꼬치 캐물어서 더 괴롭혀주고 싶지 않았으므로 나중에 기분이 좀 풀리거든 다시 물어보리라 마음먹고 초연히 애꿎은 담배만 피우고 있으려니까 광숙은 살그머니 일어나서 밖으로 나가버렸다.

주인갑 씨가 딸의 장래를 생각하며 우울하고 암담한 생각에 잠겨 방바닥에 누워 있노라니까 보순이 살그머니 방문을 열고 들어다보며,

"광숙이가 울고 있어요."

걱정스러운 표정으로 알렸다.

"대체 왜 그런다니?"

"모르겠어요. 말을 않고 노량진 길을 내려다보면서 울고 있어요."

17

보순을 따라 주인갑 씨가 밖에 나가보니 광숙은 뒷짐을 지고 뒤안 벽에 기대서 숲 사이로 내다보이는 노량진 쪽 한길을 망연히 바라보고 있었는데 두 눈은 젖어 있었고 양쪽 볼에는 채 마르지 않은 눈물 자국이 있었다.

"왜 그래, 광숙아."

물어도 대꾸를 않기에 광숙의 시선을 따라 무심코 노량진 길을 내려다본 주인갑 씨는 순간 가슴이 찌르르해지는 어떤 충격을 느끼며 눈을 크게 뜬 것이다.

노량진에서 흑석동 쪽으로 휘도는 큰길을 잡다한 색깔의 옷차림을 한 국

민학교 어린이들이 줄지어 가는 광경이 바라보였기 때문이다.

"오늘은 학교에서 소풍 가는 날이구나?"

주인갑 씨는 일층 상냥한 말씨로 딸을 돌아보며 물었으나, 여전히 광숙은 아무 대답도 않고 자기 학교 아이들의 기다란 행렬을 부러운 듯이 또는 원망스러운 듯이 굽어보고 있었다.

"국군묘지에 간다던?"

이 물음에야 광숙은 고개를 끄덕해 보였다.

"너도 거기까진 얼마든지 걸어갈 수 있지?"

"……."

광숙은 또 고개만 끄떡했다.

"그럼 왜 안 갔니? 같이 따라가지 않고."

"……."

"너희 반 아이들이 오지 말라더냐?"

"……."

광숙은 그저 머리만 끄떡.

"그럼, 선생님께 말씀드려서 따라가면 되잖아."

그 말에 광숙은 고개를 푹 숙여버리기에,

"선생님도 너보고 오지 말라던?"

물으니까,

"……."

광숙은 이번에도 머리를 끄떡해 보이고는 슬그머니 몸을 비틀어 벽을 향해 돌아서더니 한 손으로 의미도 없이, 그러나 어떤 감정을 눌러 참듯 필사적으로 벽을 어루만지는 것이었다.

그러자 주인갑 씨도 무엇에 힘껏 버티듯 입술을 깨물면서 착잡한 표정으로 광숙을 묵묵히 내려다보다가,

"이봐 광숙아. 그럼 말이지, 우린 우리끼리 소풍을 가자. 돌아오는 공일날, 엄마랑 아빠랑 셋이서 맛있는 점심 싸갖고 우리도 국군묘지에 소풍을 가, 응?"

달래어도 잠자코 한쪽 손으로 벽을 쓰다듬고 있는 광숙의 볼에는 새로 눈물이 주르르 흘러내릴 뿐이었다.

"자, 어서 방에 들어가, 응. 아버지하고 마루방에 가서 그림 그릴까. 광숙인 착한 아이야, 어서. 그리고 오는 일요일엔 우리도 꼭 소풍을 가자, 응."

주인갑 씨가 사정하듯 하며 두 팔로 딸을 가만히 들어서 기슴에 꽉 안았더니, 별안간 광숙은 발버둥을 치며 엉이엉이 소리를 내어 발악하듯 울기 시작하였고, 그 광경을 옆에서 보고 섰던 보순이마저 '엉' 하고 난데없이 외마디 소리를 지르고는 양 팔꿈치를 굽혀서 벽에 대고 그 위에 이마를 얹고 흑흑 느껴 우는 바람에 주인갑 씨는 한동안 어리둥절한 채 어쩔 줄을 몰랐다.

이렇듯 음침한 속에 저대로의 고민과 비애를 품고 있는 광숙은 가족들마저 불신하고 경계를 게을리 하지 않았다.

18

학교에 갔다 돌아올 때만 해도 광숙은 대문 안에 들어서는 길로 마치 형사의 눈처럼 민감한 시선으로 어른들의 시선을 재빨리 훑어보고 나서 어른들이 유쾌한 얼굴을 하고 있으면 안심하고 자연스럽게 안방을 거쳐 자기 방에 들어가지만, 만일 가족들이 조금이라도 언짢은 빛을 띠고 있기라도 할라치면 그것이 곧 자기의 불구에 기인한 것으로 오인하고 보기에 민망할 만큼 기가 푹 꺾이어 부엌이나 뒷문으로 숨듯이 자기 방에 들어가버린 채 한 시간

혹은 두 시간 이상도 문을 걸어 잠그고 꼼짝을 않는 일이 많았다.

또한 낯선 손님이라도 찾아오면 그 손님이 돌아갈 때까지 광숙은 자기 방에 숨어서 나오지 않는 일이 보통이었고, 혹시 어른들이 근심스러운 태도로 무슨 얘기를 하고 있으면 자기 말을 하고 있지나 않나 싶어 살그머니 숨어서 엿듣기도 하였다.

이렇듯 몸이 성치 못하기 때문에 자연히 그 마음마저 병들어가는 소녀를 다루기란 마치 유리그릇을 다루듯 조심스럽기만 해서 가족들은 피로할 만큼 항시 신경을 써야 했는데, 식구들 중에서도 광숙의 비위를 가장 잘 맞출 줄 아는 사람은 보순이었고 다음이 주인갑 씨였으며 혜경 여사만은 광숙의 병적인 심리의 움직임을 무시하듯 거의 세심한 관심을 기울이지 않았다.

한번은 혜경 여사가 진짜 커피가루를 어디서 얻어다가 저녁식사 후에 진하게 타 들여왔기에 주인갑 씨 내외와 광숙이 마루방에 나와 앉아 각기 찻잔에 설탕을 넣어 저으며 진짜 커피를 마시면 정말 잠이 안 오는 수가 있다는 말이 나오자,

"그럼 난 뒀다가 내일 아침에 먹는다."

광숙이 그래서,

"얘도 온, 정말 잠 못 잘까 봐 걱정이니?"

혜경 여사의 말을 받아,

"얘처럼 신경이 예민한 애는 정말 잠이 잘 안 올지도 몰라."

주인갑 씨가 그러고 웃으니까,

"난 내일 아침에 먹을래."

자기 방 책상 위에 갖다가 덮어놓아 둔다면서 광숙이 찻잔을 들고 일어서는 것을,

"얘 엎지르겠다. 보순이 언니보고 갖다가 달라고 해."

혜경 여사가 주의를 주었더니 자기가 다리를 절기 때문에 이런 것 하나 엎

지르지 않고는 못 날라가리라는 뜻으로 광숙은 고깝게 들은 듯 대뜸 새침해서 두 손으로 찻잔을 들고 자기 방 쪽으로 조심히 걸음을 떼어놓았다. 그러자 엎지를까 봐 마음이 놓이지 않아서인지 혜경 여사는 광숙의 뒷모양을 열심히 지켜보기에 주인갑 씨는 아내의 옆구리를 꾹 지르고 모르는 체해두라는 눈짓을 했으나 여사는 남편의 눈짓을 무시하고 여전히 광숙의 뒷모습을 주시하였는데, 아니나 다를까 광숙은 안방을 지나 자기 방으로 통하는 복도에 나서려다 말고 살짝 고개를 틀어 뒤를 돌아보더니 여사가 이제껏 자기의 뒷모양을 지켜보고 있었음을 알자 낯빛이 싹 변하며 들고 있던 찻잔을 방바닥에 동댕이치고는 급히 자기 방에 뛰어들어가 안으로 고리를 잠가버린 것이다.

"아, 내가 뭐래. 가뜩이나 신경이 예민한 애를 왜 건드려요, 건드리긴."

주인갑 씨가 나무랐더니 혜경 여사는 체념한 듯 또는 비웃듯 빙그레 웃으며 씨의 비위를 건드릴 대답을 한 것이다.

19

"전, 저런 애 첨 봤어요."

이 말에 주인갑 씨는 불끈 화가 치밀어서,

"당신이 애나 한번 낳아봤소. 저런 애는 처음 보니 마니 하게."

아내의 약점을 찔러준 것이다.

아무러한 혜경 여사로서도 이 말에는 일시 낯빛이 달라졌으나, 이내 평시의 표정으로 돌아와서 유들유들하고 비위 좋게 씩 웃고는,

"그래요. 전 아이를 못 낳아도, 아이를 저렇겐 안 기르겠어요."

비꼬듯 말했다.

“그 앤 불구자요. 내가 저렇게 만든 건 아뇨. 당신도 포함한 주위 사람 전부가 어쩔 수 없는 굴욕감과 열등감에 사로잡혀 있는 그 애의 마음을 신경질적으로 비꼬이게 대해 준 탓이오. 그 애가 절름거리며 걷는 뒷모습을 아무에게도 보이고 싶어하지 않는 줄 알면서 왜 모르는 체 외면해 주지 않았느냐 말이오. 고만한 너그러움과 애정쯤은 가져줘야 할 게 아뇨.”

광숙은 정말 걸을 때의 자기의 뒷모양을 누가 바라보는 것을 무엇보다도 싫어했다. 그 애처로운 심정을 주인갑 씨는 이해할 수가 있었다.

“이왕 불구가 된 걸 어떡해요. 남이 보든 말든 비웃든 말든 모르는 체하고 신경을 굵게 갖고 태연히 살아나갈 수 있게 길러줘야 할 게 아네요.”

“역시 언내가 아뇨. 건 무리란 말이오. 가족들 앞에서나마 안심하고 기를 펴게 해줘야 할 게 아뇨.”

“나이는 언내지만 어떤 땐 되레 어른 이상으로 눈치가 빠르고 까다로워요. 전 그 애를 대하기에 그만 지쳐버렸어요. 이따금 만난다면 모르지만 허구한 날 한집에서 살며 어떻게 그렇게 조심스레 그 애만 받들어 섬길 수가 있어요.”

“뭐가 그 애만 받들어 섬기는 거요. 당신이 언제 한번 받들어 섬기듯 그 애에게 마음을 써본 일이 있소. 고작 단 한 번 국민학교 입학 때 데리고 간 외에 뭐가 있단 말이오. 미장원인가 뭔가 하느라고 만날 차려입고 나가 밖에서만 살면서 오히려 그도 부족해서 걸핏하면 정체불명의 놈팡이나 여편네들과 얼려 놀러 다니긴 하면서도 단 한 번인들 광숙의 손목을 잡고 가족끼리 어디에 놀러 간 기억이 있느냐 말요.”

“가뜩이나 창피해 하는 앨 뭣 때문에 끌고 다녀요. 더구나 사람이 북적대는 곳엘.”

“정말 그 애가 창피해하기 때문이오? 솔직히 말해 봐요. 당신이 창피해서가 아니구?"

"그야 물론 저도 창피하기도 하죠. 성한 애를 데리고 다니는 것 같기야 하겠어요."

"그 태도가 틀렸단 말이오. 그건 자식을 대하는 어머니의 애정이 아뇨. 당신은 도리어 보순이가 광숙일 아끼고 위하는 만큼도 못해요. 아니, 그 십분의 일만큼도 광숙을 사랑하고 있지 않단 말요."

"보순일 무척 잘 보셨군요. 하긴 요즘 그 애도 부쩍 여자 티가 나니까요."

"뭐라구?"

"점잖은 체 아내까지 멀리하는 양반도 사내란 별수 없나 보죠. 어느새 신품에는 눈이 쏠리는 걸 보니."

"닥쳐!"

고함소리와 함께 주인갑 씨의 주먹이 번쩍 들렸다.

20

그러나 씨는 차마 그 주먹을 아내의 몸 위에 내려치지는 못하고 허공에서 부르르 떨고는 슬며시 도로 거두고 말았다. 어쩌다가 결김에 물건을 집어던지는 수는 있어도 씨로서는 아무리 화가 치솟아도 아내의 몸에 직접 주먹질을 할 수는 없었던 것이다.

그렇지만 만사에 있어서 비교적 고지식할 만큼 언동이 단정한 편인 주인갑 씨에 비해 아무리 무슨 일에나 이죽거리기 잘하는 혜경 여사이기는 하되, 딸 같은 식모애에게 눈이 쏠리고 있다는 말은 주인갑 씨에게는 치욕적인 반격이었던 것이다.

그것은 두 가지 의미에서다.

첫째는 아닌 게 아니라 근래에 와서 살갗이 유난히 희어지고 가슴이 터질 듯이 부풀어 오르고 엉덩이가 탐스럽게 퍼지기 시작한 보순의 풋병아리같이 싱싱한 매력에 부지중 시선이 끌리곤 한 것은 사실이라, 그 점에서는 '사내란 별수 없다'는 이성에 대한 남자의 공통적인 약점을 씨 역시 지니고 있었으므로 그 약점을 정면으로 찔러온 데 대한 반발에서요, 둘째는 아무리 씨도 여자에 대해서는 '별수 없는 사내'이기는 하지만 앞서도 밝힌 적이 있듯이 상대방이나 가정이나 주위 사람에게 깊은 상처를 주면서까지 몰지각한 이성 관계에 빠질 만큼 비인격적인 인간은 결코 아니라고 스스로 굳게 자신을 믿어온 그 인격이 무시당했기 때문인 것이다.

하기는 중년기에 들어서면서부터 주인갑 씨는 이성 관계에 있어서 행동적인 쾌락보다도 도리어 관상(觀賞)적인 향락에 흐르는 경향이 있어서, 언제라도 마음만 동하면 원하는 대로 될 수 있는 습관적이요 의무적이요 강압적이기조차 한 아내와의 부부생활에는 차츰 염증을 느끼는 대신 거리에서 얼마든지 볼 수 있는 신선한 젊은 여자들, 그 가운데서도 물론 씨의 취미에 알맞은 용모와 체격의 젊은 여자들을 눈으로 핥듯이 몰래 관상할 수 있는 것은 더없는 즐거움이었고, 그런 여자와 사귀어 가까이 지낼 수 있다면 그것은 거의 최대의 행운이요 쾌락이라 할 수 있는 것이었다.

비단 이것은 씨에게 한한 얘기만이 아니라 근엄한 외모라든지 사회적 지위와 체모로 보아서 추호도 여성에 대한 잡념이나 엉큼한 욕망 같은 것이라곤 없이 그저 의젓하고 점잖기만 해 보이는 사람들도 기실 젊은 여자에 대해서는 침을 흘리거나 오금을 못 펴는 병신이란 것을 씨는 간파하고도 남음이 있는 것이다.

씨가 아는 범위에서도 사장이니 중역이니 하는 장사치, 관리 나부랭이, 신문쟁이, 정치꾼 같은 본시 날탕에 속하는 축들은 말할 것도 없거니와 교장 선생님, 교수 나리, 판검사 영감들, 소위 사회적으로 고매한 인격을 가장해야 할 친구들까지 완전히 늙어 폐물이 되기 전에 어떻게 하면 아무도 모르게 젊은 여자와의 은밀한 행락을 만끽할 수 있을까 하고 어이없을 만큼 속으로 고민하고 있음을 주인갑 씨는 너무나 잘 알고 있는 것이다.

이래서 결국 '사내란 별수 없는' 수컷인 모양이지만, 그러나 하등동물의 수컷과는 근본적으로 달라서 접근해서는 안 될 여자에게는 접근하지 않으려 자제하고 노력할 줄 아는 데가 있는 것이라, 이런 면에는 유난히 엄격한 남편인 줄 알면서도 혜경 여사가 보순을 끌어내서 빈성거린 데는 그만한 이유가 있는 것이다.

21

주인갑 씨가 외출했다가 저녁 식사시간이 지나서 돌아오는 경우에 혜경 여사는 남편을 위해 단 10분도 기다리는 일이 없이 식사준비가 되는 대로 즉시 식탁을 차리게 해서 집에 있는 식구끼리 먼저 먹어치우는 것이었고, 주인갑 씨 또한 가장 한 사람을 위해 딴 가족들이 조금이라도 식사시간을 희생하는 일은 옳지 못하게 여겼으므로 그것을 정당시했고, 물론 보순이 역시 1년 전까지만 해도 이런 가풍을 그대로 따랐지만, 언제부터인가 주인갑 씨의 귀가를 기다리지 않고 딴 가족끼리 식사를 하게 될 때면 보순은 곧잘 배가 아파서 나중에 먹겠다든지 점심을 늦게 먹어서 저녁 생각이 없다든지 핑계를 대고 혜경 여사와 광숙에게만 먼저 식사를 시킨 다음 보순이 자신은 굶은 채로 기다리다가 밤 9시가 지나건 10시가 되건 주인갑 씨가 돌아와서 상을 차려드린 뒤나, 혹은 밖에서 먹고 왔으니 그만두라고 해야만 그제야 보순은 안심하고 부엌 구석에 웅크리고 앉아서 밤참 겸 저녁을 먹는 것이었다.

지난 연말 때에는 남성산업의 일이 바빠서 주인갑 씨도 거의 매일같이 나가 거들다가 밤 10시가 넘어서야 돌아오는 일이 보통이었는데, 그런 때 혜경 여사는 저녁을 먹고 영화구경이라도 가서 아직 안 돌아왔거나 그렇지 않으면 안방에 먼저 자리를 펴고 누워서 지저분한 소설이나 잡지 같은 것을 읽고 있는 일이 예사였지만, 보순이만은 주인 아저씨의 밥그릇을 방 아랫목에 이불을 씌워 묻어놓고 찌개나 국 냄비를 마루방의 연탄난로 위에 얹어놓은 다음 그 옆에 앉아서 편물이라도 하고 있다가 주씨가 벗어놓는 오버를 재빨리 받아 옷장 속에 걸어놓고는,

"진짓상 차려드릴까요?"

대견스레 물으므로, 어떤 때는 정말 저녁식사 전이기도 했지만 대개는 밖에서 식사를 하고 왔으되 밤이 깊어 출출하기도 했고 그보다도 밥과 국이 식을세라 가슴을 죄며 알뜰히 기다려준 보순의 정성을 생각해서 "오냐, 상을 차려다고" 하는 수가 많았다.

그런 때, 물론 상을 차려드리고 나서 보순은 부엌 한쪽에서 그제야 자기도 식사를 하는 것이었지만,

"야, 너도 어서 이리 갖고 들어와. 왜 도둑고양이처럼 부엌 구석에 숨어서 먹는 거냐."

주인갑 씨는 번번이 그렇게 잔소릴 했으나 듣질 않아서,

"네가 그렇게 고집을 부리면 나도 안 먹을 테다. 자, 상 받아. 어른이 뭐라면 냉큼 들어야지. 어서 여기 갖다놓고 반찬도 같이 먹고 그래."

화를 내다시피 했더니, 보순은 마지못해 (혜경 여사의 해석에 의하면 속으론 좋아하면서 겉으로만 마지못한 체하고) 밥과 김치 그릇을 들고 들어와 주인갑 씨 상 옆에 모로 앉아 식사를 같이 하게끔 되었는데, 한번은 그런 때 혜경 여사가 안방에서 얼굴을 내밀고,

"참 정다워 보여요. 부녀간이라고 하기엔 너무 가깝고…… 뭐라고 할까, 아무튼 당신은 밥맛이 꿀맛 같으시겠소."

이런 실없는 소릴 하며 빙그레 웃어서 보순은 낯이 홍당무가 되어 부엌으로 뛰어나가 버렸고, 주인갑 씨는 나중에 아내와 한바탕 말다툼을 벌였던 것이다.

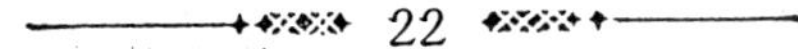

22

"당신은 거 왜 그렇게 함부로 야비한 소릴 해?"

"뭐가 야비해요. 사실을 사실대로 말한 게 야비해요."

"글쎄 아무것도 아닌 일을 왜 이상한 눈으로 보느냐 말요."

"정말 아무것도 아닌 일일까요?"

"아, 식모애더러 밥을 혼자 부엌에 숨어서 먹지 말고 방에 들어와 같이 먹자는 게 그럼 무슨 특별한 일이야."

"전에는 으레 저녁을 나랑 같이 먼저 먹어치우던 애가, 요즘 와선 어째서 꼭 당신 돌아오길 기다려가지고 같이 먹으려 드느냐 말예요."

"그야, 차차 나이 들어가니까 주인보다 먼저 먹어치우기가 미안해서 그러는 거 아뇨."

"그렇죠. 나이 들어가면서 달라진 건 사실이에요. 얼굴이나 몸매가 눈에 띄게 활짝 핀 건 할 수 없다 치더라도 부쩍 몸치장을 할 줄 알게 됐고 당신에게 잘보이려고 애쓰고 좀 더 정성껏 당신에겐 서비스를 하고 싶어하고……."

"그게 야비한 해석이란 말이야, 그게."

"후후후, 거짓말 마세요. 당신도 속으론 그 애의 육체적 심리적 변활 인정하고 은근히 만족하시면서 뭘."

"아니 여편네가 왜 이 모양이야, 정말."

"후후, 화내지 마세요. 보순이 얼굴이 뽀얗게 피어 예뻐지고 젖가슴이랑 엉덩이가 탐스러워지고 종아리에 탄력이 생기고 남자 앞에선 수줍어하는 체하면서 더 가까이하고 싶어하고 그런 애에게 시중을 시키며 마주 앉아 식사 하시는 게 당신도 즐겁죠. 안 그래요, 솔직히 대답해 보세요."

주인갑 씨는 부지중 찡그렸던 얼굴을 펴며 어이없다는 듯이 허허 웃고 나서,

"그야 물론 쪼글쪼글한 할머니가 시중을 들어주는 것보다 즐겁지. 하지만 그런 즐거움을 예쁜 꽃이나 사랑스런 강아지나 고양이 새낄 대할 때의 즐거움처럼 순수하게 해석하란 말요. 조금도 잡스런 의미로 보지 말고 말요."

타이르듯 한 것이다.

"남자가 여잘 상대로 맛보는 즐거움이 귀여운 꽃이나 동물에서 느끼는 즐거움과 같을 수야 있어요. 어디까지나 남녀 사이에 교류되는 즐거움이란 의식하든 못하든 섹스어필을 바탕으로 한 거 아녜요. 그러니까 보순이가 당신을 기다렸다가 저녁을 같이 먹고 싶어하는 태도나 당신이 굳이 그 애를 불러들여 겸상을 하시고 싶어하는 심리가 결국 이런 섹스어필을 바탕으로 한 즐거움을 취하자는 것이란 말예요. 안 그래요."

주인갑 씨는 이 말을 정면으로 부인할 자신은 없어서,

"아무튼 딸 같은 식모애 문제에 서로 쓸데없는 신경 쓰지 말잔 말요. 그래 가지고 어떻게 한집에서 살아. 설사 당신 말대로 그런 즐거움을 내나 보순이가 어렴풋이 느끼고 있다고 해도, 그저 그뿐이지 그 이상 무슨 얘깃거리가 되느냐 말요."

나무라듯 했던 것이다.

그러자 혜경 여사는,

“하긴 그래요. 세상엔 주인남자와 식모 사이에 사건이 벌어지는 일이 흔히 있는 모양이지만, 당신은 그럴 위인도 아니시니까요.”

이런 묘한 말로 남편에게 뜨물 마신 듯 꺼림칙한 기분을 남겨주었던 것인데, 그 뒤로는 과연 개운치 않은 일이 많았다.

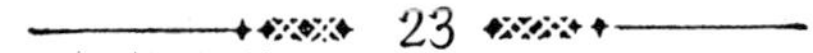

23

“남들이 저보고 뭐라는지 아세요?”

어느 날 저녁식사 후 혜경 여사는 보순에게 다리미질을 시키고 그 옆에서 간간 참견을 하다 말고 한쪽에서 석간신문을 뒤적거리고 있는 남편에게 불쑥 이런 말을 묻는 것이다.

“뭐라다니? 당신이 뭐가 어째서.”

“저보고 아주 태평이래요.”

“왜?”

여사는 익숙한 솜씨로 열심히 남편의 와이셔츠에 다리미질을 하고 있는 보순을 눈여겨보고 나서,

“저렇게 완전히 성숙한 보순이와 당신만을 집에 남겨두고 어떻게 날마다 맘을 놓고 밖에 나와 있느냐는 거예요.”

주인갑 씨는 당황하여 보순을 곁눈질로 바라보고 아내에게 눈을 흘겼고 보순은 낯이 다리미에 닿을 정도로 푹 숙이고 일에만 열중하는 듯이 보였지만 내심 어쩔 줄 몰라 쩔쩔매고 있음이 분명했다. 그러나 여사는 태연히 하고 싶은 소리는 다 했다.

“그래서, 그렇게들 자기 남편을 못 믿고 어떻게 사느냐고 제가 반박해 줬

어요. 그리고 우리 주인은 결코 그런 사람이 아니다, 우리 집 보순이도 아주 순진하고 얌전한 애다, 그러니까 절대 안심이라고 했더니 모두들 웃잖아요? 아, 고양이 앞에 생선 대가릴 갖다놓고 믿는다는 게 어리석은 짓이라나요. 그걸 보니, 세상……."

보순이는 듣다 못해 다리미의 스위치를 끄고 나가버렸고 주인갑 씨도 참다 못해,

"아, 닥쳐! 젊은 애 앞에서 할 소리 못할 소릴 좀 가릴 줄 알아. 무슨 그따위 수작이야, 함부로 찔찔."

호통을 쳤지만

"당신이 아무리 인격자라도 제가 애를 못 낳으니까 일을 저지를 가능성이 충분하다는 거예요."

혜경 여사는 이런 말로 결론을 내리듯 냉소적이요 자조적인 묘한 웃음을 빙그레 웃었다.

"여보! 보순일 당장 내일로라도 시골 자기 집에 보내버려. 당신이 이 꼴로 노니 어디 창피해서 같이 지낼 수 있어? 그 대신 늙어빠진 할머니든지 열너덧 살짜리 언낼 데려다 놔."

그러고 주인갑 씨는 골이 난 채 자기 방으로 홀짝 올라가버리려다 말고 참을 수 없다는 듯이 되돌아서서 사나운 표정으로 아내를 노려보며,

"여보! 당신 도대체 무슨 심보야. 사, 오 년이나 같이 살면서도 난 도무지 당신 소갈머릴 모르겠어. 왜 그렇게 종잡을 수 없는 지저분한 언동을 일삼느냐 말요, 여자답지 않게."

대들듯이 쏘아붙였다.

혜경 여사는 아까의 그 미소에 체념과 경멸의 빛을 가미한 듯한 더욱 복잡한 웃음을 머금고 어두운 창밖을 내다보며 다시는 입을 열지도 않았을 뿐 아니라 미동도 하지 않았다.

이러한 아내의 심사를 주인갑 씨는 정확히 이해할 수는 없었으나 언젠가 "당신이 애나 한번 낳아봤소" 홧김에 한 말이 가슴에 맺혔을지도 모르고 가뜩이나 그것을 다시없는 약점으로 여겨오던 여사라 보순의 심신이 차차 어른 티가 나기 시작하면서 식모 이상의 정성을 남편에게 기울이는 듯싶었고 남편 또한 그런 보순을 짙은 호감으로 대하는 것 같아서 이런 엉뚱한 언동을 취한 게 아닌가, 추측될 정도였다.

물론 이 밖에도 다음과 같은 중요한 몇 가지의 잠재의식이 작용하기도 했을 것이다.

24

즉 남편이 자기(혜경 여사)의 애정행위를 달가워하지 않는 점으로 미루어 성격과 기질의 차이라는 남편의 변명과는 달리, 기실은 아내에 대한 애정이 없기 때문이 아닐까 하는 의혹과, 남편 역시 어느 한계는 있을망정 여자에 대해서는 제법 관심이 많은 편이니 언제 어떻게 딴 여자에게로 슬그머니 나부낄지도 모른다는 은근한 불안감이 혜경 여사의 마음 구석에는 깔려 있었는지 모른다. 그것은

"어때요, 옆방 여자 같은 타입이 맘에 드시죠, 당신에겐?"

언젠가 혜경 여사는 농담 삼아 그런 말로 슬쩍 남편의 속을 떠보고 나서,

"하지만 그 여자 되레 저보다 더할지 몰라요. 남편을 박차고 애송이와 도망 나온 걸 보세요. 세상이란 그저 그런 거예요. 그런 여자와 잘못 얼렸다간 크게 봉변이나 당하세요, 괜히."

이런 말로 넌지시 경고조차 발한 일이라든지, 한번은 침실에서 너무 귀찮

게 과격한 포즈를 강요하기에 주인갑 씨가 짜증을 냈더니,

"결국 제게 대한 애정이 없어서예요. 그렇죠? 왜 그처럼 제가 싫으세요. 언낼 못 낳아서예요?"

따지듯 묻고 며칠 동안 풀이 죽어 지낸 것으로도 여사의 심정을 어느 정도 짐작할 수 있는 일이기는 하다.

아닌 게 아니라 주인갑 씨는 혜경 여사와의 부부생활에 회의를 품고 냉철히 반성해 보는 일이 많았다. 성격과 취미의 너무나 현격한 차이, 온갖 애정행위의 부조화, 딸 광숙과의 완전 융합의 어려움, 이런 여러 가지 점으로 보아서 원만하고 행복한 가정생활이란 지난한 일이라는 판단이 내려지기도 하는 것이었다.

그러나 이 세상의 그 숱한 부부 가운데 완전무결하리만큼 원만하고 행복한 부부란 거의 없을 것이요, 도리어 부부가 공동적인 이해와 인내와 노력으로 모든 장애를 극복하면서 원만한 가정을 구축해 나가는 데 부부생활의 의의와 보람이 있는 것이 아닐까. 죽은 전처와의 너무나 평탄했던 생활이 도리어 예외요, 대부분의 부부란 정도의 차는 있을망정 그렇게들 체념하고 노력하며 살아가는 것이 아닐까 여겨지기도 하는 것이었다.

한편 만일 혜경 여사와 이혼을 해버리고 딴 여자와 다시 결혼을 하는 경우 반드시 혜경 여사보다 나은 여자가 들어오리라는 보장을 할 수 없을 뿐 아니라 더 못한 여자가 들어오게 될지도 모르는 일이요, 또한 결혼이니 이혼이니 하는 일이 실지 얼마나 번거로운 일인지 모르는데 가축을 갈아들이듯이 마누랄 세 번씩이나 갈아댄다는 것도 주씨의 성격으로는 달가운 일이 아니며, 여사와 정작 이혼을 한다 치면 그 뒤도 문제인 것이 어느 호색한의 첩으로나 간다면 모르되 장돌뱅이처럼 여러 남자의 품을 돌아온 데다 애도 못 낳는 여자를 누가 반겨 맞아주랴 싶어 가엾기도 했다.

그리고 딴 각도에서 혜경 여사의 일면을 따져본다면, 본시 딴 여자처럼 시

기 질투가 심하지 않고 무슨 일에나 비교적 대범하다든가, 돈이 있을 때는 풍청풍청 잘 쓰되 없으면 없는 대로 바가지를 긁는 일 없이 태연히 이겨나가거나, 손수 자신이 생활전선에 발 벗고 나선다든가, 사업수완이 제법 능란해서 돈벌일 잘 한다든가, 남편보다도 너그럽고 호인이어서 화를 잘 내지 않지만 냈다가도 이내 풀린다든가 하는 버릴 수 없는 장점도 많았다.

25

혜경 여사의 불임증에 대해서도 여사 자신 그것을 약점으로 느끼고 있고 가까운 주위 사람들 또한 "자식 없이 노후에 어떡하지? 딸 하나 있는 건 몸마저 성칠 못하고" 이렇게 객쩍은 걱정들을 해주었지만 씨는 그저 애가 있으면 있고 없으면 없고 거기에 대해서는 별로 불만이 없었다.

왜냐하면 논이나 밭을 사듯 생활밑천으로 알고 개 돼지처럼 자식을 우글우글 쓸어 낳아놓고는 제대로 먹이지도 입히지도 교육도 못 시켜 쩔쩔매다가, 애들 대가리만 좀 굵어지면 하늘보다 높고 바다보다 깊은 부모의 은공이니 자식의 도리니 효성이니를 내세워가며 뻔뻔스럽게 자식 덕에 호강 좀 해보자고 부모를 금방석 위에 올려 앉히라고 호령하는 대부분의 고루한 한국 사람들을 주인갑 씨는 증오하고 있기 때문이다.

설사 씨에게 아들이 있다 하더라도 어버이 된 애정과 도리로 대학을 나올 때까지는 잘 가꾸고 돌봐주겠지만 일단 대학을 마치고 결혼만 하고 나면 이제부턴 너는 너대로 나는 나대로 가급적 서로 의지하지 말고 독립해서 살아가자고 내보낼 것이요 또 그래야 된다고 믿고 있는 주인갑 씨인지라, 불구인 외동딸 하나만도 큰 짐이요 두통거리이고 보니 차라리 그 밖에 딴 자식이 없는 것이 다행스럽기조차 했다.

세상 되어가는 꼴을 보다못해 엉뚱한 객기도 솟았고 한편 강권하는 친구도 있어서 어느 정당에 일시 발을 들여놓았던 일이 있는 씨이긴 하지만, 함부로 우쭐거리는 작사들처럼 덮어놓고 애국자연하거나 애국이란 말을 입 밖에 내본 적도 없으나, 대한민국이 딴 좋은 일에는 세계에서 대개 하급으로 돌기가 일쑤면서 수치스럽게도 애를 낳는 일에만은 세계에서 둘짼가 셋째로 꼽힌다니 어이없다 못해 화가 치밀 지경이었는데, 실제 문제가 갈수록 국내의 정국이 어지러워지고 실업자가 백만이니 백만이 넘느니 야단이고, 당장도 식량을 외국에서 사들여야 하는 판에 해마다 대구시만 한 인구가 늘어간다니 도대체 20년, 30년 뒤에는 어떻게 될 일인지 나라의 장래가 다 걱정되고 한심하기만 했다.

이런 처지에서도 현실에는 영 외면한 듯 자식, 자식, 하고 새끼들만 싸놓는 걸 볼 때 마흔이 다 된 씨 자신 어름어름하다간 천수를 다하지 못하고 굶어죽게 될지도 모른다는 불안감이 은근히 들기도 하거니와, 어린아이들이 장차 살아가기 위해서는 지금의 몇십 배 혹은 몇백 배 비참한 투쟁을 겪어나가야 할까를 생각하면, 세상에 태어난 것이 도리어 불쌍해 보이기조차 했다.

이러한 주인갑 씨고 보니 혜경 여사의 불임증에 대해서는 불만은 고사하고 다행히 여길 정도라 이것이 이혼의 이유가 될 수는 더더구나 없었으므로, 결국 위에서 말한 대로 여러 가지 불만불평이 내재하면서도 막상 갈라서야겠다는 결론에까지는 심경이 이르지 않았기에, 좀 더 참으면서 서로 늙어가노라면 어떻게 되려니 싶어 그럭저럭 지내고 있는 것이었으나 아무래도 탐탁히 아내에게 애정이 쏠리지 않는 것은 사실이어서, 보순은 역시 좀 어리고 데리고 있는 애여서 양심상 안 되었지만 황 여인이든 누구든 딴 여자와 잔잔하고 깨끗한 애정을, 애정이 아니면 인정이라도 나누며 가슴속에 쌓여가는 고독을 풀어보고 싶은 것이 주씨의 지금 심정이었다.

겹치는 사건

1

노량진에서 동작동 군 묘지까지 도로 확장공사를 하느라고 1년 가까이나 파헤쳐놓은 채 맑은 날이면 먼지, 궂은 날이면 흙탕을 사정없이 뿌려대더니 이제는 포장공사도 깨끗이 끝나서 제법 드라이브나 산책 코스로서의 면모를 갖추었다. 일요일이 아니더라도 쾌청한 날 저녁 무렵만 되면 이 길을 왕래하는 많은 소풍객과 아베크족의 모습을 볼 수가 있었다.

방금 외출에서 돌아온 주인갑 씨는 땀이 흥건히 밴 속옷들을 벗어부치고 시원하게 찬물로 얼굴과 발을 씻고 머리까지 감고 나서 사방의 문을 활짝 열어젖힌 마루방에 나와 앉아 담배를 피워 물고 우거진 아카시아 숲 사이사이로 노량진 쪽 거리를 내려다보고 있으려니까 몸은 날아날 듯 개운했지만 마음은 걷잡을 수 없이 무겁기만 했다.

씨는 지금도 시내에 나갔다 돌아오는 길에 황 여인의 우거(寓居)에 들러 황 여인과 김 청년 그리고 줄곧 거기에 가 살다시피 하는 혜경 여사를 만나 여러 가지 석연치 않은 꼴과 말을 보고 듣고 온 것이다.

혜경 여사가 자기의 미장원 근처에 임시로 얻어주었다는 황 여인의 방은 낡은 일식(日式) 건물의 2층이었는데, 주인갑 씨가 계단 밑에서 미리 인기척을 내고 올라갔음에도 불구하고 혜경 여사는 슈미즈 바람으로 있었고 황 여인 역시 그러고 있었던 모양이라 급히 얇은 저고리를 주워 꿰고는 속치마 위에 막 겉치마를 둘러 감는 중이었고 김 청년은 소매도 없는 러닝셔츠에 팬티인지 파자마인지 분간할 수 없는 겨우 정강이 위에 차는 아랫도리를 입고 있을 뿐이었다.

삼복더위에도 그리고 식구들끼리 집에 있을 때도 반드시 밑에는 양복바지를 위에는 반소매나마 소매가 있는 셔츠를 단정하게 입고 있었고, 파자마 바람으로 태연히 남 앞에 나타나는 사람들을 무뢰배라고 멸시해온 주인갑 씨는, 아직 6월이라 그렇게 못 견디게 더울 지경도 아닌데 난숙한 세 남녀가 좁은 방 안에 반라의 몸으로 함께 있는 꼴을 보니 씨는 대뜸 눈살이 찌푸려지는 것이었다.

"뭐요, 그 꼴이."

주인갑 씨가 사나운 눈초리로 아내를 쏘아보며 나무랐더니, 혜경 여사는 태연히 빙그레 웃으면서 그래도 블라우스를 집어 걸쳤고 김 청년도 슬그머니 바지를 찾아 입었다. 그리고 황 여인은 간신히 치마끈을 매고 나서 귀밑까지 붉어진 얼굴을 제대로 들지도 못한 채 한쪽 구석에 어쩔 줄을 모르고 서 있었다.

주인갑 씨가 못마땅한 눈초리로 세 사람을 훑어보았더니,

"웬일이세요?"

혜경 여사가 묻고 앉기를 권했다.

"나보다도 당신이 웬일이오. 가겔 팽개쳐두고 뭣 하러 만날 여긴 와 묻혀 있는 거야?"

"이 사람들의 앞일을 의논하고 있던 중예요."

"의논만 하다 세월 다 보내지 말고 속히 무슨 방책을 세워야 할 거 아뇨,

당신들도.”

이런 말을 남기고 주인갑 씨는 선 채로 돌아오고 말았지만 왜 그런지 서운한 감도 들고 괘씸하고 불쾌하기도 하여 그들에 대해 이런저런 궁리를 하면서 숲 사이로 노랑진 길을 내려다보고 있던 씨의 눈이 갑자기 긴장으로 커지며 차차 얼굴이 굳어지기 시작했다.

2

한길에서 이쪽으로 갈라져 올라오는 언덕길 입구를 8, 9세짜리 단발머리 소녀가 책가방을 지고 한 손에 든 신주머니를 흔들며 맥없이 걸어 올라오고 있다. 거리 관계로 얼굴을 잘 알아볼 수는 없으나 왼쪽 다리를 잘록잘록 저는 것으로 보아 광숙임에 틀림없다. 광숙의 뒤를 비슷한 또래의 세 명의 사내아이가 절름거리는 흉내를 내면서 따라오고 있었다.

사내아이들은 저마다 무어라고 광숙을 마구 놀려대는 모양이었으나 멀어서 말소리는 분명치 않았다. 광숙은 굴욕을 참으며 잠자코 너댓 간쯤 걸어오다가 그만 걸음을 멈추고 우뚝 서서 자기의 발끝만 내려다보고 있었다. 사내아이 중 한 놈은 더욱 신이 나서 일층 과장적으로 다리를 절름거려 보이며 광숙의 옆을 스치고 앞질러 나섰고, 그러자 다른 두 놈도 이내 똑같은 흉내를 내면서 먼젓놈의 뒤를 따랐다.

세 소년은 바로 광숙의 면전에 벌려 서서 절름절름 짓궂게 흉내를 내다가는 허리를 잡고 몸을 비꼬며 깔깔거리고 웃어대는 것이었다. 광숙은 마침내 더 참을 수 없다는 듯이 두 손으로 낯을 가리고 그 자리에 쪼그리고 앉아버리고 말았다.

주인갑 씨는 부지중 자리를 차고 벌떡 일어섰으나 문틀에 기대선 채 광숙이가 당하고 있는 굴욕을 같이 견디듯이 비통한 표정으로 그 광경을 지켜보고만 있었다. 광숙은 저런 모욕을 학교에서나 거리에서나 거의 매일 혹은 하루에 몇 번씩도 당하고 있을 것이요, 또한 앞으로 죽는 날까지 평생을 두고 당해야 할 것이다. 그러니 지금 당장 저 개구쟁이들을 쫓아버리는 것이 문제가 아니라 광숙이 저런 굴욕에 단련이 되어 어떻게 참고 이겨 나가는가가 문제일 것이다.

때마침 자그마한 트렁크를 든 14, 5세의 소녀가 언덕길을 올라오다가 광숙을 발견하고 걸음을 멈추더니 몇 마디 얘기를 걸어보는 모양이었는데 이내 싸우듯하는 몸짓으로 개구쟁이 소년들을 간신히 쫓아버린 다음 광숙을 부축해 가지고 올라오는 것이었다. 웬 기특한 소녀인가 싶어 주인갑 씨가 유심히 보고 있노라니까 점점 가까워지는 것을 보니 뜻밖에도 황 여사의 딸이었다.

"너, 웬일이냐?"

대문을 들어서면서 머리를 숙여 인사하는 순희에게 주인갑 씨는 어리둥절해서 물었다.

"궁금해서 왔어요."

"오, 부모님 소식이?"

"네."

아무튼 주인갑 씨는 순희를 방에 들어와 앉게 하고 나서,

"어머닌 지금 여기 안 계시다."

일러주었더니 소녀는 눈을 똥그랗게 뜨고

"돌아가셨어요?"

엉뚱한 질문을 해왔다.

"돌아가시다니?"

"아버지가 찾아오셔서 무슨 일 없었어요?"

"음, 운이 좋아서 무사히 도망가실 수 있었지. ……한데, 아버지가 여기 찾아오신 걸 너 어떻게 아냐?"

"제가 일러드린걸요, 아버지에게."

"옳아, 그럼 아버지가 시골 외가에 널 찾아갔었구나."

"네. 바로 안 대면 죽인다고 해서 일러드렸어요."

3

주인갑 씨는 머리를 끄덕끄덕해 보이고 나서

"아무튼 어머니가 무사해서 다행이다. 하마터면 큰일 날 뻔했지."

위로하듯 했다.

"저의 엄마 지금 어디 계셔요?"

"가만있거라. 저녁 먹고 내 데려다주지."

주인갑 씨는 보순을 재촉해서 저녁준비를 빨리 하라고 일러놓고 순희에게 여러 가지 얘기를 걸어보았다.

"그래, 여태까지도 아버지와 어머니 사이가 좋지 않으셨니?"

"네."

"자주 싸우셨니?"

"네."

"무슨 일로?"

"잘 모르겠어요."

"그래, 두 분이 싸우시면 나중엔 누가 지셨니?"

"엄마가 참으셨어요."

"그럼 결국 어머니 쪽에 잘못이 있었던 모양이구나."

"아버지가 주먹으루 때리고 발길로 지르구 하니까 참으셨어요."

"흠, 본래 아버지가 그러셨구나. 그래 넌 누구 편이냐?"

"……."

"아버지와 어머니, 두 분 중에 어느 쪽이 더 잘못이라고 생각하냐?"

"아빠두 엄마두 다 나빠요."

"왜? 덮어놓고 때리고 차고 하는 아버지가 더 나쁘지 않아?"

"첨엔 그랬지만, 나중엔 엄마두 나빠요."

"왜? 어머니의 어디가 나쁘냐?"

"……."

소녀는 대답을 않고 원망스러운 듯이 주인갑 씨의 얼굴을 살짝 쳐다보고 나서 이내 도로 고개를 푹 숙여버리고 말았다. 그 눈치가 어머니와 김 청년 사이의 비밀을 짐작할 줄 알고 거기에 대해서 퍽 좋지 않게 생각하고 있는 모양이었다.

저녁을 같이 먹고 나서 주인갑 씨는 순희를 데리고 황 여인의 은신처를 찾아갔으나 그 방에는 밖으로 자물쇠가 잠겨 있었으므로 근처에 있는 미장원에 들러보았더니 마침 아내도 가게에는 없었다.

"아주 나가셨니?"

심부름하는 소녀에게 묻는데, 대신 미용사인 정양이 맡고 나서서

"어디들 나가셨어요, 세 분이."

무슨 비밀이라도 똥겨주듯이 귓속말로 대답했다.

"세 분이라니? 황 여사랑 김 청년이랑?"

"네."

"지금까지도 셋이 자주 나다녔소?"

“네. 그렇지만 마담(혜경 여사)하고 황씨 아주머니하고 단 두 분이 나가시는 일이 더 많았어요.”

“그럼 청년은?”

“그분은 대개 아침부터 혼자 어딜 나가 돌아다니나 봐요.”

“마담은 낮에도 거의 황 여사 방에 가서 살다시피 하는 모양이던데?”

“흔히 거기 가 계세요.”

“왜 간대요, 거긴?”

“두 분이 잠시도 떨어져선 못 견디시나 봐요.”

미스 정이 웬일인지 낯까지 붉히는 게 좀 수상하긴 했지만 그렇다고 덮어놓고 캐물을 수도 없어서 주인갑 씨는 할 수 없이 순희를 데리고 일단 집에 되돌아왔던 것인데, 의외에도 소녀는 그날 밤으로 엉뚱한 편지를 써놓고 자기 아버지에게로 달아나버린 것이다.

4

주인아저씨 미안해요. 정말 미안해서 이 글을 써놓고 가요.

어제 저의 아버지가 시골로 또 찾아오셨어요. 그러고는 저에게 서울로 가자고 하셨어요. 외삼촌 집에 있는 것도 싫지만 아버지하고 있는 것은 더 싫어서 싫다고 했어요. 그랬더니 화가 나서 말 안 들으면 죽여버린다고 해서 따라왔어요.

어젯밤은 아버지하고 잤어요. 그리고 오늘 아침에 저보고 여기 주인 아저씨를 찾아가보라고 했어요. 시골서 차를 타고 와서 방금 내린 것처럼 꾸미고 아저씨를 만나서 엄마 계신 데를 물어보라고 했어요. 그래서 엄마 계신 데를 알아가지고 몰래 아버지한테 돌아와서 일러달라고 하셨어요. 시키는 대로 하지 않으면 저를 죽이고 아버지도 죽는다고 했어요. 아버지는 나쁜 점도 많지만 불쌍하기도 해요. 엄마가 돈을 다 가지고 나가서 아버지는 돈이 없어요. 어머니도 불쌍해요. 그렇지만 딴 남자하고 같이 나간 건 나빠요.

전 아저씨네 집에서 잘 수 없어요. 아버지가 기다리시다가 화가 나서 달려오실지도 모르니까요. 전 아버지한테 엄마 계신 집을 일러드리겠어요. 안 일러드릴 수가 없어요. 그렇게 되면 아버지가 엄말 찾아가 만나가지고 큰일날 거예요. 그러니까 그 전에 엄마가 도망가시도록 아저씨가 좀 알려주셔요.

애들 방에 들어가는 길로 광숙의 책상에 엎드려 무엇인가 열심히 쓰고 있던 순희는 광숙이 잠이 들고 보순이 변소에 간 사이에 이런 내용을 적은 종이를 책상 위에 펴놓은 채 몰래 집을 빠져나가 버린 것이다.

주인갑 씨는 정신이 펄쩍 들듯 몹시 긴장이 되었다. 양친의 틈바귀에 끼여서 몸 붙일 데도 마음 붙일 곳도 없는 순희의 신세도 가엾거니와 우선 그 감때사나운 서병칠이 오늘 밤 안으로라도 황 여인의 은신처를 습격하게 되면 순희의 글대로 큰일이 벌어질 것 같았기 때문이다.

시계를 보니 10시 15분이었다.

"보순아, 내 좀 나갔다 오겠다. 만일 그 동안에 아줌마 돌아오시건 이 편질 보여드려."

일러놓고 주인갑 씨는 황황히 집을 나섰다.

지금까지도 주인갑 씨네 집 주변을 배회하면서 황 여인이나 김 청년과의 관련 여부와 내정을 염탐하고 있는 서병칠의 모습을 가족들이 가끔 발견하곤 하였으나 마침내 딸을 내세워가지고 탐지해 낼 줄은 미처 생각지 못했던 터라 주인갑 씨는 완전히 서병칠의 계교에 넘어가버리고 만 셈이었다.

이성을 잃고 악에 받쳐 마누라와 그 정부를 찾아 헤매고 있는 서병칠이니

딸에게서 정보를 듣기가 무섭게 살기를 품고 마누라의 은신처에 달겨들 것이 틀림없고, 그랬다가 이번에도 허탕을 치게 되면 필시 주인갑 씨의 농간으로 알고 씨에게 물고 늘어질 것이 거의 뻔한 일인지라, 황 여인을 찾아가는 주인갑 씨의 걸음은 모르는 새에 머뭇거려지는 것을 어쩔 수 없었다.

'어떡헌다?'

황 여인이 들어 있는 집 골목 안에 접어들어서도 씨는 이렇게 망설이며 불이 환히 켜져 있는 황 여인의 방을 쳐다보았는데, 다음 순간 흠칫 놀라 발을 멈춘 채 정신없이 그 방을 노려보고 서 있었다.

5

창문을 열어젖히고 커튼 대신 모기장을 드리운 방에서는 방금 두 사람이 일어선 채 꽉 끌어안고 키스를 하고 있는 그림자가 판화처럼 또렷이 비쳤는데, 뜻밖에도 그것은 남자와 여자가 아니라 양쪽이 다 여자였고, 거리와 드리운 모기장 관계로 얼굴 모습까지는 판별할 수 없었지만 머리 모양이며 몸매 등으로 미루어 혜경 여사와 황 여인임에 틀림없었다.

포옹한 채 한참이나 입술을 맞대고 있던 두 그림자는 이윽고 얼굴을 떼더니 마주 보며 무슨 말이라도 몇 마디 나누는 듯하다가 이내 다시 혜경 여사로 짐작되는 쪽에서 상대방의 얼굴 위에 자기 얼굴을 덮어씌우듯 하고 몸부림치고 나서 끌어안았던 팔을 풀고 돌아서 아래층으로 내려오는 모양이었다.

마치 자신이 무슨 모욕이라도 당한 듯이 주인갑 씨는 입맛이 쓰고 어안이 벙벙해서 골목길에 그대로 버티고 서 있노라니까

"나오지 말구, 어서 자래도."

말리는 혜경 여사의 목소리와

"아녜요. 골목 밖에까지만……."

하는 황 여인의 음성이 들리더니 곧 두 사람이 나란히 골목을 걸어나오다 말고 주인갑 씨를 발견하는 순간

"어마!"

먼저 혜경 여사가 놀라 걸음을 멈추었고 황 여인은 어슴푸레함 속에서도 알아보게 낭패하여 혜경 여사의 뒤에 숨어버렸다.

"당신 웬일이세요? 밤중에 여길 다 찾아오시고."

여사가 이내 태연한 소리로 묻는 말에

"순희가 다녀갔어."

주인갑 씨는 내뱉듯 말했다. 혜경 여사 뒤에 숨어 섰던 황 여인이 흠칠 놀라는 눈치였다.

"순희라뇨?"

"황 여사의 딸 말이야."

"어마, 그 애가 집엘 왔다 갔어요? 웬일일까."

여사는 황 여인을 돌아보고 남편의 대답을 기다렸다.

"우리 집뿐이 아냐. 여기까지 알고 갔단 말이오. 아버지에게 일러준대……."

주인갑 씨는 순희를 여기까지 데리고 왔던 경위며 그 애가 써놓고 간 편지 내용을 요약해서 들려준 다음,

"거 미친 짓들 하고 돌아다니지 말고 정신 차려요. 서씨가 지금 당장이라도 달려들 판이란 말이야."

잔소리를 퍼붓고는 홱 돌아섰다.

"그럼 빨리 피해야겠어, 동생."

혜경 여사가, 겁에 질려 굳어버린 황 여인을 붙들고 외치듯 하는 이 말 가

운데서 '동생' 이라는 한마디가 귀에 번쩍 띄어 주인갑 씨는 다시 걸음을 멈추고 뒤를 돌아보았더니

"저, 오늘 밤 집에 못 돌아가겠어요."

혜경 여사는 이런 말을 내던지고 황 여인의 손을 잡아끌며 황급히 황 여인의 방으로 뛰어 돌아가버린 것이다.

아내와 황 여인이 끌어안고 키스를 하던 장면과 아내가 황 여인을 동생이라고 부른 말을 생각하니 주인갑 씨는 돌아오는 길에도 어이가 없고 구역질이 나서 자꾸만 낯을 찡그리면서, 신변의 위험을 무릅쓰고 그들을 도피시켜 준 자신이 어리석어만 보였다.

씨가 느낀 신변의 위험은 영락없이 다음 날 아침으로 대번에 나타났는데 이번에는 서병칠 혼자가 아니라 이종사촌까지 앞세우고 달려든 것이다.

6

이튿날 아침 밖에서 찾는 소리가 나기에 주인갑 씨는 찔끔했으나 보순이 나가보고 와서

"처음 보는 사람예요."

하기에 다소 안심이 되었다.

"무슨 일로 왔대?"

"모르겠어요. 꼭 좀 만나볼 일이 있대요."

주인갑 씨가 고무신을 끌고 대문 창살 사이로 내다보니 정말 오십이 될까 말까 한 낯선 사나이다.

"어떻게 오셨죠?"

"전, 선생 댁에 세 들어 있던 황이란 여자의 남편인 서병칠과는 이종간입니다."

비교적 공손히 말하고 박 아무개라는 이름까지 밝히므로

"무슨 일로 오셨습니까?"

주인갑 씨도 부드럽게 물었다.

"그 사람 내외 문제로 조용히 좀 의논드릴 일이 있어 왔는데요……."

눈치가 들어와서 하고 싶은 얘기가 있는 모양이기에 주인갑 씨는 내심 약간 꺼리면서도 대문을 열어주었더니 그 남자가 대문 안에 한 발을 들여놓기가 무섭게 담 밖에 바싹 몸을 숨기고 있었던 모양인 서병칠이 불쑥 뛰어나와 달려 들어오는 길로

"이 여우새끼 같은 놈아, 그래 이번에도 빼돌리지 않았단 말이냐."

다짜고짜 주인의 멱살을 움켜쥐는 참, 발길로 정강이를 지르고 한쪽 주먹을 휘둘렀다. 그러자 박씨가 재빨리 서의 양쪽 팔을 붙들고

"이 사람아, 아 이러지 않기로 나와 약속하지 않았어? 놔, 놔. 병칠이 어서 이 손 놓지 못해?"

나무라며 기를 쓰고 뜯어말려서 서병칠이 간신히 손을 놓고 물러서긴 했지만, 주인과 박씨가 옆방 쪽마루에 걸터앉아 얘기를 시작할 때까지도 버티고 서서 주씨를 사납게 노려보며,

"이 앙큼한 자식아. 그년을 살살 빼돌려가지고 이번엔 네가 가로챌 셈이었지?"

또는

"이 자식아, 너 같은 놈 곱게 먹고 떨어지라고 그냥 둘 줄 알아?"

이처럼 악담을 퍼붓는 것이었다.

박씨는 이러한 서병칠을 나무라서 겨우 입을 다물게 한 다음,

"사실은 제가 이렇게 찾아온 목적부터 말씀을 드리면, 이 창피스런 문제

를 수습하는 데 선생님의 적극적인 협력을 좀 얻고 싶어서입니다."

차근차근 말을 꺼냈는데 그(박씨)는 처음부터 이 일은 이왕 깨진 그릇이요 엎지른 물이라 복수를 한다고 떠들어봤자 화풀이도 제대로 못하고 실리가 없는 일이니 여자가 써놓고 나간 편지대로 깨끗이 이혼을 해주고 재산이나 조금이라도 더 많이 도로 찾아내는 방법을 취하라고 권했지만 서병칠이 말을 듣지 않다가, 오늘 새벽 두 번째로 연놈을 놓치고 나서야 억지로라도 자기 말을 받아들이게 되었다면서,

"금액 문제만 타협이 되면 당장이라도 이혼을 해주겠습니다. 그러니 수고스럽지만 선생님께서 그 여자를 만나 최고 얼마까지 반환할 용의가 있는가를 타진해 주시면 고맙겠습니다."

이렇게 결론을 맺은 것이다.

마루 한쪽 귀퉁이에 걸터앉아 아직도 잔뜩 부르튼 표정으로 씁쓸히 담배만 피우고 있는 서병칠을 주인갑 씨는 흘끔 곁눈질해 보고 나서

"잘 알았습니다. 허지만 먼저 두 가지 조건이 있습니다."

말하고 박씨를 돌아보았다.

7

"무슨 조건이신가요?"

"첫째는 내가 저 사람에게 두 번이나 모욕적인 봉변을 당했습니다. 그러니까 정식 사과를 받아야……."

채 말도 맺기 전에 서병칠이 도로 벌떡 일어서더니

"뭐가 어쩌고 어째? 사과? 이놈아, 도리어 내가 사괄 받아야겠다, 너한테.

그래 간통 횡령범을 살살 빼돌려놓고 자꾸만 감싸고 도는 너도 한통속이 아냐? 이 자식아……"

욕지거리를 퍼부으며 주인갑 씨에게 덤벼들려고 펄펄 뛰는 것을 그의 이종 형이 간신히 막아놓았다.

"어떤 경우에나 폭력을 사용하지 말란 말이야. 폭행은 백 가지 악행 가운데서도 최대의 악행이야. 그래서 난 도리어 당신이 가해자요 여자 쪽이 피해자라고 보았기 때문에 억울한 피해자에게 최소한의 편의를 도모해준 것뿐이야."

"이게, 이게 정말 어떻게 죽고 싶어 이 지랄이야. 주둥아리 닥치고 일 대 일로 해보잔 말이야, 이 새끼야. 현행범을 도피시켰으니까 넌 징역감인 걸 알아, 이 자식아."

서병칠이 다시 울컥 덤벼들어 주인에게 발길질을 하자 박씨가 얼른 또 막아서서 말렸고

"네가 그렇게 행팰 부리면 결국 누가 손해보나 보자. 내게 요만치라도 상처만 내봐, 당장 폭행죄로 얽어넣고 말 테니. 그리고 경찰에 고소할 테건 실컷 해봐. 나도 네 비행을 들이 캐고 있으니까 과연 누가 징역을 살게 되나 해보잔 말이다."

주인갑 씨도 맞받아 내쏘고는 침을 뱉고 마루방으로 올라와버렸다.

밖에서는 발악하는 서병칠을 달래고 윽박지르고 해서 간신히 대문 밖으로 밀어낸 다음 박씨 혼자 마루방 앞에 다가와서

"너무 소동을 일으켜 죄송합니다."

사과하고 단둘이 조용히 얘기하기를 청하였다.

이래서 두 사람은 마루방에 대좌하여 한 시간 이상이나 담론을 하였는데 우선 주인갑 씨가 제시한 첫째 조건인 사과 문제에 대해서는 박씨 자신이 즉석에서 대신 사과를 한 다음 추후에 본인으로 하여금 다시 사과를 시키겠노

라고 다짐했고 둘째 조건, 즉 황 여인의 은신처를 알아내기 위한 수단으로 이런 문제를 제기해 놓고 뒷구멍으로 은밀히 주씨네 가족을 미행할 셈이 아니냐는 데 대해서도 절대로 그런 계교에서 나온 일이 아니라 이혼을 해주고라도 하루빨리 여자가 갖고 나간 재산을 도로 찾지 않으면 안 될 만큼 절박한 사정이기 때문에 도리어 사정을 하러 온 것이니 그 점일랑 추호도 의심 말고 수고해 달라고 조르는 품이 결코 거짓말 같지는 않았다.

"그렇다면 제가 황 여사를 만나가지고 원만히 해결하도록 극력 힘써보겠습니다."

"고맙습니다. 원만히 해결만 된다면 서병칠이 그 녀석은 물론 저도 숨을 돌리겠습니다. 그 녀석, 여자가 놓고 간 돈을 다 써버리고 방까지 해약해서 그 돈으로 술 다 처먹어 없애고는 염치없이 지금 저의 집에 기어 들어와서 눌어붙어 버렸거든요. 그러니 몸뚱이뿐인 부녀를 내쫓을 수도 없고 이런 골칫덩이가 있습니까. 이런 형편이니 잘 좀 힘써주십시오."

이리하여 황 여인의 이혼 문제는 겨우 해결의 전망이 섰으나 이에 따른 새 국면과 함께 주씨에게는 딴 두통거리가 새로 벌어지기 시작한 것이다.

8

그 동안 황 여인이 들었던 방에 두 명의 여대생을 들였었는데, 이 젊은 여자들의 태도와 정체가 도무지 모호하기 짝이 없었다.

지금까지 아무리 골라 두노라고 애써도 남의 내막이란 얼른 보고는 알 수 없는 일이어서 결과는 반대로 뜻하지 않았던 말썽과 풍파를 일으키곤 하였으므로 이번엔 아예 고를 생각조차 않고 식구만 단출하면 무조건 처음 찾아오는 사람을 들이리라고 작정하고 있던 차에 마침 풋과일처럼 싱싱한 두 명의 아가씨가 찾아왔던 것이다.

대학교재와 노트를 말아서 한 손에 들고 있는 자그마한 키에 유난히 동그랗고 새까만 눈이 또랑또랑 정신이 드는 아가씨와, 보통 키 보통 몸집에 거의 말이라곤 없이 매력적인 미소만을 잘 짓는 어딘가 소라야 왕비를 닮은 미모의 아가씨였는데, 이들이 방을 보러 왔을 때 지금까지 젊은 아가씨들, 특히 여대생과는 전혀 인연이 없었던 주인갑 씨는 조석으로 이런 아가씨들의 아름답고 싱싱한 얼굴과 몸매를 마음껏 바라보며 지낼 수 있다면 씨 자신 족히 2, 3년은 젊어질 수 있을 것 같은 아련한 흥분마저 느꼈던 것이다.

그날 소라야 왕비는 통 말이 없었고 새까만 눈의 처녀가 시종 혼자 교섭을 걸어왔는데 말씨도 단 한 군데나마 흐리멍덩한 데가 없이 똑똑 떨어지는 게 분명했다. 두 아가씨는 방이며 뜰이며 주인집 방의 배치며 노량진 쪽과 한강 쪽의 전망까지 찬찬히 살피고 나서

"방이나 주위의 환경이 꼭 마음에 들어요."

새까만 눈이 주인과 복덕방 노인을 번갈아 보며 말했다.

"내가 뭐랬어요. 서울 시내에 이런 덴 또 없다니까요. 그러니 놓치지 말고 당장 계약을 해요."

복덕방 노인이 큰소릴 치고 권하니까

"값이 약간 세긴 하지만 신축한 문화주택이고 방이 넓고 환경이 좋고 하니 이의 없이 계약하겠어요."

역시 새까만 눈이 대답하고 주인을 쳐다보기에 여대생들이라는 복덕방 노인의 소개가 있긴 했지만

"어느 대학이오?"

주인갑 씨 쪽에서도 직접 확인하려는 듯 물어보았다.

"×× 대학예요."

"오, 그럼 남자학교군."

"남녀공학예요."

"무슨 과요?"

"사회학과예요."

"몇 학년이죠?"

"졸업반예요."

"고향은?"

이 말에 여학생은 대답을 않고 고 똥그란 눈으로 주인갑 씨를 똑바로 쳐나보다가

"아저씨 경찰에 계셔요?"

웃으며 물었다.

주인은 좀 무안해서

"아, 아뇨. 오해하지 마요. 내용을 모르고 아무나 들이면 흔히 골치 아픈 일이 있어서 묻는 거요."

당황히 변명을 했다.

"저희들에게 무슨 골치 아픈 일이라도 있을 것 같아요?"

"아뇨. 대학생이라니까 무조건 신용을 하겠소. 첫인상도 만점이고."

"저희 관상까지 보시고 정하신 거니까 나중에 그 골치 아픈 일이 생겨도 책임은 아저씨께 있어요."

이래서 주인은 좋소 좋아, 하하하, 유쾌히 웃고 계약을 했던 것이다.

9

이사 와서 처음 4, 5일은 아무 일도 없었다. 도리어 아침저녁이면 수돗가에는 보순이까지 합쳐서 둘이나 세 사람의 핑핑한 아가씨들이 모여 앉아 쌀이나 찬거리를 씻는다든지 그릇을 부신다든지 양치질이나 세수를 하고, 발도 씻고 머리도 감고 혹은 빨래도 하면서 재잘거리고 캐득거리고 하는 바람에 집안에는 갑자기 예쁘고 향기 짙은 꽃이 만발한 느낌이었다.

역시 세 아가씨들 중에서 그 용모와 자태가 뛰어나게 아름답고 매력적인 것은 소라야 공주를 닮은 윤명주였고, 다음이 보순이, 셋째가 눈이 유난히 새까맣고 동그란 조선영이었으나, 반면에 가장 재기발랄하고 명랑하여 잘 지껄이고 방울을 굴리는 것 같은 소리로 잘 웃어대는 것은 미스 조였었다.

미스 윤은 저희들끼리도 말을 많이 하지 않았고 웃을 때도 결코 소리를 내는 일이 없이 칠면조 모양 그때그때 변화무쌍인 복잡 야릇한 미소를 짓는 것이 특징이었다. 보순은 본시가 온순한 편인데다가 셋 중에서는 나이도 가장 어리고 국민학교밖에 못 나온 처지라 미스 조와 미스 윤을 언니 언니하고 따르며 그들의 얘기 듣기를 즐겼고, 웃을 때는 미스 조에 지지 않게 큰 소리로 깔깔거리고 웃었다.

게다가 미스 윤과 미스 조는 처음부터 불구인 광숙을 조금도 놀라운 눈이나 이상한 눈으로 바라보는 일이 없이 보통 성한 아이를 대하듯이 대했고 다정하게 말도 걸어주고 해서 광숙이가 좋아서 옆방 언니 혹은 대학생 언니, 대학생 언니 하고 졸졸 따른 것은 말할 나위도 없거니와 주인갑 씨 또한 무척 감동하고 고마워서 그들 두 아가씨에게 유난히 친밀한 정을 느끼게 되었었다.

이렇듯 젊은 매력과 활기가 넘칠 만큼 갑자기 집안이 화려해진 속에서 주인갑 씨는 다시없이 흡족하여 이틀걸이로 깎던 수염을 아침마다 박박 밀기를 잊지 않았고 외출할 때가 아니면 손질해 본 적이 없는 머리에도 자주 빗질을 하게끔 되었으며 기회만 있으면 이 예쁘고 발랄한 아가씨들과 무슨 얘기나 허물없이 지껄일 수 있도록 어서 더 친해지고 싶었다.

그들은 또한 허턱 낯가림을 하거나 수줍어하는 기색이 없을 뿐 아니라 도리어 주인갑 씨 쪽에서 당황할 정도로 솔직 대담하였는데, 이를테면 한번은 미끈한 팔들을 통째로 내놓고 스커트도 무릎 위까지 걷어 올린 채 수돗가에 쪼그리고 앉아 빨래를 하고 있는 그들의 몸매를 주인갑 씨는 안 보는 체하면서 이따금 곁눈질로 훔쳐보고 있노라니까 이윽고 미스 조가 빨아 짠 것을 들고 돌아서서 뜰 복판을 가로질러 맨 빨랫줄에 그것들을 널려다 말고 주인갑 씨와 시선이 마주치자

"아저씨 미안."

그러고는 머리를 까딱해 보이고 쿡쿡 쿡쿡 웃더니 하나하나 펴서 너는 걸 보니, 여러 장의 팬티와 브래지어 같은 속옷들이어서 주인갑 씨 쪽이 도리어 무안하면서도 그들의 그 건강한 심성에 감탄했다.

이래서 주인갑 씨는 미스 조와 미스 윤에게 무조건 신뢰를 걸고 만강(滿腔)의 호의를 품고 넘치는 신선한 매력과 활기에 끌렸던 것이지만 차차 날이 지나면서 수상한 점을 느끼기 시작한 것이다. 미스 조는 거의 집을 비웠고 미스 윤도 돌아오지 않는 날이 빈번했는데, 밤늦게라도 돌아오는 날은 대개 웬 남자를 데리고 와서 재워 보내는 것이었다.

10

혹시 미스 윤에게 애인이라도 있어서 미스 조가 선심을 쓰느라고 일부러

방을 비워주었으므로 미스 윤이 안심하고 애인을 데리고 와서 동숙하는 것이 아닌가 처음엔 그렇게 생각해 보았지만 대개 남자는 날이 새기가 무섭게 도망치듯 소리도 없이 돌아가버렸고, 그런 날은 으레 미스 윤은 늦잠을 잤을 뿐 아니라 아무래도 그 도수가 너무 잦은데다가 결코 한 남자만 같지 않은 눈치여서 주인갑 씨는 당황하여 모르는 체 이대로 버려둘 수가 없기에, 하루는 우선 보순에게 넌지시 탐색적인 질문을 던져본 것이다.

"요즘, 미스 조가 잘 안 보이니 웬일이냐?"

"어디 가정교사로 들어가셨대요."

"가정교사? 그게 정말이야?"

이 말에 보순은 이상하다는 듯이 주인갑 씨를 쳐다보며

"그럼요. 그 언닌 여고 때부터 죽 가정교사로 있으면서 혼자 벌어 공부해 왔대요."

감심(感心)한 듯한 표정으로 대답했다.

"그럼 짐도 다 갖고 아주 가버린 거냐?"

"아뇨, 당장 필요한 거만 트렁크 하나에 넣어갖고 갔어요. 일요일마다 와서 묵어가신대요."

"그런데 그 아가씨들 정말 대학생엔 틀림없다더냐?"

"선영 언닌 정말 지금도 대학교에 다니신대요. 내년에 졸업이라던데요."

"그럼, 미스 윤은?"

"그 언닌, 사정이 있어서 지금은 학교를 쉬고 있대요."

"흠! 그래 참말 대학교에 다니긴 했대?"

"그럼요. 대학교 문 앞에서 동무들이랑 찍은 사진이 있는데요. 영어책도 줄줄 읽고요."

하긴 보순이 매일 40분씩 미스 윤에게서 영어를 배우기로 했다는 말을 들은 기억이 있다.

"그럼, 미스 윤은 지금은 뭘 한대?"

"잘 모르겠어요."

"그래도 매일 어디 나가곤 하지 않아? 그랬다가 안 돌아오는 날도 있지?"

"네."

보순은 자기가 무슨 추궁이라도 받고 있는 듯 고개를 푹 숙이고 들릴락 말락한 소리로 간신히 대답했다.

11

'자주 웬 남자를 데리고 와서 재워 보내는 일이 있지?'

그리고 그 남자가 누구냐고까지 묻고 대답하는 눈치를 보고 싶었지만, 아직 나이 어린 보순에게 이런 말을 물어서는 안 된다고 생각했기 때문에 주인갑 씨는 입을 다물어버리고 말았다. 이제부터는 직접 본인에게 추궁해 봐야 할 일이다. 그러나 단순한 연애라면 이쪽이 간섭할 문제가 아니니까 그것이 어떤 성질의 남녀관계인지 좀 더 확실한 증거 포착이 필요하다. 그래서 미스 윤이 외출한 날이면(거의 매일 외출을 했지만) 주인갑 씨는 밤이 아무리 늦더라도 여자가 돌아올 때까지 자지 않고 기다렸다. 그러노라면 이윽고 대문 두드리는 소리가 났고 이내 보순이 나가서 대문 빗장을 벗겨주고 들어오는 것이었다.

주인갑 씨는 일부러 자기 방의 전등을 끄고 나서 소리를 죽여가며 살그머니 뜰로 내려섰다. 그러고는 미스 윤의 방 쪽으로 살금살금 다가가던 주인갑 씨는 불시에 몸을 바싹 벽 모퉁이에 숨기고 숨을 죽였다. 일단 자기 방에 들어갔던 미스 윤이 가만가만 되돌아 나와서 대문 빗장을 조심히 벗기더니 밖에 숨어서 기다리던 남자를 맞아들이는 것이었다.

"아하, 그랬구나."

주인갑 씨는 속으로 중얼거리며 고개를 주억거렸다.

보순을 비롯해서 주인집 사람들에게 눈치 채이지 않기 위해 미스 윤은 남자를 대문 밖에 숨겨둔 채 혼자 돌아온 듯이 일단 자기 방에 들어갔다가 보순이 도로 대문을 잠그고 들어간 뒤에야 살그머니 되나와서 대문을 열고 남자를 불러들이곤 하였음을 짐작할 수가 있었다. 그러나 사람이란 결국 남몰래는 무슨 일도 저지를 수 없는 모양인지 미스 윤이 그렇게 조심하느라 해도 어느새 주인갑 씨까지 어렴풋이 눈치를 채기에 이르렀던 것이다.

미스 윤이 소리가 안 나게 대문을 도로 잠그고, 남자를 데리고 자기 방에 들어가버린 뒤에야 벽 모퉁이에 몸을 찰싹 대고 숨어 있던 주인갑 씨는 발소리를 죽여가며 여자의 방 앞으로 다가간 것이다. 창문에는 커튼이 드리워 있어서 실내의 광경은 엿볼 수 없지만 푸르스름한 형광등의 불빛이 가득 차 넘치는 방 안에서는 이야기 소리가 새어나왔다.

주인갑 씨는 묘한 긴장을 느끼며 그 앞에 바싹 접근해서 저쪽이 별안간 문을 벌컥 열어젖혀도 발각되지 않을 위치에 몸을 숨기고 실내의 동정에 귀를 기울였다.

"이 집에 세 들어 있는 거야?"

삼십이 훨씬 넘었을 남자의 목소리다.

"네."

"밤눈에도 위치가 참 좋군그래."

"별장 같죠."

"정말야, 이런 덴 여관이나 호텔과 달라서 위험성은 없겠지?"

"물론이죠."

"됐어, 그래야 맘 턱 놓고 놀 수 있지."

"바람 많이 피우신 모양이군요? 혼도 나보시고."

"아냐, 난 너무 까다롭고 겁쟁이가 돼서 바람 못 펴."

"노랭이신가 봐."

"아니 돈 문제가 아니고, 그 시시한 똥갈보나 술집 계집 같은 것들 어디 눈에 차야지. 적어도 요만은 해야지."

확 끌어안고 어쩌기라도 하려는지 여자의 앙탈 소리가 들렸다.

12

방 안에서는 금방이라도 남녀 간의 지저분한 장면이 벌어질 것만 같아서 주인갑 씨는 짙은 호기심에 가슴이 다 두근거리며 날카로워진 전 신경을 귀로만 모으고 있었는데, 돌연 맞은쪽 벽 한 곳이 분명히 건들건들 흔들리기 시작한 것이다. 씨가 깜짝 놀라 그곳만 뚫어지게 바라보았더니 그것은 바로 부엌 뒷문이었는데 빡빡이 들어맞은 문을 소리가 나지 않게 여느라고 안에서 조심조심 흔들어 밀고 있는 게 분명했다.

주인갑 씨는 정신이 펄쩍 들어서 가만가만 뒤로 물러서 가지고 담 모퉁이에 몸을 숨긴 다음 부엌 뒷문만 지켜보고 있었다.

이내 소리도 없이 그 문이 열리면서 혜경 여산지 보순인지 잘 분간할 수 없는 사람의 그림자가 나타나 벽에 바싹 몸을 대고 미스 윤의 방 가까이 살살 다가가더니 바로 창문 밑에 걸음을 멈추고 서서 실내의 동정에 열심히 귀를 기울였는데 의외에도 그것은 보순임에 틀림없었다.

주인갑 씨는 몹시 당황하였다. 자기가 미스 윤의 방에 귀를 대고 듣고 있는 꼴을 보순에게 들키지 않은 것은 천만다행이었지만, 그렇게 아름답고 매력적인 미스 윤이 몸을 파는 여자라는 것도 충격이었고, 겨우 열아홉 살밖에 안 된 무척 순진한 애여서 아직 아무것도 모르고 있는 줄만 여겼던 보순이 남녀의 비밀에 저토록 흥미를 갖고 몰래 엿듣는다는 사실 또한 놀랍고 어이없는 일이었다.

주인갑 씨는 당장 다가가서 보순일 끌고 들어가 꾸짖을까도 생각했으나 그러면 보순이 기절이라도 할 만큼 놀라 비명을 지를지도 모르는 일이요, 그 결과 아직은 이런 실정을 모르고 있는 혜경 여사에게까지 탄로가 날 것이며, 더구나 보순이 창피한 끝에 딴 데로 도망칠지도 모르는 일이라 씨는 잠자코 우선 자기 방에 돌아가버리고 만 것이다.

그날 밤 주인갑 씨는 곰곰 생각한 끝에 보순이 다시는 그런 짓을 못하도록, 그러나 너무 노골적이어서 그 애가 참을 수 없는 수치감을 느끼지 않을 정도로 은근히 나무라주고 나서, 보순이나 광숙에게 심지어는 혜경 여사에게까지 끼칠지도 모르는 좋지 못한 영향을 생각해서 조속히 미스 윤을 내보내는 것이 상책이라는 판단을 내린 것이다.

이튿날 광숙은 학교에 가고 아내는 미장원에 나간 뒤, 주인갑 씨는 막 설거지를 끝낸 보순을 불러들여 맞은편 자리에 앉게 하고 넌지시 말을 꺼냈다.

"내가 보기엔 미스 윤이 아무래도 좀 수상해 보이는데 넌 어떻게 생각하느냐?"

보순은 고개를 무릎 위에 깊숙이 떨어뜨린 채 아무 말이 없었다.

"밤에 남자를 데리고 오는 일이 있는 것 같은데 네가 대문을 열어주곤 하면서도 모르고 있었느냐?"

"……."

"알고 있었느냐?"

"똑똑히는 몰랐어요."

모기소리만 한 소리로 대답했다.

"곧 미스 윤을 만나 얘기해 보고 형편에 따라선 당장 내보내겠다만 넌 절대로 남의 내막 일에 관심을 가져선 못쓴다. 그리구 밤엔 일찌감치 자구. 밤늦게 들락거려선 못써."

홍당무가 된 얼굴을 제대로 들지도 못하고 보순이 방을 나간 뒤 주인갑 씨는 내친걸음에 이내 옆방으로 미스 윤을 찾아가 만난 것이다.

13

미스 윤의 방문은 여태 닫힌 채로 있었으므로 주인갑 씨는 그 앞을 두어 번 왔다 갔다 하다가 헛기침을 하고

"미스 윤 아직 주무시오?"

물으니까,

"일어났어요."

급히 방을 치우는 눈치기에

"잠깐 얘길 좀 했으면 좋겠는데……."

"네."

대답하고 옷이라도 갈아입는 모양이더니 이내 활짝 문을 열어젖혔다.

"이거 늦잠 자는 걸 깨웠나 본데, 미안하오."

그러면서 주인갑 씨는 방문 앞 쪽마루에 걸터앉았고 미스 윤은 잠자코 그 묘한 미소, 어떻게 보면 저 여자가 내게 호감을 품고 있는 것이 아닌가, 의심갈 만한 야릇한 미소를 지으면서 문지방을 사이에 두고 밖을 향해 앉았다.

"미스 조는 가정교사로 갔다구요?"

"네."

"그럼, 미스 윤 혼자 갑갑하겠군?"

"아뇨."

간단히 대답하고 미스 윤은 숲 사이로 한강을 내려다보며 이번엔 장난꾸리기 같은 미소를 머금었다.

소매 없는 흰 블라우스에 겨우 무릎까지밖에 안 차는 타이트 스커트를 입고 있었기 때문에 미끈한 팔다리가 사정없이 노출되어 있는데다가, 잠이 덜 깬 듯한 눈매며 헝클어진 머리를 자주 쓸어내리는 핑핑한 여자에게서는 숨막힐 정도의 매력과 진한 여자의 냄새가 훅훅 풍기어왔다.

"그런데 미스 윤은 요즘 학괄 쉬고 있다구?"

"네."

"그럼, 그냥 놀고 있소?"

"아뇨."

"그럼?"

"임시로 직장엘 나가고 있어요."

"직장엘? 어딘데?"

"홀에 나가요."

"홀?"

"네."

"댄스 홀 말요?"

"네."

"그래요?"

미스 윤은 주저하는 태도도 부끄러워하는 기색도 없이 대답하고, 그저 이번에는 그 미소에 자조적이요 냉소적인 요소가 가미되었을 뿐이다.

"그거 참 안됐소. 대학을 중단하고 홀에 나가기까지엔 복잡하고 딱한 사정이 있었을 테니……."

여기서 주인갑 씨는 잠시 말을 끊었다가

"허지만 내가 미스 윤과 터놓고 의논하고 싶은 일이 있는데 기분 나쁘게 생각지 말고 들어줘요. 다른 게 아니고 미스 윤이 가끔 남자를 데리고 와서 재워 보내는 것 같은데 사실이오?"

엄숙한 태도로 물었다.

"네."

"누구요? 애인이나 약혼자?"

"아뇨."

"그럼?"

"손님예요."

"손님?"

알고 있으면서도 너무나 태연하고 솔직한 여자의 대답에 주씨 쪽이 도리어 당황할 정도였다.

여자는 복잡한 미소를 머금은 채 한강만 내려다보았고 주씨는 담배만 피우며 한참이나 말이 없다가

"안됐지만, 우리 집에서 손님을 받으려면 나가줘야겠소."

잘라서 말했다.

14

미스 윤은 추파와 자조와 조소 외에 쓰디쓴 감정이 담긴 복잡한 미소를 짓고 주인갑 씨의 얼굴을 잠시 마주 쳐다보더니 아무 말도 없이 고개를 돌려 다시 한강 인도교 쪽을 내려다보기 시작했다.

"물론 미스 윤의 사생활을 내가 간섭하려는 것은 아니오. 다만 우리 집에서 손님을 받게 되면 첫째 보순이와 광숙에게 좋지 못한 영향을 줄 것이니 그게 걱정이요, 둘째는 아무리 인근 주택과 떨어져 있는 집이라 하더라도 반드시 반 내에 소문이 나게 될 거니까 그리되면 우리 입장이 아주 난처하단 말요. 그러니 이 점을 양해해 줘요. 앞으론 손님을 받지 말든지 계속해 손님을 받으려거든 딴 데로 이살 가주든지 해요."

그러나 미스 윤은 그저

"미안해요."

간단히 한 마디 했을 뿐 주인갑 씨의 요청에 대해서는 분명한 태도를 보여주지 않았다.

"이렇게 말하면 아니꼬운 훈계로 들을지 모르지만 내 조카나 막내 누이동생 같은 나이기에 하는 말인데, 미스 윤과 같이 교양도 있고 판단력도 가진 미모의 여자가 왜 하필이면 이런 떳떳치 못한 인생의 어두운 뒷골목을 가고 있소."

그러자 여자는 그 복잡한 미소를 주인갑 씨에게 정면으로 퍼부으며

"아저씬 여잘 사본 경험이 없으세요?"

어이없는 질문을 해온 것이다.

주인갑 씨는 엉뚱한 반격을 당했을 때처럼 어리둥절했다가

"왜 그런 쓸데없는 질문을 해요?"

못마땅한 말투였다.

여자는 그저 씁쓸히 웃고 말았으나 주씨는 왜 그런지 허를 찔린 것 같은 심리에서 더 긴 말을 지껄일 자신을 잃고

"아무튼 손님을 받지 말든지 이살 가든지 둘 중에 하난 지켜줘야겠소."

좀 엄격한 어조로 따져놓고 자기 방에 돌아와버렸다.

그러면서도 기실 주인갑 씨는 이 이상한 매력과 미모의 젊은 여자를 놓치

고 싶지 않은 속심에서 딴 데로 이사는 가지 말고 자기 집에 그냥 들어 있으면서 손님만 받지 말아주기를 은근히 바랐다. 그러나 며칠을 두고 보아도 이사 갈 궁리는 하는 것 같지 않았고 여전히 손님도 달고 돌아오는 것이었다. 역시 그것은 가족에게 끼칠 악영향이나 주위에 대한 체면상으로도 곤란한 일이었고 한편으로는 주인갑 씨 자신의 권위가 완전히 무시당한 격이라 괘씸하기도 해서 하루는 수돗가에 나온 여자에게

"미스 윤, 내 말이 말 같지 않단 말요? 양단간 태돌 분명히 해야 할 게 아뇨."

따졌더니

"내일 미스 조가 온다고 했어요. 그러면 의논해서 태돌 밝히겠어요."

하고 또 신비스런 그 미소를 지어 보이었다.

이튿날은 일요일이어서 그런지 정말 아침 무렵에 미스 조가 찾아온 기척이더니 중낮께쯤 되어서

"주인 아저씨 안녕하세요?"

명랑하게 웃으면서 미스 조가 앞장을 서고 미스 윤이 뒤를 따라 마루방 앞으로들 다가온 것이다.

"어서들 올라와요."

주인은 우선 그들을 맞아들였다.

15

두 여자는 주인이 권하는 자리에 서슴지 않고 마주 앉더니 역시 미스 조가 먼저 말을 꺼냈다.

“미스 윤이 손님을 데리고 오지 말든지, 그렇잖으면 딴 데로 이살 가든지, 둘 중에 하나를 택하라고 하셨다기에 그 문제에 대해서 말씀드리려고 합니다.”

“그래, 어떻게 결정했소?”

“두 가지 다 받아들일 수 없습니다.”

미스 조의 너무나 자신 있고 또렷한 대답에 주인갑 씨는 얼떨떨해서 두 여자의 얼굴을 잠시 번갈아 보았다.

미스 조는 생글생글 웃으며, 미스 윤은 무어라 형용할 수 없는 그 복잡하고 신비스런 미소를 지으며, 주인 아저씨의 얼굴을 마주 쳐다보았다.

“그럼, 결국 어떡하겠다는 거요?”

“일 년 기간으로 방세도 전액 선불하고 들었으니까, 계약대로 일 년은 여기서 살아야겠습니다.”

“그야 일 년 아니라 이 년이나 삼 년을 살아도 좋아요. 그렇지만 손님은 받지 말아달란 말이오. 알겠소?”

“남의 집에 손님 오는 것까지 참견하신다는 건 지나친 간섭 아니세요?”

“보통 손님이라면 내가 왜 참견을 하겠소. 가정교육상 풍기상 곤란한 점이 많으니까 하는 말 아뇨?”

“풍기상 교육상 곤란하시다니 어째서 그러실까요?”

미스 조가 한사코 따지고 드는 바람에 주인갑 씨는 비위가 상해서,

“아, 여긴 사창의 선도구역이 아니란 말요.”

부지중 언성을 높였다.

“어마, 실례의 말씀을 다 하시네요. 미스 윤을 사창인 줄 아세요?”

“사창이 아니면 뭐요. 그럼 뭐 공창이란 말요? 밤마다 낯선 남잘 데리고 와서 재워 보내는 건 뭐냐 말요.”

미스 조는 미스 윤을 돌아본 다음 쿡쿡쿡 웃고 나서

"아저씬 봉건적이시군요. 아, 여자가 남자를 재워 보내면 모두 사창행윈가요?"

다시 반박해 왔다.

이렇게 꼬치꼬치 캐고 드는 상대에게 말을 함부로 하다가는 남자요 연상자로서의 체면도 건지지 못할 만큼 궁지에 몰릴 위험성이 다분히 있었기 때문에 주인갑 씨는 생각해 가면서 조심조심 대꾸할 수밖에 없었다.

"내가 애인이냐, 아니면 약혼자냐 물었더니 미스 윤 자신의 입으로 애인도 약혼자도 아니고 그저 손님이라고 분명히 말하지 않았소?"

"네, 분명히 그랬어요."

미스 윤이 미소를 머금은 채 입을 열어 이 한마디를 대답하자 이내 도로 미스 조가 받아가지고 나섰다.

"손님이란 어휘의 뜻을 아저씨는 아저씨의 취미에 맞는 쪽으로 너무 국한시켜서 해석하신 거 아녜요? 손님에겐 여러 종류가 있을 거 아녜요? 남자 손님이라면 뭐 전부가 사창 행위의 대상으로서의 손님뿐인가요?"

그날 밤 미스 윤과 남자가 지껄여대는 수작을 주인갑 씨는 분명히 들었지만 그렇다고 숨어서 몰래 엿들었노라 할 수도 없어서

"그때의 얘기의 성질로 보아서 미스 윤이 손님이라고 한 말은 누가 들어도 그런 뜻으로 해석할 수밖에 없었으니까 그랬던 거 아뇨?"

변명하기에 쩔쩔매면서도 뻔한 사실을 숨기고 반박해 오는 여자의 앙큼한 태도가 씨는 얄밉기조차 했다.

16

미스 조는 재미있다는 듯이 연방 생글생글 웃으면서,

"그렇게 기를 쓰고 변명 안 하셔도 괜찮아요."

그러고는 갑자기 엄숙한 표정이 되어

"역시 미스 윤은 매춘부에 틀림없으니까요."

어딘가 호젓한 말투였다.

"거 봐요, 그러니까 내가 안 할 소릴 했소, 어디?"

"아저씨!"

미스 조는 주인갑 씨를 정면으로 똑바로 쳐다보며, 조용하고 다정한 음성으로 친아저씨라도 부르듯 이렇게 불러놓고 말을 이었다.

"미스 윤을 너무 학대 마세요. 얘두 살아야 할 게 아네요?"

"별루 학대하려는 게 아니라, 아까도 말했듯이 첫째 애들에게 줄 영향이 두렵단 말요."

"영향이라고 하지만 광숙인 아직 철없는 애니까 전혀 눈치 채지 못할 게 아네요? 이쪽에서도 비밀을 지킬 테니까요."

"그런 비밀이란 아무래도 발각되게 마련이오. 설사 광숙인 모른다 해도 보순인 눈치가 훤한 애니까 곤란하단 말요."

"도리어 눈치가 훤하니까 더 좋잖아요? 어른들의 세계를 미리 더 알고 있을 테니 말예요."

"막연히 추측은 할 수 있었는지 몰라도, 어른들의 부패한 내막까진 잘 모를 거요. 안다고 해도 막연히 아는 것과 실지로 눈앞에 보는 것과는 다를 게구."

"열아홉이라니까 대갠 알고 있을 거예요. 혹시 모르고 있다 해도 어차피 멀지 않아 알 일이니까, 도리어 미리 알려두는 게 좋을 거예요. 대부분의 남자들이라는 게 경제적으로 체력적으로 심리적으로 약한 여자에게 대해서 얼마나 파렴치한 행위를 곧잘 저지르는 동물인가를 철저히 인식시켜 두는 게 좋을 거란 말씀예요. 미스 윤만 해도 그런 줄 미처 몰랐기 때문에 열일곱이라는 어린 나이에 봉변을 당하고 결국 이런 길을 걷게 되었으니까요."

"그렇지만 지금이라도 그런 생활을 청산하고 떳떳한 길을 택해야 할 게 아뇨?아주 무지한 여자라면 또 모르지만."

"어마, 아저씨도 역시 큰 착각을 갖고 계시는군요."

"착각?"

"그럼 아저씬 부인 이외의 여성과 절대로 관계를 가져본 일이 없으시다는 말씀예요?솔직히 대답해 보세요, 하늘에 맹세하고."

웃으면서 따지고 나오는 품이 미스 조는 철두철미 남자를 신용하지 않는 눈치였고 그것은 또한 거의 정확한 판단이라고 주인갑 씨는 생각했기 때문에

"그야, 지방에 출장이라도 갔다가 술김에 깜빡 실술 한 일이 아주 없진 않았지만……."

고지식하게 대답을 했더니 미스 조는 웃는 눈을 애교 있게 흘기면서

"실순 무슨 실수예요. 출장의 목적이 반은 그런 데 있었을 텐데."

놀리듯 했다.

이쯤 되니, 주인갑 씨도

"건 좀 가혹한 해석이야."

멋쩍게 따라 웃을 수밖에 없었다.

그러자 미스 조는 주인갑 씨를 포함한 전 남성에 대해서 가차 없는 공격을 다시 가해 오는 것이었다.

17

"아무튼요, 남의 일에 특히 소위 윤락여성에게 간섭할 자격을 갖춘 남자란 그리 쉽지 않은 거예요. 아저씨도 그렇구 세상의 뭇 사내들도 그렇구, 자기 자신들은 떳떳지 못한 행동을 얼마든지 일삼으면서 남보고 이러니저러니 할 수 있어요? 똥 묻은 개가 어떻게 겨 묻은 개를 흉볼 수 있고 누가 감히 음란한 여자를 예수님 앞에서 돌로 칠 수가 있느냐 말예요."

"그러나 인간이란 누구나가 약점과 결함을 다 지니고 있게 마련이니까 어쩌다 한때 몸가짐을 소홀히 할 수도 있을 테지. 하지만 그것을 상습화 혹은 직업화해선 안 된단 말요."

"그러니까 결국 남자들이 외도를 하는 건 일시 몸가짐을 소홀히 한 것이니 묵인할 수 있지만 여자의 매춘행위란 상습적이요 직업적이니 용서할 수 없다 그런 말씀이군요. 그럼 제가 묻겠는데요, 세상 사내들의 매음행위, 즉 파는 매음(賣淫)이 아니라 사는 매음(買淫) 말씀예요. 그 매음행위를 하는 것이 한때의 몸가짐을 소홀히 한 걸까요?"

"그야 물론 상습적인 난봉꾼도 얼마든지 있겠지. 하지만 그렇지 않은 남자도 많을 거 아뇨?"

"그럴까요? 일부의 종교인, 그것도 극히 일부분의 종교인과 가정적인 직업적인 육체적인 조건이 도저히 그럴 수 없는 극소수의 남자를 제외한 도회지의 남성치고 매음이나 간음행위를 저지르지 않은 남자가 과연 있을까요? 미스 윤의 얘기 좀 들어보시겠어요? 미스 윤의 눈에는 세상 남자들이 온통 발정기의 동물로밖에 안 보인대요."

"하긴 미스 윤의 처지에서 보면 그럴 수밖에 없겠지. 그렇지만 반드시 그건 정확한 견핸 아닐 거요. 솔직히 말해서 나도 미스 윤의 남성관에 거의 가까운 견해를 갖고 있지만 거기까지 극단적인 판단을 내리고 싶진 않아요."

"저도 처음엔 그랬어요. 아무려면 남자라구 모두 그렇기야 하겠느냐구요. 좀 더 인격적이고 고상한 남자도 얼마든지 있지 않겠느냐구요. 그랬더니 미스 윤은 머리를 내젓고 웃기만 하는 거예요. 이성관계에 있어서만은 육체가 시들어버린 노인이 아닌 다음에야 인격자니 고상한 인물이니가 따로 있을 수 있느냐는 거예요. 그래서 제가 존경하는 선생님 한 분을, 이름은 밝히지 않겠어요. 학계나 언론계에서도 고명하신 분이라 신문과 잡지에 뻔질나게 이름과 사진이 나기 때문에 아저씨도 잘 아실 테니까요. 아무튼 그분을 미스 윤에게 소개해 봤어요. 그랬더니 글쎄 단박예요, 단박. 아주 열렬한 단골손님이 돼버렸지 뭐예요."

미스 조는 어이없다는 듯이 웃고 나서

"그 선생님 여기도 오셨니?"

미스 윤을 돌아보며 물으니까,

"음."

머리를 끄덕하고 미스 윤은 여전히 신비한 미소를 담뿍 지어 보였다.

"미스 윤은요, 지저분하게 아무 손님이나 함부로 받지 않아요. 비교적 명사급에 속하는 고급 손님들이라 저쪽에서들은 말할 것도 없고 이쪽에서도 아주 조심하니까 쉽게 세상에 탄로나지 않을 거예요. 물론 광숙에겐 절대 비밀을 지키기로 하고요, 보순에겐 제가 책임지고 적당히 인생교육을 시킬 테니까 안심하시고 계약기간만 아저씨가 눈감아주세요."

18

이렇게 사리를 밝혀가면서 미스 조는 사정조로 나오기 시작하였는데 그렇다고 결코 비굴한 태도가 아니라 으레 할 수 있는 교섭을 당당히 제기하는 느낌이어서 어쩌면 이렇게 비위가 좋을까고 어이없기도 했지만 한편으로는 도리어 그것이 젊은 세대의 건강성인지 모른다는 생각도 들었다.

"기 참 딱한 문젠데……."

"딱할 것도 없잖아요? 어떤 의미에서든 아저씨네 가족에게 손해만 입혀드리지 않으면 되잖아요? 아저씨도 가족 몰래 미스 윤과 좀 친해 보세요. 그렇다고 반드시 손님이 되시란 뜻은 아니니까 오핸 마시고요. 미스 윤의 어처구니없는 과거, 미스 윤이 가슴 깊이 품어온 남성에 대한 복수계획, 미스 윤의 낭만적인 장래의 설계도, 이런 것을 아시고 나서 소위 사회의 지명인사라는 것들이 미스 윤을 찾아와 침을 질질 흘리며 녹아나는 꼬락서닐 관찰하시노라면 다소의 인간 공부는 되실 거예요."

이 말에 주인갑 씨는 부쩍 구미가 동하지 않는 바는 아니었지만 그렇다고 체면상 그럼 그러자고 당장 맞받아 나설 수도 없었고, 일방 아무래도 이런 매춘 행위가 탄로날 경우 가족에게 끼칠 불순한 영향을 우려하지 않을 수 없었으므로

"하긴 우리 안사람은 가게 일로 자는 시간 외는 늘 밖에 나가 살다시피 하고 광숙인 아직 철이 없으니까 직접 눈에만 띄지 않게 조심하면 눈치 채지 못하겠지만 문제는 보순이라오. 그 앤 벌써 알고 있는 모양인데 대체 인생교육을 어떻게 시키겠다는 거요. 섣불리 그릇된 호기심을 품게 해선 안 돼요."

이런 문제들만 해결되면 묵인할 용의가 있다는 태도를 씨는 은근히 비친 것이다.

"그 점은 염려 마세요. 부인과 광숙 양에겐 절대로 눈치 채이지 않도록 조심할 테니까요. 그리고 보순이에게 대해선 할 수 없으니까 솔직히 사실을 밝혀야겠어요. 그런 다음 미스 윤이 왜 이런 길에 발을 들여놓게 되었는가의 억울한 사정을 말하고 대개의 남자들이란 것이 엄중한 경계를 요하는 얼마

나 무서운 동물들인가를 철저히 인식시키고 미스 윤과 같은 생활이 결코 여자로서 정상적인 행복한 길이 아니요 위험하고 욕된 길이니 보순은 항시 마음과 몸가짐을 조심해서 실수 없이 살아야 한다는 걸 알아듣도록 잘 일러주려고 해요. 아무튼 저희 둘이서 영어공부도 시키고 어느 정도의 지도는 책임질 테니 걱정 마세요."

"그렇다면 나로서도 굳이 더 고집을 부리진 않겠소. 그 대신 보순이 외의 딴 식구나 동네사람들이 조금이라도 수상히 여기게 되면 그땐 주저 말고 나가줘야 해요."

결국 이런 식으로 주인갑 씨는 못 견디는 체 양보하게 되었고 여자들도 씨의 마지막 요구에 대해서는 쾌히 확약을 해준 것이다.

이렇게 되고 보니 주인갑 씨의 생활은 눈에 띄게 홍미에 찬 하루하루가 전개되게 되었는데, 우선 미스 윤과 더욱 친해지면서 그 어처구니없었다는 과거며 남자에 대한 복수계획이며 낭만적인 앞날의 설계돈가 꿈인가가 어떤 것인지를 알아내는 것도 구미를 돋우는 일이지만 도대체 미스 윤의 단골손님이란 게 어떤 작자들이며 미스 윤을 끼고 어떻게 지랄을 치는지 그 꼴 또한 홍밋거리가 아닐 수 없었다.

19

미스 윤을 찾아오는 놈팡이는 대개가 소위 중년신사들이었고 그 중에는 대학생도 한둘 끼여 있는 모양이었는데, 그들은 모두 여자를 다루는 태도와 솜씨가 각양각색이어서 볼만했다.

물론 그 가운데는 숨어서 엿듣고 있는 주인갑 씨가 낯이 간지러울 정도로 지저분하게 구는 자도 있었지만 반대로 부처님 모양 엄숙하기만 해서 도대체 저런 위인이 어떻게 사내 노릇을 하는가 의심스러울 만큼 멋대가리 없는 친구도 더러 있었다.

한번은 씨가 대문을 열어주고 언제나처럼 벽 모퉁이에 숨어 서서 지켜보고 있노라니까 미스 윤의 인도로 어둠 속에서나마 의젓한 풍채로 보이는 사내가 그림자처럼 대문을 들어서더니 도둑고양이 모양 살금살금 여자의 뒤를 따라 들어갔다. 주씨는 눈치 채이지 않게 조심조심 그 방 앞으로 다가가서 어쩌다가 별안간 방문을 열고 내다보더라도 잘 발각이 되지 않을 만한 위치에 몸을 숨기고 서서 실내의 동정에 흥미 있게 귀를 기울인 것이다.

요즘은 미스 윤이 돌아왔을 때는 물론 혜경 여사라고 해도 밤늦게 돌아왔을 때는 보순이를 시키지 않고 으레 주인갑 씨 자신이 나가서 손수 대문을 열어주기로 하였고 날만 어두워지면 미스 윤의 방 근처에는 보순은 얼씬도 못하도록 엄명을 내려두었기 때문에 씨는 마음 턱 놓고 이 엄숙한 사내들이 제 깐에는 쥐도 새도 모르게 비밀리에 놀아나느라고 하는 꼴을 감쪽같이 구경할 수 있는 일이란 다소 점잖지 못한 것이기는 하지만 버릴 수 없는 일종의 오락이어서 씨는 지리한 줄도 모르고 미스 윤의 방 앞에 귀를 기울이고 장시간 지켜 섰기가 일쑤다.

그러나 이번만은 그 의젓한 풍채의 사내가 미스 윤을 따라 들어간 지 10분이 지나도록 실내에서는 아무런 말소리나 기척도 흘러나오지 않아 주인갑 씨는 좀이 쑤시도록 궁금했다. 대개는 사내들이란 여자의 방에 들어서기가 무섭게 어색한 기분을 카무플라주하느라고 씨도 안 먹은 수작을 노닥거린다든지 대뜸 여자를 덥석 끌어안고 지분덕거리는 일이 보통이요, 이렇게 태초처럼 고요하기란 예외인 것이다.

주인갑 씨는 궁금증을 참다 못해 발소리를 죽여가며 방 앞을 물러나서 뜰 건너편 담장 밑 어둠 속에 바싹 붙어 서가지고 창문으로 미스 윤의 방 안을 넘겨다보았다. 모기와 파리를 막기 위한 가는 철망을 친 네모꼴의 창문은 활짝 열려 있었지만 바로 창밑에서 고개를 불쑥 들고 들여다보다가는 대뜸 발각이 되겠기에 씨는 일부러 멀찍이 안전한 지점에 물러서서 넘겨다보는 것이었다.

실내에는 한복판에 역시 풍채가 좋고 신수가 멀끔한 45, 6세의 그 사내가 우두커니 앉아서 담배를 피우며 책상에 기대앉아 열심히 손톱을 다듬고 있는 여자를 자주 바라보았다. 대체 저 자식이 뭣 하러 왔나 싶을 정도로 사내는 한참이나 더 멋대가리 없이 그러고 앉아 있었다.

이윽고 이 또한 말수가 적은 미스 윤이긴 하지만 하도 답답했던지 사내를 쳐다보며 간단히 먼저 말을 걸었다. 그러자 남자는 어색하게 씩 웃고 간단히 대꾸를 했다. 그리고 다시 한동안 잠잠히 있다가 미스 윤이 다시 무어라고 한마디 하고 일어서서 자리를 펴기 시작한 것이다.

20

2인용의 널찍한 요를 깔고 베개를 두 개 나란히 붙여놓더니 여자는 도로 앉는 모양이었으나 앉아서 무엇을 하고 있는지는 창문이 작아서 보이지 않았다.

사내는 한쪽으로 물러나 벽에 등을 기대고 앉아서 여자 쪽을 보며 띄엄띄엄 무슨 얘긴지를 시작했고 거기에 따라 여자의 말소리도 들렸지만 거리 관계로 그들의 담화 내용은 알아들을 수 없었다.

그래서 주씨는 다시 살금살금 방 앞으로 다가가서 귀를 재웠다.

"……아직도 원한을 품고 있나?"

"아직도라뇨? 일생 잊지 못할걸요."

"건 미스 윤이 무리야, 이핼 해야 돼요."

"이해가 돼요? 어디. 교수님들은 그래 제가 퇴학을 결의할 만큼 결백하신가요?"

"그야, 인간 대 인간의 위치에선 교수들도 윤을 책할 자격이 없을지 모르지."

"그럼 뭔가요? 무슨 자격으로 절 퇴학에 처했었나요?"

"건, 학생에 대한 교수의 자격과 권한에서였지."

"그럼 교수로서는 뒷구멍으로 오입을 하면서도 부득이한 사정으로 일시 몸을 팔아야 하는 학생을 태연히 처벌할 수 있구만요?"

"태연히라, 태연할 수야 없지. 괴롭지."

"그럼, 퇴학처분안에 반대하셨음 됐을 거 아네요? 선생님은 왜 손을 드셨어요?"

"신성한 교육자의 입장으로선, 근엄한 교수의 위치에선, 창녀행위를 한 학생을 그냥 둘 순 없대도 그래."

"뒷구멍으로 오입을 하고 난봉을 피우는 근엄한 교수님들은 그냥 둬도 되구요?"

"그야 발각만 되면 학생이나 마찬가지지. 학교에선 단박 목이 잘리구 사회에선 매장돼버리구."

여기서 두 사람의 말소리는 잠시 중단되었다가 이윽고 미스 윤이 웃음을 머금은 장난조의 말투로 다시 입을 열었다.

"그럼 모두 폭로해 버릴까 보다."

"폭롤 하다니? 날 말이야?"

"선생님두 딴 선생님두 다 말예요."

"딴 선생님이라니. 나 말고 윤을 찾아오는 선생님이 계신가?"

"그럼 뭐 제가 선생님의 독점물인 줄 아셨어요?"

"그렇진 않지만 설마하니……."

"설마라뇨? 딴 선생님들은 뭐 모두 성인군잔 줄 아시나요?"

"그야 물론 많은 교육자 가운데는 성인군자 같은 인격자도 있을 게고 그렇지 못한 사람도 있을 테지."

"선생님처럼 말씀이죠? 겉으론 근엄 고결한 교육자시구, 속으론 호색한인 난봉꾼이시구."

"선생을 놀리면 죄 돌아요, 죄 돌아. ……헌데 그 딴 선생님은 누구시? 대체."

"한번 여기서 맞부닥뜨리게 해드릴까요?"

"아서요, 아서. 누굴 망신시키려구 그래."

그러자 미스 윤은 난데없이 후후후 하고 거리낌 없이 소릴 내서 웃었다.

"아, 집주인이 들어요, 집주인이."

"들으면 어때요. 다 그런 종류의 사낸걸요."

그러고 미스 윤은

"어서 자요. 눠서 얘기해요."

하더니 이윽고 옷 벗는 소리가 났다.

21

이어서 잠잠한 가운데 남자의 혁대 끄르는 소리도 들렸으므로 주인갑 씨는 숨 막힐 지경의 긴장과 흥분을 느꼈다. 비교적 자신의 야음행위엔 담박한 편인 씨가 남의 이런 일을 엿듣는 데는 비상한 흥미를 갖는 것을 보면 사내들이란 거의 공통적인 이런 악취미를 정도의 차는 있을망정 고루 간직하고 있는지 모르겠다.

세상엔 스트립쇼라는 것이 있어서 외국에서는 판을 친 지 오래고 한국에서도 외국군 상대로 가끔 열리는 수가 있는 모양인데, 말할 것도 없이 그것은 젊은 여자가 무대에 나와 노래를 부르거나 춤을 추면서 옷을 하나하나 벗어 나가다가 마지막 장면에서는 간신히 최후의 일부분만을 가리고 있던 한 조각마저 홀랑 벗어 팽개침으로써 대담무쌍한 피날레를 장식하는 짓이라는데, 물론 그런 꼴을 취한 듯이 입을 헤벌리고 침을 질질 흘리며 열심히 쳐다보고 앉았는 관객이란 것이 모두 놈팡이들이요, 특히 중년 이상의 남자가 압도적으로 많다니 주인갑 씨의 행위에도 수긍이 안 가는 일은 아니다.

비좁은 전차 버스나 극장 안 같은 데서 젊은 여자에게 야비한 장난을 걸어오는 놈팡이들 가운데는 의외로 중년신사가 적지 않다고 하니 혜경 여사의 말마따나 사내란 결국 '별수 없는 동물' 인가도 싶다. 그러나 자신은 '덜 별수 없는 동물' 이라고 자처하는 주인갑 씨가 미스 윤의 방에서 막 벌어지려는 장면에 전 신경을 모으고 있으려니까 때마침 대문 흔드는 소리가 났다. 근래에 부쩍 귀가의 시간이 늦어지는 혜경 여사가 오늘 밤도 지금에야 돌아온 것이다.

주인갑 씨는 그만 꿈에서 깨듯 소스라쳐 놀라다시피 정신이 펄쩍 들어 소리가 안 나게 살금살금 대문께로 다가가서 빗장을 벗겼다.

"아이 깜짝이야!"

혜경 여사는 놀라 보이고 나서

"유령처럼 어떻게 소리도 없이 나오셨어요?"

이상해하는 바람에 주인갑 씨는 부지중 낯을 붉혔지만 어둠 속이어서 다행이었다.

그 뒤로도 주인갑 씨는 아내가 곤히 잠이 들었거나 늦게 돌아오는 틈을 타서 자주 미스 윤의 방 앞에 숨어 서서 실내의 동정에 귀를 기울였는데, 지저분한 손님은 함부로 받지 않는다고 한 미스 조의 말이 짜장 거짓말은 아닌 듯 거의가 중년신사풍의 단골손님이었고, 한 사람인가 두 사람 대학생 비슷한 애송이가 끼여 있을 뿐 간혹 어쩌다가 데리고 오는 낯선 손님일지라도 나이 듬직하고 외면상 점잖아 보이는 인물이었다.

그러는 동안 미스 윤과도 허물없이 농담을 할 만큼 친숙해진 주인갑 씨가

"어젯밤의 그 뚱뚱본 누구지?"

물으면 여자도 그 신비스런 미소를 지으며

"×××× 상임이사 H씨예요."

태연히 그 이름까지 밝혀주었다.

한번은 보순이가 심부름 나가고 없을 때 주인갑 씨는 딴 얘기 끝에 슬쩍 지나가는 말로

"하루저녁 화대는 얼마요?"

물었더니 미스 윤은 장난스럽게 웃으며 씨를 돌아보고,

"왜 아저씨도 생각이 계세요, 저한테?"

이렇듯 만만찮은 대꾸를 해온 것이다.

22

"아주 생각이 없진 않지."

주인갑 씨도 농담으로 받아넘기고 웃었더니,

"비싸요. 저의 인간시세가 저락된 대신 고기 값이라도 비싸게 받아얄 게 아녜요?"

미스 윤은 목을 옴츠리며 결코 자조적이 아니고 건강하게 웃었다.

미스 윤은 지금의 생활을 별로 치욕적이거나 비굴해하지 않는 눈치였다. 그렇다고 물론 자랑스러워할 리는 없고 그런 퇴폐적인 향락에 중독되어 있는 것도 아니요 보통 여느 직업을 가진 것이나 과히 다름없이 태연한 데가 있었다.

주인갑 씨 자신 더욱 이상한 것은 여자를 찾아오는 놈팡이들에게는 지저분하고 불결한 느낌이 들면서도 정작 이러한 미스 윤에 대해서는 추호도 그런 감이 없이 도리어 일반 여성 이상으로 건전하고 싱싱하게 느껴지는 일이었다. 여기엔 유난히 명랑 발랄한 미스 조가 가장 다정한 친구로서 끼고도는 탓도 있을지 모르는데 지난 일요일에 미스 조가 왔을 때만 해도 셋이 이야기를 하던 끝에,

"육체를 파는 사람보다 오히려 정신을, 즉 의리나 양심을 팔아먹고 사는 것들이 더 한심하지 않아요? 그런 것들은 정치가에도 교육자에도 종교가나 사업가에도 우글우글하잖아요? 그러고서도 소위 명사요, 인물예요? 온 기가 막혀서. 그렇지만 미스 윤은 그들의 희생물이 된 끝에 몸을 팔망정 아직 정신을 팔아먹은 적은 없거든요."

침을 튕기며 세상을 개탄하고 친구를 변호했던 것이다.

하기는 미스 윤 자신 세상을 향해 '이 똥 묻은 개들아, 정신적 매음행위자들아, 너희들이 감히 누굴 비웃어, 흥, 어림도 없다.' 이렇게 내뱉을 만큼 어떤 자부심을 품고 있을지도 모른다는 생각을 그의 복잡한 미소에 접할 때마다 느낄 수도 있었다.

아무튼 이러한 미스 윤에게 주인갑 씨는 나날이 짙은 관심과 매력이 더해 갔지만 워낙 어쩌다 기분이 내킬 때가 아니면 긴 말을 잘 하지 않는데다가 집안에는 언제나 보순의 눈이 은연중 감시하듯 빛나고 있기 때문에 미스 윤과 둘이서만 탐탁히 긴 얘기를 나눌 기회가 좀처럼 없는 것이 자못 유감이었다.

다만 지금까지 미스 조와 본인의 입을 통해 알 수 있는 미스 윤의 과거 내막으로는 의붓아버지의 친형으로서 한때 국회의원까지 지낸 적이 있는 모 실업가의 집에 가정교사 겸 심부름꾼으로 기식하면서 고등학교에 다니다가 그 집 부자에게 농락을 당한 일과, 마침내 그 집을 뛰쳐나와 직장을 갖고 야간고교에 옮긴 뒤 직장의 상사에게 다시 교묘한 방법으로 희롱당한 끝에 직장마저 떨려나게 되자, 혀를 깨물며 남몰래 몸을 팔아 학업을 계속하던 중 대학교 2학년 때 드디어 그 사실이 탄로나서 퇴학처분을 당한 후로는, 이왕 이렇게 된 바에는 불우한 시골 어머니와 동생에 대한 생활비며 학비, 남자에 대한 복수심, 그리고 낭만적인 앞날의 꿈을 위해 돈이라도 벌어보리라 결심하고 본격적으로 이 길에 나서게 되었다는 것이다.

"어떻게 복술 하려는 거요, 남성들에게?"

무슨 말 끝에 주인갑 씨가 물었더니,

"출자를 시키려는 거예요, 제 사업에."

너무나 엉뚱한 대답이었다.

23

"출자?"

"……."

미스 윤은 그저 웃기만 했다.

"손님들에게 돈을 우려낼 생각이란 말이지?"

"우리는 손님이라고 안 하고 주주라고 불러요."

"주주라……."

"출자할 사람이니까 주주 아네요?"

"대체 미스 윤이 계획 중인 사업이란 뭔데?"

"……."

또 웃고 대답을 주저했다.

"양장점?"

"아뇨."

"미장원."

"아뇨."

"그럼 다방이나 요정?"

"왜 장사만 생각하세요?"

"대개 패트론을 둔 여자들이 돈을 끌어내선 그런 장살 하는 모양이던데."

"제가 생각하는 건 단순한 장산 아네요."

"단순한 장산 아니라. 그러나 여자가 할 수 있는 사업, 그게 뭘까?"

"사회사업을 구상하고 있어요."

"사, 회, 사업?"

"왜 격에 안 맞아요?"

"격에 맞구 안 맞구가 아니라……."

"윤락여성이 사회사업이라니 말이 되느냐고 비웃으시는 거예요?"

"비웃긴. 하도 엉뚱한 계획이니까 말이지."

"오입쟁이들 호주머닐 턴 돈이니까 그런 데라도 써야 돈 구실을 할 거 아네요?"

"그도 알 수 있는 얘기요. 하지만 사회사업에도 고아원이라든지 양로원이라든지 그 밖에 여러 가지가 있을 텐데 구체적으로 뭘 하자는 거요?"

"아직 구체안을 발표할 단곈 아네요."

더 긴 얘기가 하기 싫어서인지 정말 아직도 확정적인 내용이 결정되지 않아서인지 미스 윤은 그 이상 말을 않고 소라야 왕비 같은 매혹적인 얼굴에 그 독특한 미소를 지을 뿐이었다.

미스 윤이 계획하고 있는 사회사업이란 것이 흥미 있는 얘기기는 하지만, 그것은 사실상 소녀취미의 '낭만적인 꿈' 에 불과할 정도로 실천성 없는 유치한 공상만 같아서 주인갑 씨는 그 이상 관심을 가지지 않았으나, 다음 일요일에 미스 조가 들러서 미스 윤과 단둘이 장시간에 걸쳐 진지한 밀담을 하는 모양이더니,

"아저씨, 저희들의 자문위원이 돼주실 수 없으세요?"

신기한 교섭을 해오기에,

"자문위원이라니?"

어리둥절해 물으니까,

"뭐, 거창하게 생각하실 건 없어요. 그저 저희가 묻는 말에 솔직한 의견만 들려주심 되니까요."

이래서 그들의 소위 자문위원이란 감투를 얻어 쓰면서부터 주인갑 씨는 미스 윤의 '낭만적인 꿈' 에 새로운 관심을 갖게 된 것이다. 발랄한 대학생과 미모의 창녀인 젊은 두 여자의 절대적인 환영을 받으며 자문위원의 자격으로 어딘지 모르게 유혹적인 미스 윤의 방에 처음으로 들어가 앉은 주인갑 씨는 그들이 손수 만들어 권하는 화채를 마셔가면서 자문에 응했는데, 첫 질문부터가 이게 단순한 내용이 아니라 어떤 음모에 속하는 희한한 문제였으므로 씨는 내심 은근히 당황하기 시작한 것이다.

24

미스 조는 뱅글뱅글 웃으며

"미스 윤을 찾아오는 주주들은 대개가 돈이 있거나 사회적 명예와 직위가 있거나 혹은 그 두 가질 다 갖추고 있는 사람들예요. 일부러 그런 자들만 골라잡았으니까요. 그런데 어떻게 하면 그자들에게서 최대한의 자금을 끌어낼 수 있을까요?"

어려운 질문을 해왔으므로

"글쎄……. 그걸 내가 알 수 있나."

주인갑 씨는 자문위원답지 않게 자신 없는 표정을 했다.

"어렵게 생각하실 거 없어요. 아저씨 자신을 그런 남자의 입장이라고 가정하고 어떤 경우라면 목돈을 내놓으시겠는가, 그 점을 솔직히 말씀해 주시면 돼요."

"그야 사람 나름이겠지, 일률적으로 말할 순 없지 않을까?"

"그러니까 그 개인차를 떠나서 누구든지 돈을 내지 않고는 배길 수 없는 심리적인 공약수를 말씀해 달란 말씀예요."

"공약수라……."

"아저씨 같으면 어떡하시겠어요?"

"나 같으면? 화대만 치르고 말지 그 밖에 무슨 돈을 또 내요? 약간의 팁 정도라면 모르지만."

주인갑 씨가 이러고 웃었더니 미스 조는 미스 윤을 돌아보며

"봐, 남자들이란 다 그렇다니까. 그러니 미스터 안의 주장이 맞지 뭐니."

두 여자는 마주 보며 고개를 끄덕거렸다.

"미스터 안이란 누군데, 대체 어떤 주장을 했소?"

"처음엔 미스 윤의 단골 주주였지만 미스 윤의 계획에 찬동하고 요즘은

협조를 아끼지 않는 대학생예요. 말하자면 동지의 한 사람이죠. 남자의 돈을 우려내는 방법에 있어선 우리 셋 중에서 가장 적극론자예요."

"그러기에 그 적극론이란 게 어떤 거냐 말요?"

"남자들이란 어떤 약점을 물고 늘어지기 전엔 돈을 안 내놓는다는 거예요. 그러니까 주주들의 치명적인 약점을 이용해 가지고 적극적인 공세로 나가자는 거죠."

"손님인가, 주주인가들에게 무슨 그런 약점들이라도 있나요?"

미스 조와 미스 윤은 다시 한 번 서로 얼굴을 바라보며 웃고 나서,

"현장 촬영을 해두자는 거예요."

미스 윤이 대답했다.

"현장 촬영이라니?"

"단골 주주들이 미스 윤을 찾아와서 밤을 보낼 때, 가장 노골적인 장면을 찰깍찰깍 찍어두자는 거예요."

"그래가지고는 이쪽 요구에 불응하면 사진을 세상에 공개해 버리겠다고 협박을 하자는 거군요?"

"협박이란 말 대신에 복수란 말이 더 적합하지 않아요? 그러면 그들은 거의가 그 알량한 명예니 체면이니 인격을 하늘처럼 믿고 사는 소위 지명인사족들이라 설설 길 거 아네요? 그 꼴 참 가관일 거예요. 어때요? 이건 가능한 얘기죠?"

"그야 명사급 인물이라면 설설 길지 모르지. 하지만 그렇게 되면 일종의 갈취행윈데 방법이 좀 야비하지 않아요?"

"세상에선 덕망 높은 인격자로 행세하면서 뒷구멍으론 난봉만 피우는 건 그럼 야비하지 않고 신성한 것인가요? 아저씬 잠자코 그 멋진 꼴들을 구경이나 실컷 하세요."

미스 조는 또 쿡쿡거리고 웃었다.

25

미스 윤과 미스 조의 이런 엉큼한 음모에 주인갑 씨는 어이없기도 했고 또 반드시 찬동하는 것은 아니었지만 굳이 내놓고 비난이나 반대를 하고 싶지도 않았다. 사내가 어쩌다가 청루나 창가에 드는 것은 있을 수 있는 일이거늘 그런 데 있는 여자나 그런 데 발길하는 남자를 마치 인간 이하의 음란한 동물처럼 겉으로는 멸시하고 타기함으로써 자기만은 다시없이 고결한 인격자요 도덕가로 가장하면서 기실 뒷구멍으로는 남의 눈을 속여가며 은밀히 첩을 두거나 창기에게 놀아나는 그 따위 비겁한 껍데기 명사들에게 씨는 정말 구역질이 났기 때문이다. 언제나 스스로 책임질 수 있는 한계에서 떳떳이 드러내놓고 행동하지 못하고, 표리를 두고 이중인격적으로 노는 사람을 씨는 조소하고 있었기 때문이다.

그렇다고 결코 자랑이 될 수 없는 일을 일부러 공개하고 선전할 필욘 없지만 탄로가 날까 봐 전전긍긍할 바에는 아예 그런 짓을 행하지 말아야 할 것이다.

미스 윤을 찾아오는 단골 주준가 손님인가 하는 사내들이 세상에 꽤 알려진 명사급 인물들이라니, 그들이 대체 어느 정도의 명산진 모르되 창녀를 끼고 자빠져 있는 현장사진을 찍혔을 때 어떻게들 나올 것인지 그것은 과연 볼만한 구경거리일 것이다. 그 가운데 몇 놈이라도 제발 살려달라고 쩔쩔매면서 빌붙는 친구가 있다면 미스 윤의 목적은 멋지게 달성될 것이다.

미스 윤과 미스 조는 정말 드디어 구체적인 결정을 짓기 위해서 다음 일요일에 안동철이라는 그 남자 대학생까지 청해다가 미스 조의 말투를 빌면 소위 그들의 삼자회담이란 것을 열었다. 물론 주인갑 씨도 자문위원의 자격으로 참석을 해서 미스터 안과도 인사를 나누었는데, 청년은 풍채도 좋고 인사성도 있어서 비교적 좋은 첫인상이었다.

김 청년을 소박한 시골청년이라면 안 청년은 모든 점이 세련된 도회지의 청년다웠다.

"미스 윤의 특수한 직업에 충분한 이해와 협조를 해주셔서 동지의 한 사람으로 무척 고맙게 생각하고 있습니다. 앞으로도 여러 가지 일을 잘 부탁드립니다."

미스터 안은 통성명이 끝나자 침착한 태도로 이런 인사의 말을 건넬 만큼 빈 구석이 없었다.

그들의 삼지회담은 미스 조와 미스터 안이 주로 논담을 했고, 미스 윤은 시종 그 복잡한 미소를 풍기며 간간 짤막한 말을 끼웠을 뿐이요 주인갑 씨는 그들이 의견을 요청해 올 때에만 솔직한 의견을 들려주었는데, 두 시간 가까이의 진지한 회담 끝에 다음과 같은 안건이 결정된 것이다.

①사회사업을 하기로 하되 그 구체적인 내용과 명칭은 다음 회담에서 정하고,

②사업 운영의 최고 간부는 윤명주, 조선영, 안동철 삼자로 하고,

③사업의 기초자금은 우선 500 내지 1000만 원을 목표로 하고,

④이 기초자금은 주로 미스 윤의 주주들의 투자에 의하고,

⑤투자를 거부하는 자에게는 '현장' 사진을 찍어 복수하고,

⑥현장 촬영은 '안'이 책임질 것과,

⑦주인갑 씨를 고문으로 추대할 것.

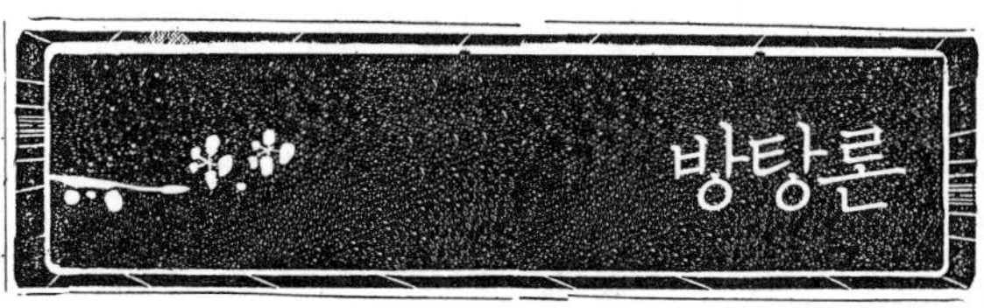

방탕론

1

엉큼한 대학생들과 고급 창녀가 일당이 되어 계획하고 있는 일종의 맹랑한 음모를 주인갑 씨는 옆에서 구경은 하고 싶지만 자문위원이니 고문이니 하는 실속 없는 감투를 씌워준다고 해서 나이 보람도 없이 성큼 그들의 일에 가담하고 싶은 생각은 추호도 없었다.

한편 놀랍도록 발랄하고 야무진 데가 있는 미스 조, 별로 말은 않지만 별별 놈팡이들과 육체를 내걸고 생존의 승부를 겨루어오는 동안 저절로 처세의 단수와 배짱이 커졌을 미스 윤, 그리고 첫인상에도 나이에 비해 침착하고 빈 구석이 없어 보이는 미스터 안이나, 모두 유치한 공상에 사로잡혀 있는 듯하면서도 결코 어수룩하게 볼 수 없는 녹록찮은 젊은이들이라, 주인갑 씨를 멋대로 자문위원에 올려 앉혔다가 이내 또 고문으로 승격시키는 등 포섭을 꾀하는 이면에는 어떤 이용가치를 고려한 끝에 취해진 무슨 꿍꿍잇속이 있을지 모른다는 짐작에 씨는 꺼림칙하기도 했다.

그러면서도 그들의 공상적인 계획이 씨에게는 무척 신기했고 또한 그것을 어떻게들 실천해 가는지 적이 볼만한 일이어서 다만 그런 점에 홍미가 쏠릴 뿐이었다.

그러나 젊은이들은 이러한 주인갑 씨의 경계심이나 제삼자적인 흥미에는 개의치 않고 다음 일요일에 열린 제2차의 삼자회담에서는 더욱 노골적으로 씨를 끌고 들어가려는 눈치였다.

그날 미스터 안은 고급 케이크와 과일즙을 한 상자, 광숙을 위해 그림 동화책과 장난감 한 세트, 보순에게까지 멋진 양말을 선물로 사서 땀을 뻘뻘 흘리며 손수 안고 와서는 친절한 말과 웃음을 뿌려가며 나눠준 것이다.

그러고는 새삼스레 집 안팎을 구석구석 둘러보고 나서,

"주택이 볼수록 좋습니다. 위치도 명당이요, 재료나 구조나 기술면에서도 흔히 볼 수 없는 고급 문화주택입니다."

알고 하는 소린지 무턱대고 하는 소린지 이렇게 치켜올리고는 특별한 손님이 있을 때 외는 별로 사용하지 않는 응접실을 창 너머로 들여다보며

"응접실도 아주 잘 꾸며놓으셨군요. 이만한 주택이면 이 정도의 응접실은 으레 있어야 할 겁니다."

만족한 듯 혼자 고개를 주억거리다가

"이왕이면 뜻 깊은 오늘의 회담을 위해서 이 응접실을 좀 개방해 주십시오. 어떻습니까?"

불쑥 이런 청을 내놓았다.

장시간 응접실에 죽치고 들어앉아 내주질 않거나 앞으로도 자주 이용하려 들면 그도 골치였으나, 그렇다고 특별한 이유도 없이 맞대놓고 거절하기도 안돼서,

"글쎄요, 하도 오래 쓰질 않아서 먼지투성이일 텐데……."

주인갑 씨가 어름어름했더니,

"괜찮습니다. 먼지 정돈 저희가 깨끗이 청소를 하고 사용하죠."

미스터 안은 제멋대로 그렇게 정하고는 대뜸 큰 소리로,

"미스 조, 미스 윤, 고문 선생님이 응접실을 빌려주신대요. 자 얼른들 건너와서 같이 청소하십시다."

고함을 질러 두 여자를 불러가지고 응접실에 들어가 먼지를 털고 쓸고 걸레를 짜다가 훔치느라 법석들이었다. 주인갑 씨는 담배를 피워 물고 마루방에 앉아서 이게 결국 이용당하는 시초인가 보다 생각하며 다소 어이없는 표정으로 그들의 꼴을 바라보았다.

2

청소가 끝나자 젊은 남녀는 응접실 중앙의 조그만 탁자를 중심으로 둘러앉아 회담을 열었고, 주인갑 씨는 한쪽 소파에 앉아서 그들의 회담 광경을 참관했다.

미스터 안이 가져온 케이크와 과일즙을 보순이 적당히 담아서 날라 왔으므로 일동은 컬컬한 목을 축여가며 먼저 사업 내용을 정하기 위한 의견 교환을 시작한 것이다.

"지난번 회의 때 우리가 생각할 수 있는 사회사업으로는 고아원, 영아원, 양로원, 무료 탁아소, 걸인 수용소, 무료 진료소, 윤락여성 선도원, 무료 기술학원, 장학회 등등의 광범한 얘기를 벌여만 놓고 결정을 못 짓고 말았는데 미스터 안 그 동안 다시 좀 생각해 봤어요?"

묻는 미스 조의 말을 받아서,

"내 주장엔 변함이 없습니다. 역시 기술 고등학교를 설립해 가지고 재능은 있으면서도 중·고교에 진학할 수 없는 농촌 출신의 자녀에게 무료나 실비로 각종 기술교육을 시켜서 당당한 기술자로 세상에 내보내는 일이 가장

의의 깊고 유망한 사업이라고 믿고 있어요."

"네, 우리도 많이 생각해 봤어요. 물론 미스 윤도 나도 그 안 자체에는 찬성예요. 하지만 정식으로 설립인가를 받아가지고 각종 기술과를 두고 삼 년 내지 오 년이나 무료로 교육을 시켜 내보내려면 웬만한 재단 가지고는 불가능한 얘기 아녜요? 그리고 미스 윤을 이사장으로 해서 인가가 나올까도 문제고요."

"물론 용이한 일은 아닙니다. 그러나 불가능한 일도 아니라고 난 봐요. 천만 원의 재단만 만들 수 있으면 착수할 수 있을 거예요. 현재 미스 윤의 수수가운데는 상당한 사업가도 몇 놈 있거든요. 그 밖에도 돈푼이나 있는 것들이 여럿이니까 작전만 잘 짜면 한 장 정돈 무난히 울궈낼 수 있다고 봅니다. 그것도 뭐 다방이나 요정을 낸다고 뜯어내서 사복을 채우자는 게 아니거든요. 어엿이 농업 고등학교라든지 실업 혹은 기술 고등학교라든지 하는 육영사업에 기부하라는 거구, 나중에 신문에다 대문짝같이 기부자 명단과 금액을 밝혀서 사례광고라도 내주면 그들로서도 생색이 날 거 아닙니까? 그 돈만 거둬지면 지방에 광대한 땅을 장만해 가지고, 교사를 세우고 실습 농장을 만들고 학생을 모집합니다. 농장에서는 논농사, 밭농사, 과수원, 양계, 양돈, 양어, 양토 그리고 철따라 각종 원예, 특히 약초와 꽃을 대대적으로 재배해서 학생들에게는 철저한 기술실습을 시키는 일방 산물은 각 도시와 외국에까지 내보내는 거예요. 이렇게 하면 이삼 년 후면 완전히 자급자족할 수 있습니다. 학교를 졸업한 학생들은 물론 우수한 각종 기술자가 되고요."

"그게 그렇게 척척 들어맞을까요?"

미스 조가 자신 없이 물으니까,

"우리의 젊은 정열과 노력으로 들어가 맞게 해야죠. 결사적으로 덤벼들어서 안 되는 일은 없으니까요."

미스터 안은 침착하게 그러나 힘차게 대답했다.

세 사람 사이에는 이 문제를 놓고 열심히 몇 마디 얘기가 더 오고 간 뒤,

"미스 윤 어때? 미스 윤만 좋다면 난 무조건 따라가겠어."

미스 조는 결론을 촉구하듯이 미스 윤을 마주 보며 물었다.

3

잠시 창밖을 내다보고 있던 미스 윤은 신비를 담은 두 눈에 돌연 결의의 빛을 번득이며,

"찬성야. 해봐, 한번."

결론을 내리듯 이렇게 대답했다.

"용케 결심했습니다."

미스터 안이 먼저 만족했고 미스 조도,

"이왕이면 한번 큰 꿈을 꿔보는 것도 좋을 거야."

얼굴에 굳은 결의를 보이고 나서,

"자그마한 고아원이라도 해보려던 애초의 꿈이 엉뚱한 데로 발전해 버렸잖아?"

대견스레 웃으며 좌중을 둘러보다가 주인갑 씨와 문득 시선이 마주치자,

"우리 고문 선생님의 의향은 어떠세요?"

뒤늦게 의견을 청해 오기에,

"난 고문의 자격을 수락하지 않았으니까 단순한 참관인의 입장에서 견해를 말하겠는데, 좀 허황된 얘기 같지만 실천할 수만 있다면 그야 물론 좋은 일이오."

열의 없는 대답을 했더니,

"절대로 허황된 얘기가 아닙니다. 다만 규모의 대소는 문제지만 기어이 실천에 옮길 테니 두고보세요. 그러니 고문을 사양하시지 마시고 더욱 적극적인 후원과 협조를 해주셔야겠습니다."

미스터 안은 다시 한 번 자신을 다짐하고 이런 부탁까지 했다.

탁상공론 같은 의논을 진지하게 나누고 앉았는 이 묘한 젊은 남녀가 주인갑 씨에게는 떡 줄 놈은 생각도 않는데 김칫국부터 마신다는 격으로 어이없기도 했지만 아무튼 김칫국부터 마셔놓고 어떻게 해서든 떡마저 뺏어먹고야 말리라는 터무니없는 비위와 뱃심들을 품고 있는 성싶어 두려운 감도 들었다.

"그러면 다음엔 사업체의 명칭을 정해야지."

미스 조가 두 친구의 얼굴을 번갈아 보니까,

"명선(明善) 학원은 어때요? 명주의 명, 선영의 선을 따서."

미스터 안이 재미있는 제안을 했다.

"그보다 삼명회나 삼명학원이 어떨까? 우리 삼자의 삼(三), 명주의 명(明)."

미스 조가 이렇게 정정하자,

"삼명(三明)은 이름 명(名)자 삼명(三名)과 혼동하기 쉬우니까 결함이 있어."

미스터 안이 반대를 해서 한동안 또 말이 오고 가다가, 이번엔 미스 윤이 그럴 거 없이 세 사람이 앞으로 바른 일을 하며 바로 살아보자는 뜻에서 '삼정학원(三正學園)'으로 하면 어떠냐고 제의해서 무난히 그대로 채택이 된 것이다.

다음은 끝으로 주주들에게서 기부금을 뜯어낼 구체적인 내용과 방법을 논의하였는데 열두 명의 단골 주주의 명단과 직업, 재산 정도를 기록한 종이를 펴놓고 각인에게 할당액을 셋이 의논해서 하나하나 기입한 다음,

"자, 총액이 일천사백오십만 원이오. 그러니 줄잡아서 일천만 원은 문제없을 거요. 미스 윤은 한 놈 한 놈 수단껏 귀삶아 보고 그래도 듣지 않는 애는

내게 넘겨요. 당장 사진을 찍어서 들이대고 사정없이 족칠 테니까."

미스터 안은 이렇게 큰소릴 치고 나서 주인갑 씰 돌아보며,

"현장 촬영 땐 꼭 고문 선생님의 협력을 얻어야겠습니다. 잘 부탁해요."

미리부터 이런 엉뚱한 부탁을 해오는 것이었다.

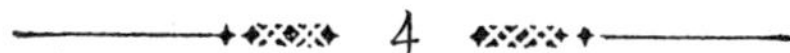

미스터 안이 말하는 협력이란 무엇을 뜻하는 것인지는 모르겠지만, 소위 그 '현장 촬영' 이라는 데만은 주인갑 씨도 슬그머니 구미가 동하지 않는 바 아니었으나 어딘가 허황하면서도 맹랑한 데가 있는 이들과 너무 깊은 관계로 얽히는 것은 과히 달갑지 않았으므로,

"난 이미 구세대에 속하는 사람이니까 학생들이 하는 일에 협력할 자격이 없소. 그래 그 고문인가 하는 감투는 필요 없으니 취소해 줘요."

해놓고 이어서,

"그렇지만 적극적인 협조자가 못 되는 대신, 내게 큰 피해가 없는 한 방해도 않을 테니 그쯤들 알아둬요."

이런 말을 덧붙였다. 세 남녀는 잠시 서로 얼굴들을 마주 보고 나서,

"아저씨 굳이 고사하시지 마세요. 저희에겐 정열과 패기는 넘치지만 신중성은 모자라요. 그래서 연세가 듬직하고 사회 경험이 많으신 아저씨의 교시를 바라기로 한 거니까 사양 마시고 후원해 주세요. 결코 아저씨에게 해가 가겐 안 해드리겠어요."

미스 조가 상냥하게 웃으며 조르듯 말하자 이어 미스터 안도,

"실례의 말씀 같습니다만, 선생님도 언제까지나 한일월(閑日月)을 하실 순

없지 않습니까. 어차피 무슨 일에든 손을 대셔야 하실 바에는 저희 일에 협력해 주십시오. 불원 삼정학원의 재단이 확립돼서 정식 발족을 하게 되면 저희들만으로는 역시 부족한 점도 많고 첫째 손이 모자라서 안 됩니다. 그땐 상임고문으로서 발벗고 나서주셔야겠습니다. 절대로 섭섭하지 않게 대접해 드릴 테니까요."

이렇듯 간곡히 부탁해 오는 터라 이 이상 젊은이들과 입씨름을 하고 싶지 않아서 주인갑 씨는 완강히 딱 잘라 거절도 하지 않고 그렇다고 물론 응낙의 태도도 보이지 않고 모르는 채 버려두노라면 자연 흐지부지 돼버리려니 여기고 있었더니 예상 외로 사태는 점점 더 난처하게 되어갔다.

다음 일요일에 미스터 안은, 장이 1미터 폭이 20센티 가량의 흰 페인트를 칠한 두툼한 미송판에 검은 글씨로 '삼정학원기성회 임시사무소' 라고 쓴 현판을 둘러메고 찾아온 것이다.

주인갑 씨가 대뜸 꺼림칙해서,

"그걸 왜 우리 집으로 갖고 왔소?"

물으니까,

"여기다 달기로 했습니다."

안 청년은 태연히 대답하고,

"장도리와 못이 어디 있습니까."

마치 맡겨두기라도 했던 듯이 나오는 바람에 씨는 몹시 마땅찮아서,

"이거 봐요, 미스터 안, 여기 달기로 했다니 누가 그렇게 정한 거요?"

따지지 않을 수 없었다.

"미스 조, 미스 윤, 저, 이렇게 삼자의 의견이 완전히 일치됐습니다."

"뭐라고? 아, 자네들 삼자만 합의가 되면 그만이란 말요. 이 집은 어엿이 내 집이야. 그러니 누구보다도 먼저 주인인 내 허락이 있어얄 게 아냐?"

"미안합니다. 저희들을 무척 아껴주시는 고문 선생님이라 이런 사소한 일

은 사전에 상의가 없어도 으레 허락해 주실 줄 알았습니다."

"난 자네들을 아껴준 일도 없고 고문도 아냐. 그러니 어쨌든 그 간판은 걸지 마요."

오냐오냐 받아주면 한이 없겠기에 주씨는 역정을 내고 방에 들어가버렸으나 일은 그것으로 끝나지는 않았다.

5

한참 지나니까 젊은 남녀 세 사람은 외출 준비를 갖추고 주인갑 씨 앞에 나타나서 광숙을 데리고 국군묘지에 놀러 갔다 오겠노라면서 보순을 재촉하여 광숙에게 옷을 갈아입히기 시작하였는데, 좀처럼 그런 기회가 없었던 광숙은 어떤 불안에 약간 상기한 기색이면서도 좋아서 싱글벙글했다.

처음부터 미스 윤과 미스 조는 물론 안 청년 역시 광숙에게 추호도 불구아라는 선입견 없이 성한 애나 똑같이 대해 주었으므로 주인갑 씨는 그 점에 은근히 감동하여 그들에게 특별한 친밀감을 느꼈던 것이요, 광숙이 역시 절대적인 신뢰를 걸고 그들을 무척 따랐던 터라, 광숙을 데리고 놀러 가준다는 말에 씨는 아까의 못마땅했던 감정이 일시에 활짝 씻기어,

"광숙이 참 좋겠네. 그럼 말썽 부리지 말고 잘 다녀와."

딸에게 용돈까지 쥐어주면서 흡족해하는 것으로써 그들에 대한 사의를 대신했다.

미스 윤이 광숙의 손을 잡고 앞장을 섰고

"그럼 다녀오겠습니다."

저마다들 그런 말을 남기고 일행은 유쾌하게 걸어들 나갔는데 맨 뒤에 따

라 나가던 미스 조가 갑자기 돌아서며,

"참, 여기 저희들 명함 찍는 김에 아저씨 명함도 같이 만들어왔어요."

하면서 종이에 싼 명함갑인 듯한 것을 핸드백 속에서 끄집어내서 내밀었다.

주인갑 씨가 어리둥절한 가운데 그것을 받아들자,

"그리고요, 아저씨네 응접실 당분간 삼정학원 기성회 사무실로 좀 쓰겠어요. 부탁합니다."

그러고는 주씨가 미처 무슨 대답도 하기 전에,

"그럼 다녀오겠습니다."

한마디를 남기기가 무섭게 먼저 나간 동행을 급히 따라 나가버린 것이다.

주인갑 씨는 언덕길을 내려가는 일행의 뒷모양을 대문 안에 서서 멍하니 내다보고 있다가 미스 조가 주고 간 종이갑을 열어보았더니 눈이 부시게 깨끗한 명함이 소복이 들어 있었는데 고급 명함지에 날씬한 청조체로 '삼정학원 고문 주인갑' 이라고 또렷이 찍혀 있었다.

씨는 어이가 없어,

"내 참!"

입맛을 다시고 나서 문득 아까의 그 현판 생각이 났으므로 대문 밖에 한 걸음 나서서 돌아보니, 대문 한쪽 기둥에는 삼정학원 기성회의 현판이 척 걸려 있는 것이었다.

주인갑 씨는 못 먹을 것을 억지로 먹은 것 같은 표정을 하고 그대로 방에 돌아와버리긴 했지만 보통 비위나 수단이 아닌 이 젊은 애들이 겁이 나기도 했다. 앞으로 그들이 어떤 무모한 짓을 저질러 그 여파를 주인갑 씨까지 뒤집어쓰게 될지도 모르는 일이기 때문이다.

게다가 씨가 우려하는 또 한 가지는 아직도 미스터 안은 본 일도 없고 미스 윤과 미스 조를 대학생으로만 알고 있는 혜경 여사가 세 남녀의 내막과 삼정학원의 설립계획을 알게 되면 그 성격이나 취미로 보아 대뜸 한몫 끼려 들 것이요, 따라서 풍채 좋고 사교적인 안 청년과 이내 친해지게 될 터이니 그 결과가 여러 가지로 불안하기만 한 일이다.

그러나 이런 일 말고도 골치 아픈 딴 일들이 이미 주인갑 씨를 기다리고 있었던 것이다.

6

장마인지 며칠째 구질구질 비가 계속되는 어느 날 저녁 무렵, 역시 조그만 트렁크를 든 순희가 우산도 없이 비에 흠뻑 젖어서 주인갑 씨의 집을 다시 찾아온 것이다. 머리에서도 옷에서도 빗물이 뚝뚝 흐르는 순희의 얼굴에는 생기가 하나도 없어 보였다.

"웬일이냐, 너?"

유리 미닫이를 열고 떠름한 낯빛으로 맞아주며 주인갑 씨가 물으니까

"아버지가 나가랬어요."

툇돌 위에 올라선 채 머뭇거리며 순희는 기운 없이 대답했다.

"아주 나가랬어?"

"네."

"왜? 무슨 잘못이라도 저질렀니?"

"……."

순희는 대답하기도 피곤하다는 듯이 잠자코 고개를 돌려 가느다란 빗줄기에 뽀얗게 흐려진 한강 기슭을 내려다보았다.

"아무튼 어서 이리 올라온."

주씨는 우선 순희를 방에 맞아들인 다음 광숙의 방에 들어가 젖은 옷을 갈아입게 했다.

순희가 옷을 갈아입고 나오기를 기다려 집을 쫓겨나기까지의 사정을 주인갑 씨는 차근차근 물어보았다.

"아버지가 널더러 나가라고 할 적엔 무슨 이유가 있었을 게 아니냐?"

"돈이 없어서 같이 살 수 없대요."

"여태까지 그 친척 아저씨네 댁에서 얻어먹고 지냈니?"

"네."

"그래 둘씩이나 언제까지 얹혀 지낼 수 없으니 널더러 나가라는 거구나."

"그 집 아저씨하고 아버지가 싸웠어요. 그래서 아버지는 아는 사람네 집에 가 있을 테니까 저보고는 시골 외가에 도로 내려가든지 남의집살이라도 하든지 하랬어요."

그래서 허턱 외가에 내려가겠노라고 하고 아버지의 이종 형인 아저씨네 집을 아침에 나오긴 했지만 실상 달가워 않는 외가에도 순희는 가고 싶지 않고 어떻게 해야 좋을지 몰라 종일 비를 맞으며 거리를 헤매다가, 주인갑 씨와 의논을 해보고 싶어서 찾아왔다는 것이다.

"음, 잘 왔다. 그럼 우리 저녁이라도 같이 먹고 천천히 잘 생각해 보자."

주인갑 씨는 피로해 보이는 순희를 우선 이렇게 위로하고 나서 저녁상을 물린 다음, 순희의 처신 문제를 정식으로 의논하기 시작했다.

"그럼, 어디 네 생각부터 들어보자. 그래 시골 외가엔 가고 싶지 않으냐?"

"네."

"그래도 남의 집보다야 외가가 낫지 않겠니?"

"……."

대답이 없는 것으로 미루어 외가에 가 있을 생각은 영 없는 눈치여서,

"그럼, 정말 남의집살이라도 해볼 셈이냐?"

씨가 좀 걱정스레 물었더니 순희는 잠시 더 묵묵히 창밖 풍경만 내다보다가,

"엄마한테 가 있을까 봐요."

힘없이 대답했다.

그렇다, 그것은 너무나 당연한 말이다. 엄연히 양친이 생존해 있으면서 무엇 때문에 어린 몸으로 남의 집을 살아야 한단 말이냐? 순희의 힘없는 대답은 가냘픈 항의이기도 하다.

"오냐, 잘 생각했다. 그럼 지금 곧 어머니 계신 집에 같이 가보자."

말해 놓고 씨는 어떤 의심에 찔끔했다.

7

그것은 순희가 아버지와 헤어져 거리를 헤매다가 어머니를 찾아가겠노라고 주인갑 씨 집에 들르게 된 것은 순희 자신의 솔직한 의사에서가 아니라 황 여인의 거처를 알아내기 위한 수단으로 그 부친이 배후에서 조종하고 있는 것이 아닌가 하는 의심이 더럭 들었기 때문이다.

그래서 주인갑 씨는 한동안 말없이 순희의 태도를 살피다가,

"어머닐 찾아가기 전에, 아저씨에게 솔직하고 자세한 얘길 좀 해다오. 나는 절대로 너의 어머니나 아버지나 네게 해로운 일을 할 사람이 아니다. 도리어 너의 아버지와 어머니의 문제를 원만히 해결할 수 있게 도와드리려고 애쓰고 있는 중이다. 그러니 네가 아버지에게서 어떤 분부를 듣고 왔는지 모르겠다만 숨기지 말고 솔직히 말해 봐라. ……지금까지 네가 한 말이 모두 사실이냐?"

진정이 어린 어조로 물었다.

"……."

순희는 대답이 없이 자기의 스커트 자락을 매만지고 있었다.

"아버지와 친척 아저씨가 싸운 건 사실이겠지?"

"네."

"왜 싸우셨니?"

"돈 때문에 싸우셨어요."

"돈?"

"아저씬 엄마한테서 돈을 절반쯤 받고 이혼해 주라구 하고, 아버진 엄마가 갖고 나간 돈을 몽땅 도로 내놓지 않으면 이혼해 주지 않겠다고 해서 싸우셨어요."

그 동안 주인갑 씨는 순희 부모의 이혼을 위한 재산분배 문제의 조정 역할을 맡고 나서서 양쪽과 여러 차례 절충을 해보았지만 서병칠 쪽에서는 그의 이종 형인 박씨의 무마에도 불구하고 전액 반환을 고집했기 때문에 아직 타협을 보지 못하고 있었던 터라, 서병칠이 이종 형과 충돌하게 된 사정에는 씨로서도 이해가 가는 일이었다.

"그래서 두 분이 싸우고 나서, 아버지랑 너는 그 길로 나와버렸니?"

"네."

"오늘 아침에?"

"엊저녁에 나왔어요."

"엊저녁에? 그럼 어디서 잤니?"

"아버지 아는 집에서 잤어요."

"그래? 그럼 아버진 널 외갓집에 가든지 남의집살일 하든지 하라고 내보내고, 혼자 그 집에 죽 눌러 계신대?"

"……."

순희는 대답을 않고 눈을 몇 번 섬뻑섬뻑하자 굵은 눈물방울이 스커트 폭에 뚝뚝 떨어졌다.

역시 비밀 내막이 있었다. 소녀의 서글픈 마음을 달래고 위로해준 다음 씨가 천천히 들을 수 있는 얘기는 예측했던 대로 황 여인의 거처를 탐지하기 위한 서병칠의 음모였다.

주인갑 씨는 잠시 생각해 보고 나서

"그러면 넌 아버지한테도 어머니한테도 가지 말고 당분간 우리 집에 있거라."

결론을 내려주었더니,

"아버지가 찾아오심 큰일 나요."

순희는 겁에 질린 눈으로 주인 아저씨를 쳐다보았다.

물론 그 점은 주인갑 씨도 불안했다. 순희가 내일까지 어머니의 거처를 알아가지고 돌아가지 않으면 순희 모녀는 물론 주씨마저 찔러 죽이고 자기도 죽고 만다고 했다니, 그것이 단순한 위협이라 해도 본시 난폭한 서병칠이 이번에야말로 어떻게 나올지 무서웠다.

8

그렇다고 순희를 그 어머니한테 데려다줄 수는 없는 일이다. 그것은 곧 서병칠에게 황 여인의 거처를 밀고하는 것이나 다름없는 행위이기 때문이다.

서병칠에게 봉변을 당한 개인감정을 빼고라도 주인갑 씨로서는 황 여인에게는 동정이 가되, 서에게는 동정할 여지가 없었다. 가정주부가 젊은 정부와 치정극을 벌였다고 해서 덮어놓고 황 여인을 비난하거나 공격할 수는 없는 일이다. 남편은 만판으로 오입질을 일삼아도 아내만은 끝까지 부도(婦道)를 지켜야 한다는 것은 도시 말이 아니다. 그렇다고 해서 남편이 난봉을 피우면 아내도 반드시 난봉을 피워야 한다는 일반적인 논리는 성립될 수 없다 하더라도 서, 황 이 부부에 있어서는 전적인 책임은 남편에게만 있는 것이다.

그러면 탈선하기 전에 왜 남편을 상대로 이혼 소송이라도 걸지 않았느냐고 반문할 사람이 있을지 모르지만 그야말로 황 여인에게 있어서는 법은 멀고 주먹은 가까운 처지였던 것이다. 만일 이혼 소송이라도 제기했더라면 판결이 내려지기도 전에 황 여인은 이미 남편의 폭력 앞에 목숨을 잃었거나, 운신할 수 없는 불구가 되고 말았을 것이다.

완전 독재의 공포정치 하에서는 무력한 국민이란 사리의 여하를 막론하고 꼼짝할 수 없는 것이나 비슷한 얘기다. 도대체 황 여인과 동일한 환경과 조건하에서 황 여인과 같은 행동을 저지르지 않고 버틸 수 있는 여자가 과연 몇 사람이나 되겠는가. 주인갑 씨 자신 여자로서 황 여인의 처지에 있었다면 그렇게 될 수밖에 없었으리라 생각할 때 씨는 황 여인에게 동정 이상의 친근감과 애정조차 느끼는 것이었다.

그래서 주인갑 씨는 황 여인을 만나볼 겸, 일단 황 여인과 의논해서 확실한 태도를 정하기로 했다. 그러나 본인에게는 어머니를 만나러 간다는 사실을 알리지 않는 것이 좋을 성싶어서,

"잠깐 볼일이 있어서 난 좀 나갔다 오겠다. 그러니 넌 아무 걱정 말고 오늘 밤은 여기서 자라. 내일 아침에 다시 의논하자."

소녀에게는 그런 식으로 둘러대고 몰래 보순일 불러내 가지고

"접때처럼 순희 도망가지 못하게 잘 감시해라. 그리고 혹시 순희 아버지가 찾아오더라도 순희는 낮에 잠깐 다녀갔을 뿐이라고 하고 절대로 대문을 열어주지 마라."

단단히 일러놓고 씨는 며칠 만에 날이 갠 밖으로 나섰다.

7월 말께라 한창 더울 때지만 비가 갠 뒤라서 그런지 물 냄새를 싣고 불어오는 초저녁 한강 바람은 제법 시원했다. 아카시아 숲이 우거진 언덕길을 내려가노라니 저녁바람을 쐬러 나온 사람들이 많았는데 그 대부분은 젊은 남녀의 아베크족이어서 보는 사람의 마음에까지 달콤하고 흐뭇한 애정의 여운을 풍겨주었다.

그러한 남녀의 소풍객과 마주칠 때마다 황 여인의 고요하고 풍만한 인품과 매력이 새삼스레 주씨의 가슴속에 살아올라 웬만하면 오늘 저녁은 황 여인을 몰래 불러내가지고 밤이슬이 내리는 한강가 모래터를 단둘이 실컷 거닐어보고 싶은 충동에 씨는 가슴까지 설레며 형세를 살피느라 황 여인의 집 골목을 살그머니 들어선 것이다.

9

황 여인이 지금 들어 있는 집은 순 한국식 문간방이었다. 방에는 골목 쪽으로 큼직한 들창문이 나 있었으므로 주인갑 씨는 그 밑에 다가서서 귀를 기울였다.

열려 있는 창문으로는 형광등 불빛이 아직 완전히 어둡지 않은 밖으로 희미하게 흘러나오고 있었지만 안에서는 아무런 기척도 없었다. 그러나 창이 열리고 불이 켜 있는 것으로 보아 방에는 누가 있는 것이 틀림없었으므로, 제발 황 여인이 혼자 있어주었으면 하는 기대를 걸고 대문 안에 들어서서 가만히 방문을 노크했더니,

"네."

대답하는 음성은 김 청년이었다.

"웬일이십니까?"

내의 바람으로 방바닥에 누워 있던 청년은 급히 일어나 양복바지를 주워 꿰고 주인갑 씨를 맞아들여 방석을 권한 다음 그 자신은 언제나처럼 무릎을 가지런히 모으고 앉았다.

"황 여산 어디 갔소?"

"마침 목간을 갔습니다."

밖에서 굴 속 같은 방 안에 들어가 앉으니 갑자기 더위에 숨이 막힐 듯싶이 주씨는 청년이 내미는 부채를 받아 연방 바람을 일으키며,

"우리 집사람은?"

혜경 여사가 여기 와 살다시피 하고 있는 줄을 씨도 잘 알고 있었으므로 물으니까,

"두 분이 같이 갔습니다, 목간을."

역시 그런 대답이었다.

"둘이 줄창 붙어서 떨어질 줄을 모르니 도대체 어쩌자는 거래요?"

여자끼리니 언니요 동생이요 하고 아무리 서로 미쳐서 돌아간다 해도 이성을 상대로 바람을 피우는 것보다는 도리어 다행이다 싶어 모르는 체해 두었던 주인갑 씨도 요즘 와선 차차 심사가 개운치 않았던 것이다.

"그래서 저도 일간 아저씨와 조용히 의논을 좀 하려던 참입니다."

김 청년도 어떤 불만이 있는 듯 우울한 표정으로 말했다.

"지금 얘기해 봐요, 그럼."

"아저씨께선, 부인 단속을 단단히 하셔야 될 줄 압니다."

하도 의외의 말이라 주인갑 씨는 멍하니 청년을 한동안 바라보다가,

"왜, 내 마누라가 무슨 몹쓸 짓이라도 저질렀단 말요?"

좀 불쾌하게 물었다.

"부인께서 황 여사와 동성연애에 열중해 있는 사실을 아십니까?"

"대강 알고 있소."

"그럼 왜 방임해 두십니까?"

"방임해 두든 말든 청년이 무슨 상관요?"

"상관이 있습니다."

"어떻게? 무슨 피해라도 입었단 말요?"

"부인께선 황 여사와 저와의 사이를 방해하고 있습니다."

"방해라니?"

"결국 저와 완전히 손을 끊게 하려는 거죠."

"그야 황 여사 자신의 의사에 달린 문제 아뇨? 황 여사가 청년과의 관곌 끊고 싶지 않다면 옆에서 누가 뭐라고 충동해도 까딱없을 거구, 반대로 그런 관계를 깨끗이 청산해 버릴 생각이라면 제삼자가 아무리 말리더라도 듣지 않을 테니 말요."

"그건 아저씨께서 내용을 잘 몰라서 하시는 말씀입니다."

김 청년은 안타깝다는 듯이 말하고 주씨의 얼굴을 쳐다보았다.

10

"내가 모르는 내용이란 뭐요, 대체?"

"부인께선 저까지도 유혹하려고 했습니다."

"유혹? 어떤 방법으로 유혹하려 했단 말요?"

"전 부인이 그렇게 노골적이고 대담한 분인 줄은 몰랐어요."

"글쎄, 어떻게 노골적이고 대담하더냐 말요? 뭐 동침이라도 강요합디까?"

"이왕 얘기가 난 김에 솔직히 다 말씀드리겠습니다. 아저씨도 아시다시피 처음엔 세탁솔 낼 만한 가겔 알선해 준다는 바람에 멋모르고 한동안 여기저기로 부인을 따라다녔습니다. 그러나 차차 알고 보니 결코 목적은 가게를 물색하는 데 있지 않았어요."

"청년을 유혹하려는 목적도 품고 있었더란 말이군요?"

"인천을 위시해서 여주, 안양, 광주, 김포, 용인, 의정부 등지를 순차로 돌면서 아는 사람이 있으면 아는 사람에게, 아는 사람이 없는 데선 친절해 보이는 동네 노인들에게 가게 부탁을 건성으로 해놓고는 줄곧 구경을 다닌 겁니다……."

둘이는 그 지방의 고적이나 풍치 좋은 곳을 찾아다니며 시간을 보내곤 하였는데 그러는 동안에 혜경 여사는 친숙해져서 못하는 말이 없게 되자 맨 처음 남자를 경험한 얘기에서부터 전남편과의 결혼생활, 그리고 주인갑 씨와의 부부생활의 비밀까지를 거리낌 없이 털어놓는 일방 김 청년과 황 여인과의 정신적인 육체적인 애정관계의 내막을 꼬치꼬치 캐고 들더라는 말을, 청년은 세련되지 못한 말투로 더듬더듬 들려주고 나서,

"참 여자란 알 수 없더군요. 전 남자에 비해서 여자란 훨씬 정숙한 존재로 알았는데, 반드시 그렇지만도 않은가 봐요. 황 여사도 그랬고 아저씨 부인께서도 그런 걸 보니."

어색하게 웃으며 주인갑 씨의 얼굴을 슬쩍 훔쳐보듯 했다.

"고루한 해석에 의한다면 우리 집사람은 분명히 정숙하지 못한 편에 속할 거요."

"그럼 아저씬 부인이 딴 남자들과 지나칠 정도의 밀접한 교젤 가져도 아무렇지도 않으신가요?"

"물론 아무렇지도 않진 않죠. 그야 역시 유쾌한 일이나 장려할 일은 아니니까. 허지만 그렇다고 어떻게 하겠소. 철없는 애가 아닌 이상 다 알고 하는 일인데 남편이 잔소리 하거나 말린다고 듣겠소?"

"헤, 아저씬 이상한 데가 있습니다."

"뭐가 어떻게 이상해요?"

"보통사람 같으면 자기 부인이 딴 남자와 가깝게 지내는 줄 알면 대번에 벼락이 떨어질 거 아닙니까?"

"벼락이? 대체 그 벼락을 누가 치느냐 말요? 하나님이?"

"그럼 자기 부인이 놀아나는데도 남편이 가만있겠어요?"

"한 번도 오입을 한 일이 없는 남편이라면 그야 가만 안 있겠지. 허지만 자기 자신 외도의 경험을 가진 남편으로서야 어쩌겠소."

"그렇지만……."

"그렇지만 어떻다는 거요?"

"여자란 남자와는 다르지 않습니까."

"다르기야 다르지. 생리구조나 심리현상이 다르니까 남자와 구별해서 여자라 부르는 거 아뇨?"

"생리나 심리의 차이가 아니라 세상을 살아가면서 지켜야 할 도덕적인 한계 말입니다."

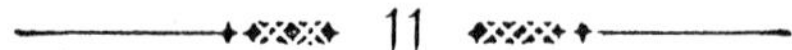

11

"도덕적 한계가 왜 남녀에 따라 다르단 말요? 남잔 오입을 해도 된다, 여잔 남편 이외의 남자를 가까이 해선 안 된다, 그 따위 도덕을 누가 만들었어요?"

김 청년은 놀라운 듯이 그 커다란 눈을 껌벅거리며 잠시 주인갑 씨를 똑바로 쳐다보다가,

"그렇다면 세상에 결혼생활이 유지될 수 없지 않습니까? 남편이 어쩌다

가 딴 여자와 자고 들어오는 일이 있더라도 아내 쪽에선 참고 가정을 지켜 나가야 될 게 아니겠어요? 네가 그러니 나도 놀아난다고 맞장굴 치면 대체 그 가정이 어떻게 됩니까?"

조심스럽게 항변을 했다.

"물론 그래요. 남편이란 어쩌다 딴 여자와 자고 들어올 수도 있겠죠. 나도 그랬으니까. 어쩌다가가 아니라, 계획적으로 혹은 상습적으로 딴 여자와 지랄을 치고 다니는 남편 족속도 세상엔 의외로 많은 거요. 그러니까 내가 말하고 싶은 건 그와 마찬가지로 아내도 어쩌다가 딴 남자와 잠자릴 같이 할 수도 있다는 거요. 따라서 아내 쪽에서도 남편에 대한 어떤 불만 때문에 의식적으로 혹은 상습적으로 딴 남자와 접촉할 수도 있다는 거요. 남편이 냉면을 먹고 싶으면 아내도 냉면이 먹고 싶을 수 있단 말요. 남편이 불고기를 먹고 싶듯이 아내도 불고기가 먹고 싶을 수 있단 말요. 남편이 생선 가운데 토막이 먹고 싶으면 아내도 가운데 토막이 먹고 싶을 거란 말요. 남편은 생선 가운데 토막만 처먹으면서 아내는 생선 대가리나 꼬랑이만 핥으란 법이 어디 있느냐 말요. 남편은 돈을 꿔서라도 불고기를 처먹으면서 아내는 돈이 남아날 때도 불고기를 먹어선 안 된다는 논법이 어디 있느냐 말요. 남편은 마누라만 가지곤 만족할 수 없어서 심심하면 딴 계집과 놀아나면서, 여자는 멋대가리 없는 남편 하나만을 믿고 용솟음치는 젊음을 묵혀둘 필요가 어디 있느냐 말요."

주인갑 씨는 이런 말을 할 때 혜경 여사와 자기와의 사이가 생각나서 묘하게 얼굴이 일그러졌다.

"그렇다면 결국 뭡니까? 아저씨 말씀은 여자의 방탕, 즉 아내의 방탕을 인정한단 말씀 아닙니까?"

"남자의 방탕을 긍정한다면 여자의 방탕도 긍정해야 된다 그거요. 여자의 방탕을 긍정할 수 없다면 남자의 방탕도 절대로 긍정해선 안 된단 말요. 물론 이상을 말하자면, 남자고 여자고 방탕하지 않고 살아가는 것이 최고의 이상이겠지만, 역사가 있은 이래 남성 본위의 인간사회에서는 남자의 방탕만은 공공연히 활갯짓하며 성행해 오지 않았느냐 말요. 그러니 남녀동등권이요 인권이요를 걸핏하면 내세우는 요즘 세상에선 정숙이니 부도(婦道)니 하고 남자 쪽에만 편리한 보통명사를 만들어가지고 여잘 묶어놓는다는 건 당치않은 일이란 말요."

"아저씨 말씀이 제겐 도무지 납득이 안 갑니다. 이론상으론 그럴 수도 있을지 모르지만……."

"마치 명사족처럼 청년은 의외에 인습적이고 고루해요. 그래가지고 어떻게 황 여사완 일을 저질렀소?"

"그래서 여자란 알 수 없다는 겁니다. 저쪽에서 넌지시 먼저 나부껴올 줄은 꿈에도 몰랐어요, 저도."

청년은 비로소 흥미 있는 내막을 털어놓기 시작한 것이다.

12

"저쪽에서 먼저 나부껴오다니? 아무러면 황 여사가."

"아무러면이 뭡니까? 그러기에 놀랐다니까요."

"허, 그래 어떤 방법으로 나부껴왔다는 거요, 대체?"

주인갑 씨는 불시에 걷잡을 수 없는 흥미가 동해서 불쑥 이렇게 캐어 물어놓고도 점직해서 낯이 얼얼했다.

"이왕 얘기가 났고, 아저씨와는 모든 걸 터놓고 의논해야 할 처지가 됐으니까 솔직히 말씀드리겠습니다."

청년은 모로 앉은 무릎이 아픈 듯 엉덩일 들썩하고 자세를 고쳐 앉았다.

"어서 편히 앉아요, 편히. 그리고 무슨 얘길 해도 내가 입 밖에 내지 않을 테니, 안심하고 다 말해 봐요."

"제가 황 여사네 가게에서 일 보게 된 지 여러 달 지나서부터지만, 밤만 되면 황 여사가 제 방에 건너와서 늦도록 둘이 화투 치길 하곤 했습니다. 물론 처음 얼마 동안은 그냥 이기기 내기만 했죠. 그러다가 그것만으로는 차차 싱거워져서, 다섯 끗에 한 대씩 손목 때리길 했습니다. 그러나 나중엔 그것도 싱거워져서 옷 벗기를 했습니다. 그것도 처음엔 끗수에 관계없이 한 번 지는 데 옷 한 가지씩 벗어놓기로 했지만, 마침내 다섯 끗에 한 가지씩을 벗기로 했습니다."

주인갑 씨는 부지중 침을 꿀꺽 삼키고 나서

"그래, 황 여사가 지니까 서슴지 않고 옷을 벗었단 말입니까?"

물었다.

"처음 몇 번은 서로 봐주기로 했습니다. 어느 편에서나 차마 벌거벗을 수야 있어요?"

청년은 여기서 일단 말을 끊고 벌게진 얼굴로 멋쩍게 한번 씩 웃었다.

13

"그럴 거요. 그래서?"

"그래서 전 홀랑 벗어야 할 경우에도 팬티만은 입은 채 나머지 끗수는 빚을 지기로 했습니다."

"그럼, 그런 경우에 황 여사는?"

"그러나 여자가 드로스만 입고 앉았을 순 없지 않아요? 그러니까 황 여산 지게 되면 반대로 껍데기 한 장만 남기고 속것을 다 벗어놓더군요."

"껍데기라면?"

"마침 여름이라 원피스를 입고 있었거든요. 그러니 속것은 다 벗어놓고 그거 한 장만 걸치고 있었단 말입니다."

"그러고 마주 앉아서 밤이 새도록 화투 치길 했단 말이지?"

"네."

김 청년은 꾸중이라도 듣는 아이처럼 고개를 숙이고 작은 소리로 대답했다.

"그야, 그쯤 되면 사고가 안 날 수 없지. 그렇지만 역시 먼저 손을 댄 건 청년일 거 아뇨?"

"글쎄, 그 점은 도무지 명확치가 않습니다. 허지만 곰곰 생각해 볼수록 제가 속은 것만 같습니다."

"속긴 왜?"

"황 여산 왜 그런지 자꾸만 자세를 고쳐 앉곤 했는데 그때마다 원피스 자락이 말려 올라가서 그 희멀건 허벅지가 통째로 들여다보이지 않습니까. 그러지만 않았더라면 전 절대로……."

"일을 저지르지 않았을 거라 그런 말이죠? 허지만 어쨌든 결과적으론 참다 못해 청년이 먼저 덤벼들었단 말 아뇨?"

"아닙니다. 전 숨이 차고 손이 와들와들 떨려서 어디 화툴 계속할 수가 있어야죠."

그래서 김 청년은 떨어뜨릴 듯 화툿장을 놓고 그만하자고 뒤로 물러앉았다고 한다. 그랬더니 황 여인은 얼굴이 빨개가지고 여잘 이 꼴로 벗겨까지 놓고 그만두자고 물러나는 법이 있느냐면서 두 손으로 낯을 가리더니 방바닥에 엎드려 어깨를 들먹이며 훌쩍훌쩍 울기 시작하는 바람에 청년은 묘한 충격적인 감동에서 바싹 다가앉아 여러 가지 말로 달래면서 붙들어 일으켜 앉히려 들었다는 것이다.

"오라, 거기서 일이 터졌군 그래."

"그 뒤는 어떻게 됐는지 영문을 몰랐습니다. 이튿날 아침 정신이 들고 나서야 큰일을 저질렀구나 하는 후회가 떠올랐습니다."

"후회하고 있소? 지금도."

"네, 후회하고 있습니다. 그래서 전 어떻게 해서든지 이 후회를 탕감할 수 있는 방법으로 책임을 지려고 하고 있는데 아저씨의 부인께서 여간 이상하게 나오질 않으시는군요."

"어떻게 이상하게 나와요. 황 여사처럼 허벅지라도 내보입디까?"

김 청년은 잠깐 주인갑 씨의 얼굴을 쳐다보고 나서

"아저씨가 아주 대범하신 분이니까, 그럼 숨기지 않고 다 말씀드리겠습니다. 부인께선 황 여사보다도 훨씬 더 알 수 없는 복잡한 태돌 취하셔요."

청년은 여기서 잠깐 말을 끊고 손바닥으로 이마의 땀을 쓱 문대며 자세를 다시 고쳐 앉으려 하기에, 주씨도 마침 한증이라도 하듯 허덕이던 차라

"우리 밖에 나가 시원한 맥주라도 한잔씩 나누면서 얘길 할까요?"

이런 말로 권하면서 주인갑 씨는 먼저 성큼 자리를 일어섰다.

14

김 청년도

"그러실까요."

이내 따라 일어서다 말고

"잠깐 좀 보여드릴 게 있습니다."

말하고 황 여인의 것인 듯싶은 낡은 핸드백 속에서 몇 장의 사진을 꺼내 보여주었다.

그것은 모두 혜경 여사와 황 여인이 정답게 같이 찍은 사진들로서 애들 모양 어깨동무를 하거나 서로 얼싸안거나 볼을 마주 비벼대거나 혹은 뚝섬 수영장에서인 듯 수영복 차림으로 모래 위에 나란히 누워 뒹굴면서 어깨동무를 하고 물속에 반쯤 잠긴 채 보트 위에 마주 앉아서 또는 서양 영화에서 남자가 애인을 번쩍 들어 양팔에 가로 안듯이 혜경 여사가 황 여인을 그렇게 간신히 두 팔에 안고 찍은 갖가지 포즈의 사진들이 있었는데, 특히 그 가운데서도 주인갑 씨의 시선을 끈 것은 완전한 남장(男裝)을 한 혜경 여사가 짙은 화장의 황 여인과 나란히 붙어 서서 찍은 사진이었다.

주인갑 씨는 부지중 눈살을 찌푸리고 잠자코 사진을 돌려주고 밖에 나섰더니 청년도 그것을 도로 간수하고 곧 따라왔다. 그 사진들은 주씨 내외의 어떤 약점을 객관적으로 입증해 보여주는 것 같아서 씨는 떠름한 기분이었다.

그들은 근처의 어느 음식집에 들어가 맥주를 청해 마시며 방에서의 얘기를 계속했다.

"그래 우리 집사람이 대체 어떤 태도로 나옵디까?"

"아주 묘한 태돌 취하셔요. 정말 아저씨께선 대범한 분이니까 솔직히 말씀을 드리겠는데요……."

이런 말을 다시 되풀이하고 나서 떠듬떠듬 지껄이는 청년의 말에 의하면 혜경 여사는 한때 걸핏하면 김 청년의 머리를 끌어안듯 자기 무릎 위에 눕히고 귓구멍 소제를 열심히 해주었다는 것이다.

청년이 쑥스럽고 벨해서 거절을 해도 억지로 한쪽 귀를 실컷 우벼대고는 이번엔 머리를 돌려 눕힌 다음 반대쪽 귀를 또한 저무도록 만지작거리면서 귀지를 긁어내는 것이었는데, 그런 때는 으레 남녀관계의 비밀얘기를 소곤소곤 속삭이는 일이 일쑤였다고 한다.

혜경 여사 자신의 이성관계의 경험과 두 차례에 걸친 부부생활의 경험담이라든지, 황 여인과 김 청년과의 세부적인 내정까지 들려주고 캐묻고 한 것도 그런 경우였다는 것이다.

"음, 그럼직한 얘기요."

주인갑 씨는 알 수 있다는 듯이 고개를 끄덕거리고 나서,

"콧구멍 소제나 발톱을 깎아주마 하고 덤비진 않습디까?"

으레 그랬으려니 싶어 물었다.

"콧구멍 얘긴 모르겠습니다만 역시 발톱 문젠 자주 나왔습니다. 그런데 그것은 제 발톱을 깎아주겠다는 것이 아니고요 반대로 부인께서 자기의 발을 제 손에 내어맡기고 그 발톱들을 곱게 다듬어달라는 주문이었습니다."

"그래서?"

"그런데 여자의 발가락이란 참 신비한 물건이더군요. 잘디잔 연분홍색 조개 같은 발톱이 가지런히 박혀 있는 몽실몽실한 다섯 개의 발가락은 마치 진기하고 귀여운 소동물 같아서 고것들이 꼬무락꼬무락 움직이며 제 내의 속으로 한사코 파고들어올 땐 그만 정신이 아련해지도록 몸이나 맘이 간지러워서 견딜 수가 없더란 말씀입니다."

15

김 청년은 몇 모금의 맥주에 벌써 얼굴이 벌게져가지고 지금 생각해도 간지러워 못 견디겠다는 듯한 얄궂은 표정을 지었다.

주인갑 씨는 웬일인지 신이 나는 것 같기도 하고 화가 나는 것 같기도 한

묘한 기분 속에서 자꾸만 갈증이 더해지는 느낌이어서 거푸 맥주 컵을 비우고는,

"이봐 미스터 김, 난 이성문제엔 대범한 사람이니까 무슨 얘기나 다 해요, 무슨 얘기나……."

청년의 컵에 맥주를 넘치도록 부어주고 나서,

"이렇게 무더운 날 저녁엔 귀신이나 도깨비 얘기가 아니면 음담패설이라야 더윌 잊을 수 있는 거야. 자 쭉 들이켜고 어서 얘길 계속해요. 지독한 여자 얘기라도 좋아요. 난 대범한 사람이니까."

지껄여대는 품이 씨도 어느새 얼근히 취기가 도는 모양이었다.

"여자란 참 알 수 없는 동물예요, 아저씨……."

"아, 이거 왜 자꾸 같은 소리만 되씹는 거야? 어서 하던 얘길 계속해요. 우리 마누라가 고 몽실몽실한 발가락을 가지고 청년의 어딜 건드렸다? 그래서 그 뒨 어떻게 된 거야?"

"아저씬 정말 대범한 분이니까 솔직히 말씀드리겠는데요, 부인께선 오동통한 발을 통째로 제게 맡겨놓고는 말입니다, 반듯이 누워서 눈을 반쯤 사르르 감은 다음 이따금씩 고 발가락들을 꼬무락거려 제 하복부를 간지럽히면서 이상한 말을 묻는 거예요."

"이상한 말을? 어떤 말인데?"

"미스터 김은 여자와 단둘이 있을 때 여자 쪽에서 어떻게 해주는 게 좋아요? 미풍에 흔들리는 버들가지 모양 사르르 나부껴오는 게 좋아요? 폭풍우 몰아치듯 정열적으로 부닥쳐오는 게 좋아요. 이런 말을 물어온 겁니다."

"그래서 뭐랬소? 청년은……."

"전 여자경험이 적어서 잘 모른다고 했습니다. 그랬더니 부인께선 '나는요 맹수처럼 여자만 보면 마구 덤벼드는 남자가 좋아요' 이러고는 이상하게 웃으면서 또 그 발가락 운동을 시작하지 않겠습니까. 그래서 전 결심했

습니다."

"무슨 결심을 했단 말요?"

"부인을 절대로 가까이해선 안 되겠다는 결심을 했습니다."

"솔직히 고백해 봐요. 난 마누라 문제에도 대범한 사람이니까."

"아닙니다. 정말 솔직히 말씀드린 겁니다. 역시 유부녀인 황 여사와의 관계도 해결을 짓지 못하고 있는 처지에 아저씨처럼 이해 깊고 관대하신 분의 부인과 또 잘못을 저질렀다간 이번에야말로 하늘이 절 용서하지 않으리라고 생각했기 때문입니다."

그래서 김 청년은 그 뒤로는 의식적으로 혜경 여사를 멀리하고 경계해 왔더니, 그 눈치를 챈 여사 쪽에서는 사사건건이 비아냥거리면서 황, 김 사이를 이간질할 뿐 아니라 청년을 따돌리고 황 여인을 완전히 자기 편(혜경)을 만들려 하기에 그럴 테면 그래 봐라, 나와 공범적인 깊은 관계에 있는 황 여인이 아무려면 같은 여자끼리인 당신 쪽에 본심으로 가 붙으랴 싶었더니 의외에도 두 여인은 동성연애에 빠져 죽자살자 하는 지경에 이르러버렸다는 것이다.

"그럼 차라리 잘되지 않았소? 황 여사와 깨끗이 헤어질 수 있게 됐으니……."

"제겐 그럴 수 없는 이유가 있습니다.

16

"흠, 어떤 이윤데?"

김 청년은 갑자기 이마가 탁자 위에 거의 닿도록 머리를 숙이고,

"전, 아버지가 누군지를 모릅니다."

가장 수치스러운 일을 고백하듯 말했다.

"그게 무슨 뜻이오?"

"어머니의 남편이, 즉 호적상의 제 부친이 일본 동경에 유학 가 있는 동안 어머니가 딴 남자와 밀통해서 낳은 죄악의 씨가 바로 저란 인간입니다."

"음!"

부지중 주인갑 씨는 가만히 신음하고 청년의 빈 컵에 맥주를 채워 권했다.

"중학교 때 이 놀라운 사실을 알게 된 저는, 비로소 가정에서 딴 형제들과는 달리 냉대를 받아온 까닭을 알고 어머닐 몹시 원망했습니다."

그 뒤 김 청년은 중학교를 나오자 집을 나와가지고 차라리 농사꾼이나 될 각오로 어느 지방의 농업고등학교에 들어가 그 근처에 하숙하고 학교를 다녔는데, 졸업 후에도 집에는 돌아가지 않고 모 실험농장에 취직해 일하다가 군대에 다녀와서 우연히도 세탁소 직공으로 전전해 온 오늘날까지 특별한 일이 없는 한 집에는 손꼽을 정도밖에 들러본 기억이 없다는 것이다.

"흠, 기구한 운명이군 그래. 그러나 부친이 어머니와 이혼을 않고 지금까지 같이 사시는 걸 보면 이해가 많으신 분인가 보군."

"이해가 많아서라기보다도 문벌을 자랑하고 집안의 체면을 존중하는 끝에 참고 지내는 거겠죠."

"그럼 집안이 좋은가?"

"꽤 알려진 가문입니다."

"부친이 뭘 하시는데?"

"한때는 ○○행의 은행장으로 있은 일이 있고, 지금은 ××회사 사장으로 있습니다."

"그럼, 김춘택 씨 아닌가?"

"그렇습니다."

"허! 그래?"

김춘택이라면 한국 경제계에서는 쟁쟁한 실력가로 알려져 있는 분이요, 그가 현재 사장으로 있는 ○○회사만 해도 거기 평직원으로 들어가도 출세로 알 만큼 국내에서는 굴지의 대회사인지라, 시시한 개인 업체로만 붙어 돌다가 그나마 지금은 무직 상태에 있는 주인갑 씨로서는 모르는 새에 입이 벌어지지 않을 수 없었다.

"그럼 형제들도 많소?"

"저 말고 사남맵니다. 형과 누나 그리고 남녀 동생이 하나씩 있습니다."

"그래, 형제들과도 만나지 않소?"

"누나만 가끔 만납니다. 지금은 ○○대학 교수로 있는 형은 도리어 부친 이상으로 어머닐 증오하고 절 꺼려요. 집안에서 어머니에게나 제게나 가장 이해와 동정으로 대해 주는 사람은 누나뿐입니다."

"물론 출가했겠군요?"

"그럼요. 정부의 모 부(部)의 국장 부인입니다. 누난 저만 만나면 울면서 부탁하는 말이 있습니다. '사내 대장부가 혼자 아니라 반쪽이 떠돌아다닌들 외롭거나 불행할 거야 있겠느냐. 그러나 단 한 가지 여자관계만은 조심해라. 네 출생이 출생인 만큼 여자관계로 실술 했다간 너 자신은 고사하고 가엾은 어머닐 생매장하는 일이요, 아버지나 형제들은 물론 집안을 망쳐놓는 일이니까.' 이렇게 신신당부하는 것입니다."

"음, 알 수 있는 말야."

주인갑 씨는 머리를 주억거렸다.

17

"그런 걸, 그만 황 여사와 이렇게 돼버렸으니 첨엔 어떻게 해야 좋을지 망연자실했습니다. 그래서 황 여사에게 모든 사실을 밝히고 같이 울었습니다. 한땐 황 여사 말대로 같이 자살을 하든지 자수를 할까도 했습니다. 그러나 그렇게 되면 역시 신문에 날 것이니 집안 망신시킬 게 뻔하기에 집안 망신시키는 건 과히 겁나지 않지만 절 가장 아껴주는 누나 가슴에 못을 박고 싶진 않아서 참회와 재생의 길을 택하기로 결심했던 것입니다."

"음, 청년의 심성은 이해하겠는데 재생의 길이란 구체적으로 뭣을 말하는 거요?"

"그것은 결국 황 여사와 정식으로 결혼해서 완전한 부부가 되는 길입니다. 그 방법밖엔 달리 길이 없습니다. 그런데 엉뚱하게 부인께서 헤살을 놓고 의외에도 황 여사마저 그쪽으로 기울어버리니 전 대체 무슨 꼴이 됩니까?"

김 청년은 사뭇 침통한 표정으로 주인갑 씨를 주시했다.

"그럼 청년은 지금도 황 여사와 결혼할 생각으로 있소?"

"그럼요. 그렇기 때문에 제가 아저씨에게 부탁을 드리고 싶은 것은 다름이 아닙니다. 황 여사와 저 사이를 이간시키고 동성연애를 하는 불건전한 애욕 행위에 도취케 하는 짓을 금하도록 부인을 엄격히 단속해 주십사 하는 겁니다."

"청년의 의향은 알겠지만 나로선 마누라의 행동을 단속할 순 없소. 그것이 우리 가정에 파탄을 가져오는 행위가 아닌 이상 말요."

"그럼 아저씬 아까 사진을 보신 바와 같이 부인께서 황 여사와 죽자살자 미쳐 돌아가도 좋단 말씀입니까?"

"나로서야 좋을 건 별로 없지. 그러나 마누라가 가정생활에 특별한 지장을 주지 않고 저 좋아서 하는 일을 막을 수도 막을 필요도 없지 않소?"

"그럼 부인께서 무슨 짓을 해도 내버려두시겠단 말씀입니까? 가령 딴 남자와 깊은 관곌 가져도 말입니다."

"내버려두지 않음 어떡하겠소? 남편에게서는 채울 수 없는 어떤 불만을 딴 남자에게서 채우려고 하는 것인데 그 불만을 채워주지 못하는 이상 할 수 없지 않소?"

"그건 말도 안 됩니다, 아저씨."

"왜 말이 안 돼요? 그 대신 나는 나대로 마누라만으로는 채울 수 없는 불만을 딴 여자와의 집촉에서 채우는 거 아뇨?"

"그러면 결국 부부가 함께 놀아나자는 결론밖에 안 된단 말씀이에요."

"부부가 한쪽에선 놀아나고 한쪽에선 안 놀아나는 모순에서 오는 불화와 고민을 겪느니보다는 차라리 함께 놀아날 가능성을 인정함으로써 부부생활의 평형과 질서를 유지할 수 있다면 그게 더 좋지 않소?"

"그러면 도대체 결혼이나 부부생활의 도덕이란 어떻게 되느냐 말입니다."

"지금까지 결혼과 부부생활의 도덕이 준수되어 왔소? 물론 엄격히 지켜온 부부도 더러는 있겠지. 그러나 마흔이 다 된 요즘에 와서 내가 절실히 느끼는 건, 그 따위 도덕을 남자 쪽에선 폐리[敝履]처럼 무시해 왔단 말요. 그것은 다만 남권사회인 인간사회에 있어서 여자를 남편의 전용물로 가정의 종속물로 묶어두기 위한 쇠사슬에 불과해요. 그런 사슬을 인젠 남자의 면목을 위해서도 끊어버려야 한단 말요."

18

"아저씬 참 이상합니다."

"청년은 아까부터 여자란 이상하다고 하더니 이젠 나까지 이상하게 뵈는 모양이지만, 정작 이상한 건 청년 자신이구 청년과 비슷한 세상 사람들이에요. 아 유부녀와 간통을 해놓곤 어쭙잖게 참회니 재생이니 도덕이니 하고 군인성자가 어쩌다가 그만 깜빡 실술 한 것처럼 말하는데 그게 당한 소리야? 왜, 난 버젓한 난봉꾼이요 방탕아다 이렇게 시인을 안 하느냐 말요? 뭐 오입쟁이가 따로 있는 줄 알아? 그것이 소위 남성 측의 그리고 독선과 위선자들의 에고이즘이야. 한때 왜 가정주부가 외간남자와 놀아난 끝에 집안을 망신시키고 자신을 망친 일이 신문에 보도되어 화제를 일으킨 일이 있었지. 그 당시 소위 식자라는 것들이 신문이나 잡지에 쓴 글 좀 봐요. 대부분 부도가 땅에 떨어졌느니 어쩌니 하고 여자 쪽을 공격하는 담화요 기사였는데, 도대체 지아비 부 자의 부도(夫道)는 어디 두고, 며느리 부 자의 부도(婦道)만을 내세우느냐 말야? 남편은 계집질을 해도 괜찮지만 마누란 서방질을 해선 안 된다는 거야? 온 개똥같은 소리 좀 말래. 남편들이 계집질을 했으면 마누라들의 서방질을 묵인해얄 거 아냐. 마누라들의 서방질을 인정할 수 없으면 남편들도 계집질을 하지 말란 말야. 그래 내 말이 틀렸어? 청년도 계집질을 했고 황 여사도 서방질을 했으면 그건 그런 난봉 행위로 끝을 내란 말야. 참회니 재생이니 도덕이니를 내걸구 거룩한 체하려거든 왜 서방질이나 계집질을 했느냐 말이야? 그러기에 난 감히 내 마누랄 단속 못하겠어. 난 과거에도 가끔 오입을 했고 앞으로도 더러 해야 할 테니 말이야. 그 대신 난 가정을 망치구 마누랄 배척할 정도로 계집질에 완전히 미쳐버리진 않겠어. 이런 범위 내에선 난 마누라에게도 자유행동을 묵인하고 있는 거야. 뭐, 도덕이 어때? 부도가 어때?……."

주인갑 씨는 뜻밖에도 눈을 번득이며 차츰 흥분한 말투로 변했으므로 김청년은 적이 놀라 양쪽 무릎 위에 두 손을 얹은 다음 머리를 숙이고 경청하다가,

"아저씨 취하셨나 봅니다. 그만 자리를 일어서실까요."

조심히 달래듯이 했더니,

"아, 내가 이게 주정인 줄 알아?"

반박하고 더 지껄여대려는 주씨를 청년은 겨우 달래가지고 밖으로 데리고 나온 것이다.

주인갑 씨는 취기와 묘한 심리적인 열기로 청년에게라기보다도 자신을 향해 외치듯 떠들어본 것인데 밖에 나와 찬바람을 쐬니 일시에 취기와 열기가 가시고 쑥스러운 기분만 남았으므로, 잠자코 청년을 따라 황 여인의 거처에 다시 들러본 것이다.

그러나 목간을 갔다는 여자들은 아직 돌아와 있지 않았으므로 주씨가 마땅찮은 눈치를 보이니까 오랜만에 날도 갰고 했으니 둘이는 산책이라도 하다가 늦게야 돌아올 모양이라고 김 청년도 우울한 표정으로 대답했다.

그래서 주씨는 황 여인을 만나러 왔던 이유를 청년에게 설명해 준 다음 혜경 여사 편에 순희 문제에 대한 의견을 알려달라고 일러놓고 발길을 돌려 골목을 걸어 나오다 말고, 씨는 갑자기 주춤하고 걸음을 멈추는 동시에 재빨리 몸을 숨겼다.

19

골목길에 두 여자가 마주 서서 이야기를 하고 있었는데,

"……그럼, 그렇게 해. 나중 일은 내가 책임질 테니까. 알았어?"

무엇인가 다짐하는 말소리는 분명히 혜경 여사의 음성이었으므로 주인갑 씨는 길갓집 모퉁이에 몸을 숨기고 여자들의 동정을 살폈던 것이다.

"언니 시키는 대로 할게. 그렇지만 잘 될까?"

주저하는 말소리의 주인은 틀림없는 황 여인이었다.

"그렇게 해만 봐. 글쎄, 틀림없다니까."

"알았어요, 그럼 어서 돌아가봐요. 형부 역정나시겠수."

"역정이나 내심 좋게? 되레 내가 곁에 붙어 있는 걸 싫어하는 성민데."

"왜 그러실까?"

"내가 시들해진 거야. 그러니까 내 행동을 일일이 간섭 안 해서 속은 편해 좋아."

"언니가 시들해져서가 아니라 이해성이 많아서 그러신 거 아닐까?"

"이해성이 아니라, 그래야 저두 딴 여자와 맘놓구 사귈 거 아냐?"

"형부도 딴 여자와 사귈 줄 아우? 통 그런 거 모르는 분 같은데."

"여자 싫어하는 사내가 어디 있어? 그인 여잘 제대로 데리고 놀 줄도 모르면서 관심만은 여간 아냐."

"그럼 조심해요, 괜히. 언니가 맘놓고 있는 동안에 딴 여자가 생겨서 헤어지자고 하면 어떡허우?"

"헤어지자면 헤어지지 겁날 거 있어? 무어 한 가지 남편 구실 제대로 한 게 있다구. 난 남편 없인 살아도 동생과 떨어져선 못 살아. 알지? 내 맘을."

"알아요."

그러자 혜경 여사는 갑자기 골목 양쪽의 어둠을 비쳐보더니 아무도 눈에 띄지 않으니까 황 여인을 와락 끌어안고 키스를 퍼부었다.

이윽고 두 여자는 몸을 떼고 나서 어린애들 모양,

"안녕."

"안녕."

하고는 서운한 듯이 헤어졌는데, 혜경 여사가 골목 밖으로 걸어 나가 손을 간들간들 흔들어 보이고 사라진 뒤에야 황 여인은 돌아서서 발을 떼어놓왔다.

주인갑 씨는 그제야 슬며시 나타나 마주 걸어가다가,

"황 여사 아뇨?"

마침 잘 만났다는 듯이 먼저 말을 걸었다.

"어마."

하도 뜻밖인 듯 여자는 한 발짝 뒤로 물러서서 걸음을 멈추었는데 어둠 속이라서 표정은 잘 알아볼 수 없었다.

"급히 의논할 일이 있어서 오래 기다렸습니다."

"미안해요. ……제 이혼 문제 때문이신가요?"

"그것도 그렇고, 그보다 순희가 또 저희 집에 와 있습니다."

"어마, 그 애가요?"

"낮에 비가 채 그치기 전에 흠뻑 젖어서 찾아왔더군요."

"또 그 사람이 시켰군요?"

"그래요. 그래서 조용히 좀 의논했으면 좋겠는데……. 한길에 나가서 잠시 어느 가게에라도 들어가 앉을까요?"

"방으로 들어가시죠. 미스터 김, 방에 있어요?"

"네. 저와 단둘이 얘기하기가 싫으십니까?"

"아, 아뇨."

이래서 주인갑 씨는 여자를 데리고 우선 골목 밖으로 나갔다.

20

가로등과 가게에서 흘러나오는 불빛으로 환한 한길의 포도 위에는 장마와 더위에 시달린 시민들이 아이 어른 남자 여자 할 것 없이 밤이 제법 깊었는데도 줄을 지어 오갔다. 길거리에서는 참외와 수박장수들이 손님을 부르느라고 연방 외치는 통에 마치 시골 장날처럼 흥성거렸다.

목간 도구가 들어 있는 커다란 비닐 주머니를 한 손에 든 채 두어 걸음 떨어져서 말없이 따라오는 황 여인을 줄곧 의식하며 주인갑 씨도 잠자코 앞장서 걸었다.

다방과 케이크 가게 앞을 몇 군데나 그냥 지났다. 딴 사람들이 많이 있는 그런 장소에서 황 여인과 무슨 얘기를 하고 싶진 않았다. 오늘따라 씨는 아무도 없는 데서 단둘이 호젓이 이야기를 나누거나 할 얘기가 끝나면 그냥 앉아라도 있고 싶었다.

한강 인도교에 직결된 대로를 주씨는 인도교 쪽으로 걸었다. 다리가 가까워질수록 길가의 점포가 끊겨 포도 위는 한결 어두워졌다.

"저……."

뒤에서 황 여인이 무슨 말을 걸려 하기에 주인갑 씨는 걸음을 멈추고 돌아섰다.

"……어디까지 가시나요?"

황 여인이 걱정스레 물으므로,

"한강 기슭이 조용하고 시원해서 좋을 것 같군요."

주인갑 씨 대답에

"아무 데서나 얘기하시죠. 이 근처 케이크 집 같은 데라도 들어가서……."

잔잔히 수줍은 듯 말하는 여인의 얼굴은 목간을 하고 난 뒤라서 그런지, 주씨 자신 아직도 취기가 덜 깬 탓인지 어슴푸레한 속에서나마 초저녁의 박꽃처럼 유난히 희고 신선한 매력으로 느껴졌다.

"왜, 저와 단둘이 외딴 데 가서 얘기하기가 무서워 그러십니까?"

"그런 건 아니지만, 밤도 늦고 했으니……."

"뭘요, 아직 열시가 좀 지났을 뿐인데요."

"……."

"정, 저와 단둘이 있는 게 싫거나 불안하시다면 어느 가게에라도 들어가 얘기하실까요?"

주인갑 씨가 온 길을 되돌아가려 하니까 황 여인은 급히,

"아, 아녜요, 그런 게……. 그럼 한강가로 가세요."

전반은 당황히, 후반은 입속말로 속삭이듯 했다.

주인갑 씨는 앞장을 서서 인도교 밑으로 통하는 계단을 내려가 물기슭을 천천히 하류 쪽으로 잠시 걸어 내려갔고, 여인도 역시 두어 걸음 처져서 말없이 따라왔다.

"이쯤 앉을까요?"

모래와 풀이 오랜 비와 밤이슬에 젖어 있었으므로 그곳에 한 무더기 쌓여 있는 간지석 위에 주씨가 먼저 엉덩이를 붙였더니 황 여인도 할 수 없이 살그머니 다가와서 한 개의 돌 위에 걸터앉았다.

그들은 어둠 속에 소리 없이 흘러내리는 강물을 향해 한동안 말없이 앉아 있다가,

"순휠 어떡할까요? 아버지와 함께 아저씨 댁에서도 쫓겨난 모양인데……."

담배를 꺼내 붙여 물고 주인갑 씨가 먼저 입을 열었다.

"그 애 말을 하나도 곧이 믿지 마세요. 그랬다간 욕이나 당하셔요. 모두가 뒤에서 서가가 조종하는 것이니까요."

21

"그건 그래요. 나도 그 애 말을 신용할 수 없으니까 이렇게 의논하러 온 거 아뇨? 그렇지만 지금 형편으론 무조건 내보낼 수도 없고, 내가 데리고 있을 수도 없단 말입니다. 그리되면 서씨가 가만있질 않을 테니 말요. 그렇다고 덮어놓고 여사한테 데리고 올 수도 없구요."

"저 있는 델 모른다고 하시고 돌려보내 주세요. 그 애의 처신 문젠 이혼 문젤 해결하고 나서 처리할 테니까요."

"그만 내가 깜빡 넘어갔어요. 첨엔 멋모르고 여사의 거처를 알고 있다고 말해 버렸거든요. 그러니 이제 그냥 돌려보내면 으레 또 서씨가 행패 부리러 올 거란 말예요. 내가 데리고 있어도 그렇고."

"……."

"하기야 행팰 부린들 지가 날 어떡하겠소. 이혼 문제가 낙착될 때까지 순휠 제가 보호하고 있도록 하죠. 어린것이 아버지에게 들볶이는 것도 가엾으니……."

"그렇지만 그렇게 되면 선생님 말씀대로 서가가 가만 안 있을 거예요."

"설마 날 죽이려야 들겠어요? 황 여사를 위해서라면 웬만한 행팬 내가 당해도 좋습니다."

이 마지막 말은 보통 때의 주인갑 씨라면 낯이 간지러워 입 밖에 낼 수 있는 말이 아니었지만 이상하게도 오늘 밤은 반농담 삼아 자신도 모르는 새에 불쑥 튀어나와 버린 것이다.

"선생님에겐 여러 가지로 폐만 끼쳐서 죄송해요."

황 여인은 조금 지나서야 잔잔하게 대답했다.

"여사에게 부탁을 받고서가 아니라, 내가 자진해서 맡고 나선 일들이니까 조금도 미안하실 건 없습니다."

"그렇지만……."

두 사람은 잠시 입을 다물고 있었다.

여느 때 같으면 밤중에도 강물 위에는 드문드문 놀잇배가 떠 있었을 것이지만, 며칠 계속된 비에 물이 약간 늘어서 그런지 노 젓는 소리 하나 들리지 않았다.

인도교를 통과하는 전차와 자동차 소리가 요란했지만 간간 그 소리가 뚝 그칠 때마다 두 사람은 아무도 없는 먼 곳에 단둘이 버려져 있는 것 같은 호젓한 느낌이 확 들곤 했다.

이런 때 호감을 갖고 있는 젊은 남녀끼리라면 으레 다채로운 격정과 복잡한 용기가 치솟게 마련일 것이다. 그러나 주인갑 씨는 가정을 가진 중년인데다가, 이성과의 향락에 있어서도 몸과 마음을 단숨에 불태워버릴 듯 몸부림치는 편이 아니라 모래에 물이 스미듯 피부와 마음으로 잔잔히 즐거움을 빨아들이는 성미다.

'내가 지금 살그머니 여사를 포옹하고 입술을 요구한다면 어떻게 될까?'

이런 생각에 잠기며 주인갑 씨는 조용히 황 여인을 돌아보았다.

씨는 혜경 여사에게서 맛볼 수 없는 잔잔한 쾌락을 황 여인에게 기대하고 있는 것이었다. 그것은 물론 서로가 원하는 동시에 누구에게도 피해를 끼치지 않을 한계 내에서 이루어지는 절제 있는 방탕이어야 할 것인데, 황 여인이 이런 건강한 방탕을 이해하고 응해 줄 것인지가 의문이었다.

"여사는 제가 만일 여사의 몸에 손을 댄다면 어떻게 하시겠습니까?"

주씨는 불쑥 이런 싱거운 질문을 던져보았다.

22

사내들이란 탐나는 여자를 향해서는 곧잘 싱거운 소리를 건네는 것인데, 그것은 그런 싱거운 말에 대한 반응 여하에 따라 상대방의 본심을 탐색하기 위한 방법인 것이다.

"선생님은 그러실 분이 아니니까 안심예요."

"그건 무슨 뜻입니까? 호의가 가는 여자와 단둘이 있어도 솔직하고 적극적인 언동을 취하지 못할 병신 같은 위인이니 흥미도 관심도 없다는 뜻인가요?"

"아녜요, 선생님은 점잖은 분이라 여자에게 함부로 지저분한 태도를 보이지 않으실 거란 말씀예요."

"듣기에 좀 서운한데요. 난 그런 위선자나 병신은 아니라고 생각하고 있는데요."

"어마! 전 선생님을 위선자나 병신이라고 하지 않았어요."

"이런 경우에 있어서 점잖다는 말은 위선자가 아니면 병신이란 뜻으로 통합니다."

"왜 그럴까요? 전 솔직히 말씀드린 건데……."

"남자가 정을 나누고 싶은 여자에게 솔직한 태도를 보이지 못하는 것은 결국 위선자가 아니면 바보나 하는 짓이니까요."

"……."

어둠 속이라서 낯빛은 분간할 수 없었으나 황 여인은 아무 말도 못하고 고개를 숙였다.

"난 벌써부터 여사와 단둘이 조용한 시간을 가져보고 싶었습니다. 그러나 김 청년, 우리 안사람, 보순이, 서씨 등 방해인이 너무나 많았고, 또한 황 여사 자신 날 위선자나 병신으로 본 탓인지 그런 기회를 한 번도 만들어주지 않았기 때문에 이런 소원을 이루지 못했던 것뿐입니다."

"그렇지만 선생님은 원만한 가정을 갖고 계신 분이니까……."

"원만하다는 말은 제삼자가 함부로 할 수 없는 말이 아닐까요? 그리고 가정을 갖고 있으니 어떻단 말씀입니까? 가정을 갖고 있는 사람은 딴 이성과 정을 나눠선 안 된단 말씀인가요?"

"그렇게 되면 가정이 유지될 수 없을 테니까요."

"물론 가정이, 부부생활이 유지되지 않는 경우도 있을 테죠. 황 여사네 가정처럼 말입니다. 그러나 여사의 경우 가정을 파괴한 책임의 구십 퍼센트는 서씨에게 있다고 난 봐요. 결혼생활이란 일종의 계약입니다. 그것은 정신적으로 물질적으로 육체적으로 조화된 전적인 즐거움을 남녀간에 나누기로 한 계약입니다. 그 계약을 일방적으로 불이행했을 때는 불이행당한 쪽에서 의당 해약과 손해배상을 요구할 수 있는 것인데 여사의 경우는 계약을 불이행한 서씨가 해약요구에조차 응하지 않은 데서 발생한 비극이 아닙니까?"

"그렇기도 해요, 정말."

"그러나 우리 내외의 경우는 양쪽이 똑같이 계약을 충실히 이행치 못하고 있는 편입니다. 그러니까 가정의 성립을 파괴하지 않을 범위 내에서 상대방이 이행치 못하는 부분을 피차 딴 데서 보충할 것을 공인은 아니나 묵인하고 있는 셈입니다. 그래서 아내가 그렇듯이 나는 나대로, 아내에게 기대할 수 없는 즐거움을 딴 여자! 이를테면 황 여사 같은 분에게서 얻고 싶은데, 어떻습니까, 여사께서도 계산상 손해가 가지 않는다면 제 희망에 응하실 수 있습니까?"

23

"……"

황 여인은 차마 아무런 대꾸도 하지 못했다.

"이런 행위를 '이성간의 부분 계약' 이나 혹은 '절제 있는 건전한 방탕' 이라 불러도 좋을 줄 압니다. 문제는 어떤 식으로 계산을 해도 당자는 물론 가족이나 주위 사람에게 손해가 없어야 할 것입니다. 이러한 이상적인 방탕은 인간의 건강한 생활을 위해서 유익하다고 나는 봅니다. 물론 어디까지나 깨끗한 파인플레이어야 한다는 조건 밑에서 말입니다. 세상 놈팡이들은 거의가 자기 본위의 일방적인 와일드한 플레이를 하니까 말썽인 것입니다. 그것은 이미 플레이라기보다 일종의 사냥입니다. 자기의 마누라나 상대방 여자나, 누구 하나나 둘쯤 반드시 잡고야 마니 그게 탈입니다."

이러한 주인갑 씨의 방탕론은 한이 없다고 생각했음인지, 그렇지 않으면 그것은 하나의 예비수단이어서 방탕론이 끝나자 곧 그 이론을 뒷받침하기 위한 실천행위로 나올 것이 두려워서인지, 황 여인은 주씨가 잠깐 말을 중단한 사이에

"밤이 너무 깊었나 봐요."

속삭이듯 말하며 살그머니 자리를 일어선 것이다.

이러한 여사의 태도는 주인갑 씨에게는 더없이 자극적이었다.

이런 때 혜경 여사 같으면 으레 몸이 달아서 전신을 마구 기대어 오거나 어쩌면 대담하게 포옹해 올지도 모르는 일이요, 그리되면 씨는 대번에 입맛이 싹 가시듯 흥미를 잃게 마련이지만, 이렇듯 여자 쪽에서 자꾸만 몸을 사리면 도리어 가슴이 찌르르해지도록 매력적인 자극에 오금이 굳어져버리는 씨였다.

"황 여사!"

주씨는 벌떡 따라 일어서서 앞을 막아서듯 하며,

"서씨에게서 어떠한 행패를 당하든 순희는 당분간 내가 데리고 있겠습니다. 그리고 이혼 문제도 조속히 결말을 짓도록 마지막 노력을 하겠습니다. 그러니 이혼이 성립돼서 여사에게 행동의 자유가 생기면 저와 단둘이 한 번만 더 만나주세요. 약속해 주시겠습니까?"

조르듯이 했다.

"부인이랑 셋이선 안 돼요?"

"안 됩니다. 마누라에겐 알리고 싶지 않은 얘기가 있으니까요."

"무슨 얘기가 있으시다면……."

"만나주시겠습니까, 단둘이……."

"네."

이번에도 주인갑 씨가 앞장을 서고 황 여인이 뒤를 따라 인도교 밑 계단을 향해 걸었다. 모래가 패여 조그만 도랑이 생긴 곳을 건너자, 남자는 슬그머니 돌아서서 조심조심 도랑을 건너는 여인의 손을 가만히 잡아주었다. 그러나 여자는 이내 손을 빼버리고 역시 두어 걸음 떨어져서 따라왔다.

그날 밤 주인갑 씨가 집에 돌아왔을 때는 통행금지의 예비 사이렌이 요란히 울렸다. 씨는 가슴 한구석의 공백이 오래간만에 포근히 메워진 듯 나른한 흥분을 느꼈다. 그래서 순희에게도 일층 따뜻한 동정의 위로와 함께 부모의 사건이 해결될 때까지 안심하고 여기 있으라고 씨는 이튿날 아침 일부러 권해 주었던 것이나, 그날 오후에 순희는 역시 아무도 몰래 또 도망가버리고 만 것이다.

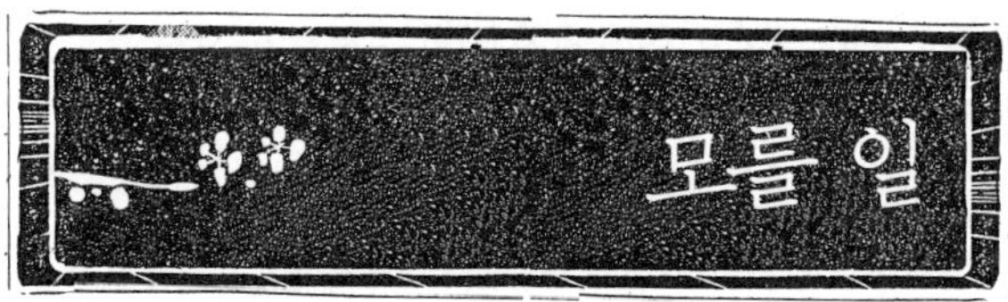

1

보순이 장을 보러 가고 주인갑 씨가 마루방 소파에서 깜빡 낮잠이 든 사이에 이번에는 아무런 쪽지도 써놓지 않고 순희는 자기의 트렁크만 갖고 감쪽같이 사라져버린 것이다.

양친의 이혼 문제가 불원간 해결이 날 것이니 그때까지는 아무 걱정 말고 여기 있으라고 친절히 일러주었음에도 불구하고, 그예 도망쳐버린 순희의 태도가 못마땅하긴 했지만 행패 심한 부친을 몹시 두려워하고 있는 소녀로서는 부친이 언제 살기를 띠고 덤벼들지 모르니 여기에 안온히 머물러 있을 순 없었을지 모른다.

순희가 주씨네 집을 나가서 부친에게로 돌아갔는지 그대로 행방을 감추어 버리고 말았는지는 궁금한 일이지만 그 어느 쪽이든 간에 서씨가 트집을 걸어올 것은 거의 뻔한 일이라 씨로서는 미리 각오하고 있지 않을 수 없었다.

그러나 이혼 문제를 위한 협상이 마지막 고비에 이른 이때에 서와의 정면충돌만은 되도록이면 피하고 싶었지만, 가뜩이나 무슨 건덕지가 없어 트집을 걸어오지 못하고 있는 그라 무사히 넘길 리는 결코 없고 막된 욕지거리는 물론 잘못하면 폭행사태가 벌어질지도 모르는 일이어서 주인갑 씨는 몹시 우울하였다.

저쪽에서는 처음부터 완력으로 이쪽을 얕보고 덤비는 것이 뻔한 일이라 선수를 써서 대번에 끽소리도 못하게 저쪽의 콧대를 꺾어버렸으면 속이 후련하겠지만 솔직히 말해서 주씨에게는 그럴 자신이 없었다. 그렇다고 지금 와서 이쪽에서 싹싹 빈다는 것도 도저히 긍지가 허락지 않는 일일 뿐 아니라, 대개 폭력을 일삼는 도배(徒輩)들이란 상대방이 숙어지면 더욱 기승을 부리게 마련이니, 왕 여인에게는 어떤 봉변도 감수할 듯이 말했지만 주씨는 막상 앞으로 당할 일이 두렵기조차 했다.

그래서 대문 밖에서 인기척만 나도 주씨는 가슴이 두근거리며 긴장하곤 하였는데 공교롭게도 톡톡히 망신을 당하려니까 마침 삼정학원 기성회 간부들의 회동일인 일요일에 서가가 들이닥친 것이다. 소위 삼정학원 기성회의 간부인 윤명주, 조선영, 안동철은 주인갑 씨의 집 대문 기둥에 큼직한 간판을 써다 건 이래 씨의 응접실마저 동회(同會)의 임시 사무실로 멋대로 정한 다음, 매 일요일마다 거기에들 모여 앉아서는 수박이나 참외 그 밖의 과일들을 사다 먹어가면서 미스 윤의 주주들로부터 막대한 희사금을 우려낼 계교와 앞으로의 사업 추진에 따르는 여러 가지 구체적인 방안들을 숙의하는 것이었다.

그날은 마침 혜경 여사까지 옵서버의 자격으로 동 회합에 참석하게 되었는데, 여사는 삼정학원 기성회의 간판이 걸리던 날 대뜸 눈을 커다랗게 뜨고 어찌 된 간판인가를 물었고, 주씨는 그 간판이 걸리게 된 사유를 대강 설명하지 않을 수 없었던 것이요, 그러자 씨가 예측했던 대로,

"어마, 그래요. 그렇잖아도 자금이 확보되는 대로 저도 미용학교를 설립해 보려고 계획 중이었는데 참 잘되었군요. 그럼 삼정학원 내에 미용과를 두고 제가 그 책임자가 돼야겠어요."

여사는 제멋대로 작정하고 그 동안 삼정학원 간부들과 열심히 교섭을 진행하던 눈치더니 마침내 이번 일요일부터는 옵서버로 참석하게 되었던 것이다.

이래서 세 명의 젊은 간부와 주씨 내외가 동석한 가운데 응접실에서 막 회담이 시작되려는 무렵 살기를 띤 서병칠이 찾아온 것이다.

2

어디서 일부러 얼큰히 한잔 들이켜고 온 모양인 서는 마루방 한끝에 걸터앉기가 무섭게

"당신은 도대체 무슨 복장으로 끝까지 날 못 먹겠다는 거요?"

사나운 눈길을 번득거리며 주인갑 씨를 돌아보았다.

"그게 무슨 소리요?"

주씨가 냉랭히 반문을 했더니,

"몰라서 묻소? 왜 남의 일에 사사건건 헤살을 노느냐 말요."

부닥쳐오듯 했다.

첫판부터 이렇듯 험악한 공기가 느껴지니까, 응접실에 남아 있는 네 사람도 자연 회담을 중지하고 주인갑 씨와 서병칠을 지켜보았다. 혜경 여사는 어리둥절한 세 젊은이에게 이 사건의 원인과 경위를 설명하는 눈치였다.

이와 같이 손아랫사람들이 주목하고 있음을 깨닫자 주인갑 씨는 비굴한 꼴을 보여 웃음거리가 되어서는 안 된다는 생각에 마음을 다부지게 먹고 어떤 사태에도 대비할 비장한 결심을 했다.

"말조심해요, 여보. 당신 마누라의 거철 당신에게 알리고 말고는 내 자유

요."

"뭐, 자유?"

"그렇소, 자유요. 마누라의 은신처가 그렇게 알고 싶거든 당신이 직접 찾아와서 사정을 해볼 일이지, 어째서 어린 딸을 내세워 밀정행월 시킨단 말요, 비굴하게."

"뭐, 비굴해? 이게 이젠 도리어 큰소리야. 임마 내가 사정한다구 네가 가르쳐줄 놈이야? 아 그럴 놈이 간통 횡령범을 감싸고돌아?"

"너, 누구에게 대해서 이놈 저놈야?"

"네게 대해서다 임마. 그년은 훔쳐갖고 나간 재산을 전액 반환하고라도 이혼해 달라는 건데, 네가 왜 중뿔나게 나서서 반액 정도로 해라 마라 훈수야, 훈수가. 그리구 또 내 딸년을 어쨌어? 당장 내놔. 그렇지 않으면 간통 횡령범 은닉죄와 미성년 유괴범으로 고발하고 말 테다."

"이 자식이 이거 가만 듣고 있자니 못하는 수작이 없구나. 고발할 테건 어서 해봐, 임마. 허위무고에 명예훼손죄로 도리어 네놈을 당장 집어넣고 말 테니."

이런 식으로 점점 거친 욕설이 오고 가게 되자, 마침내는 사건의 내용이나 말의 의미를 따지고 캐고 할 여유 따위도 없이 두 사람은 극도로 흥분해가지고 완전히 싸움 상태에 돌입해 버리고 만 것이다.

"이 피라미새끼 같은 자식아! 화나는 대로 하면 벌써 버르장일 고쳐놨을 거지만 손 댈 나위가 없어서 사정을 봐줬더니 이게 제법 살아서 아가리질야."

마침내 서병칠이 툇돌 위에 벌떡 일어서서 삿대질을 해가며 으르대니까 주인갑 씨도 극도의 흥분과 긴장으로 얼굴이 창백해져서 마주 일어섰다.

"야 임마! 너 같은 건 더러워서 상대도 하고 싶지 않으니 당장 꺼져버려. 마누라 하나 제대로 건사 못해 새파란 애송이에게 가로채인 병신이 누구에게 발광야 발광이."

“이 자식이 정말 어떻게 돼지려고 이래.”

소리와 함께 서병칠은 울컥 덤벼들어 주인갑 씨의 멱살을 바싹 추켜잡고 툇돌 밑으로 마구 끌어내렸다. 그러자 응접실에서들도 일제히 욱 일어섰고 광숙과 보순은 부엌 앞에서 맞붙들고 울음을 터뜨려버린 것이다.

3

싸움에 익숙한 사람이라면 이쪽에서 맞받아 쫓아 내려가며 상대방을 메어꽂든지 후려쳤어야 했을 것인데, 주인갑 씨는 얼김에 버티려 들다가 질질 끌려 내려가면서 한쪽 무릎에 심한 찰과상을 입고 땅바닥에 힘껏 내동댕이 처졌다.

그러면 그런 대로 주인갑 씨는 쓰러진 채 날쌔게 놈의 두 다리를 얼싸안고 힘껏 낚아챘어야 저쪽이 공중으로 나가떨어졌을 것인데, 도리어 비틀거리며 일어서려 했으므로 서가가 여유를 주지 않고 발길로 냅다 지르는 바람에 주씨는 또 한 번 나동그라지면서 머리를 툇돌 모서리에 꽝 찧었다.

“연놈을 처치하기 전에 아예 네놈부터 버르장일 고쳐놔야겠다.”

미친 맹수처럼 포효하는 서가의 눈은 독기를 품고 이글이글 타올랐으므로 당장은 감히 아무도 덤벼들어 말릴 경황이 없는 모양이었으며, 주인갑 씨는 두 손으로 머리를 싸쥐고 그 자리에 모로 쓰러져버리고 말았다.

그제야 보순에게 매달린 채 광숙은 아버지 죽는다고 발을 구르며 울부짖었고 혜경 여사는 허겁지겁 쫓아 내려가 남편을 부축해 일으키려 했다.

그러자 별안간

“야잇 이 자식아, 낫살이나 지긋이 처먹은 게 어디서 함부로 서툰 발길질이냐!"

고함소리와 함께 번개같이 뜰로 뛰어내리는 사람이 있었다. 뜻밖에도 안동철이 어느새 남방셔츠를 벗어 팽개치고 러닝셔츠 바람으로 달려나온 것이다.

"이건 또 뭐야."

서가가 몇 발자국 뒤로 물러서며 어이없다는 듯이 흘겨보자 안 청년은 도리어 빙긋이 웃으면서 마주 노려보고,

"이 하룻강아지 같은 영감태기가 사람을 치는 게 네 본업이냐? 하긴 생겨먹은 그 낯짝하며 깡패나 백정질밖에 팔자에 타지 않았겠다."

여유 있게 조롱했더니,

"대가리에 피도 안 마른 자식이 정말 어떻게 돼지고 싶어 참견이냐? 어른들 일에."

서가는 사뭇 기가 차다는 식으로 받아넘겼다.

"네가 그렇게 사람을 잘 치건 나하구 해봐, 임마. 우리 주 선생님이 어떤 분인 줄 알구 함부로 손을 대는 거야?"

시합에 임한 권투선수처럼 미스터 안이 두 주먹을 불끈 눈앞에 치켜들고 다가서니까,

"야, 인석아 사람 좀 웃기지 마라……."

서가의 말이 채 끝나기도 전에,

"닥쳐."

소리가 먼저였는지 주먹이 먼저였는지 분간도 할 수 없을 만큼 안동철의 몸이 번개같이 한 번 움직였다고 느껴지는 순간,

"억!"

하는 비명과 함께 서가는 두 손으로 제 얼굴을 싸쥐었고 그 손가락 사이로 피가 흐르기 시작했다.

그러나 서가도 결코 만만한 자는 아니어서 얼굴을 싸쥔 채 잠시 비틀거리는 체하더니, 어느새 와락 덤벼들어 안 청년의 한쪽 다리를 붙들고 힘껏 낚아챈 것이다. 그러자 두 고깃덩이는 한데 어울려 어느 쪽이 치고 어느 쪽이 맞는지 분간할 수 없을 정도로 소용돌이를 치며 돌아가더니 마침내 서병칠이 퍽 저만큼 나가떨어지고 말았다.

4

모처럼의 삼정학원 기성회 간부회담은 이와 같은 소동으로 유회가 되어버리고 그날 하루는 이 사건의 뒷수습으로 시간을 보내고 말았으나, 의외에도 사태는 역전하여 어떤 효과를 갖고 오게 된 것이다.

안동철에게 보기 좋게 녹아웃당해 버린 서병칠은 안의 강한 펀치에 콧등이 터지고 눈두덩이 퍼렇게 멍들고 허리를 삐었는지 옆구리가 결리고, 나가떨어질 때 땅바닥을 세게 찧어서 한쪽 팔꿈치가 으끄러져 피가 흘렀다. 그는 혜경 여사의 부축으로 간신히 일어나긴 했으나 허리를 제대로 가눌 수 없는 듯 눈을 찡그리며 현관 돌기둥에 기대어 한동안 엉거주춤 서 있었다.

그러한 서를 안동철은 비웃듯이 노려보며,

"우리 주 선생님을 어떤 분인 줄 알고 함부로 덤비는 거야. 삼정학원 기성회의 고문으로 계신 사회적 명사를 당신 같은 게 건드리고 무사히 배겨날 줄 알았어? 문교부장관, 치안국장, 도지사 같은 고관이나 일류 명사들하고만 친교를 맺고 지내시는 분인데 세상이 세상 같으면 당신 같은 불량배를 상대나 하실 것 같아? 어디 한 번만 더 행패 부려봐, 그냥 둘 줄 아나."

큰소리를 끌고 나서 그는 발길을 돌려 바삐 마루방 앞으로 다가가더니, 거

기서 터진 머리를 미스 조와 미스 윤에게 맡기고 소독 후 붕대를 감고 있는 주씨를 향해,

"고문 선생님, 상처 심하지 않으십니까?"

공손히 묻고는 주씨가 괜찮다니까,

"불행 중 다행이십니다. 그저 미친 개에게 물리신 줄 알고 참으십쇼."

위로하듯 하고 수돗가로 가 손과 얼굴에 묻은 핏자국을 씻었다.

이때 현관의 기둥에 의지하고 섰던 서병칠이 겨우 몸을 바로잡고,

"좋다, 이젠 법으로 해보자. 당장에 진단설 첨부해서 고소해 버릴 테니 누가 징역을 가나 두고보란 말이야."

뇌까리고 돌아서서 걸어 나가려다가

"아야야야."

자지러지게 비명을 지르며 한쪽 허리를 두 손으로 움켜쥐고 다리까지 저는 품이 반드시 엄살만도 아닌 성싶었지만, 안 청년은 짓궂게도,

"오냐, 실컷 맘대로 해봐. 법이면 법, 권력이면 권력, 폭력이면 폭력, 금력이면 금력, 뭐로든 얼마든지 상대해 줄 테니 당신 멋대로 해보랄 수밖에."

대수롭지 않게 받아넘기는 것을 주씨는 아무래도 뒤가 켕겨서 걱정스레 혜경 여사를 돌아보았더니 여사도 동감인 모양이라 이내 좇아나가서,

"이봐요, 당신만 다친 줄 알아요? 우리 주인도 머리가 한 뼘이나 터졌으니, 이왕 진단설 내러 가려건 들어와서 피투성이가 된 그 낯이랑 손이나 좀 씻고, 병원에든 경찰에든 같이 가잔 말요."

이러고는 서를 끌고 들어와 세수를 시키고 으끄러진 팔꿈치는 소독을 한 다음 붕대를 감아주었다.

이윽고 주인갑 씨와 서병칠은 함께 병원엘 간다고 집을 나섰는데 허리가 결려 걸음을 잘 못 걷는 서를 주씨가 친절히 부축해 주다 보니, 노량진까지 내려가는 동안에는 두 사람의 감정이 풀어지기도 했지만, 고소를 한다 해도

양쪽이 똑같이 부상을 당한 터라 그들은 병원에 들러 치료만 받고 나오는 길로 어름어름 길가의 어느 주점에 들어가 마주 앉게 된 것이다.

5

그래도 처음에는 다소 서먹서먹한 가운데 술잔이 오고 갔지만, 이대로 버티면 결국 서로가 다 손해라는 계산도 작용하여 술기운이 돌기 시작하면서 완전히 화해가 성립되었는데, 눈물이 글썽해 가지고 서병칠이 자신의 몰락한 신세를 한탄했을 때는 주인갑 씨도 다소의 동정을 금할 수 없었고, 마침내 남녀의 침실 내막에까지 얘기가 번지게 되자 흡사 십년지기나 되는 것처럼 두 사람은 거리낌 없이 허튼소리를 지껄여댈 수 있었다.

"……아까 말씀드린 대로 전 완전히 주색으로 신셀 망친 놈입니다만, 그래도 마누라 대견한 줄은 잘 알고 있었습죠. 물론 술집 계집애들처럼 잠자리에서 갖은 장난질을 척척 받아넘기는 솜씨는 없었지만 술과 계집질로 물먹은 솜처럼 피로해서 집에 돌아오면 짜증을 내면서도 진정으로 걱정해 주고 돌봐주는 것은 역시 마누라뿐이었으니까요……."

서병칠은 여기서 술잔을 들어 죽 들이킨 다음 끊었던 말을 이었다.

"사실 색주가를 헤매다가 집에 돌아오면 먼 타관을 떠돌다가 고향에 돌아온 것 같았고, 마누라는 꼭 어머니 같은 생각이 들어서 괜히 매달려 떼라도 써보고 싶었습니다."

"그게 진짜 좋은 아냅니다. 남편에게 어머니의 애정과 평화와 휴식까지를 맛보게 해주는 아내 말입니다. 남편과 더불어 아내로서 친구로서의 애정과 쾌락밖에는 나눌 줄 모르는 아내는 결코 훌륭한 아내, 좋은 아내는 아닙니다. 잠든 아내의 젖가슴을 살그머니 어루만지거나 거기에 얼굴을 묻으면 저절로 어머니라고 불러보고 싶어지는 아내가 좋은 아내예요. 나도 죽은 전처에게서는 어머니를 느낄 수 있었습니다."

그것은 주인갑 씨의 솔직한 심정이었다.

따지고 보면 혜경 여사에게서는 아내나 친구나 창녀는 느낄 수 있으되 그가 말하는 어머니를 느낄 수 없는 것이 씨에게 커다란 공허감과 불만을 남겨주는 원인이었다.

"그러합니다. 그년도 솔직히 말씀드려서 제겐 좀 과분할 만큼 좋은 마누라였습죠. 그런 걸 그만 제가 정력이 왕성할 때 버려놨죠. 사내 없이도 살 수 있는 마누랄 사내 없이는 살 수 없는 마누라로 버려놨단 말씀예요. 여자가 일단 사내의 피부 맛을 깊이 알게 되면 되레 남자 이상인가 봅니다."

서는 오이 토막을 집어서 고추장에 꾹 찍어 으적으적 씹더니,

"그러니 그년이 바람난 건 따지고 보면 제가 그렇게 만든 거나 다름이 없죠. 아, 글쎄 한창땐 하룻밤에 계집을 네댓씩 갈아치울 수도 있었던 제가 이런 병신이 될 줄 누가 알았겠어요."

이렇게 어이없다는 듯이 한탄도 했다.

"그러니까 앞으론 몸을 너무 무리하게 갖지 말아야죠. 그리고 부인에 대해서도 이젠 웬만큼 단념해 버리는 게 건강이나 재출발을 위해서도 좋지 않겠습니까?"

"선생님 말씀이 옳습니다. 저 자신 나 좋은 짓만 실컷 해왔고, 경제적으로나 육체적으로나 마누랄 만족시켜 주지 못할 바에는 이왕지사 이렇게 된 이상 더 붙잡고 싶진 않습니다. 그러나 불쾌하고 분한 게 두 가지가 있는데, 이 심정만은 알아주셔야 해요."

서씨는 여기서 다시 말을 끊고 또 술잔을 입에 기울였다.

6

주인갑 씨가 눈으로 다음 말을 재촉하듯 했더니,

"첫째는 그년이 고용인인 애송이와 붙어버렸다는 사실입죠. 아 그래 세상 천지에 놈팡이가 없어서 직공으로 데리고 있던 비린내 나는 애 녀석과 이 지경이 된단 말입니까?"

지금 생각해도 뱉이 꼬인다는 듯이 서는 눈을 부라리고 나서 안주를 하나 집어 씹으며 말을 계속했다.

"그렇지만 그건 불쾌한 대로 어느 정도 이해는 가는 일입죠. 사내들도 젊은 계집이 좋듯이 여자도 역시 핑핑한 젊은 놈이라야 성에 찰 테니 말입니다. 더구나 사내 녀석 허우대하며, 그 코 큰 것 좀 보세요. (여기서 의미 있게 벌씬 웃고 나서) 허지만 아무리 그렇다 해도 붙어먹으려면 소문나지 않게 곱게 붙어먹을 일이지, 아 송두리째 가겔 팔아가지고 둘이 도망을 쳐버렸으니 이런 괘씸할 데가 있습니까? 도대체 저희들이 도망을 치면 어쩌겠다는 겁니까? 버젓이 부부가 되어 백년해로를 할 겁니까? 고작해야 연놈의 사이가 며칠이나 가겠다고 매련없는 짓을 했느냐 말예요."

"그야 탄로날까 봐 무서워서 도망친 게 아니겠소?"

"아, 그럼 전 뭐 바보천친 줄 아십니까? 산전수전 다 치르고 주색잡기로 늙어온 놈입니다. 벌써 다 눈칠 채고 있었습니다. 그러나 제가 만족을 채워주지 못하는 처지라 모르는 척 얼마간 눈감아줬습죠. 그러다가 형편을 보아서 정 안되겠다 싶을 땐 연놈을 붙들어 앉히고 호되게 따귀라도 한 대씩 갈긴 다음, 잘 타일러보고 그래도 싫다면 저 좋다는 대로 해줄 셈이었죠. 그런데 이건 저쪽에서 먼저 선술 쳐버리지 않았겠습니까? 제가 정말로 억울하고 분한 건 이 점입니다. 아무리 제 년이 애써서 번 돈이라 쳐도 본래의 자본은 제 돈이요, 결국은 내 그늘 밑에서 번 돈이 아닙니까? 그걸 멋대로 팔아가지고 달아났으니 천하에 이런 죽일 연놈이 있습니까? 재산을 세 몫으로 나눠서 두 몫을 남기고 한 몫만 가지고 나갔더라도 전 분한 대로 참고 내버려뒀을 겁니다. 그런데 콧구멍만한 방 한 칸 얻어놓고는 몽땅 들고 빼소닐 치면서 뭐 이혼을 해주면 삼분의 일을 돌려주겠다! 여기에 그 증거품인 편지가 있습니다, 편지가요."

서병칠은 한 손으로 양복주머닐 툭툭 쳐 보이고 나서,

"앙큼한 년 같으니, 아무리 미운 정이라 한들 이십년 가까이 같이 살아온 사이에 그럴 수가 있겠습니까? 난 빈주먹으로 당장 어떡하란 말입니까? 계집이란 사내에 미치면 환장을 하나 봐요, 환장을."

내밷듯이 하고 술을 거푸 들이켰다.

이 기회를 놓치지 않고 주인갑 씨는

"형씨의 심정도 충분히 알 수가 있소. 그러나 이미 엎질러진 물을 어떡헙니까. 그러니, 단 한 푼이라도 부인이 돈을 더 써버리기 전에 현재 갖고 있는 돈 전액을 돌려받기로 하고 아예 깨끗이 이혼을 해주는 게 어떻겠소? 그게 결국 형씨로서도 덜 손해 보는 현명한 처사라고 보는데요."

결론을 끄집어내려고 하니까,

"선생님과 이렇게 화해술을 나눈 끝이니, 두 가지 조건만 맞으면 응합죠."

의외에도 서는 기대에 찬 시선을 빛내며 명확한 태도로 나온 것이다.

7

"조건이란 또 뭡니까?"

"첫째는, 최소 십이만 원은 반환해 줘야 타협에 응하겠단 말씀입죠."

"십이만 원이라……, 그럼 총액 십사만 원이 형씨 차지가 되는 셈인데……."

주인갑 씨가 난색을 보이니까,

"십사만 원이 아니라 십이만 원입죠. 그년이 가겔 십팔만 원에 팔아가지고 나갔으니까, 전액의 삼분지 이, 즉 십이만 원만 제 몫으로 돌려주면 이혼해 주겠단 말입니다. 무리한 얘깁니까? 이게."

따지듯 말했다.

"그러나 부인이 나올 때 칠천 원짜리 방을 얻어놓고 현금 만 삼천 원을 두고 왔다니 결국 이만 원을 놓고 온 셈 아니오? 거기다 십이만 원을 더 내주면 십사만 원꼴이 되지 않느냐 그 말요."

"그건 그렇게 따질 게 아닙니다. 그년이 두고 간 방세랑 현금은 그년을 찾아 헤매는 비용에도 모자랐으니 제 몫으로 받아쓴 셈이 아니죠. 그러니 제 얘긴 더도리 십이만 원을 내라 그겁죠. 제 말이 틀렸습니까?"

"그야 제삼자인 나로서 틀렸느냐 맞느냐를 판가름할 계제가 아니지만, 부인은 부인대로 그 동안 방세며 생활비에 소비하고 실지가 그만한 돈이 남아 있지 않은 눈치여서 하는 말입니다."

"그러나 그 이하론 전 죽어도 타협할 수 없습니다."

기실 황 여인의 수중에는 현재 12만 원 정도밖에 남아 있지 않다고 하기에 10만 원 반환조건으로 이혼 문제를 낙착시켜 보려고 그 동안 주인갑 씨는 중간에서 애써왔지만 서씨 측에서는 15만 원을 고집해 왔기 때문에 교착상태에 있었던 것이다.

그러나 지금이 타협의 마지막 기회인지도 모르는 터라, 비록 황 여인이 소지금 전액을 반환하고라도 이번에 해결을 지어버리지 않으면 앞으로는 거의 불가능하리라고 주씨는 판단했으므로,

"그럼 그건 형씨 요구대로 십이만 원을 돌려드리도록 내가 책임지고 부인

을 설복해 보겠소. 그런데 나머지 또 한 가지 조건은 뭐요?"

이 질문에 서병칠은 좀 야비한 웃음을 벌씬 웃으며,

"또 한 가지 조건이란 다름이 아닙죠. 제가 그 동안 숱한 여잘 상대해 봤지만 그년이 저래 봬도 버릴 수 없는 데가 있습니다. 그래서 그년을 여자란 걸 잘 모르는 그 애송이 녀석에게 그대로 맡겨두긴 아깝구 억울하단 말씀예요. 이왕 제가 데리고 못 살 바엔 그년을 아무도 건드리지 못하게 아주 없애버렸으면 속이 개운하겠지만, 그러지도 못할 바엔 차라리 이 기회에 선생님께서 그년을 아예 맡아달란 말씀입니다."

이런 터무니없는 말을 냈는데 주인갑 씨는 도무지 그 진의를 알아챌 수가 없어서 잠시 멀뚱히 서를 마주 건너다보다가,

"맡아달라니 그건 대체 무슨 뜻입니까?"

따져 물었다.

"온, 선생님도. 제 말을 몰라서 물으십니까?"

또 야비하게 웃으면서, 이번엔 주씨의 어깨까지 툭 갈기고 나서는,

"여자라고 다 여자가 아닙니다. 반드시 데리고 자봐야 아는 건데 그년은……."

마침내 여체(女體)의 신비론을 펴려는 눈치였다.

8

"이제 와서 뭐 부인 자랑입니까?"

주인갑 씨는 쓰디쓰게 웃으면서도 묘한 자극에 솔깃해서 물었더니,

"자랑이 아니라, 아무에게나 뺏기긴 억울해서 하는 말입죠. 그 왜 몇백 명

가운덴 같이 자보면 기막힌 여자가 더러 있다는 것을 아십니까, 선생님은?"

서병칠이 과연 오입쟁이의 본질을 드러내려 하기에,

"난봉꾼들이나 하는 그 허튼소린 집어치우고 인제 그만 일어설까요?"

사실은 은근히 구미가 동하면서도 씨가 겉으로 노상 점잖은 체해 보이자,

"하, 그러기에 미경험잔 할수없다니까요. 왜 그게 허튼소립니까? 그런 여자가 있습니다, 있어요."

자기주장을 강조하고 나서 서씨는 무슨 중대한 비밀이라도 일러주듯이 목을 길게 뽑아 주씨의 귀에 입을 가까이 가져다 대고는

"그년이 바로 그런 여잡니다. 아시겠습니까?"

이러고 어떠냐는 듯이 히죽 웃어 보인 것이다.

주인갑 씨는 그 말에 비상한 관심과 흥미가 쏠렸지만 그렇다고 서병칠을 상대로 그런 실없는 말을 꼬치꼬치 캐고 들 수도 없는 일이라,

"그런 건 사실이든 아니든 나완 상관없는 얘깁니다. 그게 내 마누라 얘기라든지 돈으로 살 수 있는 창녀 얘기라면 또 모르지만 형씨의 부인을 놓고 여기서 그런 얘길 하고 싶진 않습니다."

이렇게 상대방의 말을 막아놓고 주씨가 자리를 일어서도,

"아무튼 이혼 후라도 그년이 지금의 그 젊은 녀석과 붙어 지낸다면 전 가만두지 않을 생각입니다. 그러니 이 문젤 완전히 해결 지으시려건 이혼 후에는 그년이 딴 놈과 붙지 못하도록 선생님이 맡아 돌봐주겠다는 약속을 해주셔야 저도 이혼에 응하겠단 말입니다. 아시겠습니까?"

서씨는 이렇게 다짐을 해놓고서야 따라 일어선 것이다.

주점을 나와 서씨와 헤어진 뒤에도 주인갑 씨는 서병칠의 엉뚱한 태도를 도무지 이해할 수가 없었다. 그것은 단지 주씨와 황 여인과의 사이에 무슨 관계가 있지 않나 떠보기 위해서 한 말인지, 그렇지 않으면 정말 그런 특이한 육체의 마누랄 주씨와 묶어놓았다가 나중에 필요할 때면 서씨 자신이 다

시 어떤 방법으로든 개입해 보자는 수단에선지, 또는 이쪽에서는 미처 짐작도 할 수 없는 어떤 음흉한 꿍꿍이속이 있는 것인지, 아니면 액면 그대로 고지식하게 그의 말을 해석해도 좋은 것인지, 주인갑 씨로서는 통 납득이 가지 않는 일이었다.

그런 가운데도 황 여인의 육체에 대한 비밀을 귀띔해 준 데 대해서는 술좌석 같은 데서 허물없는 친구들 사이에 그런 여자가 있다거니 없다거니 하는 얘기가 더러 논란된 일도 있어서 그런 때면 씨 자신 으레 말참견했던 터라 부쩍 호기심이 동하는 것을 부인할 수가 없었다.

그러고 보면 10년 가까이나 연상자인 황 여인과 굳이 결혼을 하겠다고 고집하는 김 청년도 표면적인 번듯한 이유는 다만 핑계요, 기실은 그런 특이한 육체의 조건을 가진 황 여인의 매력을 잊지 못해서가 아닐까 하는 의심이 들었고 혹은 혜경 여사마저 직감적으로 그런 비밀을 느낀 데서 동성애에 빠져버리게 된 게 아닌가 추측할 때 주씨는 자기만 이러고 있을 수가 없을 것 같았다.

그렇다고 해서 서병칠이 권하듯이 황 여인을 소실로라도 거느려보자는 생심은 주인갑 씨에게는 없었다. 없었다기보다도 설사 그러고 싶다 하더라도 씨의 기질이나 주의주장으로 보아서 축첩행위란 인정할 수 없었기 때문이다. 그것을 인정하게 되면 씨가 주장하는 부부도(夫婦道)나 방탕론에 비추어 '남첩(男妾)' 제도를 또한 인정하지 않을 수 없는 까닭이다.

그렇다면 아예 남편은 여자 첩을 거느리고 마누라는 남자 첩을 두고 피차 알고도 모르는 체 적당히 즐기면 될 게 아니냐는 이론이 나올지도 모르나, 그럴 바에는 차라리 난봉들을 피우는 편이 부작용이 적고 뒤처리도 간단한 것이다. 그러다가 상대방이 본마누라나 남편보다 훨씬 더 맘에 들면 지금의 마누라나 남편과 이혼을 하고라도 그 상대방과 다시 결혼을 하는 길이 있기는 하지만, 현실적인 여러 가지 난조건으로 이혼이란 그리 간단한 일이 아닐 뿐더러 미국사람처럼 걸핏하면 마누라나 남편을 갈아치우는 부부관계에 주인갑 씨로서는 쉽사리 공명할 수 없었다.

미국인같이 생활이 부유하지도 못하고 남녀동등권이니 뭐니 등은 공염불에 불과하여, 아직도 남권이 절대로 우세한 봉건적인 한국사회에서는 그렇게 된다면 남편 쪽만이 넥타이 갈아매듯 싱싱하고 핑핑한 새 여자를 자꾸만 갈아들여 만판 재미를 볼 수 있는 반면에 아내 측은 까딱하면 누구나 신세를 망치기가 고작일 것이니 말이다. 남자들은 돈만 있으면 두 번이 아니라 세 번, 네 번이라도 얼마든지 처녀장가도 들 수 있지만 여자로서는 초혼에 비해 몇 배 혹은 몇십 배나 불리한 조건이 아니고는 재혼을 거의 바라기 어려울 뿐 아니라, 초혼일지라도 숫처녀가 아니란 이유에서 배척을 당하는 일이 허다한 우리의 사회현실이기 때문이다.

이러므로 주인갑 씨는 결코 황 여인을 첩으로 거느리고 재미를 보자는 생의는 전혀 없었고, 다만 혜경 여사에게서는 충족시킬 수 없는 가슴속의 어떤 공허를 황 여인의 그 고요한 인품과 풍만한 육체의 매력으로는 꽤 채워볼 수 있을 것만 같아서 우선 은밀한 교제를 가져보고 싶었던 것이다.

그러던 차에 서병칠이 풍인지 사실인지 몰라도 황 여인의 육체적 매력의 특이성을 말하고 독점할 것을 강권하다시피 하니, 김 청년과 혜경 여사라는 강적을 물리치고라도 깊은 접촉을 가져보고 싶은 호기심과 욕망이 번져 오르는 것이었다.

여기에는 혜경 여사나 김 청년보다 유리한 조건이 주인갑 씨에게는 있다.

그것은 말할 것도 없이 씨의 노력으로 이혼을 성립시켜 줌으로써 황 여인의 행동에 자유를 가져다줄 수 있다는 일종의 공로가 바로 그것이다.

주인갑 씨는 다음 날로 곧 황 여인을 만나고 싶었지만 김 청년과 혜경 여사에게 눈치 채이지 않게 어떻게 하면 몰래 불러낼 수 있을까가 문제였다. 그래서 곰곰 생각해 보았으나 별로 묘안이 떠오르지는 않았지만 하루 종일 셋이나 둘이 붙어 있을 리는 없고 황 여인 혼자인 때도 있을 것이라 우선 그 거처를 찾아가 살그머니 동정을 살피노라면 어떤 기회가 생기거나 무슨 궁리가 떠오를지도 모른다는 생각과 함께 혹시 방이 비어 있을 때를 예측하고 다음과 같은 편지까지 미리 써가지고 중낮께쯤 주씨는 집을 나선 것이다.

10

생의 내자에게서 들어 아시겠지만 어제 서병칠 씨가 찾아와서 행패를 부린 끝에 서로 부상까지 하였으나 마침내는 술을 나누며 화해를 했습니다. 서병칠 씨로서도 그래야 이로웠을 것이며 나로서도 여사를 위해 그럴 수밖에 없었기 때문입니다. 결국 인간관계란 이해관계요, 으레 타산이 따르게 마련이니까요.

그 자리에서 오래 끌어온 여사의 이혼 문제에 최종적인 합의를 보았습니다. 그리고 서씨가 내게 도저히 이해할 수 없는 말을 했습니다. 그래서 여사와 급히 만나 의논해야겠으니 저녁 8시 정각까지 '소나무' 다방으로 나와주시기 바랍니다. 미스터 김이나 생의 내자에게는 비밀히, 꼭 혼자 나와주시기 바랍니다.

이런 간단한 내용이지만 주씨는 마치 연애편지라도 쓰는 것 같은 감정에서 여러 차례나 썼다는 지우고 썼다는 지우고 한 끝에야 겨우 이 정도로 만족하기로 한 것이다.

씨는 이 편지를 갖고 갔다가 모두들 외출하고 없을 때는 주인댁 아주머니나 식모에게라도 황 여인이 돌아오거든 아무도 모르게 은밀히 전해 달라고 그럴듯한 말로 부탁해 놓고 올 셈이었다.

그러나 막상 찾아가보니 황 여인은 이미 어디론지 행방을 감춰버린 뒤였다.

"그래, 어디로 갔는지 영 모르신단 말씀예요?"

주인 아주머닌 듯싶은 초로의 여인에게 주씨가 어이없어 물었더니

"시골 친척이라나 친구라나를 찾아가서 심신을 푹 좀 쉬어야겠다면서 떠나버렸으니 낸들 알 수 있어요?"

말하고 씨를 수상쩍게 쳐다보았다.

"그럼 같이 있던 김이란 청년은 어떻게 됐습니까?"

"그 사람도 어제 시골엘 내려갔다나 봐요."

"시골에요? 역시 짐을 다 꾸려갖구요?"

"아니죠."

주인 아주머니는 어색하게 웃더니 주인갑 씨에게 한 걸음 다가서서,

"선생님은 이 방에 들었던 그 여자와 어떻게 되시나요?"

궁금한 듯이 물었다.

"아, 아닙니다. 그냥 먼 일가뻘이 됩니다."

주씨는 당황해서 되는 대로 이렇게 대답해 버렸다.

"그러세요?"

"혹시 여자가 청년하고 시골서 만나기로 한 게 아닐까요?"

"글쎄요, 제가 보기엔 그런 눈치 같진 않던데요. 되레 청년이 시골 가고 없는 틈에 몰래 짐을 꾸려갖고 종적을 감춰버린 게 아닌지 모르겠어요."

"그럼 여기 자주 찾아오곤 하던 저 앞거리의 미장원 마담을 아시나요, 혹시?"

"아, 그 여자의 사촌언닌가 하는 분 말씀이군요? 아, 알다뿐예요? 출창 와 살다시피 한걸요."

"그 마담은 여자의 행방을 알고 있겠군요?"

"웬걸요. 아침결에 그 언니도 들러보고 펄펄 뛰던데요. 그렇게나 정성껏 감싸주고 뒤를 돌봐주었는데도 이년이 나까지 배반하구 자췰 감춰버렸다면서 여간 분해하질 않던데요."

만일 김 청년이 돌아와서 짐을 꾸려갖고 나가려 하거든 곧 좀 미장원 마담에게 연락해 달라고 부탁해 놓고 주씨는 할 수 없이 발길을 돌이켰다.

11

주인갑 씨는 황 여인의 행동을 도시 어찌 된 영문인지 이해할 수가 없었다. 아무도 모르게 혼자 도주해 버릴 이유가 어디 있을까. 그럴 만한 무슨 복잡한 내막이라도 있단 말인가. 그렇다면 본시 얌전한 황 여인이라 표면에 나타내지는 않았지만 기실 김 청년이나 주인갑 씨 내외를 귀찮은 존재로 여겨 온 것일까.

시골 가서 심신을 푹 좀 쉬어야겠다는 말로 미루어볼 때, 김 청년과의 떳떳지 못한 육체적 도취도, 혜경 여사와의 비정상적인 애정유희도, 그리고 최근에는 이혼 문제를 중간에 들어 해결지어 준다는 핑계 밑에 차츰 노골적인 접근을 꾀해 오는 주인갑 씨의 태도마저도, 황 여인은 그만 환멸을 느끼고 귀찮게만 여기게 된 것이나 아닌가.

그러나 이혼만은 여인 자신이 누구보다도 절실히 바라온 일이요, 그 문제가 해결되어야만 버젓이 낯을 들고 마음대로 행동할 수 있을 터인데 어째서 타협의 마지막 고비에 행방을 감춘 것일까. 혹시 황 여인 자신 친정오빠라든지, 시이종 형인 박씨 등을 통해서 직접 해결을 지을 딴 방도라도 있는 모양인가.

아무튼 황 여인이 종적을 감춰버리고 나니 마치 오랜 세월을 두고 사모해 온 사람인 듯 그리움이 별안간 물밀듯 했고 그만한 여자를 다시는 만나기 어려우리라는 생각이 들어 주인갑 씨는 흡사 실연이라도 당한 것처럼 실망이 컸다.

더구나 흔치 않은 특이한 육체의 조건을 가지고 있는 여자라는 말을 서씨에게서 들은 뒤라 주씨는 수중에 굴러든 보물을 잃어버린 것 같아서 아까운 마음이 더했다.

그날 저녁 혜경 여사는 오래간만에 일찌감치 집에 돌아왔다. 여사 역시 황 여인을 놓쳐버리고 실심한 탓인지 모른다. 여사는 본시 황 여인과 사귀기 전에도 영화구경을 가든지, 계나 사업관계의 모임이나 친척과 친구를 만나러 간다든지, 혹은 일종의 허영심에서 영어나 불어 강습소에를 나간다든지 해서, 밤 10시나 11시가 넘어서야 돌아오는 날이 많았었다. 그러나 전에는 한 주일에 두세 번 정도는 일찍 돌아와서 가족과 함께 식사도 나누고 잡담도 하고 혹은 남편과 함께 혹은 애들이랑 목간에도 들어가곤 하던 것이 황 여인과 친해진 뒤로부터는 일부러 10시 전에 집에 돌아와본 일은 거의 없었다.

이러한 혜경 여사지만 기특한 것은 주부로서 사무적으로 해야 할 일은 거의 완벽하리만큼 다했고 또 남편의 사전허락 없이는 아무리 가까운 친척이나 다정한 친구네 집엘 갔다가도 절대로 외박하는 일이라곤 없었다. 그러면서도 옷시중이라든지 식사시중이라든지 자질구레한 남편의 시중을 들지 않는 것은 여사의 뚜렷한 부부관과 주의주장에서 의식적으로 취하는 일이요, 결코 소홀한 탓은 아닌 것이다.

게다가 생활비에 있어서도 여사는 정확하게 반액을 부담할 뿐 아니라 감탄할 만큼 계산이 밝고 빠른 것이다. 하루도 빠짐없이 가계부를 달아 나가는 것은 말할 나위도 없거니와 매달 월말이 되면 다음 달 예산표를 작성해 가지고 남편의 결재를 얻어서 그 예산표대로 써나가는데, 이달의 예산표를 공개해보면 다음과 같은 것이다.

12

8월 생활비

주식비(배급 외) 2,000—

부식비 3,000—

연료비(연탄) 350—

가장 용돈 1,500—

주부 용돈 1,500—

광숙 용돈 400—

사교비(손님) 1,000—

의복비 1,500—

교육비 300—

보건비 500—

교양오락 1,000—

인건비(식모) 600—

수도 전기 500—

각종 세금 300—

가족 저축 1,000—

기타 잡비 1,000—

합계 16,450—

이상의 예산을 각 항목별로 만들어둔 든든한 봉투에 갈라 넣어서 옷장 서랍 속에 간직해 두고는 예산 외에 초과로 지출하는 일이라곤 거의 없었는데, 따로 옷을 장만한다든지 별식이나 성찬을 차릴 때는 으레 예산 외의 자비로 단독 부담이나 혹은 공공 부담을 하게 마련인 것이다.

예산표 가운데서 가장의 용돈 중에는 담배, 이발, 술값, 외출시의 교통, 점심, 찻값 등도 포함되어 있었기 때문에 주인갑 씨는 요즘의 물가고 시대에는 1,500원으로는 모자라는 때가 많았지만, 그렇다고 가장의 용돈만을 인상하게 되면 불공평하고, 주부의 용돈까지 동시 인상하자면 지출이 과다해지는 까닭에, 부족액은 각자가 자비로 보충하는 것이 혜경 여사의 주장인 것이다.

주씨 내외는 각기 은행의 통장을 소지하고 있어서, 수입 중 생활비의 반액씩을 지불하고 남은 돈은 각자 자기 몫으로 예금을 하든지 어디에 다 써버리든 완전한 자유인 것이다. 그러므로 수입이 적은 요즘의 주인갑 씨는 예금통장이 비어 있을 뿐 아니라 어떤 달은 생활비의 반액마저 부담할 능력이 모자랄 때도 있다. 그런 때,

"미안하오. 삼천 원이 부족한데……."

정말 미안한 듯이 얼마 안 되는 돈뭉치를 내밀 때면,

"그럼 일개월 기한으로 제가 입체(立替)해 드리겠어요."

혜경 여사는 대개 이러고 자기 핸드백 속에서 부족한 액수를 꺼내 채워놓는 것이었지만 더러는 히죽 웃으며,

"이달만은 제가 아주 부담하기로 하겠어요. 부부사인걸요, 뭐."

이러고는 왈칵 남편의 가슴에 매달려 숨이 막히도록 키스를 퍼붓고는

"아이, 예뻐!"

소리와 함께 또 한 번 볼을 부비고 물러나 앉기가 일쑤였는데, 여사의 입에서 '아이 예뻐' 소리만 나오면 주인갑 씨는 뱃속에서 신물이 치솟아 견딜 수 없었다. 어린애에게나 느끼고 말할 수 있는 '아이 예뻐'를 수염이 꺼칠하고 피부가 빽빽한 중년사내에게 대해서 말하는 여사의 생리를 주씨는 이해할 수 없었던 것이다. 씨는 욕망이 일 때마다 동침은 하면서도 자진해서 아내를 포옹하거나 키스를 하는 일이라곤 거의 없었고, 설사 그런 때라도 너그럽게는 느낄망정 '아이 예뻐' 라고는 어림도 없는 소리다.

이러한 주씨로서도 풋병아리같이 한창 피어오르는 보순이나 소라야 왕비를 닮은 미녀 미스 윤에게 대해서는 어쩌다가 으스러지게 끌어 안아보고 싶다든지 고 입술을 터지도록 물어 빨아보고 싶은 충동과 귀여움을 느끼는 수는 있었다.

13

한편 황 여인에 대해서는, 그런 격정은 아니지만 이 또한 은근한 매력과 호기심이 밍근히 달아오르는 것이었다. 그러나 아내인 혜경 여사에게는 보순이나 미스 윤에 대한 것 같은 발작적인 격정도 황 여인에 대한 것 같은 은근한 매력과 호기심도 느끼지 못하는 주인갑 씨였다.

씨에게 있어서의 혜경 여사는 어찌 생각하면 성생활을 제외하고는 아내라기보다도 마치 결혼에 실패하고 돌아와서 독신 오빠의 살림을 도맡아 봐주고 있는 활동력과 경제력을 구비한 알뜰한 누이동생 같은 느낌이기도 했다.

그러기에 너는 너대로 나는 나대로, 자연 공동생활에는 스스로 한계가 마련되어 있었지만 이 가정에 없어선 아니 될 중요한 가족의 일원으로서 결코 무시하거나 경시하거나 배척할 수는 없는 존재였다. 물론 묘한 공허감과 이런저런 불만이 아주 없는 것은 아니로되 주인갑 씨의 기질에는 이러한 부부생활이 어떤 의미에선 거추장스럽지 않고 간편해서 도리어 좋기도 했다.

그런지라 혜경 여사가 황 여인과 얄궂은 관계에 미쳐버린 것이 씨로서도 역시 못마땅하긴 하면서도 지나친 애정행위로 자주 들볶지 않으니 다행이었고, 또 자는 시간 외에는 거의 집에 없었기 때문에 보순이와 겸상을 해 먹거나 간혹 무슨 선물을 사주어도 잔소리 안 해 좋았고, 한편 미스 윤의 흥미 있는 생활 내막을 안심하고 엿보기에도 편리했으므로 주씨는 그 동안 아내 일에 대해서는 모르는 체하고 지내온 터라, 황 여인이 돌연 행방을 감춘 날 저녁은 그 탓인지 일찌감치 집에 돌아온 혜경 여사와 오래간만에 저녁식사도 함께 나누고 한가히 얼굴을 마주 대할 수 있는 것이었다.

"미세스 황을 찾아가셨다고요, 낮에?"

저녁식사 후 마루방에 나와 앉아서 혜경 여사는 버릇인 유들유들한 미소를 지어 보이며 넌지시 이런 말을 물었다.

"음, 행방불명이라구? 대체 어떻게 된 일일까? 무슨 짐작이 가는 일이 없소, 당신에겐?"

주인갑 씨 쪽에서도 궁금해서 먼저 말을 낼까 말까 망설이던 차라 연거푸 반문을 했다.

"짐작이 가는 일이 있건 없건, 그건 알아 뭘 하시겠어요?"

"음, 딴 게 아니고 말요. 그 이혼 문제 거의 타협이 됐어요. 그래서 그 문젤 결정지으려고 찾아갔던 참인데 아 행방을 감춰버렸다니 영문을 알 수 있어야지."

"얼마예요?"

"십이만 원."

"그러면 지금 수중에 남은 돈을 톡톡 털어서 돌려보내야게요? 그러고 나면 미세스 황은 어떡해요, 돈 한 푼 없이."

"그렇지만 행동에 자유만 생기면 돈은 또 벌 수 있으니까. 지금 상태론 그깟 돈 갖고 있대야 죄인이니 떳떳이 나돌아 다닐 수도 없지 않소?"

"어쨌든 이젠 본인이 도망을 가고 없으니 당신이 아무리 성의를 보이려고 애써도 소용없어요."

혜경 여사는 이렇게 슬쩍 비꼬듯이 하고 또 빙그레 웃었으므로,

"나야 뭐 성의나 보이려다 말았지만 당신은 죽자살자 하던 동생을 잃었으니, 어디 제대로 잠이나 오겠소?"

주인갑 씨도 지지 않고 마주 비양거려 주었더니 여사의 대꾸는 어딘가 수상쩍은 데가 있었다.

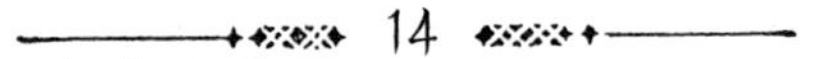

14

"요즘 와선 도리어 당신이 더 열을 올리나 보던데요? 어쩌면 황은 당신을 피하기 위해 숨어버린 건지도 몰라요."

주인갑 씨는 속에 짚이는 바가 있었지만 시치밀 떼고,

"무슨 소리요, 그게?"

영문을 모르겠다는 표정을 했더니,

"당신 황에게 꽤 추근추근 구셨다면서요? 여잘 유혹하려건 눈치가 빠르셔야죠. 저쪽이 좋아하는지 싫어하는지 그거나 아시고."

혜경 여사는 남편을 돌아보며 빈정거리듯 하는 그 독특한 미소를 띄우었다.

"그래, 황 여사가 뭐라고 합디까, 실없이?"

"어느 날 밤인가 당신이 자꾸만 꾀는 걸 간신히 뿌리치고 돌아갔다더군요."

"꾀긴 누가 꾀어. 아, 세상에 여자가 동이 났다구, 이중 삼중으로 지저분한 관계에 얽혀 있는 여잘 건드려?"

"하기야 그러시겠죠. 풋과일처럼 싱싱한 보순이도 있고 뒷방에 양귀비 같은 절세의 가인도 문호를 개방하고 기다리고 있으니까요."

마침내 혜경 여사는 목을 옴츠리며 쿡 하고 소리까지 내서 웃었다.

"하, 이건, 왜 걸핏하면 보순이 얘긴 꺼내요? 아, 듣겠어요, 들어요."

주인갑 씨는 질색을 하며 한 손으로 부엌 쪽을 가리켰다.

"들으면 어때요? 안 할 소릴 했나요, 뭐?"

"아, 그럼 그게 할 소리요? 자식 같은 앨 가지고 왜 그 쓸데없는 강짜야, 당신답지 않게."

주씨는 음성을 죽여가지고 아내를 나무랐지만 혜경 여사는 여전히 보통때의 말소리로 지껄여대기 때문에 가슴이 조마조마했다.

"먼저 강짜라는 말을 하시는 걸 보니 발이 저리신가 보군요. 당신이 기생이나 창녈 데리고 노시든, 어쩌다 기분전환을 위해 여염집 여자나 과부를 한때 가까이하시든 그런 일엔 저도 너그럽게 눈감아드리겠어요. 사실이 여태 그랬잖아요? 그렇지만 당신 말씀대로 보순인 딸자식 같은 애 아녜요? 나이로나 정리로나. 그 애 부모도 우릴 믿고 맡겼고요. 그러니까 조금이라도 당신이 그 애에게 이상한 눈칠 보여선 안 된단 말예요."

"허, 이거 정말 생사람 잡겠군. 그래 내가 보순이에게 이상한 눈칠 보인 게 뭐요, 대체?"

보순이의 나날이 눈에 띄게 부풀어 오르는 젖가슴과 펑퍼짐하게 퍼져가는 엉덩이와 희고 탄력 있게 뻗은 두 종아리를 주인갑 씨는 어쩌다가 슬쩍 훔쳐보는 일은 있었고, 또 보순이 기특할 만큼 씨의 식사시중이며 옷시중을 잘 들 뿐 아니라 광숙을 무척 귀여워해 주기 때문에 갈수록 정이 쏠리고 아껴주고 싶은 생각, 그리고 앞서도 밝혔듯이 이건 극히 순간적인 일이지만 꼭 껴안아보고 싶은 충동을 혹간 느끼는 수가 있을 뿐이요, 추호도 의식적으로 그 애를 어떻게 해보겠다든지, 보았으면 하는 생각조차 씨는 꿈에도 먹어본 일이 없는 것이다.

그러나 혜경 여사는 웬만큼 화나는 일에도 그렇듯이 싱글싱글 웃는 낯이긴 하면서도

"그 애한테 얘길 다 들었는데 시치밀 떼세요?"

무슨 확실한 증거라도 잡은 듯이 추궁해 오는 데는 주인갑 씨는 정말 어리둥절할 수밖에 없었다.

15

"무슨 얘길 들었다는 거야?"

"보순이 옷 말씀예요. 제가 다 알아서 적당히 해주고 있는데 당신이 왜 저도 몰래 해주시느냐 말예요. 그것도 일류 숙녀들이 입는 최고급지로 말예요."

"옷이라니?"

해놓고 그제야 주인갑 씨는 좀 당황한 낯빛이었다.

며칠 전 초저녁 무렵의 일이었다.

마침 그날따라 미스 조와 딴 여자 친구가 찾아와 있어서 그랬는지 미스 윤이 외출을 않는다기에 그럼 집을 좀 봐달라고 부탁하고 광숙이와 보순을 데

리고 수박이라도 한 덩이 사올 겸 노량진까지 바람을 쐬러 갔었다.

좀처럼 그런 일이 없었기에 광숙은 불편한 다리로 연신 깡충깡충 뛰며 좋아서 어쩔 줄을 몰랐고, 보순이도 희색을 감추지 못하며 광숙의 옷부터 갈아입히고 머리도 손질해 주더니, 보순이 자신도 깨끗이 빨아두었던 원피스를 산뜻이 갈아입은 다음 머리까지 고쳐 빗고 나서야 분주히 따라나섰던 것이다.

광숙의 팔을 양쪽에서 하나씩 잡고 노량진까지 내려가 한길을 전차 정류장 쪽으로 스적스적 걸어가다,

"어머!"

별안간 보순이 깜짝 놀라 소리를 지르며 광숙의 손을 팽개치듯 놓고는 한길을 비켜 서버린 것이다.

무슨 일인가 싶어 주인갑 씨가 돌아보니 보순은 얼굴이랑 전신이 딱딱하게 굳어져서 반쯤 돌아선 채 어쩔 줄을 모르고 서 있었다.

"왜 그래?"

물어도 대답도 않기에 누구 만나선 안 될 사람이라도 눈에 띄었나 싶어 씨도 앞쪽을 두리번거리려니까 혜경 여사가 아침에 입고 나간 것과 똑같은 양장에 몸매도 비슷한 여자가 사람의 물결을 헤치며 다가오고 있었다.

"너, 저 여잘 아주머니로 잘못 봤구나?"

주인갑 씨가 웃으니까 보순은 그제야 살그머니 되돌아서며 막 그들 앞에 다다른 그 여자를 바라보고는 비로소 안심했다는 듯이 후유 하고 한숨을 내쉬더니,

"아이, 가슴이야."

한 손을 가슴에 얹고 주인갑 씨를 쳐다보고 웃으며 왜 그런지 얼굴을 붉혔다.

인도가 비좁을 정도로 사람이 많아서 주씨가 한 걸음 앞서 걷자니까 뒤에서 광숙이와 보순은 손을 잡고 따라오며 이런 말을 주고받았다.

"언니, 그 여자가 엄만 줄 알았어?"

"꼭 같지 뭐니, 옷이랑 몸매랑……."

"얼굴이 다른걸."

"얼굴은 잘 못 봤어."

"엄마가 그렇게 무서워, 언닌?"

"여느 땐 안 무섭지만……."

보순은 잠시 말이 막히는 모양이다가,

"이렇게 거리에 나와 돌아다니는 걸 보시면 꾸중하시지 않아?"

겨우 둘러대는 말투였다.

"아버지랑 같이 나왔는데두 뭐."

"……."

보순은 한동안 아무 말을 못하고 걷다가 일층 작은 소리로,

"광숙이, 엄마한테 아버지랑 이렇게 같이 놀러 나왔었단 말 함 안 돼."

타이르듯 말했다.

"왜?"

"아무튼 그러문 난 광숙이 미워. 알았지?"

"응."

16

인도 좌우에 벌여놓은 초라한 노점들을 구경하면서 슬슬 앞장서 걷는 동안 이런 대화를 귀담아 들은 주인갑 씨는 보순의 마음을 알 것도 같고 모를 것도 같아서 별했으나, 그 육체가 이미 한 여자로 성숙했듯이 그 마음도 여

성으로서의 어떤 비밀을 간직할 수 있는 나이에 도달했다는 것을 느낄 수가 있었다.

길가의 빙과점에 들어가 보순이와 광숙에게 아이스크림을 사 먹이고 나온 주씨는 수박을 산처럼 쌓아올린 리어카에 매달려 큼직한 놈을 한 덩이 골라 사들고 돌아서니까 뒤에 서 있는 줄 알았던 애들이 보이질 않았다. 이미 때를 놓친 여자용 여름옷들을 싸구려로 때려 파는 노점 앞에 보순은 광숙의 손을 잡고, 여자들 틈에 끼어 서서 열심히 구경을 하고 서 있는 것이었다.

그러다가 마침 수박색 바탕에 흰 줄이 세로 좍좍 간 원피스가 눈에 띄자 보순은 얼른 그것을 집어 들고 자기의 키와 품이랑 대보고 나서 값을 물어보고는, 다시 안팎을 여러 번 뒤집어보더니 할 수 없다는 듯이 도로 놓긴 했으나 아무래도 탐이 나는 듯,

"내일 저녁에도 이 자리에 또 나오세요?"

상인에게 물었다.

그래서 주인갑 씨는 보순을 가볍게 밀치고 들어가 그 원피스를 사주었던 것이다.

혜경 여사가 이것을 가지고 의심하는구나 생각이 미쳐 주인갑 씨는 대수롭지 않다는 듯이

"아, 그거 야시에서 때려 파는 싸구련데 뭘 그걸 가지고 그러우? 쇄쇄하니 당신답지도 않게."

핀잔을 주고, 광숙이랑 데리고 노량진에 바람 쐬러 나갔다가 하도 싸기에 사주었다고 변명을 했으나, 혜경 여사의 대답은 너무나 뜻밖이었다.

17

"국산치곤 처음 나온 최고급지의 투피슨데 노점에 싸구려로 나와 있어요? 초가을과 늦봄에 알맞은 멋진 디자인에다가 정보순이란 네임은 물론, 명동의 일류 양장점의 상호까지 붙어 있던데 그래요?"

왜 이러느냐는 듯이 혜경 여사는 비웃듯 웃고는,

"적어도 삼천 원 가까이 할 거예요."

이 말에 주인갑 씨는 어안이 벙벙해서 성큼 입을 열지 못했다.

"그럼, 그 원피스 얘기가 아니군 그래."

좀만에야 씨는 맥 빠진 투로 물으니까

"수박색 바탕에 흰 줄이 있는 거 말씀예요? 오라, 그것도 당신이 해주셨군요? 내 참."

어이없다는 듯이 혜경 여사는 실소하듯 웃고,

"그렇지만 그 따위 삼사백 원짜리 싸구려 같음 말도 안 해요. 그러나 보순이가 지금 삼천 원이나 하는 고급 숙녀복을 입을 처지예요? 아무리 당신이 그 애에게 홀딱 미쳤더라도, 그건 지나치단 말씀예요."

웬만큼 불쾌해선 그런 일이 없는 여사는 낯을 찡그리었다.

"건 순전히 당신의 오해요. 투피스 관겐 난 정말 금시초문이오."

"아 그래도 시치밀 떼세요? 분명히 보순이가 그랬는데두 아네요?"

"그 애가 돌았나, 원. 그게 무슨 뚱딴지같은 소리야?"

"당신이든 보순이든 두 사람 중에 누가 돌든 확실히 돌긴 돌았나보군요."

혜경 여사는 냉소조로 말했다.

"그럼 보순일 이 자리에 불러 물어봅시다. 영문을 모르겠으니."

이리하여 부엌에서 꾸물거리고 있는 보순일 불러들였더니 그 애는 마치 죄수처럼 풀이 죽어서 간신히 들어와 마루방 한구석에 고개도 못 들고 앉았다.

보순이 어떤 이유에서 그런 거짓말을 했는지는 몰라도 친조카나 여동생처럼 믿고 데리고 있는 애를 대질신문하듯 두 사람 앞에 불러놓고 따진다는 것은 좀 잔인한 일 같아서 주인갑 씨는 선뜻 무슨 말을 묻지 못하고 머뭇거렸다.

그러자 혜경 여사가

"차마, 당신 입으론 물을 수가 없으신 모양이군요? 물론 그러실 거예요. 그럼 제가 묻죠. 너 그 투피스 아저씨가 해준 거라고 그랬지?"

말씨는 부드러우나 희롱조로 물었다.

"……."

보순은 이마가 방바닥에 닿도록 머리를 더 깊숙이 숙이고 아무 말을 못했다.

"보순아, 솔직히 대답해 봐. 이렇게 묻는 건 반드시 사실을 캐내가지고 널 벌주기 위해서가 아니다. 무슨 착각에서 네가 그런 말을 했는지 모르지만, 아주머니가 이렇게 엉뚱하게 오핼 하고 계시고 내가 부당하게 오핼 받고 있으니까 그 오해만 풀어보자는 거다. 그래, 그 투피슨 도대체 어떻게 된 거냐?"

주인갑 씨가 이렇게 상냥한 태도로 물었더니 보순은 갑자기 고개를 무릎 위에 묻고 훌쩍훌쩍 울기 시작한 것이다.

"울긴 왜 울어? 아침엔 내 앞에서 분명히 아저씨가 해준 거라고 고갤 끄덕거리지 않았니? 아저씨 입장을 생각해서 솔직히 말하기 힘들지 모르지만 나도 그저 사실을 알고 싶을 뿐이지, 아저씰 들볶기 위해서 캐묻는 게 아니니어서 말해 봐."

18

그래도 보순은 대답이 없이 울기만 했으나, 혜경 여사가,

"당신 체면을 생각해서 애가 차마 바른대로 말할 수 없는 모양이군요. 아침엔 얼김에 실토 하고도."

하니까 그제야

"아니에요."

보순은 항의하듯 간신히 한마디 하고 고개를 모로 저었다.

"아니라니? 그 투피스, 아저씨가 해준 거 아니란 말이니?"

"네."

"얘 좀 봐. 그럼 도대체 어찌 된 영문이니? 아줌말 놀리는 거냐? 이랬다 저랬다 하면서……."

혜경 여사가 나무라는 말에 보순은 그저 쿨쩍거리기만 할 뿐 더 무슨 말을 하지 못했다.

이런 태도로 보아 보순으로서는 대답하기 딱한 어떤 곡절이라도 있는 눈치라 그 마음을 이 이상 더 괴롭혀주고 싶지 않아서 주인갑 씨는,

"아무튼 가족끼리의 오해란 시간이 흐르노라면 자연 풀리게 마련이니까 이 문제를 가지고 무슨 큰일이나 난 듯이 더 신경들을 쓰지 말기로 합시다. 자 그럼 보순인 어서 나가 일봐라."

일단 이 사건을 이 정도로 끝내고 싶어했더니 혜경 여사 역시,

"그러십시다. 저도 이 이상 신경을 쓰거나 꼬치꼬치 캐고 싶진 않아요. 그러니 제발 당신도 주책없는 짓은 말아주셔야 해요."

동의하면서도 그 말투나 표정으로 미루어 주인갑 씨와 보순에 대한 의심은 조금도 가시지 않은 눈치였다.

이런 일이 있은 뒤로 주인갑 씨는 보순의 태도가 여러 가지로 궁금하였다.

본시 돈이나 물건을 속인다든지 그런 손버릇이 나쁜 애가 아니요, 600원의 급료도 그 중에서도 100원만을 현금으로 지불해 주고 나머지 500원은 그 애 이름으로 된 예금통장에 또박또박 넣어 나가고 있는 터라 무슨 돈으로 그런 고급 투피스를 만들었는지도 의심하자면 의심이 가는 일이었지만 무엇보다도 그런 값나가는 옷을 주인갑 씨가 해준 것이라고 혜경 여사에게 속인 일이 더욱 궁금하고 알 수 없는 일이었다.

그러니 여사가 남편을 의심하고 못마땅히 여기는 것은 너무나 당연한 일이었다. 보통 여자 같으면 그 정도로 우물우물 넘겨버리지 않고 대단한 소동을 한바탕 벌였을지도 모른다 생각하니 주인갑 씨는 아내의 너그러운 태도가 고맙기조차 했다. 그럴수록 보순의 속을 이해할 수가 없어서 하루는 집안에 두 사람 외에 아무도 없을 때 주씨는 넌지시 보순을 불러 물어보았다.

"너, 투피슨 왜 아저씨가 해준 거라고 그랬니? 아줌마에게."

"……."

보순은 붉어진 낯을 다소곳이 숙이고 앉아서 대답이 없었다.

"그 옷, 무슨 돈으로 만들었니?"

"매달 백 원씩 받은 거, 천 원 가까이 모아 갖고 있었어요."

"그것으로는 모자랐을 텐데?"

"명주 언니가 처음에 밤마다 대문 열어주느라고 수고했다면서 모자라는 돈을 보태주셨어요."

"오, 그래? 그럼 왜 아줌마에게 사실대로 그렇게 말 안 했니?"

보순은 주씨를 살짝 쳐다보고 나서,

"전 그 옷 아저씨가 해주신 걸로 생각하고 있어요."

이런 영문 모를 대답을 한 것이다.

19

"내가 해준 걸로?"

주인갑 씨는 한동안 눈을 껌벅거리며 진정 어리둥절해서 보순을 바라보다가

"왜?"

거푸 물었다.

"……."

그러나 보순은 약간 새침해진 얼굴을 살그머니 들고, 주인 아저씨를 마치 흘겨보듯이 흘끔 쳐다보고는 도로 고개를 숙인 채 다시는 무슨 말을 걸어도 좀처럼 입을 열려 하지 않았다. 하지만 그것이 조금도 악의적인 반항은 결코 아니요, 보순이 자신 처리할 바를 모르는 어떤 강렬한 감정의 표현인 듯이 주씨에게도 느껴지는 것은 정말 알 수 없는 일이었다.

이러한 보순이와 잠시라도 더 오래 마주 앉아 있는 것이 왜 그런지 주인갑 씨로서는 숨이 가쁘도록 불안해서

"난 결코 널 의심하거나 나무라기 위해서 물어본 게 아니니, 조금도 기분 나쁘게 생각지 마라."

이렇게 일러서 그만 나가보라고 했더니 보순은 무슨 말을 할 듯 할 듯 하다 말고 살며시 자리를 일어나 돌아서 나가는 것이었는데, 그때처럼 보순의 뒷모습을 눈이 부시도록 여자의 신선한 매력에 차 넘치는 것으로 느껴본 적은 씨에게는 일찍이 없었던 일이다.

'보순에게 공부를 좀 시켜주었으면.'

주인갑 씨는 벌써부터 이런 생각을 가끔 품어왔었는데 가정 사정으로 시골 중학교 1학년을 중퇴할 수밖에 없었던 그 애의 처지를 갈수록 씨는 측은하게 여겼다. 웬만하면 야간 고등학교까지나마 마치게 해주고 싶은 생각이

간절했다.

그러면 보통 이상의 그 총기라든지 미스 윤처럼 뛰어난 미모는 아니지만 어딘지 모르게 귀염성이 풍겨지는 용모라든지 또한 까불거나 심술궂지도 않고 황 여인 비슷이 차분하고 얌전한 성품이라든지 게다가 균형이 잡힌 날씬한 몸매의 발육상태라든지 보아서 어디에 내놓든지 결코 부끄럽지 않은 누구에게나 사랑을 받을 수 있는 훌륭한 여자가 될 것이다.

그렇지만 무슨 일에나 지나친 동정심이라든지 미안감이라든지 하는 감정적이라기보다도 사무적으로 처리하기를 좋아할 뿐 아니라 가뜩이나 보순에 대한 주인갑 씨의 호의를 의심하고 있는 혜경 여사에게 그 애를 야간 중학교에라도 보내주자고 주씨 쪽에서 먼저 입을 열 수는 없었다. 물론 혜경 여사의 견해와 같이 보순에 대한 씨의 태도는 지나친 호의일지 모른다. 식모라면 어디까지나 식모에 적합한 대우와 월급을 지불하면 될 것이요, 그 이상의 정을 쏟는다는 것은 잘못일지 모른다. 그러나 주인갑 씨가 날이 갈수록 보순에게 정이 깊어지는 것은 그 애 쪽에서 먼저 씨의 가정에 정을 부어오는 데 대한 자연적인 반사현상이기도 한 것이다.

한번은 이런 일이 있었다. 첫째 광숙이 자신이 그림 그리기를 좋아도 했지만, 다리를 저는 애가 장차 육체적인 결함에 굴욕감을 덜 느끼면서 해나갈 수 있는 일이 무엇일까를 깊이 생각해 본 끝에 미술 계통밖에 없으리라는 결론을 내린 주인갑 씨는 광숙을 될 수 있는 대로 지금부터 그 방면으로 밀어주느라고 그림 그리기를 장려해 왔는데 하루는 광숙의 그림을 보아주고 있던 보순이 쫄쫄 울고 있는 것이었다.

20

광숙의 방에서 광숙이가 그린 10여 장의 그림을 앞에 놓고 보순은 연방 손등으로 눈물을 닦으며 울고 있었고, 광숙은 그 맞은쪽에 골난 사람처럼 시큰둥해서 앉아 있었다.

"왜들 그러니?"

무심코 그 방을 기웃해 보던 주인갑 씨는 수상해서 실내에 발을 들여놓으며 물어보았다.

"……."

"……."

그러나 애들은 아무런 대답도 하지 않고 그저 그러고 있었으므로,

"왜들 그래?"

씨도 다가앉아서 한 장 한 장 그림을 집어보았다.

그것은 모두가 도화지에 크레용으로 그린 인물화였는데, 반드시 화면 중앙에는 단발머리의 소녀가 큼직하게 그리고 그 둘레에는 보기에도 초라한 몰골의 사내와 계집애들이 여러 명 그려져 있었다. 10여 장에 달하는 이 그림들의 또 한 가지 특색은 인물마다 이름이 적혀 있는 것이었는데, 중앙의 큼직한 소녀는 으레 주광숙이었고 딴 인물들은 학교의 동급생들인 듯 주씨로서는 모르는 이름들이었다.

그림의 인물들은 이쪽을 향하고 가만히 서 있기도 했고, 줄넘기를 하기도 했고, 내의만 입고 뜀박질을 하고 있는 운동회 풍경이기도 했고, 혹은 줄을 지어 소풍을 가기도 했는데 줄넘기하는 장면에서도 막 줄을 뛰어넘고 있는 것은 광숙이었고, 뜀박질을 하는 그림에서도 선두를 힘차게 달리고 있는 것은 광숙이었고, 가만히들 서 있거나 소풍을 가는 그림에서도 광숙이만이 제일 크고 훌륭하게 그려져 있었다.

무엇인지 모를 이상한 감동과 불안감을 느끼며 그런 그림들을 세밀히 보아나가던 주인갑 씨는 가슴이 섬뜩하는 묘한 충격을 받았다. 그것은 광숙을 제외한 화면의 모든 인물들이 불구였기 때문이다. 어떤 애는 눈이 하나밖에 없었고, 어떤 애는 귀가 하나, 어떤 애는 한쪽 팔이 반동강뿐이요, 어떤 애는 한쪽 다리가 새 다리 모양 가늘고, 어떤 애는 한쪽 손의 손가락이 네 개뿐, 어떤 애는 입이 흉하게 비뚤어지고, 어떤 애는 한쪽 다리가 유난히 짧고, 어떤 애는 코가 없고, 어떤 애는 곱사등이었던 것이다. 그 가운데서 오직 주광숙만이 전신의 어느 한 부분 불균형한 데가 없이 완전무결한 모습으로 그려져 있었던 것이다.

이런 진기한 그림들을 한동안 유심히 들여다보고 있던 주인갑 씨도 불시에 코허리가 시큰해지면서 눈물이 불끈 솟아오르는 것을 참을 수가 없었다.

씨는 아무 말도 않고 일어서서 마루방으로 나와 앉아 숲 사이로 노량진 쪽을 내려다보며 담배를 피워 물었다.

그림 속에서나마 자기의 몸을 온전하게 내세워보고 싶고 자기를 놀려대는 애들을 비참한 불구자로 만들어보고 싶은 그런 그림이라도 그려보지 않고는 견딜 수 없는 광숙의 애처로운 마음을 생각할 때 주씨는 새삼스레 눈물이 볼을 적시는 것을 깨달았다.

얼마를 그러고 지냈는지 모르는데 뒤에서 인기척이 있어 돌아보니 보순이 과일을 깎아서 쟁반에 얹어가지고 옆에 와 서 있었다.

"오냐, 거기 놓고 나가거라."

그러나 보순은 들고 있던 것을 방바닥에 놓고 자기도 함께 앉더니 충혈이 된 눈으로 주씨를 쳐다보고 입을 연 것이었다.

21

"미국엔 유명한 의사랑 큰 병원이 많다죠?"

"그렇겠지."

"광숙이 미국에 가서 고쳐올 순 없나요?"

"어려울 거다. 미국에 가기도 힘들구 돈도 굉장히 많이 들 거구. 또 설사 미국까지 가서 치료를 받는다고 반드시 나을지도 모르는 일이니까."

"그렇지만, 일마 전에 군산 지방의 어떤 소녀애가 한국선 못 고치는 병을 미국 가서 거뜬히 고쳐가지고 돌아왔다지 않아요? 돈도 안 들이구요."

"그 애는 특수한 병이었구, 또 운이 좋아서 그랬지. 광숙인 소아마비에서 온 것이라 뻔하니까 여권도 잘 안 내줄 거고 간다고 해도 지금 이상 좋아지긴 힘들 거다, 아마."

보순은 절망적인 표정으로 말없이 일어서서 나갔는데 그 뒤 며칠 동안은 보기에도 딱할 만큼 풀이 죽어 지내더니 하루는 마침 아침반이라 학교에서 일찍 돌아온 광숙이랑 셋이 점심을 먹고 나자,

"저, 광숙이와 함께 저녁때까지 어디 좀 갔다 와도 괜찮아요?"

보순이 망설이다가 물었다.

"어딜?"

"한강 건너편에 구경 좀 갔다 오려고요."

"무슨 구경?"

"……"

보순은 광숙이와 얼굴을 마주 보고 낯을 붉힐 뿐 성큼 대답을 못하기에 아마 한강에서 가끔 있는 원영(遠泳) 대회라든지 글라이더 대회라도 있어서 둘이 같이 가기로 약속한 모양이다 싶어, 주인갑 씨는 더 캐묻지 않고 싫다는 걸 억지로 용돈까지 주어서 내보냈던 것이다.

그날 저녁할 시간이 지나서야 애들은 바삐 돌아왔는데, 보순이 부엌에 나가 식사 준비에 정신없이 서서 돌아가고 있는 동안 주씨는 광숙에게,

"한강 건너에 갔다 왔어?"

궁금해서 물으니까

"응."

고개만 끄덕하기에

"거긴 뭣 하러? 무슨 구경거리라도 있었니?"

재우쳐 물어도

"그냥, 놀러."

광숙은 점직한 듯이 그랬을 뿐 그 이상 자세한 말은 하려 들지 않았다.

주인갑 씨는 그 이상 별 관심도 기울이는 일 없이 지나쳐버리고 말았더니, 다음 날도, 이번엔 저녁식사 후에 설거지를 하고 있는 보순일 대신해서 광숙이 쪽에서,

"아버지, 나 언니하고 바람쐬러 나갔다 올게요."

이런 식으로 교섭해 온 것이다.

주씨는 좀 이상해서 보순일 불러가지고

"오늘 저녁에도 어디 가기로 했니?"

물었지만 보순은 머리를 숙이고 대답을 못했고 이번에도 광숙이가 대신

"아버지, 나 나갔다 올게, 응?"

응석조로 졸라대는 바람에

"그럼 일찍들 돌아와야 한다."

이런 말만 일러서 허락해 주었더니, 밤 열 시가 훨씬 지나서야 그들은 돌아온 것이다.

그러나 이 정도는 문제가 아니었다. 이튿날부터는 저녁 설거지만 끝내면 애들은 주씨 몰래 살그머니 집을 빠져나갔다가는 밤중에야 돌아오곤 한 것

이다. 이 사실을 안 주씨는 놀라지 않을 수 없었다.

22

처음엔 당장 보순을 불러 야단을 칠까도 생각해 보았다. 그러나 그렇게 하면 보순이 겁에 질려서 혹은 비밀을 감추기 위해 솔직하게 자백하지 않을지도 모른다. 그 대신 광숙을 살살 달래면서 캐어물을 수도 있지만 보순이와 한통속이 되어 공범의 위치에 있는 영리한 광숙이 결코 함부로 비밀을 폭로하지 않을 것이다. 그래서 주인갑 씨는 가장 확실한 방법으로 그 애들의 뒤를 살그머니 밟아보기로 한 것이다.

보순이와 광숙은 역시 저녁을 일찌감치 먹어치우고는 주씨가 모르는 체하고 있는 사이에 살짝 집을 빠져나갔다. 씨는 그날 낮에 미스 윤에게 미리 당부해 두었던 터라 집을 좀 보아달라고 다시 한 번 일러놓고 급히 애들 뒤를 따라서 나갔다.

보순은 광숙의 손을 잡아끌듯 쏜살같이 언덕길을 내려가서는 한강 인도교를 건너는 것이었다. 아직 채 어둡기 전이라, 주인갑 씨는 들키지 않도록 반대쪽 인도를 멀찍이 떨어져서 미행을 했다.

이윽고 인도교를 완전히 건너 선 애들은 오른쪽으로 꺾이어 모래사장으로 향하는 것이었는데, 웬일인지 수많은 남녀노소가 줄을 지어 그리로 밀려가고 있었다. 그 행렬 속에 휩쓸려 걷는 애들을 놓치지 않으려고 정신을 차리고 따라가는 주씨는 곧 모든 것을 이해할 수가 있었다.

넓은 모래사장 한쪽에는 수십 개로 보이는 천막을 둘러친 임시 집회소를 만들어놓고 기독교 계통의 특별 부흥회가 열리고 있었는데, 꼬리를 이어 몰려드는 군중들은 모두 성경과 찬송가책을 들고 그곳을 찾아가는 기독교 신자들이었다. 기적을 행하느니 병을 고치느니 하는 유명한 목산지 장론지 하는 사람이 친히 집회를 인도하니 많은 사람이 와서 은혜를 받으라는 내용의 포스터를 씨도 얼핏 본 기억이 있었고, 또한 그 목사라나 장로라나 하는 분은 정말 병을 고친다거니 거짓말이라거니 하는 소문이 항간에 자자하게 떠돌고 있는 것도 씨 역시 귓결에 들어 알고 있는 일이었다.

물론 신앙생활의 경험이 없는 씨는 그런 얘기를 일소에 부쳐왔던 것이나, 찬가게 같은 데서라도 그 소문을 들은 보순은 귀가 번쩍 뜨여 오직 광숙의 저는 다리를 고쳐주고 싶은 안타까운 일념에서 행여나 하고 한 줄기의 희망을 걸고 찾아가게 된 것임에 틀림없다. 주씨에게 사실 얘기를 하면 웃음거리나 되고 반대할 게 뻔하니 보순의 순진한 마음으로는 숫제 몰래라도 집을 빠져나갈 수밖에 없었을 것이다.

이런 생각을 하며 신자들의 행렬에 섞여 걷던 주인갑 씨는 집회소 가까이 이르러서 걸음을 멈추었다. 거기서 행렬은 뿔뿔이 흩어져 천막 안으로 들어가 사람마다 자리들을 잡았고, 그 틈에 씨는 보순이와 광숙을 놓쳐버리고 말았기 때문이다.

주씨는 감히 비좁은 속에 뚫고 들어가 끼여 앉을 생각은 없었고 다만 광숙이와 보순이 어디쯤 앉아서 어떻게들 하는가를 밖에서 지켜보고 싶었을 뿐이나, 뒤에서 뒤에서 계속 밀려온 신자들은 그 넓은 천막 안에 빽빽이 차고도 넘쳐서 둘레에 성곽을 이루듯 하는 것을 보고 씨는 그만 그 엄청난 군중 앞에 압도되어 버리는 것이었다.

23

씨는 이대로 집에 돌아가버릴까 하다가 이왕 여기까지 나온 바에는 예배가 끝나기를 기다려 애들을 데리고 가기로 작정하고 거기서 좀 떨어진 곳의 풀포기 위에 자리를 잡고 앉았다.

천막 안에서는 찬송가와 기도 소리가 몇 차례 교대로 흘러나오더니, 그 유명하고 신령하다는 분이 설교를 하는 모양이라 쉰 목소리로 발악하듯 외치는 소리가 간간 들려왔다.

신앙이 무엇인지는 모르지만 저 숱한 군중이 도대체 무슨 힘에 끌려 저토록 도취되어 버리는 것일까를 생각할 때, 정말 그 목산가 장론가 하는 분에게는 무슨 조화의 권능이 있을지도 모른다는 착각이 들기도 하여 과연 광숙의 절름거리던 한쪽 다리를 감쪽같이 고쳐가지고 예배가 끝나자 보순의 손을 끌며 깡충깡충 뛰어나오는 감격적인 환영과 공상에 씨는 일시 잠겨보기도 하는 것이었다.

이미 날은 완전히 어두워 하늘에서는 수많은 별과 초승달이 희미한 빛을 부어왔고 어깨가 눅눅하도록 이슬이 내리는 속에 저절로 떠오르는 여러 가지 상념에 씨는 마음이 어지러웠다.

황 여인의 행방이 불현듯 궁금했다. 미스 윤의 요염한 모습도 얼씬거렸다.

음모 같은 기발한 삼정학원의 설립계획. 거기에 적극적으로 얽혀가며 무슨 딴 속을 차리고 있는 성싶은 혜경 여사. 그리고 씨 자신의 금후의 직업 문제.

마침내는 나라의 불안정한 정치 꼴과 절박한 경제사정에까지 근심이 번져가다 보니, 이윽고 예배가 끝났는지 천막 안이 뒤숭숭해지기 시작했다.

주인갑 씨는 정신이 펄쩍 들어 자리를 차고 일어나서 인도교 쪽으로 바삐 걸어가 그곳 길목을 지켰다. 예배에 참석했던 사람들은 누구나가 그곳을 통과하지 않을 수 없었고, 거기에는 수은등이 환히 켜져 있어서 보순이와 광숙을 찾아내기가 쉬웠기 때문이다.

그러나 반시간 이상이나 걸려 딴 사람들이 거의 다 통과하도록 애들의 모양은 보이지 않았다. 주인갑 씨는 갑자기 불안한 생각이 떠올라 천막 쪽으로 도로 달려가보려고 발을 떼어놓으려니까 그제야 기운 없이 나타나는 보순의 모양이 저쪽에 보였다.

보순은 광숙을 업고 발밑만 내려다보며 천천히 풀이 죽어서 걸어오고 있었다.

"늦었구나."

주씨가 말을 걸며 다가서니까

"어마, 아저씨!"

놀라 걸음을 멈추고 쳐다보는 보순의 얼굴은 눈물에 젖어 있었다. 그 등에 업혀 있는 광숙은 영 맥이 빠져버린 듯 축 늘어져 있었고

"내가 업자."

씨가 등을 돌려댔더니 보순은 광숙을 옮겨 업혀주고

"미안해요, 아저씨."

입속말로 사과를 했다.

"괜찮다, 광숙의 다리가 낫지 않아도 너만 곁에 있어주면 위로가 될 게다."

"전 죽을 때까지 광숙의 곁을 떠나지 않을 테예요."

"응, 고맙다."

주씨는 천천히 발을 떼어놓으며

"그러나 넌 이삼 년 뒤면 출가를 해야지. 그땐 광숙이가 외로울 거다. 나도 그렇고. 그렇지만 할 수 없지."

그러자 보순이 와락 매달리며

"전 시집 안 가요, 안 가요. 언제까지나 광숙이하고 아저씨 곁에서 살겠어요."

떼쓰듯 하면서 체면도 없이 마구 울기 시작한 것이다.

1

'삼정학원 기성회' 의 일에 대해서 주인갑 씨는 그저 막연한 호기심을 품고 있을 뿐 그 이상의 관심도 기대도 걸고 있지 않았기 때문에 반강제로 고문에까지 추대되어 있음에도 불구하고 일요일마다 씨의 응접실에서 열리는 간부들의 회합에 마지못해 참석할 때도 있고 안 할 때고 있고, 도중에서 슬그머니 자리를 떠버리기도 했던 것이다.

더구나 근래에 와서는 혜경 여사가 바짝 달라붙어 가지고 동 회의 젊은 세 간부와 친숙해졌을 뿐 아니라, 여사 역시 준간부나 고문 격으로서 그들 사이에 제법 신뢰와 영향력을 갖고 적극 가담해 가고 있었으므로 주인갑 씨는 구태여 나설 필요가 없기도 했던 것이다.

그러던 것이 참말 세상엔 별놈이 다 있는 모양이라, 미스 윤의 단골 주주의 한 자가 충청남도 연기군에 있는 근 30정보에 달하는 임야를 삼정학원 기성회 앞으로 정식 기부하게 된 데다가, 현금으로 우려낼 수 있는 예상액에도 어떤 확실한 목표가 서게 됨으로써 동 학원 기성회 간부들은 아연 활기를 띠게 되었고, 주인갑 씨도 그냥 젊은 애들의 허황한 꿈으로만 돌려버릴 순

없게 된 것이다.

"오늘 회의엔 당신도 꼭 참석하세요."

일요일 아침 혜경 여사는 조반상을 물리기가 바쁘게 회의 때 내놓을 음료며 과일을 비롯해서 점심 준비에 이르기까지 보순에게 일일이 지시한 다음, 쪽지에 열심히 무슨 계산을 내보고 메모를 작성하고 하더니 불쑥 남편을 돌아보며 한 말이다.

"참석하는 건 좋지만 도대체 참석해서 결국 어떡하자는 거요, 우린?"

"아, 한몫 끼어야 할 게 아네요? 차려놓은 제상 앞에서 왜 물러나느냐 말예요? 저쪽에서 밀어내도 파고들어가야 할 텐데, 자진해서 한자리 주겠다는데 꺼릴 게 뭐냐 말예요?"

"꺼리지 않을 수 없지 않소? 난 미스 윤을 개인적인 입장에선 창녀라고 해서 멸시한다든가 나쁘게 보는 건 아니지만, 어쨌든 현실적으로 창녀에는 틀림없지 않소? 그러면 말요, 창녀와 그 일당이 협박공갈로 손님의 돈을 긁어내가지고 무슨 일을 해보자고 드는데, 이건 역시 따지고 보면 비도덕적이고 범죄가 성립될지도 모르는 일 아뇨? 그래 사십이나 먹은 내가 그런 일당에 가담해 가지고 주척거릴 수가 있느냐 말요?"

"그렇게 엄격하게 따지고 들면 한이 없어요. 흔히 공익을 위해 무슨 일을 한다는 자들 가운덴 협잡질로 번 돈이나 그런 짓으로 꾸려나가는 사람도 허다하니까요. 그렇다고 그걸 긍정하자는 게 아니라 양심상의 수지를 따져볼 때 적자가 안 나면 되잖아요?"

"하긴 뭐 나 자신 엄숙한 애국자나 도덕가 흉내를 내겠다는 건 아냐. 그러나 삼정학원의 자금조달 계획은 구경거리로선 흥미 있지만 내가 직접 가담하기엔 어딘가 자신에 대해서 석연치 않은 기분이란 말이오."

"당신의 성격으론 그러실지도 몰라요. 하지만 미스 윤이 이왕 저런 생활에 억울하게 빠져 있는 이상, 그냥 저러다 마는 것보다는 난봉질엔 돈 아까운 줄 모르는 사내들의 주머닐 긁어내서, 뭐든 보란 듯이 좀 해보는 게 어떤 의미에서든 좋잖아요? 아무튼 이제부턴 일이 재미있게 벌어질 테니까, 이왕 구경을 해도 좀 바싹 달라붙어서 해보란 말씀예요."

2

그들의 일이 제법 흥미 있는 구경거리임에는 틀림없지만 그렇다고 뭐 아내의 말대로 한몫 끼자는 속셈에선 물론 아니요, 마치 그들을 겁내기라도 하듯이 회의 때마다 고의적으로 자리를 피하는 것 같은 인상을 주기도 싫어서 이왕 내 집 응접실에서 벌어지는 일이니 노는 꼴들이 싱거우면 중간에서 일어서 나오더라도 오늘은 또 무슨 소리들이나 지껄이는지 아무튼 주인값 씨는 파적 삼아 참관하기로 한 것이다. 그랬더니 혜경 여사는 만족한 듯이 남편에게 미리 이런 당부까지 해두는 것이었다.

"오늘 회담에선 아마 삼정학원 산하에 농업 고등학원과 종합 기술학원을 두기로 했다는 것, 그 기술학원에 설치할 과목에 대한 구체안도 토의될 거예요. 제가 미리 잘 교섭해 두었으니까 문제 없긴 하겠지만 만일에 미용과와 이발과 안이 채택되지 않을 경우엔 제가 그 설치의 필요성을 강력히 주장할 테니 당신도 적극적으로 밀어주셔야 해요. 예정대로 이 안이 가결되어서 제가 책임자로 앉게 되고, 우리 미장원을 동교의 실습을 겸한 부설 미장원으로 확장해서 선전하게 되면 세금 없이 얼마든지 번창하게 할 수 있으니 일거양득 아네요? 그리고 이 기회에 당신도 기어이 이사 한 자리는 따놓아야 해요. 잘하면 삼정학원은 예상 이상의 아주 대규모의 육영 사업체가 될 수 있을 거예요. 의외에도 미스 윤이 굵직굵직한 패트론만 물고 있거든요. 게다가 미스터 안은 감탄할 만큼 출중한 두뇌와 활동력을 겸비한 청년이에요. 그래서 제가 벌써 다 통해 놨어요."

이러고 나서 혜경 여사는 분주히 경대 앞에 다가앉아 화장에 몰두하기 시작했다.

주인갑 씨는 어이없기도 하고 탄복한 듯도 한 표정으로 멀거니 아내를 바라보며 덤덤히 앉아 있었다. 저런 것을 사업적으로 민활하다고 할까, 뻔뻔하다고 할까. 조금이라도 잇속만 보이는 일엔 염치불구하고 뚫고 들어가는 타입, 그러다가 자기에게 불리하다고 판단했을 땐—그 판단도 놀랍도록 민감하지만— 서슴지 않고 구실을 만들어 발뺌을 하는 타입, 이것이 소위 사업가형인지 모른다.

주씨가 오늘날까지 근 20년 간 중소사업계를 헤엄쳐 오면서도 결국 실패하고 만 것은 이러한 면이 결여되어 있는 탓인지 모른다. 현재 바쁠 때만 가끔 나가 보아주고 있는 남성산업만 해도, 오늘의 확고한 기반을 닦기까지에는 씨의 공로가 컸으니만큼 한몫 끼려고만 든다면 결코 저쪽에서 거절할 수는 없는 형편인 것이다. 그러나 저쪽에서 청하지도 않는데 이쪽에서 비비고 들어갈 만큼 주인갑 씨는 비위도 뱃심도 강하지 못하고, 아울러 약삭빠르지도 못하다. 그에게는 오직 부동의 신의와 결백성이 있을 뿐이다. 오늘의 한국사회에서는 이것은 보잘것없는 밑천이다. 그러기 때문에 씨가 이만한 문화주택을 쓰고 중류 정도의 생활을 유지하며 안온히 지낼 수 있는 것은 혜경 여사의 활동력 덕인 것이다.

'어떻게 나도 좀 다시 활동해 봐야겠는데.'

주씨가 이런 생각을 하고 있으려니까 이윽고 발소리와 말소리가 얽혀 다가오더니 난데없이 어리둥절할 만큼 진기한 광경이 앞뜰에 벌어진 것이다.

3

미스 윤, 미스 조, 미스터 안이 거의 해괴하다고 할 만한 복장 차림으로 나타난 것이다.

흰 바탕에 연한 하늘색 굵은 줄이 드문드문 세로 죽죽 내려간 모시처럼 서늘해 보이는 천의 윗도리와, 짙은 계란색의 여름용 양복지의 아랫도리를 유니폼 모양 세 사람이 똑같이들 해 입고 있었는데 그 몰골이 도무지 예사롭지가 않았다.

미스터 안은 사내인데다가 보통형의 남방셔츠에 반바지라 그런대로 과히 문제가 될 것이 없지만 미스 윤과 미스 조는 두 어깨가 완전히 그리고 가슴과 등은 3분의 1 정도나 노출된 상의에 역시 무릎까지밖에 안 차는 반바지였으나, 그나마 몸에 꼭 끼게 해 입었기 때문에 신비를 담은 육체의 각 봉오리와 골짜기가 마치 벗은 듯이 사정없이 드러나 보였으므로 주인갑 씨 쪽이 당황히 외면을 할 형편이었던 것이다.

물론 씨로서도 젊은 여자들의 이런 유혹적인 복장을 처음 보는 것은 아니다. 여름이면 거리에서 가끔 구경할 수 있는 진경이긴 하였지만 그때마다 전혀 인종이 다른 딴 세계의 여자거나 무슨 신기한 표본처럼만 느끼고 곁눈으로 슬금슬금 훔쳐보며 지나쳐버렸던 것인데, 막상 잘 아는 여자들이 이런 차림으로 눈앞에 나타나니 씨로서는 정말 어리둥절할 만큼 꼴사납기도 하고 황홀하기도 하고 점직하기도 하고 맘이 별했다.

"어마, 차밍한 유니폼."

혜경 여사는 감탄사를 질러 일행을 맞이하고 눈으로 핥듯이 세 사람의 전신을 훑어보다가, 그들을 모로도 세워보고 뒤로 돌려 세워보기도 하면서 일일이 그 자태와 디자인을 꼼꼼히 관찰하는 모양이더니,

"어쩌면!"

또 한 번 감탄하고 나서,

"나도 이렇게 한번 해 입어봤음."

부러워했다.

"해 입으세요. 제가 잘 아는 양장점이 있어서 이거 실비로 아주 싸게 한 겁니다. 사모님껜 제가 기념으로 한 벌 해드리죠."

미스터 안이 엉뚱한 친절을 보이니까,

"어마, 그래요? 하지만 나처럼 다 늙은 여자가 이런 거 입음 흉잡히지 않을까 몰라."

이러고, 여사는 남편을 돌아보았다.

"온, 사모님도. 아, 사모님을 누가 늙었다고 그래요? 아직 이십대로밖에 안 보입니다. 이십칠팔 세.삼십으로 보는 사람은 눈이 비뚤어진 사람입니다."

안 청년의 능란한 말솜씨에,

"아무렴, 이렇게 쪼글쪼글 얼굴에 주름살이 다 잡힌걸요."

하면서도 혜경 여사는 솔직히 기쁨을 감추지 못하는 눈치였다.

뻔히 지나가는 인사말인 줄 알면서도 남이 젊다고 하면 좋아하는 게 중년 이상의 남녀들이다. 남자도 그럴 제야 여자야 말해 무엇하랴.

"그럼 아예 얘기가 난 김에 오늘로 가서 재십시다. 마침 오늘은 회의를 끝내고 곧장 뚝섬에 수영을 나갈 계획이었는데 잘되었습니다. 사모님도 같이 나가시다가 양장점에 잠깐 들렀다 가십시다. 제가 부탁하면 내일이면 됩니다."

안 청년이 그럴듯이 은근히 권하자,

"그럼 그럴까요? 대금은 내가 지불하기로 하고요."

어린애처럼 좋아하는 여사에게 안 청년은 더욱 무책임한 부채질을 했다.

4

"대금 걱정일랑 마시고 맞추세요. 사모님은 서양여자처럼 날씬한 체격을 하고 계시니까 멋지게 어울릴 겁니다."

이런 말을 들으면서 주인갑 씨는 어리둥절한 가운데도 혜경 여사나 안 청년의 태도가 여러 가지로 비위에 거슬렸으나 본시 아내의 하는 일에 별로 간섭을 않기로 하고 있기도 했지만 남들 앞에서 면박을 줄 수도 없었고, 한편 안 청년에 대해서도 아내에 대한 과잉 친절이 못마땅했으나 그렇다고 정면으로 내색을 하는 것도 어른스럽지 못한 일이어서 그저 잠자코 있으면서 미스 조의 유혹적인 옷차림을 간간 곁눈질로 훔쳐보곤 할 뿐이었다.

미스 조는 자그마한 키에 비해서 둔부와 허벅지만이 너무 크고 굵게 발달되어서 다만 싱싱한 처녀라는 느낌 외에는 과히 매력적인 몸매라고 할 수 없되 미스 윤만은 과연 모두들 소라야 왕비를 닮았다고 할 정도라 결코 용모만이 뛰어날 뿐 아니라 균형이 잡힌 날씬한 체격 또한 보면 볼수록 매혹적인 신비한 매력을 구석구석이 간직하고 있어서 돈푼이나 있고 여자를 좋아하는 놈팡이들이 한번 겪어보고는 헤어나지 못하는 심리를 알 수 있음직도 했다.

옛날 클레오파트라나 양귀비 또는 황진이 같은 재색들이 각기 수 명씩의 걸물과 귀인을 녹여낸 것으로도 알 수 있거니와, 일찍부터 경국지색이라 일컬어 희대의 가인에게 미치면 나라를 송두리째 바치고도 오히려 모자랐던 모양이니, 도시 사내라는 것이 얼마나 계집에게 빠지기 쉽게 되어먹은 족속이며, 반면 뛰어난 미녀가 얼마나 남자를 현혹시키는 마력을 간직하고 있는가도 헤아릴 수 있듯이 미스 윤을 클레오파트라나 양귀비에 비할 수는 없다 하더라도 어쨌든 흔히 볼 수 있는 미모나 육체미의 여자가 아닌데다가, 대학생 출신의 창녀라서 그런지 제법 사회적 지위와 명성에 재력마저 겸비한 여러 명의 명사급 인물들이 미스 윤에게 녹아나고 있음은 오늘의 회담 내용에서도 족히 짐작이 가는 일이었다.

일동이 회담장소인 응접실에 모여 앉자,

"오늘은 오랜만에 고문 선생님도 참석하셨으니까 그간의 진행상황을 알려드릴 겸 간단히 지금까지의 경과보고를 하고 넘어가는 게 어때요, 미스터 안?"

언제나처럼 미스 조가 사회자 격으로 이런 말을 해서 안 청년은 그 중간보고라는 것을 했다.

"그러면 주로 고문 선생님을 위해서 간간이 말씀드리겠습니다. 그 동안 미스 윤과 저는 먼저 단골 주주들의 재산 정도, 가정환경, 인품, 사회적 지위와 명망 등에 대해서 여러 가지 방법으로 조사해 출자 능력과 그 가능성 여하에 따라 주주의 리스트를 작성해 놓았습니다. 원하신다면 나중에 명단을 보여드릴 수도 있습니다만 우리는 이 주주들의 이름 위에 일일이 넘버를 매겨놓고 주주 제1호니, 주주 제3호니 하는 식으로 번호만 부르기로 했습니다. 그것은 주주들에 대한 우리의 최대한의 예의인 동시에 우리 자신이나 주주들 쪽에 어쩌다가 미치게 될 수도 있는 뜻하지 않은 어떤 폐해를 막기 위해서입니다."

좌담식으로 차근차근 설명해 나가는 안 청년의 보고가 진행될수록 주인갑 씨는 짙은 흥미와 관심 외에 어떤 놀라움에도 부닥치게 된 것이다.

5

"이상의 주주 리스트에 의해서, 미스 윤이 그 동안 적극적인 교섭을 가져온 결과, 지금까지 해결된 분으로는 시가 약 오십 만 원에 해당하는 임야 근

삼십정보를 비롯해서 시가 이십오만 원 정도의 소주택이 한 채, 현금이 이십삼만 원, 합계 구십팔만 원 상당의 성과를 올렸습니다."

미스터 안은 여기서 잠시 말을 끊고 좌중을 새삼스레 한번 둘러본 다음,

"이상은 별로 비상수단을 쓰지 않고 오로지 미스 윤의 수완과 노력으로 거둔 성과입니다만 이러한 미스 윤의 교섭에 만만히 응해 오지 않고 실없이 꽁무니를 빼거나 까다롭게 구는 주주들이 많은데 얘들에 대해서는 드디어 비상전술을 쓰는 수밖에 도리가 없습니다."

결정적인 태도이기에, 주인갑 씨는 부시중

"그 비상전술이란 결국 추행 장면의 촬영을 말하는 거요?"

물었더니

"그렇습니다. 이미 그 구체적인 계획도 미스 윤과 함께 짜놓았으니까 당장 내일 밤부터라도 차례로 현장 촬영에 착수할 방침입니다."

말하고, 안 청년은 의미 있게 미스 윤을 바라보며 씩 웃었다.

추행 장면의 현장 촬영이라고 하지만, 그런 장면에도 여러 가지 현장이 있을 수 있을 것이라 도대체 어느 정도의 어떤 노골적인 장면을 찍으려는 것인지가 주인갑 씨는 궁금하여 호기심이 동하면서도, 수치나 두려움을 모르는 이들의 '짓'이 어떤 망신스러운 결과를 가져올지 몰라 은근히 마음이 켕기기도 했다. 그러자 미스 조가

"그럼 여기서 현장 촬영의 대상에 올라 있는 주주들의 내용을 간단히 한번 공개해 봐요."

이런 요구를 했다.

"그래도 좋습니다. 내용을 말씀드리자면, 먼저 주주 리스트에 올라 있는 열두 명 중에서 반수 이상인 일곱 명이 우리의 요청에 불응하고 있습니다. 이 밖의 다섯 명은 경제력으로나 사회적 지위와 명망으로 보아 문제도 안 될 만큼 미약한 무명인들이지만, 그래도 이들에게는 과연 탕아다운 활달성과

호기가 있어서, 미스 윤의 심정과 의도를 이해하고 비교적 순순히 그 요청에 응해온 순박한 사람들입니다. 그러나 이제 공개하려고 하는 말썽의 일곱 주주는 재산이나 학식이나 사회적 지위와 명성이 대단한 소위 명사족들입니다. 이런 것들이 흔히 그 명성과는 달리 겉으로는 사회와 민족을 위해 저 혼자 공헌하는 체하면서도 실지는 자기 개인의 명리만을 추구하는 교활한 처세주의자이듯이 얘들 역시 그런 타입으로서 우리 미스 윤의 고깃덩이를, 적어도 약동하는 생명력과 자존심과 꿈이 깃들어 있는 미스 윤의 아름답고 신비한 육체를 마치 변한 돼지고기나 말고기처럼 헐값에 처리하려고 드는 가증한 존재들입니다."

안 청년이 이렇듯 다소 수식적인 언변에 흐르자 미스 조가 대뜸

"미스터 안, 너무 낭만적인 과잉설명은 필요 없어요. 어서 간략하게 사무적인 보고만 해요."

주의를 주었더니 안은 솔직하게 머리를 긁고 나서

"이거 또 콧방이야."

웃고, 이내 사무적인 보고에 들어갔는데 그가 공개한 가증스러운 일곱 명의 소위 명사족 주주의 내용이란 이러했다.

6

'주주 제1호' — 54세. 모 회사 회장. 모 회사 사장. 전 국회의원. 미스 윤이 여고시절 가정교사 겸 잔심부름꾼으로 기식하면서 학비 원조를 받은 일이 있는 윤의 의붓아버지의 형. 미스 윤을 최초로 유린한 치한. 재산 수억. 물욕, 권세욕, 색욕의 덩어리. 여자관계 부지기수. 이번 국회의원 선거에 출마 준비. 당

선을 위한 온갖 야비하고 유치한 공작에 분망. 돈이면 안 되는 것이 없다고 생각하는 인간.

'주주 제2호' — 58세. 대회사 사장. 재산 수억. 경제계의 준일급 명사. 가문 및 개인의 명예와 체면을 무엇보다 존중함. 그의 가정에는 무슨 연유에선지 고민거리가 되어 있는 차남이 있음. 현재 행방불명. 비밀의 여자가 둘 정도로 추측되나 측근자도 눈치 챌 수 없을 만큼 조심성 많은 인격자형. 스케일은 크지 못하나 온건, 침착하기로 알려진 인물.

'주주 제3호' 47세. 의학박사. 모 병원의 원장. 재산 근 1억. 도규계뿐 아니라 정치계, 교육계, 문화계까지 발이 넓고 명망 있음. 철저한 공처가라 부인이 무서워서 소실은 두지 못하고 무시로 고급 화류계에 유흥함.

'주주 제5호' — 41세. 대상인. 4 · 19 이후 국회의원에 입후보하여 차점으로 낙선. 금번 물가 폭등 시에 소맥분 암도매로 추산키 어려울 만한 거액의 부당이득을 취했음. 차기 국회의원 입후보 결정.

'주주 제6호' — 모 국책회사 전무. 재산 7000만 원 정도. 소실 유무 불명. 공무원 출신의 민완가.

'주주 제7호' — 34세. 모 대학 부교수. 주주 제1호의 장남. 소심 교오한 소장학자. 요령껏 움직일 수 있는 재산 수천.

'주주 제9호' — 45세. 제7호와 같은 대학교 교수. 미스 윤의 은사. 재산 겨우 수백. 세상에선 무골호인의 덕망가로 알려진 인물. 각계각층에 안면이 넓어 이용가치 많음.

이상의 진기한 보고를 들었을 때 주인갑 씨는 모두가 자기 따위와는 비교도 안 될 만큼 쟁쟁한 재산가요 명사라는 데 놀랐고, 이러한 사람들을 녹여내고 있는 미스 윤의 정사에는 능수능란한 연상의 여인 같은 착각에서 경이감이 들기도 했다.

그리고 또 한 가지는 주주 제2호가 혹시 김 청년의 부친이 아닌가 하는 생각이 들었지만, 나중에 슬그머니 리스트를 뒤져 본명을 알아보기로 하고 경솔히 발설은 하지 않았다.

회의는 이상의 보고에 이어서 곧 이사회의 구성 문제며 학원기구의 구체적 내용과 그 밖의 몇 가지 안건이 토의되었는데, 혜경 여사가 염려하던 '미용과'와 '이발과'의 설치 문제는 여사의 말대로 미리 다 통해놓아서 그런지 무난히 결정을 보았다.

이에 가결된 내용의 골자를 적어본다면 이사회는 명예이사 10명 이내, 이사장을 포함한 상임이사 5명 이내로 구성하되 상임이사만이 의결권을 갖고 실권행사를 할 수 있게 하고, 이사장과 상임이사는 종신제로 하자는 것이요, 학원 기구에 있어서는 '삼정 농업고등학원(3년제)'와 '삼정 종합기술학원(1년제)'을 양립시키고 후자 내에는 양재과, 편물과, 목공과, 미용과, 이발과, 시계과의 여섯 과를 두며, 농업학원은 지방에, 기술학원은 서울에 설립하기로 결정을 본 것까지는 좋았으나 의외에도 그 뒤에 들고 나온 문제가 엉뚱하게도 주인갑 씨에게로 직접 불똥이 튈 줄은 꿈에도 몰랐던 일이다.

7

회의가 마지막에 이르자 고문 선생님의 사저 응접실을 빌려 임시로 간판이나 걸어둘 것이 아니라, 이제부터 본격적인 활동을 벌여야 하는 만큼 대외적인 위신이라든지 기타 모든 연락 사무관계를 고려해서, 주택과 사무실을 겸한 삼정학원 본부 건물이 필요하게 되었다는 얘기가 누구 입에선가 나온 것을 계기로, 그 문제를 가지고 세 젊은이는 한동안 의견을 나누는 눈치더니 위치도 그만이요 건물 자체도 아담하니 아예 이 집을 삼정학원에서 인수해 가지고 본부로 쓰는 게 좋으리라는 결론이 멋대로 굳어지기 시작한 것이다.

딴 생각에 잠기느라고 그들의 이야기를 듣는 둥 마는 둥하고 있던 주인갑 씨는 그제야 정신이 펄쩍 들어,

"이 집을 인수하다니 그게 무슨 소리요?"

얼떨떨해서 물으니까,

"물론 그냥 인수하겠다는 말이 아녜요. 적당한 시세로 삼정학원에서 매수하겠단 말이죠."

미스 조가 당연한 말을 하듯이 대답한 것이다.

"아니, 인수든 매수든 간에 누가 이 집을 내놓는다 했소?"

"그렇지만 이렇게 아담하고 널찍한 문화주택을 고문 선생님의 가족끼리만 쓰시기엔 아깝지 않습니까?"

안 청년이 이런 식으로 나오기에,

"그러니까 미스 윤에게 방을 빌려주기도 하고, 자네들을 위해 응접실을 이렇게 무료로 개방해 준 것 아뇨."

어디 할 말이 있거든 더 말해보란 듯이 주씨가 반박했더니,

"겨우 응접실 한 방만으론 옹색하고 불편해서 안됐습니다. 앞으론 회의가 밤늦게까지 걸릴 때면 여기서 자기도 하고 식사도 끓여먹을 수 있어야 하고, 또 지방 손님이라도 오면 재워 보내기도 해야 하니까요."

어디까지나 자기들 본위의 일방적인 얘기다.

"그야 이 응접실만 가지고 부족하면 딴 데 적당한 사무실을 얻으면 될 게 아뇨. 왜 남의 집을 가지고 말이 많으냐 말요."

"그게 간단하지가 않아서 그래요. 우선 사무실과 주택을 겸할 수 있어야 하고, 위치나 건물 자체도 빈약해선 안 되는데, 어디 이런 마땅한 건물이 쉬워야죠. 간혹 맘에 드는 건물이 있긴 해도 그건 값이 엄청나서 감히 손을 댈

수가 없고요.”

미스 조가 이렇게 자기네 사정을 설명했으나,

“글쎄, 그건 자네들 사정이고 난 이 집을 아직은 팔 생각이 없단 말요.”

주씨가 잘라 말하니까 세 젊은 남녀는 잠시 얼굴만 서로 번갈아 보며 말이 없다가,

“그렇지만 저희들은 고문 선생님을 생각해서 하는 말입니다.”

안 청년은 점점 더 터무니없는 태도로 나왔다.

“허, 이거 나중엔 별소릴 다 듣겠구려. 날 생각해서 하는 말이라니?”

“직업도 없으신데 집만 이렇게 번듯한 걸 쓰고 계심 뭘 하시겠어요. 세금이라든지 출비만 커지죠.”

미스 조가 이러고 나서 혜경 여사를 돌아보며,

“안 그래요, 사모님?”

동의를 청했으나 여사는 빙그레 웃기만 하고 아무 말이 없었다.

주인갑 씨는 마침내 화가 동해서,

“아, 남이 어떤 집을 쓰고 살든, 직업이 있든 없든, 무슨 참견야!”

버럭 소리를 질렀지만 결과는 도리어 매우 나빴다.

8

미스 윤, 미스 조, 미스터 안의 세 사람은 다시 난처한 듯이 얼굴들을 서로 마주 보더니,

“고문 선생님이 이렇게 흥분하시니 영 얘기가 안 되는군. 어떡하죠?”

안 청년은 두 동지의 얼굴을 번갈아 보며 의견을 청했다.

"그러면 할 수 없잖아요. 우리의 뜻을 이해시키기란 계란으로 돌을 깨려는 격이니 단념하고, 종전대로 이 응접실만 쓰기로 해요."

미스 조의 이 말에 주인갑 씨는 더욱 밸이 꼬여서,

"이봐요, 내가 돌처럼 몰이해하다는 말 같은데, 나를 탓하기 전에 먼저 자네 자신들의 태돌 한번 반성해 봐요. 왜 남의 집을 가지고 이래라 저래라 말이 많으냐 말요. 사람들이 그렇게 비위 좋고 염치없을 수 있어?"

낯을 찡그렸다.

"그럼, 이 응집실을 전세로 빌려주세요."

"전세로?"

"그냥 쓰기가 염치없으니까요."

"그 정도의 염친 괜찮아요. 마지못해서이긴 하지만, 임시로 내가 그냥 빌려준 거니까 그 이상의 염치없는 짓들이나 하지 말란 말요."

"그럼 호의를 고맙게 받아서, 이 응접실은 삼정학원 사무실로 계속 사용하기로 하겠습니다."

"좋아요."

세 젊은이는 이마를 모으고 작은 소리로 무엇인가 잠시 의논하고 나서 무슨 문서를 작성하는 모양이더니 막 자리를 뜨려는 주인갑 씨를 향해,

"그러시다면 여기에 서명날인을 해주시면 고맙겠습니다."

안 청년이 쪽지를 한 장 내밀었다. 무슨 영문인가 싶어 의아한 표정으로 씨가 받아보니,

〈각서〉

본인은 서울특별시 영등포구 본동 ×××번지 소재의 본인 소유의 주택 응접실을 삼정학원 기성회에 무료로 대여한다.

1963년 9월 일

우 주택소유자

라고 적혀 있었는데 맨 끝줄 '우 주택소유자' 라는 말에 주씨의 성명을 적고 날인하라는 말에 틀림없었으므로 씨는 하도 어이가 없어 세 사람을 차례로 바라보다가,

"이건 뭐요?"

못마땅하게 물었다.

"물론 이건 현재로선 단순한 형식에 불과해요. 그렇지만 살아 있는 인간에겐 언제 어떤 불의의 사고가 돌발할지도 모르니까, 그런 만일의 경우에 대비해서 구두약속을 성문화시켜 놓자는 것뿐예요."

이러한 미스 조의 해명을 주씨는 듣는 둥 마는 둥하고,

"이런 일은 구두로도 족해요. 무슨 중대한 일이라고 각서를 쓰고 거기에 서명날인까지 한단 말요?"

쪽지를 젊은이들 앞으로 도로 밀어 보냈다.

"그렇지만 저희들에겐 중대한 일일 수도 있습니다."

"뭐가 그리 중대하오?"

"경우에 따라선 주거침입죄에 걸릴 수도 있으니까요."

"온, 의심들도……."

주씨는 마침내 웃어버리고 먼저 일어서 나오려 했으나 중대한 일이 아니라면 더욱 가벼운 기분으로 날인할 수 있지 않느냐고 조르는 바람에 씨는 귀찮아서 도장을 찍어주었었는데, 그게 탈이었다.

아무것도 아닌 것 같은 각서에—보통사람들끼리라면 의당 아무것도 아니

어야 할 일에— 대수롭지 않게 여기고 도장 하나 잘못 찍어준 것이 그처럼 골치 아픈 말썽을 가져오리라고는 씨로서는 정말 상상조차 하지 못했던 일이다. 그러나 시간적 순서로 보아서 그 '골치 아픈 말썽' 을 적어나가기 전에 여기서 먼저 이야기하고 지나가야 할 몇 가지의 사건이 있다.

삼정학원 간부들이 혜경 여사가 한턱낸 점심에 배들을 불리고 혜경 여사까지 얼려서 철늦은 물놀이를 간답시고 그 꼴사나운 차림새로 우줄우줄 밀려들 나간 뒤다.

그런 지 얼마 안 되어서 의외에도 또 다시 순희가 찾아온 것이다. 새로 사입은 듯한 짙은 무늬의 원피스에 흰 운동화를 신고 무엇인가 들어 있는 커다란 종이봉지를 한 손으로 소중히 가슴에 안고 마루방 앞으로 다가오더니 전보다는 훨씬 명랑해 보이는 태도로,

"안녕하셨어요?"

가볍게 머리를 숙여 인사를 하는 것이었다.

"너, 그 동안 어디 가 있었니?"

아무튼 반가워서 주인갑 씨가 궁금했던 일을 물으니까,

"친척 아저씨네 집에 가 있었어요."

대답하는 소리도 전과 달리 또렷또렷했다.

"그 박씨네 댁 말이냐?"

"네."

"오, 거기에 돌아가 있었구나. 그럼 아버지도 같이?"

"아녜요. 저 혼자 가 있었어요."

"아버진?"

성큼 대답을 못하는 순희의 얼굴에는 잠깐 검은 그림자가 스쳐갔다.

자세한 얘기는 천천히 듣기로 하고 우선 마루방에 올라와 앉도록 권했더니 순희는 권하는 대로 선선히 올라와 앉아서 안고 온 종이봉지를 두 손으로

주인 아저씨 앞에 밀어놓으며,

"이거 아버지가 갖다드리라고 사주셨어요."

했다.

"뭐냐, 그게?"

주씨가 봉지를 펴보니 까맣게 익은 소담한 포도가 10여 송이는 됨직해서 희한하고 궁금해서,

"가뜩이나 곤란하실 텐데 이런 건 왜 사 보내신담. 그냥 오면 어떠냐."

그러고는 순희의 얼굴을 바라보았다.

"아저씨에겐 여러 가지 미안한 일이 많았대요."

"미안하기야 뭘. 하도 속이 상하다 보니, 모르는 새에 그럴 수도 있었을 테지……. 그런데 아버진 지금 어디 계시니?"

이번에도 순희는 또 아버지의 밀정으로 온 것이 아닌가 싶어 그 포도에는 성큼 손을 댈 생각이 들질 않아, 이런 말을 묻고 소녀의 눈치만 살폈다.

"잘 모르겠어요."

아버지의 거처만 물으면 소녀는 침울해지며, 자세한 대답을 꺼리는 기색이었다.

"그럼 아버지와도 자주 안 만나니?"

"네. 저희 아저씨랑 아주머닌 그까짓 사람 같지 않은 아버지나 어머닌 아예 잊어버리고 말라고 하시지만, 어머닌 본 지가 오래서 한 번만 만나보려고 찾아왔어요."

"너희 어머니 계신 델 나도 모른다, 정말."

주씨는 당황히 부인했으나 순희의 다음 말은 너무나 의외였다.

10

"그러지 말구 가르쳐주세요. 이젠 다 해결 났으니까 괜찮지 않아요."

"해결이 나다니, 뭐가?"

"아버지하구 어머니하구 이혼하신 거 말예요."

"아직 정식으로 이혼은 안 됐지. 얘기는 난 지 오래지만."

순희는 이상하다는 듯이 눈을 깜빡거리며 주인 아저씨의 얼굴을 찬찬히 쳐다보다가

"왜요. 아버진 이혼하기로 하고 서류에 도장 찍어주고 돈까지 받았다던데요."

이번엔 주인갑 씨 쪽에서 눈을 크게 뜨고 소녀의 낯을 뚫어지게 들여다보며

"거 정말이냐?"

물었다.

"그럼, 아저씨가 다 해주신 거 아녜요?"

그 말엔 대꾸도 않고,

"대체, 서류에 도장을 찍어서 누구에게 줬대? 돈은 누구에게서 받고?"

"모르겠어요. 전 아침에 일찍 직장에 갔다가 퇴근해선 곧장 야간학교에 갔다가 밤늦게야 돌아오니까요."

"직장에 다니니?"

"네. 저희 아저씨가 아는 사람에게 부탁해서 큰 회사에 사환으로 넣어주셨어요."

"그래. 그거 참 잘됐구나."

보순을 불러 포도를 씻어오래서 소녀와 함께 그것을 먹으며 자세한 얘기를 들어보니, 그간의 사정은 이러했다.

순희는 어머니의 거처를 알아오라는 부친의 명령을 받고 비를 맞으며 주

인갑 씨를 찾아왔던 이튿날, 아버지가 금세 달려들 것만 같아서 주씨의 집을 빠져나가 가지고 거리를 헤매다가 어두워진 뒤에 할 수 없이 친척 아저씨네 집으로 되돌아갔다는 것이다. 거기서 며칠 동안 애를 거둬주면서 집안일을 돕다가 마침 아저씨의 친구 소개로 어느 큰 회사에 급사로 취직이 되었고, 동시에 야간 고등공민학교에 편입해서 다니게 되었다고 한다.

그런 어느 날 밤, 늦게 집에 돌아오니까 아저씨의 말씀이, 부모들 사이의 이혼 문제는 완전히 해결이 나서 서류에 도장을 찍어주고 12만 원을 받았는데, 그 돈에서 순희 몫으로 간신히 1만 원을 빼앗아놓았다면서 내주기에, 그것으로 당장 필요한 옷이며 내의, 신발, 학용품 등을 장만했다는 것이다.

부친은 그 뒤 어떤 여자와 시내 어디서 술장사를 한다는 말을 귓결에 듣고 있었을 뿐 자세한 소식은 모르고 지내던 중, 오늘 아침에 풀이 죽어서 불쑥 찾아와 가지고, 주인갑 씨에게는 그 동안 여러 가지로 미안한 일이 많았으니 내 대신 이것이라도 갖고 한번 찾아가보라면서 포도를 한 봉지 사주고는,

"난 당분간 서울을 떠나기로 했다. 그러니 네 어미 만나거든 과거를 깨끗이 잊고 부디 잘살란다고 전해다고."

그러고는 울먹울먹하면서 돌아가버렸다는 것이다.

소녀의 태도로 보아서 결코 이번에는 부친의 조종에 의한 거짓말이 아닌 듯싶었으나 주씨 자신 정말 황 여인의 행방을 몰라 몹시 궁금하던 터라,

"너의 어머니 계신 델 나도 정말 모르는데 어떡하지."

만망해 했더니,

"어머닌 아저씨하고 산다던데요."

소녀는 골난 사람처럼 엉뚱한 말을 하고, 살짝 곁눈질로 씨를 쳐다본 것이다.

11

"뭐?"

주인갑 씨는 하도 어이가 없어서 외마디 소리를 지르고,

"누가 그런 소릴 해?"

재우쳐 물었다.

"아버지도 그러구, 저의 아저씨도 그럴지도 모른대요."

"무슨 근거에서 그런 터무니없는 소리들을 한단 말이냐?"

"어머닌 지금 그 남자하고 헤어져서, 혼자 방 얻어갖고 지낸다면서요?"

"모른다. 글쎄, 나도."

"십이만 원을 선뜻 내놓고도 저렇게 놀고 잘 지내는 걸 보면 아저씨가 살림을 차려주고 같이 사시는 게 분명하다고, 아버지랑 아저씨가 그런 얘기들을 하셨어요."

"흠!"

주인갑 씨는 그런 경우를 상상하고 씩 웃었다.

순희가 전하는 황 여인의 소식이 어디서 어떻게 흘러나온 것인지 모르지만 그게 사실이라면 당분간 시골에 내려가서 휴양을 한다는 건 거짓말이고, 시내 어디에 따로 방을 얻고 나가 있는 게 분명했다.

그리고 이혼 문제만 해도 중간에 누구를 내세웠는진 모르나 일껏 주인갑 씨가 애써서 간신히 마지막 타협선을 마련해 놓았더니 씨를 싹 제쳐놓고 단독으로 살짝 결말을 지어버리고 말았나 보다.

사실 이혼이 성립된 건 좀 과장해서 말하면 주씨의 노력과 공신의 대가라고 할 수도 있는 것이다. 그런 걸 합쳐서 생각하면 씨는 분통하고 괘씸하기 짝이 없었다.

"너의 어머니가 어디 있는지 나가서 좀 알아보자."

얼마 만에 주인갑 씨는 순희를 앞세우고 집을 나섰다. 씨는 황 여인을 찾아내서 하고 싶은 말이 많았다. 이쪽의 호의를 그렇듯 배신으로 갚아버릴 수가 있느냐 말이다. 어쩌면 주씨가 은근히 접근하려는 기색이 보이니까 그게 싫어서 피한 것인지 모르지만 그렇다면 남편을 두고 연하의 젊은 놈과 붙어먹은 황 여인 자신은 도대체 얼마나 절개 있고 고결한 여자란 말이냐.

주씨는 여느 때 없이 황 여인에 대한 노여움을 품고 여인이 행방을 감추기 전에 들어 있었던 주인집을 순희와 함께 다시 찾아가본 것이다. 기실 거기밖에는 가서 알아볼 데가 없었으니까.

초로의 주인 아주머니는 이내 주인갑 씨를 알아보고,

"그 왜, 문간방에 들어 있던 탐스런 색시 말요? 시골에 안 갔나 봐요."

먼저 그런 말을 알려주었다.

"왜요?"

"내가 찬거릴 사러 나갔다가 시장 골목에서 몇 번 본걸요."

"그럼, 어디쯤 있대요?"

"몰라요, 그건. 말을 걸어볼 새가 있었어야죠. 퍼뜩 눈에 띄기에 다가가 말을 걸려면 어느새 사람들 틈에 자췰 감춰버리곤 하니."

"그럼, 이 근처 어디서 살고 있는 것만은 틀림없군요."

"그런가 봐요."

"그럼, 다음에 만나시거든 몰래 뒤를 밟아서라도 있는 델 좀 알아봐주세요. 사실은 애 어머닌데 복잡한 사정이 있어서 그 동안 헤어져 있었지만 꼭 만나야 할 일이 있어서 그래요."

주씨는 부탁을 해놓고 돌아 나오려다가,

"참, 김 청년은 어떻게 됐습니까."

궁금해서 물었다.

12

"시골서 그저 안 돌아왔죠."

"아무 소식도 없이요?"

"왜요, 편지는 두어 번 왔어요."

"아주머니한테요?"

"아니죠, 이 애의 어머니에게 말이죠."

"그럼 그 편지 아주머니가 보관하고 계세요?"

"그럼요."

주인갑 씨는 잠시 무슨 생각을 하다가

"그럼 그 편질 제게 주십쇼. 제가 보관하고 있을 테니까 얘 어머닐 만나시거든 저한테 와서 편질 찾아가라고 전해 주세요."

하니까 주인 아주머니는 좀 주저하는 기색이었으나,

"괜찮습니다. 본인은 행방을 감춘 뒤고……. 딸이 와서 가져갔다면 그만 아녜요?"

순희의 핑계를 댔더니 주인 아주머니는 그래도 다소 망설이면서 방에 들어가 두 통의 두툼한 편지를 내다주었다.

황 여인의 행방을 달리는 더 알아볼 길도 없었고 이것으로 순희도 납득이 간 모양이었으므로 주씨는 곧 소녀를 앞세우고 그 집을 나온 것이다.

순희를 그냥 돌려보내기가 안돼서 거리에 나오는 길로 케이크 집에 들러 빵을 사 먹이면서,

"아무튼 어머니 거처만 알면 연락해 줄 테니 쉽게 연락될 수 있는 장소를 적어놓고 가거라."

주씨가 말하니까 소녀는 이내 점원에게 연필과 메모지를 빌려서,

'동서물산 주식회사 중역실' 이라고 거침없이 쓰고, 그 밑에 전화번호를

적어놓았다.

"너 굉장히 유명한 회사에 들어갔구나."

주씨가 감탄하다가 퍼뜩 생각이 들어,

"사장이 김춘택 씨지?"

물으니 물론 그렇다는 것이다.

김춘택이란 말할 것도 없이 순희 모친의 젊은 정부인 김두형 청년의 부친이었으므로, 주씨는 케이크 집을 나와 소녀와 헤어져 돌아오는 길에도 이 공교로운 연결에 거듭 감탄하는 것이었다. 씨는 집에 돌아오자 옷을 갈아입고 서재에 들어가 앉아서 황 여인에게 보낸 김 청년의 편지를 뜯어보기로 했다.

물론 남의 사신을 몰래 뜯어본다는 소행은 잘못이지만 아무래도 이 편지에는 황 여인과 김 청년의 무슨 비밀이, 나아가서는 혜경 여사의 어떤 비밀까지도 적혀 있을지 모른다는 예감이 들었는데, 그렇다면 황 여인에 대하여 비상한 매력과 호감을 품고 있는 씨로서 그리고 혜경 여사의 남편으로서 뜯어보지 않을 수 없는 감정이었고, 한편 뜯어볼 만한 어느 정도의 이유는 있는 것으로 해석된 것이다.

그러나 봉투는 너무나 단단히 봉함을 했기 때문에 아무리 기술적으로 개봉을 하려 해도 뜯었던 흔적 없이 떼었다 붙일 도리는 없었다. 봉투의 상부만이 아니라 하부의 봉함 부분도 일부러 풀칠을 해서 고쳐 붙인 모양이라 만찬가지였다.

두 통이 다 그랬다.

주씨는 두 장의 봉투를 여러 차례 찬찬히 검토해 본 결과 이면(裏面)의 복부에 해당하는 부분이 그 중 허술하게 붙여져 있음을 발견하고, 칼끝으로 그곳을 살살 비집어 떼는 데 성공하였다.

여섯 장이나 되는 양면괘지 전후 면에 필자의 인품 모양 소박한 펜글씨로 빽빽이 적혀 있는 첫 통의 내용은 이러했다.

13

몇 마디의 안부를 묻고 알리는 글발에 이어서,

지금 이렇게 떨어져서 생각을 해보아도, 역시 부인의 생각은 잘못입니다. 우리는 어떤 일이 있어도 이제는 부부가 되는 길밖에 없습니다.

부인은 우리가 부부가 될 수 없는 여러 가지 이유를 들어 반대하지만 그것은 하나도 타당한 얘기가 아닙니다. 첫째, 우리의 관계는 출발 자체부터가 단순한 정욕에서 저지른 일이지 결코 진실한 애정의 뒷받침이 있었던 행위가 아니라고 하지만, 애정만이 중요하고 우리가 저지른 과오를 바로잡는 일은 중요하지 않단 말입니까? 부인이 서씨와 정식으로 이혼을 하고 나와 정식으로 부부가 되면 우리의 과오는 깨끗이 씻어질 수가 있습니다. 그러나 이대로 헤어지고 만다면 우리의 과오는 날이 갈수록 추악해지고 따라서 영원히 가셔지지 않을 것입니다.

애정 없는 결합이 며칠이나 가겠느냐고 하지만 결혼이란 반드시 애정을 선행조건으로 삼는다고 나는 보지 않습니다. 다만 애정의 가능성만을 어림으로 계산해 볼 뿐입니다.

현대 사회에 있어서도 연애결혼보다는 중매결혼이 훨씬 더 많다고 여겨지는데 그 중매결혼이 애정을 토대로 맺어지는 것이라고 할 수 있겠습니까? 잠깐 맞선이나 보았을 정도로 무슨 알뜰한 애정이 무르익을 수가 있겠습니까? 결혼에 있어서 애정이란 맨 마지막 문제요, 보다 더 현실적인 홍정, 즉 인물이 잘났느냐 못났느냐, 체격이 좋으냐 나쁘냐, 남자 쪽에 처자를 거느릴 경제력이 있느냐 없느냐, 학벌이 서로 맞느냐 안 맞느냐, 성격과 취미가 어떠한가, 말솜씨와 그 밖의 태도가 어떠냐, 그리고 고루한 사람들에게 있어서는 가문이니 궁합이니 따위의 문제가 중요시될 뿐 중매결혼에서 애정 문제를 논란하는 사람은 하나도 없을 것입니다. 이상의 현실적인 조건만 부합되면 우선 결합부터 해놓고 보는 게 중매결혼 아닙니까?

그리고 연애결혼의 경우도 극소수를 제외하고는 대부분이 단순한 이성에 대한 접근욕이거나 일종의 발정현상이지 그게 무슨 연앱니까? 부인이 공상하듯 진실한 애정을 선행조건으로 해서 이루어진 부부가 이 세상에 과연 몇 쌍이나 되겠습니까? 애정보다 먼저 현실적인 이해타산입니다. 이해타산만 맞으면 결혼하는 것입니다. 애정은 그 뒤의 얘깁니다.

대개의 경우는 한 지붕 밑에서 한 솥의 밥을 먹고 살아가노라면, 더구나 공통의 이해관계를 가진 남녀가 서로 몸을 허락하고 애무하며 함께 살아가노라면, 애정이란 저절로 생기게 마련입니다. 그렇다 해도 물론 애정의 질이나 강약의 차는 부부마다 다를 것이며, 마침내는 애정이 생기지 않는 부부도 있어서 그런 경우는 비극이 벌어지기 쉽지만, 헤어지는 것보다는 붙어 사는 게 그래도 현실적으로 유리하다는 타산에서 비극을 극복해 나가는 부부 또한 적지 않다고 나는 봅니다. 그 가까운 실례로서는 주인갑 씨 부부가 이런 케이스에 속할 것입니다.

난데없이 주인갑 씨 자신의 내외가 그리 유쾌하지 않은 부부관계의 일례로 인용되었기 때문에 씨는 부지중 고소를 금치 못했으나 그것이 어느 정도는 사실이라 화를 낼 수 없었다.

14

김 청년의 편지는 아래와 같이 계속되었다.

둘째로, 부인은 연령의 현격한 차이 때문에 원만한 부부생활의 지속이 불가능하리라는 속단에서 우리의 결혼을 반대하였지만 그것도 정당한 견해는 아니라고 봅니다.

부인의 말대로 한창 왕성한 나의 장년기에 부인은 벌써 초로에 접어드는 연령에 달할 것이요, 따라서 얼굴에는 주름이 늘고 육체의 탄력이 빠져버릴 것입니다만, 거기서 오는 불만 정도는 의식적인 노력으로 극복해 나가는 편이 차라리 우리가 저지른 과오에서 오는 치욕을 평생 지니고 사는 괴로움에 비해 용이한 일이라고 나는 생각합니다.

앞으로 10년만 지나면 40이 훨씬 넘어설 부인에게 30대의 건장한 내가 여러 가지 면에서 만족할 수가 있겠느냐, 반드시 팽팽한 딴 젊은 여자에게 놀아날 것이 아니냐고 부인은 반문한 적이 있지만, 그때는 이미 육체적인 도취행위에는 시들해지고 보다 더 가정적인, 즉 살림이 늘어나는 재미라든지 아이들을 기르는 재미라든지가 부부생활의 중심을 이룰 시기라고 봅니다.

나는 일단 가정을 가진 이상 서씨처럼 주색잡기에 풍덩 몸을 담가버리는 짓은 물론 주인갑 씨 모양 절제 있는 방탕을 즐기는 일조차 절대로 삼갈 결심입니다. 그것은 언제나 말했듯이 어머니가 저지른 과오를 2대에 걸쳐 내가 또 되풀이한 것만도 뼈에 사무치는 수치요 한이거든 어찌 그런 타락행위를 상습화할 수가 있겠습니까.

그리고 나보다 먼저 노쇠해 가는 부인의 육체에 대한 불만 같은 것도, 언젠가 부인이 잠자리에서 살그머니 속삭인 일이 있듯이 부인은 특이한 육체적 조건을 갖추고 있는 모양인데 서씨와 달리 딴 여자와의 경험이 없는 나로서는 어떻다 말할 수 없지만 만일 그것이 사실이라면 그 점만으로도 연령의 차이에서 오는 나의 일면적 불만은 상쇄될 수 있지 않겠습니까?

그러니 우리는 정식 부부가 되기를 꺼리고 주저할 이유가 조금도 없습니다. 자살이나 자수와 마찬가지로 이냥 헤어져버린다는 것은 무책임한 일이요 손해

보는 짓입니다. 우리는 완전한 부부로서 재출발하여 성실한 노력으로 건전한 가정을 꾸며나가는 것만이 과오를 깨끗이 씻고 뉘우침 없이 사는 길이라고 나는 생각합니다. 그러기 위해서는 가급적, 온갖 부패와 타락의 요소가 들끓는 도회지를 떠나 농촌에 생활의 근거를 잡아야겠습니다. 내가 농고 출신이라는 점에서도 그러합니다.

서울을 떠나올 때 말했듯이 나는 이러한 각오로 이곳에 와서 농업학교 시절의 은사를 비롯해서 동창생들이랑 군에 들어가기 전에 일한 적이 있는 농장의 책임자랑을 찾아가 의논해 보았는데 곧 생활할 수 있는 길이 나설 것 같습니다.

그리 되면 우리의 수치스런 과오를 미끼로 나의 부친에게서 거액의 자금을 우려내서, 남혜경 여사와 함께 이용학교를 세우자는 부인의 엉뚱한 계획보다는 훨씬 착실하고 안전한 우리의 생활토대가 마련될 수 있을 것입니다.

청년의 편지는 혜경 여사와 자기와의 관계라든지 그 밖에 할 말이 많지만 제2신으로 미룬다고 끝나 있었다.

15

이상 김 청년이 황 여인에게 보낸 제1신에서 주인갑 씨의 관심을 가장 강하게 끌어당기는 대목은 역시 후미에 암시한 혜경 여사와 김 청년과의 관계에 대한 한 줄이었다.

김 청년은 언젠가 맥주를 마시면서 혜경 여사와의 관계에 대해서 고백한 일이 있긴 했지만, 그때는 주인갑 씨 앞이라서 그런지 여사가 청년을 어떻게 유혹하려 했다는 이야기뿐이요, 청년이 유혹을 어떻게 당했다는 점에는 언급하지 않았었다. 그러나 청년이 황 여인에게 실토하지 않으면 안 될 만큼 혜경 여사와의 관계가 중요한 것이라면 거기에는 주씨가 들은 이상의 심각한 내막이 있는지도 모를 일이다.

아무리 절제 있는 방탕의 필요성과 가능성을 내세우며 여성을 특히 아내 쪽을 남성의 풍속적 위치에서 해방해야 된다고 입으로는 노상 지껄이는 주씨로서도 아내의 딴 남자와의 관계에 신경이 날카로워지는 것은 역시 어쩔 수 없는 일인 모양이었다.

그러기에 주인집 씨는 분주히 김 청년의 제2신을 펴본 것이다.

여기서는 먼저 농촌에 확고한 생활과 사업 토대를 마련할 수 있는 구체적 계획과 그 가능성을 밝히고 나서 혜경 여사와의 관계에 대해서 상당히 명확한 고백을 했을 뿐 아니라 주씨 내외에 대한 비판까지 가하고 있었다.

계획이란 것은 청년의 농업학교 시절의 은사 한 분이 충남 연기군 내에 대규모의 농장을 목표로 수년 전부터 우선 소농장에 착수하여 착착 기초적인 성과를 올리고 있었으나, 동 농장의 확장 예정지였던 주변의 30정보나 되는 임야를 복잡한 사정에 의해 뺏기게 되었으므로 본래의 계획을 포기하고 제주도에 가서 목축이라도 해볼 생각이라기에, 그 소농장을 70만 원의 싼값에 인계받기로 했는데 이 정도의 자금은 누이를 통해 교섭만 잘하면 집에서 무난히 만들어주리라는 것이었다.

그리고 김 청년의 편지는 다음과 같이 계속되었다.

부인이 나와 부부가 되겠다는 결심만 서면 나는 상경하는 길로 누이를 만나 부인과의 모든 관계를 고백한 후 건실한 재출발을 맹세하고 교섭해 볼 생각입니다. 그러니 부인은 혜경 여사의 유혹에서 즉시 벗어나 부인 자신과 나의 새로운 운명을 위해 결혼을 결심해 주시기 바랍니다.

그리고 부인은 나와 혜경 여사와의 관계를 아직도 의심하고 있는 모양인데 여기서 하늘에 맹세하여 사실대로 솔직히 고해 두겠습니다.

여사는 한때 갖은 교묘한 방법으로 끈덕지게 나를 유혹하려 들었습니다만 어쩔 수 없어 그것도 꼭 한 번 포옹과 키스를 해주었을 뿐 그 이상의 탈선은 절대로 없었습니다. 하늘을 두고 맹세하니 믿어주십시오.

그러니 부인은 혜경 여사의 모든 꾐에 넘어가지 말고 나를 믿고 내게로 완전히 돌아오시오. 혜경 여사나 그 남편인 주인갑 씨나 똑같이 도덕관념이 해이된 무절제한 향락주의자들이니 절대로 속을 주고 접해서는 안 됩니다. 철저히 경계해야 할 인물들입니다. 우리가 이 이상 이중 삼중의 거듭되는 방탕행위를 저지르는 일이 있다면 천벌을 면치 못할 것입니다.

다 읽고 난 주인갑 씨는 엄숙한 표정으로 한동안 편지를 노려보고 있었다.

16

주인갑 씨는 김 청년의 편지에서 새로운 몇 가지의 내막을 짐작할 수 있었다. 첫째는 김 청년과 황 여인이 지금 어떠한 심리적 관계에 도달해 있는가를 명확히 파악할 수 있었고, 다음은 황 여인이 김 청년의 부친에게서 자금을 끌어내어 혜경 여사와 공동으로 미용학관가 이용학관가를 설립하겠다고 한 모양인데 아무래도 그것은 김 청년이 보듯이 혜경 여사의 배후조종에 틀림없으리라는 점이다.

따라서 황 여인은 현재 모든 것을 혜경 여사의 의사에 따라 움직이고 있는 것 같았으며, 황 여인이 행방을 감춘 것도 표면상으로는 단독으로 시골에 내려간 것처럼 꾸며댔지만 기실 혜경 여사 지시에 의해서 딴 방을 얻고 나가

두 여자끼리만 통하고 있는 것이 아닌가 하는 의심이 들었다.

그러고 보면 김 청년과 결혼을 할 수도 안 할 수도 없고, 한편으로는 혜경 여사와 불건전한 동성연애에 빠져 있는 황 여인은 지금 인생의 새로운 위기, 불안한 기로에 서 있다고도 할 수 있는 것이다.

김 청년과 결혼하는 데 대해서는 주인갑 씨도 반대다. 그것은 결혼을 주저하는 황 여인이 내세운 이유가 타당하기 때문이다. 그렇다고 언제까지나 혜경 여사와 저런 비정상적인 관계에 도취해 있을 수도 없는 일이 아닌가.

주씨는 한시바삐 황 여인을 만나야 되겠다는 생각이 들었다. 무척 만나고 싶었다. 그러나 역시 어떻게 하면 황 여인의 거처를 탐지해 내느냐가 문제였다. 혜경 여사에게 물으면 시치밀 뗄 것이 뻔하고, 미장원 직원들도 잘 모르기가 쉬울 것이요, 설사 알고 있더라도 여사가 발설을 금하고 있을지 모르니 가르쳐줄까가 의문이다.

이튿날 주인갑 씨는 또다시 황 여인이 들어 있던 주인집 아주머니를 찾아가보았으나,

“그 뒤론 여태 못 보았어요.”

하는 대답이었다.

그래서 전에 두 차례나 보았다는 그 장소와 시간을 알아가지고 그날부터 주인갑 씨는 오후 4시 전후면 노량진 시장을 뒤지고 다니기 시작했다.

며칠을 계속해서 그러고 찾아 헤매도 황 여인의 모습은 눈에 띄지 않았다.

마침내 씨는 미장원을 찾아가보는 수밖에 없었다. 혜경 여사가 가게를 지키고 있으면 급히 용도가 생겨서 돈을 얻으러 온 것처럼 가장하고, 만일 여사가 없으면 가장 고참이어서 주씨네 가정 내막에 밝은 미용사 정양을 불러내서 슬그머니 황 여인의 거처를 물어볼 속셈인 것이다.

마침 혜경 여사는 외출 중이고 가게에는 없었다.

“마담 어디 갔나?”

밖에서 기웃이 들여다보며 주씨가 누구에게 없이 물으니까

"네, 밖에 나가셨어요."

손님의 머리를 만지고 있던 미스 정이 누구보다도 먼저 대답했다.

주씨는 다소 망설이다가

"미스 정, 나 잠깐 좀 봐요."

불러내가지고,

"다른 게 아니구 황 여사 딸이 지금 우리 집에 와 있어요. 어머닐 꼭 만나야 할 일이 있다구."

홀연히 멋진 궁리가 떠오르는 대로 주씨는 이렇게 둘러대고 나서,

"그러니 황 여사 거철 좀 가르쳐줘요."

넘겨짚어 물었다.

17

미스 정은 난처한 듯이 웃고,

"집은 잘 모르지만……. 지금 집에 안 계실 거예요."

하기에,

"그럼 마담하고 같이 나갔소?"

무심코 물으니까,

"아뇨, 마담은 딴 일로 나가셨어요. 요즘 바쁘시니까요."

그래서,

"뭐가 그리 바쁘대요? 밤낮 가겔 비워놓고 나돌아다니니."

주인갑 씨는 모르는 새에 짜증을 내듯이 물었다.

"뭐, 삼정학원이라나요. 아주 굉장한 학교가 서는데 거기 이사 운동을 하신다나 봐요."

"이사 운동? 삼정학원에?"

어이가 없어 반문한 주씨는 퍼뜩 안 청년의 멀끔한 얼굴이 머리에 떠올라,

"혹시, 미스터 안이란 청년하고 밀려다니는 거 아뇨?"

재우쳐 물었더니, 미스 정은 긍정적으로 의미 있게 히쭉 웃어 보였을 뿐 명확한 대답은 하지 않고 방금 머리를 하다 나온 손님의 일이 신경에 걸리는지 연방 가게 안을 돌아보았다.

"바쁜 모양이니 그만 들어가 봐요. 그 대신 이따가 시간을 좀 내줬으면 좋겠는데 얼마나 있음 좀 한가해지지?"

"지금 손님만 끝나면 틈을 낼 수 있을 거예요."

"얼마나 걸릴까?"

"이십 분쯤."

"그럼 내 요 위 과자집에 있을 테니까 끝내고 곧 좀 나와요. 한턱내지."

일러놓고 주인갑 씨는 곧바로 네댓 집 건너 있는 과자집에 들어가 앉았다. 자릿세로 두어 개 청해 놓은 생과자에는 손도 대지 않고 미스 정이 나타나기를 기다리는 동안 주인갑 씨는 연거푸 담배만 피우며 마음이 되게 복잡했다.

황 여인의 거처를 미스 정이 만만히 가르쳐줄 것 같지도 않은데다가, 짐작이 요즘 혜경 여사는 미스터 안과 만날 붙어 돌아다니는 모양인데 여러 모로 그것이 씨의 비위에 거슬렸기 때문이다.

아직 죽이 되려는지 밥이 되려는지 모르는 삼정학원의 이사 자리를 몸이 달아서 노리고 쫓아다니는 꼴도 마땅치 않았거니와 한편 김 청년과는 달리 이성교제에 능숙한 수완을 비장하고 있는 성싶은, 결코 보통내기가 아닌 핸섬한 미스터 안과 여사가 부쩍 밀접한 접촉을 갖는 것이 주씨는 몹시 달갑지 않은 것이다.

그것은 어쩌면 일종의 질투인지도 모른다. 주인갑 씨는 여태 황 여인 하나를 가깝게 사귀지 못해 속을 태우고 있는데 이러한 남편을 마치 비웃기라도 하듯이 혜경 여사는 그 동안에 벌써 김 청년을 실컷 주무르다 뱉어놓았고, 동성인 황 여인마저 어느새 완전히 자기 수중에 우그려 넣고 애정유희의 도구로 삼아버리더니, 이번엔 미스터 안에게 재빨리 옮아 붙어서 사업적 실속을 노리는 동시에 새로운 자극에 취해 보려는 눈치니, 이쯤 되면 아무리 절제 있는 방탕을 운운하는 주인갑 씨로서도 이론과 실제의 아득한 거리를 눈앞에 보는 느낌이어서 불쾌한 감탄을 하지 않을 수 없었다.

주씨가 몇 개짼가 갈아 피운 꽁초를 재떨이에 비벼 끄며 쓰디쓰게 입맛을 다시려니까,

"지리하셨죠?"

가운을 벗은 미스 정이 들어선 것이다.

18

주인갑 씨는 미스 정에게 자리를 권한 뒤 먹고 싶은 것을 사양 말고 맘대로 청해 먹게 하면서,

"마담은 요즘도 가겔 비우고 늘 나다녀요?"

이런 얘기부터 물었다.

"딴 장사와 달라서 가게에 줄곧 붙어 계실 필요가 없는걸요."

"그야 그렇겠지만……. 그럼 요즘은 황 여사와 붙어 지내느라고 가겔 비우는 게 아니라, 미스터 안하고 삼정학원 일로 쏘다니는 모양이군그래?

"그러신가 봐요."

"미스터 안이 미장원으로 직접 찾아오곤 해요?"

"직접 올 때도 있지만 대갠 전활 걸어와요."

이 문제에 대해서는 이 이상 묻지 않아도 가히 알조다. 다만 혜경 여사와 안 청년과의 위험한 교제가 어느 정도의 한계선에서 이루어지고 있는 것인지가 궁금하고 불안했지만 그 점은 미스 정도 알 리가 없을 것이다.

주씨가 내세우는 절제 있는 방탕이란 남편이나 아내 몰래 행해져야 하는 것이 원칙인데 혜경 여사는 김 청년이나 황 여사와도 그랬고 이번에도 씨와 잘 아는 청년과 거의 공공연히 사건을 벌이려는 눈치라 주씨에겐 그것이 역시 유쾌할 리 없었다.

우울한 기색으로 주씨도 생과자를 한 개 맛보고 나서 점원에게 쪽지와 연필을 빌려 그것을 미스 정 앞에 밀어놓으며,

"여기에 황 여사가 들어 있는 집 약돌 좀 그려줘요. 미스 정이 가르쳐줬다는 말은 절대 입 밖에 안 낼 테니까."

미스 정이 황 여인의 거처를 알고 있는 것으로 단정하고 다짜고짜 씨가 이렇게 내댔더니 정은 응답을 회피하고 엉뚱한 반문을 해온 것이다.

19

"황씨 아주머닌 왜 그렇게 열심히 찾아다니세요?"

"아, 그 아주머니의 딸이 만나고 싶어한다니까 그래."

"그럼, 그 딸을 저한테 보내주세요. 어머닐 만나게 해줄 테니까요."

미스 정은 주인갑 씨를 똑바로 쳐다보며 의미 있게 뱅글뱅글 웃는 품이 씨의 심중을 이미 눈치 채고 있는 모양이었다.

주씨는 할 수 없이

"그 딸도 만나고 싶어하지만 먼저 나도 좀 만나야 할 일이 있어요. 만나서 따져야 할 일이 있단 말요."

이렇게 둘러대는 수밖에 없었다.

"그렇지만 저도 집은 잘 몰라요."

"정말요?"

"방향만 어렴풋이 아는데 낮엔 집에도 안 계실 거예요. 미용학교에 나가신다니까요."

"미용학교엘? 무슨 미용학교래요?"

"글쎄요, 어디라더라……."

미스 정은 어름어름하면서 또 웃었다. 가르쳐주기는 아무래도 입장이 곤란한 모양이었다.

이만해도 단서는 잡은 셈이다. 혜경 여사가 넣어주었을 테니까 Y여자 고등기술학교에 틀림없으리라는 직감이 들었다. 혜경 여사는 평시 전통 있고 일류라는 Y미용학교를 나왔다는 것을 자랑으로 삼아왔던 것이다.

그래서 씨는 씨대로의 복안이 섰기 때문에,

"그럼 좋아요, 구태여 황 여살 꼭 만나야 할 필욘 없으니까. 그 딸애도 거철 전혀 알 수 없다고 해서 돌려보내면 그만이구."

말하고 자리를 일어서니까 미스 정은 다소 미안했던지,

"꼭 만나셔야 할 일이면 제가 연락은 해드리겠어요. 미장원에 하루 한 번씩은 대개 들르니까요."

그러는 것을,

"괜찮아요."

거절하고 과자집을 나와 이내 미스 정과는 헤어진 것이다.

다음 날 12시쯤부터 주인갑 씨는 Y여자 고등기술학교 정문 앞 한길 모퉁이에 숨어 서서 하루의 수업을 끝내고 밀려 나오는 학생들을 기다리고 있었다. 꼬박 한 시간 반 이상이나 지루하게 기다리고 있으려니까 그제야 여학생들이, 여학생이라기보다는 15, 6세에서부터 40세 가까이까지의 각양각색의 여자들이 우르르 쏟아져 나오기 시작했다. 극소수를 제외하고는 대부분이 초라한 모습들이다.

주씨는 정신을 바짝 차리고 그 여자의 물결 속에서 황 여인을 찾아내려고 눈을 빛냈다. 그러나 한동안 떼를 지어 밀려 나오던 여자의 물결이 차차 줄어들어 대여섯 명씩 혹은 두세 명씩 띄엄띄엄 나오게 될 때까지 황 여인의 모습은 보이지 않았다.

이제는 차 떠난 뒤의 정거장같이 조용해진 교문 안을, 씨가 실망과 초조감에서 기웃거리고 있으려니까 마침 세 명의 중년부인이 나란히 걸어 나오고 있었다. 그 중의 한 명이 황 여인이었다. 마치 벼르다 벼르다 몇 년 만에 겨우 만나는 것같이 반가웠다. 어딘지 전보다 좀 야위어진 것 같은 모습이었으나 고요하고 잔잔한 매력은 변함이 없었다.

씨는 외면을 하고 돌아섰다가 세 여자를 저만큼 앞세워놓고서야 슬며시 그 뒤를 따라갔다.

20

세 여인이 같은 전차나 버스에라도 훌쩍 올라버리면 어떡하나 싶어서 주씨가 은근히 신경을 쓰며 여자들의 뒤를 따라가노라니까, 전찻길까지 나가더니 마침 황 여인만이 한강 방면으로 가는 전차 정류장에 머무르고 두 여인은 헤어져서 반대쪽으로 걸어갔다.

주인갑 씨는 모르는 체하고 매표 부스 앞으로 다가가서 전차표를 사가지고, 우연히 그렇게 된 듯이 황 여인 곁에 가 섰다. 그러나 여자 쪽에서 먼저 돌아보고,

"어마!"

가만히 놀란 소리를 내고 몸을 피하려는 듯 당황히 돌아서버리려는 것을,

"이거 황 여사 아니세요?"

그제야 씨는 상대방의 얼굴을 들여다보며 아는 체를 한 것이다.

황 여인도 이제는 할 수 없다는 듯이 이쪽을 향해 돌아서서,

"안녕하셨어요?"

약간 낯을 붉히며 잔잔한 목소리로 인사를 했다.

"네, 보시다시피……."

이러고 나서 주씨는,

"그런데 도대체 어떻게 된 영문입니까? 감쪽같이 행방을 감춰버리셨으니……."

거푸 덮어씌우듯 말했다.

"미안해요."

"정말 섭섭했습니다. 하긴 저 같은 건 상대할 만한 인간이 못 되니까 그러셨는지 모르지만요."

"온, 무슨 말씀을……."

하는데 마침 노량진행 전차가 다가오고 있었으므로,

"차가 왔는데요. 댁으로 돌아가시는 길이시죠?"

이 차를 타겠느냐 어떡하겠느냐 묻듯이 여인은 그리고 남자의 눈치를 살폈다.

"천천히 돌아가기로 하고, 어디서 얘기나 좀 하실까요?"

"글쎄요……."

황 여사가 머뭇거리는 것을,

"말씀드리고 싶은 얘기가 많습니다. 이리 오세요. 우선 어디 가서 점심이나 간단히 하고 좀 쉬어 가십시다."

주씨가 앞장을 서니까,

"전, 점심 먹었어요."

그러면서도 황 여인은 할 수 없이 남자의 뒤를 따라왔다.

어느 양식집에 들어가서 주씨는 가벼운 식사를 황 여인은 차만 마시고, 그곳을 나와 좀 조용한 다방을 찾아다니노라니까,

"저…… 이러다 혹시 부인이나 아는 사람이 보면 괜히 오핼 사요."

여인이 불안해하기에,

"그럼 아예 한강 쪽으로 나가실까요?"

이래서 한강 방면으로 가는 합승을 탔더니, 그것이 마침 동작동행이어서 씨는 주저하는 여인을 끌고 종점까지 가서야 내렸다.

종점이 바로 국군묘지인데 병풍처럼 둘러막은 산에는 제법 수목이 우거지고, 앞으로는 한강이 굽이쳐 흐르는 품이 공원으로서는 더할 나위 없이 좋았다. 딴 공원처럼 난잡하지 않고 어딘가 엄숙한 기분이 감돌아서 주씨는 혼자서나 광숙을 데리고 곧잘 놀러 오는 곳이었다.

"여긴 아는 사람이 없을 테니 맘놓고 놀다 갈 수 있습니다."

주씨는 앞장서서 정문을 거쳐 자갈이 깔린 길을 밟고 구석으로 들어갔다.

개울을 끼고 산기슭으로 올라가서 좀처럼 사람의 눈에 띄지 않을 만한 숲속에 자리를 잡았다.

21

황 여인은 몹시 거북해하면서도 할 수 없이 1미터쯤 간격을 두고 잡초 위에 따라 앉았다. 오래간만에 이렇게 단둘이 나란히 앉고 보니 주씨는 그 동안 자기가 황 여인을 얼마나 그리워하였는가를 알 수 있을 것 같았다. 여자가 씨 몰래 이혼수속을 마친 일이라든지 행방을 감추어버린 것에 대한 노여움보다도 먼저 나른히 전신을 적셔오는 반가움과 즐거움이 앞섰기 때문이다.

그렇다고 이상 두 가지의 불쾌한 일을 불문에 붙일 수는 없었다. 여인의 본심을 떠보기 위해서도 모르는 체하고 있을 수 없었으므로 씨는 담배를 붙여 물고,

"이혼 문제, 완전히 해결을 지으셨다고요."

별로 힐난조가 아닌 말씨로 물었다.

"미안해요."

여자는 고개를 숙인 채 진심으로 사과하듯 속삭였다.

"처음엔 제게 의뢰해서 처리하려던 이혼 문젤 나 몰래 단독으로 해결해 버린 것이라든지 또 나를 만나주시겠다고 약속을 해놓고서는 몰래 이사를 가버린 것으로 보아서 여사가 확실히 나를 싫어하여 의식적으로 피하고 있구나 하는 것을 느꼈습니다."

"아녜요, 싫어서가 아녜요. 제가 선생님을 왜 싫어해요."

음성은 잔잔했지만 황 여인은 울상이 되어 강력히 부인하는 것이었다.

"그럼 뭡니까? 싫어서가 아니면 어째서 계획적으로 저를 따돌리고 피하셨느냐 말입니다. 전 무척 섭섭했습니다. 내 깐엔 거짓 없는 호의와 동정에서, 슬픔이나 걱정이나 기쁨을, 그리고 외로움까지를 같이 나누고 싶었는데 마치 불량배나 치한처럼 절 경계하고 피하시니 저로선 다시없는 모욕을 당한 셈이니까요."

"죄송해요, 그러나 절대로 선생님을 싫어해서가 아니라는 것만은 믿어주세요. 건 제 속을 몰라서 하시는 말씀예요. 언제든 제 본심을 아실 날이 올 거예요."

"무슨 말 못할 사정인진 모르겠습니다만, 제게 솔직히 털어놓고 의논해 오지 않고 멀리하시는 것으로도 저를 얼마나 불신하는가를 알 수 있지 않습니까? 하긴 저는 모든 점에 있어서 여사의 신뢰를 받을 수 없도록 빈약하고 보잘것없는 위인입니다. 경제력으로나 사회적 지위로나 또 학자적인 인격으로나……."

"오해하고 계세요, 절."

"글쎄요, 피차 오해하고 있다면 다행입니다만……."

두 사람 사이에는 잠시 말이 끊겼다.

가난한 한국의 유일한 자랑거리인 가을하늘이 한없이 푸르고 높게 트여 있었다. 묘지 광장에는 참배객인지 소풍객인지 드문드문 사람의 모양이 내려다보였고, 어디선가 돌을 깨는 정소리가 쨍쨍 울렸다.

"이렇게 둘이만 있을 때도 제게 곁을 안 주고 멀찍이 떨어져 앉곤 하는 태도가 벌써 여사의 심리를 말해 주고 있습니다. 그건 제게 대한 경계가 아니면 싫어서일 테니까요."

여사는 발작적으로 몸을 움직여 주씨 곁에 바싹 붙어 앉았다. 그리고 얼굴을 사내의 등에 묻더니 조용히 흐느껴 울기 시작한 것이다.

22

"왜 이러세요?"

주인갑 씨는 적이 놀라서 몸을 뒤로 틀며 여자를 끌어당겨 안듯이 했다.

황 여인은 씨의 팔에서 살그머니 몸을 빼더니 도로 조금 떨어져 앉아서 수건으로 얼굴을 가렸다.

그러고는 간간 어깨를 떨며 가늘게 느끼곤 하였다.

"또 무슨 일이라도 있었습니까?"

"외로워서 그래요."

"외로워서요?"

주씨가 어리둥절해서 여자를 돌아보니,

"제가 무척 불행한 여자라는 걸 요즘처럼 절실히 느껴보긴 처음예요."

여인은 수건으로 눈물을 닦으며 한숨 섞어 소곤거렸다.

씨는 잠시 가만있다가

"물론 불행하신 편이죠. 그러나 정도의 차는 있겠지만 결국 사람이란 대개 불행한 것이 아닐까요, 현실이란 사람들의 욕망을 충족시켜 주게 되어 있지 않으니까요."

다정한 눈으로 여자를 돌아보았다.

"그렇다고 제가 원하는 것이 결코 이루어지기 어려운 과욕이라고도 생각지 않아요. 그저 정상적인 가정의 주부로서 남편과 자식과 살림에 정을 쏟으며 살 수만 있으면 족하니까요. 요만한 소원도 지나친 욕망일까요?"

고요한 말씨나 마치 항의하듯 말했다.

"그 정도는 물론 지나친 욕망이 아니라 당연한 요구일 겁니다. 허지만 어디 고만한 요구나마 누구에게나 고루 이루어집니까? 그러니 문제죠."

"그렇지만 남들은 대개 행복해 보여요. 우선 선생님 가정이 안 그래요?"

황 여인은 비로소 어떤 복잡한 의미를 담은 눈으로 주씨를 돌아보았다.

"글쎄요? 그렇게 보입니까?"

"선생님같이 이해가 깊고 온건하신 분이 이끌어 나가는 가정이라면, 불가

항력적인 일 말고는 커다란 불행이나 비극은 있을 것 같지 않아요."

"하긴 저 자신 그리 불행하다고는 생각지 않습니다. 그러나 그것은 곧 행복하다는 뜻은 아닙니다. 제 가슴속에는 형언할 수 없는 어떤 공허감이 뻥하니 구멍을 뚫고 있어서 미칠 듯이 고독해질 때가 있습니다. 그때마다 황 여사라면 능히 나의 이 공허감을 메워주고 고독을 덜어줄 것 같아서 오핼 살 만큼 접근하고 싶었고, 지금도 그런 심정입니다."

여자는 저쪽으로 향한 머리를 자기 무릎 위에 얹고 한 손으로 자꾸만 풀잎을 뜯어내리면서 한동안 삼잠히 있다가,

"저는 요즘 자주 사람의 운명에 대해서 생각해 보곤 해요. 제가 만일 이해성 많고 온건한 그런 분하고 결혼을 했더라면 얼마나 행복했을지 모른다구요. 그랬다면 이렇게 음탕한 여자가 되지 않고 틀림없이 현모양처가 됐을 것 같아요."

혼잣말처럼 그러나 호소하듯 이렇게 속삭이고 황 여인은 여전히 같은 자세로 의미 없이 풀잎만 뜯고 있었다.

주씨는 가슴속의 피가 설레도록 묘한 감동에 끌리어

"황 여사, 우리 좀 더 친해 봅시다."

외치듯 하고 슬쩍 여자의 손을 잡으려니까,

"안 돼요, 그래선."

살며시 손을 피하여 거절하기에,

"왜 안 됩니까, 왜 안 돼요?"

숨가쁘게 따지듯 하며 주씨가 바싹 다가앉자,

"그 이윤 다음 날 천천히 만나뵙고 죄다 말씀드리겠어요."

여인은 그러면서 훌쩍 일어서버리고 만 것이다.

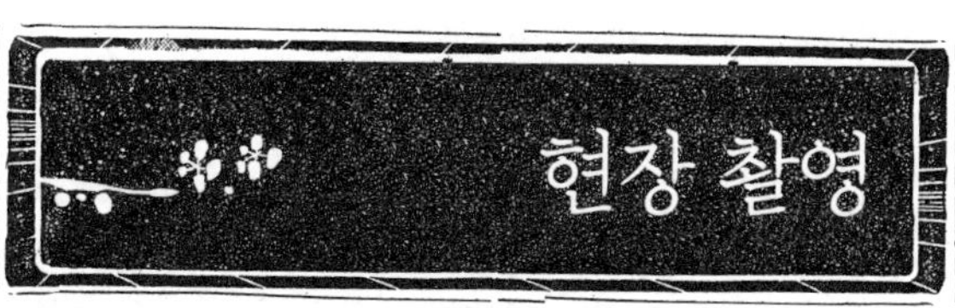

현장 촬영

1

황 여인과 국군묘지 뒷산에서 밀회의 시간을 가진 이후로, 주인갑 씨는 여인에게서 어서 연락이 오기를 손꼽아 기다렸다. 그것은 여자 쪽에서 일주일 이내에 한 번 더 만나주겠다는 언약과 함께, 편리한 일시와 장소를 편지로 알려주겠노라고 했기 때문이다.

그날 돌아오는 길에서, 김 청년의 편지도 전해 주고 다시 만나서 좀 더 속이 시원하게 이야기를 나눠보고 싶다고 주씨가 말하니까,

"미스터 김의 편진 볼 필요도 없어요. 보나마나 정식으로 결혼을 하자는 그 얘길 테니까요."

여자는 관심도 가지려 하지 않기에,

"저쪽에서 굳은 결의 밑에 진실한 태도로 결혼을 요구해 온다면 굳이 거절할 필요도 없지 않습니까?"

넌지시 속을 떠보았더니.

"그럴 수 없어요."

여인은 한마디로 잘라 말하고 한숨을 내쉬었다.

"왜요?"

"다음번에 만나서 그 이윻 말씀드리겠어요. 제가 선생님을 멀리해야 하는 괴로운 심정도요."

"그렇지만 전번에도 다시 만나준다고 하고는 행방을 감춰버리셨는데 이번에도 또 그러시려는 거 아닙니까?"

"이번엔 꼭 만나뵙고 제 심정을 죄다 말씀드려야겠어요. 그래야 속이 좀 후련히 뚫릴 것 같아요."

이래서 결국 편리한 때와 곳을 편지로 알려오기로 되었던 것이다.

그러나 주씨가 고대하는 황 여인의 편지가 오기 전에 급히 좀 만나주면 고맙겠다는 김 청년의 편지가 날아들었고, 한편 어이없게도 딴 골치 아픈 일이 잇달아 생긴 것이다.

김 청년의 편지는 새로운 희망과 자신을 얻어가지고 시골서 방금 돌아온 길인데 의외에도 황 여인이 종적을 감춰버렸으니 기가 막힌다는 말에 이어서 주씨와 만나 여러 가지 긴히 의논드릴 일들이 있으나 혹시 서병칠이 요즘도 아저씨네 집 부근을 배회하고 있을지 몰라 직접 찾아가 뵈옵지 못하니, 죄송하기 짝이 없지만 편지 보시는 즉시로 곧 좀 찾아와주시면 고맙겠다는 내용이었다.

그 편지를 받은 것이 마침 이른 점심때라 주씨는 보순을 불러 점심을 달래 먹고 외출하기 위해 옷을 갈아입노라니까 갑자기 대문께가 수선스러워지더니 일요일도 아닌데 미스 조, 미스터 안, 미스 윤, 이 세 젊은이가 밀려들어온 것이다. 그것도 그냥들 찾아온 것이 아니라 미스터 안은 커다란 회전의자를, 미스 조는 서류함 같은 나무상자를, 미스 윤은 무슨 보따리를 둘러메고 현관문 앞에 들이닥친 것이다.

그들의 인사도 받는 둥 마는 둥 주씨가 마루방에서 고개를 길게 빼고 수상쩍게 내다보면서,

"그건 다 뭐요?"

어리둥절해서 물으니까,

"사무실 비품예요."

미스 조가 생글거리며 대답했다.

"무슨 비품이 필요해요? 일요일마다 회의 때나 잠깐씩 쓰는 방에……."

"아닙니다. 그래도 명색이 삼정학원 기성회 사무실인데 필요한 비품 하나 없어서야 되겠습니까?"

이번에는 미스터 안이 이런 식의 대꾸를 하고는 분주히 대문 쪽으로 돌아나가더니 커다란 사무용 테이블을 인부와 맞들고 들어오는 것이었다. 그것뿐이 아니었다.

2

그들 세 젊은이는 연방 대문께를 들락거리며 커다란 지구의(地球儀)며 책장이며 그 밖에 사무실용으로 필요한 비품들을 분주히 날라 들이더니 멋대로 응접실에 들어가서 본래부터 있던 소파, 의자, 탁자 등을 새로 배치하고 사갖고 온 비품들을 적당한 위치에 어울리게 놓아나가느라고 떠들썩하였다.

"이거 봐요. 도대체 자네들 이게 누구네 집인 줄 알고 이러는 거요?"

주인갑 씨는 참다 못해 세 남녀를 번갈아 보며 힐난조의 말을 던지니, 미스 윤은 그 신비스런 미소를 머금고 동료와 주씨를 번갈아 보며 말이 없었고 미스터 안은 미스 조를 향해,

"미스 조가 맡아요. 역시 남자와 말썽이 생겼을 땐 젊은 여자가 나서는 게

효과적이니까."

응대의 책임을 떠밀었다.

그러자 미스 조는 태연히 주씨를 돌아보며,

"이 가옥 자체는 물론 고문 선생님의 소유에 틀림없습니다."

명료한 말씨로 침착하게 대답한 것이다.

"그런 줄 알면, 왜 남의 집에 함부로 짐은 꺼들이고, 실내의 가구를 멋대로 바꿔놓고 야단들이오."

"함부로라는 말씀은 어폐인 줄 압니다. 저희는 결코 함부로 행동한 것이 아닌데요."

"어폐라니? 그래, 내 집의 방을 자네들이 멋대로 사용해도 잠자코 있으란 말요?"

"이 방에 한해서는 고문 선생님이 이래라 저래라 하실 권한이 없다고 보는데요, 저희들은."

"허, 이거 정말 점점 더 터무니없는 소리만 나오는군. 아, 내 집에 대해서 내가 왜 권한이 없단 말요?"

주인갑 씨는 정말 기가 막혔다. 세상에 이렇게 뻔뻔한 사람도 있을까고, 씨는 젊은 세 남녀의 얼굴을 신기한 듯이 둘러보았다. 그러나 미스 조는 주장을 조금도 굽히려고 하지 않았고, 적어도 내세우는 표면적인 이론만은 정당했다.

"이 집 자체는 고문 선생님 개인의 소유에 속하지만 이 방만은 우리 삼정학원 기성회에 무조건 대여해 주신 것이니까 새 비품을 사들여서 환경을 바꿔놓든 말든 그것은 저희들의 자유입니다."

"무조건이라니? 아, 자네들이 일요일마다 집회 때나 잠깐씩 쓰겠다고 하니까 마지못해 그러라고 한 거지, 내가 언제 자네들에게 무조건 내맡겼단 말요?"

"그렇지만 각서에는 아무런 조건도 명기되어 있지 않은데요?"

"각서?"

주인갑 씨가 외마디 소리를 뇌고 언젠가 회의 때 일이 기억에 떠올라 어안이 벙벙해 있으려니까, 미스터 안이 서류철 속에서 그날 하도 시끄럽게 굴기에 대수롭지 않게 여기고 도장을 눌러주었던 그 각서를 꺼내 보이고는,

"각서, 본인은 서울특별시 영등포구 본동 ×××번지 소재의 본인 소유의 주택 응접실을 삼성학원 기성회에 무료로 대여한다. 그저 이렇게만 되어 있군요."

친절히 읽기까지 한 것이다.

"좋아, 자네들이 그렇게 나온다면 나도 더 참을 수 없소. 그 각서 취소할 테니 당장 짐 다 갖고 돌아들 가요. 그리고 다신 이 방을 아예 쓸 생각말아요."

주씨가 사나운 태도를 보이자 좀 전부터 뒤에 와 서서 머뭇거리고 있던 보순이 가만히 씨의 소매를 잡아당겼다.

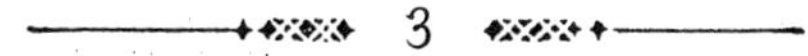

3

무슨 일인가 싶어 주씨가 돌아보니,

"아저씨 잠깐만."

겨우 알아들을 소리로 보순이 귓속말을 하기에,

"왜?"

좀 못마땅하게 물었더니, 보순은 이리 오라는 눈짓을 하고 부엌 쪽으로 가버렸다.

아무래도 미심쩍어서 씨가 곧 그 뒤를 따라가 부엌을 내다보니,

"이런 걸 그분들이 가져왔어요."

보순이 소갈비를 한 짝 들어 보이는 것이었다.

주씨는 순간 말이 막혔다.

그들이 사무실용 비품을 응접실에 끌어들이는 것과 함께, 소갈비까지 떠다가 슬쩍 안길 줄은 정말 몰랐다.

그렇다고 씨는 그놈을 성큼 받아먹을 수도 없는 처지라,

"인다고, 그런 거 받아먹을 이유가 없으니까 돌려보내야 한다."

손을 내민즉,

"아저씨두 참."

보순은 귀엽게 눈을 흘기고 나서,

"남이 모처럼 생각하고 가져온 걸 돌려보냄 돼요?"

쫑알거리는 품이 가져온 것은 받아먹고 응접실 건은 적당히 어름어름해 두는 게 좋지 않느냐는 눈치였으나, 그렇게 된다면 좀처럼 그 흉중을 촌탁키 어려운 엉큼한 세 젊은이에게 어디까지 이용을 당하게 될지 모르는 일이라,

"아니다, 공짜란 삼가야 해."

주씨는 부득부득 부엌에까지 나가 그 갈비를 들고 들어와서 응접실 탁자 위에 가져다 얹어놓았다.

"이거, 모처럼 가져온 거지만 나로선 받아먹을 하등의 이유가 없으니 도로들 갖고 가요."

세 젊은 남녀는 주씨가 의외로 빡빡하게 군다는 듯이 저희들끼리 얼굴을 마주 보다가 미스 조가,

"그건……."

뭐라고 이론을 캐려는 것을 주씨는 재빨리 손을 내저으며,

"더 딴 얘긴 할 필요가 없어요. 아무튼 이건 도로 가져가고, 저 비품들도 도로 다 실어가요. 그 대신 일단 승낙했던 일이니, 일요일마다 회합 때만 한

두 시간씩 이 응접실을 쓰는 건 무방해요."

씨로서는 제법 따끔하게 일러놓느라고 하고, 저쪽에 미처 대꾸할 여유를 주지 않은 채 홱 돌아서 집을 나와버리고 만 것이다.

주인갑 씨는 대문을 나서면서, 보순의 말대로 큰맘 먹고 모처럼 사온 선물을 그들 면전에 동댕이치듯 돌려준 것은 좀 지나친 태도가 아니었나 하는 후회도 없지 않았으나 한편으로는 그들에게는 이쯤 해둬야 정신이 들 것이라 생각하니 개운한 기분이기도 했다.

김 청년은 우울한 표정으로 자기 방에서 주씨를 기다리고 있었다.

"이렇게 일부러 나오시라고 해서 죄송합니다."

청년은 엉거주춤 일어서서 주씨를 맞아들이며 정말 미안해했다.

"나도 한번 만나고 싶던 차니 잘 됐소."

"고맙습니다."

청년은 주씨에게 아랫목에 앉기를 권하고, 자기는 윗목에 일본사람 모양 무릎을 모으고 그 위에 커다란 두 손을 가지런히 얹고 거북살스럽게 앉았다.

역시 김 청년이 제일 먼저 알고 싶어하는 것은 황 여인의 행방이었는데 주씨도 거처만은 모르노라고 했더니, 청년은 불쾌한 눈길로 씨를 흘끗 쳐다보고 이런 무례한 말을 했다.

4

"숨기지 말고 가르쳐주세요, 다 알고 있어요."

"다 알다니, 뭣을 안다는 거요?"

"……."

"다 안다는 건 대체 무슨 소리냐 말요?"

주인갑 씨가 마땅찮게 추궁하자,

"제가 낸 편지도 아저씨가 가져가셨다면서요?"

김 청년도 불만스럽게 대답했다.

이 말에는 주인갑 씨도 내심 찔끔하지 않을 수 없었으므로,

"그야 황 여인을 만나러 왔다가 행방을 감춰버렸기에, 마침 순희랑 같이 왔던 길이라 혹시 전할 길이 있을까 해서 찾아갔던 거지."

변명을 하느라 쩔쩔맸다.

김 청년은 눈을 유난히 껌벅껌벅하면서 한동안 두 손으로 무릎을 묵묵히 어루만지고 있다가,

"아무튼 황 여사에게서 깨끗이 손을 끊어주세요."

불쑥 이런 말을 한 것이다.

"거 무슨 소릴 그렇게 해요? 황 여사와 무슨 관계라도 있는 듯이 청년은 날 오해하고 있는 모양인데 그건 정말 부당한 오해요."

주씨는 속으로 다소 켕기지 않는 바가 아니었으나 현재로서는 다만 과잉한 호의를 보이고 있을 뿐 그 이상 별다른 관계가 있는 것이 아닌 만큼 이렇게 해명해 두는 수밖에 없었다.

그러나 김 청년은 씨의 말을 곧이 믿지 않는 모양이라,

"아저씨와 부인께서만 황 여사에게서 손을 떼주신다면 황은 저와 결혼할 수밖에 없을 겁니다. 황이 아저씨의 애인이나 세컨드가 되는 것보다도 혹은 혜경 여사와 미용학교인가를 설립해 가지고 거기의 간부 직원으로 있으면서 동성연애를 지속해 가는 것보다도, 결국 저와 결혼하는 것만이 과거의 오점을 씻고 재생할 수 있는 길입니다. 물론 저도 그렇고요. 그래서 전 시골 갔던 길에 아예 농장까지 인수하기로 계약해 놓고 왔습니다. 황이 저와의 결혼만 승낙한다면 즉시 집에서 돈을 타내다가 이혼 비용과 농장 대금을 치르고

재출발할 결심입니다. 그러니 황 여사나 저의 장래를 생각해서 깨끗이 손들을 끊어주세요, 부탁입니다."

사정하듯이 머리까지 꾸뻑 숙여 보이는 것이었다.

주인갑 씨는 입장이 몹시 거북하고 난처했으나, 아내가 황 여인과 묘한 관계로 얽혀 있는 것은 사실이요 씨 자신 또한 반드시 떳떳한 편은 아니라 화를 낸다든지 공박을 할 처지는 못 되었다.

그렇다고 청년의 견해와 요청을 긍정하고 수락할 수도 없는 심정이어서,

"내 처가 황 여사와 이상하게 친밀한 관계를 맺고 있는 모양이긴 하지만, 황 여사 자신 어린애가 아닌 이상 자기 일은 자기가 판단해서 행동할 일이지, 덮어놓고 남의 말에 좌우될 리야 있겠소. 그러니 청년과의 결혼을 주저하는 것도 황 여사로서는 그만한 무슨 이유가 있어서일 테니까, 너무 그렇게 초조히 생각지 말고 한번 둘이 조용히 만나서 잘 의논해 가지고 최종 태도를 정하는 것이 좋을 거요."

주씨는 이런 식으로 밍밍한 답변을 해두는 도리밖에 없었다.

"그러니까 곧 좀 만나게 해주세요."

청년은 그래도 씨를 의심하고 추궁해 오기를 멈추지 않았다.

5

"허 참, 청년은 아직도 내 말을 못 믿는구려. 난 정말 황 여사의 거철 몰라요."

"그럼 제 편진 어떻게 전하셨어요?"

"건 순희가 가지고 갔다니까."

부득이 주씨는 거짓말로 둘러대지 않을 수 없었다.

“그렇지만 부인께선 황 여사의 주솔 알고 계실 거 아닙니까?”

“그럴 거요, 그러니까 청년이 직접 미장원으로 찾아가서 내 안사람에게 물어보면 될 게 아뇨?”

“미리 다 짜고들 한 일인데 가르쳐주겠어요?”

“그건 내게도 마찬가지요. 청년에게 숨기듯이 내게도 가르쳐주지 않는단 말요. 나까지 감쪽같이 속였으니까.”

김 청년은 회의적인 복잡한 시선으로 주인갑 씨를 쳐다보고 나서 다시는 더 무슨 말이 없었다.

덤덤히 마주 앉았기가 어색해서 씨는 황 여인이 자기도 몰래 이혼 문제를 해결해 버렸다는 말을 할까 하다가 그만두고, 시골의 형편이라든지 인수하기로 계약했다는 농장에 관해서 흥미 없이 몇 마디 물어보았더니 김 청년 역시 마지못해 그 농장만 잡아놓으면 식구가 아무리 많아도 생활걱정은 없으며, 과수를 주로 박하라든지 그 밖의 약초 재배에 치중해 볼 생각인데 앞으로 4, 5년이면 규모는 작아도 모범농장으로 발전시켜 놓을 자신이 있다는 말을 자신 있어 보이지 않게 건성으로 이야기하고 나서,

“아저씨께서도 특히 부인에게는 유혹이 많은 도회지 생활은 해롭다고 생각되는데요, 혹시 낙향하실 의향만 계시다면 제가 농장을 분양해 드리든지 딴 농토 알선해 드리든지 협력을 아끼지 않겠습니다. 그 대신 황 여살 만나셔서 저와 결혼하도록 적극적으로 좀 권해 주십시오.”

다소 힘을 주어 이런 말을 했다.

“그야 청년이 일부러 당부 안 해도 황 여살 만나면 어련히 권해 보지 않겠소? 내 안사람과의 기형적인 친교를 끊어주기 위해서라도 말요. 그리고 나 역시 요즘 와선 부쩍 도회지가 싫어졌소. 앞으로 정말 청년의 협력이 필요하게 될지도 모르겠으니, 그땐 잘 부탁하오.”

주인갑 씨도 이렇게 좋도록 말해 놓고 청년의 방을 나온 것이다.

그러나 왜 그런지 씨의 걸음은 곧장 집으로 향해지지 않았다. 시급히 황 여인을 만나보아야 할 것 같았다. 그것은 김 청년이 백방으로 수소문해서 주씨보다 먼저 황 여인을 만나게 되는 경우, 그 동안 씨가 여인과 내통하고 있었다는 사실이 탄로날지도 모르는 일이었으며, 또 한 가지는 김 청년이 시골에 농장을 잡아놓고 왔다는 얘기를 하고 주씨 내외를 신뢰할 수 없는 사람들이라 비난한 다음 결혼을 강요하면 황 여인은 의외로 맥없이 넘어가버릴지도 모르기 때문이다.

주인갑 씨는 본시 황 여인과 김 청년의 결혼에는 반대였다. 저렇듯 거꾸로 연령의 차이가 심한데다가, 단순히 과오에 대한 참회에서 맺어지는 결합이 결코 오래 지속될 수 없다고 판단한 탓이다.

그리고 또 한 가지는 지금으로서는 황 여인을 잃고 난 뒤의 실망과 고독감에 견뎌낼 것 같지 않았던 까닭이다. 그래서 씨는 당장 황 여인을 만나, 이쪽은 이쪽대로 무슨 수를 내야겠다 싶었으나, 이미 미용학교도 파했을 시간이었으므로 노량진 전차 정류장에서 돌아오는 목을 지키기로 한 것이다.

6

한길에 면한 소나무 다방 이층에 올라가 앉아서 주씨는 전차가 와 멎을 때마다 유심히 내려다보곤 했으나, 수십 대가 와서는 서고 섰다가는 손님을 토해 놓고 떠나고 하는 동안에도 황 여인의 모습은 종내 나타나지 않았다.

씨는 할 수 없이 단념하고 카운터에서 찻값을 치르고 돌아서려니까 방금 올라와서 저쪽 구석 자리를 찾아가는 한 쌍의 남녀가 눈에 익었다. 김 청년과 미용사인 미스 정이었다.

주씨는 그들에게 들키지 않게 총총히 다방을 나와버렸다. 김 청년도 궁리 끝에 미스 정을 잘 구슬러서 황 여인의 거처를 알아내자는 속셈임에 틀림없었다. 주씨는 초조한 생각이 들었다. 미스 정은 주씨에 대해서처럼 김 청년에게도 처음엔 비밀을 지키려 할지 모른다. 반면에 김 청년이 애가 타서 황 여인을 속히 만나야 할 이유와 심정을 진실하게 호소하면 미스 정은 의외로 쉽사리 감동하여 황 여인의 처소를 가르쳐줄지도 모르는 일이다.

그렇게 생각하니, 주씨는 황 여인을 영원히 놓칠 것 같은 불안에 당황해지는 것이었다. 씨는 도저히 이대로 집에 돌아가버릴 수가 없어서 늦도록 노량진 시장 바닥을 헤매면서 거기서 황 여인의 모습을 찾아보았다.

씨는 황 여인을 놓치고 싶지는 않았다. 가까이 사귀고 싶었다. 친밀한 관계를 갖고 싶었다. 두 사람만의 비밀을 키우고 싶었다. 그러면 반드시 씨의 가슴속 깊이 포탄구멍처럼 푹 파인 공허감과 고독감이 메워질 것만 같았다. 결코 그 여인의 푸짐한 육체와 남달리 매혹적이라는 특이한 육체적 조건을 노려서만이 아니다.

여인의 인간 전체가 단조롭고 삭막한 씨의 생활 속에 꽃 피워줄 인간미와 여성미의 아쉬움에서다. 이것은 부당한 욕심일까? 이런 것을 소위 연애니 연정이라 말하는 것일까?

주씨는 이런 상념에 잠기며 자기 스스로도 우스울 만큼 열에 떠서 시장을 뒤지고 다니다가, 날이 어두워서야 지쳐서 발길을 돌이킨 것이다. 왜 그런지 자신이 너무 불행하고 초라해 보이기도 하고, 한편 유치하고 경박해 보이기도 해서 씨는 기분이 별했다.

한강 인도교 어귀에 씨가 다다랐을 때다. 왁자하게 지껄이며 막 횡단보도를 건너는 한 패의 남녀가 있었다. 미스 윤, 미소 조, 미스터 안, 거기에 혜경 여사도 끼여 있었다.

'저자들이 여태 눌어붙어 있었구나.'

생각하니 씨는 일찍 집에 돌아가지 않은 것이 다행이었다.

그러나 응접실에 끌어들였던 비품류와 소갈비는 대체 어떻게 한 모양인가 궁금한 생각이 들어, 합승을 타고 시내로 들어가버리는 그들을 마땅찮게 바라보고 나서 씨가 바삐 집에 돌아와보니, 이건 도시 말이 안 되게 제멋대로들이었다.

비품들을 도로 들어내기는커녕 그들 맘대로 응접실 안에 적당히 배치 정돈해 놓았을 뿐 아니라, 응접실 도어에는 큼직한 고리를 박고 주먹만 한 외제 자물쇠가 잠가져 있었던 것이다.

"뭐냐 이건 다."

주인갑 씨는 골이 나서 애매한 보순이만 불러 나무라고,

"당장 장도리하고 펜치 가져와."

버럭 소릴 지른 것이다.

7

보순이 마지못해 가져다주는 연장으로 주씨는 한참이나 끙끙거리며 문설주와 문틀에 단단히 박아놓은 고리를 간신히 뜯어냈다. 그러고는 아무도 출입 못하게 새로 딴 고리를 박고 딴 자물쇠로 꽉 잠가버린 다음 열쇠는 물론 씨 자신이 간수한 것이다.

씨는 홧김에 아예 대문간에 걸려 있는 삼정학원 기성회의 간판마저 떼어버리고 싶었다. 그러나 그것은 일단 허용했던 일을 감정적으로 취소하는 결과가 되기 때문에 그들이 가만있을 리 없고 선불리 맞서게 되면 싸움이 될지

도 모르는 일이요, 그리되면 안 청년의 억센 주먹에, 그렇다고 그가 함부로 주씨를 치지는 못하겠지만 그래도 역시 켕겨서 도전적인 사태를 벌일 용기까진 없었다.

응접실만이나마 그들이 멋대로 잠그고 간 것을 뜯어버리고 씨 자신이 새로 폐문해 버리고 나니 조금은 화가 풀렸고 약간 통쾌하기도 했다.

"그 갈빈 어떡했니?"

주씨는 수돗가에서 손을 씻고 들어오며 그제야 생각나서 물으니까,

"찜을 해서 자시고들 가셨어요."

상을 차려다 놓고 물러앉으며 보순이 대답했다.

아닌 게 아니라 식상 위에는 먹음직스럽게 양념을 해서 푹 쪄낸 갈비찜이 커다란 대접에 두둑이 담겨 있었다.

"모른다고 내버려두지. 이런 건 왜 해먹여 보낸 거야."

씨가 마땅찮게 나무랐더니,

"아줌마가 돌아오셔서 손수 만든걸요."

이래서 씨는 쓰디쓰게 입맛만 다시고,

"그래, 얼려서들 또 어딜 간대?"

딴 소릴 물으니까,

"영화를 보러 가시나 봐요."

시무룩한 표정으로 대꾸하고, 보순은 자기의 밥그릇이랑 수저를 따로 쟁반에 받쳐 들여오기는 했지만 그대로 방바닥에 놓아둔 채 상머리에 붙어 앉아 시중을 들며 수저를 들려 하지 않기에,

"어서 너도 여기 올려놓고 먹어라."

그러면서 씨가 상 위의 찬그릇들을 한쪽으로 몰고 밥그릇을 올려놓을 자리를 만들어주었으나,

"별로 밥 생각이 없어요."

보순은 아예 수저에 손을 대려고도 하지 않았다.

"그러지 말고 어서 같이 먹어."

주씨가 보순의 밥그릇을 집어서 상 위에 얹으려고 했더니 보순은 얼른 그것을 자기 뒤로 밀어 치우고,

"어서 아저씨나 많이 드세요."

말하고 어딘가 쓸쓸히 웃었다.

"왜 고집이야. 무슨 불쾌한 일이라도 있었니?"

"아뇨."

주씨는 잠시 말없이 수저를 놀리다가, 갈비찜 그릇에서 커다란 고깃덩이를 젓가락으로 집어서,

"자, 이거 하나 먹어봐라. 기분 나쁜 뇌물이지만 맛은 그만이구나."

권해도 보순은 웃으며 도리질만 하기에,

"그러지 말고 어서 받아먹어, 이년아. 자 입 벌려, 아."

직접 입에 넣어주려 하자 보순은 갑자기 눈물이 핑그르 돌며 뒤로 물러앉아 버렸다.

"네가 안 먹음 아저씨도 안 먹을 테다."

주씨는 수저를 놓고 물러앉았더니 보순은 차차 울상으로 변하다가 갑자기 앙 울음을 터뜨리며 방바닥에 엎드려버리고 말았다.

8

주인갑 씨는 어안이 벙벙해서 어깨를 들먹이며 울고 있는 보순을 잠시 지켜보고 있다가, 이런 나이에는 흔히 있을 수 있는 어떤 감상(感傷)에서일지

모른다는 판단을 내리고,

"왜 이래, 영문도 모르게. 자 고운 얼굴 얼룩져요, 어서 일어나."

한 팔로 안듯이 해서 보순을 붙들어 일으키려다 말고 씨는 그만 흠칫 놀라 동작을 멈추어버렸다. 보순에게로 팔을 내밀면서 혹시 누가 보고 있지나 않나 하는 육감이 들어, 씨가 흘끔 돌아본 안쪽 문 지도리에 의외에도 광숙이 찰싹 붙어 서서 이쪽을 열심히 바라보고 있었던 것이다.

주씨는 멋쩍게 내밀었던 팔을 거두고 애써 엄숙한 자세와 표정을 지으며,

"이기 왜 칠없이 이러느냐. 어서 일어나 상 내가거라."

말씨 또한 엄격한 어조로 가볍게 꾸짖듯 한 것이다.

보순은 부스스 일어나 저쪽으로 돌아앉아 치맛자락으로 눈물을 닦으며,

"안 선생 나빠요."

불쑥 쫑알거렸다.

"안 선생이라니? 그, 미스터 안 말이구나."

"그래요. 아저씰 우습게 알구, 아저씨 속만 상하게 해드리고…… 나빠요."

"왜, 내게 대해서 무슨 말을 하더냐?"

보순의 설명에 의하면 주씨가 소 갈비짝을 들어다 응접실 탁자 위에 동댕이치듯 하고 화가 나서 나간 뒤 미스 윤, 미스 조, 미스터 안, 이 세 젊은이는 대책을 숙의하였는데, 보순이 부엌에서 듣고 있자니 여자들 음성은 똑똑히 알아들을 수 없었지만 미스터 안의 말소리만 그것도 몇 마디만은 분명히 알아들을 수 있었는데,

"하여간 더 까다롭게 굴면, 내가 눈을 사납게 부라리면서 주먹을 불끈 쥐어 보이면 끽소리 못할 거야. 대개 저런 타입의 위인은 폭력 앞에선 기를 못 펴는 법이니까."

안이 자신 있게 흰소리 치는 것으로 보아, 주인갑 씨에 대해서 하는 말에 거의 틀림이 없었다는 것이다.

"알았다. 제가 나 없는 데서 한번 큰소린 쳐본 거겠지만 감히 나를 치기야 할 테냐. 또 칠 테면 어디 쳐보라지. 나도 맞고 가만있진 않을 테니."

미스터 안의 대단한 완력을 실지로 본 일이 있는 주씨라 속으로는 찜찜하면서도 우선 겉으로는 이런 대답을 했더니

"안 선생 나빠요, 나빠요."

보순은 또 다시 섧게 입을 비죽거리다가 곧 부엌으로 뛰어 나가버리고 말았다.

주씨는 마루방에 나와 앉아 담배를 붙여 물고, 무엇인가 갈피를 잡을 수 없는 복잡한 생각에 덤덤히 담배만 대구 빨아댔다. 간단히 설명할 수 없는 보순의 야릇한 태도에도 마음이 자못 어수선했고, 거의 영속성 없는 결혼을 황 여인에게 강요하고 있는 김 청년 일도 못마땅했으며, 주씨에게 상당히 호감을 품고 있으면서도 좀처럼 나부껴오지 않는 황 여인의 심정에도 애가 쓰였거니와, 근래에 부쩍 몸이 달아서 삼정학원 간부들 특히 수상한 안 청년과 얼려 다니는 혜경 여사의 꼴도 마음에 걸리는데다가, 삼정학원 간부들의 뻔뻔하다 못해 불온한 그 태도에 씨는 앞으로 더욱 골치 아픈 일을 예상하지 않을 수 없는 것이었다.

이러한 주인갑 씨의 불쾌한 예상은 너무나 쉽사리 적중하고 만 것이다.

며칠 뒤의 토요일 오후에 나타난 그들 삼정학원 간부 일동은, 자기들이 잠가놓았던 응접실 문의 고리와 자물쇠를 떼어버리고 딴 자물쇠가 잠가져 있는 것을 보고 잠시들 수군수군하더니, 미스 조가 앞장을 서고 미스터 안, 미

스 윤의 순서로 주인갑 씨의 방에 항의를 하러 들어온 것이다.

"할 얘기란 뭐요?"

주씨가 침착한 태도로 세 사람을 고루 둘러보며 물으니까,

"삼정학원 사무실 출입문의 장식과 자물쇠를 뜯어내고 딴 자물쇠를 잠가 버렸는데, 고문 선생님이 그러셨나요?"

미스 조도 뱅글뱅글 웃으면서 침착한 태도로 여유 있게 반문해 온 것이다.

"그 방은 삼정학원의 사무실이기 전에 어엿이 내 집의 응접실이오. 내가 호의에서 자네들에게 일시 회합장소로 빌려주었다고 해서, 그리고 계략에 속아서 엉뚱한 각서에 도장을 찍었다고 해서, 자네들이 멋대로 보기 흉하게 고리를 달고 자물쇨 잠가버렸으니 도대체 그럴 수가 있소? 상식에서 벗어난 짓이란 말요."

"저희에겐 상식보다도 더 정확한 각서의 내용에 의해서 그 방을 임의로 사용할 권한이 있는 걸로 아는데요?"

"자네들의 그 각서라는 것이 일종의 계략이었단 말요. 그래선 못써요. 나이로 보아서나, 그래도 편리를 도모하느라고 한 성의를 보더라도, 자네들이 내게 대해서 그럴 수 있느냐 말요."

그러자 이번엔 미스터 안이 맡고 나섰다.

"계략이라는 말씀은 궤변인 줄로 압니다. 저희의 간청에 못 이겨서 내용을 알고 날인하시고도 계략에 넘어가셨다니 말이 됩니까? 그리고 연령의 차이를 내세우셨지만 어떤 계약이나 약속을 이행하는 데 도대체 나이의 차가 무슨 상관이 있습니까? 또한 저희에게 편리를 도모하신 성의를 봐서도 그럴 수 있느냐고 하셨는데, 거기에 대해서는 저희도 고맙게 생각하고 성의에는 성의를 갖고 보답하려 했고 앞으로도 그럴 생각입니다. 비근한 일례를 든다면 고문 선생님께서 서 아무개라는 자에게 봉변을 당하셨을 때 주제넘게 제가 나서서 복수를 한 것도 이를테면 선생님의 친절과 후의에 대한 조그만 보

답의 뜻에서였습니다. 본시 저는 자랑이 아닙니다만 당수와 유도에 있어서 유단자일 뿐 아니라, 복싱도 근 십 년을 두고 해왔기 때문에 웬만한 경우가 아니면 손을 대지 않습니다. 당수와 권투깨나 한다고 으스대는 것처럼 남에게 보이고 싶지도 않은데다가 아무리 힘이 세고 날랜 장정이라 해도 한두 사람 정도는 손을 댈 나위가 없거든요. 그날은 고문 선생님을 위해서 할 수 없이 맡고 나서서 장난하듯 한번 슬쩍 건드려본 겁니다."

주씨를 은근히 위압하느라고 그런 거겠지만 엉뚱하게도 미스터 안은 무술 얘기로 말을 끌고 와버렸는데, 정말 그가 당수와 유도, 권투의 실력을 몸에 지니고 있는지 어쩐지는 딱히 모르되 서병칠을 가볍게 메어꽂았던 것으로 보아서 단순한 젊은 힘만은 아닌 모양이라 다소 기가 눌리었지만, 씨는

"자네가 주먹이 센지 몰라도 이 일은 주먹으로 해결할 일이 아니니 여러 말 말고 썩 물러가요."

아니꼽기도 해서 싹 잘라 말했더니 안은 동지들을 돌아보고 씩 웃고 나서,

"그럼, 저하고 좀 나갔다가 오실까요?"

마침내 노골적으로 나오는 것이었다.

10

순간 주인갑 씨는 얼굴이 굳어졌다.

흔히 나 좀 보자든지 밖으로 나가자든지 얼굴을 좀 빌리자든지 하는 말은 강자가 약자에 대한 위협으로 쓰는 경우가 많기 때문이다.

"나갔다 오다니 어딜 말요?"

"나가보시면 아실 겁니다."

주씨는 더욱 기세가 꺾여서,

"뭐 할 얘기가 있음 여기서 해요. 밖에까지 나갈 게 없으니까."

머뭇거렸더니,

"여기선 해결을 내기가 어렵습니다."

말하고, 미스터 안은 앞장서 일어서며,

"자, 얼른 일어서세요."

재촉이었다.

언제고 엉뚱한 짓을 태연히 잘 저지르는 이들이라 주씨를 끌고 나가서 안이 어떤 난폭한 거조로 나올지도 모르는 일이므로 주씨는 적이 질리었으나 그렇다고 비겁하게 매달려서 사정을 할 수도 없고, 괜히 버티다가는 미스 윤과 미스 조는 물론 보순이와 광숙이까지 보는 앞에서 톡톡히 망신을 겪을지도 모르는 일이어서,

"그럼 나가지."

마지못해 따라 일어선 것이다.

현관을 앞서 나가던 미스터 안은 두 여자 동지와 서로 눈짓을 나누다가 홱 돌아서며

"참, 열쇠 좀 빌리시죠."

주씨 앞에 손을 쑥 내밀었다.

씨는 거절하기가 은근히 켕겼지만,

"우선 나갔다 와서 그 문젠 의논합시다."

이러고 앞서 걸음을 옮기니까,

"그럼 발판을 놓고 이 창문으로 들어가서 일들을 봐요. 내 나가서 대번에 해결을 짓고 들어올 테니."

미스 조와 미스 윤에게 안은 이런 말을 일러놓고 돌아서 나왔다.

앞서서 묵묵히 노량진 쪽으로 언덕길을 걸어 내려가는 미스터 안을 주씨

는 우울하고 불안한 기분으로 역시 잠자코 따라갔더니 한길가의 어느 음식집으로 안내하는 것이었다.

구석진 조용한 방에 자리를 잡고

"아직 술을 하기엔 좀 이른 시간입니다만 우선 한잔씩 드십시다."

미스터 안은 이러고 술과 안주를 주문했다.

주인갑 씨는 이자가 폭행을 가하려는 것은 아니구나 싶어 그제야 다소 안심이 되었으나 술이 몇 잔씩 오고 간 뒤에 미스터 안의 입에서는 역시 또 폭력에 관한 얘기가 나오기 시작했다.

"고문 선생님도 유도든 당수든 호신술을 한 가지쯤 익혀두시죠."

"스무 살 안짝의 철없는 애들이라면 모르되, 나이든 어른이 그런 폭행술을 배워서 마구 휘둘러서야 되겠소?"

"그러나 법은 멀고 주먹은 가까운 게 현실입니다. 특히 우리의 대한민국 사회는 더욱 그렇습니다. 고문 선생님께서도 주먹이 약하기 때문에 제가 보기엔 바지저고리에 불과한 서가 따위에게도 봉변을 겪지 않으셨습니까?"

그것은 확실히 일리가 있는 말이긴 하다. 주씨 자신, 40년을 살아오는 동안 단지 주먹이 세지 못하기 때문에 직장의 동료에게서도, 물건을 흥정하다가도, 술집이나 유원지에서도, 혹은 전차와 버스나 노상에서도 시비가 안 될 시비에 걸려 억울하게 모욕이나 봉변을 당한 일이 비일비재인 것이다.

하기야 준법정신이 투철해야 할 정계에도 폭행이 난무하기 일쑤요 심지어는 정부에서 폭력배를 양성한 일조차 있었으며 법에 의해 치러야 할 선거를 폭력이 좌우한 우리나라였으니 더 말할 여지가 없는 것이다.

11

"그러나 그땐 가족들이랑 자네들이랑 관람자가 많아서 그만 얼어가지고 실술 했었지. 외딴 데서 단둘이 붙는다면 그 사람 정도엔 나도 꿀리지 않을 자신이 있소."

주씨가 부지중 그날의 창피했던 자기 꼴을 변명하려 드니까

"양쪽이 다 계집애 싸움 같았어요. 그렇게 기다란 욕설을 치렁치렁 늘어놓는 게 아닙니다. 정말 사람깨나 칠 줄 아는 사람이면 불꽃이 튀듯 간단한 몇 마디로 멋진 응수를 하고 대뜸 툭탁하고 주먹부터 들어가는 법입니다."

미스터 안은 이러한 관전평과 일가견을 피력한 것이다.

여기서 두 사람 사이에는 한동안 폭력과 무술에 관한 이야기가 계속되다가

"국가 간에 협상이 결렬되면 전란이 벌어지듯이 저는 이 자리에서 고문 선생님과의 교섭이 실패에 돌아간다면 죄송하지만 최후의 해결수단으로 폭력을 사용하게 될지도 모르겠습니다."

미스터 안은 마침내 어처구니없는 경고를 던져왔다.

"교섭이라니 어떤 교섭이오?"

주씨가 도로 딱딱해진 표정으로 반문하니,

"물론 삼정학원 기성회의 사무실 건 말입니다. 삼정학원 설립의 취지와 의의에 적극적인 찬동은 아니더라도 충분히 이해는 해주셨고 한편 고문으로까지 계실 뿐 아니라 저희로서 학원이 정식 발족만 하면 선생님을 실속 있는 자리에 모시려 예정하고 있었는데 비워두는 응접실 하나가지고 너무 비싸게 구시는 건 유감천만입니다. 웬만하면 전도가 유망한 공익사업인 삼정학원에 주택을 통째로라도 기부할 수 있을 터인데, 마지못해서나마 일단 날인한 각서를 일방적으로 포기하려 드시니 정말 섭섭해요. 그러니 저희 세 젊은 것들을 격려하고 아끼시는 의미에서 넓으신 도량으로 차후는 각서의 내

용을 준수해 주시고 한 걸음 더 나아가서 모든 일에 직접 간접으로 적극 협조해 주시기 바랍니다."

미스터 안은 마치 서면을 읽어 내려가듯 조리 있게 엄숙한 태도와 강경한 어조로 새삼 이런 요청을 해온 것이다.

주인갑 씨는 함부로 거절할 수도 응낙할 수도 없어서 난처해하다가,

"폭력적인 위협에 못 이겨서 수락한다면 나는 물론 자네들 측에서도 결코 유쾌한 일은 아닐 텐데……."

어름어름했더니,

"그럼 제가 조급히 위협적인 언동을 취한 건 사과하겠습니다. 용서하십시오."

공손히 그리고 깍듯이 안은 머리를 숙였다.

"그렇게 나온다면 나로서도 더 고집을 부릴 수 없소만, 사사건건이 자네들이 이론적으로 따지는 게 솔직히 난 질색이었던 거요. 대인관계란 좀 더 부드럽고 융통성이 있어야 해요."

"도리어 선생님 쪽이 너무 빡빡하신 데다가 방관적이요 비협조적이어서, 저희로선 자연 그럴 수밖에 없었습니다."

"내가 그럼 젊은 자네들과 함께 얼려서 흥분해 날뛸 수가 있소?"

주씨가 이러고 웃으니까, 미스터 안은 별안간 얼굴을 씨의 앞으로 넌지시 들이대고 음성을 낮추어,

"선생님께서 좀 더 적극적으로 저희 일에 협력해 주신다면, 미스 윤이 은퇴하기 전에 충분히 서비스를 해드리기로 했습니다."

이런 엉뚱한 말을 꺼낸 것이다.

12

주인갑 씨는 잠시 어리둥절했다.

미스터 안의 말을 완전히 이해하기에는 시간이 걸렸을 뿐 아니라 그 말의 내용 자체가 비상식적이었기 때문이다.

"은퇴란 게 무슨 뜻이오?"

짐작은 가면서도 씨가 넌지시 물으니,

"창녀 생활을 청산한다는 뜻입니다. 이제 현장 촬영이 끝나고 삼정학원의 기초 재단만 확립되면 미스 윤은 곧 은퇴할 계획이거든요. 그러니 선생님도 그 전에 미스 윤의 멋진 서비스를 좀 받아야 할 게 아닙니까?"

이러고 미스터 안은 의미 있게 씩 웃었다.

"그런 허튼소린 하지 말아요."

"허튼소리가 아닙니다. 우리 간부 세 사람이 정식으로 합의를 보았습니다. 고문 선생님이 각서의 내용만 준수해 주신다면 미스 윤이 서비스를 해드리기로요."

얼근히 주기가 돌기 시작한 주씨의 눈앞에는 두드러진 미스 윤의 미모와 몸매가 매혹적으로 얼씬거렸다. 그렇다고 대뜸 입이 헤벌어져가지고 덤벼들 수도 없는 체모라,

"아무러기로서니 그럴 수야 있소?"

의젓이 점잔을 빼보았더니

"왜요, 싫으세요?"

미스터 안이 도리어 의외란 듯이 반문해 오기에,

"싫고 좋고 문제가 아니오. 남녀관계가 그렇게까지 문란해서야 사회의 질서가 서겠소, 어디?"

해놓고 씨는 다소 후회가 되었다. 바라도 쉽지 않을 모처럼의 행운을 놓쳐

버리지나 않을까 해서다.

"선생님도 이제 보니 봉건적이시군요. 원시시대부터 오늘날까지 남녀간의 교접이란 끊임없이 연면히 이어온 인간의 핵심적 전통입니다. 도리어 황홀하고 적극적인 남녀의 교접행위에서 인간생활의 문명은 상승되었고 사회의 질서는 유지되고 있는 거예요. 모든 인간들의 나아지려는 의욕과 노력, 뛰어난 존재가 되려는 의욕과 노력, 예뻐지려는 의욕과 노력은 대개 이성이 지켜보고 있기 때문입니다. 이 세상에 만일 여자가 없다고 가정해 보세요. 남자들의 의욕과 노력은 반 이하로 탁 줄어버리고 말 겁니다. 그리고 좀 더 단적인 예를 든다면 창녀의 존재 가치와 의의인데, 창녀가 먼저 있는 것이 아니라 그보다 사회 자체가 질서 유지상 창녀를 요구하고 있는 것입니다. 그러니까 필요에 따라 창녀는 자연발생적으로 생기는 거예요. 저는 인간사회에는 반드시 창녀가 필요하다고 생각합니다. 말하자면 무서운 전염병 같은 것이 유행할 때 예방주사를 실시하는데 그 예방주사라는 것이 뭡니까? 결국 그것은 무서운 병원체나 그 독소를 적당한 양 넣어줘서 면역을 시켜주는 게 아닙니까? 사회 전체가 완전히 썩어 문드러지는 것을 방지해 주고 있는 것은 창녀들이 예방액 구실을 하고 있기 때문입니다. 당국자나 사회의 지도층 인사라는 것들이 창녀를 멸시하고 냉대하고 처벌하기 전에 그들에게 표창장을 주어야 할 일입니다. 창녀가 득실거려도 잔인하고 파렴치한 성범죄 사건이 꼬리를 물고 일어나는데 만일 창녀가 없어보세요, 그런 성범죄 행위는 대번에 지금의 몇 배 혹은 몇십 배로 증가할 테니까요."

안 청년이 장황히 늘어놓는 이러한 억설에는 주씨는 별로 흥미가 없었고, 다만 미스 윤이 씨에게 멋진 서비스를 하겠다고 하였다니 어떻게 하면 소문도 나지 않고 체모도 깎이지 않게 그 서비스를 은밀히 경험할 수 있을까 하고 오로지 그 궁리에만 마음이 자못 번거로웠다.

13

그렇지만 그러한 심리는 내색할 수 없었으므로,

"그건 결국 공창제도를 인정해야 한다는 결론밖에 안 되는데, 현대의 국가 체면상 그건 곤란한 문제가 아닐까요? 내막적으로 사창이 존속하는 건 할 수 없다 하더라도 말이지."

건성으로 주씨가 대꾸를 했더니,

"그런 형식적인 외면치레는 개인적으로나 국가적으로나 벗어던지고 솔직해야 한단 말예요. 공창제도를 폐지해야 한다는 안에는 체면상 번쩍 손을 들어 통과시킨 입법자들이, 뒷구멍으로 첩을 몇 명씩 거느리고 있어선 얘기가 안 된단 말씀입니다. 신사의 나라로 유명한 영국의 육군상이 표면적으론 일국의 재상으로서 국민의 본이 되고, 특히 규율이 엄한 전군의 귀감인 체하면서 내막적으로는 창녀와 단꿈을 꾸고 있었다는 사실은, 현대사회의 이면 특히 지도층 인물의 이중성에 대한 너무나 신랄한 비판입니다. 저는 묻고 싶어요. 도대체 우리나라에서도 정계니 실업계니 학계니 관계니 할 것 없이 자기 마누라 이외의 계집과 단 한 번도 밀통한 사실이 없는 인사가 과연 몇 사람이나 되느냐고요. 정말로 품행이 단정한 사람이라기보다도, 병신처럼 제 마누라밖에 모르는 인물이란 겨우 손꼽을 정도밖에 안 될 겁니다. 표면으로는 노상 점잖은 체하고 의젓한 체하면서 그럴듯하게 번지르르한 수작들을 늘어놓지만, 속을 뒤집어보면 거의 다 그렇구 그런 거예요. 이게 결국 인간이란 거구, 인간세상이 아닙니까? 금명간 단행할 미스 윤의 단골손님들에 대한 현장 촬영의 결과만 보셔도 느끼시는 점이 많으실 겁니다."

미스터 안은 조금도 흥분한 태도는 없이 이런 통렬한 비판적 언사를 침착한 어조로 털어놓았는데, 이 말의 어떤 점에는 주씨도 동감이어서,

"그건 그렇기도 해."

부지중 맞장구를 치게 되었고, 이어서

"그러니 선생님도 잠자코 삼정학원 일에 협력하는 체하면서, 체가 아니라 실지로 손해만 없으시면, 이익이 돌아오면 더 말할 것도 없구요, 실제로 협력하시면서 소라야 왕비의 신비한 진미를 맛보시는 것도 좋지 않으십니까? 뭇 사내들이 오금을 못 펴고 녹아날 정도라 미스 윤에겐 정말 딴 여자와 다른 황홀한 매력이 있습니다. 제가 보기엔 선생님은 너무 고지식하고 옹졸하신 것 같아요. 그래가지곤 재도(財道)에 있어서나, 여도(女道)에 있어서나, 세도(勢道)에 있어서나, 제대로 재미 한번 못 보고 삭막한 인생을 끝마치게 됩니다. 안 그러세요?"

마치 세사(世事)의 달인이기나 한 것처럼 말하는 안 청년의 얼굴을, 이것이 불과 25, 6세밖에 안 된 대학생인가 하고 주씨는 경이의 눈으로 다시 한번 쳐다보지 않을 수 없었다.

결국 이상과 같은 협박과 회유에 주씨는 마침내 알면서도 넘어가, 응접실을 각서의 내용대로 무조건 그들에게 완전 개방해 버렸지만, 개방했다기보다도 개방하지 않을 수 없었지만, 이러다간 앞으로 씨 자신의 것이란 무엇 하나(심지어는 마누라까지도) 온전히 남아나지 않을 것 같은 불안감이 들기도 하였는데, 이상한 것은 그런 가운데도 미스 윤이 대체 언제 어떤 방법으로 씨에게 서비스를 신청해 올 것인가, 아니면 솔직히 서비스를 받아들이려는 태도를 미스터 안 앞에서 그때 보이지 않았기 때문에 취소된 것이나 아닐까 하는 기대와 초조감이 씨의 마음을 은근히 번갈아 지배하는 것이었다.

14

그러나 그들 삼정학원 간부들은 현장 촬영 준비에만 열중한 채 주인갑 씨의 이러한 속은 아는 체도 하지 않았다. 먼저 그들 간부 일동은 미스 윤이 들어 있는 방의 구조와 위치에 대한 재검토를 실시한 것이다. 실내 광경을 카메라로 정확하게 찍어낼 수 있는 조건이 되어 있느냐 없느냐를 연구하기 위해서다.

그 방에는 출입문 외에 옆벽에 폭이 2미터, 높이가 1미터 정도의 창문이 있었다. 어른이라면 발돋움을 안 하고도 그 창문으로 실내를 환히 들여다볼 수가 있었다. 그래서 결국 현장 촬영에는 이 창문을 이용하는 것이 가장 편리하리라는 결론을 얻은 모양이었다.

그러나 어려운 문제는 그 밖에도 있었다. 그러기에 미스 윤의 방의 구조와 위치를 검문하고 난 세 젊은이는 응접실(이제는 엄연히 삼정학원 기성회 사무실)에 둘러앉아 남은 난문제들을 논의하기 시작한 것이다.

주씨가 마루방 소파에 나와 앉아 모르는 새에 관심이 끌려들고 있노라니까, 어떻게 하면 놈팡이에게 눈치 채이지 않도록 몰래 찍느냐 하는 문제를 가지고 잠시 말들이 많더니,

"도저히 무리야, 건 대낮에 옥외에서라면 가능하지만 실내인데다가 야간촬영이고 보면 플래시를 안 쓸 수 없는데 어떻게 비밀리에 해치울 수가 있어?"

미스터 안이 결론을 내리듯 말했다.

그들 세 사람은 남 앞에서는 서로 경어를 쓰는 체했지만 자기네끼리만 있을 때는 터놓고 해라를 했다.

"그렇지만 주주가 나 찍어라 하고 가만있겠어? 질겁해서 이불을 푹 뒤집어쓰든지, 급하면 손으로라도 상판을 가려버릴 게 아냐?"

미스 조가 이론을 제기하자,

"그러니까 물론 촬영하는 순간까지는 눈치 채이지 않게 해야지."

미스터 안의 답변에,

"작자들 여자를 끼고 자빠져 있는 꼴을 별안간 찰깍 찍히고 나면 어떻게 나올까?아마 가만있지들 않을지 몰라."

말하고 미스 조는 재미있다는 듯이 웃었다.

"그게 흥밋거리야."

셋이는 한동안 다시 의논이 분분하더니,

첫째, 미스터 안은 초저녁부터 촬영 준비를 갖추고 사무실에 대기하고 있을 것 둘째, 미스 윤은 손님을 끌고 들어와서 촬영하기에 가장 편리한 위치에 자리를 펴고 사내와 포옹하고 누울 것 셋째, 반드시 남녀가 속옷 바람으로 대담한 포즈를 취하게 할 것 넷째, 남자의 얼굴이 정면으로 창문을 향하게 눕힐 것 다섯째, 반드시 실내등을 켜놓은 채 이상의 준비가 완료되면 신호를 보내되 신호는 아양조로 간드러지게 웃어넘길 것. 그리고 그 신호가 있은 뒤 5분 내외에 대기하고 있던 미스터 안이 발소리를 죽이고 다가가서 창문 너머로 펑 하고 촬영을 단행하기로 세 사람은 드디어 구체적인 방법에 합의를 본 것이었다.

따라서 촬영 개시는 오는 월요일 저녁부터 하자는 것, 촬영의 순서는 주주의 번호순대로 하자는 것까지 결정을 지었다.

한편 불의에 외도의 현장을 찍히고 난 상대방이 싹싹 빌면서 사정조로 나오지 않고 만일 화풀이를 하려고 거칠게 대드는 경우에는 주씨 내외까지 동원해서 톡톡히 망신을 주는 일방, 미스터 안의 주먹맛을 보이자는 것이었다.

15

무슨 일에나 무모하다 하리만큼 자기들의 주장과 계획을 주저 없이 강행해 나가는 이들 삼정학원의 젊은 세 간부는 예정대로 정말 월요일 저녁부터 벼르던 현장 촬영에 착수하고야 만 것이다.

요즘은 미스터 안은 물론 미스 조도 가정교사를 집어치웠는지 거의 사무실에 와서 살다시피 했다. 미스터 안은 대개 분주히 들락날락했지만, 미스 조는 학교의 강의만 끝나면 어떤 날은 아침결부터 삼정학원 기성회 사무실에 찾아와서 미스 윤과 잡담을 하거나 사업계획을 의논도 하고, 차차 내방하기 시작하는 손님들도 응대하고, 무슨 서류를 꾸미거나 정리하기도 하고, 한가할 때는 독서를 하거나 소파에 누워서 오수를 즐기기도 하는 것이었는데, 월요일에는 저녁때가 되어도 돌아갈 생각을 않고 미스 윤의 방에서 세 사람이 저녁식사로 쇠고기라도 구워먹는지 한참 불고기 냄새를 피우더니, 이윽고 미스 윤이 외출하자 미스 조와 미스터 안은 사무실 소파에 늘어지게 기대앉아서 다소 흥분한 태도로 담소를 하며 시간이 가기를 기다리는 것이었다.

그러자 서로 이미 다 내통이 되어 있는 탓이겠지만 줄창 밤늦게야 돌아오던 혜경 여사마저 식사를 하는 둥 마는 둥하고는 응접실, 아니 사무실로 가서 두 젊은 남녀와 얼려 들뜬 음성으로 지껄여대며 미스 윤이 오늘의 제물인 단골 주주 제1호를 어서 끌고 돌아오기만 기다리는 것이었다.

"제1호란 미스 윤의 정조를 맨 처음으로 유린한 자라죠?"

혜경 여사의 묻는 말에 이어서

"그렇습니다. 전 국회의원이며 지금도 여러 개의 사업첼 가지고 있죠."

미스터 안의 대답이었다.

"이번에도 또 출말 한대잖아요. 온 그런 게 정칠 합네 하고 주척대니 나라꼴이 뭐가 돼요, 글쎄."

미스 조가 개탄하니까,

"영 덜된 잔가요?"

혜경 여사가 물어서,

"말이 아니래요. 하여간 국가나 민족의식 같은 건 추호도 없다니까요. 단순히 물욕과 득세 영달에 대한 야망밖에 없대요."

미스 조가 설명을 하자,

"그 밖에 또 하나 강한 야망이 있지."

미스터 안이 똥겨주듯 말했다.

"뭔데?"

"여자에 대한 야망. 여자 도락이 대단하다거든. 그것도 한 여자와 세 번 이상 접촉하는 일이 없대. 그런 걸 보면 미스 윤과는 예외야."

"미스터 안 같은 게지, 여자에겐."

안의 말을 받아서 미스 조가 꼬집었더니,

"이거 왜 이래. 절대로 난 여자에게 먼저 손을 대는 법이 없어. 이상하게도 내겐 염복(艶福)이 있어서 여자 쪽에서 줄줄 따르니 마지못해 상대해 주는 것뿐이지."

"그러실 거요. 워낙 미남이시니까."

미스 조가 비꼬아주어도

"여기 계신 남 여사(혜경)에게 물어봐. 만일 내가 버릇없는 사람이라면 미스 조를 여태 그냥 뒀겠어. 그렇지만 손가락 하나 대지 않은 거 좀 봐요."

안이 자랑스레 큰소리로 웃자,

"만만해 보이지 않으니까, 지금 잔뜩 기회만 노리고 있는 중일걸."

미스 조도 어디까지나 비양거렸다.

이런 잡담을 자기 방에서 듣고 있던 주인갑 씨는 남 여사에게 물어보라는 안의 말이 묘하게 신경에 걸렸으나, 깊이 천착해 볼 시간을 갖기 전에 마침 미스 윤이 단골 주주를 끌고 돌아온 것이다.

16

혜경 여사가 달려나가 대문을 열어주고는 한참이나 있다가야 사무실로 돌아오더니,

"틀림없나 봐요, 제1호. 생긴 게 어쩌면 그렇게 꼭 곰 같을까. 방에 들어가자마자 멋대로 저고리와 바지를 활활 벗어 팽개치고는, 그 꼴에 노상 애교 있는 웃음을 벌씬 웃어 보이며 미스 윤을 끌어안고 입을 맞추잖아요. 곰같이. 그러고 나서 지금은 벽에 기대앉아 눈을 끔벅거리며 담밸 피우고 있어요. 미스 윤이 막 자리를 펴는 걸 보고 왔으니까 좀 있음 신호가 올 거예요."

이런 식으로 보고하듯 지껄여대는 여사의 말투에는 어딘지 모르게 생기가 넘쳐흘렀다.

이윽고 출입문 열어놓는 소리가 나고, 사무실 안은 조용해졌다. 주씨 방에서는 잘 알아들을 수 없는 작은 말소리가 간간 새어나올 뿐이었다. 미스 윤의 신호를 행여나 놓칠세라 모두들 전 신경을 귀에다만 모으고 긴장해서 대기하고 있음에 틀림없다. 어느새 주인갑 씨도 눈이 말똥말똥해져서 미스 윤 방 쪽으로 잔뜩 귀를 기울이고 앉아 있었다.

얼마쯤 지났을까. 드디어 꾸민 듯한 미스 윤의 간드러진 웃음소리가 요염하게 흘러온 것이다. 그러자 살금살금 발소리를 죽여가며 사무실을 나가는 사람들의 기척이 있었다. 부지중 씨도 벌떡 일어서서 뒷창문 밖에 머리를 내밀고 어둠 속을 지켜보았다.

미스 윤의 방 창문을 흘러나오는 형광등의 푸른빛이 뒤뜰의 일부분을 환

하게 비치고 있었다. 둘인가 셋인가 분간키 어려운 검은 그림자가 불빛이 쏟아지는 창문 밑으로 다가갔다.

주위가 죽은 듯 고즈넉한 속에 주씨 자신의 높아진 숨소리가 또렷이 들렸다.

미스 윤의 방에서는,

"요, 요, 요것이……."

억지로 여자를 품안에 꽉꽉 우그려 넣기라도 하면서 귀여워 죽겠다는 듯이 지르는 사내의 탁한 음성이 어렴풋이 흘러나오다 말고 별안간,

"가, 가만, 저게……."

놀라 외치는 사내의 다급한 소리가 채 끝나기도 전에 펑 하고 멋지게 카메라의 플래시 터지는 소리와 섬광이 어둠을 가르고 퍼져온 것이다.

"저, 저, 저놈이 누구냐?"

너무도 화가 치받쳐서 사내의 고함소리는 떨렸다.

"실례했습니다. 전 누드 사진가입니다."

너무나 침착한 미스터 안의 대답에

"뭐? 누드 사진가?"

어이없게 한마디 반문하고는 주주는 미처 뒷말을 대지 못했다.

"그럼, 재미 많이 보십시오. 사진첩이 완성되면 비밀히 판매를 개시할 테니 필요하시면 댁에서도 아가씰 통해서 신청해 주십시오."

안 청년이 태연히 이런 기막힌 소리를 남기고 발길을 돌이키려 하자,

"세상에 이런 놈이 있어. 당장 섰거라, 거기."

주주는 벌떡 자리를 차고 일어선 듯했으나,

"아저씨, 옷이나 좀 걸치고 일어나세요."

권하는 미스 윤의 말소리에 이어서,

"이 앙큼한 년 같으니, 미리 다 짜고 있었구나."

사내의 격노한 소리에 이어 따귀라도 후려치는 듯 짝 소리와 함께 '아!' 하

는 미스 윤의 비명이 밤공기를 찢으며 울려왔다.

17

그러자 혜경 여사와 미스 조가 노상 이와 같은 소동에 놀라서 좇아 나온 듯이 미스 윤의 방 안을 수상쩍게 기웃거리며,

"아니, 무슨 일들이세요?"

"어마, 점잖아 뵈는 남자가……."

한 마디씩 던졌고, 재빨리 미스터 안은,

"이 남잔 미스 윤의 단골손님입니다. 그래서 둘이 끼고 누워 있는 장면을 내가 카메라로 찍었더니 글쎄 펄펄 뛰며 이 야단이군요. 저런 듬직한 나이에 창녀와 놀아나는 짓이 내가 누드 예술사진에 취미를 갖고 있는 것보다 나을 게 뭡니까? 어쨌든 미안합니다. 밤중에 이렇게 소란스럽게 굴어서."

이런 설명과 함께 사과를 하는 체했는데, 여사는 대뜸

"망측해라!"

꼴사납다는 듯이 내뱉고는,

"여보, 아 이런 해괴한 일이 어딨어요. 얼른 나와보고 경찰에 알리든지 어떻게 좀 하세요."

큰 소리로 주인갑 씨를 불러대는 것이었다. 이어서

"아니, 어쩌면 저렇게 나이 들고 점잖아 뵈는 분이 뒷구멍으로 글쎄 이런 짓을 하고 다닐까요. 세상도 참……."

미스 조가 사뭇 어이없다는 듯이 빈정거리니까

"그러게 말이야. 남자들이란 대개 저런 건가 봐. 그러니 본을 뵈기 위해서라

도 사정을 두지 말고 경찰에도 알리고 신문에도 내고 세상에 소문이 좍 퍼지게 떠들어대야 돼. 아 그래야 사내들이 찔끔해서 저런 버르장일 고칠 게 아뇨?"

노골적으로 야유와 비난 공격을 벌였으나, 사내는 어떻게 하고 있는지 끽 소리도 없었다. 애초부터 호기심이 끌리긴 했지만 그렇다고 자진해서 현장 촬영에 가담할 수는 없었던 주인갑 씨로서도 사태가 이쯤 되고 보면 체면 깎이는 일 없이 얼마든지 구경할 수 있는 일이라, 슬그머니 방문을 열고 가을 밤 공기가 서늘한 밖으로 나갔다.

뒤뜰로 돌아가다 보니, 보순이도 창문 밖으로 머리를 내밀고 구경하고 있기에 몰래 다가가서 주먹으로 가만히 뒤통수를 쥐어박자 보순은 깜짝 놀라 머리를 디밀었다.

"넌 어서 잠이나 자."

작은 소리로 꾸짖고 미스 윤의 방 앞으로 다가서며

"왜들 이러는 거야, 밤중에 시끄럽게."

주씨는 의젓이 책망조로 한마디 던졌다.

혜경 여사, 미스터 안, 미스 조가 번갈아가며 일부러 필요 이상의 자초지종을 새삼스레 설명하려 드니까, 지금까지 방구석에 죽치고 앉아 얼굴이 붉으락푸르락하며 분과 욕을 삭이느라고 담배를 피우고 있던 주주 제1호라는 사내는 주씨를 보자,

"주인 선생이십니까?"

자리를 고쳐 앉으며 점잖게 묻기에 씨가 그렇다니까,

"이거, 이런 엉뚱한 낭패 당하기는 생전 처음입니다. 저런 젊은 애나 여인네들을 상대로 얘기해 봐야 통하질 않으니, 선생께 통성명이나 하고 이렇게 낭패 겪게 된 사유를 말씀 드리는 동시에 사과와 함께 양해를 구해야겠습니다. 자, 이리 좀 들어오시죠."

사내는 마치 자기 집에서 손님을 맞이하듯이 태연히 권하였다.

그러나 주씨가 미처 무슨 대꾸를 하기도 전에 혜경 여사, 미스 조, 미스터 안이 일시에 신랄한 반박을 하려 들자,

"허, 시끄럽소. 사내대장부가 주색을 좀 탐하기로서니 흠 될 게 뭐요?"

사내는 위엄 있게 내쏘고 눈을 흘겼다.

18

그 말을 단박 미스터 안이 받아가지고 응수했기 때문에 주인갑 씨는 개입할 여유조차 없었다.

"나같이 젊은 애하고는 얘기가 통하지 않는다고 했으니, 그럼 나도 당신같이 늙고 융통성 없는 오입쟁인 다시 상대하지 않을 테니 좋도록 하시오. 그러니 이 사진을 국내외의 누드 예술 사진전에 출품해도 절대로 참견하지 말아야 합니다."

안이 침착하게, 자신에 찬 어조로 이러고 돌아서려니까,

"그래 법이 없는 줄 알아? 이놈아, 남의 명옐 마구 손상시켜두……."

주주 제1호는 버럭 소리를 질렀다.

"법이요?"

미스터 안은 어이없다는 듯이 웃다가, 같이 따라 웃는 여자들을 돌아보고 나서,

"법은 아마 늙은 오입쟁이보다 젊은 사진도락가에게 훨씬 더 관대할 겁니다. 하긴 둘이 같이 징역살일 좀 해봐도 해롭진 않겠죠. 등외 명사쯤은 되어 보이는 초로의 호색가와 한 감방에서 동고동락하는 것도 젊은 내겐 유익한 인생 경험일지 모르니까요."

어디까지나 여유만만한 조롱조의 말투다.

“저, 저런 주둥아리 놀리는 것 좀 봐. 온, 사람을 몰라보구…….”

“사람은 잘 알아보죠. 등외 명사나 삼등 신사쯤으론 관측하고 있으니까요.”

“이놈이 정말 어른을 몰라보구……. 주인 선생, 저놈이 도대체 어떤 놈입니까?”

주씨가 뭐라고 대답하기 전에,

“자 그럼 전 볼장 다 봤으니 물러갑니다. 이 작품은 아마 저의 회심작이 될 테니까, 곧 현상해서 한 장씩 나눠드리겠습니다.”

미스터 안은 옆사람들을 둘러보고 나서 다시,

“미스 윤, 고마워. 만일 이 작품이 국제누드 예술사진전에 입상만 된다면, 그 상금은 약속대로 미스 윤의 기특한 꿈을 위해 전액 희사할 테요.”

이러고 미스터 안이 유연히 사라진 뒤,

“저놈이 어떤 놈입니까? 대체.”

주주 제1호는 위엄을 잃지 않느라고 애쓰면서도 자못 걱정스런 낯빛으로 묻기에,

“글쎄요, 나도 정체 잘 모릅니다. 도무지 그 속을 촌탁할 수 없는 인물이에요.”

주인갑 씨로서는 솔직히 대답하는 수밖에 없었다. 그러자 주주 제1호는,

“이거 인사도 미처 못 드렸습니다만, 사실 얘(미스 윤을 가리키며)는 내 조카딸입니다. 마침 지나던 길에 궁금해서 들러봤는데 신경통 때문에 움직이기가 싫어 잠깐 쉬어가려고 얘가 펴주는 자리에 누웠다가 그만 엉뚱한 오핼 받고 젊은 놈에게 봉변을 당하지 않았습니까. 내 참 나중엔 별일 다 겪겠군.”

구구히 변명을 시도해 보고, 마지막 말은 미스 윤을 돌아보며 혼자 중얼거리듯 말했다.

“흐음, 그러세요? 그럼 아까 그 사진이 완성돼서 사진첩이나 전람회에 낼 땐, 다정한 숙질간이란 제목을 붙이도록 하래야겠군요.”

미스 조가 해죽거리며 이렇게 넌지시 꼬집었더니,

"그, 그래요. 그것도 좋겠군. 하지만 그건 나중 일이니, 나와도 의논해서 하래요. 내, 내일이라도 다시 연락하죠. 사람이란 잘 사귀면 서로 덕이 되고 이로운 법이니까."

사내는 이러고 당황히 몇 마디의 인사를 남긴 뒤 일단은 총총히 돌아가버렸다.

19

그러나 일은 그것으로 무사할 리는 없었다. 또한 그것을 예측 못할 삼정학원 간부들도 아니었다.

주주 제1호가 앞으로 어떻게 나오겠느냐에 대해서 그들은 자정이 넘도록 사무실에서 의논들을 한 결과, 워낙 무식하고 미련하기로 알려진 인물이니 한두 번쯤은 울력성당으로 나올지 몰라 당분간 미스 윤은 혼자선 외출도 말고 모두들 조심해야 한다는 판단을 내린 모양이었다.

그날 밤 미스 조는 미스 윤의 방에서 미스터 안은 혼자 사무실 소파에서 잤는데, 그들의 예측은 이튿날 오전 중에 정확히 적중하고야 만 것이다. 두 명의 낯선 청년이 찾아와서 미스 윤을 찾았다. 기다리고 있었다는 듯이 미스터 안이 성큼 앞장서 나갔고 혜경 여사, 미스 조, 미스 윤도 우르르 그 뒤를 따라 나갔다.

주인갑 씨도 슬그머니 나가서, 좀 떨어진 위치에서 구경을 했다.

"어떻게들 오셨죠?"

미스터 안이 부드럽게 물으니까,

“윤명주란 창녈 좀 보러 왔습니다.”

눈이 짝짝이인 한 청년이 대문 창살 사이로 이쪽의 여러 사람을 둘러보며 말했다.

“여기엔 인간 윤명주는 있어도, 창녀 윤명주는 없습니다.”

미스터 안이 침착한 태도로 이렇게 대답하니까, 저쪽의 두 청년은 아니꼽다는 듯이 안을 노려보다가 자기네끼리 얼굴을 한번 마주 보고 나서,

“창녀든 인간이든 간에, 그 윤명주란 여잘 좀 만나러 왔으니 잠깐만 이리 나와줘요.”

이번엔 콧등에 반창고를 붙인 청년이 누가 윤명주냐는 듯 혜경 여사, 미스 윤, 미스 조를 번갈아 보며 말했다.

“내가 윤명준데요, 당신들은 누구예요?”

미스 윤이 한 걸음 앞으로 나서면서 신비한 미소를 짓고 태연히 묻자,

“아무튼 용건이 있어 왔으니까 이리 좀 나와요.”

짝짝이 눈이 거친 표정으로 미스 윤을 노려보며 말했다.

“용건이 있으면 여기서 말해 봐요, 어서. 초면인 날더러 나오라 말라 하지 말구요.”

미스 윤의 너무나 당연한 항의에 반창고 코가 과장적으로 사나운 표정을 지어 보이며,

“얘, 이년아! 똥갈보질이나 해먹는 년이 주제넘게 굴지 말구 당장 나와! 뼈라도 옳게 추리려면.”

덮어놓고 으르댔다.

“얘, 얘, 그 공포들 좀 쏘지 마. 내가 아무리 계집이지만 너희 같은 것들이 겁이 나면 원다성을 상대하겠어? 어서 입 아프게 짖어대지 말고 돌아들 가.”

미스 윤은 그 신비스런 미소를 머금은 채 잔잔한 말씨지만 독기 있게 쏘아붙였는데 주인갑 씨에겐 눈이 휘둥그레질 만큼 의외였다.

"뭐 어째? 이년아."

"이년이 이게 철이 덜 들었어, 아직."

낯선 청년들은 거의 동시에 포효하듯 하고 발을 구르고 주먹으로 대문을 쳤다.

그러자 미스터 안이 빙그레 웃으며,

"윤명주 대신 내가 나가지. 나한테 용건을 말해요."

대문 빗장을 벗기고 버젓이 밖으로 나섰다.

상대방은 약간 주춤하는 기색이었으나 이내 위세를 돋우며,

"넌 뭐야? 인마."

반창고 코가 삿대질을 하며 다가섰고, 짝짝이 눈은 당장이라도 공격을 가할 수 있는 도전적인 자세를 갖춘 것이다.

20

그러나 미스터 안은 눈썹 하나 까딱 않고,

"난 원다성이 미스 윤을 끼고 자빠진 장면을 찍은 장본인이다. 나 때문에 미스 윤이 피핼 보아선 안 될 테니까 할 말이 있음 내게 해봐."

어디까지나 자신만만한 태도였다.

"오라, 네놈이 바로 야비한 사진 도락가구나? 세상에 그래 해먹을 짓이 없어서 남의 벌거벗은 꼴이나 여잘 끼고 자빠진 장면이나 찍고 다니는 거냐? 제법 멀끔하게 생긴 자식이."

반창고 코의 입이 채 닫히기도 전에,

"주둥이 닥쳐! 이 자식아."

고함소리와 함께 미스터 안의 손발이 번개같이 몇 번 허공에 번득이자 어느새 반창고 코는 물론 짝짝이 눈까지 픽픽 나가떨어지고 말았다.

참말 감탄할 만큼 무섭게 날쌘 솜씨였다. 여자들은 박수라도 칠 듯 가만한 환성을 질렀고, 주인갑 씨도 흡사 체증이 내려간 것처럼 속이 후련했다.

어디를 어떻게 맞았는지 새우 모양 허리를 꼬부리고 제대로 몸을 가누지 못하는 두 놈에게,

"원다성이 보고 가서 그래. 장정 이삼십 명쯤 단숨에 까 눕힐 자신 없이 누드 사진작가가 될 수 있는 줄 아느냐고. 끝까지 맞서고 싶거든 너희 따위의 피라미새끼 말고, 서울 장안의 이름난 깡패 전부 몰고 오라고. 그러면 내 무더기로 묶어서 형무소에 처넣어줄 테니, 세상이 어느 땐 줄 알고 서투른 솜씨로 땡깡을 부리려 드는 거야?"

떡 버티고 서서 흘겨보며 호통을 치는 미스터 안의 자태는 마치 대군을 무찌르고 난 개선장군처럼 주씨에겐 늠름하게 우러러 보이기조차 했다.

미스터 안이 불쑥 뒤를 돌아보며,

"카메라 좀 내다줘요. 요것들 한 장식 찍어두면 필요한 때가 있을지 모르니."

하는 말에, 두 놈은 낯을 찡그리고 비실비실 일어서더니 꿈지럭거리며 언덕길을 저만큼 내려가다 말고 돌아서서,

"인마, 너 어디 두고보자."

"네 명에 죽진 못할 줄 알아, 인마."

이렇게 한마디씩 쏘아붙이고 그들은 노량진 쪽으로 뛰어 내려간 것이다.

그 뒤 사무실에서는 주씨 내외까지 동석한 가운데 삼정학원 간부회의가 열렸다. 주주 제1호인 원다성이 앞으로 어떻게 나올 것인가에 대비해서 작전을 세우기 위해서였다.

물론 미스터 안의 무술 솜씨가 챔피언의 경지에 달해 있기 때문이기도 하

겠지만 그래도 핑핑한 젊은 놈들이 제대로 대항도 못해 보고 한두 대에 꺾이어 뺑소니친 것을 보면 결코 직업적인 불량배는 아니요 원다성이 밑에서 붙어먹고 사는 건달직원 정도에 불과하리라는 결론이 내려지자, 무식하고 돈은 있는 원다성이라 정말 이번에야말로 몇 명의 직업적인 깡패를 동원해 올지도 모른다는 의견도 나왔다.

그러나 미스터 안의 실력이라면 아무리 직업적인 불량배라 할지라도 두세 명은 문제없이 당해 낼 수 있으리라는 점과, 만일 저쪽에서 과연 폭력 대결로 나온다면 이쪽에서도 결코 가만있지 않고 신문에까지 나도록 사태를 확대시킬지도 모를 뿐더러 더구나 현장을 촬영한 사진을 마구 내돌리리라는 것쯤 예측 못할 상대방이 아닌데다가, 가뜩이나 국회의원에 입후보하기로 하고 치열한 선거전을 앞둔 이때 아무러한 원다성으로서도 그렇게까지는 나오지 못할 것이니 십중팔구 협상을 제기해 오리라는 관측이 가장 우세했다.

이러한 논의가 있은 바로 그날 저녁이었다.

21

웬 남자가 와서 주인을 찾는다기에 주인갑 씨가 나가보니, 사십이 훨씬 넘어 보이는 중년신사 한 사람이 대문 밖에 서 있다가,

"주 선생이십니까?"

공손한 태도로 먼저 물었다.

주씨가 그렇다니까, 그는 '다성산업 주식회사 상무 이봉재' 라는 명함을 한 장 내놓고 사장의 대리로 사과의 말씀도 드리고 한편 간곡한 청도 있어서

초면에 체면 불구하고 찾아왔노라기에, 대뜸 미스 윤의 주주 제1호인 원다성이 보낸 사람임을 깨달은 주씨는 우선 마루방으로 그를 맞아들인 것이다. 간단한 인사를 다시 나눈 뒤,

"어떻게 오셨습니까?"

주씨가 물으니,

"다름이 아니라 엊저녁에 저희 사장이……."

"원다성 씨 말씀입니까?"

"네. 사장이 조카딸인 미스 윤을 찾아오셨다가 뜻하지 않았던 일로 소란스럽게 굴어서 죄송스러우니, 절더러 선생님을 찾아뵙고 심심한 사과의 말씀을 드리라고 해서 왔습니다."

이 상무란 자는 은근한 태도로 말하고 머리를 숙였다.

"엊저녁 일보다도 실은 오늘 아침 일이 더 불쾌했습니다. 점잖지 못하게 불량배를 보내서……."

주씨가 채 말을 맺기도 전에,

"네. 바로 그 점도 백배 사괄 드려야겠습니다."

이 상무는 허리를 굽히며 말을 받아가지고,

"저희 사장이 엊저녁에 봉변한 얘길 전해 듣고 혈기왕성한 젊은 직원이 선불리 과잉충성을 보이느라고 제멋대로들 달려와서 무례를 저지른 것입니다. 그래서 저희들은 사장에게 호되게 야단을 맞았습니다. 그러니 너그럽게 용서를 빕니다."

덮어놓고 사과만 할 뿐이었다.

"그래 찾아오신 용건은 그것뿐입니까?"

"아닙니다."

손님은 삼정학원 간부들이 지키고 있는 사무실 쪽에 비상히 신경을 쓰며 일층 작은 소리로 간청하였는데, 그것은 엊저녁 미스터 안이 현장 촬영한 필

름을 주씨가 가운데 들어서 빼어내 달라는 것이었다.

"물론 수고해 주시면 그 호의와 노고에 대한 보답은 충분히 해드리겠습니다."

이런 말까지 덧붙이기를 잊지 않고, 이 상무는 저고리 안주머니에서 흰 사각봉투를 한 장 꺼내 두 손으로 공손히 내밀며

"이건 순전히 사과의 뜻으로……. 저희 사장의 촌지에 불과합니다. 필름만 찾아주신다면 거기에 대해선 별도로 충분히 인살 차리겠습니다."

하기에, 주인집 씨는 봉두를 도로 밀어놓고

"난 그런 일엔 상관하고 싶지 않으니, 직접 본인들을 만나보시죠."

이래도 한사코 주씨를 붙들고 늘어지려는 그를 억지로 사무실에 데리고 가 삼정학원 간부들에게 소개해 준 것이다.

그러고 나서 씨가 자기 방에 돌아와 엿듣고 있노라니까 이 상무는 무조건 사과를 앞세우며 현장 촬영한 필름을 양도해 달라는 애원이었고, 세 젊은이는 그 사진은 국내외의 누드 사진전에 입상을 기대할 수 있는 회심작일 뿐 아니라, 어제 저녁 이래 오늘 아침에 걸쳐 원다성이 취한 태도는 모욕적이었기 때문에 절대로 응할 수 없다는 대립으로 시간을 끌었는데, 결국 무슨 밀약이 성립되었는지 작은 소리로 한동안 수군거리다가 사무실을 나오는 이 상무의 이마에는 땀이 번져 있었다.

22

그 뒤로도 이 상무는 두세 차례나 삼정학원 사무실을 드나들며 간부들을 만났고 한 번은 미스터 안이 격분하여,

"뭐야 이건 누굴 언내로 알고 우롱하려 드는 거야? 그렇게 시시하게 굴려거든 아예 협상 무용이다. 우린 우리 멋대로 할 테니, 너희 맘대로 해봐. 어디 목숨을 걸고 한번 대결해 보자, 누가 더 손핼 보나."

호통을 쳐서 이 상무를 발길로 차다시피 쫓아버리더니, 300만 원이니 500만 원이니 하는 말이 나돌던 어느 날 저녁 석간신문에 주먹 같은 활자로 원다성이 불우한 청소년의 장래를 가슴 아프게 여겨 무료로 농업 고등기술학교와 무료 직업 고등기술학교의 설립자금으로 일금 500만 원을 희사했다는 광고가 원의 사진과 함께 전단으로 게재된 것이다.

마침 외출 중이었던 주인갑 씨는 거리에서 그 신문을 보고 웬일인지 입맛이 싹 가실 정도로 우울해졌다.

씨는 불현듯 우직한 김 청년이 생각나서 그와 더불어 오늘 저녁은 만판 취하여 세상을 개탄해 주고 싶었으나 그날따라 김 청년도 외출하고 집에는 없었다.

주씨는 어쩐 영문인지 갑자기 세상 살 재미가 없어져서 아무거나 간단히 밖에서 저녁을 먹고 술까지 얼근히 들이켠 다음,

"오백만 원이라, 으흠흠, 쓸개 빠진 연놈들. 오백만 원이라, 구화로 오천만 원. 으흐흠, 빌어먹을 놈의 세상……."

씹어뱉듯 중얼거리며 집에 돌아와보니, 사무실에서는 자축연이 벌어져 삼정학원 세 간부에 혜경 여사까지 얼려 난장판을 이루고 있었다. 씨는 마음 같아서는 당장 사무실에 뛰어들어가 상을 뒤집어엎고 한바탕 이유 모를 밸풀이라도 하고 싶었으나, 미스터 안의 철권이 켕겨서 잠자코 자기 방으로 들어가버리고 만 것이다.

그러나 이와 같은 주인갑 씨의 심리에는 아랑곳없이 삼정학원 간부들은 더욱 자신을 얻어 예정대로 주주 제3호, 제5호, 제6호, 제7호, 제9호에 대한 현장 촬영을 계속하였는데, 세상이란 의외로 어수룩하기 짝이 없는 것이어

서 제5호만이 제1호 모양 한바탕 말썽을 부렸을 뿐 나머지 소위 명사라는 것들은 마치 코 꿰인 송아지처럼 꿈쩍을 못하는 것이었다.

그 중에서도 유명한 병원의 원장이요 의학박사인 공처가 제3호와, 제2호의 장남으로 모 대학교 부교수인 교오한 소장학자 제7호와, 같은 대학의 교수로 미스 윤의 스승인 제9호의 꼴이 가장 가관이었다.

제3호는 펑 하고 플래시가 터지자 용수철에 튕기듯 벌떡 일어나서는 다늦게 전등부터 끄고, 어둠 속에서 갈팡질팡 옷을 주워 꿰고야 도로 불을 켠 다음 어리둥절해서 웬일이냐고 묻기에, 제1호에 대해 그랬듯이 미스터 안이 누드 사진작가를 가장하고 누드 사진첩도 만들고 국내외의 누드 사진전에도 출품하기 위해서라고 했더니, 제3호는 보기에 민망할 정도로 기가 푹 꺾여 눈물을 뚝뚝 흘리며 제발 좀 봐달라고 애소하더라는 것이다.

이렇듯 공연히 허세를 부리지 않고 솔직하게 나오니 그 비굴스러운 꼴이 우습긴 했지만 그래도 동정이 갔으므로 딴 주주에 비해 가장 용이하게 그리고 관대한 조건으로 타협이 성립되었다는 것이다.

그러나 제7호 같은 자는 사진을 찍히자 사형선고를 받은 사람 모양 얼굴이 창백해져 가지고도 교만한 태도로,

"이건, 개인의 인권과 명예를 침해한 소행이니 법대로 해결합시다."

해서 삼정학원 간부들을 격분케 했다.

23

그러나 미스 윤이나 미스터 안이나 미스 조나 함부로 감정을 표면에 노출시키는 사람들이 아니었다. 여기에 그들의 젊은이답지 않은 무서운 일면이

있었다.

“좋습니다. 당신은 어서 법대로 해결하시오. 난 내 취미와 예술을 위해서는 법의 제재뿐 아니라 비록 목숨을 잃는 한이 있더라도 후회하진 않을 테니까요.”

미스터 안은 유연히 이런 말을 남기고 돌아섰고 혜경 여사와 미스 조도,

“부자(父子)가 동시에 미스 윤에게 놀아나고 있다는 희대의 오입쟁이가 바로 저분이었군그래.”

“역시 법을 아는 학자는 다른가 보죠. 오입질도 끝판엔 법으로 따지려 드는 걸 보니.”

이런 조소를 퍼붓고 구역질난다는 듯이 그 방문 앞을 물러나고 말았던 것이다.

이리하여 비로소 자기 부친도 미스 윤의 단골손님임을 눈치 챈 제7호는 얼굴이 새까맣게 죽어가지고 돌아갔는데, 이 문제를 법대로 해결하자면 결국 자기에게도 불리하다는 판단을 내렸음인지 이튿날 오후에 부리나케 미스 윤을 찾아와 협상을 제의했다가, 미스터 안과 미스 조에게 사정없이 닦이고 나서도 여러 날을 두고 질질 끌며 갖은 애를 태운 끝에야 그가 임의로 움직일 수 있는 최대액을 내놓기로 하고 간신히 타협이 이루어진 것이다.

이 밖에 소맥분 암거래로 거액의 부당이득을 취한 상인이며 정치에도 야심이 큰 젊은 제5호는, 팬티 바람으로 미스 윤을 끼고 누운 장면을 찍히고도 눈썹 하나 까딱 않고 콧방귀만 뀔 뿐 아니라, 이왕 누드 사진을 찍을 바엔 운우(雲雨)의 묘미가 절정에 달한 순간을 포착하라면서 그자는 자진해서 팬티마저 훌렁 벗어 팽개치더니 미스 윤을 벌거벗기려 덤비는 바람에 도리어 이쪽에서들 눈살을 찌푸리며 도망쳐버렸을 정도였다.

그래서 결국 삼정학원 간부들이 세운 계획 중에 예측이 빗나간 주주로는 제5호와, 어느 중류 회사의 전무인 제6호였는데 이자는 사진을 찍히고도 일

언반구의 말도 없이 살그머니 돌아간 뒤 찾아오기는 고사하고, 이쪽에서 아무리 전화연락이나 면접을 가지려 해도 살살 피하면서 만나주지를 않았으므로 이 두 주주에게선 단 백 원도 우려내지 못하고 만 것이다.

마지막으로 재계의 중진이며 제7호의 부친인 제2호와 미스 윤의 대학 때 은사인 제9호가 있는데, 본시 제9호는 재산이라곤 없어서 출자를 기대할 순 없었고 다만 각계각층에 안면이 넓은 호인이라 이용가치가 있다는 점과 미스 윤의 매춘행위가 문제된 교수회의 때 강경파에 가담했다는 감정으로 현장 촬영을 하긴 했으나, 제9호는 목을 길게 늘이고 풀이 죽어서 연방 입맛을 다시며,

"허, 이거 내 운명이 오로지 미스 윤의 손에 달렸는걸."

하고 눈치를 보기도 하고,

"할 수 없지. 내가 판 구멍에 내가 빠진 셈이니까."

탄식도 하다가,

"미스 윤, 잘 좀 봐줘. 내 모가지에 조롱조롱 처자새끼 일곱 마리의 목숨이 달렸어."

측은할 정도로 솔직히 간청을 하기도 했으므로,

"그럼 만일 제게 선생님의 힘이 필요할 땐, 적극적으로 도와주셔야 해요."

이런 다짐 끝에 조건부의 약속을 맺고 그를 안심시켜 돌려보냈으나, 단 한 사람 주주 제2호만은 과연 재계의 민완가인 만큼 녹록하지가 않아서 끝까지 문제였다.

24

전부터도 자주 제2호만은 어떠한 경우에 있어서나 미스 윤의 거처에 들르는 일이라곤 전혀 없었다. 한 달에 두세 번 정도 미스 윤이 나가는 댄스홀에 전화를 걸어 불러내 가지고는 인천이나 수원까지 택시를 달려 그곳 호텔에서 묵고 돌아오거나 거기까지 나갈 시간이 없을 경우에는 영등포같이 뚝 떨어진 변두리로 처져서 깨끗한 여관이나 호텔에 묵는 일이 보통이었다. 그런 때에도 결코 동실을 쓰는 경우는 거의 없고, 따로따로 딴 방을 차지하고 들었다가 적당한 시간에야 한 방으로 합치기가 일쑤였다.

본래 주주 제2호는 이렇듯 용의주도하고 조심성이 많은 사람이었다. 그런지라 이번의 현장 촬영을 위해서도 미스 윤이 아무리 자기의 셋방으로 그를 유인해 보려고 갖은 수단을 다했지만 종시 응해 오지 않았던 것이다.

그러니 도저히 현장 촬영을 할 도리가 없었다. 애당초 이 계획에서 주주 제1호와 제2호가 가장 큰 고기였기 때문에 그 두 군데서 두둑하게 뜯어내보려던 삼정학원 간부들로서는 자못 초조하고 실망이 크지 않을 수 없었다.

"그렇다고 초조해해선 안 돼. 이렇게 되면 지구전을 각오할 수밖에 없으니까."

미스 조의 말에,

"언제든 무슨 기회가 오긴 할 거야."

미스 윤이 자신 없는 대꾸를 하니까,

"기회가 오길 기다려선 안 돼. 적극적으로 기횔 만들어야지."

미스터 안은 격려하듯이 하고 그들은 정말 그런 기회를 만들어보려고 무진 고심하는 모양이었으나 좀처럼 목적을 이루지는 못하였다. 그러던 어느 날 마침내 미스 윤이 경찰에 검거되어버리고 만 것이다.

그날 중낮께쯤 되었을까, 주인갑 씨가 외출 준비를 하고 있으려니까 미장원에서 심부름하는 계집애가 헐레벌떡 달려 들어온 것이다.

"이거, 아줌마가 급히 아저씨 갖다드리라고 하셨어요."

가쁜 숨을 몰아쉬며 계집아이가 내미는 쪽지를 받아보니,

'미스터 안에게서 방금 전화가 왔는데, 미스 윤이 엊저녁에 경찰에 검거됐대요. 자세한 사정은 모르겠어요. 사무실 책상서랍을 뒤져서, 주주들에 관한 서류 일체를 안전한 장소에 급히 감추라는 안의 부탁이에요. 동시에 책상 왼쪽 맨 밑의 서랍에 들어 있는 커다란 누렁봉투도 함께 감춰달래요. 그리고 경찰관이 와서 물어도 미스 윤에 대해서는 잘 모른다고 잡아떼실 것. 삼정학원 기성회 사무실도 마지못해 빌려준 것뿐이라고 하시고 현장 촬영에 관한 것, 절대로 그런 일 없다고 하세요. 저는 미스터 안과 미스 조 만나보고 늦게 돌아갈지 모르겠어요. 혹시 귀가치 않아도 걱정 마세요. 책상서랍의 열쇠는 미스 윤의 경대서랍 속에 있대요.'

연필로 갈겨쓴 혜경 여사의 필적이었다.

주씨는 소녀를 돌려보내고 보순에게 대문을 단단히 잠그게 한 뒤 황급히 미스 윤의 방에서 열쇠를 찾아다가 사무실의 책상서랍을 뒤져보았다.

거기서 주주들에 관한 서류 같은 것은 한 뭉치로 추리고 맨 밑의 서랍의 누렁봉투도 꺼내서, 그것들을 어디다 감춰야 좋을지 몰라 한동안 쩔쩔매고 돌아가다가 안방의 벽장 속 천장을 뜯고 그 위에 치뜨려두었다.

그러고 나니 주씨는 다소 긴장이 풀리긴 했지만, 앞으로 어떤 사태가 닥쳐올지 몰라 걱정은 마찬가지였다.

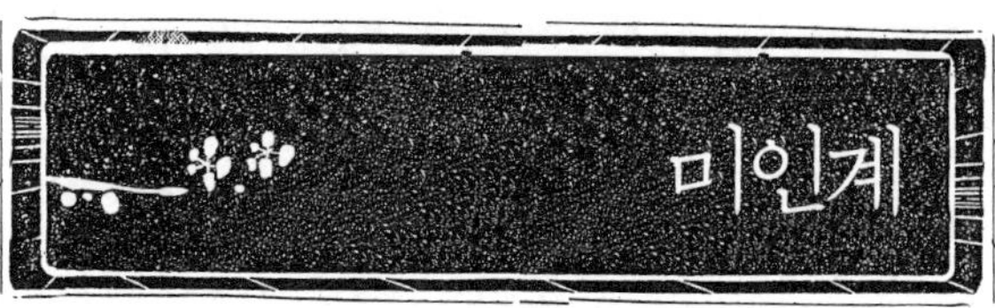

미인계

1

필시 주주 중의 어떤 자가 복수하기 위해서 경찰에 밀고를 했음에 틀림없으리라는 추측이 내려지자 주인갑 씨에게는 이 사건이 무사히 끝날 것 같지 않은 불길한 예감이 들었다. 첫째는 미스 윤이 현재 매음행위를 하고 있는 창녀임이 사실이며, 미스터 안과 미스 조는 말할 것도 없거니와 따지고 들면 주씨 내외도 얼마든지 매음행위의 방조자가 될 수 있다는 일이다.

더욱 문제되는 것은 삼정학원 간부인 세 젊은이는 창녀인 미스 윤을 미끼로 해서 단골 손님들의 약점을 물고 늘어져 엄청난 거액을 갈취하는 일종의 공갈단이라고도 볼 수가 있는데 혜경 여사는 그 일당에 적극적으로 가담한 것이 사실이요, 주인갑 씨 자신 소극적이었으나마 역시 공범의 누를 면할 길은 없을 성싶었다. 오늘날까지 40 평생 청렴결백한 자신을 자긍하고 살아온 주씨로서는 모르는 새에 공갈 사기단의 공범으로 몰리게 될 판이니 생각할수록 어처구니없고 기막힌 일이 아닐 수가 없었다.

그러고 보면 삼정학원 기성회라는 허울 좋은 간판을 척 만들어다 걸고 길가에서 외따로 뚝 떨어져 있는 주씨의 집을 그들이 아지트로 삼은 것도 결국 세상의 이목을 피하기 위한 계획적인 위장전술이었을지도 모르는 일이다.

씨는 눈앞이 캄캄해지는 것 같았다. '희대의 공갈 사기단 일당을 일망타진' 이라는 주먹 같은 글자 밑에, 세 젊은이와 나란히 주씨 내외의 사진이 실려 있는 신문지가 눈앞을 어른거렸다.

이렇듯 갖가지 불길한 추측과 공상은 꼬리에 꼬리를 물고 일어나, 당장이라도 형사대가 들이닥칠 것만 같아서 주인갑 씨는 자꾸만 가슴이 두근거려 가만히 앉아 배길 수가 없었다. 씨는 마침내 일어나서 장도리를 찾아 들고 밖으로 나갔다.

대문께로 조심조심 다가가서 밖을 내다보고 거기에 아무도 없음을 확인한 다음 급히 빗장을 벗기고 나서 삼정학원 기성회의 간판을 떼어버렸다. 이놈부터가 도시 마음에 걸렸던 것이다.

주씨는 그 간판을 광 속 구석 깊이 처박아 넣고 주주들에 관한 것뿐 아니라 삼정학원에 관한 일제의 근거 서류까지도 감춰버려야 할 필요를 느끼고 우선 언젠가 미스 조가 해다가 준 '삼정학원 고문' 이라는 글자가 찍힌 자기의 명함부터 신문지에 꾸려서 변소의 오물 속에 찔러넣은 후 다시 사무실로 들어가 책상서랍이란 서랍은 또 한 번 샅샅이 뒤져보았다.

그 가운데서 삼정학원 관계의 서류를 모두 추려내고 왼쪽 맨 밑의 서랍 속을 들춰보노라니까, 잡다한 종잇조각 사이에서 웬 사진이 몇 장 빠져나온 것이다. 무심코 그것을 집어보는 주인갑 씨의 표정은 뜻하지 않았던 놀라움과 수줍음을 머금기 시작했다. 그것은 미스 윤의 나체사진이었던 것이다. 몸에 실오라기 하나 걸치지 않고 침대 위에 모로 누워서 무릎을 가볍게 굽힌 한쪽 다리를 약간 앞으로 내밀고 있는 포즈를 찍은 사진이었다.

앞으로 내민 다리의 허벅지에 가려 치부가 보이지 않은 것은 그래도 다행이었다.

씨가 정신을 잃고 한참이나 들여다볼 만큼 그 사진의 나체는 황홀할 지경으로 아름답고 탐스럽게 느껴졌다. 씨는 부지중 까닭 모를 한숨을 내쉬고, 다른 한 장을 집어보았다. 그리고 초풍할 만큼 흠칫 놀랐다. 그것은 바로 씨 자신의 아내, 혜경 여사의 나체 사진이었기 때문이다.

2

아무리 절제 있는 방탕론을 운위한 일이 있는 주씨로서도, 이 사진을 보고는 낯빛이 달라지지 않을 수 없었다. 이런 짓은 이미 절제 있는 방탕의 범주를 벗어난 행위이기 때문인지 모른다. 방금 미스 윤의 나체 사진에서 느낀 것과는 반대로 아내의 나체 사진에 대해서는 세상에서 가장 추악한 물건을 보듯이 잠깐 흘겨본 다음 주씨는 입술을 바르르 떨며 그 사진을 찢어버리려다 말고 주춤하고 손을 멈추었다. 어떤 경우의 증거물로 그것을 간수해 둘 필요를 느꼈기 때문이다.

그때 마침 보순이 달려와 경찰관의 내방을 알렸다. 씨가 바삐 들고 있던 나체사진들을 주머니에 감추고 사무실 문을 잠그고 나서 굳어진 표정으로 나가보니 대문 밖에 서 있는 것은 사복이 아니라 한 사람의 정복 경찰관이었다.

"어떻게 오셨습니까?"

"뭐 좀 알아볼 일이 있어 왔는데요."

경찰관은 비교적 부드러운 태도로 대문을 좀 열어달라는 듯한 눈치를 보였다. 주씨는 할 수 없이 대문을 열었다.

경찰관은 대문 안에 들어서는 길로 수첩과 연필을 꺼내들며,

"주인이시오?"

묻기에, 씨가 그렇다고 대답하고 방에 좀 올라오라고 권했더니 경찰관은,

"아니, 괜찮습니다."

그러고는 뜰 한가운데 선 채,

"이 집에 윤명주란 여자가 세 들어 있습니까?"

역시 그 일을 물었다.

"네."

"뭘 하는 여자죠?"

"글쎄요, 분명힌 모르겠는네 어느 댄스홀에 나간다나 봐요."

"물론 혼자 살겠죠?"

"그렇죠."

"남자를 데리고 와서 자는 일이 있죠?"

주씨는 어떻게 대답해야 좋을지 몰라 잠시 망설이다가

"글쎄요, 그런 것까진 미처 눈칠 채지 못하고 있었는데요."

이렇게 우선 시치미를 떼어보았다.

"그럼, 외박하는 일은 자주 있죠?"

"글쎄요, 별로 그런 것 같지도 않나 봐요."

경찰관은 고개를 끄덕거리고 나서 이어서 미스 윤의 남자관계, 교우관계, 품행 등 여러 가지를 캐물었지만 주씨는 될 수 있는 대로 내용을 잘 모르는 체했을 뿐 아니라 가급적 미스 윤에게 유리한 대답을 해두었다.

그러면서도 경찰관이 어떻게 나오는가 싶어 은근히 속이 쓰였지만, 경찰관은 간단히 수첩과 연필을 도로 간직하고 나서 미스 윤의 방을 좀 보여달라고 하기에, 방문을 열어주었더니 밖에서 기웃이 들여다보고는

"좋습니다."

의외로 성큼 발길을 돌이켰는데

"왜, 무슨 일이라도 있었습니까?"

대문께로 따라 나가서 주씨가 모르는 체하고 슬쩍 물었더니,

"네, 좀 알아볼 일이 있어서요."

경찰관은 그 이상 분명한 대답을 하지 않고 돌아가버린 것이다.

순경이 돌아간 뒤 씨는 한쪽으로 약간 안심이 되기는 했지만 혹시 이것은 단순한 예비조사에 불과하고 뒤이어 사복 경찰관이 본격적인 엄격한 재조사를 위해 달려들지나 않을까 걱정되어 완전히 마음을 놓을 수는 없었다.

게다가 안 청년이 혜경 여사의 나체사진을 찍어 갖고 있는 것으로 보아 그들 두 사람의 거의 난잡한 관계가 상상되어 씨는 마음이 어둡기만 했다.

한 여자가 어떤 남자에게 나체를 보인다는 것은 아무리 너그럽게 생각하더라도 '있을 수 있는 일'이 아니다. 그것은 몸을 허락하는 일과 같은 짓이요, 어떤 의미에서는 그 이상의 노골적인 행위인 것이다.

정숙한 아내란 자기 남편에게조차 나체를 통째로 드러내 보이기를 꺼리는 법이다. 설사 창녀인 경우에도 비록 몸은 팔망정 함부로 몸을 벗어 보이는 짓은 하지 않는 것이다.

이렇게 생각해 볼 때 미스터 안 앞에서 전라의 자세로 만족한 미소까지 지어 보이며 태연히 사진을 찍힌 혜경 여사의 소행이 다시없이 추악하게 느껴진 것이다. 따라서 그들 두 남녀의 사이가 얼마나 극도의 음탕한 한계를 범하고 있으리라는 것을 족히 짐작하고도 남음이 있었다.

주인갑 씨는 비로소 혜경 여사와의 사이에 도저히 단축될 수 없는 아득한 거리감과 함께 부부생활의 위기 같은 것을 의식했다. 그러고 보니 근래 수개

월 간은 혜경 여사가 전처럼 침실에서 남편을 괴롭히는 일이라곤 거의 없었다. 도리어 주씨 쪽에서 어쩌다 허기를 느끼고 먼저 은근한 암시를 표하면 그제야 여사는 슬며시 응해오는 정도였던 것이다. 그것을 황 여인과의 기형적인 애정행위의 탓으로 돌렸던 것은 씨의 속단이었다. 이제 와 보니 그게 아니라 미스터 안과의 사이에 새로운 도취의 국면이 벌어졌기 때문이라는 짐작이 갔다. 그러나 본인은 완강히 그것을 부인하는 것이었다.

그날 저녁 혜경 여사는 주씨가 잠이 든 뒤에야 돌아왔고, 이튿날은 아침부터 미스 조, 미스터 안과 함께 삼정학원 사무실에 진을 치고 들어박혀 별안간 부쩍 늘어난 외래손님들을 일일이 응대하면서 진종일 무엇인가 숙덕숙덕 의논하기에 겨를이 없었다. 그러다가 밤도 제법 이슥해서야 침실의 남편 곁으로 돌아온 것이다.

그때까지 주인갑 씨는 잠옷을 갈아입지도 않고 애꿎은 담배만 피우며 죽치고 앉아서 여사를 기다리고 있었던 것이다.

"어마, 왜 안 주무시고 여태 그러구 계세요."

여사는 의외란 듯이 묻고 거침없이 속옷까지 활활 벗어부치고는 잠옷을 갈아입더니,

"자, 당신도 어서 갈아입으세요."

남편의 잠옷을 씨의 무릎 위에 얹어주며 재촉했다. 그러나 주씨는 잔뜩 벼르고 있던 참이라,

"이봐요, 나하고 얘기 좀 합시다."

정색을 하고 돌아앉으니까,

"뭐, 또 언내처럼 노여움이 이셨어요. 요즘 공무에 쫓기느라고 당신을 너무 위해 드리지 못해 미안해요."

부드럽게 애교 띤 웃음을 지어 보이며 여사는 무릎을 남편과 맞대고 바싹 다가앉았다.

"공무에 쫓겨?"

"아니, 왜 그렇게 사나운 표정으로 절 노려보세요."

"당신은 어쭙잖게 공무에 쫓겨서가 아니라 여러 가지 해괴한 짓에 도취되어 제정신을 가누지 못하고 있을 거요."

"무슨 말씀예요, 그게?"

"몰라서 묻소? 그럼 내가 말할까. 김 청년에게 지저분하게 구는 것도 좋고, 황 여사와 동성연앤가에 미쳐보는 것도 좋고, 삼정학원 음모단에 가담하는 것도 다 좋다고 가정합시다. 그러나 이건 뭐요, 이건?"

하면서 씨는 여사의 나체 사진을 쑥 내밀었다.

4

여사의 표정은 차츰 그 특유한 냉소와 조소적인 유들유들한 미소를 머금기 시작하며,

"오라, 이 사진을 보고 놀라셨군요."

당황한 기색이라고는 추호도 없이 태연히 반문했다.

"당신은 그럼 이런 추악한 것이 놀라운 일이 아니라고 생각하고 있소?"

"왜 추악해요? 아름답죠."

혜경 여사는 비양거리듯이 그 독특한 미소를 더욱 짙게 하며 아무렇지도 않게 담담히 대답하고 그 사진을 집어들고 취한 듯 자신의 나체를 바라보는 것이었다.

"비록 몸을 파는 창기일지라도 남자 앞에서 함부로 옷을 벗진 않는 거요. 하물며 남편이 있는 여자가 외간남자 앞에서 발가벗고 사진을 찍혔다면 그것으로 모든 짓을 알 수 있지 않소. 얼마나 추악하게들 구는가를."

"당신 혹시 오해하고 계신 거 아녜요?"

"오해? 이 지경에 오해할 여지가 어디 있어. 이렇듯 객관적 증거가 뚜렷한데."

"그럼, 제가 미스터 안과 육체적인 관계라도 있는 줄 아시는군요, 당신은."

이 말에는 주인갑 씨 쪽이 도리어 어이없다는 듯이

"아니, 그래, 이러고도 아무런 일이 없었단 말요?"

손가락으로 나체 사진을 누들기며 반박했다.

혜경 여사는,

"참!"

기가 막혀 말이 안 나온다는 듯이 입맛을 다시고, 갑자기 쓸쓸해진 표정으로 자기의 나체사진을 또 한 번 묵묵히 바라보다가,

"당신은 절 너무 몰라요."

중얼거리듯 했다.

"뭘 몰라, 속속들이 알고도 남지."

"제가 그래 발정한 암캐처럼 아무에게나 몸을 내맡기는 줄 아세요?"

"아 글쎄, 이게 몸을 내맡긴 정도가 이미 아니래도 그래, 이게."

주씨는 안타까워 못 견디겠다는 듯이 화를 버럭 내며 여사의 사진을 집어서 아내의 코밑에 들이대고 흔들어 보였다.

"이런 사진을 찍었다구 반드시 그런 일이 있었으리라는 거예요?"

"그렇지 않구서야, 이럴 수 있어?"

"그럼, 미술가 앞에 서는 모델들은 모두가 미술가와 육체적인 관계를 갖는 줄 아세요?"

"그야 직업적인 모델 아뇨. 모델을 대하는 미술가 또한 실물인 여자의 육체보다도 캔버스에 나타나는 예술에 더 도취돼버리니까 딴 잡념 같은 건 가

질 새가 없구."

"사진작가와 모델 사이도 그런 거예요. 직업적인 모델이 아니니까 더 아무런 일도 있을 수 없구요."

"안이 무슨 사진작가야? 당신은 그 모델이 되어주었구?"

"그래요. 미스터 안이 언젠가 멋진 맘보바지랑 블라우스를 프레젠트해 오구 나서, 제가 지니고 있는 둔부와 그 아래로 흐르는 선이 매력적이라면서 꼭 필름에 담아보고 싶다고 하도 조르기에 한번 응해 준 것뿐예요. 그런 유망한 예술 사진가를 위해서는 그 정도의 협력은 있을 수도 있지 않아요. 더구나 여러 가지 이해관계가 얽혀 있고 보면 더욱 그래요. 그걸 가지고 당신이 절 의심하시는 건 평소에 부부의 건전한 방탕론을 내세우던 당신답지도 않아요."

하긴 그럴 수도 있는 혜경 여사라, 듣고 보니 그럼직도 했지만 그러면서도 주씨는 어딘가 석연치 못한 심정이어서 얼떨떨한 기분이었다.

5

그러고 보면 결국 이 나체사진을 근거로 한 시비가 중요한 것이 아니라 좀 더 근본적인 인생 태도가 문제일 것이다. 즉 혜경 여사의 여성으로서 아내로서의 자세와, 여사가 그러한 자세를 취할 수 있도록 묵인 혹은 방임해 온 주씨 자신의 남편으로서의 태도가 문제된다는 말이다.

미스터 안이 과연 예술사진 제작에 진실한 의미에서 정열을 쏟고 있는 사진작가인지 아닌지는 모르지만 혜경 여사의 말이 사실이라면 이론상으로는 여사를 덮어놓고 탓할 수도 없다고 생각하는 주인갑 씨다.

모델이 보수를 위해 화가에게 나체를 제공하듯이 그리고 부인병이 있는 여자가 산부인과 의사에게 나체를 내맡김으로써 질환을 치료할 수 있는 것과 비슷이, 혜경 여사로서는 미스터 안이 예술사진의 소재로 여사의 나체를 탐냈을 때 심리적인 미묘한 쾌감과 그 밖의 사업적인 이해타산까지도 계산에 넣어서 단순히 그런 의미에서만 응한 것이라면 물론 남편으로서 환영할 일은 아니되 있을 수는 있는 일이요 또 할 수 없는 일이기도 한 것이다.

그런 정도라면 반드시 여성으로나 아내로서나 부당한 탈선이라고까지 할 수 없으며, 반면에 그 정도의 분방한 자유까지를 엄금한다면 그것은 남편으로서의 전제주의자에 틀림없다. 그것은 주인갑 씨 자신이 그 정도의 분방한 생활은 저질러 왔고 현재도 저지르고 있고 또 앞으로도 저지르고 싶기 때문이다. 다만 '그 정도의 분방한 쾌락과 자유' 를 넘어서 썩어 문드러진 음란한 생활에 완전히 마비되거나 젖어버리지만 않으면 되는 것이다. 가령 술고래가 술로 해서 자신과 집안을 망치는 일은 엄계해야 하겠지만 적당히 음주를 즐기는 것은 조금도 탓할 수 없는 것과 마찬가지다.

결국 남녀를 막론하고 이성관계의 향락에 있어서도 술의 경우와 비슷이 적당한 한도 내에서 즐거움을 취하는 것, 다시 말해서 절제 있는 건전한 방탕은 덮어놓고 비난만 할 일은 아닌 것이다.

주씨가 평소에 지녀온 이성관계, 부부관계의 모럴 한계에 비추어볼 때 이런 해석 이런 결론에 도달하기는 하였지만, 웬일인지 이러한 해석과는 달리 아내와 미스터 안과의 문제가 도무지 석연히 납득이 가지는 않고 자꾸만 불쾌하고 불안하게 마음에 걸리는 것이었다. 여기에 이론과 실제가 일치되지 않는 모순된 시대적 생리를 지니고 있는 탓인지도 모른다.

그렇다고 더 확실한 객관적 증거가 없는 이상 더 따지고 들며 힐책할 수도 없는 일이어서,

"그럼 당신의 말을 믿기로 하겠소. 본시 분방 활달한 당신이라 대담한 이

성교제에 흐르는 수는 있어도 결코 문란한 행동에 빠지는 일은 없을 줄 아오. 그러나 이런 사진이란 애들 눈에라도 띄면 곤란하니 조심해요."

주씨로서는 불만인 채 이 정도로 그칠 수밖에 없었으므로, 말을 마치고 문제의 나체사진을 가리키며,

"이거 아예 없애버리든지, 그렇지 않으면 어디 깊숙이 치워버려요."

했더니,

"당신 필요 없으세요?"

여사는 그 사진을 남편 앞에 내밀었다.

"난 이런 걸 감상할 만한 예술적 안목이 없어."

비꼬듯 말하고 씨가 머리를 저으니까

"유감이군요."

여사는 역시 비양조로 유들유들 웃으며 다시 엉뚱한 말을 던져온 것이다.

6

"만일, 제가 미스터 안과의 사이에 당신이 의심하는 것 같은 일이 있었담 어떡하시겠어요? 나빠요?"

성큼 진의를 분별하기 어려운 이 말에 주인갑 씨는 좀 당황한 태도로 여사의 얼굴을 물끄러미 마주 보다가

"그런 일이 없었다면 다행이요 그만이지, 왜 그런 부질없는 공상은 해보는 거요?"

나무라는 투였다.

"당신도 그런 공상엔 여념이 없으실걸 뭐. 미세스 황을 만나려고 눈이 벌

게져서 찾아다니셨다면서요?"

혜경 여사가 마치 약을 올리듯이 히죽히죽 웃으며 차차 반격 태세로 나오기 시작했는데, 아닌 게 아니라 씨와 황 여인과의 관계를 여사가 어느 정도 알고 있는지 몰라 주씨는 내심 은근히 켕기었으므로,

"그야, 용건이 있었으니까 그랬던 거 아냐?"

우물쭈물해 넘기었다.

"그러실 테죠, 알쏭달쏭한 용건이 많으실 테니까요."

"이거 또 왜 실없는 소린 지껄여?"

"그렇지만 전 당신처럼 자신 없는 간섭은 안 해요. 그저 초록은 동색이니 제 일에 간섭하시기엔 당신도 낯이 간지러우실 거란 말이죠."

"아, 황 여사와 어쨌다고 그래요, 내가?"

"글쎄, 전 질투나 간섭은 아니니까 안심하세요. 황이 좋다면 두 분이 더러 기분을 내도 전 모르는 체할 테니까요."

"듣기 싫소. 당신이나 조심해요, 어서. 서로 관대한 건 좋지만 관대가 지나쳐서 방임주의로 흐르면 정상적인 부부생활이란 어려우니까 한 말요."

"제가 그 말씀예요. 듣기 싫어도 한 마디만 더 들어두세요. 미세스 황과 은밀히 재밀 보셔도 괜찮고, 미스 윤에게 은근히 침을 흘리셔도 상관없지만, 제발 보순이에 대해서만은 지나친 친절이나 호의일랑 삼가시란 말씀예요."

하 엉뚱한 말이어서

"뭐가 지나친 친절이나 호의였단 말요, 그 애에게?"

주씨도 짜증을 내다시피 반문하니까

"그 애가, 그런 구두를 신을 처지예요?"

더욱 영문 모를 소리였다.

"구두라니?"

"당신도 제법 단수가 느셨구려. 태연히 시치밀 떼시구."

"비꼬지 말구 똑똑히 얘기 좀 해봐. 구둔 무슨 구두야."

"고급 숙녀화더군요. 명동의 일류 양화점의 레테르가 붙어 있는……."

주인갑 씨는 어처구니가 없어 미처 대꾸를 못하고 멀뚱히 아내의 얼굴만 바라보고 있으려니까,

"지난번 양복 때도 그랬지만 그 애에게 그런 고급 숙녀화가 격에 맞아요? 어쨌든 그런 건 주부인 제가 알아서 적당히 할 테니, 당신은 참견 마시란 말씀예요."

단정적으로 그렇게 믿고 있는 말투다.

"마른하늘에 날벼락이라더니, 그래 이런 기막힌 일이 있어……."

"그 애가 숨겨주질 않아서 기가 막히시겠군요. 시치미 떼지 마세요. 남자들 속이란 뻔한 거니까. 제가 말씀드리는 건 딴 여자와의 적당한 플레일 아주 금하시라는 게 아네요. 그럴 만한 상대와 기분전환을 위해 더러 그러시는 건 무방해요. 하지만 그 애 부모나 동네사람들을 봐서도 그렇구 앞날이 창창한 처녀애에게 주책없는 짓을 해선 절대로 안 돼요."

주씨는 당장이라도 보순을 깨워 일으켜 사실을 밝히고 싶었지만 심야에 소동을 일으키기도 안 돼서 꾹 참고 다음 날 아침으로 미루었다.

7

광숙이 학교에 가고 보순이 설거지를 끝내기를 기다려 주인갑 씨는 혜경 여사와 보순을 자기 방으로 불렀다. 여사는 재미있다는 듯이 비위 좋게 히죽히죽 웃으며 나타났고, 보순은 긴장으로 얼굴이 굳어져서 조심히 들어와 방 한구석에 엉거주춤 앉았다.

"너 구두 가져와 봐."

주씨는 다짜고짜 엄격한 어조로 보순에게 명령을 내리듯 말했다.

보순은 놀라운 듯이 주씨 내외의 얼굴을 잠깐 번갈아 보고는 곧 사건의 내용을 눈치 챈 듯 대뜸 얼굴이 빨개지며 도로 고개를 푹 숙여버렸다.

"너, 멋진 구두가 생겼다면서? 어서 가져와 봐."

보순은 무릎에 거의 이마가 닿도록 더욱 깊숙이 머리를 숙였을 뿐 움직이려 하지 않았다.

"그럼 좋다. 그 구둘 누가 해줬어?"

"……."

보순은 한쪽 손 집게손가락으로 스커트의 꽃무늬를 그리며 말이 없었다.

"그거 아저씨가 해줬다면서?"

혜경 여사가 한마디 퉁기어도 영 입을 떼려 하지 않던 보순은 주씨가,

"내가 언제 구둘 해줬어? 돌았니, 너?"

거친 태도로 나무라니까, 고개를 살며시 들고 원망스러운 듯이 주씨의 눈을 똑바로 쳐다보았다.

그 눈길을 정면으로 받은 주인갑 씨는 부지중 가슴에 찌릿한 충격을 느끼고 내심 은근히 당황하였다. 물기를 머금은 보순의 초롱초롱한 맑은 눈에는 무어라 형언할 수 없는 애절한 호소와, 복잡하고 짙은 고민의 빛이 원망과 함께 타오르고 있었기 때문이다.

씨는 한 번도 보순에게서 그런 눈을 본 일은 없었다. 보순이에게서뿐 아니라 어떤 여자에게서도 일찍이 그와 같은 눈길을 받아본 일은 없었다. 그것은 무엇에 배반당한 여자의 인상적인 눈, 바로 그것이었던 것이다.

이러한 의외의 시선에 부딪힌 주씨가 주춤하여 뒷말을 잇지 못하는 것을 본 혜경 여사가,

"너, 분명히 그랬지? 그 구두 아저씨가 해준 거라고."

거침없이 따지고 들자, 보순은 뜻밖에도 너무나도 또렷이,

"네."

소리와 함께 고개까지 끄덕해 보이고는 입술을 약간 실룩거리더니 별안간 콩알 같은 눈물을 스커트 자락에 뚝뚝 떨어뜨린 것이다.

지난번 투피스 사건에 이어 두 번째나 뒤집어쓰는 누명이라, 주인갑 씨는 순간 화가 울컥 치밀어올라 뺨이라도 힘껏 후려치고 싶은 것을 차마 그러지는 못하고,

"이년이, 이게……."

주먹으로 보순의 이마를 한 대 쥐어박았을 뿐이다.

그러자 혜경 여사는 다 알았다는 듯이

"뭐, 그렇게 화내실 처지도 아니시잖아요? 솔직하게 대답한 보순이 조금도 나쁠 건 없으니까요."

남편을 핀잔주고 나서

"앞으론 그런 거 받기 전에 아줌마한테 먼저 의논해야 하는 거야."

보순을 타이른 다음 재촉해서 데리고 방을 나가버렸는데,

"반드시 사실은 사실대로 밝혀질 테니 두고들 봐."

주씨는 다 늦게 그들의 뒤통수를 향해 이런 맥 빠진 말을 내던지긴 했으나, 조금 전의 보순의 그 인상적이었던 복잡한 눈이 새로 떠올라 씨의 마음 또한 복잡하기 한이 없었다.

그런 지 두어 시간 가까이 지나서였다.

8

미스 윤이 오늘쯤 무사히 나올 거라면서 혜경 여사는 동지들과 밖에서 만나기로 했다고 총총히 외출을 했고, 보순은 자기 방에 들어박힌 채 얼씬을 않기에 주인갑 씨도 심란해서 마루방에 나와 앉아 해바라기를 하며 담배를 피우고 있노라니까, 차차 뜰에 연기가 자욱이 서리면서 고무 타는 냄새 비슷한 이상한 냄새가 풍겨온 것이다.

처음 주씨는 보순이 낙엽이나 휴지라도 모아놓고 모닥불을 태우나 보다 생각했지만 고무 타는 냄새 같은 그 역한 냄새에 아무래도 수상한 생각이 들어, 고무신을 끌고 뒤뜰로 스적스적 돌아가보았다.

과연 블로크 담 밑의 빈터에 보순이 쪼그리고 앉아서 무엇을 태우고 있었는데, 잘 타지 않아서 짤막한 막대기 끝으로 들썩이고 있는 것을 다가가보니 그것은 꺼져가는 모닥불 위에서 우지직 우지직 기름 조는 소리를 내며 시원치 않게 타고 있는 한 켤레의 숙녀화였다.

주씨가 바싹 접근해도 보순은 돌아보지도 않았다. 씨는 직감적으로 그것이 문제의 그 구두라는 것을 깨달았기 때문에,

"건 아깝게 왜 태워? 사실만 바른대로 밝히면 될 게 아니냐?"

가볍게 나무랐으나, 구두는 이미 전체가 그을고 한쪽은 완전히 타버렸으므로 말리려 들지는 않았다.

보순은 아무런 응대도 하지 않고 여전히 막대기 끝으로 구두짝을 잘 타도록 들추고 있었다. 주인갑 씨는 그 모양을 한동안 묵연히 내려다보고 서 있다가 보순의 옆에 나란히 웅크리고 앉았다. 그러자 보순은 흠칫 놀라면서 가슴에 안고 있던 옷가지를 홱 모닥불 위에 던져버렸다. 생생한 여자 양복이었다.

순간 주씨는 머리에 핑 하고 오는 것이 있어서,

"미쳤어, 얘가."

번개같이 그 숙녀복을 집어들며 외쳤다.

그것은 짙은 코코아 색과 감색을 각기 원색을 죽이지 않고 조화시킨 멋진 색깔의 투피스였는데 불에 닿았던 곳만 약간 노르끄레하게 그을렸을 뿐 다행히 아무렇지도 않았다. 역시 언젠가 말썽을 일으켰던 그 양복임에 틀림이 없었다.

주씨는 그것을 대강 개켜서 한 손에 들고 일어서며,

"어디, 네 솔직한 얘길 속 시원히 좀 들어보자. 들어가, 방에."

권해도, 보순은 막대기 끝으로 모닥불을 쑤시고 앉은 채 움직이려 하지 않았다.

"어서 일어서."

"……."

두어 번이나 재촉해도 못 들은 체 영 반응이 없으므로,

"썩 일어서지 못 해?"

부지중 주씨는 화를 버럭 내면서 보순의 한쪽 손목을 꽉 틀어쥐고 힘껏 낚아챘다.

보순은 쓰러질 듯이 비틀거리며 끌려 일어서더니 아까 방에서처럼 인상적인 복잡한 시선으로 씨를 한번 쳐다보고는 말없이 따라 들어왔다.

두 사람은 안방에 적당히 자리를 잡고 앉은 다음,

"도대체 넌 어째서 아저씨에게 애매한 누명을 뒤집어씌우는 거냐? 이거나 구두나 언제 내가 해줬니? 말 좀 해봐, 어서. 난 네 속을 통 모르겠다."

주씨는 정말 답답하다는 듯이 마치 통사정이라도 하듯 따져 물었다.

보순은 두 손으로 스커트 자락을 끌어당겨 노출되려는 두 무릎을 감추면서 이런 엉뚱한 대답을 한 것이다.

9

“속을 썩여드려서 죄송해요. 그렇지만 속을 썩여드리는 것두 꾸중을 듣는 것두 앞으로 며칠뿐이에요.”

한숨 짓듯 조용한 말씨였다.

“무슨 소리냐, 그건 또?”

“나중에 다 아실 거예요.”

“나중에 안다니? 지금 왜 밀 못 해.”

“…….”

“너 우리 집이 싫어졌니?”

“아뇨.”

고개를 가만히 모로 저어 보이는 보순은 기운이 하나도 없어 보였다.

“너 우리 집에서 나갈 생각이냐?”

“…….”

보순은 허탈한 사람 모양 겨우 머리만 끄떡해 보였다. 주인갑 씨도 갑자기 입맛이 쓰고 맥이 풀리는 것을 느꼈다.

“왜 보수가 적어서 그러냐?”

“아뇨.”

“그럼 우리 가족 가운데 누가 싫어졌냐?”

“아뇨.”

“그럼 왜 나간다는 거냐? 느닷없이 부모님이나 고향 생각이 나서도 아닐 테고…….”

“…….”

보순은 고개를 숙인 채 살며시 입술을 깨물고 말이 없었다.

“어쨌든 네가 싫어서 나간다면 할 수 없는 일이다만 우린 널 고용인으로 생각지 않고 한 가족으로 여겨왔다. 그러기에 월급 같은 것도 물가가 오르는 데 따라 조금씩 올려준다든지 세밀히 계산을 따져나가는 일은 도리어 정떨어지는 짓 같아서 입 밖엔 내지 않고 네가 출가할 때 그 비용도 온통 우리가 맡고 그 밖에 뭐든지 섭섭지 않게 해줘 보내려던 거다. 그리고 널 허물없이 나무라고 꾸짖고 한 것도 모두 널 친자식이나 조카나 동생처럼 생각해서 그런 거구. 허지만 이런저런 것이 너로선 아마 섭섭했던 모양이구나. 양복이나 구두 건 같은 것도 우리 태도가 네겐 섭섭했는지 모르겠다만 이 문제에 있어선 너로서도 반성해 봐야 할 일이다. 아무튼 네가 우리 집이 싫어서 기어이 나가겠다면 할 수 없지만, 다시 한 번 잘 생각해 봐라. 네가 불만인 점을 솔직히 다 얘기해 주면, 우리로서도 잘 생각해 보고 좋도록 의논해 주마. 삼 년 이상을 한 가족이나 다름없이 깊이 정들여 지냈고, 또 너도 알다시피 네가 없으면 우리 집안 꼴이 말이 아닐 게다. 누구보다도 광숙이와 내가 외롭고 불편해서 어떻게 지낼지 걱정이구나."

주인갑 씨가 말을 채 맺기도 전에,

"아저씬 제 속두 모르시면서…… 아무것도 모르시면서……."

으흐흐 하고 참아온 울음을 확 터뜨리면서, 보순은 주씨의 무릎 위에 주저없이 얼굴을 묻고 덥석 엎어지더니,

"바보, 아저씬 바보. 아무것도 모르는 바보."

넋두리 섞어 체면도 없이 몸부림치며 섧게 울어대는 것이었다.

주씨는 어안이 벙벙해서 한동안 물끄러미 보순을 내려다보다가,

"왜 이러니? 응, 왜 이래?"

달래면서 보순을 붙들어 일으키려니까, 언제 왔는지 때마침 미스 조가 나타나 마루방 미닫이 유리문 사이로 머리를 디밀고,

"왜들 그러세요?"

흥미 있게 묻고는, 괜히 당황해하는 주씨와 씨의 무릎 위에 엎드린 채 어

깨를 추며 울고 있는 보순의 모양을 번갈아 보다가, 짐작이 간다는 듯이 의미 있게 벌씬 웃고는 슬그머니 사무실로 들어가버린 것이다.

10

그렇긴 했지만 미스 조가 엿듣고 있을 게 거의 뻔했으므로 보순이와 얘기가 길어지다가 더욱 엉뚱한 언동으로 나오면 큰일이어서,

"난 누구와 만날 약속이 있어서 곧 나가봐야겠다. 그러니 더 잘 생각해 봐라. 그러고 나서 다시 의논해 보기로 하자."

이렇게 일러놓고 주인갑 씨는 부랴부랴 집을 나와버렸던 것이지만 보순의 심상치 않은 태도는 씨의 마음속에 적지 않은 감정의 풍파를 가져다주었다.

근자에 이르러 점점 더 노골적인 수상한 행동으로 나타나는 보순의 어떤 '고민' 에서 주씨는 단순한 고용주나 윗사람으로서가 아니라 한 '남자' 로서 '무엇' 인가를 막연히 느낄 수 있었으나 그렇다고 정말 동생처럼 조카처럼 딸처럼 여겨오는 어린 '이성' 을 상대로 그 '무엇' 을 섣불리 파헤치려 들 수는 없는 일이었다. 그래서 씨는 아무것도 느끼지 못하는 체하고 될 수만 있으면 우물우물 넘겨버리려 했지만 그렇게 간단히 처리될 문제는 결코 아니었다. 왜냐하면 보순의 태도에는 날이 갈수록 심각한 고민의 빛이 더욱 짙어만 갔기 때문이다.

그렇게 잘 웃던 애의 얼굴에서 웃음기가 사라진 지는 벌써 오래된 일이요, 부엌일을 하다 말고 혹은 방에 걸레질을 하다 말고 갑자기 얼빠진 사람 모양 멍하니 서 있거나 앉아 있는 일이 잦았고, 더욱이 광숙의 말에 의하면 밤에도 늦도록 잠을 이루지 못할 뿐 아니라 이불 속에서 또는 책상 위에 엎드려

소리를 죽여가며 흐느껴 우는 일이 많다는 것이다.

그러므로 주인갑 씨도 자연 심신이 피로할 정도로 보순의 태도에 마음이 쓰이기는 했지만 5, 6일 간 유치장에 들어가 있던 미스 윤이 풀려나온 이래로 집안 분위기가 일변하여 혜경 여사를 포함한 삼정학원 간부들이 하루 종일 사무실을 분주히 들락거렸고, 게다가 낯선 외래손님들마저 무시로 찾아와서 부산스럽기 짝이 없었기 때문에 보순의 동정만을 주의해 살핀다든지 그 애와 둘이서 조용히 기탄없는 이야기를 나눠볼 기회 같은 것은 좀처럼 가질 수가 없었다.

더구나 미장원에는 아침저녁으로 잠깐씩 얼굴만 비치고 돌아올 뿐 요즘은 줄곧 삼정학원 일에만 열중하고 있는 혜경 여사가, 그 간부들과 어울려 대개 집안에 붙어 있으면서 부쩍 달라져가는 보순의 수상한 태도와 남편과 보순과의 동정을 은근히 주시하고 있는 눈치라 주씨 자신 일부러라도 보순을 멀리하는 수밖에 없었다.

이러한 집안 분위기가 싫어진 주인갑 씨는 밖에 용건이 있든 없든 조반만 먹으면 집을 나가버리는 일이 보통이었다. 마침 국회의원 선거운동이 한창 막바지에 오른 때라 어디를 가나 거리는 선거 연설회와 선거 얘기로 뒤숭숭한 판이어서 별로 심심치는 않았다.

그렇다고 선거 연설장에만 쫓아다닐 수도 없었다. 만날 들어야 하나도 수긍이나 공명이 가지 않는 그 소리가 그 소린데다 주인갑 씨 자신이 처해 있는 환경 자체가 너무나 어수선하고 불안정했기 때문이다.

근래에 와서는 사업 경기가 더욱 말이 아니어서 한 달에 한두 번 바쁠 때만 나가 거들어주던 친구의 업체 역시 직원의 대폭 감원을 하지 않으면 안 될 만큼 현상 유지도 어려워서 허덕이고 있는 판이니 이제는 거기에도 더 비벼댈 수 없는 처지라 우선 씨 자신 정말 무슨 수를 내야 할 형세인 것이다.

11

반실업자에서 완전 실업자로 몰락해 버린 주인갑 씨에게는 수입의 길이란 완전히 끊어지고 만 것이다. 근 2년 간이나 친구의 사업체를 믿고 거기서 식생활비나마 나온다고 여태까지 어름어름 지내온 것이 나빴다. 그러나 그러고 싶어서 그랬던 것은 물론 아니다. 직접 무슨 일에고 손을 대자니 자본도 없었거니와 비록 최소한도의 자금이 마련된다손 치더라도 확고한 토대를 갖고 있는 기존의 업체들도 대부분 현상 유지가 어려워 쩔쩔매고 있는 판국에 함부로 무슨 일을 벌여놓을 자신이 없었던 것이다.

그렇다고 취직을 하자고 드니 그건 더 어려운 일이었다. 지금까지 규모는 작고 때로는 동업이었으나마 직접 사업을 해온 터라 직장생활의 경험이 전혀 없는데다가 특출한 기술이나 능력이 있는 것도 아닌 중년배고 보니 새로 대학을 나온 팔팔한 무직자들이 눈이 벌게가지고 돌아가는 속에서 제대로 직장다운 직장이 차례에 올 리가 없는 것이다.

그렇다고 혜경 여사가 건재하고 여사와의 부부생활이 지속되는 한 당장 밥을 굶는 일은 없을 것이다. 활동가인 혜경 여사는 현재 성업 중인 미장원을 운영하고 있는 외에도 대금(貸金)으로 나가 있는 돈이라든지, 여사 자신이 계주가 되어 넣어나가는 곗돈이며 은행의 정기예금 등을 합치면 씨의 어림으로도 백만 원은 실히 넘을 것으로 알고 있다.

물론 미장원의 수입만으로도 주씨 가정의 생활은 족히 유지해 나갈 수 있는 것이다. 그러나 아내의 힘 하나로 살림을 꾸려나간다는 것은 남편으로서 치욕적인 일이다. 주인갑 씨의 성격으로서는 더욱 그렇다.

그렇다고 덜된 여자처럼 혜경 여사의 콧대가 세진 것은 아니다. 추호도 남편을 비웃거나 멸시하고 자기의 실력을 과시하거나 자세하려 드는 여자는 아니었다. 그 대신 마치 애완용 동물을 기르듯이 남편을 치는[飼育] 즐거움에 여사는 잠기는 것이었다. 이것이 주씨에게는 도리어 더한 치욕이었다.

지난 달부터 반씩 부담해야 하는 생활비를 주씨가 내놓지 못하자, 그런 면에서는 눈치가 빠른 혜경 여사는 남편의 수입이 완전히 두절된 내막을 알아차린 듯 아무 말 없이 저 혼자 생활비의 전액을 부담하는 외에,

"이달치 용돈예요."

둘이만 있는 자리에서 돈뭉치를 슬쩍 남편의 주머니에 넣어주는 것이었는데, 그런 때 여사의 얼굴에 떠오르는 거의 향락적인 희열도 희열이거니와

"미안하오."

주씨가 어색해하면

"뭐예요, 부부 사이에 싱겁게……."

색정적으로 눈을 흘기고 와락 남편의 몸을 끌어안으며

"필요하심 얼마든지 더 쓰세요. 제 돈은 전부가 당신 돈이니까. 제 몸뚱이가 완전히 당신 것이듯이."

이러고는 불같은 키스를 사정없이 퍼붓다가

"당신은 돈 걱정 안 하셔도 좋으니까, 우리 재미있게 살아요, 네? 저도 당신 말 잘 들을게, 당신도 뭐든지 제 말을 잘 들어야 해, 응?"

여사는 응석조로 말하고 몸부림치며 폭발적이요 노골적인 애무로 나오는 것이다. 이런 때의 여사는 완전히 그 방면에 머리가 돌아버린 것이나 아닌가 겁이 날 만큼 광적인 대담한 행위로 나오는 것이었다.

12

마구 드러내놓고 광적인 육체적 향락의 선풍을 일으킨다는 것은 아무리

부부 사이라 할지라도 주씨에게는 입맛이 싹 가시도록 향락 그 자체에 대한 모독이었다. 진정 아름다운 애정의 향락이란 그렇듯 지상의 토사와 초목까지 휩쓸어버릴 듯한 광란의 폭풍우가 아니라, 촉촉이 대지에 스며드는 봄철의 보슬비 모양 전신이 녹아내릴 듯 가슴속에 피부에 혈관 속에 은밀히 잦아드는 도취여야 할 것이다.

애정 교류에 있어서 이처럼 고전적 기질을 지니고 있는 주인갑 씨로서는 근 반년 가까이나 뜸했다가 최근에 와서, 좀 더 정확히 말하면 지난 달부터 남편에게 용돈을 집어줄 때마다 폭발하는 혜경 여사의 난폭한 애정선풍에 전과는 다른 일종의 혐오와 모욕감을 금할 수 없는 것이었다.

하지만 아내의 과잉 욕구를 견제하기 위해서도 다음 달부터는 아내에게서 용돈을 타 쓰지 않아야겠다고 주씨는 생각했다. 하기야 씨가 여사의 그러한 격정적인 애정공세를 피한다고 해서,

"그럼 용돈 안 드릴 테예요."

농담삼아라도 이렇게 당장 홍정조로 나올 여사는 물론 아니다. 그렇지만 비굴하게 아내에게서 용돈까지 타 쓴다는 것은 왕성한 여사의 애정유희의 욕구를 자극하는 원인이 될 뿐 아니라 남편으로서의 비극이기 때문이다.

그래서 주인갑 씨는 하루바삐 확실한 수입을 갖기 위해 백방으로 노력을 기울이며 노심초사하고 있지만, 덮어놓고 청렴결백한데다가 점점 사람이 싫어지는 것이 흠일 뿐 과히 무능한 인물도 아니건만 좀처럼 무슨 뚜렷한 전망이 보이지 않는 것이었다. 씨가 이렇듯 한쪽으로는 수상한 보순의 태도와 아내의 광란적인 새로운 애정공세에 시달리며 자신의 직업 문제로 고민하고 있는 동안에, 허황한 꿈으로만 돌렸던 삼정학원 일은 어이없게도 착착 눈부신 진척을 보이기 시작한 것이다.

미스 윤이 며칠 구류를 살았을 뿐 의외에 무사히 풀려나온 뒤로 이제는 사무실에 전화까지 척 가설해 놓고 외부와의 빈번한 전화연락과 수없이 찾아

오는 각양각색의 손님들을 맞아 숙덕거리느라고 삼정학원 간부들은 잠시도 한가한 틈이 없었다.

대학 졸업을 앞둔 미스 조와 미스터 안은 학교를 아예 집어치웠는지 학점을 다 따놓아서 걱정이 없는지는 모르지만 요즘은 학교에도 나가지 않고 미스 윤의 방과 사무실에서 숙식을 하면서 삼정학원 일에만 전적으로 매달려 지냈는데, 매일같이 간부회의를 여는 것은 말할 것도 없고 그들은 고등 기술학관가 직업 기술학관가의 교사용 건물을 물색하느라고 시내를 쏘다니기도 하고 농업 기술학교 설립지로서의 적부를 검토하기 위해 한번은 어느 주주에게서 기부를 받은 충청남도의 임야를 실지 답사하고 돌아온 일도 있었다.

그런 어느 날 오후, 한패의 손님을 따라 교사로 쓸 건물을 보러 간다고 삼정학원 간부들이 우르르 몰려나간 뒤였다. 마침 변소에 다녀오던 주씨가 사무실 앞을 지나노라니 그 출입문이 잠겨 있지 않기에 무심코 열고 기웃이 들여다보니 의외에도 미스 윤이 소파에 누워 있다가 요염한 미소를 짓고 상반신을 일으키며,

"들어오세요. 그렇잖아도 한번 조용히 뵈었으면 하던 참예요."

반가운 듯이 청해 들였다.

주씨는 무슨 힘에 끌리듯이 모르는 새에 슬그머니 실내에 발을 들여놓았다.

13

"같이들 나간 줄 알았더니……. 왜 혼자 남아 있소?"

물으며 주씨가 괜히 어색하게 씩 웃으니까,

"아저씨 기다리느라고요."

그 신비스런 미소를 더욱 활짝 짙게 꽃피우며 미스 윤은 이런 유혹적인 농담으로 대꾸를 하더니,

"이리 와 앉으세요."

자기 옆자리를 한 손으로 가만히 또닥이었다.

마디가 없는 듯이 매끈한 여자의 고 가냘픈 손이 금시에 씨의 아무 데든 어루만져 줄 듯 매혹적이어서

"그럼, 영광인걸."

씨는 짜장 농담만도 아닌 소리를 하고 미스 윤이 앉아 있는 소파에 나란히 걸터앉았다.

"요즘은 잠시도 사무실을 비울 수가 없어요. 그래서 뽕도 딸 겸 임도 볼 겸 제가 남아 있는 거예요."

"너무 이러지 말아요. 나이 듬직한 이 아저씨 심장 터지겠어."

"어디요, 막 두근거리세요?"

미스 윤은 웃으면서 한 손을 옷 위로 주씨의 가슴에 얹어보았다.

씨는 의사가 청진기를 갖다댔을 때처럼 일부러 가슴을 심하게 들먹거려 보였다.

미스 윤은 이윽고 손을 떼고 고 보드라운 어깨로 씨의 어깨를 가볍게 쿡 찌르고 나서,

"여간 아니셔."

얄밉게 눈을 살짝 흘겼다.

윤의 이러한 언동은 딴 화류계 여자들 모양 꾸며서 하는 것 같은 야비한 인상이 조금도 들지 않고 자연스럽고 매력적으로만 느껴졌다.

오늘따라 이렇게 애교 있게 나오는 미스 윤을 대하니, 주인갑 씨는 언젠가 노량진 음식점에서 미스터 안이 한 말이 저절로 머리에 떠올라 정말 가슴이

풍선 모양 둥실거려서,

"날 조용히 만나려고 했다니 웬일이지?"

넌지시 물었다.

"제가 서에 들어가 있을 때 조사 나온 경관에게 퍽 좋게 말씀해 주셨다죠? 고마워요."

"음 그거? 무슨 원수라고 나쁘게 말할 것도 없지 않소."

"저 같은 창녀가 와 있어서 점잖은 집안에 여러 가지로 폐를 끼치게 되어 아저씬 속으로 절 미워하고 계신 줄 알았어요."

"창녀라고 해서 멸시하거나 증오할 자격이 난 없는 사람요. 나뿐 아니라 대개의 세상 사람이 그렇지 않을까?"

"그럼, 왜 저희들 사업에 의식적으로 냉담한 태돌 취하셔요?"

"음, 건 얘기가 좀 달라요. 미스 윤이 창녀니까, 말하자면 창녀가 중심이 되어 진행시키는 일이니까 멸시를 해서 냉담한 태돌 보여온 건 아냐."

"그럼 왜 그러셔요? 음모단 같아서요?"

"그런 점도 다소 있고 또 허황해 보이기도 했지만, 솔직히 말해서 난 삼정학원 간부들에게 골칠 앓고 있는 사람이오."

"이 사무실 관계로요?"

"내 집을 삼정학원에 점령당해서 내가 맘대로 못하는 꼴 아뇨? 더구나 요즘처럼 밤낮없이 눌어붙어서들 들락거리구 회의를 하구 수없이 손님이 찾아오구 법석이니, 마치 장터 같아서 정신을 차릴 수가 있어야지."

"그래도 조건만 맞으면 적극 협력해 주시겠다고 하셨다면서요."

"조건? 내가 언제 무슨 조건을 내세웠어?"

"그래두 미스터 안이 그러던데요. 아저씨의 요구조건을 무시해선 인사가 아니니 절더러 잘 알아서 대접해 드리라고요."

14

미스 윤은 이런 전략적인 발언을 하고 의미 있게 배시시 웃어 보인 것이다.

"내 요구조건이란, 즉 이 응접실을 완전하게 내게 반환해 달라는 건데……. 그럼 이 요구를 들어주겠다는 거요."

미스 윤의 암시를 눈치 채지 못한 바는 아니었지만, 섣불리 그 말에 말려들었다가 괜히 망신만 당하게 되면 큰일이어서 통하지 않을 얘기지만 넌지시 딴전을 부려본 것이다.

"그럼 얘기가 틀리는군요. 사무실은 언제까지나 맘대로 써도 좋다고 하셨다는 말을 들었는데요."

"내가 언제 그런 소릴 했어."

"그 대신 제가 서비스만 해드리면 그 이상의 적극적인 협력도 아끼지 않겠다고, 미스터 안에게 확약을 하셨다면서요."

"건 반대야. 응접실을 무조건 언제까지나 빌려줄 수는 없다니까, 그러지 말고 협력해 달라면서 그 대가라고 하면 우습지만 미스 윤으로 하여금 충분한 서비스를 해드리도록 하겠노라고 안이 먼저 그런 소릴 한 거요."

"결국 비슷한 얘기군요. 그래서 그 대가를 은근히 바라게 되신 거군요."

"허 이거 왜 자꾸 내게만 뒤집어씌워. 난 그래선 못쓴다구 했어요."

"물론 겉으론 사양하시는 체하셨겠죠. 한국 사람이란 누가 음식을 권해도 속으론 먹고 싶으면서 겉으론 으레 괜찮다고 사양하듯이, 대개 점잔을 빼는 분들은 속하고 겉하고 다르니까요."

"……."

정곡을 찌르는 말이어서 주씨는 멋쩍게 웃어 보였을 뿐 성큼 무어라 대꾸는 하지 못했다.

"미스터 안과 미스 조가 절더러 그러는 거예요. 아저씨가 싫지만 않으면

은퇴의 마지막 기념으로 서비스를 해드리라고요. 아무리 각서에는 조건이 없지만 사무실을 언제까지나 공으로 쓰고 있긴 미안하지 않느냐는 거죠. 그렇다고 셋돈을 드린다고 받을 리도 없을 거구."

"그래서 날 마지막으로 제 몇 호의 주주를 삼잔 말인가. 그렇지만 현장 촬영을 해봐야 별로 우려낼 게 없을걸."

주씨가 농담조로 받아넘기고 과장되게 웃으니까

"이 집이 있잖아요?"

미스 윤도 농담식의 대꾸였지만 주씨는 찔끔하고 속에 짚이는 데가 있어서 모르는 새에 웃음이 걷히고 말았다. 가뜩이나 삼정학원 간부들에게 부당하게 주택의 일부를 강점당하다시피 한 채 골치를 앓고 있는 편이라, 농담삼아 한 미스 윤의 이 말이 주씨에게는 그들 간부들이 꾸며낸 일종의 미인계로 여겨졌기 때문이다.

그래서 씨가 잔뜩 의심스러운 눈으로 미스 윤의 얼굴을 뚫어지게 들여다보노라니까,

"겁은 되게 많으셔."

미스 윤은 어깨를 추며 쿡 하고 한번 웃어 보이고 나서,

"설마 고문 선생님의 집을 공짜로 삼켜버리진 않을 테니 걱정 마세요."

안심시키듯 했는데 생각하기에 따라선 '공짜로' 삼켜버리진 않겠다는 부분 또한 의심스럽기 짝이 없는 말이었다. 이를테면 공짜가 아니라 몇 푼 집값을 집어주고 떨어내겠다는 뜻으로, 또는 미스 윤의 그 '서비스'란 걸 대가로 치르고 밀어내겠다는 의미로도 해석할 수 있는 까닭이다.

주씨가 그만 떨떠름해서 덤덤히 앉아 있으려니까,

"언제든 기회를 만들면 살그머니 알려주세요. 부인과 애들의 눈이 있으니까 조심하셔야 할 거예요."

이러고 미스 윤은 그 신비롭고 요염한 미소를 마냥 퍼부어오는 것이었다.

15

그 미소는 정말 신비하다고 할 수밖에 없었다. 거기에는 여자의 온갖 매력이 압축되어 있었다. 맑고 서늘한 그 눈에 찰랑이는 정감, 나부죽한 고 입 언저리에 사물거리는 육감, 그것들은 다분히 관능적인 자극과 유혹의 암시였다. 최고로 아름다운 육체를 연상시켜 주는 야릇한 미소였다.

그러면서도 보통 화류계 여자들처럼 야비하고 음탕한 인상을 주는 의식적인 애교가 아니라, 일종의 품위마저 느끼게 하는 천성의 애교를 담은 신비한 미소였다.

'사내들이 여기에 녹아났었구나.'

주인갑 씨는 속으로 이렇게 중얼거리며 묘한 흥분이 전신을 침범해옴을 느꼈다. 만일 미스 윤이 씨의 몸에 손가락 하나라도 갖다댄다면 도저히 무사히는 넘기지 못할 것 같은 상태였다. 미스 윤의 미소는 남자와 단둘이 있을 때, 상대방을 견딜 수 없는 몽롱한 흥분상태에 몰아넣고야 마는 무서운 독소를 풍기고 있었다. 그것은 마치 아편과 같이 감미롭고 황홀한 독소였다.

때마침 전화가 걸려와 미스 윤이 자리를 일어섰고, 광숙이 학교에서 돌아오는 기척이어서 주씨도 아무 일 없이 곧 사무실을 나와버리긴 했지만, 그 유혹적인 미묘한 흥분의 불씨는 오래도록 씨의 가슴속에 묻혀서 꺼지지 않았다.

그러나 미스 윤이 그처럼 노골적인 암시를 보여주었음에도 불구하고 씨는 좀처럼 욕망을 채울 기회를 갖지는 못하였다. 미스 윤의 말대로 혜경 여사와 보순의 눈을 피해야 한다는 번거로운 과정의 탓도 있었으며 또한 밤낮 딴 간부들 속에 얼려 지내는 미스 윤과 은밀히 내통할 기회도 쉽지 않았지만 무엇보다도 그것이 모두 삼정학원 간부들이 꾸며낸, 어쩌면 혜경 여사까지도 공모해서 씨를 난처한 함정에 몰아넣고 마음대로 이용해 보자는 계획적인 수단이 아닌가 의심스러웠기 때문이다. 그만큼 그들의 하는 일이란 대담하고 무모하고 맹랑한 경우가 많았고 또 악착스럽기조차 했던 것이다.

창녀의 단골손님들에게서 협박수단으로 돈을 우려내가지고 엉큼하게 무료 농업 기술학교니 직업 기술학교니를 세운답시고 서두르고 있고, 의외에도 그것이 척척 들어가 맞는 모양이니 세상이 어수룩하기도 한 일방 그들이 무섭고 맹랑한 젊은이들이 아닐 수 없었다.

어떤 꿍꿍이속으로 얽힌 판인지 얼마 전엔 주주 제1호인 원다성이 선거로 한창 바쁜 중에도 삼정학원 사무실을 손수 찾아온 일이 있었는가 하면, 제3호 장근우와 제9호 방원석 교수는 한 주일에 한두 번은 으레 나타나서 간부들과 무슨 회담을 갖기가 일쑤였다. 그 밖에 삼정학원에 취직을 해보려는 사람과 무슨 이권 거래라도 터보려는 자들이 거의 연락부절로 드나들었다.

며칠 전에는 삼정학원 이름으로 직원 모집공고가 신문에 큼직하게 난 일이 있었는데, 거기에는 농업학교 각 과목 교원과 기술학교 각과 교원을 비롯하여 약간의 사무직원을 뽑는다는 그럴듯한 내용이었다.

그것을 읽고 난 주씨는,

"흐흠!"

하고 부지중 감탄도 신음도 아닌 얄궂은 소리를 냈던 것인데, 가뜩이나 골치를 앓아오던 터라 묘한 반발심과 심술조차 느끼게 된 주씨는 참다 못해 마침내 응접실의 명도를 요구하기에 이르렀던 것이다.

16

서재로 미스터 안을 불러놓고,

"이제는 응접실을 좀 비워줬으면 좋겠소."

주인갑 씨는 단도직입적으로 용건을 밝히고 상대방의 눈치를 살폈다.

미스터 안은 사뭇 의외란 듯이 주씨의 얼굴을 한참이나 바라보다가,

"왜 갑자기 그런 말씀을 하세요?"

납득이 안 간다는 눈치였다.

"갑자기가 아뇨. 오래 벼르다가 하는 말요. 내 사정이 계속해서 응접실을 자네들에게 빌려줄 수 없게 됐으니까 미안하지만 곧 좀 비워줘요. 삼정학교도 이제는 정식으로 활발하게 발족을 하게 된 모양이니 교통이 편리한 장소에 좀 더 널찍한 사무실을 얻어갖고 나가야 할 게 아뇨?"

"언젠가는 노량진 음식점에서 술잔을 나눴을 때, 사무실을 언제까지나 써도 좋다고 승낙하시지 않으셨습니까? 그래놓고 지금 와서 이렇게 태도가 돌변하실 수 있습니까?"

"한 주일에 한 번 정도 회합이 있을 때만 잠깐씩 쓰는 건 무방하다고 했지 요즘처럼 숙직까지 하면서 붙어살다시피 하라곤 하지 않았소. 게다가 별별 손님이 연락부절로 드나드니 어디 시끄러워 견디겠소?"

"그건 아저씨가 간섭하실 일이 아닙니다. 일단 방을 빌려주신 이상 저희가 한 달에 한 번만 쓰든 매일 쓰든, 그리고 손님이 찾아오든 말든 이미 아저씨에겐 거기까지 참견하실 권리가 없다고 봅니다."

이 말에 주씨는 울컥 화가 치밀었지만 비위가 이만저만 아닌 상대에게 화풀이를 해봐야 해로우면 해롭지 이로운 일이라곤 있을 성싶지 않았다.

"내가 돈을 받고 빌려줬다면 혹 강요할 수 없을지도 모르지만 호의에서 무료로 일시 편리를 봐준 것에 왜 참견을 못한단 말요? 아무튼 나는 그 방을 자네들에게 빌려줄 때와 지금과는 사정이 다르니까 여러 말 말고 곧 방을 비워줘요."

되도록 온당하게, 그러나 강경한 어조로 나갔다.

"사정이 달라지셨다?"

미스터 안은 빙긋이 웃으면서 혼자 고개를 끄덕끄덕해 보이고는 음성을 낮춰가지고,

"미스 윤에게서 그 동안 아무런 눈치도 비쳐온 일이 없었습니까?"

엉뚱한 질문을 해온 것이다.

주인갑 씨는 그 말의 이면적인 의미를 이내 짐작할 수 있었으므로,

"미스 윤에게서 무슨 눈치가 있든 없든 난 상관없소. 그러니 당장 내일이라도 방만 비워주면 되는 거요."

무뚝뚝하게 내쏘듯 말했더니,

"아저씨, 잘 알았습니다. 결코 아저씨에게 섭섭지 않게 중간 역할을 할 테니까 그저 잠자코 계셔요."

미스터 안은 어떤 속단을 하고 주씨의 속을 환히 알고 있다는 듯이 히죽거리며 마치 어린애라도 달래듯 해놓고 일어서 나가려 하기에,

"이봐 미스터 안, 다른 건 다 제쳐놓고 나이만 가지고 따지더라도 자네가 날 이렇게 대할 수 있어? 뭐 미인계를 써서 누굴 녹여보자는 속셈인가? 내가 여자에게 환장한 놈이 아닌 담에야 그런 유치한 수단에 넘어갈 줄 알아? 딴소리 말고 당장 사무실이나 비워놔요."

참다 못해 정면으로 쏴주었다.

미스터 안은 걸음을 멈추고 돌아보며,

"각서에 의해서 사용하고 있는 이상 사무실을 비워드리고 말고는 오로지 저희들의 자유입니다."

침착한 태도로 웃으면서 이런 말을 하기에 주씨는 하도 어이가 없어서,

"그런 말이 어디서 나오나? 대체……."

내뱉듯이 했더니, 안은 한술 더 떠서 대답했다.

17

"그러면 저희가 사무실을 비워드리지 않으면 어떡하시겠습니까?"

"아니, 그런 억지가 어디 있어. 아 남의 방을 강점하고도 그런 소리가 나와. 젊은 사람들이, 그리고 좀 배웠다는 사람들이 인생을 그렇게 어거지로 살아가려고 해선 못써요, 못써."

"인생을 누가 더 잘 사는가는 견해에 따라 다를 겁니다. 그러니 그 얘긴 그만두고 제 물음에나 대답해 주세요. 만일 방을 비워드리지 않으면 어떡하시겠느냐는 말씀예요."

청년은 같은 말을 되풀이하였는데, 순간 주씨는 말이 막혔다가,

"어떡하긴. 나도 이 이상 참을 수 없으니 가만있진 않겠어."

응수를 해주자,

"그러면 좋습니다. 후회하지 않을 자신이 계시건 아저씨 맘대로 해보세요. 그러나 아저씨가 저희 일에 협력만 해주신다면, 거기에 대한 보답으로 모든 면에서 충분한 대접을 해드릴 테니 잘 생각해 보세요."

이렇듯 반은 협박적이요 반은 회유적인 말을 남기고 미스터 안은 유연히 방을 나가버린 것이다.

주씨는 치가 떨렸다. 법대로 할 수만 있다면 당장에 강제로 추방이라도 해버리고 싶었지만, 씨에게는 무엇으로든 강제력을 발동할 능력이 없었다. 법적으로 명도 청구를 할 수는 있을지 모르나, 이렇게까지 될 줄 모르고 얼김에 도장을 찍어두었던 각서가 문제인데다가, 설령 법적으로 씨에게 유리하게 해결이 난다고 하더라도 결코 무사히 넘겨버릴 삼정학원 간부들이 아니었다.

한편 끈덕진 노력으로 지금은 어엿이 삼정학원 간부가 되어 있는 혜경 여사를 충동해서 이 문제를 해결해 볼까도 일시 생각해 보았지만, 벌써 오래

전부터 그들 부부 사이에는 은연중에 묵약이라도 한 듯이 삼정학원에 관한 말은 일체 서로 입 밖에 내지 않아온 터였다. 그것은 주인갑 씨는 결코 삼정학원 일에 호감을 갖지 못할 뿐 아니라 도저히 그 간부들과 융합할 수 없다는 것, 반면에 혜경 여사는 삼정학원 일에 사업적인 야망을 걸고 절대로 손을 떼지 않을 것을 서로 잘 알고 있었기 때문이다. 게다가 말을 내보았자 혜경 여사는 도리어 삼정학원 간부들의 처세방법과 처사를 지지하고, 반대로 주씨의 태도를 융통성 없는 옹졸한 인생태도라고 비난할 것이 거의 뻔한 일이었던 것이다.

이러고 보니 주씨는 마치 사면초가라 입맛을 잃고 잠을 설칠 정도로 우울한 가운데 날을 보내며 어떤 반격과 보복을 할 수 있는 무슨 방법은 없을까고 궁리해 보는 일조차 있었던 것이다.

그러던 중에 삼정학원 간부들이 어떻게 해서든 주주 제2호에 대한 현장 촬영을 강행하여 기어이 꼭 돈을 우려내려는 음모를 포기하지 않고 새로운 작전을 세우고 있음을 주씨는 눈치 채게 되었다. 주주 가운데서도 제1호와 함께 가장 큰 고기였던 제2호가 여태껏 그들의 음모에 걸려들지 않아 약이 오를 대로 올라 있는 삼정학원 간부들이었다.

그런 터라 미스 윤의 은퇴를 계기로 마지막 밀회라는 이유로 제2호를 어느 호텔에 꾀어내기로 했는데 미스터 안이 윤의 정부로 가장하여 미리 그 호텔에 대기하고 있다가 현장 촬영을 단행키로 하되, 만일 조심성 많은 제2호가 장소를 딴 데로 옮기는 경우에는 미행을 해서라도 기어이 목적을 이루자는 계략들인 것 같았다.

그러나 주인갑 씨는 이런 것을 이번만은 가만히 보고만 넘길 수가 없었던 것이다.

18

마침 기연가미연가했던 주주 제2호의 정체는 얼마 전 미스 윤이 경찰에 구속되던 날 벽장 천장에 감췄던 주주 리스트를 삼정학원 사무실에 돌려보내면서 잠깐 떠들처본 결과, 그것은 틀림없이 김 청년의 부친인 김춘택 씨로 현 동서물산 주식회사 사장이 틀림없음을 주씨는 확인할 수 있었던 터라, 이왕이면 음모단 같은 삼정학원 간부들에게 협력하는 것보다는 재계와 사업계의 우수한 인물로 알려져 있는 김춘택 씨의 봉변을 면케 해주는 편이 훨씬 떳떳하고 생색이 나는 일 같았다. 그래서 주씨는 쇠뿔도 단김에 빼랬다는 생각이 들어 그날 오후에 직접 동서물산 주식회사를 찾아갔던 것이다.

서울의 중심가에 자리를 잡고 있는 웅대한 7층 빌딩의 정문을 들어서서 주씨는 서슴지 않고 접수에 사장의 면회를 신청했더니 금테를 두른 정복 정모의 수위가 씨의 인품을 검토하고 나서 내객인 명부에 주소, 성명과 연령, 직업, 용무 등을 기입하고 기다리라는 것이었다. 그래서 이런 경우에는 고지식하게 무직이라고 적을 필요가 없음을 잘 알고 있는 주씨는 직업란에는 '사업가' 용무란에는 '사장의 일신상에 관한 긴급사' 라고 적어놓았다.

수위는 그 인명부를 들여다보다가 다시 한 번 주씨의 얼굴을 쳐다보고 머리를 기웃거린 다음,

"사장님과는 전부터 교분이 계신가요?"

하고 물었다. 주씨는 잠깐 궁리 끝에,

"사장님과는 직접 교분이 없습니다만 그 자제분과는 친교가 있습니다."

점잖게 대답하니까, 수위는 고개를 끄덕끄덕하고 사장 비서실에 전화를 걸었다.

그러나 비서실에서는 성큼 면회를 승낙하지 않는 눈치더니 수위는 수화기를 든 채,

"여기 사장의 일신상에 관한 긴급사라고 적으셨는데, 대체 어떤 일인지 말씀해 주실 수 없으실까요?"

이렇게 물었다.

"아무에게나 말씀드릴 수 있는 내용이라면 댁에게 전해놓고 돌아가면 그만이지 무엇하러 이런 번거로운 절차를 거치면서 사장을 직접 만나려고 하겠습니까. 나는 나의 무슨 이익을 위해서 만나자는 게 아닙니다. 단지 그 자제분과 친교가 있을 뿐 아니라, 재계에서도 명망가로 알려져 있는 인물에 대한 단순한 호의에서, 그분과 그분의 가문에 불명예스러운 중대한 영향을 끼칠 어떤 사건을 직접 본인에게 한마디 알려드리고 가려는 것뿐입니다. 그러니 그처럼 면회를 꺼리신다면 좋습니다."

비서실에서도 알아들을 수 있도록 주씨는 일부러 수화기 쪽을 향해 똑똑한 말씨로 차근차근 얘기했더니, 수위는 다시 비서실과 몇 마디 통화를 하고 나서 곧 비서실로 올라가라고 일러주었다.

비서실에서는 젊은 남자직원이 기다리고 있다가,

"사장님은 지금 대단히 바쁘신데, 저한테 말씀하시면 안 되시겠습니까?"

또 이런 말을 묻기에 아니꼬워서,

"당신이 사장과 그 가문에 대한 모욕적인 내용을 알고 싶다면 얘기하죠."

마땅찮게 대꾸 했더니, 그 직원은 곧 사장실에 들어갔다 나와서

"이리 들어오십쇼."

하고 안내를 해주었다.

김춘택 사장은 자리에서 조금 몸을 들썩하면서 주씨에게 옆 의자에 앉기를 권하였는데 첫인상이 무척 온건해 보였다.

이윽고 인사를 나누고 사장이 먼저 입을 열었다.

19

"우리 두식이와 친교가 계시다고요?"

"두식 씨라면 맏자제분 말씀이십니까?"

"그래요."

"전 그 동생인 김두형 군을 잘 알고 있습니다."

이 말에 김 사장은 대뜸 얼굴이 긴장되어지며

"두형일요?"

겨우 중얼거리듯 묻고, 뚫어지게 인갑 씨의 얼굴을 건너다보았다.

그때 마침 소녀가 차를 날랐는데 그 소녀도 바로 황 여인의 딸 순희였으므로,

"너, 순희 아니냐?"

주씨가 반가워 말을 거니,

"어머나!"

소녀 쪽에선 더욱 놀라운 표정으로 주씨의 얼굴을 바라보았다.

"아시는 사이입니까?"

김 사장도 의외란 듯이 두 사람을 번갈아 보며 묻기에, 주씨는

"네."

간단히 대답하고 순희를 향해,

"너, 정말 여기에 근무한다고 했었지. 참 좋은 직장에서 일을 보고 있구나. 사장님을 비롯해서 여러 직원들에게 귀염을 받도록 착실히 근무해야 한다."

부드럽게 웃으며 격려해 주었다.

순희가 돌아나간 뒤 주씨는 김 사장이 권하는 대로 차를 한 모금 마시고 나서,

"퍽 바쁘신 모양이니까 그럼 간단히 용건을 말씀드리고 물러가겠습니다.

미스 윤이란 여잘 아시죠?"

정면으로 물었다.

"미스 윤요?"

반문하는 김 사장의 표정에는 약간의 변화가 보였으나,

"윤명주라고, 소라야 왕비를 닮은 미녀 말씀입니다."

주씨가 설명을 했더니,

"글쎄요, 잘 기억이 안 나는군요."

과연 조심성 있는 인물이라 김 사장은 시치미를 떼고 어름어름하면서 이쪽 눈치를 살피려는 기색이었다.

주인갑 씨는 불쾌하게 낯을 찡그리고,

"우리 솔직히 얘기하십시다. 전 사장님의 약점을 이용해서 금품을 강요한다거나, 무슨 딴 속을 차리자는 그런 비루한 인간이 절대로 아닙니다. 오해하시면 불쾌합니다. 전 다만 미스 윤의 일파가 사장님을 궁지에 몰아놓기 위한 음모를 꾸미고 있기에, 앞으로 미스 윤을 만나지 마시고 거동을 조심하시라는 한마디를 일러드리러 온 것뿐입니다. 그럼 이만 물러가겠습니다."

할 말을 마치고 일어서려니까 김 사장도 급히 따라 일어서며,

"주, 주 선생! 잠깐만 앉으세요."

씨를 의자에 도로 붙들어 앉혔다.

"하실 말씀이 있으면 간단히 해주세요. 전 오해받고 싶지 않기 때문에 여기에 오래 머무르고 싶지 않습니다."

"성큼 납득이 잘 안 가는 점이 있어서요."

"어떤 점입니까?"

"선생이 그런 음모를 어떻게 알고 계시며, 또 그 사실을 나한테 왜 알려주러 오셨는지? 그 점입니다."

"그건 이렇습니다. 미스 윤은 현재 저의 집 방 하나를 빌려 들어 있고, 그

일파는 저의 집 응접실을 강점해서 사무실로 쓰고 있습니다. 이래서 그들의 내막은 횅합니다. 그들의 음모에 걸려들고 있는 단골손님들의 곤경까지두 요. 사장님의 맏자제 분도 미스 윤과 동침 중의 현장을 촬영당하고 무척 들볶였을 겁니다."

이 말에 김 사장은 낯빛이 변하며 버럭 고함을 질렀다.

20

"그, 그런 터무니없는 중상이 어디 있소? 그 앤 모범적인 학자요."

"중상?"

주씨는 불쾌하게 반문하고 나서,

"좋소. 당신 같은 바보 천친 더 상대하고 싶지 않소. 마지막으로 한마디 일러놓고 가겠는데, 내 말이 모범적인 학자라는 당신 아들에 대한 중상인가 아닌가는 증거물이 엄연히 증명해 줄 거요. 미스 윤한테 현장사진을 좀 보여달라고 해요. 모범적인 학잔가 교순가가 아비가 낚아먹는 계집을 벌거벗고 끼고 자빠져 있는 현장을 찍은 사진 말요. 흥, 집안꼴 좋다. 큰아들, 작은아들, 아비, 어미 할 것 없이 돌아가며 난장판들이니!"

신랄하게 비웃어주고 씨는 벌떡 일어서 사장실을 나왔다.

털끝만큼도 이해관계에 걸리는 일이 없느니만큼 아무리 재계의 쟁쟁한 명사요 실력가라고 해도 조금도 두려울 것이 없었다. 씨가 화를 내면 낼수록 김 사장 쪽이 불리하지, 주씨가 손해 볼 일이란 추호도 없다.

오랫동안 삼정학원 간부들에 대해 부글부글 끓어오르면서도 배출할 수 없었던 쌓이고 쌓인 울분까지 확 터져나오려 했다. 김 사장의 면상에 좀더 통렬히 비난과 조소를 퍼부어주지 못한 것이 유감일 정도였다.

남의 치명적인 약점을 쥐고 있는 것은 통쾌한 일이었다. 수위실에도 아예 눈길을 않고 씨가 분연히 건물 정문을 막 나서려 할 때였다. 아까 씨를 사장실로 안내했던 젊은 비서가 황급히 쫓아와서 씨를 붙들고,

"저 선생님, 잠깐만 사장님께서 뵙자고 하십니다."

사정하듯 했다.

"바른 소릴 해도 고맙게 알아들을 줄 모르는 사람을 난 더 상대하고 싶지 않아요."

주씨가 뿌리치고 걸으려니까,

"선생님, 노염을 푸세요. 사장님께서 깊이 사과하시겠답니다. 잠깐만 들어오시래요."

젊은 남자는 매달리듯 잡아끌었다.

"그런 사과 받고 싶지 않아요. 진정으로 사과할 생각이 있으면 본인이 직접 쫓아나와서 할 일이지 버티고 앉은 채 들어오너라 말라 하니 내가 뭐 당신네 사장에게 붙어먹고 사는 부하인 줄 아세요?"

주인갑 씨는 비서의 손을 힘껏 뿌리치고, 한길에 나서서 바삐 인파 속에 섞여 걸었다.

씨는 늦가을의 거리를 걸으면서 실로 오래간만에 어쩌면 처음으로 묘한 통쾌감을 맛보았다. 이 정도면 김춘택 씨가 찔끔해서 다시는 결코 미스 윤을 가까이하지 않을 테니 이것으로 삼정학원 간부 일파에 대한 보복의 목적은 달성이 되었고, 한편 재계와 업계의 실력가인 김춘택 씨 같은 인물을 면대해서 마구 비난과 조소를 퍼부어줄 수 있었을 뿐 아니라, 그래도 그가 꿈쩍을 못하고 비루하게 굽실거려야 한다는 것은 치기에 가까운 흥분조차 느낄 만한 쾌감이었다.

주인갑 씨는 이러한 통쾌감을 오래 음미하기 위해서도 곧장 집에는 돌아

가고 싶지 않았다. 집에 돌아가 봐야 보고 듣고 느끼는 일들이 모두 불쾌하고 불안하고 괴로운 일뿐이었기 때문이다. 그래서 근자에는 밖에만 나오면 집에 돌아가고 싶지 않았지만 오늘은 더욱 그러했다.

이러한 씨의 가슴속에 은연중 치솟는 것은 황 여인에 대한 견딜 수 없는 그리움이었다.

21

주인갑 씨는 그 달음으로 합승을 타고 한강을 건너 혜경 여사의 미장원을 찾아갔는데, 물론 언제나처럼 여사는 가게에 붙어 있지 않았고 마침 손님도 없어서 직원들만이 한가히 잡담을 하고 있었다.

씨는 예정대로 미스 정을 불러내 가지고 근처의 소나무 다방으로 가서 마주 앉았다. 우선 차를 시켜놓고 얘기를 어떻게 꾸며대야 가장 효과적일까를 잠시 궁리하던 주씨는

"순희가, 황 여사의 딸 말이오. 지금 앓고 있어요. 오늘 시내에 들어갔던 길에 우연히 들러보니까 엄말 만나게 해달라고 조르며 울잖아? 내가 황 여사의 거철 알고 있으면서도 숨기는 걸로 오해하고……."

얘기를 하는 도중에 미스 정이 난데없이 깔깔거리고 웃었으므로, 주씨는 어리둥절해서 말을 중단하고 여자의 얼굴을 바라보다가,

"왜 그래요, 별안간?"

영문을 알 수 없어 물으니까 미스 정은 그 말엔 대답을 않고,

"그러니까 결국 황 여사의 거철 좀 가르쳐달라, 그런 말씀이죠?"

묻고는 웃음기가 완전히 가시지 않은 얼굴로 주씨를 말끄러미 건너다보

는 것이었다.

"그런 얘긴데, 순희가 가엾어서 어디 모르는 체하고 있을 수가 있어야지."

"그러지 마시고 좀더 솔직히 자백하시면 협력해 드릴 용의가 있어요. 사실은 아저씨 자신이 황 여살 만나고 싶어서 그러시는 거죠?"

"허, 이거 왜 나이 든 사람을 놀리려 들어. 순희가 가엾어 그런대두."

"그럼, 순희가 정말 앓는대요?"

"정말이지, 그럼 내가 실없는 소릴 하겠어?"

"언제부터 어디가 아프대요?"

"사흘째라는데, 독감인가 봐요. 어제부턴 회사도 학교도 못 나가고 누워 있다니까."

미스 정은 갑자기 또 두 손으로 입을 가리고 폭소를 참느라고 쩔쩔매더니,

"아, 오늘 아침에도 출근하는 걸 제가 봤는데, 순희가 앓고 있어요?"

생각지도 않았던 말을 던져오는 것이었다. 이쯤 되니 당황할 수밖에 없는 주씨는,

"봤다니? 거리에서? 옳아, 그럼 아침에 일단 출근을 했다가 견디지 못하고 돌아와 누워 있는 모양이지."

간신히 임기응변으로 둘러대느라고 땀을 뺐지만 미스 정은 아예 주씨의 말은 귀담아들으려고도 않고,

"순희가 지금 어디에 있는지나 아세요?"

놀리듯이 엉뚱한 말만 물어왔다.

주씨는 아무래도 뒤가 켕겼지만 내친걸음이라 도리가 없어서,

"어딘 어디야, 저의 친척 아저씨네 집에 붙어 지내지."

시치밀 떼고 우겨보았더니 미스 정은 너무나 뜻밖에도,

"어림없는 말씀 그만하세요. 자기 어머니한테 와 있는데 그러세요?"

이런 말을 하고, 어이없다는 듯이 웃었다.

주씨는 대뜸 얼굴이 벌게지고 무안해서 미스 정을 마주 볼 수가 없었다. 이렇듯 톡톡히 체면을 깎인 주씨는,

"괜히 미스 정이 어쩌나 보려고 그래본 거요."

되지도 않은 말을 한마디 남기고 차도 드는 둥 마는 둥 황황히 다방을 나와버리고 만 것이다.

편지를 주마고 약속하고도 아무 소식이 없는 황 여인이 원망스러워 내일은 다시 미용학교를 찾아가 목을 지키는 수밖에 없다고 궁리하며 집으로 돌아가던 주씨는 언덕길 초입에서 흠칠 놀라며 걸음을 멈추었다.

22

뜻밖에도 황 여인의 전남편인 서병칠과 마주쳤던 것이다.

"안녕합쇼, 주 선생님."

서는 술을 몇 잔 들이켠 모양이라, 벌겋게 핏발 선 눈으로 인사를 건네고 기분 나쁘게 웃었다.

"웬일이오?"

"주 선생을 뵈려고 일부러 찾아왔던 길입니다."

"나를요? 아무튼 고맙소."

마지못해 이러긴 했지만 달갑지 않은 인물이라 주씨는 이자를 어떻게 할까 잠시 망설이다가 그냥 돌려보낼 순 없고, 눈치가 또 그대로는 돌아갈 것 같지도 않고, 그렇다고 집에 데리고 가긴 싫어서 주머니 속을 계산해 본 다음 되돌아서 노량진의 어느 음식집으로 그를 인도했다.

마침 저녁때라 식사와 반주를 나누면서,

"그래, 지금 어디 있소?"

주씨가 물으니까, 서의 대답은 수원서 한 30리쯤 떨어진 고향에 내려가 있다는 것이다.

"거기서 뭘 하우?"

"뭐 좀 해보느라고 무척 애를 썼지만, 워낙 자본이 없으니 뜻대로 돼야죠."

자신 없이 말하고 죽 잔을 기울이는 서의 몰골은 전보다도 더 초라해 보였다.

"거, 안됐군요. 어서 뭐든지 해서 확고한 자릴 잡아야 할 텐데……."

하긴 주씨 자신 서병칠과 비슷한 처지라 노상 이렇게 말하면서도 입안이 썼다.

잠시 말이 끊겼다가,

"헌데 순희 어민 잘 지내나요?"

서는 문득 생각난다는 듯이 황 여인 얘기를 물었다.

"아마 잘 있나봅니다."

"자주 들러서 아껴주세요. 그게 그래 보여도 괜찮은 여잡니다. 단지 '그것' 뿐이 아니라 말씀이죠."

서는 이런 엉뚱한 소리를 하고 다 안다는 듯이 의미 있게 벌씬 웃어 보이는 것이었다.

"아니, 그게 무슨 소리요?"

주씨가 마땅찮게 반문하니까 서는 히들히들 웃고 나서

"뭐 시치미 떼실 필욘 없습니다. 남자와 여자란 으레 그런 거고, 세상이란 다 그래서 재밌는 거 아닙니까?"

한 술 더 뜨는 것이었다.

"그런 터무니없는 추측일랑 아예 말아요. 난 순희 어머니완 아무런 관계도 없으니까."

솔직히 말해서, 서병칠이 추측하고 있는 것과 비슷한 방향으로 씨의 마음이 움직이고 있었기 때문에 이 이상 강하게 반박하거나 화를 낼 자신은 없었다.

"그러시다면, 제가 도로 데려갈까요? 제가 그 여잘 죽여 없애거나 형무소에 처넣지 않고 순순히 이혼을 해준 건 결국 선생님을 위해섭니다. 선생님이 은근히 탐을 내고 계시기에, 이왕 내가 못 차지할 보물이라면 선생님 같은 분이 재밀 좀 보시라고 양보해 드린 거요, 아시겠습니까?"

"난 모르겠소, 도시. 도대체가 일단 남이 된 여잘 놓고 이러니저러니 무슨 당치 않은 소리요, 그게?"

"괜히 어쩌시나 보려고 한마디 해본 겁니다. 안심하세요. 아무리 주색으로 신셀 망쳐 이 꼴이 된 놈이지만, 일단 물려주었던 마누랄 도로 내놓으라고 하겠습니까? 하 많은 여잘 접해 보아도 그만큼 멋진 여잔 없기에 괜히 한마디 해본 겁니다."

"가만 듣고 있자니 이건 누굴 병신 취급하려는 거야? 그러려면 당장 돌아가요, 돌아가!"

참다 못해 주씨가 꽥 소릴 질렀더니 서는 대뜸 비수를 꺼내 식탁 위에 푹 꽂았다.

23

"족히 그럴 줄 알았다."

서는 내뱉듯 말하고 주씨를 노려보며,

"내가 굽실거리며 좋게 얘기하니까 이렇게 도도하게 굴기야? 내가 너희 같은 것들을 그냥 놔두고 죽을 줄 알아? 김이니 안이니 하는 애송이들이 모두 너랑 한통속인 줄 다 안다. 짜고서 남의 계집을 가로채고도 인사 한마디 없이 되레 무슨 큰소리야, 큰소리가! 뭐 안인가 한인가 그 주먹깨나 쓴다는 자식만 내세우면 배짱을 튀겨도 무사할 줄 알았어?"

사내는 포효하듯 하다가 잔에 남아 있던 술을 단숨에 죽 들이켜고 나서,

"난 이젠 죽지 않으면 살기다. 이런 판에 세상에 무서운 게 있을 줄 알아? 경찰도 형무소도 권투깨나 한다는 네 요짐보도 하나 겁나지 않는단 말이야! 수틀리면 모조리 한칼에 처치해 버릴 테니, 거만하게 굴테건 굴어봐!"

한바탕 을러대고서는 술 주전자를 흔들어보더니, 남은 술을 빈 식기에 쏟아 물마시듯 꿀꺽꿀꺽 들이켰다.

얼굴이 백짓장 모양 창백해진 채 숨도 크게 못 쉬고 앉아 있던 주씨는,

"내 말을 오해하고 흥분한 모양이니, 우리 밖에 나가 바람이나 쐬면서 얘길 합시다."

간신히 달래듯 하고 앞장서 일어섰다.

"나가서 어쩌자는 거야? 할 얘기가 있거든 예서 다 해봐."

사내는 심술궂게 버티어보았으나 주씨가 셈을 치르고 가게주인에게 미안하다고 사과를 한 다음,

"자, 우리 조용한 데 가서 서로 충분히 납득이 가도록 얘길 해봅시다. 자 어서."

사정하듯 잡아끄니까, 서는 못 견디는 척 칼을 뽑아 품속에 지니고 거기서 따라 나왔다. 주씨는 서를 데리고 어둠이 내리덮이기 시작한 한강 기슭으로 내려갔다. 사람 많은 데서 떠들어대면 무엇보다도 창피해서 견딜 수 없었던 것이다.

거기서 그들은 한 시간 가까이 이야기를 했는데, 물론 주씨 쪽에서 감정을 누르고 상대방의 감정을 건드리지 않도록 조심한 탓도 있지만 서도 그 이상 덮어놓고 위협적인 언동으로는 나오지 않았다.

결국 서병칠의 속셈은 돈을 좀 내라는 수작이었다. '당신이 내 마누라를 탐내서 갖은 방법으로 끈덕지게 이혼을 강권하기에 나로선 마지못해 거기에 응해 줬으니 그 인사(대가)로 한 뭉치 집어달라' 는 것이었다. 그래서 주씨는 딱 잘라 거절하는 말은 하지 못하고 자기의 궁핍한 처지를 누누이 설명한 다음, 그러나 힘써 주선해 볼 테니 돈이 마련되는 대로 연락을 하마고 타이른 후 주머니에 남아 있는 돈을 털어서 여비로 주어 우선 서를 간신히 떼어 보내는 데 성공한 것이다.

우울하고 피로한 심신을 이끌고 집으로 돌아가면서 생각하니, 주씨는 자신의 꼴이 어이없고 우습기도 했다. 물론 경우와 정도의 차이는 있지만 김춘택 사장과 비슷한 함정에 빠져버린 자신을 발견할 수 있었기 때문이다.

'그러나 난 억울한 손해만 보고 있어.'

같은 미인계에 걸리면서도 김춘택 씨나 딴 주주들은 실컷 재미나 보고 당하는 일이되, 주씨 자신은 재미도 못 보고 일방적으로 손해만 보고 있는 처지라 모르는 새 이렇게 중얼거려진 것이다.

그러자 이러한 씨의 머릿속에는 마치 어떤 계시처럼 엉뚱한 궁리가 떠오르기 시작했다. 이왕 억울한 미인계에 걸려 애 먹을 바에는 나중에야 어찌 되든 황 여인과 미스 윤에게 기어이 손을 대봐야겠다는 적극적인 욕망이었다.

24

생각하기에 따라선 별로 주저할 문제도 아무것도 아니요, 간단히 실천에 옮길 수 있는 일 같았다. 씨 자신의 배짱만 서면 말이다. 우선 황 여인만 하더라도, 이쪽이 적극적으로 행동을 취하면 의외로 순순히 떨어져올지도 모른다. 결코 주씨를 싫어하지 않을 뿐 아니라 어느 정도의 호의조차 품고 있음이 틀림없는 것 같았다. 게다가 순결한 미혼여성이 아니요, 전비(前非)를 지닌 흠 있는 여자다.

더구나 난봉으로 신세를 망친 서가가 그 육체적 조건의 매력적인 특이성을 극구 찬양하며 잊지 못할 정도니, 도대체 보통여자와 어떻게 다르며 얼마나 기가 막힌가에 대해서도 비상한 호기심을 금할 수 없었던 터다.

그렇다고 함부로 다루기엔 황 여인 스스로가 지니고 있는 죄의식과, 여인에 대한 씨 자신의 애정이 문제였다. 황 여인은 김 청년과의 과오를 뼈아프게 뉘우치고 어떻게 해서든 그 과오를 씻고 다시는 그런 부도덕한 과오를 범하지 않으려는 고민과 노력을 지니고 있음이 역력했다. 그러한 여자에게 계략이나 폭력으로 욕심을 채우려 덤빈다면, 그것은 방탕에서 벗어나 무겁고 엄숙한 책임을 져야 할 행동인 것이다.

따라서 주씨는 자기가 황 여인을 은근히 사랑하고 있음을 자각할 수 있었는데, 방탕에는 애정은 금물인 것이다. 바탕에 애정이 끼이게 되면 그것은 비극을 유발하는 까닭이다.

이러한 황 여인에 비하면, 미스 윤과는 절제 있는 방탕이 훨씬 가능한 것이다. 미스 윤에 대해서는 씨는 그 아름답고 매력적인 미모와 육체에 대한 단순한 욕망이 솟았을 뿐 애정은 느끼지 않았다. 게다가 창녀이니 양심적 부담 없이 유쾌한 방탕을 경험할 수가 있는 것이다. 그러나 여기에도 문제는 있었다.

그것은 도저히 함부로 볼 수 없는 음모단에 가까운 삼정학원 간부 일파에 미스 윤이 직접 속해 있다는 사실이다. 주씨와는 비교도 안될 만큼 유능한 외도의 전문가들도 여지없이 들볶이는 판이다.

하기는 씨에게는 딴 주주들과 같이 세상에 공개되면 수십 년의 적공이 허사로 돌아갈 약점이 없으니 간단한 얘기이기는 하다. 다만 집 문제를 가지고 좀 더 골치 아프게 굴지는 모르지만. 그러나 이왕 골치를 앓고 있는 바에는, 저쪽에서 자진해서 베풀려는 서비스를 주씨는 비위 좋게 받아들이기로 결심한 것이다. 그러니 대뜸 나체사진에서 본 미스 윤의 그 황홀한 육체가 눈앞을 얼씬거렸다.

그렇지만 씨가 미스 윤과의 방탕을 즐길 기회를 미처 마련하기도 전에 의외로, 의외가 아니라 지루하게 기다린 끝에 황 여인에게서 편지가 날아들었던 것이다. 피봉 이면에는 엉뚱한 주소와 알지 못할 남자이름이 적혀 있어서 대체 누구에게서 온 건가 수상히 여기며 뜯어보았더니, 다름이 아닌 황 여인의 친필이었다.

왜 그런지 선생님을 만나뵈면 이번엔 무슨 일이 터질 것만 같았고, 한편 저 자신의 확고한 태도가 결정되지 않아서 어떻게 해야 좋을지 몰라 안타깝고 괴로운 속이 시일을 끌어오다가 할 수 없이 이제야 겨우 펜을 들었습니다.

이 방황하는 마음을 차라리 터놓고 선생님과 의논해 볼 용기에서 우선 만나 뵙기로 결심했습니다.

여사의 편지에는 이런 사연에 이어서 밀회의 장소와 일시가 적혀 있었던 것이다.

내일의 결론

1

벌써 절기로 보아 겨울에 접어들긴 했지만, 초가을 날씨처럼 따사로워서 황 여인과 밀회를 하기에는 안성맞춤이었다. 어젯밤은 마치 명절이나 생일을 기다리는 어린이 모양 가벼운 흥분과 기대에서 주인갑 씨는 잠을 설칠 정도였다.

사람이란, 특히 남자란 나이 들면서 모든 것이 변해도 다만 여자에 대한 감정과 욕망만은 변하지 않아 말썽이라고 어느 친구가 토로하던 말이 생각나서 씨는 혼자 쓰디쓰게 자신을 향해 웃었다.

황 여인이 알려온 밀회의 장소는 영등포의 구석진 모 다방, 시간은 오후 2시였는데, 씨는 벌써부터 그 시간이 지루해 견딜 수 없었다.

'왜 그런지 선생님을 만나뵈면 이번엔 무슨 일이 터질 것만 같아서' 주저하였노라는 여인의 편지 구절이 떠올랐다. 그 말은 정확하게 무슨 뜻일까. 이번에 만나면 주씨가 황 여인을 그냥 두지 않을 것 같다는 뜻인가. 아니면 여인 자신이 모르는 새에 사랑을 고백하지 않고는 배길 수 없으리라는 뜻인가. 혹은 그 두 가지가 다 합쳐진 뜻을 암시하는 말일까.

아무튼 이번 회합에선 주씨가 적극적인 태도만 취하면 여인의 말대로 무슨 사건이 일어날 것만 같은 예감이 씨에게도 들었다. 그러자 황 여인의 그 고요하고 은은한 인품과 푸짐한 육체감이 머리를 어지럽게 해서 씨의 가슴은 터질 듯이 뛰었다.

'만일 황 여인과 정말 무슨 일이 생긴다면, 그렇게 된다면, 그 뒤가 그 결과가 어떻게 될 것인가.'

이러한 자문에 씨가 미처 해답을 내릴 수 있기 전에 문득 밖에서 주씨를 찾는 소리가 났다. 씨가 정신이 펄쩍 들어 나가보니, 김춘택 사장의 비서였다. 삼정학원 간부들에게 내용을 눈치 채이고 싶지 않아서 주씨는 손님을 맞아들이지 않고 이번에도 자기 쪽에서 대문을 열고 나갔다.

김 사장의 비서는 어제도 두 번이나 주씨를 찾아왔었다. 첫 번째는, 씨가 조반상을 물리기가 무섭게 찾아와가지고,

"어제 오후에 선생께서 돌아가신 뒤 저희 사장께선 졸도를 하셨습니다. 다행히 가벼운 증세여서 곧 정신을 차리긴 하셨지만 그래도 일 양일간은 안정을 해야 할 형편이어서 근처 호텔에 누워 계시기 때문에 직접 오시지 못하고 제가 대신 뵈러 왔습니다."

이렇게 사유를 밝히고, 사장이 꼭 뵙고 싶어하니 같이 좀 가줄 수 없느냐는 사정이었다. 그러나 주씨는,

"김 사장과 만나야 할 아무런 용건도 이젠 없습니다."

딱 잘라 거절해서 돌려보냈더니, 젊은 비서는 오후에 또다시 찾아와서 '주인갑 선생 귀하' 라고 쓴 흰 사각봉투를 내밀기에, 뜯어보니 김 사장의 정중한 사과의 말과 함께 호의에 대한 사례의 뜻이라고 하며, 10만 원짜리 보증수표 한 장이 들어 있었다.

너무 빤드럼한 매수공작이 불쾌해서 씨는 즉석에서 그것을 돌려보내 버렸던 것이다.

"시끄럽게 자주 찾아와서 죄송합니다."

주씨가 대문 밖에 나서자 김 사장의 비서는 이렇게 사과부터 하고 나서, 사장 말이 주씨처럼 강직하고 결벽한 이상적인 인사를 처음 대하는 터라, 이대로 놓치기가 아까우니 자기 사업을 도와줄 용의만 있다면 인격, 직위, 보수, 어느 모로나 후히 대접하겠다는 뜻을 전하고 꼭 좀 모시고 오라고 하더라는 것이었다.

2

이 말에는 순간 주인갑 씨로서도 귀가 번쩍 뜨이는 것 같았다.

동서물산 주식회사라면 안전하고 대우 좋기로 유명한 만큼 평사원으로만 들어가도 출세했다고 생각하는 곳이다. 직위나 보수에 있어서 후대하겠다니 이런 땡은 없다. 더구나 실직 중인 씨에게 있어서야.

그렇긴 하지만 아무리 고지식한 주씨라 할지라도 대뜸 귀가 버룩해서 정밀한 심리적 계산이나 긍지 없이 경경히 덤벼들 단순한 인물은 아니다.

"난 김 사장이 인사말로 치켜세우는 그런 재목이 아니오. 다만 나는 나를 해치지 않는 사람을 해치려는 사람은 아니니 그 점 과히 걱정 마시라고 하시오."

이렇게 좋게 거절을 했다.

"그렇지만 꼭 한 번 뵙고 싶어 하십니다. 저 아래 한길에 차가 기다리고 있으니, 웬만함 저하고 같이 좀 가주시죠."

"아뇨, 김 사장에게 고민이 있듯이 나도 요즘 여러 가지로 복잡하고 불안한 처지에 있소. 그래서 육체적으로나 정신적으로나 바쁘고 피로하니 별 용건 없이 김 사장을 찾아가 만나고 어쩌고 할 여념이 없어요."

이렇게 해서 이번에도 김 사장의 비서를 종내 그대로 돌려보내고 만 주씨는 자신이 알고 있는 김 사장의 약점이 김 사장에게 있어서는 예측 이상으로 치명적인 모양이어서 씨는 내심 적이 놀라는 동시에 '내가 속이 검은 사람이라면 한밑천 우려내는 건 문제없겠다' 고 생각하니 씨는 괜히 으쓱해지기도 하는 것이었다. 주인갑 씨가 내객을 보내고 안방에 들어서려니까 부엌 뒷문 밖에서 누가,

"우, 우, 우억, 욱."

하고 구도증을 일으키고 있는 소리가 났다.

며칠 전부터 간혹 그런 소리를 어렴풋이 들어오긴 하면서도 무심히 지내온 주씨나, 오늘은 그 정도가 심했으므로 뒤편 복도로 나가 머리를 기웃이 내밀고 부엌 뒷문 밖을 내다보니까, 보순이 웅크리고 앉아서 자꾸만 무엇을 토하려는 모양이나 욱 욱 소리만 지르고 침만 내뱉을 뿐 아무것도 나오는 것이 없었다.

주씨는 차차 얼굴이 긴장됐다. 광숙을 뱄을 때 죽은 아내는 결코 입덧이 심한 편은 아니었지만 저와 비슷이 토하려고 애쓰는 것을 본 기억이 떠올랐기 때문이다.

'설마 그럴 리야 있을라고' 생각하면서도 만일 보순의 구토증이 그것이라면 이야말로 이만저만 큰일이 아니었으므로 씨가 무심결에 쫓아나가 보려고 돌아서니까 어느새 거기에 와서 있었는지 혜경 여사도 씨의 등 뒤에서 밖을 내다보고 있었던 것이다.

주씨는 괜히 당황했으나

"저 애가 왜 저러지?"

태연스레 물어보았다.

그러자 여사는 가뜩이나 유들유들한 그 미소를 더욱 조소조로 남편에게 퍼부으며,

“왜 절더러 물으세요. 당신이 더 잘 아실 텐데.”

비꼬는 말투였다.

“내가 뭘 안다고 그러우?”

“모르시면 참 다행이구려. 그러나 나날이 배가 불러올 테니, 어디 모르는 체하고 넘길 수 있는가 두고보세요.”

“배가 부르다니? 그게 확실한 소리야?”

“왜 그렇게 놀라세요?”

“이봐, 당신은 날 의심하고 있구려?”

묻고 나서 주씨는 아내의 대답이 슬그머니 겁이 났다.

3

“투피스나 구두사건 때처럼 이건 시치밀 떼고 넘어가실 문제가 아네요.”

“시치밀 떼는 게 아냐. 아무렴 내가 그런 무책임한 짓을 할 사람야? 당신은 날 그렇게 몰지각하구 추잡한 사람으로 봐?”

“여러 말 마시고 그럼 우리 그 앨 불러놓고 물어봅시다. 그러면 몰지각하고 추잡한 사람이 누군지 단박 드러날 거 아네요?”

어디까지나 주씨의 소행으로 단정하고 있는 말투다.

“그럼 좋아. 본인에게 따져보기로 합시다. 그러나 오늘 저녁이든 낼 저녁이든 다소 여유를 두고, 미리 심적인 안정을 갖게 해놓고 불러서 물어봅시다. 별안간 그런 수치스런 비밀을 캐고 들면 가뜩이나 요즘 비관과 고민에 잠겨 있는 애에게 어떤 위험한 충격을 줄지도 모르니까.”

주씨의 이 말은 어디까지나 보순을 아끼는 마음에서였다. 한편 보순이 투피스와 구두사건 때처럼, 주씨에게 책임을 뒤집어씌울지도 모른다는 묘한 불안감이 든 탓도 있긴 했지만. 호소하듯 애원하듯 원망하듯 형언할 수 없이 복잡하고 인상적인 시선으로 주씨를 뚫어지게 바라보던, 보순의 그 눈은 능히 그럴 수 있는 어떤 의미와 심리를 암시해 주고 있었다. 따라서 그런 경우에 완강히 부인해 버릴 수 없는, 또는 부인하고 싶지 않은 것 같은 야릇한 심리가 씨의 가슴속 깊이 자리 잡고 있음은 어인 일인지 알 수 없었다.

"무척 이해와 동정이 많으시군요. 좋도록 하세요. 언제든 당신이 원할 때 불러서 물어봅시다. 제겐 객관적 증거가 있으니까요."

혜경 여사는 비양거리듯 조소하듯 미소와 함께 이런 말을 남기고 사무실 쪽으로 사라져버렸다.

주인갑 씨는 점심도 먹지 않고 집을 나왔다. 별로 점심 생각도 없었다.

황 여인과 만나기로 된 시간까지 두 시간 이상을 씨는 목적 없이 헤맸다.

'보순이 임신을 한 것이라면, 어째서 누구와 그런 철없는 짓을 했을까?'

씨는 보순에게 배신을 당한 것 같은 심한 타격을 받았고, 웬일인지 보순의 그 배신은 오로지 씨 자신에게 책임이 있는 것 같은 기묘한 해석이 들었다.

씨는 모르는 새에 노량진에서 영등포까지 내처 걸었고, 다시 영등포 일대를 한없이 헤매고 있었다.

"그 애는 날 사랑하고 있었어. 객관적인 주관적인 온갖 조건이 그 사랑을 받아들일 수 없었다면, 차라리 희미하게 외면만 할 것이 아니라 그 사랑을 적절히 처리해 주었어야 했을 거야. 그러지 않은 것은 무의식중에 그 분별없는 앳된 사랑을 나 혼자 몰래 속으로 향락하기 위한 에고이즘 탓이었는지 몰라. 그렇지 않으면 나도 그 애를 사랑하고 있는 탓일까."

수없이 이런 말을 중얼거리며 씨는 발 가는 대로 휘뚜루 돌아다녔다.

그러다가 정신이 들어 시계를 보고 황 여인이 기다리고 있는 '달밤' 이란 다방으로 달려간 것은 약속 시간을 반시간 가까이나 지나서였다.

"미안합니다, 늦어져서."

"퍽 피곤해 보여요."

황 여인이 걱정할 만큼 주씨는 정말 심신이 피로해 있었다.

"좀 속상한 일이 있어서 점심도 굶고 싸돌아다녔습니다."

"무슨 걱정되시는 일이라도?"

"예, 좀. 그러나 황 여살 만나니 잡념과 걱정도 일시에 꺼져버렸습니다."

농담을 할 만큼 씨에겐 한결 새로운 원기가 솟아올랐다.

4

주인갑 씨는 점심 겸 토스트와 밀크를 먹고 나서,

"그럼 어디 조용한 데 가서 얘기하실까요?"

말하고 엉거주춤 일어서려 하니까

"여기서 얘기해요."

황 여인은 주저하는 기색이기에,

"왜, 버릇없이 굴까봐? 제가 무서우세요?"

웃으며 물었더니,

"양쪽이 다."

두렵다는 뜻의 대답을 하고 여인도 수줍게 따라 웃었다.

"그렇게 서로 자신과 상대방을 동시에 경계할 줄 알면 지나친 일은 없을 겁니다. 물론 여사도 그렇겠지만, 나도 지금 여러 가지로 괴롭고 복잡한 처지에 있습니다. 그래서 무엇보다도 위로와 휴식이 필요해요. 내게 위로와 휴식을 줄 수 있는 사람은 여사뿐입니다. 어머니 곁에 있듯이 단 몇 시간이라도 여사의 곁에서 조용히 쉬고 싶습니다. 이건 안 되는 일일까요?"

"……."

여인은 머리를 숙이고 말이 없었다.

"얘기는 안 해도 좋아요. 아무도 없는 데 가서 둘이 조용히 쉬고 싶습니다. 싫으십니까?"

황 여인은 다정하게 마주 웃고 말없이 먼저 자리를 떴다.

두 사람은 그 길로 한강 둑으로 나가, 김포가도를 김포 쪽을 향해 한참 걷다가 한강 기슭으로 내려갔다. 샛강을 돌아가서 원줄기의 물가 널찍한 모래터 한 귀퉁이에 자리 잡고 앉으니, 시가의 소음도 아득히 멀어지고 햇볕도 따사로워 두 사람만의 세계 같았다.

두 사람은 날이 완전히 어둡도록 거기에 앉아 있었다.

처음엔 두어 뼘 간격을 두고, 다음엔 모르는 새에 몸을 바싹 갖다대고 앉아 있다가, 황혼 무렵부터는 으스스 추워지는 바람에 혹은 그것을 핑계 삼아 주씨는 자기의 스프링코트로 여인을 싸안듯이 하고 두 사람은 꿈을 꾸듯 시간을 잊고 지냈다. 그렇게 보낸 서너 시간 동안 둘이는 여러 가지 이야기를 나누기도 하고, 혹은 반시간 가까이나 고요한 침묵 속에 서로의 호흡소리와 체온만을 재기도 했다.

이러는 동안에 주인갑 씨는 황 여인이 지금 처해 있는 환경과 심정을 이해할 수 있었다. 우선 황 여인이 김 청년을 멀리하고 혜경 여사와 보조를 맞춰 왔던 내막에는 김 청년과 저지른 과오에 대한 뉘우침, 그리고 김 청년이 간청하는 정식 결혼에 대한 회의와 불신감에 고민하고 있는 여인을 혜경 여사가 미장원과 미용학교 경영의 포부를 말하고 자기와 손잡고 새로운 인생의 재출발을 꾀하자는 힘찬 격려와 원조 끝에 차차 형제와 같은 짙은 정을 쏟아 오면서 남녀 간의 일체의 애정행위를 공격하는 일방, 여자끼리도 이성간의 향락과 도취 이상의 오히려 더 순수한 쾌락과 행복을 얼마든지 누릴 수 있으니 자기 말대로 하라면서 혜경 여사는 강인하게 제 욕심대로 황 여인을 휘둘러온 것임을 알 수 있었다.

"요즘은 어떠세요? 내가 보기엔 두 분이 전처럼 붙어 지내는 것 같지 않던데."

"제가 차차 고분고분 말을 잘 안 듣게 된데다 부인께서 삼정학원 일에 열중하게 되면서부터 이젠 완전히 냉각상태에 있어요."

황 여인은 대답하고 웃었다.

"그럼 이젠 김과의 결혼 문제만 남았군요? 결국 어떡하실 생각입니까?"

이 물음에 여인은 씨를 돌아보며 이렇게 반문했다.

"어떻게 했으면 좋을 것 같아요, 선생님 생각엔?"

"글쎄요."

주씨가 솔직히 말하기를 꺼리니까,

"주저하지 말고 말씀해 주세요. 선생님의 의견을 들어보고 싶어요."

여사는 엄숙한 표정으로 졸랐다.

"글쎄요……. 제삼자의 잘못된 판단인지 모르겠습니다만, 내 생각엔 김과의 결혼은 정상적인 결혼이 될 수 없을 것 같습니다. 따라서 영속성이 있을 것 같지도 않고요."

"안심했어요, 저도 그렇게 생각하고 최종적인 거절을 했어요."

여인은 안도의 빛을 띠었다.

"그러니까 뭐래요? 저쪽에선."

"퍽 실망하더군요. 자신의 진실한 심정을 몰라준다고요."

"무리도 아닐 겁니다. 결혼만이 과오에 대한 속죄라고 생각하고 있는 순직한 청년이니까요."

"좋은 사람예요. 하지만 자기의 정의감과 정열만 앞세우고, 객관적 사정이나 제 처지는 이해할 줄 몰라요."

두 사람은 한동안 말을 끊고 제각기의 생각에 잠겨 있다가,

"그럼 이젠 완전히 자유로운 입장이 되셨는데 앞으로 어떡하실 생각입니까?"

"아직, 망설이는 일이 있어요."

이렇게 전제하고 황 여인이 들려주는 말에 의하면, 김 청년은 누이를 만나 황 여인과의 사실을 고백한 다음 앞으로 다시는 부모나 형제를 괴롭히지 않겠다는 굳은 약속 끝에 부모에게서 얼마의 돈을 받아가지고 충남에 있는 조그만 농장을 샀다는 것이다. 그래놓고는 황 여인을 찾아와 재생의 새출발을 위해 정식으로 결혼을 하자고 졸라댔으나 여인이 끝내 거절하자 청년은 며칠을 고민하다가 농장을 사고 남은 돈 가운데서 30만 원을 위자료조로 내주면서 앞으로 30세까지 4년간을 다시 기다릴 테니 그 동안에 자기와 결혼하는 것이 옳은 길이라는 생각이 들면 언제든 서슴지 말고 찾아와달라고 하더라는 것이다.

"그러니 그 돈을 받을 수도 없고 어째야 좋을지 모르겠어요."

"여사의 온유한 성품으론 달갑지 않은 돈일지 모르지만, 저쪽의 진정도 어느 정돈 알아줘야 할 게 아닙니까?"

"거절했더니 막 화를 내면서 결혼을 해주든지 이 돈을 받든지 둘 중에 하난 응하라는군요. 너무 사람을 무시하지 말라면서요."

"잠자코 받아두세요. 실제 돈이 필요하기도 하실 테니까."

그들 두 사람은 물론 이렇게 혜경 여사의 문제만을 화제로 삼은 것은 아니

었다.

이런저런 얘기를 하다 보니 자연 주인갑 씨가 삼정학원 간부들 때문에 골치를 앓고 있는 이야기랑 서병칠에게서 당한 일들이 얘깃거리가 되기도 했는데, 그러다 보니 주씨는 서의 충동적이었던 야비한 언동이 생각나서 좀 무례한 악취미 같긴 했지만 황 여인의 반응에 관심과 흥미가 끌려 이런 식으로 슬쩍 얘기를 돌려보았던 것이다.

"서씨는 참 우스운 사람이더군요. 이혼을 응낙하던 그날 말입니다. 술을 나누면서 이혼을 수락하는 조건의 하나로 날더러 여사를 맡으라지 않겠습니까? 내 참."

"맡으라뇨?"

"처음엔 나도 그게 무슨 소린가 했는데, 결국 알고 보니 내가 이혼을 강권하는 이유가 여사를 탐내기 때문이라고 해석하고, 말하자면 여사를 소실로 맞아들이라는 뜻이었어요. 원 어이가 없어서."

이러고 주씨는 여인을 돌아보았다.

6

"그런 미친 소릴 족히 할 사람예요."

황 여인은 어이없다는 듯이 쓰디쓰게 웃었다.

"정말 괴상한 사람이더군요. 그 밖에 이런 해괴한 소릴 또 하지 않아요? 여사의……."

하다가 주씨는 멋쩍게 웃고,

"그만두죠."

입을 다물어버리니까,

"말씀해 보세요. 또 무슨 야비한 소릴 했어요, 서가가?"

여인은 기분 나쁘면서도 궁금한 듯이 물었다.

"여사에겐 모욕적인 얘기니까 불쾌하실 겁니다."

"그러니까 더 듣고 싶군요. 서가가 뭐라고 절 모욕했어요?"

"말하자면, 여사의 육체가 말입니다. 보통여자와는 다른 특이한 매력을 지니고 있다는 거예요."

이러고 여인을 돌아보는 주씨의 눈은 모르는 새에 짙은 호기심과 동물적인 흥분에 번뜩였다.

"어마!"

황 여인은 비명 같은 외마디소리를 가늘게 지르며 숨이 막힐 듯 흠칫 놀라더니 이내 모욕감과 수치심에서 얼굴이 빨개져가지고 무릎 위에 고개를 푹 묻어버리고 말았다.

그대로 죽은 듯이 황 여인은 오랫동안 움직이지 않았다.

주씨는 여인의 숱이 많고 검은 머리, 희고 매끈한 목, 부드러운 선의 어깨며 등이며 허리를 핥듯이 지켜보다가, 철이 철이라 해가 떨어지고 나니 차차 추위를 느꼈고 치마저고리에 스웨터만 입은 여자의 모양은 더욱 추워 보여서 씨는 살그머니 여자의 상반신을 끌어당겨 품에 꼭 안고 자기의 스프링코트 자락으로 감싸주었다. 여인은 눈을 감은 채 씨가 하는 대로 가만히 있었다.

"미안해요. 기분 나쁜 소릴 들려드려서."

주씨가 여인의 귀에 입을 대고 사과하듯 속삭였더니 여자는 가만히 고개를 모로 저어 보이고, 도로 얼굴을 남자의 가슴에 묻어버렸다.

두 사람은 반시간 이상이나 완전히 어두워질 때까지 말 한 마디 나누지 않고 그러고 있었다. 서로의 숨결 소리, 가슴 뛰는 소리, 체온까지도 계산할 수 있도록 또렷이 느껴졌다. 그 동안 그들은 그 이상의 어떤 격정적인 행동에도 흐르지 않았다. 그들은 그런 기질과 연령의 한 쌍이었다.

"어마, 벌써 완전히 어두워졌군요. 밤이 깊기 전에 돌아가야 해요."

갑자기 여인은 주씨의 품에서 몸을 일으켜 바로 앉았다.

"황 여사, 이젠 내게 거처를 가르쳐줘도 되지 않겠소?"

"안 돼요, 건."

"왜요? 이렇게 친밀해졌는데도."

"그러니까 더 안 돼요."

"어째서요?"

"우린 이 이상의 무슨 일이 있음 천벌을 받아요."

"천벌을?"

"그래요, 전 이 이상 이중 삼중의 과오를 계속할 순 없어요. 선생님과 이렇게 단둘이만의 꿈같은 시간을 갖는 거 오늘이 처음이고 마지막예요."

"그럼 앞으론 만나주시지도 않겠단 말씀입니까?"

"그저 서로의 행복을 빌며, 소식만 알고 지내요. 저의 애를 통해서요. 회사의 전화번호 알고 계신다죠?"

"행복을 빌며? 천만에요. 여사가 내 행복을 아무리 빌어봐도 난 결코 행복해지진 못할 겁니다. 여사의 그 살뜰한 손으로 내 가슴에 행복을 직접 안겨주기 전엔요."

7

"선생님은 가정으로 돌아가세요. 부인께서 극진히 보살펴드릴 거예요."

황 여인은 옷을 털고 일어섰다. 주씨도 따라 일어서서 여인과 나란히 발을 옮기며

"건 황 여사가 우리 부부간의 내막을 잘 모르니까 하는 말씀요. 만일 우리 부부생활에 부족함이 없다면 내가 미쳤다고 여사의 인품과 체온을 이렇게 그리워하겠소."

솔직히 털어놓았다.

여인은 밤바람이 쌀쌀한 어둠 속을 한동안 말없이 걷다가,

"얼마 전 군 묘지에서 헤어질 때 제가 선생님을 너무 가까이할 순 없다고, 그래선 안 된다고 했더니 왜 그러느냐 따져 물으셨죠? 그때 다음 번에 만나 뵙고 말씀드리겠다고 한 걸 기억하세요?"

"기억하구말구요. 그래 그 이유가 뭐죠? 나와 가까이해선 안 될 이유 말입니다."

"말씀드리겠어요. 전 선생님의 부인과 의형제의 인연을 맺었어요. 그러니까 제게 있어서 선생님은 언니의 남편예요. 김과의 욕된 과오가, 그 상처가 채 아물기도 전에 아무러기로서니, 언니의 남편과 또 다시 지나친 교제에 빠질 수 있겠어요? 전 그렇게까지 타락하고 싶진 않아요. 아시겠어요, 제 심정을?"

"만일, 만일 말입니다. 내가 단순한 난봉 기분이 아니라 우리들의 운명을 바꿀 수 있는 그 이상의 각오로 여사에게 접근한다면요?"

이런 말까지 나오게 된 자기 자신에 놀라며 주씨가 내놓은 말에,

"그건 더 안 돼요, 안 돼요."

황 여인은 무서운 말을 들은 듯이 머리를 내젓고 달음박질하듯 뛰어서 서너 걸음 앞섰다.

"왜 안 됩니까? 모든 정당한 절차와 수속을 걸쳐서 평화리에 우리가 결합할 수 있는 길을 연다면 그건 조금도 부도덕한 일은 아니지 않아요?"

“그러면 결국 전 마침내 언니의 남편까지 가로채고야 만 요녀가 돼버리게요. 무서워요, 생각만 해도.”

“의형제란 친혈육은 아니잖아요? 한때의 기분에서 의형제를 맺을 수도 있고 풀 수도 있는 거 아닙니까. 더구나 요즘은 거의 왕래를 끊다시피 한 사이에 뭐가 언니구, 어째서 형부예요?”

“그렇지만 전 지켜야 할 약속과 의리가 있어요.”

“약속? 무슨 약속인데요?”

“절대로 선생님과 깊은 관계에 빠지지 않기로 부인과 약속했어요.”

“흐음, 어째서 그런 우스운 약속을 다 하게 됐어요?”

“선생님은 아직 부인을 잘 모르시나 봐요. 부인은 좋은 사람이구 가엾은 분예요.”

이러고 계속하는 황 여인의 설명에 의하면 혜경 여사는 자기한테 정열을 쏟아줄 줄 모르는 남편에게 도리어 자극제가 될지도 모르는 일이므로 난봉을 묵인 혹은 권유조차 해온 터이나, 그러면서도 단순한 난봉 이상의 이성교제에만은 비상한 경계를 게을리 할 수 없었는데, 그것은 결국 부부생활의 파국을 가져올 위험이 따르기 때문이었다 한다. 그러한 혜경 여사로서, 황 여인과 보순을 대하는 남편의 태도에는 직감적으로 어떤 불안감을 느끼고 있다면서,

“진옥이, 나하구 약속해 줘. 그이와는 절대로 사건을 저지르지 않기로. 이 약속만 해준다면, 그 밖의 일엔 무슨 일이든 언니로서 협력을 아끼지 않을게.”

이래서 황 여인은 혜경 여사를 붙안고 울며 굳게 약속을 하였고, 접촉이 뜸한 요즘까지도 여사는 황 여인의 생활비와 학비를 부담해 주고 있다는 것이다.

8

"그럼 그 약속을 고지식하게 지키겠단 말씀입니까?"

"결국 그것이 서로를 위해 좋은 일이니까, 지켜야죠."

"만일 내가 혜경이와 합의이혼을 하구, 정식으로 여사에게 접근해 가두요? 그리고 여사 자신 나를 사랑하고 있다고 가정해두요?"

"전 아무도 사랑하지 않기로 했어요. 그럴 자격도 없는 여자니까요. 다만 앞으론 순희를 위해서 외로운 어머니의 슬프고 자랑스러운 위치에 돌아가기로 결심했어요."

"아무도 사랑하지 않기로 했다고요?"

황 여인은 대답하지 않았다. 두 사람은 한동안 말없이 걸었다.

어느새 김포가도에 올라서니 영등포 시가의 불빛에 그들의 얼굴은 희미하게 서로 알아볼 수 있었다. 여인은 한 걸음 앞서 전찻길 쪽으로 바삐 걸었다. 마치 어름어름하다가는 새로운 운명의 감탕에 빠져버리기나 할 것 같다는 듯이.

한편 주씨는 왜 그런지 무엇엔지 속은 것 같은 허전함에 분주히 따라 걸으며,

"아무도 사랑하지 않기로 했다지만, 여사는 반대로 지금 누굴 사랑하고 있는 것이 사실입니다."

미련에서 떼쓰듯이 지껄였다.

"아무도 사랑하고 있지 않아요, 전."

"그럼 오늘 왜 나를 만나서 여기까지 따라 나왔습니까?"

"약속을 이행하기 위해서예요. 만나뵙고 제 심정을 말씀드리겠다고 한."

"그것뿐입니까? 정말 단지 그뿐이었습니까?"

"그리고 저의 새 결심과 출발을 격려하고 축복해 주십사고 부탁드리려

구요."

"아닙니다, 그 밖에 딴 이유가 또 있었을 겁니다."

"그리고 선생님과 마지막 작별을 하려고요."

여인의 마지막 말은 울음을 삼키느라 얼버무려지고 말았다. 여자는 울고 있었나 보다. 아무러한 주씨로서도 가슴속이 확 달아오르지 않을 수 없었다.

"아닙니다, 거짓말입니다. 사실은 사랑을, 사랑을 고백하기 위해서였죠? 그렇죠?"

주씨가 여자의 앞을 막아서며 금세 부둥켜안을 듯한 자세로 재우쳐 물으니, 여인은 몸을 비키며,

"전 아무도 사랑하고 있지 않다니까요. 그런 무서운 걸 어떻게 생각해요."

울음 섞인 소리로 쏘아붙이듯 말하고, 미친 사람 모양 한길 쪽으로 내달리기 시작한 것이다.

"황 여사, 잠깐만, 황 여사……."

주씨는 그렇게 외치며 몇 걸음 쫓아가다 말고 그 자리에 우뚝 발을 멈추고 말았다. 때마침 서너 명의 행인이 걸음을 멈추고 서서 씨와 달려가고 있는 여인을 수상쩍게 번갈아보았고, 바로 10여 미터 저쪽은 번잡한 한길이었기 때문이었다.

씨가 멋쩍게 황 여인의 뒷모양을 지켜보며 잰걸음으로 다시 따라가기 시작하자 여인은 어느새 전찻길을 가로질러 건너더니, 막 섰다가 떠나려는 버스에 몸을 실어버리고 말았다. 씨는 하릴없이 그 자리에 멍청히 서서 보이지 않게 될 때까지 그 버스의 꽁무니만 바라보았다.

씨는 무안함과 쓸쓸하고 비참한 심경에서, 동병상련은 아니지만 저절로 김 청년이 생각났으므로 돌아오는 길에 청년의 처소에 들러보았더니, 그렇지 않아도 방금 씨를 찾아갔다가 섭섭히 돌아왔다면서 반가이 맞아주었다.

9

"왜 무슨 급한 일이라도 있었소? 우리 집엘 다 찾아가구."

"내일 아침차로 서울을 떠나려고요."

말을 듣고 주씨가 새삼스레 방 안을 들여다보니 정말 커다란 트렁크랑 보스턴백이랑 꾸려놓은 짐짝이 눈에 띄었다.

"그래, 시골루 아주 떠나는 거요?"

"네. 얼마 전에 농장을 사놓고 올라왔습니다. 이번 떠나면 언제 또 서울에 오게 될지 모르니까, 떠나기 전에 아저씰 한번 뵙고 가려고 찾아갔었죠."

이러고, 김 청년은 점퍼를 집어 걸치며 방을 나오더니,

"저녁 어떡하셨습니까?" 묻기에,

"집에 가서 먹어도 되지만 자네가 아직 식사 전이라면 같이 해도 좋지."

이러니까,

"오늘은 제가 대접하겠습니다."

청년은 앞장을 섰다.

언젠가 미스터 안과 갔던 일이 있는 음식집에 들어가 앉아서 불고기에 약주까지 시켜놓고 술이며 식사를 서로 권해 가며 그들은 제법 석별의 정을 나누었다.

"정말 아주 농사꾼이 돼버릴 생각이오?"

"네. 저 자신을 위해서나 인연 없는 부모형제들을 위해서도 그게 가장 좋을 것 같아 결심했습니다. 본시 농군이 되려고 농업학골 한데다가 도회지가 싫어지기도 했고요."

"부럽소. 나도 요즘은 골치 아프고 속상한 일만 겹쳐서 서울이 싫어졌소. 그러나 나야 어디 농사의 경험이나 지식이 있나, 그렇다고 넉넉한 자금이 있길 하나, 자네 같은 사람이 부러워요."

"정말로 시골에 내려오실 생각이 계시건 언제든지 오세요. 귀농자금이란 집만 파시면 충분하실 겁니다. 기술이라야 2, 3년 고생하면 다 해나가게 마련이니까요."

"고맙소. 정말 여기서 마땅한 직업을 가질 수 없을 바엔 봐가다가 그렇게라도 해야 할까 봐. 그땐 잘 좀 부탁해요."

"그 점은 걱정 마셔요. 내려만 오시면 저도 객지요 외로운 터라 물론 협력을 아끼지 않겠습니다. 그 동안엔 참말 여러 가지 일로 폐를 많이 끼쳤습니다."

청년은 새삼스럽게 머리를 숙였다.

이러면서 식사와 술을 끝내고 자리를 일어설 무렵이 되어서다. 청년은 갑자기 엄숙한 표정으로,

"아저씬, 정말 황 여사와 아무 일도 없으신가요?"

엉뚱한 말을 물은 것이다.

"일이 있긴 무슨 일이 있겠소. 별안간 또 왜 물어요?"

"끝내 저와의 결혼을 거절하는 이율 알 수가 없어 그래요. 황 여살 데리고 못 가는 것이 단 하나의 한이요 미련입니다."

주씨도 모르는 새에 엄숙해져서,

"들리는 말에 의하면, 황 여산 결혼이고 사랑이고 뭐고 이성관계는 완전히 떠나서 살려는 모양이더군요. 아마도 딸에 대한 자책도 겹쳐서, 딸을 위해 어머니로서만 깨끗이 여생을 마치겠다고 한대요. 여사는 그것만이 군과의 과오를 청산할 수 있는 유일한 길이라고 믿는 탓이겠죠."

청년은 한숨을 내쉬고, 황 여사를 만나면 자기와의 결혼을 잘 권해 달라기에, 왜 그렇게 단념 못하느냐니까,

"헤어져 생각할수록 좋은 여자예요."

청년은 이러고 자리를 일어섰는데, 그 말이 두고두고 뇌리에서 사라지지 않을 뿐 아니라 주씨 자신 황 여인의 그토록 매혹적인 영혼과 육체의 비밀에

기어이 접해 보고 싶은 야심이 끓어올랐다.

10

그러나 씨는 황 여인의 일에만 정신이 팔려 있을 순 없었다.

디름 아닌 보순의 문제 또한 간단한 일이 아니었는데, 그에 엉뚱한 사정으로 번져버리고야 만 것이다.

이튿날 아침 주씨가 서울역에 나가 김 청년을 전송하고 돌아오니 보순이 다음과 같은 편지를 남겨놓고 없어진 것이다.

아저씨, 아저씨, 그 동안 괴롬 많이 끼쳤어요. 어떤 땐 괜히 심술이 나서 아저씰 자꾸만 괴롭혀드리고 싶었어요. 그러노라니 저는 행복하기도 하고 슬프기도 했어요. 죽어서도 아저씨 은혜, 아저씨 생각은 못 잊겠어요. 아주머니와 재미있게 오래오래 사세요.

아저씨, 정말 저 자신도 모르겠어요. 왜 이렇게 되고 말았는지 저도 정말 모르겠어요. 지금 와서 안 선생을 미워해도 소용없어요. 그 사람은 냉정한 사람이니까 회개하지 않을 거예요. 결국 저 자신이 어리석었어요. 안 선생을 자꾸만 아저씨처럼 생각했던 거예요. 안 선생과 둘이만 있을 때는 꼭 아저씨와 둘이 있는 것 같았고, 안 선생 말을 들을 땐 꼭 아저씨 말씀을 듣고 있는 것 같았어요. 그러나 안 선생은 아저씬 아니었어요. 남이에요. 아저씬 제 맘을 하나도 모르셔요. 모르는 체하셨어요. 너무해요.

그렇지만 이젠 모두 다 지나간 일예요. 아무리 생각을 해도, 안타까워해도, 울어보아도 다 소용없어요. 아저씨 핏줄이 아닌걸요. 무서워요. 전 더 살 수 없어요. 이게 만일 아저씨 핏줄이라면, 정말 그렇기만 하다면 아주머니가 내쫓으면 먼 외딴 산골에 가서 저 혼자라도 아기하고 살겠어요. 그렇지만 인젠 죽는 길밖에 없어요. 아저씨, 용서하세요. 오늘 저녁부터 아저씨 시중 누가 들어드려요. 그리고 광숙이, 우리 가엾은 광숙이 누가 보살펴줘요. 차라리 광숙이까지 데리고 가려다 차마 그럴 수 없어서 혼자 가요. 광숙인 삼정학원에 낯선 손님들이 자꾸 찾아와서 싫어해요. 그래서 요즘은 방에만 꾹 들어박힌 채 밖에 한번 나오려면 문틈으로 내다보다가 아무도 없을 때에만 몰래 나왔다가 들어가곤 해요. 광숙일 생각해서 삼정학원에 낯선 사람 오지 못하게 하시고 삼정학원 딴 데로 이사가게 하세요. 아저씨 그럼 광숙이 잘 보살피며, 오래오래 몸 건강히 사세요.

보순 마지막 올림

주씨는 중간쯤 읽어 내려가면서부터 안색이 질리고 손이 부들부들 떨렸다. 끝까지 대충 훑어보고 난 주씨는,

"여보, 여보!"

소리쳐 혜경 여사를 불렀다.

사무실에서 손님을 대하고 있다가, 무슨 일인가 싶어 마지못해 나와서 보는 여사에게,

"보순이 그예 나갔어. 편질 써놓구 나갔어."

씨는 급해서 무슨 말부터 어떻게 해야 좋을지 몰랐다.

"나가다니요?"

"죽으러 갔어, 죽으러!"

비교적 태평한 혜경 여사도 이 말에는 대뜸 얼굴이 파래졌다.

"설마, 어디 딴 집이나 고향에라도 내려갔겠죠."

"정신없는 소리 좀 말아."

그래도 여사는 재빨리 보순의 소지품들을 조사해 보고 나서,

"정말 아무것도 안 갖고 입은 채로 나간 걸 보니 수상하군요. 얼른 경찰에 수색해야죠."

쩔쩔매면서 어쩔 줄을 몰랐다.

"경찰두 경찰이구, 급히 나가 찾아봐요. 우선 한강을 고루 뒤져봐야 할 거야."

그들 내외는 정신없이 집을 뛰쳐나갔다.

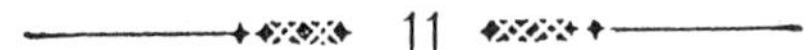

11

주인갑 씨는 앞장서 언덕길을 달려 내려가다가,

"당신은 그럼 파출소에 수색을 의뢰해 놓고, 인도교 아래쪽을 찾아봐요. 난 위로 올라가며 찾아볼 테니."

뒤쫓아오는 아내에게 소리치고 한강변으로 뛰어 내려갔다.

씨는 우선 인도교 부근에서부터 흑석동 쪽 강변을 더듬어 올라가기 시작했다. 날씨는 찌뿌드드하게 흐리면서 추웠다. 바람이 있어서 물결도 제법 세었다. 강변에는 거의 사람의 그림자라고는 없었다.

물에 투신하는 사람은 대개 신발을 가지런히 벗어놓는다든지, 무슨 표를 남기는 일이 보통이라는 기억에서 주씨는 어떤 흔적이라도 없나 싶어 험한 강기슭을 연방 두리번거리며 국군묘지 앞까지 거의 올라가보았으나 아무런 단서도 잡지 못했다.

그래서 씨는 곧장 버스길로 뛰어올라가 합승을 타고 인도교 건너에서 내려가지고 이번엔 용산 쪽 강기슭의 모래밭을 다시 더듬어 올라가본 것이다.

그러나 반달 섬 근처까지 가보았지만 아무런 흔적도 발견할 수 없었다.

씨는 견딜 수 없는 불안감에서 발길을 돌려 한강을 끼고 도로 철교 밑까지 거의 내려갔다가, 실신한 사람 모양 허둥지둥 되돌아 올라올 때였다.

"아저씨, 아저씨!"

하고, 부르는 소리가 나서 걸음을 멈추고 바라보니, 미스터 안이 손을 흔들며 뛰어오고 있었다.

"아저씨, 안심하세요. 보순인 무사히 구조되었습니다."

주씨 앞에 다다른 안은 헐떡거리며 우선 이렇게 씨를 안심시켜 주었다.

"정말이오?"

"정말 아니구요. 여사가 신고하러 파출소엘 들르니까, 보순이 막 구조되어 보홀 받고 있더래요. 그래서 집에 데려다 눕혀놓았습니다."

설명을 들어보니 그 경위는 이러했다.

보순은 집을 나오는 길로 마지막으로 광숙을 한 번만 보고 싶어 모르는 새에 학교를 찾아갔더니 마침 쉬는 시간이라 쉽게 광숙을 만날 수 있어 외딴 데로 데리고 가서 껴안고 실컷 울었다. 어리둥절한 광숙은 같이 울먹거리면서도 이유를 캐물었고 보순은 정신없이 다시는 영 만날 수 없을 테니 아버지 모시고 부디 잘살라는 말을 자꾸만 중얼거렸던 모양이다.

보순이와 헤어져 걱정스레 교실로 돌아가던 광숙은, 한강에라도 빠져 죽고 싶다면서 '내가 죽으면 광숙인 어떡할래' 그러고는 울곤 하던 보순의 일이 생각나서 울컥 겁이 치솟아 담임선생님에게 달려가, 우리 보순이 언니가 한강에 빠져 죽으러 나갔다고 소리치며 발을 구르고 울기 시작했다.

이래서 사유를 캐묻고 난 선생이 남한강 파출소에 전화를 걸었고, 전화를 받은 경찰관이 한강변을 감시하다가 물가를 어릿거리고 있는 보순을 발견하고 파출소로 연행하려 하니까, 따라오는 체하다 말고 보순은 번개같이 몸을 날려 강물에 뛰어들었으나 즉석에서 구조되었다는 것이다.

이런 설명을 들으며 맥없이 걷고 있던 주씨는 발을 멈추고 안 청년의 얼굴을 쳐다보며,

"이런 소동이 대체 누구 때문에 생겼는지 아오?"

비난조로 물었다.

그랬더니 안은 히죽이 웃으면서

"말하자면 저두 보순에 대한 공범이란 말씀이죠?"

너무나 엉뚱한 반문을 던져온 것이다.

"그게 무슨 소리요? 공범이라니."

"결국 아저씨와 저는 보순을 저렇게 만든 공범이란 질문이 아니냐는 말씀입니다."

기가 막히는 대답이었다.

12

"자넨 마침내 보순을 저 지경으로 만들어놓고도, 양심의 가책은 고사하고 그 책임을 내게까지 뒤집어씌우려는 건가. 사람이 그렇게 뻔뻔할 수가 있어."

주씨는 참을 수 없을 만큼 슬그머니 화가 치밀어 올랐다.

"괜히 흥분하지 마세요, 아저씨. 제 앞에서까지 체몰 세우실 필요가 없으니, 숨기려 애쓰지 않아도 좋습니다. 전 그런 것쯤 충분히 이해하는 사람이니까요."

"내가 뭣을 숨기고 자네가 뭣을 이해한다는 거야?"

"아저씨와 보순이와의 보통이 아닌 관계는 주위가 다 아는 공공연한 비밀인데, 뭘 그러세요."

"뭣이 어째?"

"아, 왜 글쎄 화만 자꾸 내세요. 아, 계집애 하나하고 간통한 게 뭐가 그리 큰 사건이라고 펄펄 뛰세요."

"야, 이놈아. 보순인 내 딸이나 동생 같은 애다. 양복이다 구두다 하구 그 철없는 앨 교묘한 수법으로 꾀어내가지고서 그예 임신까지 시켜놓고 한다는 그 수작이 뭐냐. 내가 그 애와 어쨌다구? 이런 세상에 날도둑놈 같은 놈이 있어."

"아저씨가 보순일 건드리고 쩔쩔매는 현장을 목격한 사람이 있는데 왜 이러세요. 그러고도 보순일 마치 제가 임신시킨 것처럼 뒤집어씌우시지만, 실상 그게 뉘 새낀지 알 게 뭐예요. 저도 건드리긴 했지만 아저씨에 비하면 새치기 정도였어요. 그러니 그게 아저씨 핏줄이 아니라고 누가 보증하느냐 말씀예요."

"야, 이놈아!"

주인갑 씨는 눈이 뒤집혀 정신없이 미스터 안의 뺨을 후려치고 나서,

"네가 그래 사람이야. 이 천하의 악질 불한당 같은 놈아. 네 눈엔 사람도 안 보이느냐, 사람도……."

덤벼들며 악을 썼다.

미스터 안은 어처구니가 없다는 듯이 웃고, 두 손으로 주씨 양쪽 팔을 꽉 쥐고 공격을 막으면서,

"아, 글쎄 왜 이러세요. 돌았어요, 갑자기. 아, 그게 누구의 씨든 수술만 해 버리면 감쪽같이 해결될 일인데, 그년은 철이 없어 그랬지만 아저씨까지 왜 이렇게 발광을 하시는 거예요."

도리어 나무라듯이 하는 것이었다.

"야, 이놈아. 내가 미쳤다 미쳤어. 사람 같지 않은 너 같은 놈에게 내가 이런 모욕을 당하고 참을 수 있느냐."

"참을 수 없으면 어떡하시겠다는 겁니까?"

"네 상판대기나 주둥아릴 그냥 두지 않을 테다. 그렇잖거든 네놈은 주먹이 세서 사람을 잘 치니까 아예 날 쳐 죽여라, 쳐 죽여."

주씨는 악을 악을 쓰며 대들었으나, 철봉과 철판 같은 안의 사지와 가슴팍은 꿈쩍도 하지 않고 도리어 이쪽의 기운만 빠져버렸다.

"이걸 그저 혜경이만 아니라면……."

미스터 안이 이를 갈기에

"동정 말고 어서 맘대로 죽이라, 죽여, 이놈아."

주씨는 지쳐서 입으로만 악을 썼더니 할 수 없다는 듯이 안은 다시 웃고, 어린애를 상대하듯 가볍게 다루면서,

"아저씨, 그럼 보순이가 밴 애를 제 씨라고 해둡시다. 그러니 어서 진정하고 집에 돌아가세요. 보순이 누워서 헛소리로 아저씨만 부르고 있으니 어서 가 봐주세요."

흡사 어른이 아랫사람을 달래듯 해놓고, 휭하니 중지도(中之島)의 한길로 달려올라 가더니 지나가는 택시를 잡아타고 시내로 들어가버리는 것이었다.

주씨는 지쳐 쓰러지듯 그 자리에 주저앉아버리고 말았다.

13

씨가 흥분을 가라앉히고 집에 돌아와보니, 오래 쌓여온 피로와 충격의 탓인지 보순은 깊이 잠들어 있었다.

그리고 혜경 여사를 비롯해서 미스 윤, 미스 조는 이번 사건의 책임이 주

씨에게 있다는 듯한 시선으로 씨를 바라보며 묘한 웃음들을 지었다. 보순을 유린한 장본인인 미스터 안조차도 그 자신보다 도리어 주씨 쪽이 보순을 더 많이 농락해 온 것이라고 믿고 있을 정도니, 그들 세 여성이 그리 한눈으로 주씨를 바라보는 것도 결코 무리한 일은 아니었다.

주씨는 너무나 초라하고 억울한 자신의 모습과 입장을 새삼 느꼈다. 물론 변명을, 변명이 아니라 진실로 보순이와는 결코 불순한 관계가 없다는 사실을 씨는 얼마든지 언명할 수는 있을 것이다. 그러나 아무리 씨가 얘기해 보았자, 삼정학원 간부들은 단순한 변명으로 들어 넘길 뿐 곧이 믿어주지 않을 것이 뻔하다.

하기는 보순이더러도, 주씨와는 아무런 관계도 없었다는 사실을 그들 앞에서 밝히라고 할 수 있긴 하지만, 이 역시 주씨의 사주에 의해 주씨의 체모를 세워주기 위한 허위진술로밖에는 해석하지 않을 것이다.

그렇지만 그보다도 더 문제되는 것은 보순의 심리적 태도였다. 양복과 구두사건 때만 해도 주씨가 해준 것이 아니라고 딱 잘라 사실을 사실대로 밝혀준 것이 아니라 주씨의 입장에 더욱 불리한 언동을 보였던 데다가 이번에 써놓고 나갔던 유서의 미묘한 내용으로 미루어서도 만일 뱃속에 든 애의 아버지가 누구냐고 대놓고 따진다면 엉뚱하게도 주씨라고 대답할지도 모른다는 예감이 씨에게는 들었던 것이다.

생각하면 생각할수록 이처럼 어이없고 기가 막히고 억울한 날벼락은 없다.

그러나 그러한 보순이 밉지가 않고, 미워할 수 없는 것은 어인 까닭일까. 도리어 주씨를 덮어놓고 의심하는 혜경 여사와 삼정학원의 딴 간부들에겐 심한 반발과 증오를 느끼면서도, 정작 엉뚱하게도 모호한 태도와 허위진술로 주씨를 곤경에 몰아넣은 또는 몰아넣을 수 있는 보순을 씨는 조금도 증오하지 않고 또 증오하고 싶지 않다는 것은 어쩐 탓일까.

씨 자신 이러한 자신의 심리를 석연히 해석할 수가 없었다.

이번 사건으로는 아무리 태평한 혜경 여사도 상당한 타격을 입은 듯 해쓱해진 그 얼굴에는 역력히 침울한 피로의 기색이 엿보였다.

주씨가 들어오자 삼정학원 간부들은 곧 외출준비를 갖추고 미스 조가 주씨 앞에 나타나,

"이번 일로 남 여사가 입은 타격은 이루 말할 수 없을 거예요. 그래서 마침 미스터 안에게서 방금 전화도 왔기에 여사를 위로하기 위한 회식과 유흥을 갖기 위해 같이들 나갔다 오겠어요."

어이없는 말을 하기에,

"정작 애매한 타격을 입은 사람은 나요. 위로를 받아야 할 사람은 나란 말야."

부지중 내쏘듯이 했더니 미스 조는 태연히 웃으며

"아, 아저씨에겐 보순이가 있잖아요. 저렇게 무사히 살아난 것만도 얼마나 다행예요. 좀 있음 잠을 깰 테니 두 분이 감격적인 재회를 하시고, 사후 수습책이라도 의논하세요."

놀리듯 말하고, 돌아서서 나가버린 것이다.

그러자 정말 애들 방에서

"언니 잠 깼어? 살아났어, 언니?"

걱정스럽게 지키고 앉았던 광숙이 반가워 묻는 것으로 보아, 보순이 눈을 뜬 모양이었다.

14

"아버지, 언니 살아났어요, 살아났어요."

광숙이 호들갑스럽게 소리를 지르는 바람에, 주인갑 씨는 일어서서 그 방으로 가보았다.

보순은 아직도 창백한 얼굴로 상반신을 일으키고 앉아서 머리를 쓰다듬어 올리다가 주씨를 보자 당황히 고개를 숙여버렸다.

"일어나도 괜찮으냐?"

"네."

보순은 들릴락 말락한 소리로 겨우 대답했다.

"무리하지 말고 피곤하면 어서 더 드러누워 있어."

다정하게 일러준 다음 씨는 더 딴 말을 하지 않고 돌아서서 그 방을 나와버렸다.

주씨도 피로해서 안방 아랫목에 방석을 접어 베고 잠시 누워 쉬노라니까, 부엌에서 그릇소리가 나기에 내다보니 보순이 나와서 저녁준비를 하려는 모양이었다.

"저녁 하려구?"

"네."

"벌써 시간이 그렇게 됐나. 하긴 점심을 굶었더니 배가 고프구나. 그럼 너도 시장할 테고 기운도 없을 테니 귀찮게 저녁을 하지 말고 시켜다 먹자. 아주머닌 삼정학원 간부들이랑 밖에서 저녁 먹고 늦게야 돌아올 모양이니까 우리도 뭐 좀 기름진 요릴 시켜다 먹어야겠다."

이러고 주씨는 벌떡 일어서며,

"내 나갔다 오지. 주전자에 물이나 끓여놓고 기다려."

분주히 고무신을 주워 꿰고 뜰로 내려서니까 보순이 따라서 나오며,

"제가 다녀올게요."

하는 걸,

"아니다, 또 풍덩하려구."

농담으로 물리치고 나서,

"아저씬 아무것도 너한테 묻지 않겠다. 지난 일은 다 용서해 주마. 그 대신 앞으론 무슨 일이든 아저씨와 의논해서 신중히 해야지, 함부로 철없는 짓을 해선 안 돼."

엄격히, 그러나 정이 스미게 타이르고 대문을 나섰다.

그날 저녁, 그들 세 사람도 통닭튀김, 해삼탕, 탕수육 등 중국요리로 오래간만에 오붓한 식사시간을 가졌다.

이튿날 아침, 주씨는 망설이던 끝에,

"여보, 보순이 일을 어떡하지. 안더러 비용을 내래서 수술이라도 얼른 해야 할 게 아냐?"

혜경 여사에게 말을 걸었더니,

"건 순전히 당신이 책임질 일이라던데요. 그러니 당신이 알아서 하시구려. 낙탤 시키든 아들을 보고 싶건 순산을 시키시든."

예상대로 상대도 해주려 하지 않기에,

"이봐, 당신의 태도가 돼먹지 않았어. 딴 사람의 말만 듣구, 남편을 어디까지나 의심하고 들자는 거야? 그게 아내로서의 태도야!"

주씨는 참다 못해 사납게 쏘아주었지만,

"전 남의 말을 듣고 당신을 의심하는 게 아니에요. 여러 가지 객관적 사정을 종합해 본 제 심중에서 판단을 내린 거예요. 의심받는 게 싫거든 왜 의심받을 짓을 하셨어요?"

여사는 침착한 말로 반박하고 냉소조의 미소를 흘리며 사무실로 나가버린 것이다.

이 이상 주씨는 혜경 여사는 물론 미스터 안이나 그 밖의 삼정학원 간부들을 정면으로 상대하고 싶지 않았다. 마침내 질리고 지쳐버리고 만 것이다.

할 수 없이 씨는 다음 날 자신이 직접 보순을 데리고, 친구에게 소개받은 어느 산부인과를 찾아갔다. 의사와 간호원은 노골적으로 주씨를 경멸하는 눈치를 보였다.

15

그러면서도 친구의 소개가 있는 탓인지 의사는 아무 말도 묻지 않고 수술을 맡아주었다.

생각했던 것보다도 수술은 간단히 끝났다. 수술은 40분쯤 누워 있다가 보순은 아무렇지도 않다면서 갑갑한 듯이 일어나 나가자고 했다.

두 사람은 오버를 벗겨 입고 거리로 나섰다.

"피곤하지 않으냐?"

"아뇨."

"그럼 슬슬 좀 걸을까, 합승 정류장까지."

"네."

전차나 버스정류장은 고대지만, 합승을 타려면 상당히 거리가 있었다.

그들은 쇼윈도에 크리스마스트리가 더러 눈에 뜨이는 서울의 낮거리를 나란히 걸었다.

한동안 말없이 발을 옮기다가,

"아저씨."

보순이 조심히 먼저 입을 열었다.

"왜?"

"아저씬, 제가 밉죠?"

"밉지, 그럼. 네가 아저씰 미워하듯."

“어마, 제가 왜 아저씰 미워해요.”

“밉지 않으면. 왜 그렇게 망신을 시키구 속을 푹푹 썩이는 거냐?”

보순은 잠시 대답을 않고 걷다가,

“모르겠어요, 저도.”

혼자 중얼거리듯 하고 이어서,

“아저씨가 저 때문에 걱정을 하시고 속을 썩이는 걸 보면 미안하면서도 왜 그런지 기뻐요.”

오래 숨거온 범죄를 자백하듯이 보순은 겨우 알아들을 소리로 소곤거렸다.

“남을 골탕 먹이고 좋아하는 년이 어디 있어. 앞으론 사정없이 조그만 일에도 막 야단을 칠 테니 그리 알아.”

이러면서도 보순의 그 말은 왜 그런지 씨의 가슴 깊이 남았다.

“그래도 절 오래 데리고 있어주시겠어요?”

“아쉬우니까 할 수 없지.”

“그래도 아주머니가 절 그냥 안 두실 거예요.”

그러고 보순은 가만히 한숨을 쉬었다.

주씨와 혜경 여사 사이에 고조된 냉전이 해소되지 않는 한 그 점은 충분히 문제가 되는 일이라 씨도 성큼 대꾸를 하지 못했다.

노량진행 합승에 나란히 올라앉아서다.

“집을 아예 팔아버리시면 어때요?”

보순이 조심스레 또 엉뚱한 말을 꺼낸 것이다.

“집을?”

“네.”

“왜?”

“언제까지나 삼정학원 사람들과 저러고 같이 계실 수도 없잖아요?”

“그렇지만 언제고 저쪽에서 나갈 테지.”

"전혀 나갈 꿈도 안 꾸던데요. 도리어 우리 집을 물려받을 궁리던데요."

"무슨 소릴 들었니?"

"우리 집 옆산을 불하받아 가지고 까뭉개서 삼정 공업기술학교를 세운대요. 우리 집을 삼정학원 본부 사무실이나 이사장 사택으로 쓰고요."

"흐음. 역시 그자들이 꾸며낼 음모군. 하지만 풍치지구니까 우리 집 옆산도 불하가 안 될 거구, 나도 그들에겐 집을 넘겨주지 않을걸."

"그래도 유력한 사람을 내세워 불하운동을 하는 모양인데, 가망이 있는 것처럼 얘기들 해요."

만일 그게 사실이라면 정말 큰일이다.

주씨네 집 담을 경계선으로 한 옆산은 시유진데, 그들이라면 어떤 교묘한 수단을 써서도 불하를 받을지 모르는 일이요, 그리 되면 주씨는 그들의 직접 간접의 압력에 눌려 배겨날 도리가 없을 것이 거의 뻔하기 때문이다.

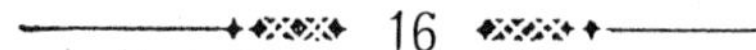

16

"집 문제가 났을 때, 아주머닌 뭐라고 그래?"

"암 말씀도 안 하셔요. 아저씨 얘기나 집 얘기만 나오면 아줌만 입 다물고 가만 계세요."

결국 남편이나 남편의 집 문제에 대해서까지, 딴 간부들과 한통속이 되어 장단을 맞추며 공동보조를 취할 만큼 못된 혜경 여사는 아닌 것이다. 역시 그 점은 씨도 믿는 터이다. 그러나 지금은 어엿이 삼정학원 간부로 있는 여사로서는 주씨의 비협조적인, 아니 도리어 반발적인 태도와 집 문제에 한해서만은 딴 간부들과 함께 적극적으로 논의하지 못하고 방관적인 자세를 취하지 않으면 안 되는 자신의 입장이 무척 괴로울 것이다.

그러한 혜경 여사가 과연 본심으로는 남편과 삼정학원의 그 어느 쪽에 더 큰 공감의 비중을 두고 있는지는 주씨로서도 퍽 궁금한 일이요 따라서 그들 부부의 운명에 영향을 미칠 중대한 문제이기도 한 것이다.

마침내 그러한 여사의 본심을 재보고, 중대한 문제를 판가름할 시기는 오고야 만 것이다. 겨울 날씨답지 않게 따뜻한 어느 날 삼정학원은 측량사를 불러, 불하 교섭 중에 있는 주씨네 집 옆의 산 일대의 실제 간격과 경계선 확인측량에 착수한 것이다. 그 결과, 주씨네 집과의 경계선이 의외에도 주씨네 집 한쪽 벽을 스치고 지나갔으며, 따라서 그쪽 뜰은 온통 저쪽 땅을 침범하고 있음이 발견된 것이다.

입회했던 주씨는 몹시 입맛이 썼고, 반대로 삼정학원 간부들은 연방 저희끼리 무어라 수군거리는 꼴이 내심 은근히 잘됐다고 벼르는 눈치였다.

한편 혜경 여사는 주씨와 삼정학원 간부의 어느 편에도 접근하지 않고 혼자 어릿거리며, 그 잘 웃는 유들유들한 미소도 짓지 못한 채 자못 심각한 표정이었다.

그날 밤 늦게 사무실에서 회의를 마치고 나온 혜경 여사는 주씨의 침실에 나타났다. 얼마 전부터 그들 내외는 누가 먼저 그랬는지도 모르게 각기 딴 방에서 자는 사이였던 터라, 펴놓은 이불 위에 앉아서 담배를 피우며 골치 아픈 일들을 생각하고 있던 주씨는 의아한 눈으로 들어서는 아내를 쳐다보았다.

"좀 의논할 일이 있어요."

여사는 변명하듯 말하고, 남편과는 떨어진 자리에 앉았다.

"뭔데?"

주씨의 반문은 냉담한 느낌을 풍겼다.

"이 집 문젠데요. 어떡하시겠어요?"

"어떡하다니?"

"그냥 이 집을 지키고 사시려는지, 그렇지 않으면 시끄럽고 하니 이 기회에 아예 팔아넘기시려는지, 당신의 의중을 알고 싶어서요."

마음 같아서는 건 알아 뭘 할 테냐고 쏘아붙이고 싶었지만 본시 모든 재산과 기타의 권리에 있어서도 그렇듯이 이 집에 있어서도 반의 권리는 여사에게 있었고, 그처럼 모든 책임과 권리의 공평한 공동부담과 행사를 원칙으로 살아온 그들 부부이고 보니, 주씨는 차마 그렇게 내쏠 수는 없었다.

"이 기회라니?"

"당신만 승낙하시면, 삼정학원에서 적당한 시가에 인수하겠다니까요."

"만일 내가 팔지 않고 끝까지 버티면?"

혜경 여사는 잠시 입을 다물고 있다가,

"무슨 수단과 방법을 써서든지 기어이 차지하고 만대요."

여사답지 않게 한숨을 내쉬었다.

"불한당들 같으니. 그래서 당신은 뭐라고 했소?"

17

"제가 뭐라고 하겠어요. 입이 있어도 다물고 가만있을 수밖에요."

"당신 남편의 집이, 따라서 당신의 집이 음모단에 걸려 헐값에 날아나려 해도 말 한마디 못하고 가만있는 당신은 대체 무슨 심보지?"

"걸핏하면 당신은 음모단이니 사기단이니 하지만, 그렇게 감정적으로만 대하시는 건 좁은 소견이에요. 삼정학원은 당신이 생각하는 이상으로 확고부동한 기초를 마련하고 눈부신 발전이 약속되어 있어요. 다만 주주 제2호를 우려내지 못한 것이 실수였지만, 그 구멍을 메우고도 남을 만큼 주주 제5호가 대금을 던져왔고, 각계에 교제 넓기로 이름난 제3호인 장 박사가 이사회 회장에 취임하면서 또한 적지 않은 기부를 더해 왔어요. 게다가 제6호 방 교수가 명예이사로서 정식 인가와 기타 모든 교섭에 발 벗고 나서줘서 삼정학원은 예정 이상의 다대 성과를 거두고 있는 거예요."

혜경 여사의 말에 의하면, 삼정학원은 내년 해동기에 들어서기만 하면 지방에 '농업 고등기술학교' 서울엔 '공업 고등기술학교'의 3층 철근 콘크리트 교사 건립에 착공할 만반 준비를 갖추고 있으며, 동시에 양교는 학생을 모집해 가지고 임시교사에서 수업을 개시할 것이라고 한다.

"훙, 그렇게 척척 잘될 줄 알아?"

"그렇지만 그렇게 척척 되어온 걸 어떡해요. 벌써 다 돼 있어요. 날이 추워 그렇지 날만 풀리면 당장에라도 착수할 수 있다니까요."

"그러나 두고봐요. 아 주주 1호니 5호니 3호니 하는 자들은 모두 병신인 줄 알아? 사회의 쟁쟁한 활동가로 뛰고 나는 그들이 그래, 그 새파란 애들에게 괜히 협력하는 체하겠어? 그 다 제 속궁리들이 있어 그러는 거야. 이제 두고봐, 대번에 송두리째 그들에게 먹혀버리고 말 테니. 더구나 이사장이 딴 사람이라면서."

"삼정학원 간부들은 나인 어려두 뭐 바지저고린 줄 아세요? 그래서 당신은 사람을 보는 눈이 없다는 거예요. 결국 주주들이나 이쪽이나 서로 수지맞는 이용을 하자는 거예요. 수지타산을 떠나서 움직이지들 않는단 말씀에요. 이사장만 해도 단순히 대외적 위신과 교제를 위해서 형식적으로 장 박사를 갖다 앉힌 거구, 실권은 엄연히 부이사장인 미스 윤의 손아귀에 있다는 걸 아셔야 해요."

"그러니까 당신은 그들과 한통속이 되어가지고 집 한 칸 남은 것마저 그들에게 똥값에 넘겨주자는 거요?"

"똥값은 왜 똥값이에요. 제값 다 받죠. 그럼 당신은 삼정학원 간부들과 맞서서 이겨낼 자신이 계세요? 괜히 실컷 애만 먹다가 그야말로 말도 안 되는 헐값에 매수당하느니, 아예 지금 순순히 팔아넘김으로써 생색도 내고 한편 그걸 밑천으로 친구분과 합자해서 다시 조그만 사업이라도 벌이시는 게 결국 당신을 위해서도 이롭고 현명한 상책이 아니겠느냐 하는 말예요. 안 그래요?"

듣고 보면 딴은 그른 얘기는 아니다.

그러나 주씨에게도 감정이 있다. 그들에게서 지금까지 받아온 정신적 피해를 망각하고 비굴하게 응할 순 없는 것이다.

"내 걱정일랑 말아. 앞으론 생활비나 용돈을 당신의 동정에 의존하지 않을 테니. 그리고 분명히 말해 두지. 이 집은 차라리 불을 질러버릴망정 사기 음모단 같은 삼정학원엔 못 팔겠단 말이야."

혜경 여사는 난처한 표정으로 말없이 남편을 바라볼 뿐이었다. 이로써 타협의 여지는 완전히 사라지고 말았다.

그러나 주씨에게도 어떤 생각은 있었던 것이다.

18

며칠 전에 주씨는 김춘택 사장과 점심을 같이하며 여러 가지 이야기를 나눈 일이 있었다.

그날도 역시 젊은 비서가 찾아와서 사장이 지금 저 아래 한길에 와 있는데 미스 윤 일당을 만날까 봐 여기까지 올라오지는 못하고 차 안에서 기다리고 있다면서 꼭 한 번 만나달라고 사정하듯 조르기에, 이 이상 비싸게 버틸 수도 없었고 한편 이번엔 또 어떤 조건의 부득이한 호의를 베풀려는가도 궁금해서 씨는 청년 비서를 따라 내려가보았던 것이다.

고급 승용차 안에서 기다리고 있던 김 사장은 주씨를 보자 뛰어내리듯이 하여 손을 잡아끌다시피 차에 태우고 그 자신도 옆자리에 올라탔다.

그 길로 씨는 이런 데 이런 깨끗하고 조용한 고급 요정이 있었나 싶을 정도의 장소에 안내되어, 김 사장과 단둘이 점심을 먹으며 한 시간 가까이 서로 허심탄회하게 이야기를 나눌 수 있었던 것이다.

그 자리에서 김 사장은 주씨의 순수한 호의를 모르고, 또한 자기가 믿어온 장남이 몰래 그런 짓을 하리라고는 꿈에도 몰랐으므로, 모처럼 호의에서 충고해 주러 온 주씨에게 노여움을 사게 해서 무어라 사과해야 좋을지 모르겠다면서 진심에서 사과하는 태도를 보였다.

그래서,

"사실은 사장님에 대한 호의에서보다도, 미스 윤 일당에 대한 보복심에서였습니다."

주씨가 솔직한 고백을 하고 웃었더니,

"비서 얘길 들으니 주 선생도 골치 아픈 일이 많다고 하시던데, 미스 윤 일파에게 피해라도 입고 계십니까, 보복을 생각하실 만큼?"

김 사장도 흥미를 갖고 물어왔다.

주씨는 삼정학원 간부들과의 지금까지의 관계를 죽 설명한 다음,

"어떻게 해야 좋을지 아직도 걱정입니다."

이마를 찌푸려 보이니까 김 사장은 천천히 고개를 끄덕끄덕하다가,

"만일 제가 도와드릴 수 있는 일만 있다면, 보답의 뜻에서 이번엔 제 쪽에서 무엇이든 협력해 드리겠습니다."

자진해서 이런 언약을 주고 나서, 사실 자기는 50이 넘은 오늘날까지 누구에게 꼬리를 밟혀본 일이 없는 사람이지만, 어쩌다 주 선생이 내 개인과

가문의 약점을 꿰고 들게 됐으니, 솔직히 말해서 주 선생의 입을 막기 위해서도 자기는 얼마든지 충분한 '인사' 를 차릴 용의가 있으되, 주 선생이 너무나 청렴결백하고 꼿꼿한 분인 모양이라 자존심에 상처를 줄 방법은 더 취하지 않을 터인즉, 금전으로 해결이 될 수 있는 일이라면 언제 얼마든지 서슴지 말고 의논해 주면 도리어 자기로선 안심이 되고 기쁘겠다는 말을 간곡히 했던 것이다.

주씨는 그 생각이 나서 김 사장을 찾아가, 필요 없으면 나중에 딴 사람에게 팔더라도 우선 내 집을 사줄 수 없겠느냐고 의논해 보고 싶었던 것이다. 이것은 시세대로 팔고 사면 될 일이니 과히 비겁한 느낌이 들지 않아 다행이요, 묘안이었다.

이렇게라도 하지 않고는 정말 이 이상 버텨나갈 수도 없는 사정이 되었고, 만일 복덕방에 내놓게 되면 가뜩이나 겨울이라 언제 팔릴지도 모르는데다가, 삼정학원 간부들이 아무래도 알아차리고 어떤 방해공작을 해올지도 모르는 일이었던 것이다.

그래서 주씨는 이튿날로 당장 김춘택 씨를 회사로 찾아가 실정을 말하고 부탁했더니 가격도 묻지 않고 즉석에서 승낙했을 뿐 아니라, 김 사장이 도리어 이런 불만을 털어놓았다.

19

"이거야 어디 제가 주 선생 일에 협력해 드리는 셈이 됩니까? 그냥 제값 주고 집 한 채 사는 거지."

"그렇지만 그 말썽꾸러기 악당들을 안고 들어가는 일이니, 그것만도 시끄러우실 겁니다."

"그건 제 이름으로 사는 게 아니라 딴 사람 명의로 사가지고, 등기이양까지 척 해놓고 나서 명도 요굴 하면 되는 거니까요. 그때야 그 엉터리 각서 따위가 무슨 소용이 있나요? 그래도 말썽을 부리면 그땐 할 수 없으니까 법의 힘을 빌리는 거죠. 아무튼 그런 건 염려 마시고 앞으론 제가 협력해 드린 보람이 있는, 말하자면 좀 더 생색이 날 만한 큼직한 문젤 의논해와 주세요."

이러고 나서 집의 시가를 묻기에 최고로 잘 받으면 한 장은 받을 수 있을 거라고 주씨가 대답했더니, 즉석에서 비서를 불러 비서 이름으로 120만 원에 매매 계약서를 쓰게 하고 30만 원짜리 수표를 끊어주는 것이었다.

도리어 주씨 쪽이 당황해서,

"이렇게 하면 최고 시가가 넘습니다. 백만 원으로 정정해 주세요. 그 이상은 저로서 받을 이유가 없으니까요."

주저하니까 김 사장은 웃으며,

"주 선생, 이건 제 자랑 같습니다만, 김춘택이 소유의 건물이라고 하면 당장이라도 백이삼십만 원은 문제없습니다. 그래 그러는 거지, 괜히 더 드리는 줄 아세요?"

이러고서 무조건 받아두라는 것이라, 생각해 보면 딴은 그럴 듯도 싶었다.

이쯤 되니 가옥 매매는 시일을 요하지 않았다. 잔액의 영수와 등기이전도 10일 이내에 끝내버리고 말았다.

잔금을 받아든 날, 주씨는 통쾌한 김에 밖에서 저녁을 먹고 술까지 얼근히 취해 집에 돌아온 것이다. 지금까지의 복잡했던 생활에는 마침내 청산기가 왔다. 씨는 이미 모든 문제, 즉 혜경 여사와의 부부관계, 황 여인에 대한 감정과 태도, 보순에 대한 처리, 그리고 삼정학원 간부들에 대한 복수와 자신의 생활 개혁에 대해서 새로운 결심과 각오가 서 있었던 것이다.

그러나 집으로 돌아오는 씨의 발걸음은 어딘지 무겁기도 했다. 무엇보다도 이러한 씨의 새로운 결심과 각오에 혜경 여사가 순순히 응해 줄까가 문제였기 때문이다.

좋으나 궂으나 6년간이나 부부라는 인연의 틀 속에서 체온을 나누며 호흡을 같이 해온 사이다. 거기에는 보이지 않는 인간관계의 타성적인 정과 생활습성이 굳어져 있었다. 그렇지만 주씨로서는 별로 미련은 없었다. 황 여인에 대해서처럼 마음속이 화끈화끈 달아올라본 일이 거의 없었던 탓일 것이다. 언제라도 담담히 헤어질 수가 있었다. 반면에 증오나 원한도 없었다. 본시 악의가 없는 여자인데다가, 부부관계의 애정 면에 있어서는 농도가 약했지만, 주부로서의 사무적인 면은 알뜰해서 여러 가지로 씨에게 혜택을 준 것이 사실이었기 때문일까.

어쨌든 씨는 마치 가까운 친구와 동거하다 헤어지듯 혜경 여사와 그렇게 깨끗이 헤어질 수 있을 것 같았고, 또 그것이 당연한 귀결같이도 느껴졌다.

그러나 문제는 혜경 여사의 태도다. 아무리 대범하고 남편과 가정에 깊은 정을 쏟지 못하고 있었다 해도, 여자로서 일시에 아내의 위치에서 밀려난다는 것은 결코 간단한 일이 아닐지 모른다. 그렇지만 워낙 생활력이 강하고 딴 이성과의 교제에 익숙하며 남편에 기대를 걸지 않았던 여사라 의외로 쉽게 동의해 올지도 모르는 일이었다.

그래서 본래 가옥 건축 당시 여사의 돈은 3분의 1밖에 들어가지 않았지만, 아예 집값의 반액을 뚝 떼어주기로 마음먹고 주씨는 집에 돌아오는 길로 여사를 자기 방에 불러놓고 10만 원짜리 보수 여섯 장을 쑥 내민 것이다.

20

“이거 웬 거예요?”

어리둥절해 묻는 여사에게,

“미안하오. 독단으로 집을 팔았소. 내 사정이 사정이었고, 이렇게 반액을 뚝 떼어 내놓는 거니까 양해해요.”

이러고 주씨는 매매 계약서를 내서 보여주었다.

아무러한 혜경 여사로서도 여기까지는 미처 생각지 못했던 모양이라, 침통한 표정으로 눈썹과 입 언저리에 약간의 경련을 일으키더니,

“그러면 결국 모든 것을 완전히 청산해 버리자는 뜻인가요?”

겨우 알아들을 수 있는 음성으로 물었다.

“그렇게 될 수밖에 없는 우리의 운명이었다고 보오. 주관적인, 객관적인 온갖 사정이 말이오.”

“……”

혜경 여사는 수표를 만지작거리며 고개를 숙인 채 한동안 아무 말이 없었다. 어떤 감정을 누르느라고 애쓰는 눈치였다.

“그렇다고 난 당신을 나쁜 여자라곤 생각지 않소. 좋은 점도 많아요. 다만 본질적으로 내게는 맞지 않는 아내였을 뿐이오. 그건 마찬가지로 당신에게 있어선 내가 또한 맞지 않는 남편이었을 거요.”

“결국 구식인 표현을 빌면, 궁합이 맞질 않았나 봐요. 그렇지만 이렇게 기습적으로 나오실 것까진 없지 않았어요? 사전에 저와 미리 상의를 해주셨으면, 좀 더 진지하게 의논할 수 있었을 텐데 무시당한 것 같아서 섭섭해요, 정말.”

혜경 여사의 표정은 분노를 참느라고 보기 싫게 일그러졌다.

“그 점은 솔직히 사과하오. 그러나 미리 의논하면 무모하기 짝이 없는 삼정학원 간부들의 조작이 끼어들어, 원만히 해결되기보다는 사태가 악화될

것만 같아서 그런 거니까 양해해 줘요."

"집 문젠 양해한다 해도, 제가 이혼을 끝까지 거부하면 어떡하시겠어요?"

"할 수 없지. 억지로 참고 사는 수밖에. 그렇지만 그땐 당신도 삼정학원과는 일체 손을 끊고 나와 함께 서울을 떠나 어디 딴 데로 가서 새로운 출발을 하지 않으면 안 될 거요. 그러나 근본 문제는 우리가 서로 억지로 참고 같이 사는 것이, 차라리 피차의 행복을 빌며 깨끗이 헤어지는 것보다 더 보람 있는 일이라곤 당신도 생각지 못할 거요. 문젠 거기에 있소."

"알고 있어요. 당신의 맘이 저한테서 멀어진 지 오래인 건."

혜경 여사는 한숨을 내쉬고 원망스럽게 주씨를 쳐다보았다.

"그럼, 당신의 맘은?"

"좋아요, 당신이 절 그렇게 보신다면 이미 모든 건 끝난 거니까. 당신 요구대로 헤어져도 좋아요. 하지만 조건이 있어요."

여사는 단호한 어조로, 그러나 눈에는 눈물이 글썽해서 말했다.

"조건이란?"

"보순인 제가 데리고 있다가 시집보낼 테니 앞으론 그 애에 대해서 참견 마실 것. 그리고 절대로 진옥(황여인)이와 결혼 않겠다고 약속하실 것. 이 두 가지에요."

주인갑 씨는 속으로 몹시 딱했다. 두 가지가 다 약속할 수 없는 조건이었기 때문이다. 보순이 혜경 여사보다 주씨를 따라가고 싶어할 것이 뻔한 일이었고, 씨 또한 자신이 데리고 가고 싶었다.

그것은 보순에 대한 미묘한 정도 정이려니와 무엇보다 광숙을 위해서도 그러고 싶었고, 한편 보순의 장래에 대해서 씨로서는 씨대로 어떠한 속궁리가 있었던 것이다.

21

그리고 황 여인에 관한 문제에 대해서는 약점을 잡힌 듯이 씨는 내심 찔끔했다. 그러나 그런 약속은 얼마든지 할 수 있는 일이었다. 일단 여사와 헤어지고 난 다음에야 지금의 약속 같은 건 아무런 의미와 구속력을 가질 수 없기 때문이다.

"왜 얼른 대답을 못하세요? 정통을 찌르니까 자신이 없으신 게군요?"

혜경 여사는 어떠냐는 듯이 비로소 그 독특한 조소조의 유들유들한 미소를 흘리며 재촉했다.

"자신이 없는 것이 아니라 어이가 없어 그러오. 황 여사가 결혼 같은 걸 생각이나 하고 있는 줄 아우?"

"진옥이 쪽에선 생각 않고 있어도 당신은 애가 타서 바라고 계신 거 아녜요?"

"당신이 멋대로 하는 추측엔 나는 긍정도 부인도 않겠어. 다만 당신 요구대로 약속은 하지. 황 여사와 결혼 않겠다고. 그러면 될 거 아뇨?"

"만일 그 약속 어기심 가만 안 있을 테예요. 어떤 수단으로든 보복할 테니까요."

"그러나 보순이 문젠 달라요. 그건 우리가 멋대로 정할 문제가 아니라 본인의 자유의사에 맡겨야 할 거요."

"뭐가 자유의사예요? 둘이서 미리 다 짜놓군. 아직도 철없는 애에게 야심을 품고 계시는군요? 그건 절대로 안 돼요. 그 앤 그 부모에게서 제가 책임지기로 하고 데려온 애니까요."

혜경 여사는 이렇게 잡아떼듯 잘라 말했다.

보순이 과연 순순히 혜경 여사의 뜻에 따를까가 의문이었지만, 그렇다고 이 자리에서 그 문제를 가지고 더 논란해 봤자 도리어 여사의 의심과 감정만 더 건드려놓는 결과가 되겠기에 주씨는 입을 다물어버리고 말았다.

"이 두 가지 조건을 약속해 주신다면 할 수 없군요. 저 같은 건 싫건 좋건 물러서는 수밖에. 마다하는 당신을 굳이 붙들고 늘어지고 싶진 않아요. 당신 좋을 대로 하세요."

여사는 갑자기 맥이 탁 풀린 듯이 중얼거렸다. 그러자 주씨도 자연 측은한 생각과 미안한 마음이 들어

"미안하오, 더 아무 할 말이 없소. 결국 당신에겐 여러 가지로 만족을 줄 수 없는 변변치 못한 남편이었소. 다만 앞으로 당신의 앞날이 복되기를 진심으로 빌 뿐이오."

사과하듯 위로하듯 말했다.

"고마워요. 당신도……."

말을 채 맺지 못한 채 여사는 울먹해서 이내 자리를 일어서버리고 말았다.

이튿날 혜경 여사는 주씨 방에 다시 나타나 말하기 거북한 듯이 주저하다가,

"만일 삼정학원에서 이제라도 현찰로 집값을 지불해 드린다면, 저쪽과 해약할 수 없으시겠어요?"

이런 말을 물었다.

삼정학원 간부들에 대해서 여사의 입장이 무척 곤란한 모양이었다. 어쩌면 집중공격을 당했는지도 모르는 일이다. 그러고 보니 그래도 6년간이나 같이 살아온 주씨로서 다소 동정이 안 가는 바는 아니었으나,

"등기 이양까지 이미 필했으니, 그건 안 될 일이오. 그러나 당신 입장이 곤란할 테니 그 점은 정말 안됐소. 미안하오."

사실대로 대답하고 사과하는 수밖에 없었다.

"저 곤란한 거야 제가 당할 일이니 할 수 없지만 딴 간부들이 가만있지 않고 종내 당신에게 대해서 도전적으로 나올 모양이니, 그게 걱정돼서 그래요."

여사는 정말 근심스러운 빛을 띠었다.

"설마하니, 날 어쩔 테요."

이렇게 대답은 했지만, 주씨는 은근히 겁이 안 나는 것은 아니었다.

22

"이건 계획적인 배반행위니까 결사적으로 복수를 해야 한다면서 펄펄 뛰는 거예요."

"대체 누가 누굴 배반했다는 건지 모르겠군."

그들이 가만있지 않을지 모른다는 예측을 전혀 못한 바는 아니었지만 막상 이런 말을 듣고 나니 주씨는 어이없으면서도 속이 켕겼다.

"그렇지만 이왕 모든 것이 끝난 바에는 제가 어떡해서든 그들을 힘껏 무마시켜 보겠어요. 마지막 판에 당신에게 피해를 입히게 해드리고 싶진 않아요."

"고맙소. 부탁하오."

여사는 씨의 방을 나가려다 말고 도로 돌아서서

"그 대신 저와 약속하신 두 가지 조건은 당신의 명예와 인격을 걸고 지켜주셔야 해요."

이렇게 다짐해 놓고 사무실로 돌아가버린 것이다.

이제는 모든 일이 낙착되고 보니, 주씨로서 오직 남은 것은 황 여인에 대한 그리움과 욕심뿐이었다. 한시바삐 황 여인을 만나 원만히 청산된 혜경 여사와의 결말을 알려주고 나서, 좀 더 자유롭고 적극적인 접촉을 통해 씨에 대한 여인의 근본 태도를 확인하는 동시에 새로운 결의를 정식으로 다시 한번 간곡히 촉구해 봐야겠다고 마음먹었다.

그러면서도 아무리 임시방편으로 한 약속이긴 하지만 황 여인과의 문제로 혜경 여사에게 앞에서와 같은 약속을 한 그날로 당장 황 여인을 만나러 찾아 나서기에는 어딘가 마음에 걸렸다. 그래서 그날은 이사 갈 때의 준비로 가게 물건들을 정리할 건 정리하고 챙길 건 챙기면서 어름어름 하루를 보냈다.

다음 날 중낮께쯤 되어서 어떤 수단으로든 기어이 황 여인을 찾아내서 만나볼 결심으로 주씨가 막 현관을 나서려 할 때 불쑥 혜경 여사가 나타나서,

"진옥일 어디다 감춰두셨죠?"

여느 때 없이 앙칼진 음성으로 묻는 바람에 씨가 영문을 몰라,

"감춰두다니?"

반문했더니,

"진옥이와 미리 다 짜놓구서, 괜히 저한텐 허위 약속하신 거 아녜요? 그렇죠?"

따지고 들듯 했다.

"난 무슨 영문인지 통 모르겠소."

주씨가 정말로 얼떨떨해하니까,

"진옥인 저와의 신의와 약속은 철저히 지키겠다면서 어디론가 자췰 감춰버렸거든요. 당신은 물론 아무와도 다시는 만나지 않겠대요. 진옥이가 아무렴 친언니나 다름없는 제 은의를 잊고 배반하려고요. 그러니 진옥이에 대한 미련을 당신도 깨끗이 잊어버리시란 말씀예요."

여사는 조소조의 독특한 미소를 남기고 안으로 들어가버렸다.

주인갑 씨는 진정 어리둥절한 채 대문을 나와 그 길로 곧장 시내에 들어가 순희에게 직장으로 전화를 걸었다. 지금 회사 바로 뒤에 있는 양과자점에서 전화를 거는데, 한 10분 동안만 나왔다 들어갈 수 없느냐고 물으니까,

"점심시간에 나갈게요, 반시간만 기다려주세요."

했다. 그제야 시계를 보니 12시 30분 전이었다.

주씨가 우유와 토스트를 시켜먹으며 기다리고 있으려니까 순희는 12시가 착 지나자 웃으면서 나타났다.

씨는 빵과 우유를 청해 소녀에게 권하고 급히 어머니를 만나야 할 일이 있으니 집을 좀 가르쳐달라고 슬쩍 던져보았다. 그러나 순희는 고개를 모로 살짝살짝 젓고,

"엄마가요, 아무에게도 절대로 집을 가르쳐주면 안 된다고 하셨어요."

이러고 웃었다.

23

"그렇지만 난 괜찮아."

"아저씨에겐 더 안 된다던데요."

"내겐 가르쳐주면 안 돼? 그럴 리가 없을 텐데."

주씨가 멋쩍게 웃으니까,

"엄만 아무도 아는 사람을 만나고 싶지 않대요. 그래서 미용학교도 그만두고 방도 새로 딴 델 얻어갖고 이살 갔어요."

순희는 새로운 소식을 전했다. 그제야 씨는 집을 나올 때 혜경 여사가 한 말의 뜻이 어렴풋이 떠올랐다.

"흐음!"

주씨는 괜히 감탄을 하고 알아보게 실망한 표정으로

"그렇지만 난 집도 팔아버리고 딴 데로 이살 가야 하게 됐다. 광숙이와 단 둘이 어쩌면 서울을 영 떠나게 될지도 모른다. 그래서 떠나기 전에 어머닐 한번 뵙고 가려고 하는데 그래도 안 되겠느냐?"

사정하다시피 했다.

순희는 난처한 기색으로 한동안 망설이다가,

"그럼 엄마한테 물어보겠어요."

반응낙을 했다.

"그럼 어머님께 잘 말씀드려서 허락을 받아오너라. 마지막으로 한 번만 만나뵙고 꼭 드릴 말씀이 있다구."

"그럼 내일 다시 전화 걸어주세요."

"아니다. 내일 열두시에 여기 와서 또 기다릴 테니 이리 나오너라."

그날은 그대로 헤어졌다가 이튿날 12시에 주씨는 약속대로 같은 양과자점에 자리를 잡고 앉아 순희를 기다렸다.

이윽고 순희가 나타나는 길로,

"어떻게 되었니? 어머니가 뭐라시던?"

다그쳐 물었지만 소녀는 몹시 민망한 표정으로,

"엄마가요, 아무래도 만나지 않는 게 좋을 거래요."

거절의 뜻을 전해 왔다.

"그래!"

주씨가 낙망하여, 의자에 푹 파묻히듯 대번에 풀이 죽어버리니까,

"그렇지만요 절더러는 아저씰 자주 찾아뵙고 문안도 드리고, 만일 먼 데로 이살 가시게 되면 편지로라도 잊지 말고 가끔 문안드리랬어요."

순희는 노상 위로하듯이 했다.

"오냐, 그러자. 순희만은 아저씨하고 아버지와 딸처럼 인연을 끊지 말고 다정하게 지내자."

주씨는 저도 모르게 감상조로 말하고 소녀의 손을 꼭 쥐어주었다.

그러자 순희는 무슨 비밀이라도 알려주듯이 음성을 일층 낮추어서,

"엄마는요, 엊저녁에 밤을 새우다시피 하면서 편질 쓰셨어요."

속삭였다.

"편질? 누구에게?"

"아저씨에게 드리려고 쓰셨나 봐요."

"그래, 그 편진?"

"찢어버리셨나 봐요."

주씨는 고개를 맥없이 주억거리고 나서,

"그럼 내일 내가 편질 써다 줄테니 어머니에게 전해드릴 테냐? 꼭 알려드릴 일이 있어서 그러는데."

했더니, 소녀는 그러마고 쾌히 수락했다.

다음 날 씨는 황 여인에게 보내는 편지를 써서 순희에게 부탁했다.

그 내용은 집을 팔고 혜경 여사와도 갈라서기로 완전히 합의를 보았노라는 말에 이어서, 곧 집을 명도해 주고 이사를 가야겠는데 어디에 가서 자리를 잡고 무엇을 했으면 좋을지 그런 것도 의논할 겸 어쨌든 마지막으로 한 번만이라도 만나고 싶으니, 모레 오전 11시에 영등포의 그 '달밤' 다방으로 꼭 나와달라는 간청이었다.

그리고 주씨는 그날 일찍부터 '달밤' 에 나가 황 여인을 기다렸다.

24

시간이 되어도 황 여인은 나타나지 않았다. 그러나 어쩌면 여인은 반드시 찾아올지도 모른다는 기대를 씨는 버리지 않고 암만이고 더 기다려보았다.

그것은 지금까지 은연중에 씨에게 기울여온 황 여인의 마음속도 웬만큼 눈치 채고 있었던 데다 더더구나 혜경 여사와 마침내 헤어지기로 하고 집까지 팔아버리고 새 출발을 계획하고 있다는 사실이 황 여인에게 줄 충격과 감동과 효과를 씨는 크게 기대하고 있었던 까닭이다.

이왕이면 편지를 보낼 때 황 여인과 합자해서 미장원이든 세탁소든 그렇지 않으면 더 적당한 무슨 사업을 공동으로 경영해 보자는 말을 꼭 적어 넣을 것을, 하고 씨는 은근히 후회도 했다. 그랬더라면 여인의 마음을 움직이는 데 더욱 효과가 있었을 것 같았기 때문이다.

12시가 지나고 1시, 2시가 되어도 황 여인은 종내 나타나지 않았다.

주씨는 몸이 달아 견딜 수 없었다. 사십 평생 이렇듯 사람 기다리는 괴로움을 애타게 맛본 일은 없었다. 참다 못해 씨는 마침내 밖에 나가 양면괘지와 봉투를 사다가 여인에게 다시 편지를 썼다.

> 오전 11시 반에서부터 오후 2시 반까지, 문자 그대로 눈이 빠지도록 '달밤'에서 기다렸습니다. 내일도 같은 시각에 나와 기다리겠습니다. 집 판 돈으로 여사와 합자해서 공동으로 무슨 사업을 차려보고 싶은데, 거기에 대해서도 여사의 적극적인 의견과 조언을 듣고 싶고, 그 밖에도 꼭 드리고 싶은 말, 의논하고 싶은 말이 있으니 단 10분이라도 만나주시기 바랍니다. 그럼 꼭 나오리라 믿고 내일도 '달밤'에서 기다리겠습니다.

이렇게 적어 봉투에 넣고, 주씨는 그 달음으로 문안에 들어가 순희에게 편지를 의뢰한 것이다. 그러고 씨는 물론 다음 날도 10시 조금 지나서부터, '달밤' 다방에 나가 황 여인이 들어서기를 기다렸다.

얼마나 시간이 지났을까. 초조한 가운데 연방 담배만 갈아 피우며 주씨가 열심히 출입문을 지켜보고 있노라니까 카운터에서 레지가,

"주인갑 씨 계세요?"

큰 소리로 물었다.

"나요. 왜 그러지?"

혹시 황 여인에게서 전화라도 온 것이 아닌가 싶어 씨가 정신이 펄쩍 들어 돌아보니 방금 들어와서 카운터 앞에 서 있던 17, 8세의 소년이 다가와서

"황진옥이란 여자 아세요?"

묻기에

"오냐. 지금 기다리고 있는 중이다. 그래 그 아주머닌 어디 계시지?"

엉거주춤 일어서 창밖을 기웃거리기까지 하니까

"그 여자가 이걸 전해 드리래요."

두툼한 한 통의 편지를 내밀었다.

'황진옥 올림' 이라고 적은 봉투 이면의 글씨를 확인하고,

"그래, 아주머닌 안 오시고 이것만 주더냐?"

씨가 성급히 물었더니,

"전 잘 모르겠어요. 용달사에서 왔으니까요."

이러고 소년은 전표 같은 쪽지를 내놓으면서 거기에 서명 날인해 달라는 것이었다.

주씨는 그만 맥이 탁 풀려서, 쪽지의 해당란에 이름을 써놓고 도장을 갖고 있지 않았으므로 무인을 찍어주어 소년을 돌려보낸 다음, 당장은 뜯어 읽을 기력조차 잃은 듯이 멀거니 그 편지만 내려다보고 앉아 있었다. 한편 편지를 뜯어보기가 겁이 나기도 했다. 낙제가 뻔한 학교의 통지표를 펴보려는 것과 비슷한 심리여서.

그러면서도 펴지 않을 수 없는 심정이었다. 편지의 내용은 이러했다.

25

집을 파시고, 부인과도 헤어지기로 합의를 보셨다는 글월 보옵고, 여러 가지 의미와 감정에서 놀라움을 금할 수 없었습니다. 물론 저 같은 제삼자가 어떻게 추측하고 해석하든, 거기에는 어쩔 수 없는 복잡한 사정이 충분히 있었을 줄 아옵니다만 저 자신 자꾸만 죄송스러운 생각이 드는 이유가 어디 있는지 잘 모르겠습니다. 어쩌면 정말 모르는 것이 아니라, 알고도 모르는 체해야 할 제 처지인지도 모르옵니다.

선생님의 글월 보옵고 꿈속 같은 며칠을 보냈습니다. 그러나 그것은 꿈이라면 너무나 허황하고 괴로운 꿈, 지금 맑은 제정신에 돌아와 펜을 다시 잡았습니다.

우선, 한 번 더 만나기를 그처럼 간곡히 원하시는 선생님의 청을 솔직히 받아들이지 못하는 저를 용서하시고, 그러한 제 괴로움을 이해해 주시옵소서. 밤을 꼬박 새우다시피 망설였사오나, 지금 만나뵈어선 안 된다는 안타까운 결론을 한층 더 굳게 했습니다. 그 이유는 저번에 뵈었을 때 충분히 말씀드렸으니, 여기서 다시 설명 올릴 필요는 없는 줄 아옵니다.

다만 무서워서입니다. 선생님이 그리고 저 자신이 무서워서입니다. 만나뵙기가 더욱 두려워졌기 때문입니다. 당분간 저를 가만히 내버려두시고 잊어주시기 바랍니다. 저는 선생님도, 미스터 김도, 혜경 언니도, 물론 서가나 그의 일가붙이들도, 그 밖에 저의 과거를 알고 있는 어떤 사람과도 한동안 만나지 않기로 결심했습니다.

그러하옵기에 입산수도하는 각오로, 아무도 모르는 이곳에 조그만 가게가 달린 방을 얻어가지고, 고달프고 외롭고 욕되었던 제 인생의 새로운 출발을 위해 어떤 일을 시작했습니다. 슬프고 외로운 어미와 딸이 살아가기에는 과히 군색치 않을 줄 아오니 안심하옵소서.

그러나 앞으로도 순희를 통해 선생님의 안부와 소식만은 알고 지내고 싶사오니, 부디 그 이상은 제 결심을 흐리게 하거나 괴롭히지 말아주시기 거듭거듭 부탁 올리옵니다.

언제고 하염없이 세월이 흘러, 아무데서나 선생님과 단둘이 만나도 결코 두렵지 않을 '시기' 가 오면 그때는 주저 않고 흔연히 만나뵈올 수 있을 것이옵니다. 이 어리석은 여인의 아픔과 슬픔을 헤아려주시옵소서.

끝으로 무엇을 하시든 선생님의 새 사업 번영하시고 따님과 두 분, 내내 건강히시고 복되시기 진심으로 비옵나이다.

결국 주씨의 예측대로 만나기를 거부하는 내용이었다.

그러나 아직도 씨의 마음속에 한 줄기의 희망을 남겨주는 것은 씨와의 교제를 접근을 거부하면서도 냉철히 싹 잘라버리지는 못하는 점이었다. 도리어 냉정히 거절하지 못할 뿐만 아니라 반대로 냉정히 거절하고 싶지 않은 괴로움을 호소해 온 편지였다.

'언젠가는 다시 나를 찾아줄지도 모른다' 는 생각이 씨에게는 들었다. 물론 그것은 씨의 태도에도 달린 일이다. 그러기 위해서는, 황 여인 쪽에서 주씨를 다시 찾아오게 하기 위해서는, 여인이 그 편지에서 복잡한 의미로 지적했듯이 과연 어떤 '시기' 가 필요할지 모른다. 여인에게 있어서도, 또한 주씨 자신에게 있어서도.

그리고 효과적인 '시기' 를 얻기 위해서는 우선 안정된 생업과 심신의 휴식이 필요하다고 느꼈다. 새로운 생활토대를 잡아놓고, 그 동안에 혼란하고 흥분했던 마음을 차분히 가라앉힌 다음 황 여인에게 다시 재회의 기회를 청해 보리라고 씨는 심중에 다짐하는 것이었다.

26

그래서 씨는 문득, 사실은 문득이 아니라 전부터도 더러 생각해 본 일이 있는 귀농에 부쩍 마음이 쏠리기 시작한 것이다.

근래에 와서는 가뜩이나 도회지와 사람이 진절머리 나던 씨다. 더욱이 시골로 아주 내려가버린 김 청년을 배웅하고 나서부터는 더욱 그러했다.

될 수만 있으면 사람 접촉이 적은 곳에 가서, 대인관계의 번거로움과 알력을 피하고 조용히 살고 싶었다. 그것은 무엇보다도 사람을 싫어하는 가엾은 광숙을 위해서 더욱 그러고 싶었다.

어린 광숙이 벌써부터 사람을 싫어하는 심리를 주씨는 가슴이 아프도록 너무나 잘 이해할 수가 있었다. 한마디로 말해서 광숙은 불구자이기 때문인 것이다. 그 애가 만일 남과 같이 건강한 몸을 하고 있었다면 역시 그 마음도 건강하고 명랑했을 것이다. 그러나 보기 싫게 한쪽 다리를 절름거리듯이 그 마음속에도 어두운 그늘이 얼룩질 수밖에 없었던 것이다.

광숙은 자기의 절름거리는 꼴을 남에게 보이기를 죽기보다 싫어했다. 모든 사람이 자기의 그 꼴을 조롱하고 업신여긴다고만 생각되었기 때문이다.

그런 점에서는 광숙은 놀라울 만큼 병적으로 민감했다. 그러기에 그 애와 같이 있을 때는 주씨도 피로를 느낄 정도로 언동이 조심스러웠고 신경이 쓰였다. 언젠가 씨는 발을 곱디뎌 며칠 동안 발목이 새큰거린 일이 있었다. 그래서 그쪽 발은 힘을 주어 디딜 수가 없었다. 아무리 조심하느라고 해도 걸을 때면 모르는 새에 잘름거리게 되었다.

마침 저녁상을 받아놓았을 때의 일이다. 주씨는 밖에서 손을 씻고 들어오면서 다친 발목을 절었던 모양이다. 재빨리 보순이 손수건을 집어주면서 씨의 옆구리를 쿡 찔렀다. 그제야 씨는 아차 하고 정신이 펄쩍 들어 식탁 쪽을 바라보았더니, 어느새 낯빛이 달라진 광숙이 눈물이 글썽한 눈으로 아버지를 쏘아보다가 마침내 자리를 차고 발딱 일어섰다. 그리고 쏜살같이 자기 방으로 달아난 것이다. 그날 주씨는 광숙을 달래 저녁을 먹이느라고 보순이와 함께 얼마나 애를 먹었는지 모른다.

한번은 저녁식사 후에 주씨가 신문을 보고 있으려니까, 광숙이 느닷없이 이런 말을 했다.

"아버지도, 어서 돈 많이 벌어서 지프차를 하나 사요, 네?"

주씨가 무심코,

"왜?"

했더니,

"내가 타고 다니게요."

그리고 광숙의 얼굴이 어색해졌다. 주씨는 가슴이 뭉클했다. 불구의 딸을 가진 아버지는 이 한 마디의 진의를 금방 이해할 수 있었기 때문이다. 광숙은 무엇보다도 밖에 나다니기를 싫어했다. 자신의 절름거리는 꼴을 남에게 보이고 싶지 않아서다.

그러기에 광숙은 날마다 학교에 가고 오는 것을 다시없이 고통스러워했다. 오가는 아이들이나 어른 할 것 없이 무슨 신기한 괴물이라도 보듯이 조소와 멸시와 동정이 엇갈린 묘한 시선을 사정없이 부어왔기 때문이다. 그 중에는 물론 노골적으로 광숙을 놀려먹는 애들도 많았다.

광숙은 길을 걸을 때면 곁눈을 팔지 않고 앞만 내려다보며 긴장한 얼굴로 무엇에 쫓기듯이 곧바로 바삐 걸었다. 말을 잘 듣지 않는 한쪽 다리를 될 수 있는 대로 덜 절름거리도록 필사적인 노력을 기울이면서.

이러한 광숙이라 밖에 나가서 걸어다니는 것은 가장 괴로운 일이요, 그대로 굴욕이었다. 그래서 마침내 생각해낸 것이 지프차를 타고 다닐 수 있었으면 하는 소원이었던 것이다.

한번은 이런 일이 있었다.

27

주씨가 외출했다 돌아와보니 대낮인데도 광숙의 방문 앞 복도에 요강이 놓여 있었는데 냄새가 고약했다. 누가 거기에 대변을 보아놓았던 것이다. 주씨는 혹시 광숙이가 급한 병으로 자리에 눕지나 않았는가 걱정이 되어 그 애의 방문을 방싯이 열고 안을 들여다보았지만 광숙은 멀쩡히 책상 앞에 앉아서 숙제를 하고 있었다.

"누가 여기에 대변을 봐놨어?"

주씨가 다소 못마땅하게 물으려니까, 뒤에서 다급한 발소리가 나더니 씨의 소매를 확 낚아채는 사람이 있었다. 돌아보니 보순이 가볍게 눈을 흘기며, 광숙의 방문을 얼른 닫아버리고는 씨를 복도 저쪽 구석으로 밀고 가서

"아, 삼정학원 사무실에 낯선 손님이 그칠 새 없이 드나드니 광숙이 안심하고 변소엔들 갈 수 있어요."

뾰로통해서 주씨를 나무라듯이 한 다음, 보순은 이내 요강을 집어 휭하니 변소 쪽으로 사라져버린 것이다.

광숙은 그만큼 밖에서만 아니라 집안에서도 남의 눈에 띄기를 꺼려했던 것이다. 더구나 낯선 사람이 있는 앞에서는 단 한 걸음도 움직이기를 싫어했다.

특히 삼정학원 사무실에 낯선 손님들이 수없이 찾아오게 되면서부터는 광숙이 일층 더 기를 펴지 못하는 것을 씨도 어렴풋이 눈치 채고 있었던 것이다. 그러나 이렇게 변소에 가기를 겁낼 줄까지는 몰랐다. 왜 좀 더 신경을 굵게 가지고 배짱 있게 살아나가지 못하느냐고 주씨는 이러한 광숙에게 화도 나고 안타깝기 짝이 없었다.

그러므로 남이 병신이라고 비웃든 말든, 절름발이라고 놀려대든 말든, 모르는 체하고 태연히 버텨나갈 만큼 강인한 신경과 뱃심을 길러주려고도 노력해 보았지만, 천성의 탓인지 불구의 탓인지 어린 꽃순처럼 연하디연한 광

숙에게 그것은 무리였다.

그러기에 전부터도 사람이 북적거리는 도회지보다는 한적한 시골에 가서 자리 잡고 사는 것이, 가엾은 광숙을 위해서도 차라리 좋은 일일지 모른다고 막연히 생각해 왔던 주씨라, 이번 기회에 이런저런 사정으로 농촌생활에 부쩍 마음이 쏠리다 보니 아예 생각난 김에 김 청년을 찾아가 농촌실정도 알아보고 구체적인 귀농의 가능성 문제도 의논해 보기로 작정한 것이다.

씨는 다음 날 아침 급행열차로 서울을 떠났다. 시골이라 김 청년이 떠날 때 적어놓고 간 주소와 약도만 가지고 수월히 찾아갈 수가 있었다.

김 청년이 새로 농장을 사가지고 자리 잡은 곳은 대전서 다시 버스로 한 시간 남짓 걸리는 위치에 있었다.

그리 높지 않은, 그러나 면적이 넓은 야산을 배경으로 훤하게 트인 벌판의 산록에 가까운 한쪽이 김 청년의 농장이었다. 겨울이라 주위 풍경은 황량하고 쓸쓸했지만 봄 여름 가을의 경치는 과히 나쁘지 않을 것 같았다.

사람이 발에 차일 정도로 들끓는 서울에서 산기슭이나 들 한구석에 드문드문 조그만 부락들이 산재해 있을 뿐 버스에서 내려서 십리 길이나 걸어 들어가는 동안에 사람 하나 만날 수 없는 이런 시골에 내려와보니, 우선 막혔던 숨통이 열리고 꽁꽁 묶였던 몸이 풀리는 것 같은 느낌이었다.

이런 데서면 광숙이 사람에 대해 신경을 덜 쓰고 어느 정도 자연스럽게 성장할 수 있을 성싶어서, 그런 점에서도 흡족하였다.

김 청년은 빨간 기와를 얹은 꽤 큼직한 주택에 16, 7세의 한 소녀를 데리고 살고 있었는데, 예상 외로 주인갑 씨를 반가이 맞아주었다. 그러나 재회의 반가운 정을 나누고 나자, 청년은 황 여인에 대한 이런 엉뚱한 말부터 꺼내는 것이었다.

28

"그러잖아도 아저씨에게 편질 한번 내볼까 하던 참입니다. 다름이 아니고 황 여사의 주솔 알고 싶어서인데 아저씬 알고 계시겠죠. 좀 가르쳐주세요."

이러고 청년은 종잇조각과 연필을 꺼내놓았다. 주인갑 씨는 좀 머쓱해진 얼굴로,

"난, 황 여사의 주솔 모르는데……."

바른대로 대답하는 수밖에 없었다.

"정말 모르세요?"

"모르니까 모른다지, 내가 왜 거짓말을 하겠소."

"그렇지만 아저씬 아주머니나 미장원의 직원을 통해서라도 어떡하든 알아내실 수가 있을 거예요. 그러니 서울 올라가시거든 꼭 좀 알아서 알려주세요. 부탁입니다."

이러한 김 청년의 태도에, 주인갑 씨는 떨떠름한 기분이어서

"김형은 아직도 황 여살 단념 못하고 있소?"

대답 대신에 넌지시 물어보았다.

이 물음에는 청년도 직접적인 대답은 하지 않고 그 사이에 벌써 눈에 띄게 거칠어진 손을 화롯불에 쬐며, 천천히 입을 열어 솔직한 심정을 털어놓는 것이었다.

"낯선 여기에 와서, 이렇게 휑한 집에서 살림을 시작하고 보니, 혼잔 불편하고 적적해서 도무지 안 되겠어요. 홀가분하게 몸뚱이만 떠돌아다닐 때완 달라요. 집을 쓰고, 돼질 기르고 닭을 치면서 살림이란 걸 꾸려나가려니까, 아무래도 여자가 필요해요. 세 때의 식사는 물론 빨래라든지, 따지고 떨어지고 한 옷 한 가질 꿰매 입는 데도 반드시 여자의 손이 필요하단 말씀입니다."

"그야, 식모라도 두면 되지 않소."

"하긴 그럴 수도 있지요. 하지만 막상 그러려고 하니 맘에 맞는 사람을 골라 두기도 힘들고 제가 독신이니까 젊은 여잔 저쪽에서도 꺼리고 저도 주저되구요. 그렇다고 너무 나이 든 여잔 부리기가 힘들겠어요. 설사 적당한 사람을 구해서 둔다고 해도 어디 내 일처럼 내 살림처럼 알뜰히 해줄 사람이 쉽겠어요. 그러니까 시골선 집안을 제대로 꾸려나가려면 가족 가운데 여자의 손이 필요하다는 걸 절실히 느꼈어요. 더구나 이제 봄철이 돼서 농사일이라도 시작하게 되면 더 말할 나위도 없지요."

"그렇다면 차라리 마땅한 신부감을 골라 결혼을 해버리면 될 게 아뇨."

"그래서 황 여살 데려오려는 겁니다."

"황 여사 말고, 딴 규수로서 얼마든지 훌륭한 신부감이 있을 거 아뇨. 왜 하필 한사코 싫다는 황 여사만을 생각할 게 뭐요."

"그렇게 말씀드렸어도 아저씬 제 심정을 이해 못하시는군요. 현재로선 제가 결혼을 한다면 황 여사 이외의 여자와는 결혼할 수 없어요."

청년은 원망스러운 듯이 주씨를 쳐다보았다.

"건 왜 그래요?"

"한 여자의 운명을 망쳐놓고, 딴 여자와 결혼해서 맘 편히 살 수 있겠어요. 도의적으로나 애정적으로나 그럴 수가 없고, 또 그래서야 되겠어요."

"여자 쪽에서 싫다는데두?"

부지중 주인갑 씨는 추궁하듯이 물었다. 청년은 똑바로 주씨를 쳐다보며,

"건, 저를 본심에서 싫어하는 게 아닙니다. 단순히 현격한 연령의 차이에서 오는, 장래에 대한 불안과 기우 때문이라니까요."

역정을 내다시피 했다.

"만일 여자 쪽에서, 새로운 딴 생활을 발견하고 김형과 결혼하는 것 이상으로 행복하고 만족할 수 있다면?"

청년은 날카로워진 시선으로 주씨를 주시하다가 이렇게 반문했다.

29

"새로운 딴 생활이란 뭡니까?"

"글쎄, 그게 뭐든지 간에, 김형과의 결혼 이외의 생활 말입니다."

"그럼 딴 사람과의 결혼 말입니까?"

"그것도 포함해서, 황 여산 황 여사대로 자기의 새로운 생활을 발견하고 개척해 나갈 수도 있지 않겠소?"

"그건 모르는 말씀입니다. 저와의 과오에 깊은 상처를 입은 황 여산, 저와 정식으로 부부가 되는 길 외에는 그 상처를 깨끗이 씻어버리고 완전히 행복해질 방법은 없을 겁니다."

"그럴까요? 난 그렇지 않을 수도 있다고 생각하는데."

모르는 새에 주씨가 반발했더니,

"설마, 아저씨가 황 여사와 어쩌시려는 건 아니겠죠?"

청년은 눈을 번득이며 거칠게 물었다.

주씨는 그제야 내심 찔끔했으나 어이없다는 듯이 웃고,

"그토록 깊은 관계에 빠졌던 김형조차 멀리하려는 황 여사가, 나와 다시 무슨 일을 저지를 수가 있겠소, 도대체. 황 여산, 김형과는 물론 한때 죽자 살자 하던 혜경이와도 손을 끊고 어디론가 자췰 감춰버렸대요."

"정말입니까?"

"황 여산, 자기의 과거를 알고 있는 모든 사람과 일체 소식을 끊고 슬프고 외로운 대로 모녀끼리만 서로 의지하며 깨끗이 숨어서 일생을 보내겠다는 편질 남기고 행방을 감춰버렸대요."

"설마, 아저씨와 두 분이 짜고서 절 속이려는 건 아니겠죠?"

"그렇다면 내가 뭣 하러 일부러 여기까지 김형을 찾아왔겠소? 나는 황 여사와 별일이 없을 뿐 아니라 혜경이와도 헤어지기로 했소. 여자관계엔 이제

지쳐버렸소. 광숙이와 보순을 데리고 나도 여기 와서 농사나 지을 생각이오. 그래서 그걸 의논하러 김형을 찾아온 거 아뇨? 사람을 너무 의심하지 말아요."

주씨는 노상 낯까지 찡그려 보였으나 내심 다소 가책을 느끼지 않는 것은 아니었다.

"그러세요."

김 청년은 그제야 떠름한 얼굴로 고개를 끄덕거리고 나서,

"그러시다면 아저씨 일엔 제가 극력 협력해 드릴 테니까, 어떤 방법으로든 황 여사의 거처 좀 알아봐주세요. 주소만 알면 간곡한 편질 내보고, 그래도 반응이 없거든 쫓아 올라가서 강제로라도 끌고 내려올 결심입니다."

이런 엉뚱한 결의를 보이는 것이었다.

도대체 김이 어째서 황 여인을 그토록 잊지 못하는 것일까 더욱 궁금한 가운데도, 씨는 자기 자신의 꿈과 기대에 대한 어떤 불안과 위험을 느끼지 않을 수 없었다.

그러나 모든 것은 시간이 해결해 줄 것이다. 보순을 데리고 내려와서 이웃에서 가까이 지내노라면 김 청년은 차차 황 여인에 대한 미련을 청산하고 자연히 보순에 대한 신선한 매력과 정을 발견하게 될 것이며, 또한 그렇게 되도록 주씨가 은밀히 노력해야 할 것이다.

그것은 씨가 얼마 전부터 혼자 속으로 궁리해 온 계획이었다. 그렇다고 이것이 안심하고 황 여인과 자신의 결합을 위한 방편으로서가 아니라 진심으로 김이나 보순을 위해서도 다시없이 적합한 처사요, 이상적인 부부가 될 수 있으리라는 생각에서인 것이다.

그날 밤, 그들 두 사람은 다시 늦게까지 주씨의 귀농 문제를 놓고 여러 가지 구체적인 이야기를 나누었는데, 결론적으로 말해서 청년은 대환영이었다. 당장 마땅한 농토를 살 수 없으면 자기 땅을 분양해 주어도 좋고, 집은

혼자 주체할 수 없을 만큼 넓어 우선 한집에서 월동을 해도 좋으니, 적적하던 김에 잘되었다면서 곧 짐을 꾸려갖고 내려오라는 것이었다.

30

그래서 어쨌든 주씨는 그러기로 작정하고, 귀경하는 길로 즉시 그 준비에 착수한 것이다. 준비라야, 김 사장에게 어느 날 집을 비운다는 통지를 해놓고 가재도구를 혜경 여사와 나눠 짐을 꾸리는 일이었는데, 그것은 어려운 일도 시일을 요하는 일도 아니었다.

한편 혜경 여사가 중간에 들어 극력 무마한 탓인지, 삼정학원 간부들도 노골적인 난폭한 태도로 직접 주씨에게 도전해 오지는 않아서 다행이었다. 그러나 그들은 갑자기 사람을 사서 사무실 내부를 훨씬 아담하고 쓰기 편리하게 개장하는 것이었는데, 아마도 누가 이 집을 사고 오든지 응접실만은 순순히 내주지 않을 테니 그리 되면 너도 도로 골치를 앓게 될 것이라는 시위로 보였다.

복도나 뜰에서 얼굴이 마주쳐도 그들은 인사를 하는 일 없이 그저 빙긋 웃어 보일 뿐이었는데, 그 웃는 표정이 분명히 조소적이요 야유조였으므로 주씨는 불쾌했지만 모르는 체해 두었다. 다만 얼굴을 대할 때마다 신비하고 요염한 미소를 의식적인 듯이 퍼부어오는 미스 윤에 대해서만은 그러려고 들면 얼마든지 맛볼 수 있는 진미의 음식을 물리친 것처럼 씨의 한 구석에 미련이 남아 있었으나, 혼탁하고 번거로웠던 도회지의 생활을 청산하고 청신한 새로운 생활 도상에 오르려는 지금 그런 건 물리치기 어려울 만큼 독한 매력이나 유혹은 이미 아니었다.

그리고 혜경 여사 또한 사세와 정세의 판단에는 빠른 여자라, 주씨에게 더 무슨 억지나 심술을 부리려 드는 일 없이 가재도구를 분배하는 일이라든지 생활비의 대차관계를 계산하는 일이라든지, 도리어 저쪽에서 양보해 가며 담담하게 사무적으로 처리해 주어서 고마웠다.

그러나 단 한 가지 보순이 문제에 관해서만은 추호도 양보하려 들지 않았다.

"보순이가 당신하고 여기에 남든 나를 따라 시골로 내려가든 혹은 고향의 부모 품에 돌아가든 그건 당자를 불러놓고 본인의 의사를 듣고서 결정합시다."

주씨가 의논조로 다시 말을 꺼내보았으나, 혜경 여사는,

"글쎄 본인의 의사를 타진하고 말고 할 필요가 없다는데도 자꾸 그러시는군요. 그 앤, 시집보낼 때까지 제가 책임지기로 하고 데려온 거니까, 아무 데나 함부로 따라 보낼 수 없어요."

딱 잘라 말하였다.

"그렇지만 그 앤 인제 스물이 다 된 어른이요, 아무리 당신이 책임지기로 하고 데려왔다지만 본인의 의사가 중요하지 않소? 저만큼 장성하면 내 친자식도 부모조차 맘대로 못하는 법이오. 그걸 본인의 의사도 묻지 않고 이쪽 맘대로 할 수 있느냐 말요."

보순을 꼭 데리고 내려가야만 되겠다는 일념에 주인갑 씨는 부지중 강경한 어조로 따지듯 했다. 그러자 혜경 여사는 처음으로 증오의 빛이 어린 눈으로 주씨를 쳐다보며,

"이거 봐요, 그렇게 나오신다면 분명히 말씀드리겠어요. 철없는 아이에게 주책없는 야욕을 품고 있는 당신에겐, 절대로 따라 보낼 수 없단 말씀예요. 이 이상 그 애를 망쳐놓으면 전 그 애의 부모에게 낯을 대할 수 없단 말예요."

마치 선고를 내리듯 했다.

"당신이 끝까지 그렇게 날 의심하고 든다면 다시 더 무슨 말을 할 필요도, 하고 싶지도 않소."

정말 주씨는 그 이상 혜경 여사를 더 상대하고 싶지 않아서 돌아앉아 버리고 말았다. 그러나 씨가 더욱 놀라고 실망한 것은 혜경 여사의 이런 태도가 아니라, 당자인 보순의 태도였다.

31

그날 저녁 주인갑 씨는 혜경 여사가 잠깐 외출한 틈에 보순을 불러놓고, 어떤 적극적인 반응을 은근히 기대하며 이렇게 타일러보았던 것이다.

"아주머니가 저렇게까지 완강히 나오니 할 수 없다. 결국 누구와 같이 있든 너는 늦어도 2, 3년 후에는 출가를 해야 할 사람이니, 아주머니 말 잘 듣고 참고 지내다가 좋은 혼처나 골라 가거라."

이 말을 공손히 듣고 난 보순은,

"네."

하고, 너무나 간단히 그리고 순순히 대답했을 뿐 별로 불만이나 서운한 기색이라곤 없었으므로, 주씨는 배반당한 듯이 허무하고 섭섭한 심정이었다.

씨에게 있어서는 보순의 그러한 태도는 너무나 의외요, 놀라운 사실이었다. 어쩌면 그 동안에 혜경 여사의 갖은 수단과 회유에 넘어가서, 여사의 뜻을 따르기로 결심하고 있었는지도 모른다.

그러나 그토록 순진하게 나한테 정을 쏟아오던 애가, 며칠 사이에 저렇게 돌변할 수가 있을까고 주씨는 자꾸만 허무하고 슬프기조차 했다.

아무리 순진해 보이는 어린 소녀일지라도 여자에게는 본질적으로 창녀와 같은 일면이 있나보다고 탄식하는 주씨는, 한편 자신이 어떤 의미에서든 보순을 얼마나 깊이 사랑하고 있었는지 모른다는 생각에 스스로 놀라기도 하였다.

어쨌든 보순의 문제는 이것으로 끝이 났다. 이로써 김 청년과 짝을 지어주려던 계획도 수포로 돌아간 셈이니 앞으로 김 청년이 언제까지나 황 여사에 대한 그리움과 미련을 끊지 못한다면 주씨와 황 여인과의 인연도 맺어지기는 더욱 어려울지 모른다.

그러나 이제는 우선 일단 시골로 내려가는 수밖에 없었다.

주인갑 씨 부녀가 마침내 서울을 떠나는 날 아침, 그들을 배웅하러 서울역에 나온 전송객이라고는 거의 없어서 쓸쓸하기 짝이 없었다.

한쪽 다리를 절룩거리는 광숙의 손을 끌며 주씨가 혜경 여사와 함께 대합실에 들어섰을 때, 인파 속에서 쫓아 나와 인사를 하는 사람은 순희뿐이었다.

주씨는 혹시나 하고 분주히 주위를 살펴보았으나, 역시 황 여인의 모습은 눈에 띄지 않아서 몹시 실망했다. 한쪽 손에 납작한 무슨 보따리를 소중히 들고 있는 순희는 은근히 혜경 여사를 경계하는 눈치였다.

한편 혜경 여사 쪽에서도 못마땅한 표정으로 순희를 굽어보며

"너 혼자 나왔니?"

묻고 주위를 두리번거렸다.

순희가 그렇다니까, 여사는 입을 비쭉거리며 다시 무슨 말을 하려다 말고 주씨 앞이라서 그런지 도로 입을 다물어버리고 말았다. 주씨 역시 여사가 있는 앞에서 황 여인의 말을 물을 수는 없어서 잠자코 있었다.

이윽고 개찰이 시작되자 네 사람은 나란히 플랫폼으로 내려들 갔고, 혜경 여사와 순희도 차 안에까지 따라 들어왔으나, 주씨 부녀가 자리를 잡은 옆에

무뚝뚝하니 선 채 모두들 어딘가 어색한 가운데 입들을 다물고 있었다.

이러한 공기를 깨뜨리듯

"추운데 어서 들어가 봐요."

주씨는 여사에게와,

"너도 그만 들어가거라. 어서 출근해야 할 게 아니냐?"

순희에게도 권했지만, 두 사람 다 괜찮다면서 그냥 버티고들 서 있었다.

마침내 출발을 알리는 벨이 울리자 먼저 혜경 여사가 인사를 남기고 돌아섰고, 순희도 지금까지 감추듯이 들고 있던 보따리를 재빨리 주씨의 무릎 위에 얹어놓으며

"이거, 엄마가 주셨어요."

귓속말을 남기고 쏜살같이 여사의 뒤를 따라 내려가버렸다.

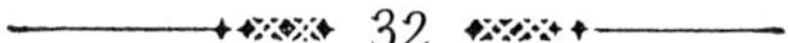

32

차가 움직이고 나서 그 보퉁이를 끌러보니, 뜻밖에도 거기에는 주씨 부녀의 설빔 같은 한복이 한 벌씩 들어 있었다.

주씨의 것으로는 고급 양복지의 저고리와 바지, 양단 조끼와 마고자에 대님까지 끼어 있었고, 광숙의 것은 양단 치마저고리에 속치마와 버선까지 갖추어 있었다.

먼저 광숙이 손바닥을 두드리며 몸을 들까불며 좋아서 어쩔 줄을 몰랐다. 주씨도 불시에 가슴 뿌듯이 치미는 감격에, 잠시 그 옷들을 매만져보다가 혹시 편지라도 들어 있지 않나 싶어서 샅샅이 뒤져보았지만, 그런 것은 눈에 띄지 않았다.

씨는 옷 보퉁이를 도로 싸서 잘 간수하고 눈을 감았다. 상상도 못했던 황 여인의 이 기발한 선물이 의미하는 속뜻을 생각해 보기 위해서였다. 밤을 새워가며 주씨 부녀에게 줄 옷을, 한 바늘 한 바늘 정성껏 짓고 있는 황 여인의 고요하고 잔잔한 모습이 감은 눈앞에 다정하게 떠올랐다. 그것은 가슴 깊이 무엇인지를 언약하는 감동적인 모습이었다.

차가 어느새 영등포역을 지나서 한참이나 달렸을 때다.

주씨가 창밖을 내다보며 황 여인의 생각에 아직도 잠겨있노라니까, 난데없이,

"아저씨!"

하고 부르는 여자의 목소리가 났다.

놀라 돌아보니 뜻밖에도 보순이 대소 두 개의 보따리를 양쪽 손에 하나씩 들고 숨이 차서 식식거리며 옆에 와 서 있지 않은가.

어리둥절한 주씨는 보순의 모양을 눈여겨 훑어보고 나서,

"웬일이냐, 대체?"

겨우 물었다.

"저, 영등포역에서 이 찰 탔어요."

"어떡하려구?"

"……."

보순은 성큼 대답을 못하고 어색하게 웃으며 애원하듯 하는 눈으로 주씨를 보았다.

"너 우릴 따라갈 셈이냐?"

보순은 고개를 숙이고,

"아무리 생각해도 광숙이와 떨어져 있을 수가 없어요."

이러자 보순이 나타났을 때부터 '언니 우리 같이 가 같이 가' 하고 조르던 광숙은 마침내 보순을 끌어당기며 법석이었다.

주씨는 할 수 없이(속으로는 무척 반가웠지만) 보순의 보퉁이를 받아서 시렁에 얹고 광숙이 옆에 껴서 앉게 해주었다.

"그렇지만 몰래 나와버리면 어떡하니. 아주머닌 나와 미리 짜고 한 짓으로 알 게 아니냐?"

"편질 써놓고 나왔어요."

"결국 마찬가지지, 오해를 받긴."

보순은 이제야 안심한 듯이 긴장이 풀린 표정과 말투로,

"아저씬 남이 되구 나서도 아주머니가 무서우세요?"

맹랑한 말을 물었다.

"무서울 건 없지만 구태여 남에게 괜히 오해받고 살 필욘 없잖으냐?"

"전, 오해받는 게 더 좋아요."

보순은 이런 엉뚱한 소리를 하고, 무어라고 형용할 수 없는 묘한 미소를 만족스럽게 지어 보였다.

주씨는 기분이 별했다. 역시 여자구나, 어른이 다 된 여자구나, 하는 생각이 새삼스럽게 강하게 인식되는 것이었다.

따라서 앞으로 보순이 정말 시집을 가지 않고 우리 곁을 떠나려 하지 않으면 어쩌나 싶어 은근히 걱정이 되기도 했지만, 그 점은 역시 주씨 자신의 분별 있는 지도와 노력으로 해결할 수 있으리라는 자신도 들었다.

이러는 동안에도 기차는 얼어붙은 대지를 힘차게 달리고 있었다.

■해설

몰래카메라의 의미

— 1960년대 한국사회 만화경으로 들여다보기

방민호(문학평론가, 서울대학교 국문학과 교수)

1. 손창섭의 여섯 번째 장편소설 『인간교실』의 위치

이번에 새로 펴내는 손창섭 장편소설 『인간교실』은 『경향신문』에 1963년 4월 22일부터 1964년 1월 10일까지 약 8개월여에 걸쳐 연재되었던 작품이다. 손창섭은 첫 장편소설인 『낙서족』을 『사상계』에 전재한 것 말고는 열두 편의 장편소설 모두를 신문연재소설 또는 잡지연재소설 형식으로 발표했다. 『경향신문』, 『동아일보』, 『서울신문』, 『한국일보』등의 중앙 일간지들, 『국제신문』, 『대구일보』, 『영남일보』 등의 지방 일간지들, 『주간여성』 같은 잡지가 그 주요 매체였다.

이들 가운데 필자는 먼저 『유맹』이라는 작품을 실천문학사를 통해서 선보인 바 있다. 이 작품이 필자의 첫 작업이 되어야 했던 이유는 이 작품이 손창섭의 문제작 가운데에서도 가장 큰 문제작이라는 판단 때문이었다. 『유맹』은 일본으로 떠난 이후의 손창섭의 삶과 심리를 섬세하고도 입체적으로 드러내고 있으며 그만큼 연구 가치가 높다. 그렇다면 이번에 펴내는 『인간교실』은 어떤 의미와 가치를 지니고 있는 것일까? 먼저 『인간교실』의 경개를 간략히 살펴보면 다음과 같다.

자유당 말기 비닐생산업에 손을 댔다 실패한 주인갑 씨는 4 · 19 이후에 혁신정당에 가담했다 5 · 16으로 된서리를 맞은 실직자다. 남혜경 여사와 함께 살아가는 그에게는 전처 사이에서 낳은 딸이 하나 있고 보순이라는 이름의 식모아이도 있다. 식구가 단출한 데다 살림살이도 군색해진 탓에 주인갑 씨는 방 한 칸을 세놓기로 한다. 이 시점을 작품은 6 · 10 화폐개혁 이후라고 했다. 이 흑석동 집에 황진옥이라는 여인이 들어오게 되면서 사건이 벌어지기 시작한다. 남편에게서 도망친 황 여인은 자기보다 10년이나 젊은 김두형과 함께 동거를 시작한다. 주인갑 씨는 아내와는 다른 분위기를 가진 황 여인에게 매력을 느끼지만, 아내와 황여인이 동성애 관계를 맺고 황 여인의 남편이 찾아와 행패를 부리는 등 사건은 점점 복잡하게 얽혀간다. 그러자 주인갑 씨는 황 여인을 내보내고 젊은 여대생 윤명주, 조선영에게 방을 내준다. 그러나 이번에도 역시 문제다. 윤명주는 대학을 휴학하고 댄스홀에 다니면서 남자들을 셋방으로 끌어들이기 시작한 것이다. 여기에 안동철이라는 청년까지 가세하여, 윤명주가 끌어들인 손님들을 상대로 몰래카메라를 찍어서 돈을 뜯어낸 후 삼정학원이라는 공익재단을 만든다는 엉뚱한 계획을 세우기까지 한다. 이들의 일이 계획대로 진행되고 아내인 남혜경 여사까지 이들의 학원사업에 적극 참여하게 되자, 이들의 사업에 동조할 수 없었던 주인갑 씨의 입지는 점점 위협의 상황으로 내몰린다. 더구나 주인갑 씨는 아내와의 성격적 부조화와 황 여인에 대한 정념이 빚어내는 애정 문제로 고민을 거듭하다 마침내 집을 팔고 "안정된 생업과 심신의 휴식"을 위해 "귀농"하기로 결심한다. 주인갑 씨는 아내와 결별한 후 황 여인과의 내일을 기약하면서 기차를 타고 서울을 떠난다.

이러한 줄거리는 『인간교실』을 손창섭의 다른 장편소설들과 비교할 수 있도록 해준다. 요컨대 『낙서족』 같은 작품이 1920년대산 작가인 손창섭의 세대적 자의식을 보여주고, 『유맹』이 일본으로 떠난 이후의 고민과 문제의식을 보여준다면, 『인간교실』은 통속적 세태를 그려나가는 신문연재소설의 문법 속에서 부정적인 현실을 만화경적으로 그려내면서 이를 대신할 만한 새로운 삶의 필요성을 암시하는 작품이다. 뒤에서 더 자세히 말하겠지만, 필자는 이러한 작품 속에서 손창섭 식의 고독한 '현실 참여'를 발견하게 된다. 1960년대 내내 그는 순수 - 참여 논쟁으로 점철된 문단의 외야에서 외로운 현실비판과 대안을 추구한 고독한 '정치가'였다.

『인간교실』의 위치는 1960년대 손창섭 문학의 맥락에서 조금 더 구체적으로 살펴볼 필요가 있다. 손창섭에게 1960년대는 신문연재소설의 형식으로 장편소설을 집중적으로 발표해 나간 시대였다. 손창섭에게 1950년대가 단편문학의 시대였다면 1960년대는 장편문학의 시대였다. 이 무렵에 손창섭은 한편으로 부부관계의 부조화가 빚어내는 우울한 아이러니의 세계를 집중적으로 그려냈는가 하면, 다른 한편으로는 통속적 세태 묘사의 이면에 강렬한 현실비판을 시도하는 양상을 보여주었다. 손창섭의 장편소설로 지금까지 비교적 널리 알려진 작품으로는 『부부』(『동아일보』, 1962.7.1~1962.12.29), 『이성연구』(『서울신문』, 1965.12.1~1966.12.30), 『길』(『동아일보』, 1968.7.29~1969.5.22) 등이 있다. 이 가운데 『부부』와 『이성 연구』는 전자의 경우에, 『길』은 일본으로 건너가기 전에 발표된 마지막 장편소설인 『삼부녀』(『주간여성』, 1969.12.30~1970.6.24)와 함께 후자의 경우에 해당한다.

이러한 맥락에서 보면 『인간교실』은 주인공인 주인갑 씨와 아내 남혜경 여사 사이의 부조화를 그린다는 점에서 『부부』 및 『이성연구』와 공통적인 요소를 보여줌과 동시에, 부정부패 만연과 성 모럴의 해체와 같은 현실을 드러내고 대안을 추구한다는 점에서 『길』 및 『삼부녀』의 통속적 세태 묘사와 풍자의 세계에 접맥된다. 말하자면 『인간교실』은 1960년대 손창섭 장편소설의 두 유형의 접점에 위치하면서 손창섭 소설의 서로 다른 발전 가능성을 드러내는 작품이다.

여기서 하나 단서로 남겨둘 것은 손창섭 소설에서 부부관계의 부조화라는 문제에 내재된 상징적, 알레고리적 의미에 관한 것이다. 부부관계의 부조화를 그린 이상이나 남정현의 소설에서와 마찬가지로 손창섭의 소설에 나타나는 기형적 관계의 부부는 현실적인 부부 이상의 정치사회적 의미를 함축한다.

2. 국가재건최고회의와 제3공화국의 시대를 읽는 하나의 척도

『인간교실』을 읽는 효과적인 방법 가운데 하나는 이 작품을 국가재건최고회의에서 제3공화국으로 이어지는 시대에 대한 작가적 반응의 측면에서 접근해 보는 것이다. 이 작품은 1962년 화폐개혁이 있은 후 서울의 흑석동에서 벌어진 사건을 그려나간 것으로 설정되어 있다. 그런데 왜 손창섭은 이야기의 첫머리에서부터 굳이 "주인갑 씨가 자기 집 옆방을 세놓기 시작한 것은 6 · 10 화폐 개혁 이후부터의 일"이라면서 화폐개혁이라는 사건을 부각시켜 놓은 것일까? 이것은 작가가 화폐개혁이 국민생활에 미친 영향을 예민하게 수용하고 있음을 의미하는 것이 아닐까?

당시의 신문 기사들은 1962년 6월 10일에 단행된 통화개혁이 국민생활에 커다란 영향을 미쳤음을 보여준다. 본래 통화개혁은 "구정권 이래의 음성자금이 아직도 활발히 산업자금화하지 않고 갑자기 투기화할 위험성이 있었고 또 최근 경제 동향이 악성 '인프레'의 요인을 내포하고 있다는" 인식에 바탕하여 "음성자금과 과잉 구매력을 진정한 장기저축으로 유도하여 투자재원을 활용하는 동시 '인프레'를 미연에 방지" 한다는 명분 아래 단행된 것이었다.(「통화개혁과 금후의 전망」, 『조선일보』, 1962.6.10)

그러나 통화개혁 조치는 단행된 지 33일 만인 7월 13일에 특별조치법을 공포하여 동결예금을 전면 해제함으로써, "환을 원으로 고쳐서 돈의 명목가치를 십분의 일로 낮춘 점 외에는 죄다 원상회복 하는 것으로 완전히 실패로 끝난 것"(「통화개혁 일주년의 회고와 향상을 위한 선정에의 길」, 『조선일보』, 1963.6.11)이라는 비판에 직면해야 했다. 국가재건최고회의가 벌인 일 중 "오직 하나 완전히 실패했음을 자인하지 않을 수 없는 통화개혁"(「개혁과 실수의 연속선—최고회의 1년 7개월의 결산」, 『조선일보』, 1963.1.17)이라는 기사는 화폐개혁 조치의 불임성을 단적으로 표현해 준다. 그 시행 과정에서 정권은 애초의 예금동결 조치를 해제하고 무기명예금이나 무통장예금에 대한 봉쇄를 풀어버림으로써 개혁 취지를 무색하게 만들었으며, 상대적으로 돈의 가치가 중시되던 때에 단행됨으로써 오히려 물가와 지대를 뛰어오르게 했다.

한마디로 화폐개혁은 구악 일소와 경제개발을 명분으로 국민들의 생활에 오히려 주름살을 만든 정책이었다.(「부쩍 올라간 땅값—전국 평균 30%나」, 『조선일보』, 1963.6.27) 1963년과 1964년의 도매물가 상승률은 각각 20.6%와 34.6%였다.(김낙년, 「1960년대 한국의 경제성장과 정부의 역할」, 『경제사학』, 27권 1호, 1999, 134쪽, 참조) 이러한 양상은 "근래에 와서는 사업 경기가 더욱 말이 아니어서 한 달에 한두 번 바쁠 때만 나가 거들어주던 친구의 업체 역시 직원의 대폭 감원을 하지 않으면 안 될 만큼 현상 유지도 어려워서 허덕이고 있는 판"이라는 문장을 비롯하여 『인간교실』의 곳곳에 묻어나 있다.

그럼에도 이 조치는 기존 예금의 동결 및 명목 가치 절하의 측면에서 RM(라이취 마르크)를 DM(도이취 마르크)로 바꾼 서독의 통화개혁(1948년 6월

20일 단행)에 비유되는가 하면,(「이번 통화개혁의 성공도—서독의 선례와 비교해서」, 『조선일보』, 1962.6.11) 일부 지식인들에 의해서 일종의 "경제혁명" 이자 "인간혁명" , "인간 개조" 에 의해서만 성공할 수 있는 혁명적 조치로 떠받들어졌다.(이철승, 「통화개혁과 가정생활」, 『조선일보』, 1962.6.14)

『인간교실』이 『경향신문』에 연재된 1963년 4월 22일부터 1964년 1월 10일까지는 5 · 16 군사 쿠데타를 통해 집권한 국가재건최고회의 체제에서 민정 체제로의 변화가 이루어진 시기였다. 그러나 이렇게 해서 수립된 제3공화국 및 박정희 정부의 새로운 출범은 민간복을 입은 군인들이 통치하는 시대로의 이행을 의미하는 것이었다. 물론 제3공화국은 제한적이나마 자유선거 원리가 작동하고 있었다는 점에서 유신체제와 달리 민주적 요소를 완전히 부정한 것은 아니었다.(오창헌, 「제3공화국 정치체제의 유형에 관한 연구」, 『한국정치학회보』, 38권 1호, 2004, 참조) 그러나 군정 체제의 주역들이 절차 민주적 요소를 활용하여 권력을 그대로 유지 강화했다는 점에서, 본질적으로는 겉과 속이 불일치하고 본질과 현상의 괴리 상태를 보여준 체제였다고 할 수 있다. 제3공화국 체제는 혁명이라는 그럴듯한 명분을 내세운 이면에 권력 쿠데타의 논리가 작동하던 괴리의 시대, 위선의 시대였다.

『인간 교실』의 작가는 이러한 괴리와 위선을, 주인갑 씨의 거처인 한강이 내려다보이는 문화주택의 위치, 서울이라는 수도의 변방의 위치에서 진단해 나간다. 크게 보면 이 이야기는 남혜경 여사와 함께 살아가는 자신의 거처에 황진옥 · 김두형 커플 및 윤명주 · 조선영 · 안동철 등의 젊은이들을 받아들이면서 겪게 되는 수난과 그로부터의 도피를 그린 이야기다. 이러한 설정은 겉에서만 보면 통속적인 세대를 선정적으로 그려나가는 것처럼 보인다. 그러나 조금만 더 깊게 들여다보면 이 이야기에 함축된 은밀한 의미를 간취해 낼 수 있다.

예를 들어 안동철 등의 젊은이들이 윤명주의 방에 드나드는 유력인사들에게서 삼정학원을 건립할 자금을 뜯어내는 과정은 국가재건최고회의에서 3공화국 체제로 연결되는 군부 통치 세력의 모순, 그 명분과 실상의 괴리를 우회적으로 비판한 것이다.

이 젊은이들은 공익사업을 한다는 그럴 듯한 명분을 내세워 윤과 밀회를 나누는 부패한 사회 유력인사들을 몰래카메라로 협박하는가 하면, 주인갑 씨가 삼정학원 임시 사무실로 내어준 응접실을 강취하다시피 하였으며, 안동철의 경우엔 나이어린 보순이를 임신시키는 만행을 저지르기까지 한다. 그들이 계획하고 있는 삼정학원은 "기술고등학교를 설립해 가지고 재능은 있으면서도 중 · 고교에 진학할 수 없는 농촌 출신의 자녀에게 무료나 실비로 각종 기술교육을 시켜서 당당한 기술자로 세상에 내보내는 일"을 목적으로 삼는다는 것이다. 그러나 그들이 이러한 공익사업을 위한 자금조성의 수단이란, 먼저 윤명주로 하여금 고객들을 수단껏 구워삶도록 하고 말을 듣지 않는 이들은 윤과의 정사 장면을 사진으로 찍어서 돈을 갈취하는 것이다. 물론 이들이 갈취 대상으로 삼은 유력인사들은 사회 지도적 위치에 서 있기에는 결격 사유가 큰 사람들이다. 그러나 이들을 응징하겠다는 젊은이들의 행태 역시 그들만큼이나 비도덕적이고 불법적이며, 나아가서는 지극히 폭력적이다. 이렇게 무서운 젊은이들의 모습에서 제3공화국 군부통치 세력의 모순을 읽어내는 것은 불가능한 일만은 아니다.

이들은 "국가 재건"과 "인간 개조"라는 슬로건 아래 시민적 권리를 억압하고 사적인 삶의 영역들에까지 공적인 논리를 확장하는 폭력적 통치 양상을 보여주고 있었다. "하여간 더 까다롭게 굴면, 내가 눈을 사납게 부라리면서 주먹을 불끈 쥐어 보이면 찍소리 못할 거야. 대개 저런 타입의 위인은 폭력 앞에선 기를 못 펴는 법이니까"라는 안동철의 호언장담은 이러한 군부통치 세력의 본질을 드러내는 것이라 해도 무방하다. 결국 주인갑 씨는 젊은이들의 행패에서 벗어나기 위해 그들에게 장악되어 버린 집을 팔아버리고 그들과 한통속이 된 아내와 헤어질 것을 결심한 후 딸만 데리고 농촌으로 떠난다. 이러한 도피행은 여러 맥락에서 접근, 해석해야 할 복합적인 의미를 담고 있다. 그러나 작중에 나타난 "귀농"의 일차적인 목적은 무엇보다 안동철을 비롯한 젊은이들의 위압에서 벗어나기 위함이다. 『인간교실』은 무엇보다 국가재건최고회의 시대에서 제3공화국 시대로 이행해 가던 1960년대 전반기의 정치적 상황에 대한 비판적 시선을 함축하고 있는 시대의 척도로 읽힐 수 있다.

3. 손창섭의 고독한 '정치'와 "귀농"의 의미

한편 『인간교실』의 주인공 주인갑 씨는 불안정하고 불안한 삶을 영위하면서 과거와 현재의 괴리를 맛보고, 이성적 판단과 욕망의 상충 속에서 괴로워한다. 그는 현숙했던 전처에 대한 향수 속에서 현재의 아내에 대해 깊은 불만을 느낀다. 그는 현재의 아내의 육체성과 향락성과 '과학'에 짓눌려 살아가면서 정숙하면서도 은근했던 전처의 기억에 사로잡혀 있다. 이러한 고민은 전처의 이미지를 발산하는 황 여인에 대한 애정으로 발전한다. 아내에 대한 고민 속에서 주인갑 씨는 "황 여인이든 누구든 딴 여자와 잔잔하고 깨끗한 애정을, 애정이 아니면 인정이라도 나누며 가슴속에 쌓여가는 고독을 풀어보고 싶은" 심정에 사로잡힌다. 그리고 이것은 그로 하여금 자신의 생활을 언젠가는 결말을 보아야 할 과도적인 것으로 인식하게 한다.

그런데 이렇게 주인갑 씨의 머릿속에서 교차하는 전처와 현재 아내의 상반된 이미지는 단순한 취향의 문제가 아니다. 그것은 동양적인 가치와 서양적인 가치의 대립이고, 내성적인 문화와 외향적인 문화의 갈등이며, 정신주의와 물질주의 사이의 간극이다. 작가는 주인갑 씨의 머릿속에서 일어나는 전처와 현재 아내 사이의 대립과 갈등을 통해서 『인간교실』이 연재되던 시기의 한국사회의 문화적 과도성과 변모 양상을 암시해 나간다. 서양적인 가치, 물질 중심적인 가치를 향해 급격히 경사되어 가는 현실 속에서 주인갑 씨는 현재를 감당해 낼 수 없는 과거적 인물의 고독을 맛본다.

주인갑 씨의 고독은 단순히 애정 문제에서만 비롯되지 않는다. 작중에 나타나는 그는 한국사회 전체에 대해서 어떤 근본적인 위화감을 안고 살아가는 존재로 나타난다. 그는 "폭행은 백 가지 악행 가운데서도 최대의 악행" 이라고 믿는 비폭력주의자이자 남녀동등권을 주장하는 페미니스트다. 그러나 현실은 전혀 그렇지 않다. 그의 일상의 나날들은 폭력에 의해 잠식되어 있다. 황 여인의 전남편 서병칠이나 안동철 같은 인물은 목적을 달성하기 위해서라면 얼마든지 폭력을 자행할 수 있는 사람들이다. 또한 그를 둘러싼 여인들은 그의 이상이 허용할 수 있는 한계치를 넘어 일탈과 방종을 향해 치닫는다. 아내 남혜경은 황 여인과 동성애 관계를 맺는가 하면 황 여인과 동거하는 김두형을 유혹하고 급기야는 삼정학원 멤버인 안동철에게까지 접근한다. 황 여인 역시 주인갑 씨의 간절한 바람을 저버리고 그의 곁을 떠난다. 그가 깊은 연민을 품고 있는 식모 보순이는 안동철의 아이를 임신하는 불행을 겪는다. 또한 한국사회는 김두형의 예에서 보듯이 외도가 일상화되어 있고 윤명주의 예에서 보듯이 음성적인 성매매가 만연해 있다.

『인간교실』의 주인공은 이 모든 문제들을 자신의 문제로 느끼면서 살아가는 존재다. 때문에 그는 우울하고 피로감에 휩싸여 있으며 고독하다. 그가 절감하는 문제들은 단순히 군부통치 체제의 모순이기에 앞서 한국사회와 문화 전반에 걸친 체질의 문제다. 또 그렇기에 해결이 요원해서 앞날을 기쁘게 예기할 수 없다. 작가는 우울하고 피로하고 고독한 주인갑이라는 인물을 매개로 삼아 어둡고 부조리로 점철된 한국사회 전반의 문제들을 고통스럽게 반추해 나간다. 이러한 현실 속에서 주인갑 씨는 행복해질 수가 없다. 순수하고 깨끗한 사랑, 단란하고도 동등한 부부간의 생활, 정신과 육체와 조화롭게 어울린 인간 생활의 높은 경지를 맛볼 수 없다.

이것이 바로 작가 손창섭이 진단한 1960년대 한국사회의 질병적 상태였다. 『인간교실』의 주인공 주인갑 씨는 일종의 국외자처럼 담담하고도 냉연한 태도로, 그러나 어쩔 수 없이 한국사회에 관여된 존재의 피로감을 안고, 그의 눈앞에 전개되는 한국사회의 파노라마적 영상에 반응해 나간다. 그리고 이것은 바로 한국사회를 바라보는 손창섭 자신의 근본적 태도기이도 하다. 작품 첫 머리에서 작가는 주인갑 씨의 저택이 한강이 눈 아래 굽어보이는 곳에 자리 잡고 있다고 했다.

> 한강이 눈 아래 굽어보이고, 여름이면 아카시아 숲이 우거지는 속에 아늑히 자리 잡고 있다. 70평 남짓한 대지에 빨간 벽돌로 벽을 두껍게 쌓아올리고 특수한 청록색 기와를 얹은, 건평 25평짜리 제법 아담한 문화주택이다.

그런데 작중 곳곳에 간헐적으로 나타나는 이 집에 대한 설명이나 묘사는 이 집에 모델을 제공해준 것이 작가 손창섭의 실제 자택이었음을 보여준다. 필자가 조사한 바에 따르면 손창섭은 흑석동 효사정(孝思亭)과 원불교 서울회관 사이의 언덕쯤에 자리 잡고 있었다. 아마도 그의 집에서 한강을 내려다볼 수 있었을 만한 위치다. 그러므로 "저 아래 잔잔히 흐르는 한강과 인도교와 노량진 길을 무심히 내려다" 볼 수 있는 주인갑 씨의 집은, 한강과 서울로 상징되는 한국사회를 건너다보듯 또는 내려다보듯 주시해 나갔던 손창섭의 작가적 시점을 상징한다고 해도 과언이 아니다.

그는 마치 나츠메 소세키의 장편소설 『문』에 나오는 소스케의 절벽 아래 집처럼 세인들로부터 단절된 공간에서 한국이라는 낯선 세계를 탐구해 나갔다. 해방과 더불어 일본에서 돌아와 천신만고, 우여곡절 끝에 작가가 되어

마침내 흑석동에 주택을 마련한 그였지만 그는 한국사회의 완전한 구성원이 아니었다. 그는 일본인 아내와 딸과 함께 세인들로부터 단절된 곳에서 자기만의 성채를 짓고 살아가고 있었다. 그런 그에게 한국사회는 결코 안주할 수 있는 공간으로 받아들여지지 않았다. 그의 눈에 비친 한국사회는 기이한 공간이었다. 이 사회는 부정부패가 만연한 데다 군사독재의 강압과 구속이 힘을 떨치는 곳, 정신과 원칙과 도덕 대신에 물질과 탈법과 위선이 난무하는 곳이었다.

이러한 맥락에서 직중 주인갑 씨가 결국 서울을 떠나 농촌으로 향하는 결말은 예사롭게 보아 넘길 수 없는 의미를 함축한다. 여기에서 "귀농"은 주인갑 씨가 안고 있는 많은 문제들을 함께 해결해줄 수 있는 방안으로 떠오른다.

그리고 효과적인 시기를 얻기 위해서는 우선 안정된 생업과 심신의 휴식이 필요하다고 느꼈다. 새로운 생활 토대를 잡아놓고, 그 동안에 혼란하고 흥분했던 마음을 차분히 가라앉힌 다음 황 여인에게 다시 재회의 기회를 청해 보리라고 씨는 심중에 다짐하는 것이었다.

그래서 씨는 문득, 사실은 문득이 아니라 전부터도 더러 생각해본 일이 있는 귀농에 부쩍 마음이 쏠리기 시작한 것이다.

근래에 와서는 가뜩이나 도회지와 사람이 진절머리 나던 씨다. 더욱이 시골로 아주 내려가버린 김 청년을 배웅하고 나서부터는 더욱 그러했다. 될 수만 있으면 사람 접촉이 적은 곳에 가서, 대인관계의 번거로움과 알력을 피하고 조용히 살고 싶었다. 그것은 무엇보다도 사람을 싫어하는 가엾은 광숙을 위해서 더욱 그러고 싶었다.

어린 광숙이 벌써부터 사람을 싫어하는 심리를 주씨는 가슴이 아프도록 너무나 잘 이해할 수가 있었다. 한 마디로 말해서 광숙은 불구자이기 때문이다.

(중략)

그러므로 남이 병신이라고 비웃든 말든, 절름발이라고 놀려대든 말든, 모르는 체하고 태연히 버텨나갈 만큼 강인한 신경과 뱃심을 길러주려고도 노력해보았지만, 천성의 탓인지 불구의 탓인지 어린 꽃순처럼 연하디연한 광숙에게 그것은 무리였다.

그러기에 전부터도 사람이 북적거리는 도회지보다는 한적한 시골에 가서 자리 잡고 사는 것이, 가엾은 광숙을 위해서도 차라리 좋은 일일지 모른다고 막연히 생각해 왔던 주씨라, 이번 기회에 이런저런 사정으로 농촌생활에 부쩍 마음이 쏠리다 보니, 아예 생각난 김에 김청년을 찾아가 농촌 실정도 알아보고 구체적인 귀농의 가능성 문제도 의논해보기로 작정한 것이다.

여러 상황을 짐작해 보건대 손창섭은 일종의 농본주의자였다. 그것은 경제개발 5개년계획으로 요약되는 군부통치 세력의 수출 주도형, 공업 중심형 경제개발 논리와는 상치되는 것이었다. 『인간교실』에서 물질주의와 타락이 뒤얽힌 서울 대신 농촌을 향해 떠나가는 주인갑 씨의 선택에는 작가 손창섭의 농본주의가 작용하고 있다고 말할 수 있다. 이 농본주의에 관해서 별도의 충분한 논의가 필요할 정도로 손창섭 문학의 사상적 측면에 관한 연구는 불모상태에 놓여 있다. 그러나 여기서는 농본주의에 관한 본격적인 분석을 미루어두고 대신에 주인갑 씨의 "귀농"에 담긴 이면적 의미를 논의하는데 만족하기로 한다. 이러한 맥락에서 보면, 『인간교실』에 나타난 "귀농"은 작가 손창섭의 내면에서 작동하고 있던 외부자적 심리를 드러내는 방식 가운데 하나였다.

손창섭은 해방과 더불어 귀국한 이래 영성한 1950년대 문단에서 고독한 국외자의 초상을 들고 홀연히 나타나 1960년대를 거쳐 1970년대 초반에 이르기까지 화려한 작품 활동을 펼친 작가다. 그러나 그는 1973년 말에 일본으로 훌쩍 떠나버렸다. 그 후 손창섭은 『한국일보』에 두 편의 장편소설(『유맹』, 1976.1.1~1976.10.28 및 『봉술랑』, 1977.6.10~1978.10.8)을 연재한 이후 스스로 한국문단에서 영영 자취를 감춰버렸다. 일본에서 대학까지 다니다 귀환해서 온갖 고생을 겪은 뒤 작가로 성장했고 중견작가로서의 입지가 단단해진 그였다. 어찌하여 그는 작가라는 영예로운 이름을 버리다시피 하고 세인의 뇌리에서 사라져버린 것일까? 그는 지금 어디에 있는 것일까? 무엇을 하고 있는 것일까?

『인간교실』에 나타난 주인갑 씨의 "귀농"은 번 훗날에 이루어진 손창섭 자신의 '도일'의 문제를 생각하게 한다. 앞에서 손창섭은 고독한 '정치가'였다고 했다. 손창섭은 1973년에 일본으로 떠났는데 이것은 일본인 아내와 딸을 위한 행동이었을 뿐만 아니라 1972년에 단행된 10월유신에 대한 정치적 반응의 측면에서 해석될 수 있다. 손창섭은 단순히 세태나 생활을 그린 소설가일 뿐만 아니라 정치적 의미를 추구한 작가였다. 그러나 1960년대의 장편소설들에 나타난 손창섭의 투쟁은 다른 작가들이나 비평가들의 그것과 확연히 다른 점이 있었다.

단적으로 말해 손창섭의 투쟁은 현실 참여, 곧 사르트르식의 '앙가주망'을 주장하고 옹호하던 다른 많은 작가들과 달리 내부자가 아니라 외부자의 것이었다. 또한 그것은 정치 체제를 향한 비판에 그치지 않고 한국적인 삶 전체를 향한 총체적인 의미를 담고 있었다. 비판적 내부자가 아니라 비판적 외부자의 시점에서 한국사회를 바라보았던 것, 한국적 현실이 아니라 그 삶 자체를 향해 비판을 감행한 것. 여기에 손창섭이 벌여나간 투쟁의 진정한 의미가 담겨 있었다. 여기에 손창섭이 결코 극복할 수 없었던 그 자신만의 고독이 있었다.

4. 1960년대의 세태 · 풍속 만화경으로 들여다보기, 그 의미

『인간교실』을 읽는 큰 즐거움 가운데 하나는 이 작품에 나타나는 갖가지 삶의 갖가지 양상들에 대한 만화경적 묘사들이다. 평범하다면 평범한 주인갑 씨네 일가를 둘러싼 사건이 전개되면서 언뜻 수긍할 수 없는 정도로 다양하고 풍부하고 기이까지 한 삶의 양상들이 모습을 드러내기 시작한다.

우선 주인갑 씨 일가의 구성 양태부터가 단순치 않다. 주인갑 씨와 남혜경 여사는 한 번씩 결혼 전력이 있는 사람들이다. 또 주인갑 씨에게는 소아마비로 장애아가 된 전처소생의 딸이 있다. 이러한 가족 구성은 『인간교실』이 일종의 실험소설적 의미를 띠고 있음을 알려준다. 작가는 장애아를 키우는 독신의 주인갑 씨를 먼저 이혼 경력이 있는 남혜경 여사, 그리고 사춘기를 넘어서 성숙해 가는 식모아이 보순이와 함께 한 지붕 아래 살게 하고, 이어서 10년이나 어린 남자와 동거하는 황진옥 여인과 만나게 하고, 마지막으로 사회명사들을 상대로 몸을 파는 여대생 윤명주를 만나게 한다. 이야기가 전개되면서 주인갑 씨는 성향과 연령이 다른 네 명이나 되는 여인들에 둘러싸이게 되면서 결혼과 생활의 의미를 곱씹어보지 않을 수 없는 상태에 놓인다. 과연 결혼이란 무엇인가? 부부는 어떤 관계로 맺어져야 하는가? 완전한 부부생활의 조건은 무엇인가? 남성과 여성은 동등한가? 새로운 가족을 구성하는 것은 가능한가? 과연 혈연이 가족구성의 충분조건인가?

이 이야기의 결말은 주인갑 씨가 "매혹적인 영혼과 육체의 비밀"을 간직한 황 여인과의 결합을 내일의 사건으로 기약하면서 딸을 데리고 식모인 보순이와 함께 서울을 떠나는 것이다. 이 세 사람은 모두 현실에서 고통을 겪는 사람들이라는 공통점이 있다. 주인갑 씨는 아내의 방종과 사랑의 실패로 인해 고통을 겪고 있으며, 광숙이는 장애를 가진 것이 현실 생활의 고통으로 작용하고 있고, 보순이는 어린 나이에 낙태를 하는 불행을 겪은 상태다. 이러한 세 사람의 '귀농'은 새로운 시공간적 토양 위에서 새로운 가족의 구성을 실험하는 의미를 가진다. 그리고 이것은 나중에 『삼부녀』에 이르러 전면화되는 비혈연 가족, 공동체 가족의 사상에 접맥되는 성질의 것이다.

주인갑 씨가 서울의 남혜경 여사와 결별한 후 농촌에서 새로 꾸릴 미래의 가족은 이들 세 사람에 황 여인이 가세하는 것인데, 이는 단순히 아내를 바꾸는 것 이상의 의미를 가진다. 여기서 작가는 황 여인의 존재로 상징되는 정신과 육체의 조화로운 결합이라는 조건과 함께 광숙이나 보순의 예에서 보듯이 차별과 편견을 배제한 사랑과 동정을 새로운 가족의 원리로 제시한다. 이 새로운 가족은 정신적으로나 육체적으로 균형적인 교류를 나누는 부부 및 사랑과 동정을 가진 사람들 사이의 공동체적 유대를 바탕으로 한다. 이 작품의 표제인 '인간교실'이란, 혈연에만 기초하지 않는 공동체 가족의 새로운 구성을 위한 실험교실의 의미를 갖는다. 이것은 새로운 인간이 되는 학습 없이는 불가능하다는 수사학적 의미에서의 '인간교실'이다.

그러나 『인간교실』은 새로운 가족의 실험을 위한 관계의 뒤얽힘 및 교체를 그리는 데 머무르지 않는다. 관계들의 전개를 따라가면서 과연 이것이 1960년대 한국의 풍속도인가 하는 의문을 갖게 할 정도로 범상치 않은 광경들이 펼쳐지기 시작한다. 남혜경 여사의 성적 분방함이나 지금은 당대 유행이 되다시피 한 황진옥, 김두형의 연상연하 커플이나 대학 휴학생의 성매매 같은 것은 놀랄 만한 일도 못되지만, 남혜경 여사와 황진옥 여사의 동성애 관계를 묘사한 것은 1960년대 소설의 보수적 양상에 비추어 이례적인 것이라 하지 않을 수 없다.

창문을 열어젖히고 커튼 대신 모기장을 드리운 방에서는 방금 두 사람이 일어선 채 꽉 끌어안고 키스를 하고 있는 그림자가 판화처럼 또렷이 비쳤는데 뜻밖에도 그것은 남자와 여자가 아니라 양쪽이 다 여자였고 거리와 드리운 모기장 관계로 얼굴 모습까지는 판별할 수 없었지만 머리 모양이며 몸매 등으로 미루어 혜경 여사와 황 여인임에 틀림없었다.

포옹한 채 한참이나 입술을 맞대고 있던 두 그림자는 이윽고 얼굴을 떼더니 마주 보며 무슨 말이라도 몇 마디 나누는 듯하다가 이내 다시 혜경 여사로 짐작되는 쪽에서 상대방의 얼굴 위에 자기 얼굴을 덮어씌우는 듯 하고 몸부림치고 나서 끌어안았던 팔을 풀고 돌아서 아래층으로 내려오는 모양이었다.

작품 전반에 걸쳐 남혜경 여사는 성적으로 지극히 자유분방한, 동양적인 여성의 은근함이나 정숙함과는 거리가 먼, 직접적이고 노골적인 육체적 관계에 탐닉하는 여성으로 그려진다. 자신에게 맡겨진 작중 역할이 인간의 육체적 욕망의 한계를 실험하는 데 있는 듯 남혜경 여사의 행동은 거침이 없다. 일종의 양성애자인 남혜경 여사는 황 여인과 동성애 관계를 맺어나가면서도 남편과의 육체적 관계에 탐닉하고 "마치 애완용 동물을 기르듯이 남편을 치는[飼育] 즐거움"을 추구하기도 한다. 또한 김두형과 안동철을 차례로 유혹해 나가는 국면에서는 남자를 향해 "자기의 발을 제 손에 내어맡기고 그 발톱들을 곱게 다듬어달라는 주문"을 하고, 남자로 하여금 자신의 발에 탐닉하도록 하는 페티시즘과 같은 도착적 성애 욕구를 보여주기까지 한다.

비단 남혜경 여사의 경우만이 아니다. 『인간문제』를 통해서 인간의 육체적 욕망이나 그 행동의 한계를 시험하려는 듯 작가는 관음증(훔쳐보기), 몰래카메라(현장촬영), 페티시즘, 길들이기, 옷 벗기기 같은 인간 만화경을 제시해 나가는가 하면 축첩, 사생아, 식모 강취, 임신중절 등과 같은 사회적 치부들을 조목조목 드러내놓는다. 이 점에서 『인간교실』은 인간의 본질과 한계에 대한 물음을 함축하면서 당대인들의 범속한 상식과 도덕에 비판적 질문을 제기한다.

정치적 현실만이 아니라 삶 자체에 관심을 가졌던 손창섭의 카메라는 한국적 현실을 건너다보거나 내려다보는 데 만족하지 않고, 세태 및 풍속에 담긴 삶의 제반 양상들을 섬세하게 들여다보는 차원에까지 나아간다. 『인간교실』에 나타나는 몰래카메라는 비단 사건 전개를 위한 장치일 뿐 아니라 이 작품의 창작방법이자 손창섭 장편소설에 일관된 창작방법 가운데 하나다. 이 들여다보기를 통해서 손창섭은 외면적으로 드러나는 생활의 이면들을 드러내 보인다. 그럼으로써 겉과 속의 불일치, 현상과 본질의 괴리, 현실과 이상의 거리를 묘사해 보여준다.

한국 현대소설사에서 부부관계의 부조화라는 모티프에 주제적인 깊이를 부여한 작가로는 이상, 손창섭, 남정현 등이 대표적이다. 이상의 「날개」는 기형적인 부부 관계의 알레고리로 현대성의 메커니즘에 내재된 모순을 드러냈고 남정현의 「너는 뭐냐」는 이것을 한국적 파시즘이라는 구체적인 현실체제에 관한 알레고리로 변환시켰다. 손창섭의 『인간교실』에 나타나는 부부관계의 부조화는 이상의 현대성 비판이나 남정현의 한국적 파시즘 비판과 달리 정치적 비판의 의미를 함축함과 동시에 한국적인 삶, 한국인들의 삶의 방식들, 이에 대한 사유방식들 자체를 겨냥한다. 그의 투쟁은 군사 파시즘이라는 정치 체제만을 향한 것이 아니라 한국사회 전체의 기질과 풍토, 문화까지 아우르는 총체적인 것이었다. 이러한 의미에서 『인간교실』은 1960년대 내내 손창섭이 벌여나간 고독한 '정치' 를 대변하는 것이었다. 그의 투쟁은 한국사회 전체를 대상으로 한 외부적 비판자의 그것이었다. 때문에 더욱 더 심각한 정신적 소모를 필요로 했다. 이 소모, 이 피로는 떠남 없이는 해결될 수 없는 성질의 것이었다. 아마도 그러했을 것이다.